天螺湾

边震遐 著

TIANLUOWAN

岁月的激流迸溅着浪花，打开昨日的窗口，景色依然新奇。古越的世外桃源演替着剧变，大上海地火涌动，更有外敌入侵的灾祸频仍。世事变幻，爱恨缠结，波诡云谲。历史终于熬过严冬，到了惊蛰；沉雷响起，虫豸惶恐，冰雪消融。惊蛰，是万物苏醒和播种希望的节气……

中国青年出版社

（京）新登字083号

图书在版编目（CIP）数据

天螺湾／边震遐著．--北京：中国青年出版社，
2011.8
ISBN 978-7-5153-0144-0

Ⅰ．①天…　Ⅱ．①边…　Ⅲ．①长篇小说－中国－当代
Ⅳ．①I247.5

中国版本图书馆CIP数据核字（2011）第157195号

中国青年出版社　出版发行
社址：北京东四12条21号　邮政编码：100708
网址：www.cyp.com.cn
编辑部电话：（010）57350407　门市部电话：（010）57350370
河北省三河市君旺印刷厂印刷　　新华书店经销

700×1000　1/16　28印张　460千字
2011年9月北京第1版　2011年9月河北第1次印刷
印数：1-3000册　定价：40.00元
本图书如有印装质量问题，请凭购书发票与质检部联系调换
联系电话：（010）57350337

目录

目 录

序

臧建民

一

“写作，专注的创作，绝对是一个体力的工作。”相信这个认知不限于村上春树。边震遐在退休后，用了十余年时光，专注地做的就是这部长篇小说《天螺湾》的繁重体力工作，锲而不舍，信念坚定，让人肃然起敬。这么些年，这位身为中国摄影家协会会员的中国作家协会会员，杜绝了包括拍照的所有喜好，抱病笔耕不已。他这一辈子创下的五百万字文学作品，大多是在这个所谓人生的夕阳时段完成的。他的家紧挨着上海八万人体育场，常有高分贝的喧哗陪伴，他的被文学包裹的安静，和那些为凝神写作而长年猫在贫瘠乡间的同行乐于享受寂寞一样，自有非同寻常的特质。

曾经，那个背着相机在朝鲜战争烈火中穿梭的十八岁的战地记者边震遐，风华正茂，多次立功受奖；后来从事副刊编辑和电影文学编辑，同样兢兢业业，扶植了许多优秀作品。由他担任文学编辑的影片《 啊！摇篮 》、《泉水叮咚》、《陈毅市长》等，频频获奖，其中《泉水叮咚》相继获得国内国际十三项大奖，首创了中国电影有史以来在国内外获奖的最高纪录。与人合作的电影文学剧本《当代人》和《上海纪事》，拍成影片后相继获湖南省政府奖和国家华表奖。在业余创作中，他也默默劳作，曾在《收获》、《十月》、《花城》、《昆仑》、《小说界》、《萌芽》等全国有影响的刊物上发表过大量作品。一九八六年，他出版了第一部长篇小说《峡谷回声》，大胆地描绘了在那“一天等于二十年”的疯狂年代，一支十万人马的水电建设大军如何忍痛炸毁亲手构筑的围堰大坝，无奈地宣告工程破产的历史教训。在一次专业大会上，一位资深水电专家走上讲台，双手捧着《峡谷回声》朗读相关篇章，失声恸哭，感谢作者理解水电建设者当初空掷血泪的悲哀和重振旗鼓的豪情。1994年，边震遐写了话剧本《梧桐别墅》，通过一座古老别墅的爆破，讲述大上海面貌的改观，像分娩，在阵痛中捧起一个活泼泼的新生儿。该剧在上海演出后，著名文艺评论家蒋星煜曾撰文称赞“编剧不愧为大手笔”，认为《梧桐别墅》“可以说是近年来话剧舞台上少见的佳作”；随后，香港话剧团从内地二十余台优秀话剧中挑上《梧桐别墅》，献演于迎接香港回归的香港艺术节，一时引起轰动。同年出版的长篇报告文学《干戈玉帛》，被军事科学院专家鉴定为一部宣扬我军对外俘实行人道主义的优秀作品，“填补了抗美援朝题材的空白”，比照我们一度对自己的归俘同胞所采取的非人道政策，令人扼腕反思。发表之初即有数十家报刊转载或摘登，后获昆仑优秀作品奖，出书后又多次重版。自一九九五年领到退休证后，边震遐别无选择地变业余写作为专业写作，启动了一个人的文学工程《天螺湾》，开始孤独的奋斗，将他无须为稻粮谋的晚年安宁，注入了《天螺湾》曲折山道里的险峻和上海滩坎坷弹格路上的不平。

二

边震遐在朝鲜战场的上甘岭阵地，目睹过层层叠叠的烈士遗体，从而对人生价值有了自己的深沉理解，不愿趋炎附势和人云亦云，以至在“反右”时被打成“中右分子”，与“右派”同罪同罚；“文革”时又失去自由七年半，被剥夺写作权利。而在彻底平反后，依然不动声色不改初衷，愈加奋发。他曾两度谢辞官职，宁当一名文学马前卒。一位高级记者在为边震遐所做的访谈节目中，曾评论道：“从边震遐的作品里，我们可以触摸到他特有的胆识，窥见到时代的风云，参悟到人生的启示。”而他在回答记者的提问时，则说过这样的话：“我向往与追求的艺术目标和人生目标是一致的，可以借用范文澜先生的两句诗来表达：‘板凳甘坐十年冷，文章不写一句空。’”

网络时代提供了无限辽阔的阅读天地，广泛地接触外部文学世界尤其是年轻作者喷发的才情，反映在边震遐身上的直接效果是，嘴里虽发些朽木难雕后生可畏之类的感慨，从腹中吐出来的文字却往往是灵光闪烁激情四射。《天螺湾》中就播撒着这样的文字。

从一九二七年“四一二”政变到一九三一年“九一八”事变，是《天螺湾》的叙事年代。把故事浓缩在这短短的四年多时间内，不光是因为边震遐曾经为熟悉这段历史做过功课，叙述起来得心应手，更是从创作需要出发，有他的良苦用意：中华民族濒临存亡关头，置于绝地而后生，熬过严寒迎来惊蛰时节，沉雷响起虫豸惶恐，春雨入夜冰雪消融。社会史、个人史，关键处就那么几步，沧海横流方显英雄本色。四两拨千斤，让故事在最具表现力的历史关隘间自如穿行，铺陈情节自然更显张力，人物的生气便会格外灵动起来。边震遐意欲“揭示中华民族摆脱愚昧反抗奴役的艰难历程”，凭借自己原有积累的素材库，这当是最佳的时段定位。

这部小说以沪越地区为故事背景。正如书名所喻示，会稽山区的天螺湾依山傍水呈螺状，山道弯弯，象征生活的曲折，出走的艰辛。浙江又是上海的紧邻，生机困顿时，讨活路的首选之地便是上海。作者在后记中说到：上海的老城原称虹桥，虹桥也就成了上海的别称之一。从乡村跨进城市的人们，无不怀着美好心愿，期望踏上七彩虹桥就能奔向幸福彼岸。大批农民涌入城市，形成一股狂潮。廉价的劳动力，原是创造财富的要素。于是，得风气之先的上海城，便迅速地膨胀与发达起来。无论连接城乡的虹桥上留下了多少沾血的脚印，更有多少人葬身于虹桥下的激流中，而农耕文明的衰落和城市化的进程不可阻挡。

三

正值“惊蛰”时节，顺理成章，古老山村和现代都市的转换调度才是作品严格意义上的叙事场景。主角是堪称乡绅望族的彭氏一家，行仁义事读圣贤书为祖传古风。身为封建族长的父亲，较之普通乡民，有个把贴心贴肺的留洋朋友，原本也在情理之中，将心爱的儿子送出乡村便有了可信的通道，他的儿女们不甘忍受令人窒息的乡村闭塞，想去上海透透空气，也就有了最充足的理由。城乡之间一来二往常来常往，解决村仇的“联姻”法宝显出丑陋的败相，工业文明蚕食小农经济的人文轨迹清晰可辨。

作品有一条悲剧爱情线断续牵扯着贯穿始终，而总体则以文化为辐射，视通万里，思接千载，信马由缰，洋洋大观，天文地理，人情世故，多个特殊家庭天翻地覆般的变迁，可谓上下天光，纵横无羁，又哪里是一出悲剧所能概括！让历史与故事难舍难分地纠缠在一起，读历史时故事成了陪衬，读故事时历史是必需的观照，这种时候，血溶于水，作品的份量无形中渐次加重，表面上疑似条块割裂，实质上正是作者在结构时有意为之的独到匠心。

在如今每年有数千部长篇问世的“丰产”大国，结构创新是写作者不可回避的首选课题，以至对传统手法有颠覆嫌疑也毫不足怪。前人民文学出版社主管当代文学的副总编、著名评论家和作家何启治（曾着力扶植过《白鹿原》和《古船》等多部优秀长篇小说），在阅读《天螺湾》初稿后，赞赏这是一部“具有厚重历史感的优秀作品”，肯定了它的结构“严谨而又合理”，认为：“通过季炎如、夏惠子夫妇和天螺湾、杏源畈的彭、刘两家由联姻而发生的故事，把大都会上海和农村，把中国和日本联系起来，使小说的时代背景更宽广，故事也有了纵深感。”多位通过网络先睹为快的文友对这部作品的结构，也有个颇为一致的评估：“叙事背景广阔而条理清晰，故事线索复杂而从容不迫。”

四

《天螺湾》的人物谱，斑斓丰富而不失典型。小说人物之所以过目难忘，当然是和作者为他们精心编织的情节与细节休戚相关。

并非联姻当事人的彭永骏，因受蒙骗替兄长相亲而陷入一场刻骨铭心的梦魇。这位“好事之徒”深受新知识的熏陶，勇于战胜自我，立志学唐僧去“西天取经”，势在必然。美丽善良的少女刘青燕，由长辈做主，成为结束村仇的礼物嫁给邻村族长的一个半痴儿子为妻，趁进城治病之机，受到城市生活的冲击而萌发命运自拓的意向，还是挣脱不了千年桎梏，最后裸身跳进清澈的溪潭中，静静地躺在彩色卵石上，好似一尊美女玉雕，结束了她短暂的一生。她的性格，与樱花精灵般的日本女子夏惠子形成强烈反差，令人动容。“老夫子”季炎如满腹经纶，说起话来口吐珠玑，幽默风趣，却屡犯“盛年幼稚病”，但又矢志不渝，在大难临头时表现了中国文人威武不能屈的铮铮傲骨。彭永芬和刘世琏原是一对仇村青年，在与新旧军阀斗争中成为战友，人们冒着风险为这一对在非常条件下结合并献身的英雄夫妇，建立衣冠冢于家乡的山岭之巅，仰承流云松涛的抚慰，浩气回荡天地间。费尔曼与柯爱这两个“红毛番”来到历来封闭的天螺湾，惊动四乡，他俩设计的愚人节喜剧，成了“西风东渐”的一种标志性景象。由小妾扶正的老夫人彭汪氏，有着封建妇道受害人和护卫者的双重身份，她阻止因乱伦受孕的孙媳坠胎，作出“肉烂在锅里”的决策，令全家人震惊，又不得不承认这是既掩丑又添丁的最好办法！这位恪守三从四德的“楷模”，死后才从遗物中泄露生前的偷情秘事：原来她的儿子、身为一族之长和一家之主的彭谨祥，并非彭家的嫡嗣，竟与长工彭瓦土是同父异母兄弟。彭永芳的爱情取向被设计成一个谜，揭破才知是一位拒绝正常婚姻而暗恋嫂子的同性恋者，在愚痴环境中凸现了她的倔强与正直。独臂壮汉彭大奎在械斗与狩猎中机智骁勇，待山林遭到破坏无野味可猎时竟吃乳鼠火锅；他对待堕民妻子既疼爱又粗暴，当独子死在他早年挖掘的捕兽陷阱中后，为拯救败坏的风水，慷慨地掘坟自埋，铸就了他作为古式英雄与现代莽夫的归宿。张小珠为求报复，想与三个孩子同归于尽，她的乖戾泼悍，事出有因，让人侧目又同情；她的丈夫彭永骝将早年揪下的妻子头发烧成灰冲酒吞下，又焚毁纪念享有过“初夜权”的一批“桃花巾”，写下表示真心悔改的血书，结果虽放下屠刀也未能立地成佛，仍死于旧仇，隐忍了积重难返之悲……

小说中的四十多位中外人物，各有其貌，呼之欲出，没有一个是蜡像馆中的复制品。

五

读这部作品，我们可以发现，边震遐对探究日本历史投注了极大的热情，对日本文化的研究确有独到的感悟和见解。“花见”，“女体宴”，武者小路的“新村运动”，“俳圣”芭蕉的俳句，东京港区“赤穗四十七浪士”，心性平和的德山方浩医生，匪夷所思的松谷雄次郎表叔，主线自然是季炎如与夏惠子夫妇，两人异乎寻常的爱情、独特的人格魅力和极具个性特质的行为方式，可以毫不夸张地说，在整部作品中，他们仿佛是信手拈来的陪衬，实效分明是异军突起的神来之笔，可圈可点，就人物光彩而言，在同类题材中实属罕见。看得出，作者是花了大力气的，二零零八年《收获》长篇小说专号春夏卷发表的《樱花熬》，就是从《天螺湾》原稿中节选了专事精绘日本的一脉。边震遐在一篇短文中展示了创作这一脉的案头思考：“日本和中国，曾经是同样受到西方列强欺凌的两个东方民族。日本经过明治维新前期的短短二十多年，就由弱国一跃而成世界强国，把一向视为文化恩师的‘天朝’中国顷刻间当作了刀下的鱼肉，任意宰割。这种突变是怎么形成的？二次大战结束，整个日本列岛几乎成了废墟，转瞬间，再次崛起的日本竟变为世界第二经济大国。这种伟力的源泉到底在哪里？在这片以武士道精神作为民族灵魂的东瀛土地上，是否还存在着良知良能和真善美呢？是否还有着值得我们认真思考和借鉴的长处呢？明治维新的成功，曾经吸引大批中国的有志之士到日本寻求救国之道，许多人成了我们民族的脊梁，其中就有孙中山、康有为、梁启超、陈独秀、李大钊、章炳麟、秋瑾、蔡锷、廖仲锴、周恩来、林伯渠、李四光、陈望道、苏步青、廖承志等伟人巨擘；鲁迅、郭沫若、李叔同、周作人、郁达夫、茅盾、夏衍、周扬、丰子恺等新文学主将，也曾留学日本，并在日本开始文学生涯。我们的新文坛，大半是由留学日本回来的文人创造的。为我们所倾心的许多西方新学说新思想，包括马克思主义在内，也大多是经日本介绍过来的。民主革命先驱孙中山一生十六次去日本，把日本当成了国民革命的根据地。我们当代的许多名人，不仅通过东瀛获取了知识，还与东瀛结成联姻，其中有不少日本女子与中国丈夫患难与共相濡以沫，留下了感人肺腑的佳话。当年，徐志摩所以对日本女子赞美得无以复加，除了诗人的浪漫，无疑也有着真切可信的客观依据。”作者对这段历史如此耳熟能详，他是把季、夏当作了两国的精英来赞颂的，难怪读来如此荡气回肠赏心悦目。

六

边震遐举止儒雅文静，待人温和亲切，浑身充满着中国文人的书卷气。文如其人，在这部书里，每当需要展现他的文学素养，总会巧妙自然地流露出来，让读者几乎隔数页便能闻到浓烈的中国古典文化气息：蒲松龄《聊斋》的三字头短诗；礼部侍郎查嗣庭的“维民所止”考题；曹操“狐死归首丘，故乡安可忘”；屈原“长太息以掩涕兮，哀民生之多艰”；赵构书“潮鸣”典故；岳飞《满江红》、于谦《咏石灰》……如此频繁地引经据点，形成了此书的又一特色，强烈地显现了中国小说绵邈幽远的文脉，以自己的创作集中滋养如是几百上千年的审美惯性，引领读者一起重温灿烂国学的硕果。作者在将中华文化引为骄傲的同时，又敢于通过人物和故事，对传统文化的消极面作出犀利的批判和无情的嘲讽，引人思索。

灵活地运用形象生动的民间俗语，是当下小说语言的稀缺表达。边震遐有过十二年的童年乡村生活经历，高寿仙逝的母亲晚年一直和他住在一起，那些使用范围极其狭小的乡村俚语，经过他精心打磨用到了作品中，如“有话不说出口，夜里睡觉就会磨肚皮”，“日里讲到夜里，菩萨还在庙里”，“命里注定九升九，走遍天下不满斗”，“有点数脉”，“汗毛凛凛”等等。边震遐把这些土气十足的语言和古典精文搅拌在一起，构成了个人语言的基本元素，而语言的创造正是文学创作中最具生命力的部分。

《天螺湾》的叙事风格既朴实又隽永，有时像淙淙山溪，有时像汹涌海涛。写往日的上海滩，在繁华和浪漫背后，能看到泪泉血波和奔突的地火；写日本关东大地震，可以感觉地壳晃动，烈焰炙烤；写钱塘大潮，似见玉城倾倒，气势磅礴；写会稽山村，就像走进鸟语花香的童话世界。近来有评论家提出：我们到底有多少家底，能够捍卫我们的文化价值观？在某些敌视中国和平崛起的外籍人士中，比较起恣意叫嚣对华动粗的武夫，那些坚持主张“改造”中国文化的谋士，显然更值得我们去重视。作为一切艺术形式之母，文学更应该查一查自己的“家底”，反观边震遐们在语言方面的努力，更能凸现其意义。

一百年来，写上海的小说，我们可以举出一大串如雷贯耳的作家和黄钟大吕式的作品。边震遐这部题为《天螺湾》的小说，也写了上海，让人眼睛一亮，有人认为这部作品“所书写的题材和人物，在中国当代文学序列上是独一无二的”。边震遐提供了写作上海的另一种可能，延续了大上海一段不该遗弃的文学记忆。他是在退休之后动的笔，“闲着也是闲着”，就写了，交卷了。这个事能让许多人拧着脖子好好想一阵，当然不会局限于文学。

2010年2月

第一章
天螺湾通上海滩

人生就像大海中的一条小船，谁也不知道什么时候遇上什么样的风，会把小船吹向哪里。

民国十七年的早春时节，新娘子刘青燕完婚不足一个月就得了病，求遍乡间郎中不见起色，便由公公和小姑陪护着，离开浙江会稽山脉西麓的天螺湾，迷茫地跨进了繁华的上海滩。上海滩的老城原称虹桥，虹桥便是七彩之桥，乡民们有难，就会想着奔赴虹桥，寻找吉祥。

到火车站迎接刘青燕一行的，是她的小叔子彭永骏。刘青燕在嫁到天螺湾之前就见过彭永骏，是她见过的第一个彭家人，却没有话说。她的目光冷冷的，呆呆的，似乎面前压根儿就没有彭永骏这个人影，瞳仁后面掩藏着一种奇特的心情，谁也猜不透。

来到法租界福煦路的季宅门外，迎出一位身材苗条衣着得体的女子，向客人含笑一瞥，就热情地说："欢迎！欢迎！炎如君刚刚还打电话来问你们到了没有？他有事不能去车站接你们，真是对不起啊！请多多原谅！"说着，就退到门旁，双手相叠垂放在身前，深深地鞠躬致礼。

这位笑起来眼睛弯弯说话清脆爽朗的女主人，正是彭家经常当作谈资的东洋女人夏惠子。她从小生长在上海，因为家道中落随父亲回东京，后来嫁给中国侨民季炎如，又来到上海，一眨眼已过了十多个春秋。

刘青燕的公公彭谨祥和季炎如一向情同手足。季太太在东京读过医科大学，不但本人懂医，还能帮着介绍名牌医院名牌医师，彭谨祥的三儿子彭永聰和小儿子彭永骏在上海做事，也方便照应。正是这样的原由，彭谨祥才领着刘青燕投奔上海季家的。

夏惠子早年随丈夫去过天螺湾，彭谨祥心里嘀咕："这个东洋婆的模样为啥一点不变呢？三十出头了，还是白白嫩嫩的，脸上看不到一根皱纹，腰枝总那么细挑，到底服了啥神丹仙药能青春长驻，成精了！"

寒暄过后，宾主就坐定了下来。品茶吃零食是解除窘迫的好方法，可是没有流畅热烈的谈话，总不是滋味。夏惠子知道客人的心里有些沉重，一时也找不出适当的话语来宽慰。彭永骏便提议，让女主人陪客人先看看花园看看房屋熟悉一下环境。

夏惠子领着客人踏进了花园。这片不过数丈见方的小小园地上，一片葱茏。女主人如数家珍地介绍着她亲手栽培的竹树花草，引得彭谨祥和他的小女儿彭永芳啧啧称赞。

彭永骏说："惠子阿姨的园艺功夫很了不起的，拿到天螺湾去，准能把天螺湾莳弄得像蓬莱仙境，乡亲们说不定会把惠子阿姨当成天上下凡的仙姑哩！"

总算有了笑声。可是刘青燕还是不说不笑。彭永骏始终不敢正面看她一眼，只有夏惠子不停地看她，好似鉴赏一件刚刚出土的稀世珍宝，盯着她看，看得她不敢抬头。

刘青燕简直像一只被猎人捕获的小鹿，刚从森林中转移到了一个陌生的地方，不知道面临的是好运还是厄运。她老是睁大着一双疑惑而疲倦的眼睛，怯怯地环顾四周，既好奇又警惕。夏惠子问她话，她不是点头便是摇头，总不开口说话。

"说话呀！哑巴啦你？"心直口快的彭永芳着急了，拽着她的衣袖小声催逼。

刘青燕垂下长长的睫毛，真的像哑巴。

夏惠子说想必是路上劳累了，就让彭永骏带上三人，到附近澡堂去泡个热水澡解解乏。

泡完澡，夏惠子悄悄地向彭永芳打听了一番刘青燕的病况，就牵起刘青燕的手，来到一间和室门口，拉开格子门，让她脱下鞋子，踏上用亚麻布滚边的榻榻米。又招呼彭谨祥、彭永芳和彭永骏一道脱鞋进入房间，围坐在矮桌四周的布垫上。和室虽小却整洁，榻榻米飘散着一股干草的清香，矮桌上摆着艳丽的插花，虽说是一派异族格调，并没有使客人产生不舒服的感觉。

彭永骏自从高小毕业就到上海读书，一直到就业，都住在季炎如和夏惠子家中，他以半主半客的口吻说："这间屋子是地道的日本式卧房，如果惠子阿姨的家乡来了亲朋好友，就住在这里，可见惠子阿姨不把我们当外人。"

刘青燕的眼睛忽然亮起来了。她看到对面壁架上摆着一溜布娃娃，有男娃娃有女娃娃，有黑头发黑眼睛的，也有金头发蓝眼睛的，穿各式各样的衣裳，哭的笑的挤眉弄眼的，各种表情的都有，十分可爱。

彭永芳的视线也落到布娃娃上面，忍不住叫了起来：“呵！多好玩呀！”伸手就捉过一个来玩。

“没有规矩！”彭谨祥呵斥，“快放回原处，只许看不许动。”

“这些都是我自己用边角布料做的。”夏惠子说，“不值钱，就是做来玩的嘛！”说着，走到墙边，挑了一个特别漂亮的女娃娃，递到刘青燕的手中，又说：“等你的病养好了，胖点起来，一定会比这个娃娃还要好看哩！”

女主人的热情，使刘青燕因为陌生而显得紧张的神情放松了下来，和室氛围更是勾起了她的好奇心，她开始东张西望。在南墙边有个立柜，装着玻璃门的上档中，一件彩瓷艺术品首先引起了她的注意：两个大块头男人脱得赤条条的，只扎一根腰带和一条窄窄的兜裆布，紧紧地扭在一起，一嘟噜一嘟噜的肉就像会掉下来。她望着这一对蛮男人，呆住了。

“好玩吧？这叫相扑。”夏惠子笑道。

“啊呀，丑死了！”彭永芳又怪叫起来，“像两座肉山嘛！”

“相扑本来就是中国秦汉时代的角抵啊。”夏惠子说，“后来传到日本，还定成国技，要求相扑力士越肥越胖越好。离开日本看日本，我倒也不觉得相扑是一种美，只是觉得滑稽好玩罢了！”

夏惠子起身走到立柜旁，打开玻璃门，小心翼翼地把另一件瓷器端到了矮桌上，笑着说：“还有一件宝贝呢！这才真正是美的，不过，你们看了可不要吓一跳唷！”

刘青燕果然最先吓了一大跳，苍白的脸容霎的一下红到了耳根。这是一件典型的东洋瓷器，质地十分精致，造型是一只乳房，一只年轻而饱满的女性乳房，底座设计是樱花和服掩映下的胸脯，乳晕连着乳头是个盖子，细腻的釉色皎白粉嫩，如脂似玉，又有女性的皮肤质感，乍一看就会觉得，这是世上最健康的母亲才配拥有的天赐丰乳。

“这叫乳皿。”夏惠子捧着瓷器，用茶道礼仪轻轻地转了一个圈，深沉地说，“是我妈妈留下的，可以装食品，妈妈临死前交代我一定要好好保护，她说这个乳皿是日本瓷匠按照中国名瓷‘胭脂红’改进制作出来的，有两百来年历史了，要当一件传家宝代代传下去。妈妈说过，婴儿一出生眼睛还没有睁开，就懂得寻找一件东西，就是乳房啊！婴儿只有吃饱了妈妈的乳汁才不哭，只有嘴里含着妈妈的乳头才能安稳睡觉。乳房是哺育生命的宝器啊！所以这个乳皿是用来赞美母亲的，是真正的艺术品。头一回见到的中国人，想必会有点不好意思吧！”

刘青燕的呼吸有点急迫，两颗桂元核似的黑亮眸子愣愣地盯住乳皿，凝固不动了，随着脸颊上的红晕稍稍褪去，眼角却挂下了晶莹的泪珠。

夏惠子默默地移坐到刘青燕的身旁，冷不丁捧起她的脸颊，在她额头上吻了一下。刘青燕哭了，夏惠子一扳她的肩膀，她就顺势倒进了夏惠子的怀抱。

彭谨祥和彭永骏彭永芳兄妹俩都被这个情景弄得非常不安，面面相觑地说不出话来。夏惠子致歉说："真是对不起啊！让你们不开心了！都是我不好，可我不是有意的，请多多包涵！"

"哪里，哪里。"彭谨祥说，"阿燕是病人嘛，怎么能怪我的好弟媳呢？"

说到病人，夏惠子仰起脸，沉思片刻说："不好意思！刚才我无意间做了一次病情预检。预检下来让我高兴，阿燕病得不重。真的，真的，我不骗你们的。"

彭永骏双目放光，想说什么又没说。彭谨祥和彭永芳傻住了，莫名其妙。

"但愿如此！"半晌，彭谨祥舒了一口气道。

傍晚时分，在报馆当主编的季炎如乘黄包车回到了家中。见到三位远客，用手指推推眼镜架呵呵呵地笑着，连连说："来了就好，早就该来了。上海是座大虹桥嘛，踏上虹桥能遇难呈祥哩！"

身为天螺湾彭氏大族新任族长的彭谨祥，不能不为新媳妇的病情深深担忧。刘青燕才十六岁，出嫁前无忧无虑的，活蹦乱跳像一只山雀，没料到办完婚事不久便蔫了，脸上失去了光泽，瘦得脱了形，好似变成了另外一个人。全家的长辈都为阿燕着急，一次次请来葫芦镇上的郎中，一番番的"望问闻切"都不得要领，真诚劝说趁早进城，找个大医院查清病根，好对症下药。阿燕的健康关系重大，她从邻村杏源畈嫁到天螺湾，是彭刘两族结束长年村仇恢复和睦的标志性大事，倘若闹出个三长两短，不但没法向亲家交待，还会引起两村人心浮动，若是重开械斗，后果不堪设想。可是要让阿燕到上海看病，开支肯定不小，刚退下族长职位的老父亲彭荣灿也犹豫难决，多亏母亲彭汪氏及时拿出了主意。在家里，这位满头银发掉落一半牙齿却又脸色红润的老夫人，常常会在关键时刻起到关键作用，她捋着佛珠喃喃说："该进城就进城吧，今年立春早，又是闰二月，眼看着蚕月就到了，耽误不起的！再问问亲家，是不是有不同主张？"

天螺湾是蚕丝之乡，历来把养蚕当作祖传的神圣事业。春蚕是大头，蚕月一到，芝麻粒儿似的蚕蚁刚刚孵出，家家闭户，走亲访友喜庆祭吊活动一概停止，就连经期的女人都要忌讳，绝不许进出蚕室，更不要说病人了。彭汪氏说罢，一家之尊的彭荣灿老人也就点了头。余下的事情，便由公公彭谨祥张罗。阿燕从五岁起就成了孤儿，是靠杏源畈的刘氏族长刘家梁领养长大的。当天，彭谨祥就从杏源畈请来了刘家梁和夫人姚素娟，一同商量妥贴，才算把阿燕赴上海就医的事敲定了下来。

小姑彭永芳主动请求陪新嫂嫂出门，爷爷奶奶考虑到盘缠负担，开头不答应，阿芳说我有点积蓄，盘缠自出一半吧。阿芳从师范学校毕业后，本来好端端留在杭州教书，半年前为了赶新潮演文明戏，犯了有伤风化毁谤圣贤的禁条，被校方解职，害得别的学校也不敢聘用她，只得回家赋闲。彭谨祥明白女儿心境不好，向爷爷奶奶求情让阿芳同行，除了照顾阿燕，还可以借这个机会到上海寻找职业试试。这一说，爷爷奶奶便应允了。

就这样，刘青燕由公公和小姑陪护着，在山村幽兰飘香，到处开满杜鹃花，家家挖新笋采马兰摘鲜蕨的闹春时节，离开家乡，来到了上海。

晚餐以后，夏惠子郑重其事地安排了一个日式茶道节目，算是为远方的来宾洗尘。完了便忙着照料起客人的安宿杂事。

彭永骏来到和室外。和室成了临时女客房，夏惠子正在为刘青燕和彭永芳整理被褥，见彭永骏踯躅在门口，就招呼他说："进来呀，跟嫂子和妹妹聊聊天也是应该的嘛！"

"我想单独跟阿燕说两句话。"彭永骏鼓足勇气小声喊："阿燕，请你出来一下好吗？"

刘青燕说话了，说出了她跨进上海滩以后的第一句话。她头也不抬地回答："我不认得你！"

"我不认得你！"她竟对小叔子甩出这样没轻没重让人下不了台的话。

夏惠子和彭永芳都愣了，不知道怎样才能缓和气氛。彭永骏的脸一阵红又一阵白，感到没趣，只好讪讪地回他的卧室去了。他原来只想跟刘青燕解释一下梗在胸中的一个误会，当面道个歉，好缓和紧张关系，不料碰了一鼻子灰，心中嘀咕："这个野囡，我可怜你都不领情，倒有点儿倔脾气哩！"

这时候，季炎如和彭谨祥正在书房里，关上门促膝长谈。看得出，两位长者除了为刘青燕治病的事以外，还有着其他要事急需商量。

光绪廿六年，也就是公元一九〇〇年，二十二岁的彭谨祥怀着忐忑不安的心情，独自跨出诸暨县境到了杭州，行前对父母说是找西医看病，实际是想要参加乡试。他十四岁中秀才，在本乡本土历来负有才子盛名，多少次想突破祖上的约束，试试自己的潜能，再考个举人进士啥的好光耀门庭。学而优则仕，奈何父亲执意不允他走仕途。进了杭州城，心里还是直打鼓，究竟要不要投考？考不中倒也罢了，考中了又怎么回禀父亲？他举棋不定，便去西子湖畔的灵隐寺求签，竟得了个上上签。

彭谨祥在大雄宝殿前给菩萨敬了一炷香，回身走出寺门，忽然见到寺院旁聚着一堆人，挤进人丛才看清是个写字摊，摊主是个小后生，写得一手好字，真草隶篆尽显风流潇洒，用非常低廉的价格专给顾客书写联语条幅，古诗词又熟悉，要什么名句都能随口吟来提笔写下，生意好得不得了，连磨墨展纸都来不及，只得由顾客代劳。彭谨祥饶有兴味地在一旁观看，耐心地等到收摊时分，就真诚邀请摊主到自己下榻的客栈小酌，畅谈了一整夜。

这个摊主就是季炎如，那一年正好二十岁，原是山东济南人，因为逃婚来到江南，寄居在一个远房穷亲戚家中，摆写字摊只是为解一时生计的窘迫。

谈起科举事，季炎如竟说："甲午一战日本大胜，中国大败，证明如今的清廷早已腐朽不堪，大小列强都忙着瓜分广袤华夏，面对这样一派凋蔽的朝末景象，你就是金榜题名又有啥意思？"

一句话，噎得彭谨祥半晌出不了声。

彭谨祥对这回赶考本来就神思不定，听了季炎如的议论，便撕碎了那张上上签，决断地放弃应考。回乡前，他与季炎如一同游览了靠近杭州的富春江胜景，在严子陵钓鱼台的嶙峋石崖上，还探讨了一番严子陵当年退隐避官该与不该的问题。谈得投趣，两人都有相见恨晚的感觉，便按照习俗交换了兰谱，正正经经地焚香告祖考，成了结拜兄弟。彭谨祥还把随身携带的一块玉石印料赠给季炎如，让他变卖成现钱，另谋生路。不久，季炎如就到了上海，进一家报馆当上一名见习编撰，三年后有过一次草率的婚姻，妻子熬不得清苦，很快投入了别人的怀抱。季炎如有痛无恨，随着东渡求学的热潮，去了日本，回国的时候不但事业有成，还带回一个称心如意的东洋太太。

彭季二人萍水相逢建立起来的友情，历久不衰。季炎如侨居日本的长时间中，与国内保持着亲人一般通信联络的，也只有彭谨祥一人。他始终把彭谨祥看作是自己的恩人和兄长。

书房里，二人各自一杯浓茶一支烟，在灯下开怀畅谈。老友相聚，回眸结识以来的种种情景，就像品味陈年佳酿一般有滋有味。

民国以来，虽然连年军阀混战，托安于列强租界的上海滩却进入了发展兴旺期，趁着孙中山先生倡导实业救国，民族资本也迅速崛起，在上海扎下了地盘。季炎如到过天螺湾，早就知道天螺湾耕地少，与邻村代代结仇，乡亲们生活艰难，彭家人口多，遇上灾年也有断炊之虞，便几次写信给彭谨祥，让他到上海来看看，能不能办点实业，换一种活法，留一条后路。彭谨祥不是一个多谋善断的人，虽然心有所动，却瞻前顾后拿不定主意，总想等到天下太平以后再说。不料去年北伐军节节胜利，可是一到上海，就听说和成百万的工人队伍闹起了冲突，演变成“四一二”血案，时称赤色风潮，死了很多人。就在这个时候，彭谨祥的长女彭永芬也在上海失去了音讯，他着实为这件事折磨得寝食不安。彭谨祥这次来到上海，除了为阿燕治病，同时还连带着两件要紧事，一是想托季炎如想想法子，尽快打听到阿芬的下落；二是看看上海的行情，找一找到底有啥实业可以做。至于为阿芳在上海求职的事，比较而言，便不算重要了。

“人生在世不如意事常八九。”季炎如宽慰彭谨祥说，“尤其在这世道交替兵荒马乱的时候，谁家不曾碰到过烦心事？先稳住神，路要一步一步地走，船到桥洞自会直，就是遇上死结也得有耐心才能解开。”

第二天，夏惠子带着彭永芳，陪同刘青燕到一家日本医院看病。这家医院规模不大而设备齐全，上门看病的人多半是日本侨民和有钱的华人。医院副院长兼内科主任德山方浩是惠子父亲的老朋友，比父亲年长一岁，称得上世伯了，享有东京帝国大学医学博士学位，当惠子父亲小林哲在上海的事业最为鼎盛时期，担任过惠子家的保健顾问。小林哲遭遇破产的当年，带着家眷回到东京，后来惠子随季炎如重返上海，开头生活艰难，曾经受到德山方浩的关照，在这家医院当过医助，所以跟医生护士也都熟悉。为刘青燕看病，夏惠子事先同德山方浩通电话作过预约，当然也就一路顺畅。

刘青燕先是接受常规检查，包括妇科。对一个平生头一回踏进洋医院的乡下姑娘来说，每一项牵涉到宽衣解带的检查都是尴尬事，几次上了体检床都逃下来，靠夏惠子和彭永芳又劝又哄又吓外加动手动脚才得以就范。好几项检查都需要有个化验过程，一时难见分晓，而其中一项直观检查的结论，当场就让夏惠子知道了底细。

女医生撩开帐幔，用日语同夏惠子咕噜了几句，夏惠子就现出了满脸的惊愕。彭永芳急急地凑上去，问她有啥不对头？她把彭永芳拉到一旁，悄声道出了真相：“阿燕结了婚，怎么还是处女啊？”

彭永芳听了，有一点恍悟的神情，却又觉得不便说什么。

在夏惠子看来，这不是秘闻而是症状。回到家，她就把这事跟彭谨祥直说了，自然也跟丈夫直说了。彭永芳认定这事用不着对亲人保密，也如实告诉了她的四哥彭永骏。

彭永骏的脑瓜嗡的一声响，好比着了一记闷棍。他突然明白了阿燕的病因所在。

清醒是痛苦的。彭永骏意识到，一个好端端的少女落入陷阱，自己居然充当了诱饵的角色！

第二章
一场联姻的梦魇

并非联姻当事人的彭永骏，怎么也没有想到，稍不留神竟会陷入一场联姻的梦魇。

民国十七年初，眼看就是龙年佳节了，春风得意的彭永骏从上海先乘火车到杭州，杭州以南不通火车，就换乘小汽船和乌篷轿，水陆兼程，直线距离不足三百公里的路途，头尾花去一天半工夫，踏着桃符更新的鞭炮声，回到了浙东山乡的天螺湾老家。

彭永骏是天螺湾彭氏族长彭谨祥的四公子，自从辛亥革命成功以后，成了当地崭露头角的头号大学生，称得上时代幸运儿。他仗着国文和英语两门功课学得好，没等毕业，就破例受到一家英国洋行的预聘，等一只手拿到毕业证书，另一只手也就拿到了就业聘书，当上了一名让人羡慕的洋行办事员。

幸运儿衣锦还乡不算稀罕，稀罕的是他为家乡带回了新奇的“大年贺礼”—— 两个西洋朋友。于是，不光是小小的天螺湾，还有天螺湾所在的葫芦乡，方圆几十里一时传为千年不遇的新鲜事。天下之大真的会有红头发蓝眼睛的红毛番？乡下人历来只相信耳听为虚眼见为实，好些人家平常不大走动的外村老亲戚们，便借故翻山越岭到天螺湾探看新奇来了。

两个洋人是一对情侣，男的是英国人费尔曼，新闻记者，女的是法裔美国人柯爱，供职于基督教上海女青年会。他俩都是彭永骏在圣约翰大学的校友，都通中国话，都爱好旅游，一跨进天螺湾，蓝眼珠就发亮，对这里的民居、祠堂、庙宇、水力磨坊和自然风光全感兴趣，到处溜达观赏。这对洋人来到天螺湾，给一方山民带来了新奇，也平添了麻烦。从外村赶来凑热闹的亲戚要照应，破费又劳神；彭家还飞来横祸，彭永骏的侄儿彭盛庭才七岁，在围观红毛番的时候不小心让人挤倒在地又踩了一脚，伤了手腕。村里便有老人说，红毛番进山冲撞祖魂，招来了晦气。

彭谨祥是在不久前才从父亲手中接下族长重任的，一心巴望着平息村仇后的头一个大年过得祥和欢乐。料不到事与愿违，就独个儿找彭永骏谈话。他说：

“阿骏啊，你回乡过年，为啥要带上一对红毛番呢？弄得全家全村都不安生！”

彭永骏刚想申辩，发现父亲脸上布满皱纹，好像比一年前相见时衰老了许多，只得按捺住性子，小声劝慰道：“阿爹不必担心，红毛番终究不是红毛虎，不会吃人的。要说不安生，实在是因为山里人少见多怪呀！”

彭谨祥说：“不管怎么讲，你得留点儿神，爷爷的脸色不好看哩！老人家卸下了族长的担子，又放心不下，容易上火的。”

费尔曼和柯爱刚踏进天螺湾如鱼得水，很快就感到不舒服了，就因为看稀奇的人太多，有点难以招架；随即又从彭家长辈们的眼睛里看出了异样的神情，开头那种新鲜好客的味道没有了，剩下的便是一种克制着的厌烦。他俩本来说好要呆一星期，等过了大年才走的，结果，临时决定提前离开天螺湾赶回上海，第四天一大早，乘着曙色熹微之时，便登上了归程。

中午的饭桌上，彭盛庭手痛拿筷不便，怨红毛番，他的一对双胞胎妹妹才五岁，唱起了别人新编的童谣：“红毛番，红毛番，红红的头发绿绿的眼，三分像猴七分像妖怪！”彭永骏的傻大哥彭永骅平时神情木讷，这会儿也来了劲头，跟着唱。小妹彭永芳大声呵斥：“不要瞎吵吵啦！把西洋人叫红毛番是前清人的叫法，背时了。”不料，作为原先一族之长和现时一家之尊的彭荣灿老爷，竟然当众发了脾气，这位八旬老人抖动着山羊胡子，指着小孙子彭永骏的鼻子厉声呵斥：“都怪你，好事之徒，吃饱了撑的！”

“好事之徒”回到家乡，踏进了称作香樟大院的故宅，就像一只本已放了单飞的小鹰重又进入出壳时的窝巢，被母鹰的宽大翅膀所紧紧覆盖，在享受温暖的同时，却也失去了自在。他开始感到身不由己，一切行动都要受到环境的制约和长辈的摆布。

熬过一连三天的繁文缛节，大年初三黄昏，气温骤然下降，半夜光景就飘起了鹅毛大雪。第二天太阳刚出山，庶母傅灵芝来到晒谷场，从打雪仗的青少年中找到彭永骏，叫他快快回屋，说有要紧事。傅灵芝是彭谨祥的二太太，尽管是彭永骏的亲生母亲，但是身为小妾，却不能享有母亲的名份，原先只能称姨妈，辛亥革命后废除旧制，才改称二妈。可是，十多年过去了，她还是战战兢兢的样子，小声催促阿骏快点快点，莫让爷爷发火。彭永骏心里有数，只要是爷爷叫他，不会有好事，又违拗不得，只得拍去身上的雪碴，悻悻地走回自家的院门。

跨进厅堂，只见红木纱帽椅上坐着爷爷奶奶和父亲母亲，还有朗庆叔公，人人都春风满面的样子。

彭谨祥一见小儿子皱着眉头，稍稍清了清嗓子，带着一点故作庄重的口吻说："阿骏你听着，彭刘两族的这棵和睦树培植起来不容易。为着保住当下这个好光景，要你立马到杏源畈走一趟。"

彭荣灿对小孙子有成见，咕噜噜地吸了几口水烟，讥诮说："不用怕嘛，不是让你去下战书的。两村讲和了，你是太平使臣了，人家会把你当贵客款待的。"

祖母彭汪氏笑笑说："阿骏你就随朗庆叔公一道去，只是为我们两代长辈送点礼品，随便讲几句客气话就成，坐一会儿就回来，有啥事朗庆叔公自会应酬的。"

何朗庆老人是早年落户天螺湾的外地客，孤身一人，因为有恩于彭荣灿，彭家一直对他好，请他当了管家，让他住在香樟大院里。彭永骏叫他叔公，从小不爱亲近他，说不出理由，或许就是爷爷太亲近他的缘故。

彭永骏的心中十分疑惑，好半天不说话，又经不住一双双眼睛的逼视。每一双眼睛都是长辈的眼睛，就像是火炭在炙烤着他，感到浑身不舒坦。

"看你神不守舍的样子，到底记住了没有？"彭荣灿问。

"这么简单的事能记不住吗？"彭永骏有意显出一点举重若轻的潇洒，"我照办就是。还有啥吩咐？"

陈银凤作为名媒正娶的大夫人，她对庶出的阿骏怀有嫡母的身份和责任感，有意避开阿骏的阴沉目光说："爷爷奶奶和阿爹的话你可要记在心上，到了刘家一定要懂规矩识礼仪。"说到这里，见婆婆彭汪氏眯着老花眼在上下打量阿骏，立刻悟到乡下老人对城里人的洋装看不入眼，又婉转地补上了一句："正月里天天算过节，换套新衣裳再去吧！"

彭永骏答应一声就要出门，爷爷又叫住他："你的眼睛近视不厉害，戴副玳瑁镜像只花脸猫，这回就不要戴了。你从小离乡，土话也讲不地道了，最好少开口。"

彭永骏梗着脖子说声是，像憋急了尿，来不及地调转屁股就出门，心里嘀咕："老牛筋，明明要我做事，弄得跟过堂受审一般。"

他出了客厅，就进了二妈的房间，向傅灵芝探听让他出使杏源畈的真实意图。傅灵芝跟血脉相连的亲儿子说话不装腔作势，只可惜她不清楚这件事的真相，只估摸出一丁点儿端倪又不便说。家中安排任何大事，公公婆婆和丈夫从来不让她过问。比较下来，傅灵芝和陈银凤还算谈得来，因此答应儿子，等私下里向大夫人打听打听，只要能打听出眉目，一定照实告诉他。

脱下玳瑁眼镜，换上一件青缎长袍，加上一条黑色绒线围巾，彭永骏就跟着何朗庆上路了。他十分不情愿地接受长辈的旨意，去执行一项为他所不明底细的新使命。

礼品是由长工彭瓦土和他儿子彭小闩用笼篮合抬的。彭永骏见笼篮上盖了红缎，一根黄楠木杠压得颤悠悠的，就问何朗庆，笼篮里装了些啥礼品？何朗庆说他也不清楚，反正是大礼。又问为啥要给刘家送大礼？何朗庆含糊地说，两村讲和了，礼尚往来嘛。彭永骏见朗庆叔公闪烁其词，也就不愿多问了，心头闷闷的，只觉得这趟差使有点蹊跷。

一行人来到南虎岗下的凉亭中，在石凳上坐下来歇脚。彭瓦土感叹连年闹村仇苦，出门不能走大路，从天螺湾挑担去葫芦镇赶集，也得爬杜鹃岭绕开杏源畈，真累死人！接过彭瓦土的话茬，何朗庆讲起了天螺湾和杏源畈结冤的事。何朗庆虽说是外乡人，却在天螺湾生活了大半辈子，加上通文墨，记性好，还到县里查过志书，有关客居地的掌故，比本乡本土的人知道得更清楚。

葫芦乡人历来称械斗为“打人阵”，是一种有阵势有规模的争斗，不是通常几个人或几伙人的小吵小闹。天螺湾和杏源畈是葫芦乡最大的两个自然村，两块山谷洼地构成一个东大西小的葫芦状，一条清澈的黑沙溪贯穿而过。彭姓的里村占上游，所在的小谷地像个海螺，传说是从天上掉下来的，原来称天螺坞。祖宗觉得这个地名不够气派，自从彭荣灿当族长起，借着黑沙溪依傍山势沿着谷地流成一个弓形大湾的漂亮风水，改名为天螺湾。刘姓的外村据下游，中间只隔着一个由南虎岗和北虎岗互为犄角的险要隘口，情势紧张的时候，彭姓人和刘姓人都派有练丁对峙警戒。

据说两族的世仇发端于宋朝高宗年间，金兵侵犯中原，刘姓的祖先原为皇亲国戚，跟着皇帝逃难来到江南，强行在杏源畈安下了家。彭姓人自称是越王勾践的子孙，上千年前就从会稽山迁到了葫芦乡，不许外来人断了本族的发祥地脉，无处评理，就开始与刘姓人刀棍相向。两族人各不相让，世世代代杀来杀去，计不清死伤了多少人，焚毁过多少屋，杀得最凶的时候，葫芦乡大小村落的双方血亲都动员起来集团拼搏，互毁宗庙互掘祖坟，抓住俘虏就用怪刑酷刑，最轻的是燎阴毛，只是羞辱；最残忍的是点“天灯”，用破席卷起来浇上桐油活活烧死。恨到极处，恨不能食肉寝皮才甘心，弄得两村间经常断绝往来，许多人家扶老携幼跑反到外地过流浪日子。没料到血与火并不曾使彭刘两族衰亡灭绝，只要情势稍一缓和，跑反的村民又都回到本土重建家园，胆颤心惊地过日子。若不是北伐军攻克浙江局势大定，彭刘两族的世仇还不知道何时才能平息……

听着彭刘两村从结仇到和解的历史，对于从小离乡的彭永骏来说，就像听故事一般入神。

杏源畈的族长刘家梁和夫人姚素娟，预先就知道了彭永骏一行人的来意，老远奔出屋来迎接，把贵宾一直迎进自家的厅堂。

姚素娟特意把彭永骏领到一把面朝内室背靠南墙的红木椅子旁，双手搭肩按他坐下。在刘家梁与何朗庆互相施礼时，彭永骏想起出门前长辈们的频频告诫，便抿上嘴尽量不说话，只是含笑点头作谦恭状。

寒暄声中，刘家人收起了礼品，便向来客奉茶敬烟，又把一碟碟糕果往客人旁边的茶几上端。

这时候，彭永骏突然发现对面的门帘微微动了动，透过窗外射进的逆光，门帘后边有个身影在若隐若现，那苗条的轮廓和朦胧的色彩美极了，简直像一幅西方印象派画家的作品。彭永骏的眼睛亮了起来，遗憾没有戴近视镜不能把焦点落到实处。为了看得清楚点，他不由自主地倾身向前，脖子上的围巾滑落了一头，下意识地甩上去，又滑落下来。他傻傻地抓住围巾的一端继续注视着门帘，实际是注视着门帘后面的倩影，恨不能冲上前去掀掉门帘看个仔细。可惜，正眨巴着眼，奇妙的倩影就倏地闪了开去，不见了。随即，门扉也轻轻地掩上了，给他留下了一个诡谲的谜。

出使杏源畈，对彭永骏来说到底是一个怎样的谜，实在让他颇费思索。回到家，他不敢问爷爷和父亲，撒个娇问奶奶，奶奶借着耳背装作听不清，逃避回答；偷偷问嫡母，陈银凤也借故躲了开去。

当天夜里，刘家梁和姚素娟夫妻俩到过彭家一次，由彭家的两代长辈接待；傅灵芝作为偏房，早就自觉回避了。等客人离去以后，陈银凤主动找傅灵芝谈了好一阵子，向她交了底。

彭永骏走进傅灵芝的房间，面对这位身为庶母的亲娘，小声问：“好二妈，快说说，彭刘两家到底在搞啥名堂？阴阳怪气的！”

“正经事哩，怎么能说阴阳怪气？”傅灵芝嗡嗡地摇着纺车，头也不抬地悄悄说。

“难道是为我的婚事？”彭永骏一愣，脱口问。

古来男大当婚女大当嫁，自从彭永骏过了十八岁生日，长辈们就开始谋划他的婚事了，还多方托媒，为他物色过好几个对象，都是体面人家的黄花闺女，可他都一一回绝了。彭永骏心里想，是不是眼下迫不及待了，有意做个圈套要我往里钻？

“好哇！”想到这一层，他的眉毛倒竖了起来，“故意让我去相亲，让人家姑娘躲在帘子后面偷偷看我，却不许我看人家，没准是个丑八怪！啥年月了，还兴这套陈年老规矩，也不怕世人笑话！”

“你讲婚事倒也没错，是婚事。可这桩婚事并不是你自己的婚事，相亲也不是给你自己相的亲。”

彭永骏张大了嘴巴说不出话来了，活像猛的吞了一个馒头噎住了喉咙。

“莫要急，让我细讲你听。”傅灵芝平静地说，“这些日子来，你爷爷奶奶就为你大哥的婚事操心。这桩婚事关连着彭刘两村和亲的大事。合庚也合过，命相不冲的。爷爷奶奶还有你父亲嫡母同女方的长辈商议好了，都主张按照民国新规矩，婚事可以俭朴一点，只求办得快。”

“刘家姑娘是谁？”彭永骏缓过了神，取下眼镜，用手帕轻轻擦拭着，又问，“她晓得我大哥是个半痴吗？她愿意做我的嫂嫂吗？”

“刘家姑娘嘛，就是杏源畈族长刘家梁的过房女儿刘青燕，长得蛮秀气的。你大哥半痴不要紧，媒人和刘家梁夫妻都见过了。父母之命媒妁之言，姑娘愿不愿意有啥要紧？你倒去打听打听看，自古以来，葫芦乡有哪一桩婚姻是由着姑娘本人做主的？”

“听说刘青燕的小名叫野囡，她能服了这样的安排吗？”

傅灵芝耐心解释说：“让你跟朗庆叔公一道去刘家，就是为了让姑娘照一照面，万一到拜堂的时候寻死寻活闹起来，那就不体面了。”

彭永骏的心头一震，愤愤地说：“他们合伙骗人不算，还让我也当骗子，这不是存心要害刘家姑娘一辈子啊！”

傅灵芝好像没有把这件事看得那么严重，理好纱线，又摇起纺车来，一边劝说：“你讲出话来，总是连牛蹄子都踩不烂的，叫爷爷听见了又得发火。阿燕姑娘过门以后终生衣食不愁，这样的婆家打着灯笼也没处找的，还有啥不知足呢？再讲你大哥有病，总该有个贴身人照看。”

她忽见阿骏张嘴还想辩说，连忙又停下纺车，捉起他的一只手，说：“乖！啥都不要多讲了，反正富贵在天，生死由命，无论谁个的事，能强得过命去吗？”

从庶母的房里出来，彭永骏就踏进了小妹彭永芳的卧室。他急于想知道这和亲一事的来龙去脉，有心向小妹讨教。阿芳说：“其实，这和亲的事早就有人提过，是杏源畈人开的头。彭刘两族闹械斗，因为彭族人特别骁勇，刘族人历来把彭族人看成是束发纹身披草莱而处的蛮越后代，自认斗不过，又觉得刘氏祖宗占了本该属于彭族人的土地，理亏，老早就想跟彭族人讲和了。这回趁着北伐胜利的机会，朗庆叔公一提和亲，用联姻方式开创太平岁月新起点，爷爷才点头。”

“和亲可以，也不能让杏源畈的姑娘跟天螺湾的半痴儿结亲啊！”

阿芳说：“阿燕说起来是刘氏族长的独女，并不是亲骨肉，我家大哥阿骅恰是彭氏族长的嫡长子，双方看重的就是这个名份。说白了，刘家梁送出一个领养的女儿，就是为了保护亲生的儿子。要晓得，我们的二伯伯就是死在杏源畈人手中的，刘家梁时时刻刻都提防天螺湾人会寻仇报复。”

“阿燕嫁过来以后岂不要憋闷一辈子！”

“谁在乎这个？”阿芳说，“长辈们总以为当女人的能够嫁个不愁吃穿的人家，就算终生的福份了。反正女人生来就是苦秧子，我看这和亲就是和的稀泥，纯粹是一笔交易。我们当小辈的想管也管不了。让你代替大哥到刘家去相亲，就为了哄哄阿燕，是两家长辈跟双方堂宗合谋好的，不是你的错，你何必放在心上！”

彭刘两大氏族结束冤仇讲了和，年前就传出消息，正月初五，葫芦镇要举行规模空前的大庙会，尽情欢庆太平盛世的到来。

第二天一早，彭永骏吃过早餐，就约了彭小闩，随着女佣黄阿莲的独臂丈夫彭大奎，一道来到葫芦镇看热闹。彭大奎是彭永骏不出五服的堂叔公。这位堂叔公，早就因为在打猎和械斗中的勇武而远近闻名，阿骏自幼就十分崇拜他。此时望着他的一条空袖管，不由得想起了“丙辰凶灾”。那一年阿骏才十岁出头，两村人为了争抢黑沙溪的水大打出手，正在祠堂前坪玩耍的阿骏又害怕又好奇，情急之中爬上一棵白果树，透过树叶缝隙观看血淋淋的械斗场面，一只断臂飞过他的头顶，挂在树杈上，鲜血滴进他的衣领，吓得尿了一裤子。这条断臂，正是彭大奎的左臂。

彭永骏故意问彭大奎："不打人阵了，大奎叔公心里是怎么想的呀？"

彭大奎说："但愿永生永世不打人阵，家家户户享太平。"

彭小闩说话口吃："要要要是老早享享太平，大奎爷爷的一条好端端的胳胳膊也不不会丢了！"

三人来到了葫芦镇的观音庙前，祭祀典礼正拉开序幕，参祭人向神像供上祭品三跪九叩毕，长龙似的巡游队列就开始涌动了。火铳高升开道，牙旗彩幡高照灯领先，鼓乐队和斗狮队紧跟后面，扮演文臣武将的矫健汉子个个踩着一人多高的高跷，捧笏持刀神气活现傲睨左右，各各都是一副文死谏武死战的派头。欢呼声中，精彩的台阁出现了，这是一个个由十几名彪形大汉合抬的大木架，木架上设有小舞台似的彩阁，每个彩阁里都有童男童女装扮的戏剧场面，有孙悟空闹天宫、刘关张桃园结义、白蛇青蛇斗法海、梁祝楼台相会；随后，还有踢瓶滚叉搏球的杂耍队、舞刀弄棍的大操队、扮饰成皂隶囚犯的行刑队，琳琅满目。台阁巡游队列经过的路线上，各家各户都摆出了香案和各种糕点食品，款待巡游人和各方看客。

彭永骏还从来没有见过这样壮观的场面，看得发呆了。这时候，有个少女来到他面前，穿花棉袄，剪妹妹发式，一边头顶还扎了个粉红蝴蝶结，手里拿着个彩色纸风车，正迎风嗖嗖地飞旋着。她不看精彩的台阁巡游行列，却转过身痴痴地望着彭永骏出神。彭永骏开头并没有在意，少女大胆地靠近了几步，用清亮明丽的双眸直逼他的眼睛。彭永骏的脸颊上渐渐有了一种灼热的感觉，脑子里就开始搜索起来，是不是在什么地方见过这位漂亮姑娘呢？却想不起一点点踪影。

彭大奎也注意到了身边的这位大胆姑娘，笑着说："哎！谁家丫头片子好皮厚，光天白日的大街上，敢这样直愣愣地盯着小后生看，不怕难为情啊？"

姑娘脸红了，却继续死盯着彭永骏看。彭永骏望着她红红的脸，觉得晃眼，好似面前升起了一轮朝阳。

"你认错人了吧？"彭永骏开口问道。

"不会认错的，我见过你。"姑娘落落大方地说。

"见过我？在哪里见过我？"

"在我家里呀！"姑娘甜甜地笑了，露出满口雪白整齐的牙齿，眼睛里闪动着调皮的光芒，又挑衅地说："你以为戴上一副黑边眼镜，只隔两天我就会认错人了吗？你不就是天螺湾的彭永骅吗？”

旁边的彭小闩一听这话就明白了事情的来由，他“呵”的一声叫，却僵住舌头说不出话。自从他的上嘴唇长出细细的茸毛以来，见了姑娘就害羞，见了漂亮姑娘就更加害羞，说话也就更加磕巴了。

“我的老天爷！”彭永骏的心头咯噔一跳，暗自哀叹，“这不就是那个受了骗的刘青燕吗？早就闻名的野囡，怎么会是这样一个又勇敢又漂亮的姑娘呢！”

霎那间，彭永骏感到全身的血液都冲上了脑际，太阳穴嗵嗵地搏响起来，似乎自己做了天大的缺德事，受害人来到了面前，还把他当心上人，真恨不得像只蝼蛄扒个土洞，藏进脚下的泥地里去。

彭大奎一见两人都胀红着脸发呆，活像一对红蜡烛，心想大不了认错人，何必弄得这般僵？便扬起他的独臂，一拍彭永骏的肩膀，照实说：“这是香樟大院的四少爷彭永骏，大哥彭永骅是个半痴儿。说你认错人了还犟嘴，少见有这般皮厚的姑娘！”

刘青燕的红脸膛刹的一下就变白了，双唇也褪去血色，短发上的蝴蝶结随着身子的颤抖而微微飘动起来。彭永骏心想这下子坏事了坏事了，正迟疑着想转身逃走，忽见刘青燕的眼珠往天空一翻，全身就软软地瘫倒在地。彭永骏“啊呀”一声叫，顿时吓得手足无措。

彭大奎跌脚叹说大白天撞鬼了！急忙用右手揽起刘青燕的上身，又抖出缩在袖管里的半截断臂，托起她的双腿，大吼一声：“让路，去普济堂！”

彭小闩用肩膀撞开密密匝匝的人群，为彭大奎开道，一路护送着冲向不远处的普济堂药房。彭永骏扫了一眼落在地上被人踩坏的纸风车，快步跟在彭大奎身后，有点儿想哭的感觉。

普济堂药房虽是天螺湾彭族人的祖产，但向来遵循医道神圣，在葫芦乡彭刘两族争斗中坚持中立，不论谁家的人得了病负了伤都给诊治，一视同仁。彭大奎托着刘青燕踏进店堂大门，一位白胡子郎中立刻为她掐人中打金针，很快便把她救醒了。这时候，姚素娟和几个同来赶庙会的亲属闻讯找来，见刘青燕眼角的泪水默默地流，可是问她什么话都不回答，连眼皮也不动一动。郎中说没事没事了，回家歇着去吧。一边还给病人配了几帖汤药，让她好好将养几天。

彭永骏觉得自己是罪魁祸首，深怕跟姚素娟照面，想移身躲到门外去。其实，对方早就发现了他，见他想溜，及时抓住他的衣襟，又拉起彭大奎的一只空袖子，一起进了后堂，问清刘青燕晕倒的情形，就让人雇了一抬笼篮，决定带刘青燕回家了。临走时让彭永骏回去告诉自家的长辈不用担心，说阿燕只是因为昨夜看村里人扎台阁操排巡游节目，没有睡好觉的缘故，很快就能复原的。

彭永骏明知道这也是骗人的鬼话，当着刘青燕的面又不便多说什么，逛庙会观看台阁的兴致，顿时给冲得一丝不剩，转身就踏上了归程。彭大奎不明就里，在他身后连叫三声阿骏阿骏阿骏，他头也不回。

“大白天撞鬼了！”彭大奎又喃喃地说了一遍。

彭小闩心里有自己的看法，急于表达又表达不清，就眨着眼睛说：“大……大白天哪哪有鬼，是活活人玩了鬼鬼把戏！”

第二天，彭永骏就离开家乡，踏上了回上海的路程。他的心中，从此埋下了一份深深的罪疚。

第三章
“最难忘，花见时”

主雅客来勤。季炎如和夏惠子夫妇家，经常宾客盈门，而这一次来访的客人，却使主人感到极为意外。

门铃一响，随着开门声，季炎如就听见了妻子的应答，用的是日语，清脆而响亮，充满着无比的惊喜。季炎如一听就知道是谁来了，急忙从书房里冲了出来。

“稀客呀！贵客呀！久违久违了！”季炎如快乐地嚷嚷着，因为来客懂汉语，他就不用日语，连连说：“呵！是春天的熏风把你吹过东海的吗？怎么事先也不打个招呼啊？”

来客双手提着大包小包的礼物，彬彬有礼地寒暄着，随着主人走进了书房。他是夏惠子的表叔松谷雄次郎，也是季炎如的好友，双方已经阔别了十多年，音讯时断时续，乍一相见，要说的话太多，却不知从何说起。寒暄过后，互相从对方脸庞上搜寻着记忆的索引，都默然了。

夏惠子起身走出书房，差刘青燕一道为松谷端来了果盘和香茶。

松谷一见刘青燕，怔了一下，欣喜地用日语问：“你们的女儿吗？很漂亮呵，只是气色不大好。”

“不，是一位老友的新媳妇。”季炎如用日语回答。

“从外地到上海来看病的。”夏惠子接茬道，“小姑娘很不幸啊！受了包办婚姻的害。”

松谷问：“当初，惠子姑娘是怎么争取婚姻自主的，她知道吗？”

“还不知道。”夏惠子摇头。

“应当让她知道才好啊！”松谷认真地说。

季炎如点了点头，“说的是。”

刘青燕沏完茶，正想转身离开，夏惠子拉住她坐到自己身边的沙发上，小声说：“别走，听我们讲故事吧！”

日本谚语说：“最难忘，花见时。”

花见，是日本人对赏樱的雅称。庆长三年，统一全国的武将丰臣秀吉任太政大臣，权倾朝野，他在京都醍醐寺举办了一次盛况空前的赏樱会，史称“醍醐花见”。从此，日本民间便流行了一个词语：“花见”。“花见”二字，寄托了日本人对樱花的浓烈诗意，也表现了日本人对汉字的钟爱和巧用。

夏惠子十八岁那年的花见时节，让她终生刻骨铭心。十八岁，是女人最值得骄傲的年龄。十八岁时候的夏惠子不姓夏，姓小林。小林惠子在十八岁的花见时节初涉爱河，却差一点走向毁灭。

小林惠子是主动爱上季炎如的。初见季炎如的那年正在读大学一年级，按中国人的说法还是个黄花闺女。而季炎如却有过两次失败的婚姻，已经三十三岁，比惠子大十五岁。惠子的父亲小林哲坚决反对女儿的选择，不仅嫌对方年龄偏大，有过婚变史，除此以外，还有更重要的理由。

小林哲年幼的时候，在祖父的督导下读过中国的经典《大学》、《中庸》、《论语》、《孟子》，成年后长期在上海办厂做生意，曾不止一次向女儿炫耀说，他在上海有过的辉煌并不是靠炮舰开的路，也不是靠军刀撑的腰，而是全凭自己的本领和诚信，本来对中国并没有太多偏见。可是，要把女儿嫁给中国人，这就难以认可了。当时，整个日本因为明治维新而国力大增，连续打败中国与俄国，侵占了朝鲜半岛，抢下了德国在中国的地盘，正处在“脱亚入欧”的狂潮之中；在这样的时风下，若让自己的宝贝独女成为一个支那穷书生的妻子，这在社会上毕竟是一件有失体面的事情。

惠子根本不听父亲的劝导。她从小受父母宠爱，生活优裕，个性独立而奔放，在中学阶段就痴迷希腊神话故事，想当一个像爱弗罗黛娣那样的爱情女神，好似海洋上的浪花一般自由自在，又具有凡人一般的七情六欲。父亲感到越来越难以驾驭女儿，就严厉警告说，如果在婚姻问题上一意孤行，就要用“破门”的传统家法来惩处，从此断绝父女关系。使小林哲万万料不到的是，没等他下达驱逐令，惠子竟然出走了，还留下了一封哀的美敦书式的告别信，宣称她有主宰自己命运的权利，如果父亲不登报认错，她将永远不再回到父亲的身边，万一逼得无路可走，就去拜会黄泉下的母亲。

是表叔松谷雄次郎藏匿了惠子。松谷的祖上在幕府时代失去封禄，成了怀书抱剑浪迹天涯的武士，保持着以忠诚、信义、名誉为处世信条的传统。松谷成年后，立志要为大和民族做一番开拓事业，曾经到中国的东北和上海等地考察研究好多年，说得一口流畅的中国话，成了一个中国通，此时的职业是一家综合性月刊社的社长，在东京文化界已小有名气。小林哲雇请私人侦探查到了女儿的下落，好说歹说，她也拒不回家。为了这件事，小林哲迁怒于松谷，怪表弟纵容惠子的叛逆行为，甚至口出恶语，指责他存心诱拐自己的爱女，两人大吵一场，差一点拔拳相搏。

其实，松谷帮助惠子，纯粹出于一片好意，惠子永远心存感激。冰冻三尺非一日之寒，惠子与父亲的决裂，是一种必然，也许从她的童年时代起，就埋下了失和的种子。

惠子的外婆原来在东京当酒吧女郎，年轻的时候遇到一个美国水手，说是乐意出大价钱雇请她当临时导游。几天工夫兜了几个名胜地，这位洒脱的美国佬突然不告而别，不但赖了报酬，连真实姓名都没有留下，唯一留给她的礼物，便是一个美丽的混血儿，也就是后来成为惠子妈妈的美雪。

美雪长大以后，用她的姣好容貌作资源，当了一名艺妓。在一次日本传统的“女体盛”宴会上，全身裸露的美雪将洁白无瑕的青春躯体充当玉盘，将各种寿司和生鱼片之类的美味食物直接摆上她的肌肤，供食客们用美色佐餐。食客中有一位风流倜傥的阔少，为美雪的姿容所迷醉，压根儿就没有吃好这一餐丰盛的料理，第二天就托人说情兼用重金为代价替美雪赎了身，不顾父母反对，快速成婚，以度蜜月为由，一起西渡到了上海。从此乐不思归，就在上海做起了生意。这位叛逆阔少就是小林哲。

一年后，带有第二代白人血统的惠子出世了，美丽又聪明，成了父母的掌上明珠。意外的是，当惠子开始上学的时候，父亲因为不赞成日本企业主对中国劳工的过分压榨，被日侨企业界首领指责为大和民族的叛徒，横遭排挤，生意连连受挫，一些本来要好的朋友也同他疏远了。父亲受到刺激，变得玩世不恭，对母亲的感情也一落千丈。母亲怕女儿知道会难过，开头总是假装着没事儿一样，憋着不说不闹，独自忍受委曲。后来，母亲患上一种慢性病，德山医生特地安排专家会诊，都认定难以逆转。父亲心灰意懒，脾气越来越坏，常常靠美色、美酒、美食“三美”打发日子。有时候喝得酩酊大醉，深更半夜摸回家来，等母亲一开门，他就瘫倒在门旁，口吐污物，生病的母亲把他搀扶起来，为他擦洗更衣，他还要打骂母亲。母亲相信一切都是天命，胆颤心惊地过日子。年幼的惠子可怜母亲，又无法理解父亲的蜕变，只好偷偷地哭。在她十二岁那年，随着爷爷过世不久，父亲变卖了在上海的所有家产，带着妻女回到东京，在松谷家族的支撑下，另起炉灶，和别人合伙办企业。境况虽有好转，可是，父亲对母亲的态度却每况愈下了，甚至不愿再同母亲说话，十多年的患难夫妻，完全成了陌路人。

渐渐明白世事的惠子，为妈妈的遭遇深感不平又满怀狐疑，开始悄悄地探究起爸爸越来越厌弃妈妈的原因。有一回妈妈发烧，爸爸仍旧借故外出，惠子假托为妈妈买药，像个小小的密探一般跟踪爸爸，悄悄地来到一幢私宅外，开门迎接爸爸的竟是一个很年轻的女人，她叫清子，看上去不过二十几岁，差不多可以当自己的姐姐，虽然谈不上多么美貌，不过体态丰腴，皮肤特别白嫩，白嫩得让混血儿后代的惠子也嫉妒。惠子终于明白，从此以后，妈妈再也不可能得到爸爸的爱了。她不忍心将这事告诉妈妈，只告诉了表叔一人。表叔冷冷地回答："这事我早就知道了，你爸爸也有他的难处啊，你妈妈有病，多少年没法过正常的夫妻生活了，等你长大了就会懂得这个道理。不过你应当相信，爸爸是疼爱你的，会永远疼爱你，你要用心读书，不要掺和到这件麻烦事里去。"

惠子从小爱妈妈。记得在上海读书的时候，所在的日侨小学有一个漂亮花园，孩子们放学以后都爱逗留在花园里玩耍，天快黑了，校工就会敲响钟声，叫做"爱之声"，代表妈妈的呼唤。许多孩子玩疯了，赖着不想回家，而惠子却和这些孩子不同，只要一听到"爱之声"响起，便头一个向伙伴们告别回家，免得让妈妈挂念，校工爷爷总会笑着夸她是"最爱妈妈的好孩子"。在她上中学的时候，就立下志愿以后要报考医科大学，将来成为一个医生，好给妈妈看病；不料等她刚刚跨进医科大学的门，妈妈的病况就急剧恶化，开始进入了垂危状态。惠子爱妈妈却无法报答妈妈给她的爱，成了她心中深深的痛。

惠子永远不能忘记妈妈最后的一个嘱托。

重病的妈妈特意把惠子叫到床前，偷偷地把自己的全部首饰包括结婚钻戒，都交到她手中，呜咽着说："好女儿，你把这些东西都拿去卖了，赶紧为妈妈办一件重要的事，为我到公共墓地去另外买一处单独的墓穴，我死后决不进小林家族的坟地，免得将来同你的黑心爸爸埋葬在一起。我活着不能和他分开，死了也要和他离婚，好让灵魂得到安宁。"妈妈的首饰本来很多，都是珍品，在爸爸破产回国后，为了支持爸爸重新创业，变卖了绝大部分。妈妈说余下的这些首饰换来的钱，买个公共墓穴还是足够的，多下来的钱不要交给你爸爸，作为妈妈给你的最后一次礼物，你就留着用。妈妈又再三叮咛惠子，一定要把这件事办好，否则妈妈死了也不会瞑目。惠子跪在妈妈面前，用最庄重的传统跪法，双手靠近，手指并拢，头颈挺直，深深地鞠躬到底，哭着保证说一定执行好妈妈的嘱咐，请妈妈放心。

半个月后，妈妈在身心的双重折磨下早早地离开了人世。爸爸为了保全家族和自己的名声，坚决反对按照妈妈的遗嘱办事，强行将妈妈的遗体安葬在自家的坟地上，惠子哭得死去活来也无法挽回。惠子虽然没能帮妈妈实现可怜的遗愿，但是她心中认定，从此以后，爸爸已不再是妈妈的丈夫了。

妈妈死后不久，清子又堂而皇之地进了自己的家，成为合法女主人。惠子深深感到自己的孤独和多余，对这个家也就失去了依恋。

尽管继母对惠子并不坏，处处体贴关怀，她还是没法面对现实，每次见到爸爸和继母之间有一点点亲热动作，都受不了。她怀疑起祖祖辈辈信奉的神道教来了，觉得神道教虽然是凌驾其他宗教之上的国教，却不分善恶，“天地神祇八百万”，只要忠于天皇“现世神”，谁都可以做坏事，一死都能成为神。惠子怪天照大神保佑不了善良的妈妈，决意寻找新的精神寄托，在迷茫中走进基督教堂，听神父讲道，越听越入迷，从此相信人性本恶，所以应当经常忏悔。随即，没有跟任何人商量，便自作主张加入了基督教。

惠子加入基督教，多半出于赌气，也就没有全盘笃行上帝旨意的悟性和决心。她对爸爸的怨怒日渐发酵膨胀，甚至因此而憎恨天下所有的男人，尤其憎恨成年男人。爸爸原来是那么有绅士风度，却也经不起年轻女人的勾引！惠子居然萌生出一种恶作剧式的念头，想报复缺乏责任心的成年男人，动用年轻美貌的资本，也去勾引成年男人试试看，去证明一下自己的魅力，搅乱轻浮男人的家庭，享受胜利的愉悦，补偿心中的寂寞与愤慨。

趁着进入少女魅力的绽放期，惠子采取行动了。第一个行动便是瞒着爸爸，请东京最有名的美容医师为自己做了双眼皮加深手术。头几天不敢回家，住在同学家里，爸爸好不容易找到她，见她眼上蒙了纱布，得知底细后，打了她一个耳光，说你本来就有双眼皮为什么还要瞎折腾，折腾瞎了怎么办？惠子说我就要追求完美，追求完美有什么错啊？吵死吵活要撞墙，不停地哭，爸爸就心软了，深怕女儿刚刚完成的双眼皮加深手术不能正常愈合，破了相，便连哄带劝，对自己的粗暴举止认错道歉，求她千万别哭别哭，还雇了专业护士照顾她。

第一回合的胜利，不仅是追求完美的胜利，更是报复爸爸的胜利。有了这第一回合初战告捷，惠子的信心更足了。她开始讲究穿着打扮，开始实习眉目传情。她特别想试试成熟男子对美少女的抗御能力，结果使她获得所向披靡百战百胜的体验，示爱的电话、情书、鲜花、首饰珠宝和邀请吃喝玩乐之类的热烈回馈源源不断；有一位两个孩子的父亲还为她神魂颠倒，跟自己的结发妻子闹得死去活来，妻子带着一双儿女公然吵上惠子家的门，找家长告状，让邻居看笑话。这事惹得爸爸极为生气，只因爸爸本人的行为不能垂范于女儿，才不便苛责。惠子暗自开心，本来就是想给爸爸多一点不痛快嘛。可是轻易得来的胜利毕竟不值得珍惜，她很快就厌烦了浅薄男人。她希望能遇上一条不愿随便上钩的好鱼，再投下香饵，进一步检验自己的能量。

机会有了！目标就在身边。惠子家紧挨着一条僻静的狭窄柏油路，从她的二楼闺房窗口朝外看，常常可以见到有个男子往返于她家花园旁，这个男子约摸三十出头年纪，戴眼镜，衣着朴素，每一次经过，都是手捧一本书，目不旁视地阅读着，时有奔跑的孩子碰撞了他，不但毫不在乎，还说对不起，一面继续走他的路，看他的书。这种专心致志的书呆子形象，倒也别具一格，有点大智若愚的风度。惠子来了兴致，有一回伸手从窗外的枇杷树上摘了几粒青果，瞄准投掷，一粒两粒三粒，都没有投中，第四粒便不偏不斜地命中了他的后脑勺。这一下书呆子停下了脚步，用手揉着痛处，回过身走到栅栏边，朝里四处张望，用带着外国人口音的日语朗声吆喝："喂喂，哪个小子这样调皮，爸爸妈妈没有教你要懂礼貌呀？有勇气就站出来让我瞧瞧，调皮鬼！"正吆喝着，书呆子见到一根枇杷枝被人牵近窗口，忽又松手弹回，撞击了旁边的一棵樱花树，灿烂而易凋的樱花便哗啦啦地飘落下来，撒了一身。书呆子伸出手掌接住一些花瓣，凑到鼻尖闻闻，笑了，连声说谢谢谢谢，最终不见有人站出来，便成了当然的胜利者，又照样走他的路看他的书，没事儿一样。

一个照面，一个微笑，加上几句吆喝和几分诙谐，从此给惠子留下了难忘的印象。凭她的直觉，相信这个男人与众不同，至少有幽默感，有宽容心，相貌也不难看，眼镜玻璃后面的双眸是明亮的，深邃的。

几粒青枇杷，一掬樱花雨，实现了投石问路的侦察功能，惠子就有了继续探索的动力。日本的大学生都不住校，星期天，惠子摸准书呆子又将出现在她家花园外的时间，提前换好一袭漂亮的连衫裙，骑了一辆自行车，故意快速地逆向驰来，用一侧的车把狠狠地撞向书呆子，不仅撞落了他手中的书，连他夹在胳肢窝中的一摞书也撞落在地。

不撞不相识，一撞自然就有了对话的机会。可是弄巧成拙，惠子的身子在慌乱中失去重心，猛的摔出去好几步远，膝盖撞到路边石沿上，鲜血当即流了出来，受伤的腿顿时发麻，没法站起。她心中好不懊丧，又不愿说出自己的家就在旁边，一时竟没了主张。书呆子惊魂甫定，连声说着对不起，扶她坐在路边，急忙掏出手帕为她作了止血包扎，又架起自行车，扳正跌歪了的龙头，拾起自己的书要她捧住，果断地搀她坐到车架上，推着去附近的医院治疗。

当天傍晚，从医院回到家中，继母除了悉心照料以外，只有柔声安慰。爸爸却恶狠狠地给了她好一顿训责，怪她长不大，风风火火总是像个男孩子，缺乏名媛素质，更没有女大学生的样子。其实爸爸为她跌伤而心痛，在碰巧接听表弟松谷雄次郎的电话时，还通报了这件事，又说：“惠子跟你这位表叔特别亲，能听你的话，拜托你多劝劝她，让她安份一点，好好上进。”

松谷喜爱惠子，明知她伤得不重，还特地赶来看望。松谷在榻榻米上见到一本中国书法字帖，封面上写有“季炎如”三个毛笔汉字，诧异极了，就问字帖的来历。惠子告诉他负伤经过，说是不小心撞了一个名叫季炎如的中国人，这个好心人不但不恼火，还把她送进医院治伤，趁便借了他的一本书来看。松谷笑了起来，说：“有缘千里能相会，这个从中国来的炎如君原来是我的朋友啊！碰上一次小小的车祸，想不到又成宝贝外侄女的朋友了！”

有了松谷这座桥梁，惠子和季炎如的加速沟通也就顺理成章了。季炎如当时在东京一家印刷所任编校，又受聘于一家书道馆，担任中国书法讲习班的教师，而主要精力则用在研究学问上面，同时给几家报刊撰写和翻译文章。刚到东京留学的时候，因为经济困难，打过零工杂役，挨过日本老板结实的拳打脚踢和响亮的耳光，让日本人骂过“支那猪”。那时日本学界流行的都是从西方引进的新学说，他读的是西洋书，受的却是东洋气。后来灵机一动重操旧业摆起了写字摊，兼治金石印章，这才扭转了窘境。正如他同彭谨祥结缘一样，松谷雄次郎也是通过书法同他交上朋友的。松谷还赠给他一个“街头书道高手”的雅号。季炎如一手怀素和尚式的狂草，出神入化，让许多日本的书道迷都绝倒了，把他的书法看作是“汉唐上国遗风”。在日本书道史上，有一位被尊为日本书法圣人的空海和尚，其作品的精髓，是创造性地熔铸王羲之和颜真卿的不同风格于一炉，特别受到日本人的喜爱，凭借季炎如的功底，仿写起来得心应手，惟妙惟肖。他把屈原《离骚》中的诗句“路漫漫其修远兮，吾将上下而求索”，用怀素与空海两位和尚书法大家的狂草和行体写成字幅，在松谷的热心推荐和炒作下，书道迷都愿意高价相求，写多少就能卖出多少。他一度乐此不疲，还着实发了一点小财。

惠子爱书道，原本也是日本社会的贵族遗风。日本历来崇尚中华文化，盛唐时期便有过日本人舳舻相接赴长安求学的情景；“明治”和“大正”这两个年号，也取自中国古代名著《易经》里的典故。所以在明治期间，日本全国上下一边热衷于“脱亚入欧”，拼命吸收西方知识，一边又继续保持着对中华文化的迷恋，甚至掀起一股学《易》的高潮，政府还制订过“不知《易》者，不能入阁”的组阁原则。当时，东京上流社会的文人都爱用汉字写诗文，以表示有学问。惠子虽然出生在上海，爸爸也用这个传统熏陶她。六岁那年的六月六日，按照日本风俗是学书法的吉祥日子，爸爸就让她正式开始练习汉字书法。爸爸说汉字书法的学问有多么多么了不起，相传仓颉造字的时候，天雨粟，鬼夜哭，惊天地泣鬼神。爸爸还特意为她买了用湖笔徽墨端砚和宣纸配套的文房四宝，规定要做“临书”、“描红”和“双钩填墨”的书法日课，背诵“颜筋柳骨欧体肉”之类的书法要诀，天天临摹《兰亭序》。为了增加她对中国书法的兴趣，还带她到古城绍兴的兰亭去游览，观赏书圣王羲之跟文友们玩曲水流觞的小溪，给她讲王羲之怎样培养儿子王献之也成为书法大师的故事。

眼前有了季炎如这样一位现成的书道高手，惠子连忙拜他为师，爸爸自然赞成，只是没有想到女儿会风驰电掣般地恋上这位书道老师。这一点连松谷雄次郎也始料不及。当小林哲登门向他打听季炎如的背景情况时，他便原原本本地实话照说了，并且同意表兄的见解，觉得惠子过于天真幼稚，她的选择的确太不合适。在惠子与爸爸发生多次口角以后，松谷接受表兄的恳托，特地打电话邀请惠子面谈，准备诚心诚意地劝导她赶紧中止这个浪漫的爱情物语。

惠子准时来到表叔家中。她带来了足以表明自已心迹的证物：一袭浅花连衫裙。这袭连衫裙的前摆上沾了一片巴掌大的墨渍，惠子坦率地讲述了这片墨渍的来由。

半个月前，惠子不满足于在书道讲习班上听季先生讲课，大胆地闯到季先生的住所当面请教。面对如此热诚的书法痴迷者，季炎如深感自豪，滔滔不绝地说：“汉字书法变化无穷，楷书端正，狂草灵动，庄重如山岳，飘渺似云烟，骤雨旋风，龙飞凤舞，虎踞豹跃，真是出神入化啊！难怪日本人这样崇拜中华书法，称之为‘书道’。”惠子有点不耐烦，说：“先生的这些道理在课堂上已经讲过了，能不能给我讲讲要领啊？”季炎如说：“要领就在于两个字：心正。颜真卿说‘心正则笔正’，写字的时候务必要心正，不可有邪念。”

务虚之后，季炎如就为女弟子讲解用笔的各种具体方法：中锋、侧锋、藏锋、出锋、方笔、圆笔、轻移、疾徐等等；还耐心阐述了在字体的结构上又该如何虚实相生，避免呆笔；又举例说王羲之的《兰亭序》一共三百二十四字，其中有二十个“之”字，各有不同的体态又个个精妙！又演示了书写时该如何正襟危坐，意沉丹田，把握好悬肘和虚拳，落笔时又该怎样欲下先上，欲右故左，欲提故挫……

填鸭式的灌输教学法自然是欲速不达，妙龄少女很快就头晕了，连连说：“啊呀这么难呀！怎么好像玩阴谋一样啊！”

季炎如正告日本姑娘说：“练汉字书法本来就难，怕难就练不成。我五岁那年父亲教我练书法，为了不让我的手发抖失去平衡，得在握笔的虎口上放一只装满水的酒盏；酒盏里的水要是洒出来了，父亲就给我吃板子，毫不留情。”

“季先生会给我吃板子吗？”惠子怯怯地问。

“我不是你的父亲，当然没有资格处罚你。”季炎如宽容地答。

“我就是没有耐心学书道理论……”惠子迟疑着说：“先生干脆手把手教我练吧，求您了！好吗？”

“手把手？”季炎如愣了一下。第一个念头是：“这可不好，让别人看见更不好！”第二个念头是：“让一只粗壮结实的男性大手把着一只娇嫩可爱的女性小手练书法，这该多么浪漫多有诗意啊！”他稍稍犹豫片刻，终于经不起浪漫和诗意的诱惑，觉得身为师长者，手把手教弟子练书法名正言顺亦无不可，便当仁不让地靠近她身旁，捉起了她握笔的右手。

就在这手把手临帖的时候，头一回肌肤接触，也许两人都有些紧张，一不小心打翻了墨汁瓶子，飘起了一屋子的松墨芳香。浓黑的墨汁顺着桌面的倾斜度迅速流淌，直接流淌到了惠子的裙摆上。

季炎如手忙脚乱，连说对不起对不起，要她在屋里等着，拉开门就要上街，说是马上去买一条裙子回来。季炎如的房东是一位勤劳和善的欧巴桑，听到响动急忙跑来，弄清原由后，转身就返回自己的居室，翻箱倒柜找出一件年轻时穿过的连衫裙，让惠子替换。

“谢谢！谢谢！不用！不用！”惠子红着脸推辞说，“都怪我自己不小心，不能再给别人添麻烦了，我这就回家，回家去换比较方便。”

说完就大大方方地出了门，跨上自行车匆匆回到家。她脱下裙子，只洗澡不洗裙，把沾了浓墨的裙子晾干后，当作宝贝收藏起来，把它看成是一件爱情的信物。

惠子一边叙说，一边下意识地捧起裙子贴到脸颊上亲了亲，好似沐浴在遐想的温泉中。她见表叔将信将疑的样子，又把裙子张开，向表叔展示那幅神来之笔似的泼墨作品，像一只展翅飞翔的大雁。

“您闻闻有多香！这香味经久不褪呵！”惠子还把“大雁”捧到表叔的鼻子前，得意地说。

望着惠子那双熠熠闪亮的眼睛，松谷感动了。这是一双初恋少女的眼睛，眸子里燃烧着的真情，即便是炉火纯青的名伶都表演不出来的。松谷在心中暗呼：“完了完了，没法向她爸爸交代了，我还没有来得及说服惠子，反倒让惠子给说服了！”可是，受过武士家风熏陶的松谷雄次郎，懂得受人之托忠人之事的原则，他必须实践对表兄的承诺，便单刀直入地对惠子说：“看来你是真的喜欢上炎如君了，不过他是配不上你的呀！你还不知道他的底细吧！”

“底细！什么底细？”惠子着实一惊。

“他可是一个结过两次婚的男人，头一次是他抛弃了妻子，第二次是妻子抛弃了他……”

没等松谷把话说完，惠子就咯咯地笑了起来，“我还以为有什么了不起的底细哩，这一点点破事，在我头一次请季先生喝咖啡的时候，他就跟我直说了。在我看来，他不是加害人只是受害人，并不承担道义责任。何况，季先生多才多艺，精通日语，不但擅长书道，还能用日文写俳句，写的文章敢向东京各大报刊投稿，发表以后连日本名人都叫好，您说说，这样的男人难道还不值得喜欢吗？”

松谷当然比惠子更了解季炎如，这样的男人的确让人喜欢。这就是松谷和惠子最终达成的共识。

后来，当惠子和季炎如真正相爱并且同居后，惠子曾用幸福的口吻向松谷感叹说：“原先呀，我只是想用少女魅力，试着去征服成熟男性的，结果，反倒被成熟男性征服了！”又自相矛盾地夸耀自己找男人多么有眼力，松谷就笑话她说：“你是逗鬼引出了佛，瞎猫碰上了个金老鼠。”

正因为表叔的这一点重要共识，造成了惠子对父亲的公然抗命。自从小林哲续弦以后，心中一直明白惠子对继母有着强烈的排斥情绪，总是好言好语劝她说：“为了小林家族的声誉，也为了从小就疼爱着你的爸爸，你一定要学会忍耐。大和民族历来崇尚一个‘忍’字，先贤教导我们，‘能忍则无往不胜’，这可是至理名言啊！何况，你继母是非常喜爱你的，作为小辈，你也就忍让一点吧！”

惠子决不忍让。自从父亲偷偷地同清子来往以后，惠子就认定清子就是与父亲合谋害死妈妈的凶犯，怎么可以对凶犯忍让？对父亲也不忍让，父亲对病中的妈妈一点都不忍让，怎么能叫女儿对他讲忍让呢？决不！从父亲和继母身上，惠子得出了一个看法：大和贤人所崇尚的“忍”，本身就是虚伪的，不该忍的强忍，该忍的偏偏不肯忍。因此，在勉强维持了一段胶着状态之后，随着一次金刚怒目式的激烈争吵，这个一品之家便正式解体了。这次争吵中，继母清子头一回公开地站出来为父亲帮腔说：“像惠子这样一个出身名门又聪明漂亮的女孩子，甘心嫁给一个结过两次婚的支那穷书生实在太亏了，真是自暴自弃！”

惠子听完这话，就说：“好吧，就让我自暴自弃给你们看看吧！”说完便毅然决然地离开了自己的家，干脆和季炎如一起，住进了西区的一间普通“兔小屋”。

又逢花见。那是惠子同季炎如相识后的第二次花见，也是惠子在故国故乡度过的最后一个赏樱时节。

赏樱时节一到，日本举国上下都会进入迷狂状态，男男女女都兴高采烈，一家家扶老携幼出门观赏樱花。松谷雄次郎带着惠子和季炎如，特意提前一天专程赶往京都，第二天一大早来到著名的赏樱胜地岚山，趁着人潮涌起之前抢占了有利地形，在一棵粗壮的八重樱下铺开毯子，从藤篮中取出糕点、果品、菜肴和清酒，安坐了下来。

本来，在东京和东京附近可以赏樱的地方并不少，松谷雄次郎所以决定大老远地赶到京都赏樱，一是为了给惠子多一点新鲜感，二是为了让季炎如多长一点见识。季炎如到日本好些年了，埋头打工、学习和研究，一直没有到过京都。松谷觉得季炎如作为一个中国文人，京都是非到不可的。京都不但风景秀丽，气氛祥和，最大的特色是中国味实在太浓了。这座始建于公元七九四年的千年古都，最初设计就是模仿中国唐代的两大名城，分为东西二京，东京仿照洛阳城，西京仿照长安城。果然，季炎如一到京都，还没有来得及找旅馆下榻，光是走马观花地乘车在京都几条主要街道转了转，看到满街的中国式建筑，有一千五百多座中国式寺庙遍布全城，到处是中国式的灯笼装饰和汉字招牌，尤其是饮食店的旗幡上，都写着水饺、炸酱面、麻婆豆腐、青椒肉丝等等中国传统食谱的名称，就有一种回家的亲切感，连连赞叹中日两国的文化交融果然源远流长！

这是一个风和日丽的早晨。在惠子眼里，这一年的樱花，开得比她所见过的任何一年都热烈。整个岚山成了樱花的海洋，处处起伏着樱花的波浪。大自然的钟灵毓秀，造就了无数争妍斗艳的美好景色，唯有这壮丽的樱花海洋为大和所独享。

望着周围纯净芬芳的世界，连鸟儿蜂蝶都陶醉了，何况乎人！惠子说她想哭。季炎如问她为什么想哭？她说就是想哭，讲不清理由。

“这理由外国人不容易明白，可以意会而不便言传。”松谷说，“日本人常说‘樱花七日’，这短短的一句谚语，含义太丰富了。面对樱花，不同的人可以寄托不同的情怀。严冬过后，是樱花最先带来春天气息。单朵的樱花平淡无奇，抱成团连成片的樱花才显出壮美。樱花的生命虽然短暂，却绽开得奔放，凋谢得壮烈。这正好体现了大和民族的人生信念，活着就要像樱花一样合群，灿烂；即便死，也应该像樱花那样干干脆脆地离去，不要留恋。所以我们的祖先说：‘欲问大和魂，朝阳底下看山樱。’”

季炎如深沉地点头，表示理解。

在季炎如身边，涌动着一群群大和子孙，或吟咏，或歌唱，或呢喃，或嬉笑，或舞蹈，男人彬彬有礼，笑逐颜开，女人穿着鲜艳的和服，脚蹬高跟夹趾木屐，发出呱哒呱哒的清脆足音。他们面对缤纷樱花，分明是在欢度本民族的一个至盛庆典，参与一种神圣的魂魄祭礼。

一阵暖融融的熏风吹来，奇妙动人的樱花雨出现了，粉白的，淡红的，嫩黄的，莲灰的，不同品种而同样艳丽的花瓣，就像骤雨般地洒落下来，激起了游人们的一片欢呼。

八重樱的花瓣丰满红润，好似中国的海棠花瓣，它们像一群蝴蝶翻舞着，落到惠子的头发上，肩膀上，把一个花样年华的少女点缀得格外妖娆。

松谷和季炎如都目光定定地望着惠子。半晌，季炎如吐出轻轻的感叹：“嗬！惠子成樱花仙子了。”

当时，谁都无法想像季炎如的这一句发自肺腑的赞美话，会触动惠子的哪一根敏感神经，她突然侧过身，紧紧地搂住季炎如，把脑袋埋进他的胸膛，嘤嘤地哭了起来，哭得如此悲切，如此忘我，以至整个上半身都在颤动，任凭两个男子汉怎样劝慰，都不能让她平静下来，只好由着她哭个够。

就在当天晚上，惠子向松谷表叔祖露了一个令人为之震颤的奇特计划。

她说决定去死，死在今生今世最最幸福的时刻；她说还要劝炎如君一道去死，一道为爱而去死，一道去跳火山口，死得就像樱花凋谢一样地果断而壮丽。

“你考进医科大学多么不容易，已经是第二个学年了，你舍得丢弃美好前途吗？”松谷严肃地问。

“死都不在乎了，还在乎什么前途？”惠子严肃地答。

“这样的事，炎如君会愿意吗？”

“我试探过了，炎如君也许一时还捉摸不透我的主意，不过炎如君早就说过愿意跟我同生共死的。”惠子沉静地说，显得胸有成竹，“万一炎如君变卦，我就单独去死，我已经真正地爱过，也真正地被爱过，满足了。死在这个时候，正是为了给这一份满足保持永恒，就像樱花的一时怒放和骤然凋谢。我就要死在今年樱花盛开的季节。时间已经不多了，所以特地来向表叔辞别，只求表叔千万不要告诉我爸爸。”

还好松谷雄次郎具有日本“忍者”处变不惊的禀赋，没有被惠子的怪诞念头吓懵过去，静静地听着惠子说完她的悲壮计划，沉吟半晌后说：“了不起啊惠子！你真不愧为大和民族的优秀女儿，这可称得上一个万分壮丽的樱花计划！我愿意向你这个计划表示敬意。不过，你得允许我跟炎如君单独谈谈，当面告别一下。你知道我们两人的友情非同寻常，如果把他比作中国诗人李白，那我就是日本诗人阿倍……”

松谷有心要营造一种平和散淡的气氛，说到这里停顿片刻，小声问：“李白和阿倍的故事听说过吗？可感动人了！”

“我知道这两位古代诗人，却不清楚他俩的故事。”惠子诚实地回答。

松谷娓娓道来。他说阿倍仲麻吕是日本大化改新后的遣唐使，到了长安以后起了个中国名字叫晁衡，因为爱诗，成了李白的好朋友，阿倍后来回日本，船在海上出了事，消息传到长安，李白悲痛万分，写了《哭晁卿》的诗：“日本晁卿辞帝都，征帆一片绕蓬壶，明月不归沉碧海，白云秋色满苍梧。”李白把这位日本朋友比作一轮明月。幸好阿倍并没有死在海难中，脱险回到了长安，让李白喜出望外。后来阿倍就终生留在中国，逝世以后安葬在长安，把李白的祖国当成自己的第二故乡。

松谷说完故事，再次央求惠子：“我一直把炎如君当作自己的大哥，若要我的炎如大哥陪你去死，总该让我同他最后见一面吧！”

惠子稍稍迟疑了一下，庄重地点了点头：“我回去告诉炎如君，要他明天找您好吗？”

松谷送走惠子，当即就要打电话给表兄小林哲，拿起话筒又觉得大大不妥，不但会急死表兄，又无补于事，凭惠子的性格，反而有可能促她速死。冷静思索了片刻，便迅速驾车出门，着先惠子一步到达季炎如的住所。

他心急火燎地找季炎如，目的非常明确，就是商量用什么样的巧妙方法让惠子回心转意。

“惠子不想活了，到底怎么回事？”松谷问。

“我也很难过啊！”季炎如悲戚地说，“事情就发生在去京都的前一天晚上，惠子和我有过一番云雨之欢，两人都沉浸在极度的甜蜜中。惠子开头说她很幸福，就因为父亲和继母反对，这样的自主结合便显得更加珍贵，既勇敢顽强正大光明，又像偷情似的充满痴狂和浪漫，显得格外奇特和快乐。半夜时分突然遇上地震，屋子在动，电灯在摇，家具发出格格的响声，我俩从榻榻米上跳起，惠子却不肯出门躲避，微微合上眼睛，倒像酒醉三分似的晃着身子，忽然又扑进我的怀里，流着眼泪说：‘炎如君，您不是说过愿意跟我同生共死吗？我们一道去死吧，眼下正是花见时节，从去年的花见开始，到今年的花见结束，正是我俩最幸福的一段光阴，就让这段光阴成为永恒吧！死在这样的时节，是一生最美好的归宿啊……’天哪！我还以为这是惠子受到地震惊吓后的胡言乱语，并没有太在意，料不到从京都一回来又重提这件事，原来她心里还真是这么想的！”

“她这么想，您就可以答应她一同去死吗？”

“哪能呢？”季炎如解释，“我开头倒也很受感动，甚至产生一点共鸣，觉得这样的死，体现了一种轰轰烈烈的爱，残酷却又壮丽。可是稍一寻思，就觉得不对了，这样的死法不符合我们中国人的传统教养啊！《孝经》第一章就说：‘身体发肤，受之父母，不敢毁伤，孝之始也。’我怎么可以这般轻率地毁灭自己，又轻率地去支持惠子的自我毁灭呢？我要求她给我几天时间，让我好好想一想，真要一同去死，也得安排完后事。所以嘛，松谷君要是今晚上不来找我，明天一大早我也是非找你不可的。”

松谷沉重地叹了一口气说：“炎如大哥或许还不太了解惠子，她在成长时期经受过心灵创伤，如今的幸福又来得太突然太迷醉，有这种极端想法并不奇怪。这个姑娘性格倔强，她抱定宗旨的事，怕是九级大浪都打不回的呀！不管怎么说，让年轻美丽的惠子姑娘这样去死，实在太痛惜了，苍天不容啊！而眼下只有我们俩人才有可能把她从悬崖边缘拉回。”

两人紧急磋商的结果，一致主张先把惠子的樱花计划应承下来，只是将实施的最后期限，由东京的樱花节末尾延伸到日本的樱花节末尾，也就是挨到北海道的樱花完全凋谢的时候为止，这样就可以多争取一点宝贵时间。在这个紧迫的期限中，季炎如必须动用一切有效手段，激发起惠子的求生欲望，让她明白幸福并无止境，幸福的顶峰在于不断寻觅和不断创造。

等惠子跨进门，两个男子汉同时从榻榻米上起身，用对待公主般的庄重神情迎接她的回来。

松谷压低嗓音，用悲怆的口吻说：“我们二人正在谈论惠子的樱花计划。我特意向炎如大哥解释了惠子的选择有着民族精神的元素，既纯洁又非同凡响。敢于毁灭，也就是敢于创造。有时候只有彻底的毁灭，才能创造永恒的辉煌。炎如大哥终于理解惠子的这个崇高选择了。”

“炎如君真的理解了吗？”惠子追问了一句。

“可不！”松谷装出十分庄重的样子说，“炎如大哥还对我说，惠子敢于为爱情的辉煌而献身，这是一种对美的祭奠，太让人敬佩了！”

惠子听了这话，感动得热泪涟涟。敢用毁灭来创造美的永存，恰恰是她朦胧向往而又无法用语言概括的意思。她赞叹只有表叔最懂她的心愿，动情地说：“等我和炎如君一同结束生命的最后时刻，倘若心中还有一个人值得我纪念，那便是表叔您哪！”

松谷见惠子的情绪稳定了下来，又说：“为了庄严的诀别，炎如大哥已经接受了我的一个方案，一个实施樱花计划的创造性方案，也算是我为你们两人作一点至诚的奉献吧！”

“让表叔多费心了！”惠子谦恭地说着，又急切地问：“可以让我知道这个方案的细节吗？”

“当然。”松谷说，“其实很简单，由我出钱赞助你俩作一次临终旅行，顺着樱花次第开放的步伐，也就是春天经过日本列岛的步伐，由南往北走。可惜四国的樱花已经开过了，从东京出发去北海道，一路花见，就像乘着樱花的彩云，一路巡礼日本的‘樱花前线’，等到北海道的樱花凋谢，还有大半个月，让你和炎如大哥好好享受一下人生的最后时光，使你们的樱花计划变得分外美满。炎如大哥同意这个安排，相信惠子不会拒绝吧，你俩毕竟是真心相爱的呀！你俩的相爱也有我表叔的一份功劳是吗？”

“谢谢我的好表叔！”惠子郑重地向松谷鞠躬，“我的心中正在想：最最美丽的青春就应当像樱花，在怒放中凋谢，在燃烧中熄灭。只要顺利完成樱花计划，我这一生也就登上了辉煌的极点，再没有遗憾了。唯一放心不下的，是我奶奶。奶奶健康的时候我不懂事，等我懂事了，奶奶却不懂事了。想想真难过！以后还希望表叔能抽空常去看看她老人家。”

“那没有问题。”松谷爽快答应。

五年前，惠子的奶奶患了老年痴呆症。自从母亲死后，父亲就把奶奶看作“大件废品”，送到东京北郊乡下，租了一间农舍，出钱包给房东照料，父亲从此不再和老人过往，还对亲友谎称把母亲送到外地的温泉疗养院疗养去了。平时，惠子差不多每周去看望一次奶奶，奶奶已经越来越不认识她了，每次见到她就会说一句话：“这个姑娘真漂亮！”总让惠子感到异常心酸。

在实施樱花计划的前一天，惠子约了季炎如一同去看望奶奶，给她送去好吃的东西，给她洗了澡，梳了头，还给她老人家剪指甲，一边剪一边说：“奶奶，等您升天以后，我会去天堂找您的，还给您洗澡梳头剪指甲，好不好呀？”

奶奶居然回答说：“好！”

这一个“好”字，让惠子伤感得老半天没有说话。

计划的实施意外顺利。季炎如与惠子联袂北上之后，每隔三天都给松谷雄次郎发一个言简意赅的电报，除了报告他俩到了哪里，便是相同的八个字：“樱花很美心情颇佳。”进入了第三周，也就是将要结束樱花计划的最后时刻，这该是最后的一封电报了。松谷用微微颤抖的手拆开电报封套，映入眼帘的电文是：“即将送别北海道的樱花。东京见。”

呵！“东京见”，这是梦寐以求的三个字啊！多么舒心惬意，胜过醍醐灌顶！这一天晚上，松谷雄次郎独自喝了两瓶陈年白兰地，喝得烂醉。好畅快的烂醉！烂醉中，他独自念叨：“惠子，惠子，你这个精灵，叫人捉摸不透的樱花精灵，还好没有把别人吓死……”

季炎如和惠子安然回到东京，死亡旅行变成了蜜月旅行，惠子仿佛经历一次重生，容光焕发了。从这时候开始，她放弃了原来的小林姓氏，决意按照惯例改从夫姓。季炎如说：“我们一时不便举行婚礼，要改姓就改成‘夏’吧，‘夏’就是中国和中国人的代称，这个‘夏’字净是好意思，有广屋大殿和华彩斑斓的含义，夏天又表示繁荣和热烈，这样改有点新意，照样也能表明你的真诚心迹。”

这一改姓，惠子也就更难与父亲和解了。她不在乎，何况她绝不愿意跟继母一起生活。

当年中秋，夏惠子已经怀孕五个月，便和季炎如商量停当，决定一同西渡，到上海定居。这时候的夏惠子，已经沉浸在新婚般的蜜汁之中，也体悟到了生命的真价值。在离开东京前，她特意拉着季炎如再次去京都，到城东间羽山的清水寺，一起喝了间羽泉的清泉水。相传间羽泉是能够“延命长寿”的神泉，喝在嘴里果然清凉甘润，沁人心脾，惠子便一气喝了个够。

幸福所以宝贵，常常是因为有着不幸相伴同行。在将近三昼夜的西行航程中，轮船遇到风浪颠簸，夏惠子经不住连续眩晕呕吐的折磨，一株尚未成熟的爱情胚芽突然流产了。随船的年轻医生临床经验不足，又欠缺必要的手术器械和对症药品，竟给夏惠子留下了终生不孕的后遗症。

二人一到上海，德山方浩就到码头来迎接，交给他俩一张高额支票和一串房门钥匙，住房和安家费都有了，他说是惠子的爸爸小林哲和表叔松谷雄次郎二人事先安排好了的。季炎如感叹这是“嗟来之食”，想谢绝又觉得是雪中送炭，舍不得更少不得，颇有点酸溜溜的味道。夏惠子却安慰季炎如说：“爸爸欠我和我妈妈的情，不管花多少钱都抵偿不了的；至于表叔的恩，就记在心里，日后报答就是了。”

阔别的松谷雄次郎就在眼前了，季炎如和夏惠子都感念着他的恩情。松谷很豁达，他说如果想真心回报，岂在一朝一夕，来日方长啊！说着，就动手解开他带来的礼包，向主人献礼了。

礼品中有日式糕点，这不稀奇，上海也能买到。松谷还带来了让人意想不到的礼物，先展示出一本装帧大气的画册，题名叫做《大战争写真帖》，厚重得像一块长城砖。翻开闪光的黄绢封面，赫然可见日本海军大将柴山矢八题写的四个大汉字：“血雨腥风”，还有日本陆军大臣冈市之助、海军大臣八代六郎等名人的题字。全帖大部分是照片，还有一部分油画，主题是表现日本帝国在明治维新后对外战争的丰功伟绩，包括中日甲午战争和日俄战争中的胜利场面，占领整个朝鲜半岛和台湾的标志性镜头，还有日本军队从德国人手中夺取中国山东、青岛和胶州湾等地的纪实图像。

季炎如粗粗地翻了翻写真帖，一脸的疑惑，不无揶揄地感叹：“松谷君怎么推销起皇威来了啊？”

松谷雄次郎微微一笑说：“过去都以为亚洲黄种人没有出息，如今日本能够战胜欧洲两大强国，日本皇威岂不是亚细亚人的共同骄傲吗？中国自从鸦片战争以后一蹶不振，而日本的觉醒，是从同一时期美国‘黑船’舰队入侵江户湾开始的。战争是人类的生存方式，既然无法逃避，谁都应该正视呀！”

另一件礼物就更令人惊诧了。那是一对龙凤倭刀，一为中刀，一为短刀，刀柄上缠有彩色丝绳，赤铜护镡上雕了松柏花鸟，彩漆的刀鞘描龙绘凤，鎏金嵌银；拔刀出鞘，就带出一道紫光，刀面上还有波形的刃花，就像白浪在跳跃。乍一见这样的精美礼物，恐怕谁都不会想到这是杀人武器。

季炎如看呆了。他想起在东京的时候，曾经参观过日本美术刀剑保存协会举办的一次古刀展览，头一回明白刀剑在日本文化中的地位。日本刀剑的外观和锻造工艺都从中国传入，开头称“唐样大刀”，后来经过代代改进，从形式、质地到功能都大不一样了，几乎成了大和精魂的图腾。

“真没有想到松谷君会送我们这样的礼物！”季炎如喃喃说。

“炎如大哥懂得日本人对刀剑的特殊感情，不会觉得送刀剑是不吉利的吧？”松谷抽出中刀，后退几步，忍不住舞动了起来，刃光闪烁，令人眩目。

三位长辈的叙旧，说的都是汉语，勾起夏惠子的心酸和甜蜜，一会儿哭一会儿笑。而刘青燕却听得如醉如痴，一时还没有转过神来，松谷竟神经质地舞起了雪亮的倭刀，吓得她眨着眼睛缩紧了身子。

“啊呀！表叔别吓人了吧！”夏惠子嚷。

松谷收住倭刀，意犹未尽地赞赏道：“大和刀剑集古朴典雅与华丽灿烂于一身，它的弯度把最卓越的美和最强大的力结合在一起，使得全球闻名的托莱多与大马士革的名剑都瞠乎其后。大和刀剑是日本古典精致艺术的灵幻之光，它的刀刃上悬挂着历史和未来，或许是刀匠的灵魂附在上面的缘故吧，让人一见就会产生敬畏之感……”

季炎如见松谷夸起日本刀剑来如数家珍，几乎有点忘情了，便打断他的话调侃说：“松谷君是想让我也对日本刀剑产生敬畏之感吗？”

“那倒不是的。”松谷说，“早先，日本刀剑标志着贵族和武士的崇高身份，如今已成了世界著名的收藏物。可惜的是，这对龙凤刀是仿古制品，不是镰仓时代制刀名匠的名作，要不，可称得上无价之宝，我还送不起哩！”

季炎如心里头嘀咕，松谷虽然性格豪爽但毕竟不是个粗人，他赠送这一对龙凤倭刀总有点什么特别含义吧！一时捉摸不透，又不便直问，正纳闷间，夏惠子就把话题引开了。

“表叔也真是的，怎么变成铁石心肠了啊！”夏惠子埋怨：“多少年都不来上海一趟，写信也不回复，把我们俩人都忘了，让我们想死您了呵！”

季炎如也说：“四年半前日本发生关东大地震，上海组成了中国红十字救护队参加救灾，我作为随行记者去了东京，才知道你的家也遭了灾，令尊也死了，听说你当时恰好在国外，躲过了这场劫难，心里倒有点为你庆幸。可是，你为什么一直不跟我们联络呢？这让人费解啊！”

“一言难尽！”松谷说，“好在我这一次到上海，短期内不会离开，我们将有足够的时间回顾往事，再续美好情谊。”

话是这么说，可松谷雄次郎这番到上海，到底干什么，住在哪里，能住多久，何时可以再会面，一概没有明说，忙得连一同吃顿饭的时间都没有。匆匆离去时，通信地址都不愿留下，只是说：“等我电话吧，说不定日后我会常来打扰的。”

待松谷出门，刘青燕还在面对桌上的龙凤倭刀发怵。季炎如望着妻子，猜测道：“看来，你今天的表叔已经不是昨天的表叔了。”

夏惠子也感到纳闷，只是婉转地回答：“想必表叔是有公务在身吧！炎如君应该明白，日本的有为男子，都是这个样子的啊！”

第四章
失落的青春

夏惠子替刘青燕拿到体检报告，没有发现器质性病变的记录，松了一口气。但是，刘青燕的病是明摆着的，吃不香，睡不好，消瘦，不爱说话，不愿活动，内心苦恼，却又不肯倾诉，陷入了明显的自闭状态。这样的症状发展下去，精神是要崩溃的呀！凭夏惠子两年医科大学的书本知识和一定的临床经验，借助彭永芳和彭永骏提供的背景情况，她可以初步判明刘青燕患的是一种常见的心理疾病，可是毕竟没有把握作出具体而明确的诊断，更拿不出有效的治疗方法。

好在夏惠子的背后有医学专家。借着德山方浩是她家的世交，当天晚上，她没有预约，更没有挂号，就迫不及待地把病人带到了德山的寓所，登门求诊来了。

德山还没有来得及看完各项检查资料，夏惠子便用日语叙述起刘青燕的患病经过，神色凄婉，好像在讲一个悲情故事。德山医生随即对刘青燕的体症作了观察，用听诊器检查了她的心肺功能，又示意夏惠子不必再说什么，他要直接向病人提问题，测试心理反应。

德山讲得一口带有上海话韵味的汉语普通话。他担心乡下姑娘初到上海有语言隔阂，小心地问她："你能听懂我的话吗？"

刘青燕点了点头。

德山又问："你才十六岁，为啥要急急忙忙嫁人啊？"

刘青燕埋下了头，呼吸有点紧迫起来，不说话。

夏惠子催促："回医生的话呀，医生在给你治病呐！"

德山笑了笑，换了一个话题："惠子太太相信我，你相信我吗？相信我没有害人之心吗？"

刘青燕抬眼望望面前的医生，两鬓斑白，额上有很深的皱纹，长得慈眉善目的，便爽快地点了一下头。这一点头使德山很满意，也跟着点了一下头。

"听惠子太太介绍，你在农村的开明学堂里读过书，结婚以前是个十分活泼的姑娘，爱说爱笑爱蹦爱跳的，是这样吗？"

刘青燕又点头。

“刚结婚不久，还称得上新娘子哩，你为啥不高兴啊？”

刘青燕刚张了一下嘴唇，又勾下头，把嘴唇抿紧了。

“你很漂亮，生病前一定更漂亮。你要实话告诉医生，新郎为啥不喜欢你？”

刘青燕侧过脸，不敢正视医生，一对小小的鼻孔翕动起来，看得出她心中起了波澜。

德山拨转她的脸，盯住她的双眼，似乎有了信心，连珠炮似的提出了一个又一个问题，尽管语气依旧非常温和：

“新郎为啥不跟你圆房？”

“是你不喜欢他还是他不喜欢你？还是互相都不喜欢？”

“如果互相都不喜欢为啥要结婚？”

“结婚不圆房，你甘心受这样的羞辱吗？”

面对着意外的提问，刘青燕的脸膛涨红了，随即就用双手捧住面孔，呜呜地哭了起来。

夏惠子上前扶住她的肩膀，柔声地宽慰：“当医生的理应知道这些，别哭！别哭了！”

“能哭得出来很好啊！”德山用日语说，“证明她的感情和思维都没有问题。特别让人放心的是，她丝毫没有丧失记忆的迹象。她能哭就让她痛快地哭一哭吧！”

等刘青燕的情绪平静了下来，德山又耐心地询问了她的一些生理状况，特别问到月事正常不正常？刘青燕吞吞吐吐地告诉医生：月事初来的那年才十三岁，从来都是蛮正常的，突然不来月事了，也不晓得啥缘故？

德山医生不由得皱了皱眉头，长长地“哦”了一声，又连连宽慰说：“不要紧，会好的，会好的。”随手抽出一张检查单，递到夏惠子面前，用指头弹了弹，又用日语严肃地讲了一句什么话。

夏惠子先是一愣，又差点儿笑出声。德山医生及时地制止了她，不让笑，还说：“刚才说的话就是我的诊断结论，应该是比较科学的结论。”

德山医生发布了他的诊断结论之后，给病人倒了一杯水，鼓励她说想哭就哭个够，哭够了心里就会舒畅一些。说完就从容地为她开处方，又向夏惠子细说了病况印象，具体地交待了各项护理方法。

回家的路上，夏惠子一直在心中琢磨着德山医生用日语说的那句话，那句让她发愣又发笑的话。到了家中，就把这句话转述给丈夫和彭永骏听。

德山的原话翻译成汉语是这样的："一个美丽姑娘，在婚后该破裂的地方不破裂，就证明她头脑里的幸福愿望破裂了。"

彭永骏听了很恼火，质疑说："德山医生在我的印象里一直很稳重，这回是不是存心侮辱人啊？"

其实，德山方浩不仅把夏惠子当成世侄，同季炎如和彭永骏也很熟悉，经常为他俩看病。季炎如因此辩解说："德山医生说这样的话，绝不是医德问题，倒是日本人的一种表述风格，他们对男女间的事很少神秘感，爱直言不讳，还喜欢来点儿幽默。"

"是这样，是这样的。"夏惠子连连点头。

说到这里，季炎如忍俊不禁了，笑着说："日本著名的官修史书《古事记》里，讲了伊耶那岐和伊耶那美一对兄妹原始神创造日本国的故事，妹妹说我的身子都已长成，但有一处未合。哥哥说我的身子都已长成，只有一处多余，就用多余处填补你的未合处，来产生国土，怎么样？妹妹说好吧。就这样兄妹行了房事，生下日本列岛，也生下天子天孙，日本也就成了天佑神助的神道国家。日本还把这个故事编进由国家颁定的正规教科书里。要是在中国，不把这种书当成宣传乱伦和淫秽的邪书，狠狠加以扫荡才怪！"

彭永骏用疑惑的目光望着夏惠子，问："惠子阿姨，真有这种教科书吗？"。

"一点不骗你。"夏惠子笑着说，"日本孩子都是读这样的教科书长大的，还为自己是天神后代感到骄傲哩！"

彭永骏撇了撇嘴："中国老早就有同样的神话故事了，说伏羲和女娲兄妹俩结成夫妻，就成了人类的始祖，可中国人就不会用这样的故事编写成教科书，还胡诌什么一处未合一处多余，下作！"

"这可不能算下作。"夏惠子认真解释："在日本人看来，这样的故事很朴素很有趣，它赞美了日本的原始神有强大的生命力。"

季炎如又拾回原来的话题说："让我们中国人听起来，德山医生的话虽然不怎么风雅，偏偏说出了一个残酷的事实，点准了穴位。"

夏惠子赞同丈夫的看法，她知道丈夫的第一次婚姻也是父母包办的，就在洞房花烛夜，新郎没等上床就逃出了家门，那位名义上的媳妇誓死不再改嫁，公公婆婆就把她收为养女，断送了她一辈子的幸福。

"是啊！是啊！"夏惠子不忍心旧事重提，忙说，"难怪德山伯伯特地向我声明，这是他的诊断结论，还说是比较科学的结论。要论医德，德山伯伯也是没啥可挑剔的，否则当初我爸爸也不会那么尊重他，花大钱把他从东京接到上海来办医院，还请他给我家当保健顾问。德山伯伯说这样的话，其实也是同情阿燕。我开头觉得好笑，他都不许我笑。还说阿燕患的是一种属于抑郁症的心理疾病，是受了过度刺激才会患这种病的，很可怜！”

“唉！一个女孩子碰上这样的事，的确可怜！”季炎如叹道。

彭永骏没有再说什么，只是仰靠在沙发上，用拳头一下下地敲击自己的前额，满脸都是懊恼。

“阿骏你也不要难过，更不要着急。”夏惠子安慰说，“阿燕的内脏器官都很正常，头脑也是清楚的，对别人的语言有充分的反应能力，懂得害羞，会生气，会伤心，说明她的抑郁症只是初期症状。她刚到上海的那天，在和室里一见相扑瓷雕和乳皿有好奇心，还会脸红，我就很高兴，可见我的判断也有根据。德山伯伯说，像她这样的情况不用住院治疗，不必依赖药物，只要能改变病人的环境和消除病源，这个病肯定是能治好的。”

彭永骏说：“别的倒好办，要消除病源太难了。”

季炎如说：“当务之急是先把阿燕的病情稳定下来，要消除病源得从长计议，天无绝人之路。”

夏惠子说：“德山伯伯还告诉我，如果不能改变环境就下工夫改变病人，要让病人懂得做人的意义，乐观起来，坚强起来。我在当医助的时候，护理过同类病人，有点经验。在德山伯伯的指导下，我有信心很快让阿燕改善症状。从现在起，我就是阿燕的家庭医生兼看护士了，你们可要支持配合唷！”

“那当然。”季炎如说，“让阿燕在上海住下来安心治疗，这事我跟她公公讲清楚，没有问题。”

刘青燕生平头一回看西医，觉得又新奇又神秘。第二天彭永芳想逗她开心，故意问她：“乡下郎中给女人看病，勒袖口号脉都不好意思，有的年轻女人还要像新娘子一样罩上头盖；可是进洋医院检查，动不动解衣服脱裤子，你到底还是依了，没想过要上吊吧？”

刘青燕居然笑了起来。一笑，露出雪白整齐的牙齿，还有两个酒窝。

真是千金难买一笑。自从刘青燕当上彭永芳的嫂嫂以来，小姑子彭永芳这还是头一回见到她的笑容。便禁不住大声喊：“阿燕笑了！阿燕笑了！”

这时候，三个男子汉都出了门，只有夏惠子一人听到这个喜讯，她急忙放下手中的活计奔到刘青燕身旁，可惜刘青燕的笑容像闪电一亮，不见了。彭永芳为证明自己没有撒谎，把阿燕为啥笑的来龙去脉说了一遍。夏惠子没有怀疑，感到十分鼓舞，在阿燕的脸蛋上狠狠亲了一口，朗声说："阿燕你有福，碰到了上海滩的名牌医院和名牌医生。德山医生说过，你的病是一定能治好的，你自己首先要有信心呵！"

金口难开的刘青燕又一次开了金口，她用冷得让人打寒战的口气喃喃说："治好了病又怎么样呢?！"

"啊唷！这样年轻的姑娘为啥说这种泄气话？"夏惠子明白阿燕的意思，故作惊讶地埋怨，"治好了病不就是又健康又美丽又快乐吗？你的日子还长着哩！"

叨叨着，夏惠子就伺候刘青燕吃药，又打开留声机给她听音乐。

彭永芳打趣道："阿燕在上海过的日子，真是跟天仙一般。"

当刘青燕生平头一回服用西药时，夏惠子就哄她说，德山医生给她开的药都是从日本进口的好药，蛮灵的。其实，不过是些普通的镇静类药物，吃了特别爱睡觉，睡得香极了。连续两个晚上睡得好，精神就好，胃口大开，到了第三天早上一起床，刘青燕的脸上就见光彩，嘴唇也转红了。

星期天吃早餐的时候，彭谨祥端着饭碗望着刘青燕出起神来，感叹："东洋医生还真有两下子呵！"

彭永骏说："要紧的是阿燕在上海看不到惹气的人，听不到惹气的话，心里头清静了。"

季炎如说："阿燕年轻，身体底子好，只要医治得法，一定会很快康复的，谨祥兄回乡跟两家的长辈们都说说，让大家放心就是。"

彭永芳说："阿燕自己也得努力配合，要多讲话，惠子阿姨对你这样好，不能老是像泥菩萨不做声啊！"

彭永骏双眼盯着刘青燕，袒护说："阿燕新来乍到嘛，过几天开心起来就爱讲话了。"

刘青燕有意躲避着彭永骏的目光，转过身，把脸侧到一边，倒像一幅贴反方向的门神画，分明又给了彭永骏一个难堪。

"这里也有惹气的人怎么办哪？"彭永芳嗤嗤一笑说。

"谁惹气就不理谁！"夏惠子打趣道，将一个剥了壳的熟鸡蛋放到刘青燕面前的碟子里，又说："快吃快吃，吃得饱一点，等一会儿你三哥要来，约好了一道去玩的。”

刘青燕果然加快了吃饭的动作，夏惠子称赞：“真是乖囡！”

早餐刚过，夏惠子翻箱倒柜地找出自己的行头，认真地给刘青燕打扮起来，施了淡妆，抹了口红，让她穿上一件百花争妍的旗袍，外罩浅绿色羊毛开衫，用一条翠绿的缎带扎住头发，戴上珍珠项链和耳饰，穿上长统丝袜和半高跟皮鞋，一下子春色就复盖了她的全身。

夏惠子拽着刘青燕往大镜子面前一站，刘青燕就自己不认识自己了，面对镜中人，眼珠子乌溜溜地打转，浑身像给定身法定成了一个彩瓷娃娃，动弹不得了。

夏惠子为自己的化妆成果十分得意，挽着刘青燕的手臂转起圈来，一边快乐地说：“别僵住不动啊！可不能成木偶，先得学会走路，快走两步看看，大大方方的，不用怕，谁怕谁呀？女人化妆是文明，珍爱自己又尊重别人。今天就是要你明白自己的份量，等会儿上街会让男人吃惊女人妒嫉，让你感觉一下青春该有多美好！”

面对着身姿绰约而脸容僵固的刘青燕，彭永骏的心情又变得沉重了，暗自说道：“青春本该是美好的，恰恰又是脆弱的。青春一旦失落，还不知道能不能找回来？”

俗话讲女人有两次投胎，一次是出生，另一次是出嫁。

刘青燕第二次投胎的艰难情景，是彭永骏原先所没法想像的……

哭啊哭，刘青燕不吃不喝没完没了地哭。姚素娟奇怪女儿哪里来的这么多眼泪，担心她这么哭下去把整个儿水灵的身子都哭干瘪了，便找丈夫商量对策，埋怨丈夫当初想得不周全，啥都瞒着女儿，一心想等到生米煮成熟饭以后再透底，让女儿独个儿去消受。怨着怨着，姚素娟自己也抽抽嗒嗒地哭了起来。

刘家梁来了火，正色说：“当初商定联姻大事，双方长辈和媒人还有堂宗耆宿都是赞成的，你这个当义母的也没反对过，如今看到阿燕的滔滔眼泪就怨天怨地了，真没见识！这事关系着刘彭两族两千多户人家万世和好的大计，让阿燕受点委屈也值得！倘若稳不住睦邻局面，舍不得一个螟蛉女，说不定亲生儿子的性命也难保！”

在方圆百里内，刘家梁是有名的乡贤。姚素娟历来佩服丈夫读书多有眼量，听了他这么一番高论，便擦去泪水平静下来，谦和地问：“那你说该怎么办才好？阿燕这样哭下去会伤身子的啊！”

“阿燕脾气犟，下点工夫调教就是了。”刘家梁早有成竹在胸，吩咐佣人在本房祭堂内摆起香案供上祭品，同时耐心地开导夫人：“前年先父逢十冥寿，时局不好顾不上祭奠，眼下阿燕遇事想不通怕积郁成病，不妨补祭一番，趁此机会向她晓喻大义，也可以祈求先祖保佑。”

姚素娟频频点头，称赞说：“这倒是个好主意，依你的。”

既然请出了先祖，刘青燕也就不敢再使性子了，乖乖儿地在义母的伺候下沐浴更衣毕，随义父母一同走进了祭堂。

香烟缭绕中，刘家梁领头在祖宗的神位前叩拜后长跪不起，喃喃地说起话来了，话语带着颤音，听得出饱含真情。

“承蒙先祖赐福，阿燕来到我家十年多了，情同己出。她好学上进，孝敬长辈，人人都称赞是个好姑娘。不幸葫芦乡刘彭两族经年结仇，常打人阵生灵涂炭，眼下两族尊长有意让阿燕担当起联姻大任，永结和睦。这事阿燕原先并不知情，心中难免有委屈……”

说着说着，刘家梁哽咽了，而跪在一旁的姚素娟却早已哭得支撑不住上身，她弯下腰捧着脸，顺着丈夫的思路，断断续续地接着哭诉，一句一呜咽：“阿燕本是我们夫妻的心头肉掌上珠啊，让她早早出嫁，实在是一千一万个舍不得啊……”

刘青燕静静地跪在蒲团上，开头只是木木地听义父母小声诉说，等义母诉说到后来已经是字字带泪，连气都接不上了，她才恍悟到近日来少见义父母笑容的原因，联想起自己本是一个苦命野囡，若不是义父母领养，早就被哪个穷人家拣回家当童养媳去了。

想到这里，她那似乎已经哭干了的泪泉忽又涌出潺潺热泪，连忙拉住义母的胳膊摇撼着呜咽：“妈不要再讲下去了，我愿意听爹妈安排，心甘情愿嫁到天螺湾去。”

她说着便抽回双手，伏倒在地，开始嗵嗵地磕起响头来，嘴里还继续说：“我发誓，我向祖宗发誓，心甘情愿嫁给彭永骅，永生永世不后悔！”

姚素娟深怕刘青燕磕伤额头，一把将她搂了过来，紧紧相抱，哭成了一团。

第二天，姚素娟和刘青燕乘坐两顶便轿，来到了苎萝山下的西施庙。

刘青燕十岁那年，义母曾经带着她到过杭州，是特意去灵隐寺进香许愿的。

她一脚跨进云林宝殿就傻眼了，生平头一次见到有这么雄伟的庙堂，生平头一次见到浑身金装的释迦牟尼菩萨竟是这么高大这么神气，心想难怪大菩萨能管得了天下那么多人的大小事情！

这一回走进小小的西施庙，感觉就大不一样了。无论是庙堂的规模或是西施娘娘的佛身，都显得小家巴气；要说香火，更是差远去了，整个庙堂里只点着一对小蜡烛和几炷线香。西施娘娘是冷清和寂寞的，头上和身上落满了灰尘，彩装也已经风化剥落，多少有点寒酸相。

刘青燕暗暗地可怜起西施娘娘来了。她读过一本讲西施故事的书，书中既赞颂西施胸怀大义的崇高，也感叹西施为国献出青春美貌又没有得到善终的悲哀，心中就有自己的想法了。她想："西施娘娘虽讲是个为国献身的好女子，可也是一个苦命女子啊！她连自己的贞操都保不牢，完成复国大业后又遭越王勾践抛弃，这样的善良美人还能保佑谁呢？钦佩她是应该的，祈求她降福赐恩怕是没有指望的，难怪西施庙里人气不旺了。"

西施庙的香火虽然稀疏，空气倒也显得异常肃穆。西施娘娘的前额泛着圣光，眉宇间透出忧国忧民的高贵思绪。姚素娟领着刘青燕来到西施娘娘面前，敬香跪叩完了，就开始观赏正殿两侧的连环壁画。从越王勾践卧薪尝胆苦心孤诣地谋划复国方略开始，到文种范蠡二位大夫商定美人计，在苎罗村寻觅到绝代美人西施，到西施选入会稽山大王宫教习歌舞，庄严领受同心灭吴的圣旨，大义凛然地登船断缆前往吴宫，最后勾践带兵打败吴王夫差完成复国大业为止，每幅壁画都表现了一段传颂千古的历史篇章。刘青燕是头一次见到西施的塑像和壁画，心中难免有点懊丧，觉得见了还是不见的好，无论是用泥捏出来的西施还是用笔画出来的西施，都不如原来脑子里的西施来得漂亮，差远去了呐！

或许出于少女特有的天真无邪，即使在落难的时候，只要暂时离开伤心地，哪怕见到一只蝴蝶，听到一声鸟叫，闻到一丝花香，遇到一点新奇景象，就会莫名地轻松起来。此时的刘青燕就忘记了自己将要嫁给一个半痴，面对着西施庙中的西子壁画，便开始暗暗嘀咕了："照这样用泥巴塑的和用彩笔画的西施美人，能够美得闭花羞月沉鱼落雁吗？差远去了呐！我阿燕若是像皇后贵妃一般打扮起来，在西施殿上这么一站，还不把我当真的西施啊！"想到这里，她差一点要笑，忙又低头忍住，心中直骂自己不正经不懂事，还好没有说出口笑出声来，要不定会让义母当场气得晕倒在西施娘娘面前。

刘青燕用手捂住砰砰乱跳的胸膛，警告自己不许再这么胡思乱想。

姚素娟并不知道阿燕心中在想啥，轻轻推着她从头到尾一幅一幅地看壁画，不厌其烦地讲解着壁画中的内容，偶尔还插一两句诸如西施姑娘多么懂得顾大局识大体之类的话，作出关键性的点评。

面对着演绎悲壮历史的壁画，联想往日读过的史书，刘青燕又想："反正女人的婚事都得由男人做主，我要是生在西施娘娘那个朝代，恐怕也逃不过西施娘娘的命。"这么想着，仿佛自己走进了古代，正奉命嫁到敌国去，去给一个暴君当妃子，稍不小心还会丢了性命，心中就同情起西施来了。回头拿西施比比自己，嫁到天螺湾至少还不是嫁到吴国，嫁给半痴彭永骅至少还不是嫁给暴君夫差。这么一比，立时就觉得自在了许多，既然古来红颜多薄命，那就认命了吧！

看完壁画，刘青燕深深地舒一口气，觉得自己走完了一段崎岖的路程，累了，需要休息。

姚素娟拉着她再次下跪，拜谢了西施娘娘，然后一同步出正殿门槛，来到不远处的浣纱江畔，在洁净的石级上坐了下来。

浣纱江本名浦阳江，自从晋朝书圣王羲之在西施浣纱处的巨石上留下了"浣纱"两个大字后，百姓为了纪念西施，也就把浦阳江称作浣纱江了。浣纱江清澈美丽，静静地流淌，不言不语，就像依附着西施姑娘的灵魂。姚素娟疼爱地拢近刘青燕的身子，捉起她的小手，望着她的眼睛，有心想窥透她此时的心思。刘青燕久久不说话。随着一条银光闪闪的鱼儿从水中跃起又落下，姚素娟就说："鱼儿跳出水面是想看看我家阿燕哩，它一定以为西施姑娘回家来了！"

刘青燕终于噗嗤一声笑了。阿燕的心总算活泛了过来，姚素娟也露出了笑容。

在天螺湾跟杏源畈结仇的岁月中，有幸保留着一条互相沟通的渠道，这就是清末由亭桥区几位士绅牵头创办的紫气书院，建在山明水秀的槐树坡，离天螺湾和杏源畈各有三里路。两村耆宿有过君子协定，不论村仇闹到何等程度，都要把紫气书院看成尊圣育贤之地，不得侵扰。民国以后，紫气书院改成三年制的葫芦乡高级小学，不过乡民们一直习惯延用旧名，总觉得称紫气书院这个名称又体面又好听，舍不得丢。彭刘两姓的子女们只要一踏进紫气书院，少年一辈之间没有直接的利害冲突，对立和仇恨渐渐地就会被知识所化解，由同学进而变成朋友，有的男女同学不顾小小年纪还在暗中滋生着爱情，就像砻糠底下走水，看不见也挡不住。

彭谨祥的小女儿彭永芳和刘家梁的二公子刘世璋，既是紫气书院的同学，随后又一同考进杭州师范学校。刘青燕的奇特童年，她的二哥刘世璋就当作民间故事讲给彭永芳听了。彭永芳又一五一十地贩卖给了同她最亲密的四哥彭永骏。

刘青燕的小名叫野囡。生父许有田和生母楼巧云是从外乡逃婚到杏源畈的落难人，在一处只有七户村民的僻静山坡上安了家。定居第二年就遇上跟天螺湾打人阵，许有田为刘族人立过功，夫妻就作为荣誉村民列入了刘族宗谱，许有田从此改姓刘。不久，楼巧云怀了孕，搜肠刮肚地呕吐。初次怀孕的楼巧云才十八岁，害怕是妖怪附了身。丈夫带她去镇上的观音庙求签问卦，住庙的尼姑连连道喜，说是吉人异相，定要生出一个能呼风唤雨的小哪吒来。不料分娩时又遇难产，折腾得昏死过去，苏醒时胎儿已经坠地，不止一个，是一双，一男一女，龙凤胎。不幸男婴已经死去，活下来的比哪吒神少了一点点东西，是个丫头，心中便连连叫苦，觉得十个月的折腾太不值。她在产后不停地哭，丈夫说不要哭，等你养好了身体我们要生几个就生几个，不愁没有儿子。夫妻两个命里该有人续香火，四年后喜得贵子，长得虎头虎脑活泼可爱。楼巧云又到观音庙烧香许愿，求观音灵姑保佑贵子健康成长。夫妻俩还卖掉一口猪，给儿子打了银项圈和长命锁，好永生永世圈牢他锁牢他。

野囡五岁那年的夏收时节，爹妈都下了地，让她在家照看刚过周岁的弟弟。弟弟爱哭爱闹，怎么哄都没有用，把起他撒尿他死不尿，刚放下他就尿了个精湿。尿湿了尿布又哭天哭地不肯换。野囡也给烦得哭了起来，过一会儿再把他撒尿又不肯尿，野囡去拨弄他的小雀雀，小雀雀一翘，竟把一泡热尿撒到野囡的脸上。野囡来了火，操起一把剪刀，活生生地连根剪下了弟弟的那点小嫩芽。野囡见到鲜血涌出，就哭喊着奔向田畈去叫爹妈。可是来不及了！等到爹妈赶回家，弟弟哭都哭不动了，不一会儿就断了气。

妈妈惨嚎着问是怎么一回事？野囡回答说：“弟弟不听话，我把他的小雀雀剪了。”妈妈抢天呼地哭喊：“你为啥这样歹毒啊？”野囡委屈地呜咽着回答：“妈不是讲过吗？我本来也有小雀雀，就为着不听话，一剪刀剪下喂了小猫咪。谁让弟弟爱哭爱闹不听话的呢！”

爸爸伸出骨节暴暴满是硬茧的蒲扇大手，拎起野囡的娇小身子，狠狠地将她甩出一丈多远，身上多处出血。爸爸还不甘心，揪着她的头发，拿起一把锄头，要把她拖到山脚下去活埋，就靠邻里乡亲们七手八脚地救下了她，藏进了尼姑庵。野囡在尼姑庵躺了三天三夜，等到眼前不再金星闪烁，脑瓜里不再轰轰乱响，她才听人向尼姑报信说，她妈妈上吊死了，爸爸认定这是天劫难逃，求人写了一张文书，把仅有的一亩山地两间破屋交给尼姑庵，作为托孤的报偿，自己远走他乡，不知去了哪里。

一个无意识的小小举动，惹出了石破天惊的后果。也数野囡前世积德，杏源畈的世袭族长刘家梁生了三个儿子，夭折了一个，就是生不出个女儿，他笃信“有教无类”的孔子名训，毅然收养了野囡。

惊世骇俗的一剪刀，从此剪碎了一个美满的家庭，也重新剪裁了野囡的人生。

野囡成了刘家梁夫妻的螟蛉女之后，头一次有了青燕这么个正规的好名字，全家人都叫她阿燕，从此不再挨冻受饿，义父母还送她进村校读书，当成掌上明珠一般。阿燕长大后出落成个美人精，义父有时候酒酣耳热还说疯话：“我家阿燕还真有点沉鱼落雁羞花闭月的味道哩！要是生在两千多年前，替不上西施也能替得上郑旦的角色，会让越王勾践选进皇宫里去担大任的。”

阿燕爱放风筝。据说风筝能把天地人连在一起，放风筝可以向上苍传递心愿祈求赐福。姚素娟好像看出她的心思，边观赏边说：“好好儿祈告上苍吧，以后给你配个如意郎君，一生过得幸福美满。”

阿燕听了这话，半点儿都不害羞，也不矫揉作态，只是落落大方地一笑，还嘴说：“妈妈年轻时候也常放风筝吧？”

一句话让刘家梁乐得眉开眼笑，倒把姚素娟说得红了脸去，佯嗔说：“好个皮厚的刁丫头，看我不撕碎你的小嘴皮！”

苍天不张眼，没有为天真的少女带来憧憬中的幸福。刘青燕做梦也不曾料到，送上门来让她相亲的后生，文质彬彬，玉树临风般模样，一眼就相中了，到头来却不是自己的心上人！

第五章
香樟大院的悲哀

这是一个星期天，是刘青燕到上海后的头一个星期天。这一天由季炎如和夏惠子夫妇做东，邀请刘青燕和她公公还有小姑一同到闹市区游览，彭永骢和彭永骏兄弟俩作陪。

夏惠子的关注点始终放在刘青燕身上，因为她兼有东道主和监护人的双重身份。从出得家门开始，她就发现刘青燕的眼睛有神了，对周围的一切都感到新鲜。在通向电车站的一段弹格子路面上，每一块被车轮和鞋底磨光的鹅卵石都是亮闪闪的，像铺满一地洗净了的大小番薯。刘青燕头一回见到这样的路面，头一回穿上半高跟的皮鞋走在这样的路面上，苗条的身子就有点儿不平衡了，扭啊扭的，不禁红了脸，夏惠子就不动声色地挽住了她的胳膊，肩并肩地一起走。

这一天从上午逛到天黑，逛外滩逛南京路逛城隍庙逛大世界，上海滩最有名的几个景点都逛到了。这一天还品尝了上海的风味食品，又开洋荤吃了西餐。这一天还领略了不夜城的璀璨景色。这一天让刘青燕这位乡下姑娘大大地开了眼。这一天马不停蹄的观光，对于治疗刘青燕的初期抑郁症来说，产生了一点意想不到的突破性作用。

在大世界的哈哈镜面前，望着自己和别人的变幻形象，刘青燕终于发出了消失已久的快乐笑声。这笑声，对于每一位关心她的陪游人来说，都是一帖驱除担忧的良药，一杯预报康复的美酒。

季炎如陪游的重点对象是彭谨祥。他俩边看边谈，注意的并不在于上海的景观，而是上海的商情和时局的走势。

季炎如凭借一个消息灵通的老报人身份，逮住机会向彭谨祥说项：“去年上海的风潮一结束，国民政府就在南京成立了，还宣告北伐成功，尽管天下未必就此太平，而上海有外国租界在，不论谁当政，都不敢让它乱到哪里去的。民心思定啊！眼下，上海市政府正在紧锣密鼓地筹备一个宏伟计划，叫做‘大上海计划’，要广纳资金，大兴土木，发展工商业，实现孙中山先生实业救国的梦想。这可是个千载难逢的大好机会，你就赶紧跳出山沟到上海来办实业吧，能办多少是多少。倘若能在上海开办一家缫丝厂，家乡的蚕丝有出路，也能让家乡一些没有活干的青壮年出来做工，岂不是造福桑梓功德无量吗？”

彭谨祥沉吟说：“插足大上海的事不是小事，最终得由父母点头才算数。”

季炎如说：“机不可失，时不再来，要紧的是你自已得先拿出主意来。”

彭谨祥点头说：“容我好好看看，过几天若有了主意再向你求教。”

连日来，彭谨祥在季炎如的热心引荐下，拜会了几位有声望的业内人士，还参观了工厂、商店和交易所，只是越看越显得战战兢兢，越是拿不出什么主意。季炎如说拿不出主意总可以谈谈印象吧。印象也不谈，三棍子打不出一个硬屁。“唉！这真叫做皇帝不急太监急。”季炎如来气了，叹息说，“谨祥兄是不是怀疑小弟存心要拉你下水啊？”

“这倒不是，你不要瞎想。”彭谨祥连忙声明。

季炎如又说：“季家和彭家不同，你是子孙满堂，大有大的难处。我的景况一目了然，有了娇妻不求美妾，命中无后绝了香火，还有点迂，正像辛弃疾说的：‘求田问舍，怕应羞见，刘郎才气。’我靠一枝秃笔有一份职业衣食不愁，此生足矣！谨祥兄倘若真的怀疑小弟别有所图，那真是枉为半生芝兰之交。看来全怪我多管闲事了！”

自怨自艾一席话，说得慢条斯理，一字一句都敲击着彭谨祥的心扉，在他的胸膛里发出沉重的回声。

关于彭家的出路，无非是两种主张，一种是固内，一种是拓外，而彭谨祥则游移在这两种主张之间。对上辈人来说，最大的心愿便是守土务本多子多福，因此历年来顶顶忧心的是一个人丁不旺的问题，这是香樟大院的悲哀。打从彭谨祥的祖父在世的时候起，彭家就出现了单丁独传的窘境。父亲彭荣灿一生中最大的遗憾是未能多生几个儿子。大儿子患病早夭，二儿子死于村仇械斗，他盼着独根谨祥能够担当起传种接代的重任，早早地命他和表妹陈银凤结了婚。结婚当月就怀孕，算命先生一口咬定是贵子，全家人笑逐颜开，哪里会想到刚过四个月就流产，竟是一个没有生命的葡萄胎。第二次怀孕果然生下个儿子，取名“永骅”，满月之日，酒席办了十八桌。又没料到的是，永骅到了三岁还不会叫爹叫妈，是个半痴儿。

为这个子嗣承传的大不幸，全家做了许多佛事不见效果，陈银凤差一点哭瞎眼睛。彭荣灿和夫人彭汪氏这才慌了神，不惜花大钱命儿子陪着媳妇到处寻医问药。后来求助一位杭州的著名西医，经过反复检查，连家族关系以至床笫秘事都问了个透彻，最后直言相告这是近亲婚配造成的后果，是没药能治的。为了让彭谨祥夫妇信服，这位从英国留学归来的医学专家还旁征博引道：“你们听说过世界上最伟大的博物学家达尔文吗？他自己是进化论的奠基人，年轻的时候也不在乎近亲婚配，就同门当户对的表姐埃玛结了婚，郎才女貌，亲上加亲，两家都满意。结果婚后十五年生了十个孩子，三个很小就夭亡，其余七个终生不育。达尔文和埃玛这一家就这样绝了后。”

彭谨祥和陈银凤听了这番话，都吓出一身冷汗。回家后两代人紧急磋商对策，办法当然有，约定俗成的。可一时谁都不便说出口，怕说出口有人要伤透心。陈银凤是个知书识礼的贤淑女子，只好大度一番，含着眼泪自己说：“不必为我着想，‘不孝有三无后为大’，让谨祥快快纳妾吧，传种接代顶顶要紧。”

从此以后，彭汪氏严格控制彭谨祥与原配夫人陈银凤相互亲热，还勒令陈银凤搬进她的卧室，一同睡她那张像个小戏台似的雕花拔步大床，说是老来怕寂寞，非得有个贴心人谈谈讲讲才舒心。彭谨祥夫妇本来就要好，从此想亲热一下，弄得倒似偷情一般。有一回两人私下拉手被彭汪氏觑见，连声假咳想制止，一向孝顺的彭谨祥恼怒了，冲着母亲大声说：“我们两个是明媒正娶的结发夫妻啊，为啥就不许亲热！”说罢就干脆搂抱妻子连连狂吻。彭汪氏哭了，第二天拉着陈银凤一道去观音庙烧香许愿，耐心解释说：“你正年轻，婆婆比你多活三十来岁，懂的事也多一点。男人要跟女人好，非得来那么一两下子不可的，发作起来就跟野兽差不多少，命都可以不要。倘若你又怀上孕，再生个葡萄胎或是呆子出来，怎么办呀？苦头吃得最多的还不是女人？连累的还不是我们这个家？让亲眷邻里指指戳戳，你这一辈子还想抬起头做人吗？太亲热了又不能同床，对两人都是折磨，隔开一点反倒会松快些，你说说是不是这个理？”

陈银凤感激婆婆的一片好意，眼泪只好往肚子里吞。

纳妾传代的效果立竿见影。自从傅灵芝在二十岁时由邻县来到彭家以后，一连生了五个孩子，病死两个，活下来三个，两男一女，依次排列是：彭永骝，彭永骏，彭永芳。

阿骝和阿骏这对宝贝孙子出世以后，彭荣灿笑歪了嘴，时刻企盼着能早点成器。成器的标准是什么？彭家世代都是读书人，子孙当然也应该是读书人。常言道：“万般皆下品，唯有读书高。”书不能不读，但又不能多读，自古儒冠多误身。读了书只为明哲保身经营家业，不能误入仕途，切不可当官。十个官有九个贪，你要不贪还得遭暗算。仕途不是脏就是险，古来当清官善始善终的没有几个。因为祖宗有过宦海沉浮的血腥经历，便形成了读书不入仕的传世训戒。使彭荣灿深感悲哀的是，大孙子是个废人，庶出的二孙子阿骝是传宗接代的第一颗种子，所有长辈们尤其是祖母、嫡母和庶母三个女人万般宠爱的结果，从小就弄得性情乖张，读书只爱读武侠书，热心吃喝玩乐，养成了一副纨绔子弟的癞劣相，能不能担当起振兴门庭之责，就玄乎了。

阿骏幼时体质差，胆子小，脾气倒挺倔，爷爷不太看重他。民国初年，彭荣灿做七十大寿，季炎如夫妇到天螺湾祝寿，头一回见到六岁的阿骏。阿骏好奇心重，在餐桌上听季炎如夫妇讲起大海和大轮船，就缠住不放。第二天晚上寿宴过后，全家人忽然叫嚷着阿骏不见了，生身母亲傅灵芝想起天螺湾发生过豺狼叼走小孩的往事，就抢天呼地哀号起来。一场好端端的古稀庆典办成丧事模样。夜深了，彭谨祥正要领着族人进山去找孩子，季炎如和夏惠子也争着要一同进山，何朗庆说季先生夫妇在天螺湾人地生疏，帮不上忙，还是进房歇着去吧！一进房间，掌起灯，掀开被子，他俩就欢叫了起来，失踪的宝贝蛋竟蒙头钻在他俩的被窝里，呼呼地睡得正香。夏惠子抱起阿骏一跨出房间，全家人都围了上来，父母把阿骏摇醒，问他为啥躲到客人的被窝里去？阿骏说不为啥，就是想接着听叔叔阿姨讲大海讲大轮船，听一夜，等啊等啊就睡着了。

当彭谨祥送季夏夫妇回上海的那天，阿骏又偷偷到村口凉亭里拦轿子，哭着闹着要跟他俩去看大海和大轮船。夏惠子对丈夫感叹说我们要是有这么个机灵孩子该有多好啊！还说恨不得这就把阿骏搂进轿子带回上海去。就在村口凉亭里，送行的彭谨祥当即同季夏伉俪达成一个君子协定，让阿骏给他俩当干儿子，等阿骏长大一些后一定送到上海读书，同他俩一起过。

在天螺湾村口凉亭告别的那会儿，夏惠子抱住阿骏，流着眼泪亲了又亲，不舍得撒手。幸运的是，五年后，阿骏真的到了上海，到了季夏身边，从此决定了这一对寂寞伉俪的来日将不会寂寞。按照彭谨祥的心意，本来是要让阿骏拜认季炎如和夏惠子为义父义母的，并且立下文书确定正式的继祧关系。季炎如却说服夏惠子，一同谢辞了这一番情意，始终不让阿骏叫他俩爸爸妈妈，只许照旧叫叔叔阿姨，无非是为了表明心迹：君子不掠人之美。他俩有幸体验到做父母的情感，已经是很大的满足，并不要求阿骏作为儿子归属到他俩名下。这个决定也正中彭荣灿和彭汪氏的下怀，这两位老人担心家乡打人阵停不下来，有个孙子能够早一点避开灾乡，万一家中遇到不测，好歹也能为彭家留下一线希望。

彭谨祥心里明白，阿骏成年以后，虽然并没有割断和他的父子关系，可是如今学有所成，要他回乡务农已不可能。曾经让彭荣灿略感宽慰的是，他还有另外半个后继人，就是女儿彭淑祥的儿子俞思靖，幼时父母双亡，彭荣灿就命身为亲舅舅的彭谨祥把俞思靖接到天螺湾，改名彭永骢，办了继祧酒席，排行老三，把他当作亲孙儿来抚养。阿骢不安于山乡生活，等到高级小学毕业，在家闲了三年，才十六岁，就自作主张去了祖籍绍兴，寄居到一个当印刷工人的堂伯家中，靠勤工俭学过日子，后来也到了上海。每次回乡探亲，只要彭荣灿提起希望阿骢日后回天螺湾来操持家业，他就是咬紧牙关一声不吭。彭荣灿和彭谨祥终于明白，要想让阿骢成为家业承传人，也没有指望。

天螺湾地少人多的局促面貌日见严重，劝彭家伸腿进城染指工商，原不是季炎如一人的主意，也包含着阿骏和阿芳的心思在里面。季炎如为彭家着想，为天螺湾着想，一片真情天地可鉴。这一点，彭谨祥自然不会产生误会。面对季炎如的追问，他所以一时沉默，是因为有着难言之隐。当他抬起头来，看到季炎如的眼睛里透出悲凉，心里咯噔一跳，冷静一想，觉得不管什么样的难言之隐，连季炎如都不能讲，在这个世上那就再没有别人可以讲了。

彭谨祥苦笑着摇摇头说："看贤弟想到哪里去了！我一时不讲话，是不敢讲真话。我到上海之前，本来是有过出山念头的，岂料这几天看下来，越看心里越发毛。常言道：'没有三分三，不敢上梁山。'像我这样生来像憨牛一样的外地人，能在大上海站住脚吗？上海人打心底里就看不起外地人，外地人到上海明摆着是要受欺侮的。"

"也有不怕受欺侮的外地人，最后成了地道的上海人。"季炎如说，"你的浙东大同乡虞洽卿，十五岁赤脚走虹桥闯天下，如今是上海总商会会长，只手霸洋场，成了头号大亨。"

"能够成为地道上海人的外地人都是精怪，不是精怪做不成生意发不了财，更成不了大亨。所以常言道：'为富不仁，无商不奸。'"

"'为富不仁，无商不奸'乃是过去的说法，'常言道'也未必都能道出真理。"

彭谨祥带着一副哭腔回答："为商的奸不奸，我算领教了，这一领教就让我死了进城的心！"

面对季炎如的惊诧神情，彭谨祥终于说出了日内遇上的一桩伤心事。原来他这回带着小辈出门，不好意思让季炎如夫妇破费太多，怀中揣着一幅南宋名画家夏圭的山水画，独自摸到四马路，想立刻换成现金。他小心翼翼地跨进一家大古董店，老板与伙计们看了古画，一口咬定是赝品，讨价还价的结果，最后以四十块银元的价码成交。他回到季宅一夜合不上眼，仔细想想祖上收藏的古董还从来未曾有过赝品，第二天又到了这家古董店，赫然发现这幅古画已经挂上南墙，竟标出了三千银元的高价。他像当头挨了一记闷棍，几乎晕倒。镇定之后，理直气壮地要求退货，却遭到全店上下一致围攻，还奚落他是乡下曲辫子，是阿屙卵，是肮三，有眼无珠不识真货吃亏也活该！污言秽语说了一大堆，还说要打官司就奉陪，气得彭谨祥差一点要吐血。面对门旁两个满脸横肉活像张龙赵虎般的保镖，一位好心的顾客把他拉到墙边藤椅上坐下，悄声劝他识相一点算了，说这家古董店的老板不是等闲之辈，上通衙门下结青洪帮，白道黑道都有门，光棍不吃眼前亏，破财求个太平拉倒吧！

季炎如同情彭谨祥的遭遇，跌足叹息："这样的事，你怎么预先也不跟我说一声呢？找个行家帮你辨一辨真伪并不难，有信誉的店家也多得是，现在要挽回损失已经没有希望，只好吃一堑长一智，吸取教训留着终生受用了。"

变卖古画的事，简直好似乡里俗话恶讽的那样，"蜈蚣咬在丫里没法说"。为了避祸消灾，家有珍藏不走风，是有祖训的。遇上年景不好和需要额外开销的时候，彭谨祥在父亲授意下，也悄悄地变卖过古董应急。天下没有不透风的墙，乡党间早已有人在窃窃私语了，说荣灿家暗藏着好多好多的金银财宝，子孙后代八辈子也享用不尽。对古董的来源更是众说纷纭，有人还猜揣荣灿老爷的上三辈太公当过江洋大盗。彭荣灿每次听到这类议论，总是忧心忡忡，屡屡告诫儿子在处理家藏古董的事情上必须慎之又慎。彭谨祥这回带出一幅古画，瞒着家里任何人，变卖之前本来确实想过要同季炎如商量商量，请他当个顾问，反来复去的寻思后又觉得不妥，季炎如心直口快，万一说漏嘴，自己的孩子就在他身边，传扬开来怕不好收拾，无法向父母交待，阿骝和小珠夫妇知道了更会双脚起跳吵翻天，不得已就盲人骑瞎马地独个儿摸索着自找销售门路，没料到会弄得这么窝囊，心中一个劲地哀叹，真是佛头着粪倒了邪霉啦！

从破财说到受辱，彭谨祥的气不打一处来。他说："在家乡我好歹是个体面人，吃酒有人敬，讲话有人听，进了城怎么就成了'曲辫子'，成了'阿屙卵'，成了'肮三'！我惹不起总还躲得起吧，往后不进这上海滩还不成吗？"

彭谨祥这番来上海本来就心事重重，遇到这等事，自认晦气之余，更对上海滩产生了一种莫名的畏惧和怨恨心理，不但对投资上海办实业丧失了信心，连原来要让阿芳在上海就业的事也敲起了退堂鼓，只求阿燕的病有好转，再打听到阿芬的下落，就快些打道回府。

袒露了胸中块垒，彭谨祥觉得鼻孔出气通畅了些，可是原有的心病依然没有消除，央求季炎如体谅他的苦衷，变卖古画的事千万不要跟任何人提起。

季炎如让妻子约同彭永骏和彭永芳，背着彭谨祥到一家咖啡店碰头。他坚守承诺，绝口不提彭谨祥卖古画挨宰的事，只为了向阿骏阿芳兄妹通报一下父亲的心理变化，免得话不投机闹红脸。彭永骢工作忙，对彭家是否筹资到上海办实业的事，历来不热心，按彭永骏的意思，也就没有约他一道来商议。

彭永骏对父亲的退缩感到意外，叹息说："奇怪呀！我春节回家的时候，他读了炎如叔叔让我带去的信，还同我单独谈过一次，说天螺湾确实没啥花头了，找个机会到上海好好看看，不会做大生意就从小本生意做起。当时出山的决心好像是蛮大的，不知道为啥说变就变了？"

"阿爹变卦了，也就不要巴望他回乡去说服爷爷奶奶了。"彭永芳说。

"都怪我原先想得太简单。"季炎如苦笑，"其实，熟土难舍是乡下人世代相传的通病，不到揭不开锅的地步总不愿意背井离乡。"

夏惠子说："我外婆家在长野县的穷山村里，早年的情形也相仿。养不起吃闲饭的老人，男的过了七十岁，女的过了六十九，一到下雪天，就得由儿子用背架背到村后的山顶去活活冻死，叫做参拜山神，成了一种风俗，真惨哪！后来我外太公不忍心背父亲去参拜山神，就偷偷逃出山村，一路流浪到了东京。要是在家乡还能过下去，他也不会进城的。"

彭永骏说："我们家乡倒还没有穷到这个地步，对老人也断断不会这么残忍。爹不想出山，只能说明在山里暂时还能过得下去。"

"过得下去就过吧。"季炎如说，"牛不喝水强按头总不行，拉着不走打着还倒退哩！何况进城谋生一败涂地的人也很多，谁也没有把握稳操胜算。"

谈到彭永芳想在上海求职的事，原本不是她本人的心思。彭永芳说："我念的是师范，对家乡的孩子比较了解，国语也讲得不好，还是想办法在家乡的学校工作一段时间再讲。生平头一回能够到大上海来看看长点见识，也就心满意足了。"

四人很快取得了一致意见：既然阿燕的病情开始好转，就抓紧寻找阿芬的下落，关于劝说彭家长辈到上海办实业的事，也就暂且搁下不议了。

第六章
寻觅失踪者

彭永芳忽然接到老同学刘世璋的一封信，为她寻找姐姐彭永芬的下落提供了线索。

刘世璋的哥哥刘世琏，是彭永芬在紫气书院读书时的学长，还当过代课老师，两人曾经偷偷要好。刘世璋的回信写得很简单，只说他阿哥跟家人也有年把不通音讯了，在县里做官的姨父劝说刘家暂时不要到处打听刘世琏的下落，至于详情，在信中不便多说，等日后有机会面告。所幸的是，信中附来了一张小照片，是刘世琏与彭永芬的合影，刘世璋说是从他阿哥的旧书中偶然发现的，送给彭永芳留作纪念。

晚上，在季家的明亮电灯下，彭家聚在上海的五人中，除了养病的刘青燕，其他四人同季炎如和夏惠子夫妇俩，围坐在桌子旁，一同研究起刘世璋的信来。

夏惠子眉飞色舞地说："有了照片太好了，就在报纸上登个寻人启示，说不定很快就能见效果哩！"

彭永骢连连摇头说不可不可，至于为啥不可，却又不肯明说。

"怕就怕阿芬的失踪同去年的赤潮有牵连，那就麻烦了！"彭永骏小声道。

一句话，使满座陷入了沉默，连彭谨祥的粗重呼吸声都能听见。

季炎如再次拿起照片，凑近电灯泡端详，突然抬手拍击脑门，轻声惊呼："啊！这个女子我见过！"

大家诧异地忙问在哪里见过？催他快说快说。

季炎如说："就在去年四月上旬，上海工人武装歼灭军阀部队才十几天，北伐军刚开进市区，有个年轻女子匆匆来到我们报馆，说有要紧事非得见馆长。我说报馆没有馆长，有啥要紧事可以对我讲。女子穿一件蓝布斜襟衣裳，脸色苍白，自我介绍说是丝厂的工人。她从衣袖中取出一份文稿，双手捧到我面前，神情很庄重。我一看稿子的题目就吃惊，写的是《警惕北伐军调转枪口》。文稿揭露有人要叛变孙中山先生的救国方略，破坏大革命，推翻刚成立的上海特别市临时政府。我问这稿子是谁写的？她说不知道，她只是帮助转送。我又问她能不能留下通讯地址以便答复，她说不必了，相信你们报馆一定会帮工友讲话的。事后总觉得这个女子有点儿面熟，就是想不起来以前在哪里见过。”

“会不会就是阿芬啊！”夏惠子也反复端详着照片，思忖说：“民国初年，我和炎如君到天螺湾给她爷爷祝寿，见过她，很乖很乖的。那一年她还很小，女大十八变，很难认得准。”

“后来呢？那篇稿子发表了吗？”彭永骢问。

“那篇稿子事关重大，”季炎如摇头说，“编前会上作过专门讨论，都主张看看再说。‘四一二’那天枪声响过，同类稿子统统烧了。我们的报馆没有党派背景，虽说以‘唯民唯实’为宗旨，怎么奈何得了强权！就因为替百姓说真话，曾经几次遭到军阀当局查封和捣毁。起义胜利之后，上海的形势真可谓黑云压城，租界的外侨报刊公开叫嚷武装起义是暴民作乱，还登出了列强调兵遣将准备干涉上海事态的消息，虹口的日本小学生到学校上课，都有成排的日本海军陆战队护送，实际是武装示威。我的同仁虽然钦佩战胜军阀的上海工人队伍，可是并不相信他们能顶得住内外压力当得好家。果然没几天工夫，就翻天了。”

彭谨祥说：“乡下看不到报纸，过了好久，葫芦镇上才有人讲起上海出了大事情，也闹不清这大事情大到啥样子，只听说死了不少人，抓了不少人。这以后就再也没有阿芬的音讯了。”

彭永骏给父亲解释：“去年三月以前，上海还是军阀部队直鲁联军的地盘，他们横征暴敛奸淫抢掠无恶不作，上海工人两次暴动没有成功，三月二十一日，八十万工人总罢工，接着就发动武装起义，再接着又是镇压，想不到这回镇压工人的不是军阀，而是国民革命军！”

又是令人窒息的沉默。半晌，彭永芳啜泣起来，说：“姐姐看来是凶多吉少了！”

彭谨祥用喑哑的嗓门说：“阿芬就是不在了，也要想办法找到她的遗骨，好迎她回家。”

砰的一声，神情严峻的彭永骢无法控制自己的情绪，突然在桌面上狠狠地砸了一拳。

季炎如似乎意识到这个话题不便敞开多谈，仰天长叹一声说：“就从‘四一二’那天开始，中国的命运又走进了一场新的轮回。谁是谁非怎么说得清楚？可悲啊！历史的解释权总是属于胜利者的。”

在历史变迁面前，季炎如承认自己是一个无奈主义者。而他又常常自我解嘲，说无奈主义不同于悲观主义，悲观主义者看不到希望，会自暴自弃；而无奈主义者愿意看看想想试试碰碰，碰了鼻子自认无奈，至少还相信规律，即使没有本事改变现状，还可以巴望天地间有一种超乎意志的力量，会在一定条件下自动调节不合理的现状。所以他历来服膺两千年前战国时代的一句中国古成语，叫做“物极必反”。

面对一场用鲜血启动的大轮回，季炎如也认定这里面包含着物极必反的元素。有一个晚上他喝多了酒，在彭永骢与彭永骏兄弟面前侃侃而谈，说老大中华的每一次改朝换代都是物极必反。在周而复始的物极必反中，历史就会一步步前进，出现多难兴邦的结果，而时机不到死拼硬搏往往欲速不达。

趁着季炎如酒酣耳热之际，当时彭永骢谨慎地探问过：“季叔叔对政治有独到的见解，在这个求新图变的年月，宣称革命的党派纷纷举起大旗，季叔叔为啥不选择一个符合自己理想的党派，投入时代洪流呢？”

季炎如笑笑说：“还在自己年幼的时候，当塾师的父亲就让我毕生记住一条古训：‘君子不党。’我服膺父亲的这个教诲，结了党就得一嫁定终身，不能再改变信仰。所罗门做了许多坏事不受惩罚，一旦改变信仰就要受惩罚，连仁慈的上帝也不能原谅他。我不能保证自己的信仰从一而终，就像梁启超，既鼓吹过立宪保皇，又反对过袁世凯称帝和张勋复辟，观点虽有变，不变的只是爱我中华的一颗拳拳之心。我需要随时保留自己的是非观，宁愿当一个独立观察员和自由思想者，可以做到口无遮拦，笔少羁绊，随心所欲。我追求的境界是：‘朝闻道，夕死可矣。’”

彭永骢对季炎如的人生态度不以为然，只是身为后辈，不便当面顶撞；不过在同弟弟彭永骏的私下言谈中，就会流露出不满情绪，还嘲笑季夫子是清谈家，是冷血动物，劝弟弟要保持清醒头脑，少受消极影响。

在彭永骏的心目中，季炎如的地位超过生身父亲，认定老夫子有着满腹学问，觉得老一辈学人的价值观是在复杂的时代背景下形成的，自己作为后生未必能够充分理解，更不具备随意评判的资格。因此，对彭永骢的劝导并没有当一回事，还说阿哥你到上海时间很短，对炎如叔叔缺乏了解，说他清谈家虽有几分相像，说他是冷血动物就完全不对了。彭永骏又告诉彭永骢，炎如叔叔虽然自称是无奈主义者，实际上包含着愤世嫉俗的牢骚成份，他也有热血沸腾的时候。

彭永骏就领略过季炎如的热血沸腾。仅仅一年前的情景，依然历历在目。

一九二七年三月二十一日，天气晴朗。这一天，是大上海自从开埠以来最为雄壮的一天。

清晨，马路上就出现异常迹象。军阀的骑兵大刀队和武装警察，连同租界的巡捕，都早早出动，游弋在街头。上午，季炎如到报馆转了一圈就回家，放下皮包又要出门，说今天马路上会很热闹，我去凑凑热闹。彭永骏非要跟他一道去，季炎如拗不过，只好答应。

中午十二点正，南市救火会瞭望塔上的警钟突然间当当地响了起来，黄浦江上的轮船和全市的工厂汽笛也同时齐鸣，汇成一曲撼天动地的大合奏。

彭永骏问季炎如："今天要发生什么事，您早就知道了是吗？"

季炎如说："不，上班的时候才知道，一连有几个自称读者的人来电话，说今天上海滩会有大新闻。我心里有点数，顾不上弄清消息来源，就把编辑部的人统统撒了出去，先不管什么样的大新闻，且把现场报道抓好再说。"

眨眼间，电车和汽车停驶，轮船抛锚，工厂停工，商店罢市，一队队游行人群，从厂区、校园和里弄中涌上了马路，旗帜如火焰舞动，无数传单像鹅毛大雪，纷纷扬扬地从高楼上飘下，口号声阵阵响起，令人好似突然置身于风樯阵马鼓角动地的沙场之中。

彭永骏伸手接过一张从空中飘落的油印传单，一目十行地浏览起来，内容要点是号召罢工罢市，响应北伐军，铲除军阀，收回租界，实现民族解放，传播的正是所有爱国民众久久积压于胸的热切心声。

近些日子来，通过季炎如的新闻渠道，彭永骏大体知道一些时势动向，不过他并没有介入任何政治活动，一是炎如叔叔和惠子阿姨不支持，生怕有什么闪失对不住他在乡下的一家人；二是他就读的圣约翰大学是外国基督教会办的，严格限制学生参加政治活动。内外约束，使得他对社会相当隔膜，对各种政治势力一时辨不清是非曲直，也就燃不起支持或反对的激情。而这一天的场面，却让他心潮澎湃了。他无法想像，高楼林立车水马龙的上海滩，平常看上去灯红酒绿一派歌舞升平，刹那间竟会冒出这么多愤怒的劳工，飘起这么多鲜红的旗帜，响起这么宏浑的呼号！彭永骏感到匪夷所思，这一支洪涛般的队伍，平常怎么就没有觉察到他们的存在呢？劳工们多半面黄肌瘦，衣着杂驳，有的还穿扎紧裤管的缅裆裤，戴乌毡帽，纯粹是农夫模样。这一个历来被城里上等人所漠视的群体，此时居然成了叱咤风云的强者。平时趾高气扬的洋人霎时都不见了踪影，连在马路上巡逻的军阀骑兵大刀队和武装警察也纷纷退避；那些同军阀部队签订了联防协议的租界巡捕，也不得不躲进了隐蔽处。而居民们却争着拥上马路，鼓掌欢呼，孩子们也追随奔走，出现了万人空巷的局面。

季炎如独自感叹：“真难以想像，在东方巴黎的脂粉气和铜臭味后面，涌动着的是中华民族的热血和豪情！官逼民反啊！如果没有地火，怎么会有岩浆迸射！”

使季炎如和彭永骏更加意外的是，同一天，上海又响起了武装暴动的激烈枪声。以上海工人纠察队为主体，学生、店员和郊区农民一起上，在虹口、浦东、吴淞、沪东、沪西、闸北七个区内，同时爆发了大规模的武装起义。经过三十个小时的激战，摧枯拉朽，先后占领了电话局、电报局、兵工厂、淞沪警察厅、督办公署、北火车站等重要目标，全歼了北洋军阀在上海的三千多名官兵和二千多名警察，缴获枪枝四千多，还有大炮和无数弹药。而这时已挺进到上海近郊龙华一带的北伐军，却按兵不动，作壁上观，原想等军阀部队和工人武装的实力耗尽之时，再进入上海收拾残局，在鹬蚌相争中坐收渔翁之利。他们没有想到，工人武装竟会大获全胜。

直到全胜已成定局，枪声静息，硝烟飘散，兵不血刃的北伐主力部队国民革命军第一军第一师，才开始以战胜者姿态表演了一场具有经典作派的入城仪式。入城仪式在青天白日满地红的大旗引领下，以装甲车为前导，军乐队高奏进行曲，骑着战马的军官方队和大炮辎重紧随其后，接着是源源不断的步兵长队，浩浩荡荡，气贯长虹。

在欢庆起义胜利的日日夜夜，整个大上海都沸腾了。锣鼓炮竹震天响，处处歌舞，万民欢腾，许多工厂学校放假三天，商店通宵营业。

季炎如一直处于亢奋状态，他依据尊重客观事实的新闻原则，不断审改和批准在自己主编的报纸上发表起义新闻，还有各类后续事件的消息。他来了兴致，又带着彭永骏参加祝捷联欢，还和邻居们一道加入夜晚提灯游行的行列。

不料，就在起义胜利后的第三天，正当另一路北伐军攻占南京之际，英国、美国、日本、法国等列强以保护侨民为由，共同派出军舰侵入长江并炮击南京，造成了死伤二千余人的重大惨案。季炎如深深地震惊了。惨讯传到上海的当天晚上，他拖着疲惫的脚步回到家中，一进卧室便和衣躺到了床上。夏惠子好心让他洗脸洗手讲卫生，他却大发脾气。等他冷静下来，才向彭永骏感叹说：“螳螂捕蝉，黄雀在后。炮轰南京，意在上海啊！一旦上海有了收回租界的举动，必定会引发多米诺骨牌效应，其他城市的外国租界都会受到冲击。今日上海，既然成了中国地火的最大喷发口，列强干涉上海起义的事情是必定要发生的啊！起义领导人难道事先就没有考虑过这样的严重后果吗？”

季炎如懂日文、英文和法文，他一直有阅读外侨报刊的习惯，视听的渠道要比常人宽阔得多。还在北阀军向浙江和江苏胜利挺进之初，他就援用外国通讯社的公开新闻，在自家的报纸上编发过列强各国准备干涉上海事态的简讯。当时的险恶形势令人焦急！列强各国集结于上海地区的兵力已达三万余人，军舰九十多艘，外国公使团公开叫嚣要用武力“保卫上海”。一当起义胜利之后，季炎如又用观察员的身份撰写时评，对北伐军不支持起义武装和不赞成建立民意政权的态度表示忧虑，希望起义者不要设置一步登天的目标，提醒国人警惕外敌的同时又要严防内部分裂。季炎如预感到在内外强势夹击下的起义者，已经成了他人砧板上的鱼肉，为起义者的命运忧心如焚！可是，没有实力后盾的善良愿望无足轻重，何况，陶醉于胜利中的人们，都把一切不合主调的声音当成弱者的哀鸣，不屑一顾。尽管面临厄运，凡是急于摆脱奴役的中国人，依然为眼前波澜壮阔的爱国怒涛激奋不已。

情势的骤变，不幸印证了季炎如的忧虑，只是惨酷程度大大地超乎他的意料。曾几何时，起义领袖还在踌躇满志地喊出“工人群众要有夺取武装的野心”，“爱国阵线要有打倒一切反动派的壮志”；过于乐观的政论家也为起义胜利的高潮所鼓舞，兴高采烈地谈论巴黎公社道路和无产阶级专政，畅想起缔造大同世界的美好远景。没料到在狂欢气氛的掩盖下，各种对抗势力悄然结成了神圣同盟，危机步步逼近，一个精心策划的巨大阴谋迅即浮出了水面。由市民代表大会民主选举的上海特别市临时政府刚刚诞生，转瞬间就被扼杀在襁褓之中。与此同时，北伐军以国民革命的神圣名义，在青洪帮黑社会势力的配合下，兼用诈骗和强制手段，开始解除工人纠察队的武装。相继而起的，无疑是大规模的游行、集会、请愿、抗议，而血腥屠杀便成了公然的回应。

“四一二”政变，这个黑色名词，由此写进了中国近代史。宝山路上血流成河，仅在几天之内，就有无数起义者遭到残害，随后，生杀予夺的“清党”机构遍地疯长，到处是通缉、追捕和杀戮，神州大地顿时笼罩在白色恐怖中，起义最高领导人的两个儿子，也成了壮美理想的牺牲品而捐躯刑场。孙中山在生前开拓的由国民党和共产党携手北伐的壮举戛然中止，轰轰烈烈的大革命夭折了。从此，多党联合的生机蓬勃的大好政治局面，重又复归于大一统的千年古制。面对这样的骤变，季炎如摇头悲叹：“要改变古老中国的积习，难啊！”

上海工人武装起义的辉煌胜利，终于转为悲剧，急起骤落，前后不过二十天时间，在深邃的历史长空中，只不过是一颗匆匆划过的流星，稍纵即逝，付出的代价却是无尽的血和泪。冷静下来的季炎如，开始考虑一个多次闪现过脑际的复杂问题：当北伐军指日可以占领全上海的必胜情势下，到底是什么人凭借什么样的理论指导，定要掀起这样一场武装起义并导致严重后果的狂飚？他找不到答案，陷入了迷惘。

一周后，季炎如被警察当局拘捕，他的报馆遭查封。季炎如拒不认罪，矢口咬定自己是遵照国际公认的新闻准则办事，有闻必录，客观公正，从未接受过任何党派的授权、授意和资助，凭的只是一个中国文人的良心；何况自己编撰的所有文稿，全都符合先总理孙中山先生关于联俄联共扶助工农的三大政策。他还责问审讯人："你们要独占北伐成果，要排除异己搞清党，老百姓想管也管不了；可是，打从五四运动以来刚刚得到的一点言论自由都要取缔，那还谈什么国民革命？你们对得起中山先生的在天之灵吗？对得起成千上万的革命先烈吗？"

正当警察要对季炎如实施刑讯逼供之时，局子外边的世界又骤然热闹了起来。恰好新的国民政府成立，定都六朝故都南京，得势者无不弹冠相庆。上海是大局的转捩点，就像上个月工人武装消灭军阀部队后的全市祝捷，这一回照样又响起了炮竹锣鼓声，照样又出现了热热闹闹的庆祝游行。不论是自动还是被动，这样的热热闹闹，永远是政治变局中的常态。

夏惠子在德山方浩和彭永骏的陪同下，冒着纷纷扬扬的鞭炮纸屑，来到了警察局。她在家中为丈夫的遭遇急得泪流不止，在警察面前却敢大吵大闹。凭着日本侨民的特殊身份，手执一份由日本国驻上海总领事馆签发的证明文书，华区的警官顿时就矮了三分。使她极感意外的是，一名身穿北伐军制服却又自称是警察局代表的军官来到她跟前，很斯文地微微颔首，和颜悦色地解释："夫人受惊了，事情业已查清，只是一个小小的误会而已，季先生随即就可以回家了。国民政府刚刚成立，普天同庆啊，眼下百废待兴，国家急需人才，季先生是一位有名气的文化人，出去以后希望好好为国效力！"

季炎如出狱后，当局果然允许他继续办报，只是必须重新注册，不得延用原来的报名。

一连好多天，季炎如上街走走看看，会晤了几个老朋友老同行，也有的老朋友老同行把他看成带菌病人，一见就闪避。季炎如感慨良多。开头的时候，他无法想像：红火的大赤潮和残酷的“四一二”政变之后，上海居然会出奇的平静，工厂在几天内就复工，建筑工地上的脚手架继续向上攀升，学校恢复上课，闹市区照常歌舞升平，许多市民很快就忘记了有过民选的“临时市政府”这回事。他细细琢磨，有了一点启悟，相信这样的平静，决不是当局治理有方，只能说明造就和巩固理想社会的客观基础并不存在；就像法国的巴黎公社一样，美好的初孕婴儿在母腹中还没有定形，急急忙忙催生出来，即使成活了也是活不长久的。当然，先驱们的血不会白流，起义者的精神种子已经播撒在无数民众的心坎里，有朝一日定会开花结果。他想起了法国大革命低潮时期的一句名言：“革命死了，革命万岁！”觉得这一句历史名言，同样可以作为一句悲壮的悼词，适用于眼前的上海事变。

季炎如强忍着心中的灼痛，唯有用这样的观点，才能安慰自己。

中国这个聚沙之邦实在不能再乱下去了。眼下既然大局初定，对比起军阀混战的惨象来说，总归是一个历史性的进步。中国太需要和平发展了。一位西方的伟大先哲说过：“只有在大工业的条件下才有可能消灭私有制。”如果能够发展实业，便是中华民族的福祉，这不仅是民众生存的需要，也将随之培育出新的财富，新的力量，新的声音，新的精神，为旧时代造就掘墓人。

季炎如期盼着有一段平稳的日子，好认真总结一下自己的认识，多读一点书，做一点有用的学问。他感到无奈，但没有绝望，他寄希望于未来。

趁着彭谨祥和他的四个小辈在上海的机会，夏惠子决定要张罗一次像模像样的和式家宴，同时邀请几位好友，热闹一番。这对夏惠子来说是一种快乐，带有艺术创作般的激情。

夏惠子是一个天真和任性的基督徒。她同耶稣的关系，好比宠儿与慈母的关系。皈依了基督教，口中虔诚而行动自由，虽然进了团契，却疏于上教堂做祷告。她身边有着几位志同道合的教友，都是属于小布尔乔亚类型的少妇，热心用上帝的名义每周聚会一两次，欣赏音乐，交流保健和美容知识，炫耀各自的手工艺制品，还有就是评论自己的男人等等，偶尔也参加由慈善机构组织的募捐赈灾，日子过得相当充实。而其中最经常的活动，是切磋美食事宜，中餐西餐日本料理，各种烹调技艺互相交流，成果共享，多少年下来，为她培育了对烹调艺术的浓厚兴趣，积累了丰富经验。

这一次家宴，超越了教友的小圈子，宴请的对象中，不仅有被丈夫视为恩公的彭谨祥以及他的亲属，还有费尔曼和柯爱两位西方朋友，还有她的世伯兼健康保护人德山方浩医生。

入席的时候，柯爱面对着餐桌上琳琅满目的食物和精致的餐具，足足愣了三分钟，然后扬开她那花腔女高音式的好嗓门惊呼起来：“哦！我的上帝！不是说只给我们吃鸡素烧吗？”

鸡素烧是一种日本家常菜肴的简称，拿鸡肉、猪肉或牛肉切成薄片，另加豆腐、菠菜、小葱等普通作料，用小锅边煮边吃，实际也就是中国传统火锅的一个变种，具有日本人善于拿来别人的东西再创造的机敏风格。此时展现在宾客面前的，当然也有鸡素烧，而更多的却是中西名菜名点，包括中式的炸鸡、熏鱼、粉蒸肉，西式的奶油蛋糕、蒜茸面包和水果色拉。整套餐具都来自东京，有包银的红木尖头筷，描金的细瓷碗碟，件件都称得上是艺术品。每人面前一个彩绘漆盘，装着多样精制食物，有一方鳗鱼块，一对红虾，一撮鱼子，一片莲藕，一朵用黄瓜雕出的小菊花，还有一个拌了酱油、香醋和芥茉的佐料小碟子。

费尔曼凝视着香味扑鼻的食品，早已馋涎欲滴了，却又故作斯文地感叹说：“这样的好东西只可以用眼睛观赏，怎么舍得用牙齿去批判呢？真没想到惠子太太的日本素鸡烧是这么奢侈的啊！”

季炎如调侃：“这就是东洋女士待人接物的规矩，表里不一，嘴里说是素的，端出来却是荤的。明明说是家常便饭，非得准备一满桌菜肴才觉得体面。”

德山笑了：“说的少做的多，说的差做的好，倒不是虚情假意，这恰恰是日本女人真诚待客的一种传统。我们的惠子太太终究是日本女人啊！”

夏惠子说：“其实，在吃的方面，日本人恰恰是很保守的。早先的日本人都不懂得吃肉，所以长不高，直到明治维新第四年，天皇带头吃猪肉，全国百姓才开始吃猪肉。”

彭谨祥赞叹：“也亏得弟媳一片诚意，准备这一桌菜肴，多么不容易呵！”

季炎如说：“中国人一向讲究‘和’与‘合’，做菜也是这个理，工艺并不复杂，精髓就是‘五味调和’四个字，所以称作‘烹调’是也。”

柯爱问：“季先生懂得烹调理论，有没有插一手啊？哪个菜是您的作品啊？”

季炎如自我解嘲：“中国的亚圣孟子主张君子远庖厨，我当然得尊重圣人的教诲。”

彭永骢说：“那是当圣人的虚伪。要吃肉，又不想见到杀生。”

谈笑声中，宾主坐定，最后入席的是彭永芳和刘青燕。因为阿燕害羞，阿芳就陪着她躲在厨房里，直到夏惠子把她俩推搡着来到餐桌边。

费尔曼和柯爱是头一回见到刘青燕，都为她的美貌吃惊，夸她为东方美神。阿燕头一回近距离看西洋人，见到费尔曼的眼珠呈灰蓝色，鼻子那么高，头发和胡子像苞米须须一样，心想难怪中国人会把西洋人叫成红毛番！柯爱却是一头金发，眼睛像娘家杏源畈后山脚下的水潭子，湛蓝湛蓝，指甲涂得血血红，脱去了外套，挂在脖子上的白金十字项链闪闪发亮，领口开得那么低，奶子露出一半，不怕羞死人！阿燕盯着两个西洋人看，大眼睛长睫毛扑闪扑闪的，奇怪死了。

一切安排停当，夏惠子又从贮藏室里捧出一小坛东洋老家的清酒，用舞蹈步姿来到餐桌旁，亲手为宾客斟杯，一边说着客气话："要是没有阿芳和阿燕给我当帮手，我也没有本事备下这桌菜肴的啊！各位快尝尝，烧得不好，请多多指教。"

宾主都端坐不动。彭永骏开口打破僵局说："按日本人习惯，吃饭必须让男子先拿起筷子，可是按西方人习惯，却是女士优先。既然东西方人同桌吃饭，还是大家一齐动手吧，听我口令：一……二……三……拿筷！"

口令一出，宾主同时拿起了筷子。这一次家宴非同寻常，因为关联着一个秘而不宣的重要主题，就是为了替寻找彭永芬的事作铺垫。

开头，当悟到彭永芬失踪同去年的赤潮有关，彭永骢就说炎如叔叔是新闻界知名人士，交际广，门路多，能不能托人到警察局打听一下试试？彭永骏马上否定了这个想法，说炎如叔叔本人就是赤潮的嫌疑人，警察局肯定还在暗中盯着他哩，千万不能出面。彭谨祥也忙说千万不可。这时夏惠子就小声地自言自语起来，说我们的朋友中，还有没有谁可以同警察局打交道的呢？彭永骏一听这话，连忙说有啊有啊，费尔曼和柯爱就是最合适的人选了，费尔曼也是无冕之王，是专门给英美报刊写稿的自由撰稿人，柯爱做的就是慈善事业，两人都通汉语，两张西洋面孔，对中国衙门来说等于特别通行证。彭永骏这一说，众人都有茅塞顿开的感觉，便共同设计了这个特别聚餐会，目的就是要让这两位西洋朋友自然而然地进入角色。至于邀请德山方浩，一是感谢他为刘青燕悉心治病之恩，二来也是出于对他的信任，料定这位以人道主义为毕生宗旨的日本名医，不会耽误他们的计划。

好在，费柯二人对季彭两家说来，原已不算陌生人了。

费尔曼原名尤特·费尔德，随着经商的父母从伦敦来到上海，后来父母的公司经不起西方同行的竞争，退出大上海，迁往印度新德里。而他呢？却为上海迷住了，违背父母的意愿，改名尤特·费尔曼，一个音节之差，表示了自己要做自由人，执意留了下来，已有七个年头。他在大学没有毕业的时候就当上一名自由撰稿人，经常为英美多家报纸提供新闻背景和撰写评论稿，还担任了美侨在上海创办的《密勒斯评论报》特约评论员，已经小有名气。柯爱的英文名字叫艾里奥特·米歇尔·柯琳斯蒂娜，是法裔美国人，从小就跟着当传教士的伯父来到上海，在基督教女青年会里担任一名干事。为了表示对中国的友情，她把自己一长串的原名压缩成最简单的两个字：柯爱。柯爱的谐音是可爱，含有向人们炫耀美丽的意思。

女性似乎天生有着交际本领。觥筹交错中，夏惠子微笑着用甜言蜜语作武器，首先瞄准性格开朗的柯爱，着力营造欢乐气氛，为接近主题进行迂回包抄。她用万分由衷的口气赞美说："柯爱小姐真是可爱极了啊，从容貌到性格都可爱，难怪聪明能干一派绅士风度的费尔曼先生会这样喜欢你！"

此时的柯爱正全神贯注在珍馔佳肴上，腮帮鼓突着，唇边还沾了奶油。没等她对夏惠子的赞美反应过来，费尔曼却笑了，笑容中带着明显的狡黠。

"柯爱的确可爱呵！"费尔曼瞟了一眼自己的女友说，"活像一只小馋猫。"

宾主们望着柯爱，都笑了。柯爱用餐巾擦擦嘴巴，以攻为守，赞美起夏惠子来："谁有您惠子太太可爱啊！费尔曼每次来这里做客，回去总是不断地夸您，说您青春长在，总像二十岁。"

"那是故意讽刺吧！"夏惠子掩饰不住得意，"我先生讽刺我的时候总说我永远十五岁，长不大。"

"哦！多么甜蜜的讽刺啊！"柯爱装出一副十分向往的表情说，"但愿一辈子都有人这样讽刺我。"

季炎如望一眼自己的太太，煞有介事地说："她呀，天天都当节日过，所以永远十五岁。阿狐长不大，是成精了。"

"阿狐？"柯爱好奇地抬起头，"我还是头一次听季先生这样称呼自己的太太。"

"狐狸在日本是吉祥动物。"季炎如说，"你们还不知道阿狐的来历吧？她原本是一只小狐狸，秦代方士徐福东渡的时候，从中国带到了日本，后来成了精，两千年后投胎到别人的肚子里，一出生就成了个美女胚子，又跟着我回到故乡来了。”

笑声中，柯爱又说：“当初，季先生和惠子小姐能够结成跨海婚姻，我想一定有动人的故事。”

季炎如说：“有一天早上睡觉醒来，看见一个漂亮女人躺在我身边，我高兴极了，感谢上帝，这就是我的骨中之骨，肉中之肉。”

“炎如君就爱瞎编。”夏惠子笑道，“我们头一次相遇是在床上吗？我不是夏娃，你也不是亚当。这明明是从《圣经》里偷来的故事嘛！”

季炎如说：“当初，一个年轻美貌的日本姑娘爱上了我，我受宠若惊。她是个基督徒，为了尊重她的信仰，也为了理解她讨好她，我这个非基督徒花了将近一年的业余时间，通读了《圣经》的《旧约全书》和《新约全书》两大部，我是当作民间故事来读的，读着读着，我就有点入迷了，我相信这个年轻美貌的日本姑娘，一定是上帝送给我的礼物。她，就是长不大的阿狐小姐。”

费尔曼说：“眼下留洋的中国学子间流行一种说法：‘娶日本妻子，吃中国菜肴，住美国房子，这就是人生的最高境界。’季先生离这样的境界也差不太多了。季先生有这样漂亮贤淑的日本太太，真是艳福不浅啊！”

德山说：“惠子太太也是好福气。嫁了一位新派的中国文人，讲平等，不必自称内里，也不必把丈夫称作御主人。”

季炎如接茬说：“按中国人的规矩，老公称当家的，老婆称糟糠。”

夏惠子说：“啊呀！我也是糟糠吗？多难听啊！”

季炎如说：“哪能？你是芝兰，你是人参。”

柯爱说：“季先生有这样的妻子，骄傲还来不及呢！”

德山说：“郎才女貌，互敬互爱，按中国人的说法，真有点举案齐眉的味道呵！”

季炎如说：“不过，太太漂亮对丈夫来说未必是福，诸葛亮就懂得这个道理，娶了名士黄承彦的丑女儿为妻，所以当上了丞相，让后代传为佳话。我就因为太太漂亮，半截子入土也一事无成。”

笑声琅琅。刘青燕跟着笑，她觉得跟城里人在一起，好笑的话语就是多。她笑得开心，笑得明媚。彭永骏偷偷地瞄了她一眼，感受到一种青春魅力的辐射，胸中顿时有一股热气升了上来。心想快乐本该属于少女的，可是阿燕能够长久地享有快乐吗？阿燕感觉到阿骏正在看她，立刻止住笑，低下了头。

夏惠子用筷子捡起一条醉小鱼送到阿燕的碟子里，让她快尝尝最有和餐特色的吃法，又新鲜又有营养。阿燕把醉小鱼夹进嘴巴，没想到还会动弹，一慌张就囫囵地吞进了肚子里，忙用双手捂住胸口，像噎住了似的，呆了。

彭永芳问怎么啦？阿燕红起了脸，说不出话来。

夏惠子对阿燕说："一定是小醉鱼在你胃里跳舞吧！"

大家又笑。费尔曼说："今天，我们简直像找到了所罗门宝藏一样快乐！"

有了融洽的气氛，彭永骢便赶紧加码套近乎，顺便把德山方浩也套在一起，感叹说："我们两家能有你们这样的外国朋友，真是三生有幸！"

"一样一样，跟你们在一起，我就有回家的感觉。"德山说。

"一样一样，我们有了你们这样的东方朋友，也同样感到高兴！"费尔曼也说。他望着彭永骢，忽然想起了往事，"记得第一次见到阿骢，是在外滩公园吧！那一回，你凶得像一头发怒的狮子！"

三年前的夏天，彭永骢第一次到上海。当时他在绍兴一家印刷厂当临时工，校对兼排字，一边读书。暑假期间，是弟弟阿骏约他来上海玩的。两人到了外滩，给太阳晒得大汗淋漓，恰好一旁就是外滩公园，阿骢急着想进公园找个阴凉地方歇息，阿骏说这是公共租界，由外国佬当家，不让中国人进公园的。阿骢觉得没法想像，明明在中国的土地上建起公共场所，怎么可以不让中国人进去呢？便梗起脖颈，偏要试试。公园的看门人是个头缠红布团的大胡子印度人，上海人称红头阿三，也不过是个奴才身份，却一脸蛮横，打量着阿骢的一件葡萄扣中式夏布短衫，料定他不是日本人，毫不客气地举起手中的木棍挡住去路，示意他阅读大门旁的入园规则，其中一条是"狗不得入内"，又一条是"除西人佣仆外华人不准入内"。阿骢气得脖子都涨红了，忍不住用乡土官话破口大骂起来，骂洋鬼子太欺侮中国人，迟早要给赶出国门去。

骂着骂着，围拢了许多看热闹的人。这时候，恰好遇到费尔曼和柯爱从公园里走出来，一见彭永骏便上前询问为什么事争吵。彭永骏同他俩原是圣约翰大学的同学，可是既不同系更不同班，平时照面只有点头的份，这会儿彭永骏正需要有人相帮，便将争吵原因照实说了。费尔曼和柯爱倒也富有侠义心肠，声色俱厉地用英语对看门人训了一通，看门人立刻萎了，谄笑着做出欢迎的姿态，主动请彭永骢和彭永骏一同进园门。彭永骢恼火透了，一甩手扬长而去。

费尔曼和柯爱为了给兄弟两人消气解暑，真诚地请他俩到一旁的咖啡店喝了冰汽水吃了冰琪凌。这以后，彭永骏就向季炎如夏惠子夫妇引见了这对西洋朋友。季炎如和费尔曼是同行，可以交换新闻线索，很快成了知交；夏惠子通英语，与柯爱是同一教派，又喜欢柯爱的透明爽朗，两人也一见如故。渐渐地，这对西洋朋友也就成了季家的常客。半年前，彭永骢经季炎如举荐，又从绍兴来到上海，进商务印书馆当上一名专业校对员，算是有了正式职业，互相间也就常来常往了。

回顾往事，费尔曼发表感想说：“就靠去年那一场赤潮冲击，外滩公园不准华人入内的限制终于取消了，同样不让华人入内的法国花园也向华人开放了，可见外国殖民当局，到底还是怕中国百姓造反啊！”

彭谨祥感伤地接茬：“造反是随便好造的吗？还不是一场空。”

费尔曼又说：“赤潮虽然退落了，沙滩上毕竟还有闪亮的彩贝留下来。上海租界不得不取消歧视中国人的条款，就是证明。”

彭永骢说：“留下来的不光是彩贝，还有火种，定有一天会重新燃烧……”

沉默了一会儿，柯爱望望彭永骢和彭永骏，又望望彭永芳说：“阿骏和阿芳，一看就知道是亲兄妹，阿骏和阿骢怎么不像亲兄弟啊？从相貌到性格都不大像。”

这样的问题，在友好的聚会场合，通常是有所忌讳的。彭永骢理解柯爱的坦率，也就如实相告：“我和阿骏确实不是亲兄弟，是表兄弟。爸爸妈妈参加反清革命党给杀害了，那时候我才五岁，没人照顾，舅舅便把我接到天螺湾，让我改姓彭，重新取了名字，舅舅也就变成了父亲。”

口无遮拦的彭永芳说各人都有各人的不幸，又讲述了刘青燕为包办婚姻所受的苦，说得当事人刘青燕和负有责任的彭谨祥非常尴尬。

彭永骏的目光又一次瞟向刘青燕。这一回，她的目光却没有躲闪，分明流露出对自身命运的哀怨。陌生的眼神，让彭永骏的内心生出一阵隐痛。费尔曼和柯爱对彭永骢和刘青燕的身世遭遇非常同情，柯爱的眼中还泛起了泪光。

时机来了，季炎如连忙把话题引向深入。他说：“家庭的不幸反映着社会的不幸。彭家现在又遇上了新的不幸。”

费尔曼以职业式的敏感竖起了耳朵，“又有什么样的不幸？”

夏惠子抢答：“阿骢阿骏的妹妹，也就是阿芳的姐姐阿芬，失踪了！”

“多好的姐姐啊！”彭永芳的眼圈红了，喃喃说，“对我们兄妹可体贴了，我们常常叫她‘小妈妈’。”

“阿芬是在四年前离开家的，”彭谨祥接着说，“离家以后，至少每个月会收到她一封短信，报个平安，向全家人问个好。直到去年四月，家中接到了她最后一封信，信里说，往后兴许再也不能给家里写信了，希望大家多多保重。”

柯爱问：“阿芬到底为什么要离家出走呢？”

彭永骏暗哑着嗓门解释：“她原来是傻大哥阿骅的童养媳，自己的亲人一个也没有了，四岁那年进的我家门，民国以后，爸爸跟上潮流，把她的童养媳身份改成养女身份，正式取名彭永芬，还让她和我们兄妹一道进新办小学读书。等她长大以后，祖母说动祖父，还是要让她同阿骅成亲，阿芬顶着不从。后来，祖母为了一点小事打了她一记耳光，她就独个儿出走了。”

彭永骢说：“她比我们兄妹几个都懂事，读书用功，又能吃苦，总是抢着做家务活。我们弟兄四个除了老大有病，个个很调皮，常常撕破衣服扯掉钮扣，她就会趁我们睡觉的时候偷偷给补好缝好。”

彭谨祥又说：“她还是养蚕的一把好手，村子里是有名的。没想到如今连一点音息都没有了！”

刘青燕嫁到彭家两个来月，还是头一回听说阿芬失踪的事，并且知道自己嫁的男人，原来正是阿芬不肯嫁的男人，不由得哽咽起来，饭都吃不香了。

德山叹息说：“女人的不幸是世界通病，可惜对这种病，当医生的也是无能为力啊！”

柯爱的眼角滑下了晶莹的泪珠，叹说：“中国女人的命运特别悲惨，太悲惨了！”

费尔曼也频频点头，表示认同。

火候已到。季炎如用东道主的口吻宣布说：“现在不谈这个了，好好吃饭，等吃完饭再好好谈。”

吃完饭，闲聊片刻，德山方浩先告辞了，夏惠子偕同彭永芳和刘青燕一道忙着收拾家宴残局，季炎如与彭谨祥父子，便请费柯二人进入书房，开始了关于寻找彭永芬下落一事的专题讨论。

第七章
会稽山麓人家

这一年的蚕月大忙时节，天螺湾恰好遇上了一场倒春寒，给不少养蚕户带来了苦恼。彭荣灿家也未能幸免，稍一大意，闹不清在哪个环节上侍候不周到，一批批蚕宝宝患上了倒栶的僵病。

生着炭炉的蚕室里虽然暖意融融，主人家的心头却是凉嗖嗖的。年过古稀的彭汪氏戴着一副铜边老光眼镜，巡视在蚕匾旁，眼看着一条条半死不活的僵蚕在乏力地蠕动，觉得自己的手脚都僵了。她颤颤巍巍地用竹筷把垂死的僵蚕拣到盛着石灰的陶钵里，拣一条叹一声。

正在给蚕儿喂桑叶的傅灵芝喃喃说："要是阿芬在就好了，兴许就不会出这样的事情……"

话说了一半，陈银凤就连忙给她丢眼色。傅灵芝突然悟到这话犯忌，立刻收住话头。

其实，陈银凤也在想念彭永芬，心里头正涌动着一股隐隐的痛。阿芬长得清秀，又聪明又听话，来到香樟大院，无论是做媳妇还是做养女，陈银凤都喜欢。当初阿骅傻，阿芬小，自然相安无事。日子久了，阿骅的呆相不见好转，阿芬却渐渐长大懂事了，心里越来越难过，即使变成养女身份，也觉得欠了彭家的情没法还。陈银凤料到阿芬迟早要离开彭家，默默地只怨自己命不好，生下个独子是半痴儿，才害得阿芬的身心都不好着落。蚕月中想念阿芬，更因为家中养蚕是靠阿芬唱主角的。

养蚕是一门精细活，在葫芦乡一带的传统作业中，还有着一点神秘色彩。蚕月一到，蚕户们都要沐浴焚香朝天跪拜，给传说中身穿白衫白裙的蚕丝仙女许愿祷告。不论谁进了蚕室都不许大声喧哗，更不许说半句不吉利的忌语。多少人家把一年的温饱和子女的婚嫁开销，都寄托在春天的蚕室里。蚕室就是农家孵育希望的摇篮，形同圣洁的庙堂。

彭永芬的养蚕技术，全是靠自己用心学来的。她刚进紫气书院读书的时候，看上去还是个好害羞的小姑娘，不爱讲话，却比别的同学多一个心眼。她不知从哪里借得一本叫《养蚕经》的书，一字一句地把要点抄录下来，又爱琢磨邻居们的成功经验。在她出走的前几年，全家每一茬的蚕茧产量总会比别人家多一二成，蚕宝宝也很少有生病的。到后来，各家的蚕妇都来向她讨教，一个水灵丫头，竟成了村子里的养蚕小师傅。每当蚕儿成熟上簇了，彭永芬常常会轻轻撮起一只放在手背上，让胖嘟嘟圆滚滚白得半透明的蚕宝宝慢慢地爬来爬去，说是痒苏苏的，好玩极了。她还会用自己的脸颊去亲亲蚕宝宝，眉眼中流露出母亲对初生婴儿般的疼爱。陈银凤只要见到这情景，仿佛觉得阿芬就是蚕丝仙女的化身。

整整四年了，彭家的蚕室里再也没有见到过阿芬那苗条灵活的身影了。四年来，一到养蚕时节，家里人总会提起阿芬。这一回遇上蚕病，彭荣灿竟当着夫人和两个儿媳的面念叨阿芬，还文绉绉地感叹说："常言道，国危思良将，家贫念贤妇啊！"

彭永芬终究是给彭汪氏一巴掌打走的，彭汪氏知道家里人嘴巴不说，心中都在责怪她，这件事早就成了她的一块心病。可是，用良将贤妇来比喻阿芬，却没法接受，忍不住向老伴抢白起来："一个没爹没娘的穷丫头，好歹把她喂大了，还供她读书，翅膀一硬说飞就飞，良心叫狗吃了去！如今说不定跟哪个野汉子轧上了姘头，见不得人，难怪音讯全无了。这样的丫头片子，好用良将贤妇来比的吗？"

在打人阵的岁月里，彭荣灿有勇有谋，威风凛凛，可是在家里碰到怄气的琐事，不管有理无理，总是退让三分，不怕人家说他"惧内"。"惧内又有啥？"他还会辩白说，"镇海将军戚继光也惧内哩！"此时，陈银凤深怕婆婆再说过头话，太伤公公的面子，婉劝婆婆看在蚕月的份上，讲和睦图吉祥。

越想图吉祥偏无吉祥。蚕瘟还没有过去，一天大清早，彭汪氏的孙媳妇张小珠披散着头发，哭哭啼啼闯进蚕室，嘶叫着说要找奶奶评理。傅灵芝和黄阿莲历来不敢招惹她，悄悄躲到了一边。彭汪氏令陈银凤把张小珠推往蚕室外，一道进了客厅。

"别人急火攻心的时候，你还跑进蚕室里撒晦气，存心要让蚕茧绝收才高兴啊！"彭汪氏怨道。

不用问，彭汪氏料定又是夫妻吵架。张小珠嫁到彭家以后没有新鲜几年，就开始跟彭永骝吵架，越吵越凶，长辈们早已见怪不怪了，这一回在蚕月里吵，就有些不寻常，彭汪氏觉得需要小心伺候。

张小珠一待彭汪氏落座，就双膝跪地，伸出一只紧握的手，张开五指，在掌心中呈现出一撮富有弹性的乌亮头发，正在从挤压状态下蓬松开来，像是一件有灵性的活物。

“他扳牢我的脑壳往墙壁上撞啊！他不让我活了啊！呜！呜！”张小珠哭诉。

陈银凤用轻柔的动作拨开她的发根，看看头皮上有没有外伤，说：“还好还好，没有出血，连乌青包也找不到。不哭不哭了，天下哪有两公婆不吵吵的，常言说的好，夫妻没有隔夜仇，床头吵，床尾和，枕边细语温柔多。”

彭汪氏接过小珠掌中的一撮青丝，用手指捏弄着，有滋有味似的，一边说：“你们两口子的吵功也太足了不是！大吵三六九，小吵天天有，逢年过节都不肯歇息的。这倒也罢了，逢到蚕月，总得看在祖宗面子上，不该再吵了吧，还是要吵，还动手动脚！”

“他要吵，我有啥法子？”张小珠柳眉倒竖，“他野在外面几天几夜不着家门，一回来就嫌弃我。”

“怎么个嫌弃法？”彭汪氏问。

“他昨夜回来不睬我。”张小珠呜咽说，“睡到天亮讲起了梦话，喘着气心肝宝贝的乱喊。我本来就一夜没有睡好，脑瓜里嗡的一声响，晓得他在做着啥样的美梦，就伸手在他胳膊上拧了一把，他从床上跳起来就狠狠打我，还扯我头发。”

彭汪氏也动怒了，“人呢？你去把他喊来。”

张小珠说：“他扯下我的头发往地下一扔，穿起衣裳挎上盒子炮，就去葫芦镇了。”

陈银凤婉劝道：“你也不作兴凭几句梦话就跟他死吵啊！”

“啊唷！他有相好了哇！”张小珠刚刚用袖口抹去眼泪，又哭，“就在葫芦镇上偷野食，这可是他不打自招亲口讲出来的啊！”

彭汪氏和陈银凤同时惊住了。半晌，彭汪氏缺了牙的瘪嘴翕动了几下，吐出了两个字：“孽种！”

彭永骝是彭谨祥纳妾生下的头一个男孩，是为彭家传宗接代带来的第一道希望之光。阿骝出世后，爷爷彭荣灿高兴极了，仰天浩叹天助我也！身为祖母的彭汪氏更是用非常行动来表达对孙儿的非常宠爱，几乎天天守在婴儿旁，照料、欣赏、逗乐，一刻都舍不得离开。婴儿的一笑一啼，处处显示与嫡出的阿骅哥哥大不相同，灵气十足。还不到八个月，他就开始举足试步和牙牙学语了，料不到第一声叫人不是叫妈妈而是叫奶奶！这一声奶奶，叫得彭汪氏心花怒放，认定是天官赐福，是菩萨给了她分外照应。从此，她就把阿骝当成了自己的心肝肉肉。

两年后，同为小妾傅灵芝孕育的第二胎庶子阿骏出世。正如《三字经》里说的："人之初，性本善。性相近，习相远。"兄弟长大以后，脾气差别越来越大。阿骝小时候不爱读书，却爱舞棍弄棒，练得了一个结实身坯。爷爷说也好也好，天螺湾跟杏源畈打人阵不知道何日是个头，练武比习文更有用。阿骏一直爱读书，虽然机灵调皮却又体弱胆小。"丙辰凶灾"的那一回，阿骝和阿骏同在村校旁的祠堂前坪玩耍，见到杏源畈的大队人马冲进天螺湾，阿骏躲到白果树上，一见厮杀喋血就吓得尿了一裤子；而阿骝却抓起学校的一个铜面盆，登上屋顶猛敲猛喊，呼叫天螺湾人赶紧聚拢起来奋勇抵抗杏源畈人的进犯，从此得了一个少年好佬的美誉。凭着这样的不凡举动，长辈们自然也就把重振家声的厚望寄托在阿骝身上。

阿骝与小珠同庚，是在十八岁那年结的婚。本来，长幼有序是儒家传统，不允许弟弟先于兄长成婚的。可是，彭家人丁不旺，长子长孙阿骅有病耽误了婚事，长辈出于无奈，只得破例，打定主意要让彪壮聪明的阿骝早结婚早生子好延续香火。爷爷彭荣灿特地叮嘱何朗庆带着他的手书和一件祖传玉器，到县城拜见一位老绅士，求他为彭家当月下老人撮合喜事。家在城区的张小珠，当初也算得上远近闻名的一枝花，因为在杭州经商的父亲不幸病故，家景衰微，母亲也就有着让女儿早一点出嫁的意思。只是觉得自己的独生女儿好歹算是城中名媛，不愿让她屈就嫁到穷乡僻壤的天螺湾去当山里猴。待到阿骝一出现在城区，老绅士借办家宴接风的名义，让小珠同阿骝见上了面对上了话。哪知小珠一见这位身材挺拔相貌端正能说会道的后生少爷，立马就昏了头，对母亲赌咒发誓说这一生非彭永骝不嫁了，跟着阿骝，休说穷乡僻壤，天涯海角也乐意去。

阿骝读书读到中学一年级就永远地告别了校门，多半时间在村里村外游游荡荡，唯一称得起正经活计的，是在农闲的时候训练村丁，以备一旦遇上打人阵的紧急情况，能够拉得出队伍。阿骝和小珠婚后三年，接连生下一个儿子和一对双胞胎女儿，从此夫妻间再也没有太平日子了。小珠本来还是一只刚刚脱离母鸡翼护的小鸡，料不到相夫教子的滋味会这般苦涩！阿骝没有稳定收入，日常开销全靠公婆支账。公婆总叹苦经说不当家不知柴米贵，不肯为小珠单独雇请保姆，三个小孩的吃喝拉撒全靠她一人承担。新房的喜联还没揭下，转眼间就糟蹋成猪圈一般。小珠突然觉得自己老了，不再有心思讲究穿着打扮，也不再有精神同丈夫亲热撒娇。她才二十多岁，不甘心就这样失去青春，心情说变就变，成天骂骂咧咧摔摔打打，变成一个十足的悍妇。她一开口就没有好话，说来说去一个调调：男怕落错行，女怕嫁错郎。怨自己瞎了眼嫁个没出息的丈夫，银样镴枪头中看不中用，白铜元宝不值钱。阿骝也越来越觉得没趣，平时更不着家门了。只要他回得家来，吵架也就成了家常便饭。

两村讲和，葫芦乡大有万象更新的味道。标志着时来运转的嬗变，也就降临到了彭永骝身上。葫芦镇的集市贸易复苏了，由原来的逢十集改成了双日集。市面一热闹，奸商盗贼也就活跃起来，何况葫芦乡地处两县交界，涧深林密，历来多土匪。根据商贩和乡民的呼声，亭桥区公所批准建立葫芦乡民防队。彭永骝的机遇来了。这一回，何朗庆单线领受彭汪氏的秘密交待，巧施小惠就打通关节，凭区里头头的一句话，彭永骝便当上了民防队长。区公所的委任状要经过县政府批复，名正言顺，虽然有人感到内中少不了腌臜，也只能背后议论几句，谁也不敢去探问底细。

民防队不是正规武装，除了几枝鸟枪，只有大刀长矛这些原始冷兵器。不过民防队既然不同于旧时的乡团，民防队长大小也是一乡的武装部队统领，必须配备新式短枪一枝，以壮威仪，便由乡镇拨出相当于三十担谷子的钱款，通过黑道买得了一枝驳壳枪。可不能轻觑了这一枝小小的驳壳枪，它可以打连发，乡下人称作盒子炮，它象征了特殊的身份和权力。

张小珠一见丈夫挎着盒子炮回到家，顿时瞳仁放光，脸色也柔和了，相信这回果真是鲤鱼跳龙门了。她连忙从往日的嫁妆中翻出一条红绸被面，剪下一条绸带，系上驳壳枪的握把。每当丈夫出门公干，小珠便目送着他大步流星往外走，驳壳枪上的红绸一飘一飘的，活像两团跳跃的火焰。从此，张小珠开始有了一点夫荣妻贵的感觉。

也有人对彭永骝的升迁不以为然，更对那系着红绸的盒子炮看不入眼。就在庆祝民防队正式成立的酒席上，彭大奎放言无忌，当着众多耆老的面，伸出独臂指向身为晚宴主角的彭永骝，放开驴叫天的嗓门嚷嚷："阿骝你不要太风光喔！腰挎盒子炮，红绸飘啊飘，走起路来两个卵蛋子都碰得叮当响。你记记牢，盒子炮不比我打猎的土枪，不好伺候，可要小心给彭家带来晦气！"

彭永骝晓得彭大奎的程咬金脾气，一沾酒便豪气冲天，村里没人敢惹他，嘻嘻笑着给他碰杯敬酒："叔公的话讲得有理，往后小辈有啥不是处，还请长辈多多指教。"

时来运转的彭永骝当上民防队长后，成了葫芦乡炙手可热的头面人物，不仅每月有固定的勤务补贴，随时还有种种外快。监督收税派捐，捉拿盗贼流氓，查抄嫖娼聚赌，制止民众斗殴，项目越多，花头也越大。都说有权有势的孙子赛太公，谁不要仰起脸来看他低下头来求他！张小珠自然成了直接受惠人，她的日子迅速滋润起来了。只是好景不长，她在得到钱财的同时，也开始失去作为结发妻子最后的尊严。

陈银凤是个细心女人，察言观色间，感觉到这一回小珠同阿骝的争吵不同寻常。以往两人总为小事大吵，小珠并不示弱，连祖宗八代都敢骂，还会乱砸碗碟家什；有几次实在惹得阿骝怒不可遏了，曾经打得她鼻青眼肿寻死寻活，赌气跑回娘家，最后总是阿骝认输把她接回来。可是这一次的争吵发生在顶顶忌讳的蚕月里，小珠竟会可怜兮兮地跪倒在长辈面前主动求援，猜想这里面定有蹊跷。

当小珠说出阿骝在外面有了相好的话，陈银凤的脑子里不由得闪过了自己的不幸经历，似乎一下子探摸到了女人最容易受伤的心底暗角，对这位凶悍的媳妇，顿时生出一种感同身受的悲哀。

身为女人，失去男人的宠爱，已经是莫大的不幸，而一旦遭到丈夫的背叛，更是女人最大的屈辱和痛苦。陈银凤明白：至少自己的丈夫在心中还是深念着她的，因此可怜起小珠来了，小珠是体面人家出身，读过书，要面子的，虽则从小娇生惯养，脾气不好，可甘愿嫁到山里来，为彭家生儿育女也不容易；阿骝还刚刚有点权势就出去寻花问柳，叫小珠怎么受得了呢？

彭汪氏却觉得自己的爱孙虽然任性，或许还不至于做出有辱门庭的丑事来，便谨慎地问张小珠："会不会是别人的风言风语，乱嚼舌头？"

张小珠继续呜咽："风言风语早就有了，打从他挎上盒子炮没几天，就有人就给我传话，讲阿骝在葫芦镇客栈都开上房间了，不止跟一个女人瞎混，我都不敢相信，一时也不好意思禀报长辈。他这次回家来，对我冷冰冰的，嫌我没有女人味道，把我当成一片泡过的茶叶，还讲躺在我身边，连鸟都不翘……"

"讲啥来着？"彭汪氏有点耳背，没听清楚，问："鸟都不叫啥意思？"

"鸟都不翘！他讲躺在我身边，连他的麻雀都翘不起来。"小珠重复着，又哭，"他要是外面没有女人，怎么会讲出这种刻毒话来？这不是有意捣我的心窝吗？还让我怎么活唷？不如去死！”

“呸呸呸！什么死不死的。”陈银凤连忙说，“千万不要讲这种晦气话。古人不是讲嘛，心宽心和是一药，当他放屁去。”

彭汪氏在蚕月里听到要死要活的话，心头就禁不住地烦躁起来，叹了一口气，沉默半晌忽然问：“你来到山里这么些年了，见过树缠藤没有啊？”

小珠不解，愣着。陈银凤为了缓和气氛，连忙打圆场：“奶奶的意思是讲，男人本性刚直，像树；女人本性温柔，像藤。柔能克刚，就得像藤一样会缠，把树缠住。”

“对了，是这层意思。”彭汪氏说，“天下只有藤缠树，从来不见树缠藤。你一个年轻女子，长得也蛮水灵的，可总是这般凶悍，张牙舞爪像雌老虎，你想想哪个男人还敢亲近你啊？老婆留不住老公的身，又留不住老公的心，当老婆的总归有欠缺。你遭阿骝嫌弃，也该寻寻自身的原由了。”

小珠噎了好一会，一时找不到任何辩白的话，突然间咧嘴大哭起来。

“蚕月，蚕月，今年的蚕月是倒楣倒定了！”彭汪氏摇头念叨，叹气不迭。

陈银凤从彭汪氏手中接过那一撮乌发，拉起张小珠回房，一边小声哄劝：“不哭不哭了，为三个小囡着想，也不能气坏了身子骨啊！”

回到张小珠的房间里，三个孩子还在睡觉。陈银凤把手中的一撮乌发放到桌子上，说：“留着吧，有朝一日阿骝脑子清醒转来，让他看看，好记牢自己做过的糊涂事。你爷爷上年纪了，不便去烦扰他老人家，等你公公从上海回来之后，我跟他讲讲，让当爹的教训教训这个孽障。”

张小珠的情绪平静了许多，用一张黄表纸将自己的落发包好放进抽屉，忽又想起一件事觉得应当告诉婆婆，她说：“昨晚上阿骝没跟我吵架之前，提起杏源畈人在葫芦镇隆兴酒店里公开嚼舌头，讲阿骏勾引了新嫂嫂，所以阿燕一到上海就不肯回天螺湾了，还讲得有根有梢的，讲他俩一同逛马路，一同进馆子吃饭。唉！无风不起浪，这还能挡得住一同上床吗？”

真是一波未平一波又起，这事不论真假都关系重大，陈银凤顿时跌坐在椅子上，双眼发直了。

第八章
一对“红毛番”

刘青燕的病，有了显著起色。正巧这个时候，她二哥刘世璋有事来到上海，顺便探望阿燕，说阿燕的爹妈和婆家长辈都非常想念她，要是病情查清楚了，就备上药回家调理。彭谨祥惶恐地悄悄向刘世璋探问：是不是有人说闲话了？刘世璋迟疑着说，可不是吗？乡下正在风传阿燕与小叔子阿骏横生私情，有违伦常，长辈们不能不担心会牵扯到两村和亲的前途啊！

彭谨祥自然懂得众口铄金的道理，确实也想带上阿燕立刻回乡。不料直性子的阿芳最先反对，季炎如夫妇和阿骏阿骢也不赞成，都说阿燕患的病不是小毛病，刚有转机就让她回到原来的环境里去，难免会再度复发。彭谨祥不便当众把父母和亲家公婆的心意说出口，只得私下告诉季炎如一人，向他求教对策。

季炎如坦诚劝导彭谨祥：“你如果现在就把阿燕带回去，刚见效的初期治疗就等于白费了，一个豆蔻年华的女孩子，弄不好一生就得毁在你这个草率决定上，你于心何忍啊！”

面对这样的两难选择，彭谨祥苦思冥想了一昼夜，才决定听从季炎如的劝告，让阿燕在上海多留些日子，力争巩固疗效以后再回家。至于怎样平息乡下的谣传，他想不出好办法，愁绪缠结，就像有毛毛虫在胸中乱爬，难受极了。季炎如顺势安慰他说：“走一步看一步吧！且放宽心，反正天塌不下来的。”

使彭谨祥感到悲凉的事不止这一桩。探听阿芬下落的难题，依旧扑朔迷离不得破解。

一对“红毛番”了解阿芬失踪的大致情况以后，非常同情，当即表示愿意尽力相帮。柯爱出于天生的好奇和慈善事业者的责任，费尔曼出于无冕之王的优越感和自信，两人明知插手这样的查访很麻烦，还都有点跃跃欲试的激情，为难的只是找不到跨出第一步的适当契机。此时，再次出差上海的刘世璋，恰好带来了一封刘世琏的旧信。彭谨祥一看信封，眼睛就亮了，原来，刘世琏的家信与阿芬的家信有着明显的相似处：信封信笺是一样的，邮票是一样的，落款也一样，不写地址，光写“内详”二字，而且，所盖的邮戳也完全一样，证明两人的信发自同一个邮局。

几个年轻人七嘴八舌地议论起来，联系到阿琏和阿芬从小偷偷相爱的经历，由此推定两人本来就住在一起，只要找到刘世琏，也就不难找到彭永芬。可是，一提到刘世琏，刘世璋的眼圈就红了，面对众人急切期待的目光，喃喃说：“这次来上海的路上，我再三再四请求姨父帮助寻找我阿哥，姨父最终讲出了真话，他说：‘不必再到处打听你阿哥的下落了。实不相瞒，你这辈子再也见不到阿哥了，回乡以后也不必提起，不要让双亲太难过，多挨一天是一天。’我姨父赵中义是副县长，他肯定老早就知道了内情，只不过一直瞒着我们，我哭着求他详细讲讲，他却一句都不讲。”

大家沉默了。忽然，费尔曼搓搓一双大手，又摸摸络腮胡子，灰蓝色的眼珠闪亮起顿悟的光芒。去年赤潮期间，费尔曼就在上海，发表过一些纯客观式的报道和评述，但心中自有褒贬，对当时的背景情况也是清楚的。他说：“去年四月十二日过后，当局滥捕滥杀和株连无辜的现象十分严重。既然身为政界人士的赵中义先生知道刘世琏已经不在人世，那么刘世琏肯定是一名重要政治犯，有关方面无疑会有档案。通过刘世琏的档案，也就不难查到彭永芬的线索。”

“谁又能接触到这样的内部档案呢？”季炎如问。

“我，还有柯爱小姐。”费尔曼说，一边燃吸起了他的紫檀木烟斗，“我们两人作为西方的局外人，估计有可能打开这一扇神秘的门。”

费尔曼与柯爱果然顺顺当当地跨入了门禁森严的警察局。二人熟悉中国世风，凭着深目隆准的模样，以西方友邦人士的身份，又借助两张硬派司：一个是新闻记者，一个是慈善机构办事员，师出有名，神气活现地要求面见权威发言人。

接见他俩的是一位戴金丝边眼镜的高个子警官，姓王，文质彬彬的派头，问明来意后，就叹气说：“啊呀！要采访政治事件可不同于采访刑事案件，这事难办啊！”

费尔曼说：“去年上海四月事变，死伤了许多许多人，失踪了更多更多人，国际舆论闹得沸沸扬扬。我们得到线索，有一个叫刘世琏的年轻男子和一个叫彭永芬的年轻女子被贵警察局逮捕，至今下落不明。查清这件事，对维护贵国新政府形象是有好处的。如果二人确实有罪，我可以据实报道，以正视听。”

王警官追问：“您是如何得知这两个人是被我局逮捕的呢？有证据吗？”

费尔曼回答：“正当的新闻来源是受到法律保护的，保护提供新闻线索者，也是世界上所有民主国家的通例。”

王警官显然不高兴了，提醒说：“请您不要忘记这是在中华民国的上海，您不过是一名外国新闻记者，我们没有义务必须回答您的任何问题。”

费尔曼笑了，翘起二郎腿侃侃而谈：“警官先生请您不要小看新闻记者，新闻记者号称‘无冕之王’您不会不知道吧！新闻记者见官大一级，小鬼阎王都敢面对面，脸皮厚，胆子大，让人从前门赶出去，又会从后窗爬进来。新闻记者是自由职业者，什么问题都可以问，什么话都可以说，文责自负。本世纪初，美国记者斯蒂芬斯胆敢跟美国总统罗斯福当面交锋，公开揭露总统的弱点和政府的脓疮，惹得总统勃然大怒，责骂新闻记者是专找黑暗面乱搅粪坑的‘扒粪者’，可是最终获得胜利的恰恰是民意和真理，随即带动了一场持续十多年的‘扒粪’运动，迫使美国政府制订一系列法律，遏制了社会的腐败现象。还有，想必您一定知道日本政府同袁世凯秘密签订的二十一条卖国条约，可您未必知道它是怎么被揭露出来的吧？也是靠的新闻记者，这位使我引以为骄傲的同行，就是我的同乡、英国《泰晤士报》驻华记者端纳先生，他几乎使用大侦探福尔摩斯的胆识和技巧，查清了真相，勇敢地在美国《纽约时报》上最先发布出来，从而激起全世界的巨大反响，迫使日本人缩回了肮脏的手。”

面对费尔曼口若悬河旁征博引地吹嘘无冕之王的能量，王警官听得傻傻的，还确实给蒙住了，甚至怀疑这两个红毛番有着非同一般的来头，心中发毛了。但他强作镇静说：“对不起！记者先生，我很忙，没有时间听您讲故事。”

“不，不，我不是在给您讲故事。”费尔曼说，“我是在帮您正视现实，给你们中国官员传播民主意识。您作为官方发言人，对新闻记者要讲礼貌，最好不要打官腔。我到贵国已经七年，什么大人物没有见过？去年四月事变开始前，你们的北阀军总司令也就是现任国民政府主席到上海，在龙华召开记者招待会，我也是座上宾。新闻舆论是社会公器，我是代表民众来向您提问的。”

王警官的脸色由灰变白，他受不了这个红毛番的凌辱性言辞，恨不能甩他一巴掌，拔出手枪顶住他的脑门，当场勒令他下跪磕头求饶。可是不能，谁让中国是弱国，连政府首脑也没有这个胆量。既不能发泄，只好憋着，憋着憋着，就把脸憋红了。

柯爱见到费尔曼一副咄咄逼人的样子，早就想插话了，总是插不上，一当遇上个休止符，连忙转圜说：“请王警官理解我们的职务需要。新闻记者如果不能报道真相，他供职的报刊和通讯社是要受到读者抛弃的呀！再说我们的慈善机构以救灾济难为宗旨，倘若刘世琏和彭永芬两人是蒙冤获罪，我们教会组织以上帝的名义，本着人道主义精神，就有责任营救二人脱离苦难。”

费尔曼又说：“我们并不打算也没有权力干涉你们办案。我们只是想知道刘世琏和彭永芬两位普通公民的下落。假如贵方拒绝我们的合理请求，西方世界便有充分理由怀疑中华民国政府提出民主建国的方略，到底是否真诚？”

费尔曼和柯爱一个唱红脸一个唱白脸，颇有点软硬皆施的味道了。王警官想必是从来未曾遭遇过这样的西洋强手，渐渐招架不住，他用手指推推金丝边眼镜，陷入了沉默。为了掩饰尴尬，便从口袋里掏出一盒香烟，顺便抽出两支敬给二人。

“呵！老刀牌。”费尔曼一看香烟牌子就笑了，“大众化！不愧为开国新风尚，公务员讲廉洁了啊！”说着就打开自己的公文包，取出一盒由英美烟草公司生产的三炮台，这是当年上海能够见到的最最高档的洋烟了，给警官和柯爱各递上一支，迅速用打火机点燃。

在吞云吐雾间，王警官的面色和缓了许多，认真地说：“既然各有各的职务在，公事公办吧！我们有纪律，刚才所提的问题，需要向上司请示以后才可以答复。”

“很好！很好！”费尔曼说，“我们愿意等待，只是希望快一点，越快越好，英美多家报刊正在盼着我的专稿哩，上海基督教会也在等待柯爱小姐的报告。”

眼前的一切细节足以证明，费尔曼的火力侦察成功了，王警官等于默认了自己处于下风。费尔曼心中乐滋滋的，一边又从公文包中取出一整条尚未启封的三炮台香烟，推到王警官的面前，笑着说：“按中国人的说法是烟酒不分家，为我们合作的开始，一点点小意思，不成敬意，请笑纳。”

柯爱平常不吸烟，为了逢场作戏，也点燃一支，装模作样地吸起来。她知道费尔曼是习惯抽烟斗的，今天带了高级卷烟，纯粹是作为道具。她在心中发笑：“这约翰牛，真鬼！”

三炮台轰开了对话的窗口，可惜答复却迟迟不来，干等了一周，电话打过好多次，都说还在研究中。衙门深似海，不晓得闷葫芦里卖的什么药，只好继续等。而彭谨祥的确不能在上海再等下去了，无论是为了替东道主夫妇减少烦劳和节省开销着想，还是对家乡农务的牵挂，都不容再等，俗话说：“清明一到，农夫起跳。”他实在是非走不可了。

季炎如说："既然非要走，阿芬的事也不要太心焦，一旦有重要消息，我会写快信发电报及时告诉你，甚至让阿骏或者阿骢专程回乡一趟详细面谈都可以。"

彭永芳也哭丧着脸说："阿爹，就这样吧，也只能这样了。"

治病和寻人，两件大事虽然各有点进展，但是都没有达到预期目标，压在彭谨祥胸口的两块砖头并没有卸掉，他只好闷闷不乐地回家了。至于投资上海办实业与阿芳在上海找工作的事，提也没有再提起。

一下子走了两位客人，季炎如家显得冷清了许多。康复中的刘青燕手脚勤快，能够主动帮助夏惠子做家务，夏惠子也感到轻松了许多。为了让刘青燕的病好得更快，夏惠子在书房里支起一张帆布折叠床，让丈夫搬出卧室，睡到书房里去，说："你反正爱熬夜，独个儿熬去吧，我要跟阿燕住一起，可以让她不感到孤单。"她又用业内人士的口吻补充："临床经验证明，一般患有精神系统疾病的人，使用病人愿意接受的方式进行语言交谈，是一种非常有效的治疗措施，请炎如君多多关照。"

季炎如觉得妻子说得有理，也就欣然同意了。

近一个月相处下来，夏惠子在刘青燕的心目中，早已建立起了信任。刘青燕既把夏惠子看成一位慈爱的长辈，又看成一位开朗的大姐姐。

正当夏惠子在悉心观察刘青燕的症状时，刘青燕同样也在认真地观察夏惠子。

刘青燕老是想：这个东洋婆着实太稀奇了！三十出头的年纪，要是在我们乡下，早就称呼大嫂大婶了，早就在后脑勺梳起了馒头髻，穿上斜襟大褂，只晓得低头做活，顾不上抬眼看人了。可是惠子阿姨呢？怎么还像个没出阁的千金小姐一般，讲话嗲声嗲气的，见到一只蟑螂就像遇上猛虎下山，会吓得扑进老公怀里。她天天都要涂脂抹粉讲究穿戴，每一次出门前，还要往身上喷香水。有时候又像个调皮小囡，亲了老公一口，还要老公"亲亲还"。她天天都要洗澡，还常常早晚洗两趟，有时候还大声吆呼，让老公给她搓背，惹得刘青燕心里直发毛。她又勤劳又仔细，洗菜也得戴上橡皮手套，这样会保养，难怪细皮嫩肉不见老。刘青燕总是想，东洋离上海老远老远，她为啥肯嫁到上海来的呢？不想家吗？她结婚十多年了，季叔叔都快老了，为啥还不生小孩呢？

夏惠子身上的奇特处说不完猜不透。刘青燕到后来才知道，东洋人把食、色、浴看成是人生的三大乐事。城乡生活加上民族文化的差异，使得夏惠子在刘青燕的心中构成一个巨大的谜，而且是个十分有趣的谜。这一次惠子阿姨让她搬进大卧室一起住，而且睡一张大床，刘青燕心里吃惊，却也非常乐意。她朦胧地记得五岁以前同妈妈一起睡过；妈妈死了以后，头几年也同义母一起睡过。长大以来直到年初办喜事，同傻丈夫睡到了一张床上，傻丈夫只晓得让老婆给他背上挠痒痒，没有别的啥事情。两人一直同床分被睡，刘青燕没有睡出温暖，反倒睡出了毛病。她真想回到童年，回到妈妈的被窝里去。

睡觉前，刘青燕忸忸怩怩地不肯脱衣服，夏惠子解开她的上衣，发现有一条长长的白绫紧紧地束缚着双乳，为她松了下来，连连责怪：“你怎么可以糟塌自己啊？往后千万别这样了！”

刘青燕和夏惠子同睡一床当然不是同一个被窝。可是温暖的感觉，还是透过两层被子的阻隔传递到了刘青燕的心窝里。夏惠子有着说不完的有趣话题。有一个夜晚，天正下着雨，窗外花园里传来淅淅沥沥的雨滴声，卧室便觉得特别安静。两人早早地上了床。夏惠子靠在床背上，就着床头灯，打开一本书，读一篇小说给刘青燕听。这篇小说是日本刚走红的青年作家川端康成写的，题目叫做《伊豆的舞女》，虽然不长，夏惠子还是嫌它噜嗦，就一边讲解一边跳着读。

读完了，夏惠子问她有什么感想。刘青燕说：“东洋国为啥有这样多地方跟我老家相像啊，山也美水也美，好心人也蛮多，穷人也可怜，也弹三弦，也吃火锅，也下围棋五子棋，也有江湖艺人过村串户唱堂会；死了人也要做七，每逢七天祭奠一次，到七七四十九天做完‘断七’为止；女人在男人面前也低一头，女人用过的筷子也说不干净，男人用了就会让人笑话。跟我老家有这样多相像的地方，真是太稀奇了！”

夏惠子接着问她：“那末不同的地方呢？”

刘青燕红了脸说：“不同的地方可就相差远了去，男男女女怎么可以一块儿在澡堂里洗澡呢？三个女人还说要给一个外乡男人擦背，一个姑娘家还脱得光溜溜的，在温泉澡堂边的太阳下面跑来跑去，这不要羞死人了啊？”

夏惠子解释说：“这就是日本的民情风俗，里面有从中国传过去的东西，也有日本自己流传下来的东西。日本的山山水水也很美，日本人是很爱自己的家园的。”说着，夏惠子还轻轻地唱起了《古事记》里的一首古代歌谣：

大和地势好，
重叠青山作围墙。
青山环绕的大和呀，
你是真漂亮！

在轻轻的歌谣声中，刘青燕合上眼睛，静静地听着。

夏惠子又神往地说："我真希望有一座美丽的七彩虹桥，能把美丽的中国和美丽的日本连结起来，两国永远和好，我就带你走过虹桥，到我的家乡去看看，你一定不会有陌生的感觉，到处都是中国字和中国式的建筑，百姓也长着中国人一样的面孔，穿着差不多样式的衣服，这就是人们常说的'同文同种'……"

刘青燕睡着了，脸上留着满足的笑靥。夏惠子同刘青燕相处以来，两人间还是头一次说这么多话，说得那么投合。想必因为刘青燕的心情自然放松了的缘故，几乎看不出她有什么思维和表达的实际障碍。夏惠子觉得非常高兴，就像在大学读书的时候，独立完成了一项重要实验一样。

一天上午，夏惠子从街上回来，放下买来的物品，呼喊："我回来啦！"

没有应答。夏惠子有些诧异。此时，丈夫和阿骏都上班去了，阿燕不是在家里吗？怎么不回话呢？她突然紧张了起来，慌忙地东找西找。花园里没有，厨房里没有，卫生间里没有，书房里也没有。她推开卧室的门，一下怔住了，只见床底下有个圆圆的屁股蛋在动。那不是阿燕又是谁呢？就大喝道："你在干啥？给我出来！"

刘青燕后退着爬出来了，像一只出洞的螃蟹。她起立转过身，低头站立着。

夏惠子见她满脸绯红，火气也就平息了，问："在找啥呀？找着了吗？"

刘青燕想说什么又没说，绞着手指。

夏惠子不解，几步跨到床边，弯下腰往床底下张望。她看到棕绷底下挂着两条白色的布带，还在晃动。她明白了，大声说道："啊唷！哪里不好挂，非要挂到床底下？脏不脏啊？快解下来，重新洗过。"

刘青燕顺从地爬进床底，解下布带退出身来，一边把布带卷成团，用一双小手紧紧捂住，两眼只看自己的脚尖，僵立不动了，就像是让人当场捉住的小偷儿，人赃俱获一般，十足的一副小可怜相。

夏惠子的确好可怜她，却又掩饰不了心头的狂喜，抱住她在脸颊上吻了又吻，说："来了来了，月红总算来潮了，这可是你开始康复的证明啊！"

夏惠子说着，就从刘青燕手中夺过布带，立刻到卫生间去为她重洗。洗完了便晾在一个衣架上，大模大样地拎着走进花园，像擎着胜利的旗幡，高高地挂到了晒衣绳上面。

刘青燕踩着小碎步紧紧地跟在夏惠子的身后，小声嚷嚷："不能这样不能这样啊！求求惠子阿姨了！”

“你怕见不得人是不是？”夏惠子笑了起来，又说：“这有什么见不得人呢？何况在自家的花园里。天底下有一半人都会碰到的事，又不丢脸！这样的布带就是要特别讲究卫生，就是要让它吹吹风，晒晒太阳，消消毒。”

“都讲女人这种布带子不吉利的啊！”刘青燕简直要哭了，“谁看到谁倒楣，会招怨招恨的呀！”

“胡说八道！不懂科学。”夏惠子一边呵责，一边用下巴指指身边绽开的月季花说：“你可知道花儿是什么？花儿就是植物身上那东西呀，就是用来生儿育女传宗接代的呀，怎么会不吉利？净胡说八道！”

刘青燕望望艳丽带露的月季花，感到不可思议，脸红得像个熟透了的番茄，大眼睛长睫毛扑闪扑闪的，奇怪死了。

夏惠子瞄一眼刘青燕又害羞又费解的小可怜样儿，随手从晒衣绳上拉过自己一件半干了的薄衬衫，罩到挂着卫生带的衣架外面，回过头问刘青燕：“这样总可以了吧？不会让人见了怨你恨你了吧？”

为这件事，夏惠子还真的很生气，可是她并没有责怪刘青燕，随即把她拉进卧室，一起坐定了下来。

“我今天要给你上一堂启蒙课，讲讲怎么样做女人。”她郑重地说。

“我本来就是女人嘛！还有什么做不做的？”刘青燕依然迷茫。

“女人不一定懂女人的事，不一定会爱护自己。女人生来娇嫩，许多男人不是混蛋就是笨蛋，有几个能够好好爱护女人的呀？不作践女人就算挺好了，不能巴望他们来爱护。”

刘青燕睁大眼睛，听得入神了。

“可不是吗？”夏惠子越说越来劲儿，“做人连男人女人有啥两样都不知道，还算人吗？只能算虫，糊涂虫。”

夏惠子说着，就开始脱衣服，大大方方地脱得一丝不挂，一边还平静地说：“这个问题，我老早在上海日本侨民学校读书的时候就学过，有一个女同学还当着大家的面，自告奋勇地脱掉了衣服，让老师指点着女人特别的地方，给全体同学作讲解。男人女人都是天生的，天生的也就是自然的，用不着害羞。不少西方国家，千百年前满大街上就有光身子的男女雕像了，大家都爱看，就因为这是美丽的。这种美丽，可是上帝最最伟大的创造呵！”

刘青燕自从跨进季炎如和夏惠子的家门，就已经从艺术作品中领略过这样的美丽了。书房墙上挂着法国名画《自由引导人民》，一手拿枪一手高擎三色旗的自由女神，大模大样裸露着一对粉红的丰满乳房，冒着炮火踏着尸体带领起义者冲锋陷阵。卧室的壁炉上摆着维纳斯和大卫的石膏塑像，维纳斯的下身还有点遮蔽，大卫却是浑身上下连同小雀雀统统精赤全露。刘青燕初见这些艺术品的时候，也曾目不转睛发过愣，不过那只是惊奇而已。这样的艺术品不论多么动人，终究是僵固的。而此时出现的美丽，却是一个活生生的女人裸体。这是一个虽然年过三十却未曾当过母亲并且保养得极好的女人，又是一个身为长辈的女人。见到这样的裸体，刘青燕就不只是惊奇了，而是深深地震撼和感动了。

意外的美丽总是眩目的。在一尊白玉雕像似的女人裸体面前，刘青燕好似初生婴儿头一次见到明亮的太阳，给光芒照耀得睁不开眼睛了。她长到十六岁，还没有亲眼看到过美女的裸体；打从发育以来，甚至也没有认真欣赏过自己的原始身体。想起自己的青春身体得不到别人的爱护，连自己也不懂得爱护，心里便骤然生出一阵伤感来，禁不住嘤嘤地哭出了声。

夏惠子本来有心要给刘青燕一点刺激，好震荡她的心理病灶，触发她对青春对生命的珍惜，唤起保护青春保护生命保护自尊的责任和勇气。可是，这样的刺激是不是太过强烈了？强烈到超越一个乡村姑娘的承受极限，以至灼伤了她的纯洁心灵！

“我的上帝！我怎么会这样蠢啊！”面对哭泣的少女，夏惠子大为懊恼，在心中责骂着自己，为自己的唐突举动，一时不知所措了。

这一天，夏惠子是在极度歉疚和自责中度过的。她战战兢兢，对待刘青燕，简直像伺候一件价值连城的细瓷古董一般，深怕一不小心造成难以挽回的损伤。

又是一个意外。就寝的时候，刘青燕突然扑进夏惠子的怀中，哭诉了她的刻骨铭心的往事……

正月初十是吉日。入夜，红烛高照，鼓乐齐鸣，炮竹轰响。刘青燕跨下花轿，透过红头盖，面前的世界是一片诡秘的桃红色。在庄严和烦琐的拜堂礼仪之后，新郎新娘由长辈和傧相送进了洞房。没有人闹房，气氛祥和平静，人们说了“百年好合”、“白头偕老”、“早生贵子”这样一大堆庆贺话语之后相继离去，最终留下一个中年女人，细心地替新郎脱下礼帽，解下缎花。

“新娘子你听我讲，我叫黄阿莲……”中年女人小声地向刘青燕作自我介绍，“以前我是阿骅的奶妈，后来一直留在彭家做佣人，你就叫我阿莲婶好了。阿骅离不开我，我就睡在隔壁，有啥事情敲敲墙板，我就过来……”

刘青燕不明就里，顾不得羞涩，自己动手撩起红绸头盖，急于看看新郎到底怎么了？为啥进了洞房还要佣人伺候？

由红头盖过滤出的朦胧形象，终于变成了清晰的真实形象。身旁的新郎，同相亲时见过的美少年倒有几分相像处，只是表情呆呆的。刘青燕的脑袋嗡的一下子膨胀了，像要爆炸，她用牙齿咬住嘴唇，耐着性子听黄阿莲继续说话。

“天下姻缘都是前世定好的。”黄阿莲用非常诚恳的口气接着说，“人强不过命啊！新娘子放心，新郎倌心肠好，一生一世不会欺侮你。他脑子有点木，冲过喜就会慢慢开窍的。你千万千万放宽心！”

黄阿莲为新郎脱下外衣铺好被子，就打开一扇旁门。出去前又交待一遍：“有事敲敲板壁我就过来。”

一切都已经明白，刘青燕落入了长辈们精心设计的婚姻陷阱。不过她从小到大，满耳朵里灌进去的都是婚姻天定的道理，也常常听说冲喜冲好了有病男女的传奇故事。既然这样，那就认命吧，反正生米已经煮成了熟饭。

刘青燕怀着七分悲哀三分羞怯的心情，开始仔细端详自己的新郎。

新郎已经是二十七周岁的人了，看上去还像个少年，眉间宽宽的，脸上没有皱纹，也没有胡子，中等身材，相貌并不难看。奇怪！他是怎么会成为傻子的呢？到底是半傻还是全傻呢？新娘一概不清楚。

新郎第一次见到刘青燕，不知是因为害羞还是害怕，扭过头钻进被子，用被头捂住了脸，像个憨厚怯生的小孩。

新婚第一夜，刘青燕是蜷缩在里床另外一个被窝中过来的，整夜流泪到天亮。第二夜相安无事。第三个晚上，洗漱完毕，见到新郎朝她愣愣地望着，望着望着又嘻嘻地笑，真奇怪！一笑起来的模样，还特别像他的小弟彭永骏。

刘青燕的心顿时就有点活泛了，又想起了冲喜的传奇，更想起义母在她出阁前私授的两件传家宝器：一件叫做“长生苞”，是彩瓷烧制的，一个手掌大小的金黄色花生果，分成上下两半，打开来，里面是一对正在行房的新婚夫妻；另一件是绢绘的《双喜图》，横卷式，宽五寸，长三尺，上面画的都是夫妻交合的各种姿势。义母把这两件宝贝交到刘青燕手中的时候，神秘兮兮地面授计宜说：“这两件东西都是祖上传下来的，只传女不传男，俗称压箱宝，能避邪的，切切不可让外人看见，只能和新郎一起看，两人就会懂得夫妻间的事了。‘长生苞’

为啥做成花生样子呢？花生又叫长生果，花生，花生，就是巴望夹花着生，有男有女；《双喜图》也是为着夫妻双双喜欢，终生过得恩爱美满。”

这第三夜，对刘青燕来说是心旌摇荡英勇探险的一夜。她多了一个心眼，当黄阿莲伺候阿骅上床以后一离开，就蹑手蹑脚地悄悄来到旁门边，想闩上房门，不料这扇房门是外闩里不闩的，就移过一把椅子挡上门，随即打开嫁妆箱，取出了义母在她婚前亲授的两件压箱宝，微微颤抖着双手，将它放到阿骅的面前，让他欣赏。阿骅倒也认真欣赏了，只是欣赏完了以后没有啥动静，淡淡地说了一句“蛮好看的”，说完还是嘻嘻的笑，笑到后来，刘青燕还是独个儿钻进了自己的被窝。过了一会儿，阿骅就要新娘给他在背上挠痒痒，刘青燕觉得伸手到另一个被窝帮另一个人挠痒，又冷又不方便，就动手拉他的被子，想把他拉到一块来。不料，新郎倌竟张开驴叫天似的喉咙大喊起来：“啊唷！不要拉呀不要拉呀！”

“喊啥喊啊？”隔壁板墙后面传来黄阿莲的问话。

阿骅却又回答说：“没啥。”说罢就睡着了，响起了均匀的鼾声。

大约过了半个钟头之后，刘青燕轻轻地起床，穿好衣服，梳好头发，望着宽大的红木拔步床出起神来。雕花床的门面上，镌刻着《西厢记》和《白蛇传》一类美好的故事场景，床边白墙上贴着大红喜字和对联，对联上写：“双飞不羡关雎鸟，并蒂还生连理枝。”过一会儿，她拿出一条平时束胸用的长长白绫，登上板凳，将白绫穿过木梁，挽了一个死环，把自己的脖子套了进去，毫不犹豫地一脚踢翻了板凳。

砰的一声炸响，隔壁的黄阿莲就像枕戈待旦在沙场的杨家女将一般，以飞快的速度打开旁门推开椅子冲进新房，救下了刘青燕，把她抱到床上。

“好姑娘，万万不作兴走这条路的啊！”黄阿莲压低嗓音哀哭起来，“你长得秀气白净，仙女一般啊！你不为自己着想，也得为彭刘两族的父老乡亲着想啊！你是为和亲才嫁到天螺湾来的啊！万一两村再打人阵，又有多少人得流血啊！你千万得打起精神熬下去啊！”

这一夜，黄阿莲是扒在床沿上守着刘青燕直至天明的。鸡啼三遍了，阿骅还在甜甜地酣睡，不知道夜里出过什么事。刘青燕一宿没有合眼，她体察了黄阿莲的真情，郑重地说：“阿莲婶你忙你的事去吧，我听你的话，不会再寻死了。”

当夜发生的大事，让黄阿莲巧妙地瞒过了家人，只说是阿骅喝了酒，夜里梦游，摔了个大跟斗，没啥事。早晨，黄阿莲只向彭汪氏一人禀报了实情。彭汪氏奖赏了一块大洋，交待她要守口如瓶，对无论谁都不许再提起此事。随后，彭汪氏又在黄阿莲的陪护下，领着刘青燕到葫芦镇观音庙烧香许愿，让她在菩萨面前立下誓言，一定不向任何人透露隐情，包括娘家人面前也只字不提，从此洁身清心，尊祖认命，恪守妇道，安安稳稳过日子。

刘青燕的确想过要安安稳稳过一辈子。可是她一天又一天吃不香睡不安，神志恍惚，脸色苍白，越来越消瘦，越来越不爱讲话不爱活动，随即连月红也不来了，又不懂啥原因，更不好意思跟别人讲真相。她不明白，无情的疾病已经悄悄地潜入了她的身心……

刘青燕头一次大胆地违背了祖婆的嘱咐，违背了在观音菩萨面前立下的庄重誓言，毫不保留地向夏惠子吐露了隐情，心里便觉得舒畅了许多。

夏惠子见刘青燕平静了下来，相信可以说说白天想说的话了。她先避开刘青燕的伤心事，讲起了自己的故事。她说：“我小时候，爸爸妈妈对男女间的事都不瞒我，知道得多一点，才会懂得生命的宝贵。至于婚姻嘛，各各不相同。我妈妈的婚姻也不幸，遭爸爸厌弃，年轻轻的就患了不治之症。她常说婚姻就像在水里钓鱼，只有钓出水面才知道是什么鱼；闹不好碰上一条河豚鱼，不小心还会给毒死。所以她一直鼓励我婚姻大事要自己做主。我好在听了妈妈的话，后来全靠自己努力，得到了真正的幸福。我的这条‘鱼’可不是呆在岸边胡乱钓来的，而是拼死拼活潜到水底找来的……”

刘青燕擦干眼泪，默默地听着，渐渐响起了轻风滑过竹梢般的细微鼾声。夏惠子却再也睡不着了，一是兴奋，阿燕终于冲破了封闭心灵的坚壳，全盘托出了久久折磨自己的苦结；二是悲哀，阿燕小小年纪，本该是情窦初开的时候，却遭遇到这样的大不幸，比我的妈妈更不幸！

第九章
壁虎引出的故事

夏惠子爱整洁，每逢星期天照例要来一次中等规模的打扫清理。彭永骏出差去了，季炎如在加班打理文稿，夏惠子就独个儿操持。她包上头巾，系上围裙，戴上手套，哼着小调，快快乐乐地忙碌起来。刘青燕愿意当帮手，就派她到花园里去拔草，因为那里空气新鲜，可以闻到花香，听到鸟叫，晒到太阳，对她的继续康复有好处。

刘青燕耐心地拔草，几只彩蝶在她身边飞舞，晚春的阳光热烘烘的，却不灼人。杜鹃花和月月红已经盛开，蒲公英也结出了小球球。她把草根上的泥巴甩落，鼻子里就熏进了微带甘甜辛涩的清香，这是一种在城里难得闻到的田园气息。她立刻想起了小时候到杏源畈阡陌上挖马兰头的情景。她有点想家了，想结婚前的家，想童年时候的家，心里嘀咕着人要是永远不长大该有多好啊！

正当她沉浸在美好遐想中的时候，忽然传来夏惠子的尖叫："快快，快来人啊！"

刘青燕和季炎如几乎是前脚后脚紧跟着冲进了卧室。

"什么事？着火了还是触电了？"季炎如一见妻子好端端的拿着一把扫帚站在窗边，并没有什么可怕的意外事故发生，脸上就堆起了一副调侃的神情，"快说呀，我还有事哩！你动不动就狼来了，某一天真的狼来了没人救你，看你怎么办？"

夏惠子紧张地用下巴指指床边的地面，那里有四只小小的眼睛在警惕地转动，原来是一对壁虎。

"壁虎爱吃蚊子苍蝇湿气虫，不害人的。"刘青燕说。

夏惠子求救地望望丈夫："快想办法把它们弄到屋外去吧！"

"想办法！有啥办法？"季炎如说，"等你想出办法来，这一对壁虎早就钻到床底下去了，夜里就上床跟你和阿燕作伴。"

夏惠子打了一个寒噤，哀叹："我的上帝！那太可怕了！"

"还磨蹭个啥？"季炎如一把夺过妻子手中的扫帚，以迅雷不及掩耳之势打将过去。没想到扫帚是软的，两个小东西没有丧命，只是丢下了各自的尾巴，就地翻滚挣扎起来。季炎如眼明手快，丢下扫帚，捉住一对负伤的壁虎，推开纱窗抛到了花园里。

“壁虎命硬，不会死的，掉了尾巴还会长出来。”季炎如告慰妻子。

夏惠子的眼睛发直了，她看见地上的两条壁虎尾巴弹跳着，迅速靠拢，紧紧地缠绕到一起，成了一根扭股糖。

三个人都盯着壁虎尾巴发呆，觉得不可思议。半晌，刘青燕眨了眨眼睛说：“哦！我想起来了。听家乡老人讲，壁虎懂得夫妻情份，要是两只逃命的壁虎是公婆，丢下的尾巴就会扭在一起不分开。”

夏惠子几乎要哭了，带着悲腔连声埋怨起丈夫来了：“炎如君也真是的，太狠心了吧！这一对壁虎公婆亲亲热热的，你下手没轻没重，把它俩打得半死，多残忍啊！”

季炎如顺手又拣起两根缠绕着不再动弹的壁虎尾巴，丢出窗口，关好纱窗，笑着说：“算我棒打鸳鸯做一回缺德事，死后该下地狱就下地狱吧！”

一等丈夫转身，夏惠子又叫住了他，问：“炎如君，壁虎再要进屋怎么办呀？窗子上有一点小缝缝就会往里钻的呀！”

“知道知道，等会儿再说。”季炎如拍着手上的灰尘，开始不耐烦了。

“你还不快去洗手！”夏惠子这回提高了嗓门，像幼稚园的老师教导娃娃一般，“就这样拍拍手就会干净啦？得用肥皂好好洗，不要偷懒。瞧你这个书呆子，袖口又沾上墨迹了，真不讲究卫生！”

“壁虎壁虎卫生卫生，你有完没有？”季炎如来了火。

“炎如君好大的脾气啊！阿骏不在，家中就你一条男子汉，帮点小忙也不可以吗？壁虎也是虎，是能爬墙壁的老虎，男子汉是不怕，女人家会怕的呀！”

“何止是壁虎！你每一回在屋里见到蜘蛛蟑螂苍蝇蚊子蚰蜒蚂蚁，都恨不得向全世界发出告急警报，哪一回不大喊大叫，活像强盗进门一样，神经衰弱的人是要让你害出病来的！”

“啊唷！劳驾炎如君一下，为啥就这么多的废话呀！”夏惠子不依不饶地继续数落丈夫：“你在家里总是死坐在写字桌边，像一尊菩萨，动动身子对你的健康也有好处啊！让你讲究卫生就不对吗？中国人就是因为不讲究卫生，才让外国人叫做东亚病夫的呀！”

一听说“东亚病夫”这四个字，季炎如的眉毛就竖起来了，嗓门也放大了：

“你给我打住，少说这种叫人憋气的话。东洋人拿洁癖当作自己的民族美德，也不见得高明到哪里去！洁癖也是毛病，患洁癖的人总是以别人不洁为前提，两个洁癖患者碰到一起，也会嫌对方不洁。”

“对不起！炎如君。”夏惠子的语调变得柔和了，“怪我说了不该说的话，我不是故意要惹你，请多多原谅！我也是为炎如君好呀！”

“为我好？让我去死也是为我好吗？简直是虐待人！”

“炎如君说得也太可怕了，我怎么让炎如君去死了？怎么虐待炎如君了？”

“你这是精神虐待，比肉体虐待还厉害。”季炎如说得振振有词，“你用日本女人的敬语唠叨，温文尔雅，就像软刀子割肉，让人受凌迟酷刑，谁吃得消啊！唐僧和尚叽哩咕噜念紧箍咒，金猴孙悟空都吃不消，何况我一介凡夫俗子。你刚才大叫大喊，活活打断了我的思路，把我的写作灵感都吓跑了。我的文章明天就要发排，后天就要见报，人家滚油浇心，你倒东吴招亲，还唠叨个没完没了，卫生卫生卫生壁虎壁虎壁虎，烦死人了你！”

说罢，便气呼呼地出了门，还在门上踢了一脚，砰的一声，震得刘青燕浑身一抖，脸都发青了。

这是刘青燕头一回见到炎如叔叔和惠子阿姨怄气，既不骂脏话粗话，又没有互相撕打，比较起她在乡下常见的夫妻吵架来，动不动甩耳光揪头发抓脸皮抢天呼地，实在算是小菜一碟。不过，这终究是刘青燕见到他俩真的拌嘴闹红脸，还为这事一整天不开心，夫妻照面也互不搭理。

刘青燕有心安慰夏惠子，在帮厨的时候小声说：“炎如叔叔平常对惠子阿姨那样好，今天是怎么了？”

“准是工作不顺心，才会拿老婆撒气！”夏惠子咕噜道。

傍晚，季炎如拿着剪刀胶水和马粪纸走出书房来到卧室，打开纱窗仔细检查，终于找到一条小缝，就剪了马粪纸涂上胶水粘堵好了。夏惠子看在眼里，有点感动，很想跟他讲话，可他当着没看见，一扭头就径自回到书房里去了。

晚饭上桌的时候，各吃各的，都不吭声。夏惠子老是抬眼察看丈夫的脸色，一直在等机会讲话。过了好一会儿，丈夫快吃完了，夏惠子终于忍不住开口了，她怯生生地问：“给我吓跑的灵感找回来了吗？”

季炎如好像没听见。往常，他都包下洗碗的活，任凭妻子或阿骏要抢着洗碗他都不让，还说美国有本出名的《魔鬼辞典》，里面专门解释了什么叫丈夫，丈夫就是吃完饭之后负责洗碗的人。这一回他却忘了丈夫专业，吃完饭放下空碗，抹一把嘴，起身便离开了桌子。

刘青燕瞟一眼夏惠子，表情好古怪，像要笑又像要哭，明白她一定觉得委屈了，心中好同情，怨炎如叔叔的脾气太倔，自己也不全对，心里明明疼老婆，为防壁虎再一次钻进房里，窗缝也给堵上了，为啥就不能给老婆一个好脸色？

半夜，刘青燕醒来，发现一旁的被窝空了，房门也打开了，侧耳听听，书房里有轻轻的讲话声，蛮亲热的。她就觉得有趣了，连忙披上衣服，趿上鞋子，蹑手蹑脚地走出了卧室。

书房的门半掩着，灯光下，季炎如靠坐在沙发上，手里拿着一份文稿，目光在文稿中溜动。夏惠子斜倚在他身上，漫不经心地神聊，季炎如只是有一句没一句地应付着。

“我们俩能够白头偕老吗？”

“我不是已经白头了吗？”

“要是我死了，你会再娶吗？”

“当然，娶个跟你相像的。”

“要是别人爱上我，我也爱他，你会怎么样？”

“我很高兴，你有了更多的选择，也有更多的人选择你，这是你的荣幸。”

“没有半句好话。”夏惠子有点儿生气了，探臂撮起他的一绺头发，用手指绕着玩。

“别闹别闹，我的稿子刚杀青，再溜一遍就好了。”季炎如说。

夏惠子用蜜蜂振翅般的嗡嗡声细语：“给我吓跑了的灵感找回来了，气也消了，稿子也写完了，就早点睡吧，别再熬夜了。”

“等等，等等……”

“都半夜了，还等等啥呀？”夏惠子撒娇了，动手就去摘丈夫的近视眼镜。

“你把我折腾死了怎么办呵？”季炎如护住眼镜说。

“你死我也死，一起死，到了天堂里还折腾你。”

“你今天吃春药了，这样缠人？”

“你不生气了我就高兴，高兴了就要缠你，你不说我是狐狸精吗？我不缠你谁缠你啊？”

“天底下的女人，恐怕没有比你更会缠人的了！”

“你怎么知道啊？天底下的女人都缠过你了吗？”

季炎如给逗乐了，却又说：“别捣蛋，没见我正忙着？”

夏惠子嗤嗤地笑了一会儿，就翘起嘴巴埋怨起来了："你天天天天忙忙忙忙，哪一天空闲过？你的脑子里除了一张报纸，啥也没有，忘了老婆忘了家，天天天天冷落我，天天天天不理我，真是的！"

"日本男子还不都这样吗？总以事业为重。"

"我是嫁给了中国男子啊，我不希望你也像我爸爸那样无情无义。"

灯光底下的夏惠子更显得楚楚动人，她穿了一身和式睡衣，敞开的领子把她的脖子露了出来。她的脖子光洁柔软，像天鹅的脖子。脖子美，是日本女子传统的骄傲。她的头发篷松着，一脸都是娇媚，边说边笑，笑得眼睛弯弯的，见丈夫心不在焉，就放肆地夺下丈夫手中的稿子，摘下丈夫的眼镜，伸出洁白的双臂，勾下丈夫的头，使劲儿地吻丈夫的脸。

季炎如感动了，一感动，全身就烧了起来，发恨地说："看来欠你的债，不还就是过不了关！"

"除了本钱又欠利息，都得还。"夏惠子不由分说地动手脱他的衣服，边脱边说："别看有的男人道貌岸然的派头，扒掉衣服，大学者跟黄包车夫还不是一个样儿，就怕神气不了呢……"

季炎如忽然侧耳听了一下，低声说："门外好像有动静！"

"怕啥呀！"夏惠子嘻嘻地笑，"鸟儿来情的时候，就在太阳下，就在树枝上，蹦着跳着，叫着唱着，恨不能让所有同伴都来参观！怕啥呢？要是阿燕，我还巴不得让她看看，让她看看啥叫夫妻？啥叫幸福？做女人该怎么做？好让她有个盼头。我干脆把她叫来吧，这是给她上课哩！"

刚说到这里，门外就传来了踉跄的脚步声，有人逃走了。季炎如披衣冲到门旁，发现忘了把门关好，便关上门，回身靠到沙发上，沉默片刻，戴上眼镜，点着一支烟，重又拿起了文稿。

夏惠子温顺地在丈夫身旁坐下，既沮丧又无奈地喃喃说："惠子，稿子，稿子，惠子……惠子的魅力，终究还是比不上稿子啊！"

过了个把星期以后，夏惠子才知道：就在家中为壁虎入侵发生口角的几天前，季炎如所在的报馆遇到了一个极其棘手的新闻题材，这正是一连几昼夜搅得丈夫心神不宁的原因所在。

那一天上午，季炎如刚进报馆，就见到编辑部的同仁们正挤坐一起，在入神地倾听一名陌生男子哭诉什么。这名男子看上去不过三十来岁，头上包着纱布，一手吊着绷带，衣衫褴褛，沾满泥灰。一位编辑小声告诉季炎如说：他是个建筑工人，今天上班前就等在报馆门口了，他和他的伙伴遇到一起严重工伤事故，求告无门，希望报馆出面给他们讨公道。

事故发生已经半个多月了，死伤了七十多名工人，报馆一直被蒙在鼓里，社会上也毫无声息。这是上海滩一个著名的大工程，要成为大上海进入发展时期的标志性建筑，从策划立项，到剪彩开工，各大报纸都作了连续报道，声名远扬。没有料到，就为了给南京国民政府成立三周年献礼，在日夜突击赶工的时候，轰隆一声巨响，尘土冲天，悲剧发生了。

悲剧发生在午夜时分。当主楼的墙体上升到九层楼高度之际，东面的脚手架整体坍塌，连带着部分墙体和大批砖块从高空砸下，当场砸死三十五名工人，四十多名工人负伤。老板和他的亲信并非等闲之辈，在极短的时间内，不惜一切代价，买通了政府要员和青洪帮地头蛇，威逼加利诱，迅速摆平了知情人，组织警察与保安人员封锁现场，当夜就运走尸体并突击掩埋完毕，随即遣散伤号，编织了一个密不透风的隔离罩，水泼不进，针插不进，而施工却照常进行，声色不动。

冤魂被拘禁于地下，伤残者在哭泣，死亡者的亲属在悲嚎，而不夜城依然灯红酒绿纸醉金迷。

无人检查事故原因，无人控告事故责任人。死者在生前都跟包工头签订过“生死由天”的硬合同，死了便埋掉算数，外地的亲属们连死亡通知都收不到一张。受难人和他们的亲属告状无门，有理没处说。这样大的一起事故，竟成了个无头案。

哭诉者和他的八个同乡青壮年，从苏北逃荒到上海才两年，不得不以出卖苦力为生，在这场事故中一下子六死三伤，不剩一个囫囵人。而老板只给死者家属发放三个月的工钱作抚恤金，重伤者发两个月工钱，轻伤者发半个月工钱。这些钱还要经过包工头的手转发，从中扣去二成佣金。报馆里有几位少壮派义愤填膺，主张安排得力记者探查真相作追踪报道。众人的目光一下子聚焦到季炎如的脸上。季炎如无言以对。直到哭诉者起身告辞的时候，季炎如也找不出适当的话语来安慰，只得从提包中摸出两块大洋塞进他的手中，表述一种难言的心迹。

当天下午，季炎如召集报馆全体同仁开会，听取了各种意见之后，含泪发表了自己的看法。他叹息说：“大上海的繁荣，是靠劳工的骨肉奠基的呀！看到悲剧的发生又不能揭露真相，固然是我们新闻界的失职和耻辱，可是要揭露真相，你今天见报新闻，明天你的报馆就会让人砸掉，当局还会无端地给撰稿人扣上红帽子，说你蛊惑人心危害民国，成为清除异党的对象，投入监狱甚至遭到密裁，让你永远失去发言权。暂且忍了吧，也许等到我们的下一代，或者下下一代，再建筑大厦的时候，才可以不必用劳工的身躯当脚手架，酿成灾祸才会有地方申诉。”

有几位资深记者相继发言，赞同主编的话，有人还列举了四年前发生在北四川路祥经丝织厂的火灾事件。这起惨祸，活活烧死了八十多名女工，烧伤数十人，死伤者中间有许多是未成年的童工。毕竟是火灾，纸包不住火，一时舆论大哗。最后，当老板的只不过给死伤者多付了一点抚恤费，照样逍遥法外，而老板收获的保险赔偿金，却高出实际损失的九倍之多。八十多条鲜活的女工性命，反倒换来了老板的招财进宝。这就是资本价值与劳工命运的抗衡结局！

会场上鸦雀无声，只听得几位女同事在唏嘘。

当天下班的路上，季炎如感到胸闷腿软，他频频责骂自己，枉为七尺男儿，不能为改变社会不公做出一点点像样的事情来。思来想去，别无所能，只有一枝笔，还得靠这枝秃笔来写点什么，从而拯救自己孱弱的灵魂。

写点什么呢？不能写新闻，不能写社论，只能以个人身份写写署名小文章。他决定写一篇杂文，题目就取《大上海高楼下》，在用虚笔带过频发的人为灾难后，宣泄一点悲愤，结尾已经想好："'劳作神圣为世界不可磨灭之公理。'这是梁启超先生的名言。安得广厦千万间，但愿有福之人在夜深人静之际，侧耳听听，身处巍巍广厦的地基中，是不是有劳工的冤魂在呻吟？"

连续几个昼夜，季炎如正是在为这篇杂文绞脑汁。面对惨祸，写实既不敢，虚写又乏力，下笔难，弄得他心绪烦躁，很有点儿"吟妥一个字，捻断数茎须"的艰涩感觉。

夏惠子体惜丈夫，照例半夜给他送来夜宵，一边感叹说："啊呀！炎如君也真是可怜唷！写文章为啥这么难？比女人生孩子还难！"

季炎如心不在焉地应付："女人生孩子也有顺产和难道之分，写文章也一样，你没见我正在难产吗？"

"既然写文章这么难，就干脆别写了。"夏惠子又说，"还不如凭炎如君的书法功夫去卖字，我还能帮着到日本去推销哩……"

没等夏惠子说完，季炎如就挥挥手说："去，去，别烦我！"

夏惠子猜得到老夫子有心事，便默默地退出了书房。当时她并不知道，丈夫绞尽脑汁苦思冥想所写的文章，正是为了替不幸死伤的七十多名建筑工人表达一点哀痛之情。季炎如所以没有及时把真相告诉妻子，是不愿意把自己的哀痛传染给一个善良的基督徒。

《大上海高楼下》见报后的第五天，季炎如刚上班，见同仁们正聚首在一起议论着什么，等他坐下，有位编辑就将手中一份新出版的《申报》送到他面前，又用指头点了点一条塞在报屁股上的简讯。简讯报道说：昨日有一名壮年男子，在外滩骤然扑进行驶中的有轨电车下，当场死亡。该男子身份不明，带有旧伤，头缠纱布，一手吊着绷带，据警察估称系外地劳工，因生路无着而自寻短见云云。

一条百来字的简讯，季炎如反复读了几遍，然后点着一支香烟慢慢地吸，好半天没有说一句话。

第十章
祸起萧墙

啪的一声，清脆，响亮，不但震动厅堂，而且震动了众人的心房。

这一记耳光打得不同寻常，是胞妹打胞兄的耳光，是当着一家老少三代人的面，大模大样打的耳光。

彭永芳打完彭永骝的耳光，全家人都惊呆了。她的生母傅灵芝怕事情闹大，想拉她进里屋避风头，她一扭身子甩开生母，直挺挺地屹立在原地，凛凛然一副壮士慷慨就义的气派。

彭永骝也是活该挨小妹的打！

晌午，彭永骝的儿子彭盛庭领着一对双胞胎妹妹，兴冲冲地从大路边奔回家来，一路喊叫："阿爹回来啦！阿爹坐浪浪轿回家来啦！"

阿爹回来了，值得孩子们如此快乐，证明这位阿爹平常难得回家。孩子们说的浪浪轿，是葫芦乡一带常见的便轿，用两根竹竿绑住一张竹制躺椅，抬轿人借着竹竿的弹性和步履的节奏，把躺椅颠得悠悠荡荡，乘轿人舒服，抬轿人也省力，就像浪中行舟一般，蛮有竹乡风味的。彭永骝就这样浪浪着回到了家门口。

当两名轿夫将彭永骝搀下便轿的时候，家人才发现他喝醉了酒，头重脚轻，摇摇晃晃，一脸通红，满嘴酒气。黄阿莲头一个上前扶他进门。彭永芳从上海回乡后，还没有见过二哥，也亲热地跟上去搭一把手，免得他摔跟斗。

阿骝的心情不坏，笑着，双眼贼溜溜地往阿芳身上打量不停。阿芳出门的时候穿的是棉袄，此时换上了单衣，显出了苗条身材。阿骝说："二哥我可是专程回家来看望小妹的呵！一月不见如隔三秋，小妹好像又长大了，哦，长成个熟桃子了。当心呵，桃子熟过头是要烂掉的呵！"

光瞎咧咧倒也罢了，醉鬼阿哥趁着小妹贴紧身子架住他的机会，竟然伸出一手，捏住了她一只丰盈的乳房。阿芳岂是个好惹的主儿！这个出名的假小子毕竟是个真姑娘，她既有保护处子尊严的本能，又有着勇于保护自己的男儿烈性。她当即掰开阿骝的淫爪，跳开身子，大喝一声"站住！"怒目金刚般地抡起右臂，于是就有了这啪的一声，让人惊心动魄。

彭谨祥见到这个当民防队长的儿子眼露凶光，右手下意识地去摸腰间的枪盒，深怕他酒后失手闯下大祸，急忙上前按住他的手，缴下了系着红绸的驳壳枪。

谁对谁错，事实本是清楚的，有目共睹。如果大家都就事论事，一记耳光原本也没有什么大不了，问题在于当长辈的视角不同，说法各异，麻烦也就来了。

首先是祖父彭荣灿把事情看得太严重，他老人家捶胸顿足发浩叹："败了！败了！门风败净了！黄鼠狼下耗子一茬不如一茬了！"

其次是祖母彭汪氏把事情看得太轻巧，她老人家手捻佛珠嘀咕："四世同堂的一大家子，哪有不磕磕碰碰的，牙齿还会咬舌头哩！好啦好啦，都不要计较啦！"

父亲彭谨祥受到的心理震荡最为剧烈。这一记耳光就像打在他的腮帮上，满脸发烧，胸闷气短，仿佛是对身为父亲而教子无方的惩罚。他心中自责，嘴里痛骂儿子是畜牲，又训斥女儿不该如此凶悍当场打兄长，努力表现出自己不忘维护家风的责任。

大夫人陈银凤历来相信"家和万事兴"的道理，好言好语劝两边："阿芳你就原谅二哥喝醉了酒神志不清，莫要生气了。阿骝你让玛瑙烧酒灌昏了头，快快洗把脸睡觉去，醒来再给小妹赔个礼。"

张小珠挨丈夫打时恨丈夫，见到丈夫挨别人打时自然帮丈夫。她死死拽住阿骝不许他退出战场，她有气要出，为丈夫出气。

"啊唷！小妹打兄长，听下来倒像是有理了！"张小珠尖着嗓门吼叫起来，就像平地起风暴，"阿骝知道阿爹和小妹从上海回来，是特地从镇上赶来看望的，小妹不领情倒也罢了，还打人！不看僧面看佛面，两代长辈都活着，要管教也轮不着你这个还没出阁的小姑来管教。嫁不出去的货！"

"嫁不嫁得出去是我的事。"彭永芳毫不示弱，对着嚷，"这是我的家，你管得着啊？我的阿哥这样下作，你这个当老婆的不觉得丢脸吗？"

最后的这一个问号，简直像一把钩刀，扎住了张小珠的命门。她顿时发疯似的一把捉牢儿子，无缘无故地伸手也是一个耳光，一边还哀嚎了起来："小棺材你看见没有？你阿爹当众挨女人的耳光，你这个当儿子的不敢哭也不敢喊，长大了还会有出息吗？嗯?!"

彭盛庭没来由的挨了母亲一巴掌，双手捂着小脸庞低声哭了起来。他的一对剪一样发式穿一样花衣的双胞胎妹妹，吓得蹲到屋角里，一同放声大哭，全身抽搐，活像给大风吹落在地的两片花瓣。

“啊唷！上海滩兜了一圈回来，算你闯过大码头了，越发神气了！”快嘴如刀的张小珠还不肯罢休，朝彭永芳翻着白眼，“要想逞能，身上还少点东西吧！半雌不雄的，休想当得了好佬！”

听到“半雌不雄”四个字，彭永芳全身一抖，也像中了暗器。她心中明白，背后常有人在刻薄她，说她是阴阳人，是怪胎。她平时不太在意，今天听到自己的家人也用这样的话来捅她心窝，不免伤心起来。此时，她身穿青灰色的立领男式学生上装，黑色西裤，平跟黑皮鞋，腰肢挺拔，像一棵独立不倚的小杉树，本来还为这样的俊俏模样感到自豪哩，没料到自己的嫂嫂也看不入眼。想到这里，泪水也就禁不住模糊了视线。她仰起脸，有意不让泪水溢出眼眶。

轻易不落泪的假小子闪起了泪光，便是争吵将会升级的预兆。彭谨祥立刻向身边的大夫人使了个眼色，陈银凤心领神会，迅速和傅灵芝黄阿莲一道，连哄带扯地把阿骝夫妇与阿芳分别推搡进了各自的房间。

隔离了直接当事人，长辈们的忧思还在汹涌。

彭荣灿说：“世风日下，人心不古。原想读书明理，岂料读过书的后代，连仁爱孝悌都丢光了。祸起萧墙啊！”

“读书读书，有啥好处？”彭汪氏说，“当年的事还在眼前哩！淑祥要不是读了私塾识得几个字，也不至于跟着老公去做革命党，落个不得好死！阿骢阿骏读了书，远走高飞了，不要家乡不要祖宗了。女子无才便是德。阿芬要是不让她读书，怎会独自离家出走，一去不回头。阿芳读了书自认有才，也成一团难揉的面，谁晓得能捏出个啥样糕果来？阿燕生这个病，也是读了书不肯认命的缘故！”

听到这里，彭谨祥觉得无话可说，只是连连叹气。

彭荣灿说：“没料想一到民国，一讲民主就弄得没大没小，家法也废了，非出孽障不可了。”

陈银凤婉劝公公婆婆：“老话讲得有理，‘不痴不聋，不作家翁。’如今的小辈想法多，脾气犟，当长辈的也只好放低身架，装作不在意。”

“眼皮底下的事情能不在意吗？”彭汪氏气犹未平，“阿芳那个不男不女的模样，我看是得改改了，省得让人家指指戳戳讲闲话。再这样下去，一生一世还有哪个男人敢娶她当老婆？”

彭永芳擦干眼泪，躺在自己床上生闷气。

她望着床边桌子上的一个相框出起神来。相框里嵌着她仅有的十几张照片，全是她离开家乡读师范和当教师后拍摄的。使她本人也感到有点奇怪的是，这些照片中的彭家小姐，大多不是小姐装束，而是英气勃勃的男生模样。

记得小时候，天螺湾和杏源畈两村经常打人阵，孩子们最爱听的故事就是械斗中的好佬故事，最爱做的游戏总离不开打打杀杀。自从阿芳稍稍懂事以后，跟呆子大哥没法一起玩，姐姐阿芬知道自己原来的身份是童养媳，不敢贪玩，除了用功读书便是埋头干活。阿芳成天就在阿骝阿骢阿骏三个哥哥身边转悠，心甘情愿当他们的跟屁虫，无论是捉知了、斗高跷、做唧筒水枪射人、用弹弓打鸟、用毛竹弓箭比武艺，样样都有她的份儿，总觉着同男孩子凑堆嬉戏特别爽快特别过瘾，从来不喜欢同女小囡一道踢毽子挑绷绷玩这种小家子游戏。平时穿的衣裳，也多半是几个哥哥长大后穿不下了的男孩衣裳。日子久了，阿芳觉得自己就是一个堂堂真男儿。

成年以后，情况渐渐地起了变化。尽管阿芳依旧可以和男同学男同事快乐相处，可是一遇上感情问题，她就退避三舍，格格不入。从她进入高小到师范毕业的整整五年时间里，刘世璋一直是她的同学，后来又一起在杭州教书，刘世璋曾经多次向她表露过爱慕，她却始终没有过共鸣。有一天黄昏，刘世璋约她在风光旖旎的西子湖畔幽会，她去倒是去了，岂料当刘世璋忍不住要同她拥抱接吻的时候，她冷不丁地狠狠推了一把，刘世璋猝不及防，摔了个仰天大跟斗，一骨碌滚进了西子湖。西子湖里正开满荷花，荷花出污泥而不染，而刘世璋却陷进了污泥，等他挣扎着攀上岸边，就成了一条大泥鳅。事后阿芳与同宿舍的女同事谈起这件事，她说并不是嫌阿璋人不好，也讲不清当时到底是怎么想的，只感觉到一个大男人突然间粘乎上来，浑身都起了鸡皮疙瘩，不由自主地就来了个“防卫反击”。事后，阿芳心中也觉得过意不去，特地向刘世璋真诚道歉。刘世璋嘴上虽说没啥没啥，心中肯定悟到了什么。这一个跟斗，便铸定了两人的关系，此后再也没有越雷池一步，永远失去了从朋友转化成情侣的可能。

为终身大事，父母多少次问阿芳，你自己有啥打算？阿芳说没啥打算，反正不想结婚。好些年来，曾经有不少男家托媒上门，还有预约相亲的，阿芳统统拒不接触。在女孩子到了十四五岁就该谈婚论嫁的时风下，眼看着二十岁出了头，别人就把阿芳看成老姑娘了，可她还是依然故我。彭汪氏专程到葫芦镇观音庙去为她求过灵签，释签的尼姑云天雾地的说了一大堆废话，只记住了其中的一句丧气话："婚姻成败皆天定，强求恐会丧性命。"吓得老太婆频频向丈夫和儿子媳妇发出警告，再莫管阿芳的事了，认命算了。

说是说认命，长辈们始终巴望着阿芳早日能有美满姻缘，也好给长辈们除去一块心病。

彭永芳并不感到自己有啥不正常，不想结婚就是不想结婚，不曾料到的只是，闲话竟从外界逼进了家门，窃窃私语变成了公开辱骂。她不由得怀念起了少年光景，那该多么快活啊！兄弟姐妹年岁相差不多，凑在一堆总有满地的开心果好拣。记得那一年清明节，全家人一同出门扫墓，阿芳和哥哥姐姐一路走一路打打闹闹，和大人们拉开了距离。暖暖的熏风夹带着甜甜的花香，一群群的粉蝶放肆地扑面乱撞，几个少男少女，嬉戏在镶满野花的山麓小径上，就像春日放飞的小鸟儿一样，无忧无虑无拘无束。

阿芳在路坡拗了一朵金樱子花，插到阿芬的头发上，连连赞赏说："姐姐真漂亮！"

阿骢在路旁田里采了一朵紫云英花，也插到阿芬的头发上，顺手又拔下金樱子花，插到阿芳的头发上，一边说："紫云英花虽然不惹眼，可素气，最适合阿芬戴；金樱子花又白又香却带刺，结出果子更像狼牙棒，还是给阿芳戴吧！"

"我就喜欢紫云英！"阿芬说，"它实在，能当菜，能饲猪，还能沤了肥田。"

"阿芬啊，你当我妹妹不如当我嫂嫂哩！"阿骝有意撩拨阿芬，"当了嫂嫂身份涨一档，天冷睡觉有汤婆子给你焐脚，多舒服！"

阿骅呵呵笑着说："汤婆子好！汤婆子好！"

阿骝又朝阿芬挤眉弄眼："大哥都甘愿给你做汤婆子，你还不愿意啊？"

阿芬气得流泪，阿芳就抱打不平，在麦地里掐了一个遭虫害的小麦枯穗，假装弯腰扣鞋襻，偷偷地将麦穗塞进阿骝的裤管里。随着身子的活动，在内裤和外裤夹层中的麦穗依靠芒刺的反向作用，慢慢地往上爬，一直爬到大腿根，爬得阿骝毛骨悚然，探手一摸就大喊起来："啊呀！蜈蚣，蜈蚣钻进我裤裆了！"

他一边喊一边拼命地蹦跳跺脚。阿骢和阿骏在旁乱出馊主意："快脱裤子啊，蜈蚣有毒，咬坏卵泡要断子绝孙的啊！"

阿骝果真来不及地当众脱下了裤子，仔细一看，才发现不过是个枯麦穗，大骂："谁这样促狭？断命鬼不得好报！"

一个小小的恶作剧，惹得众人大大地乐了一番，差点儿笑断肚肠筋。

阿骏最先止住狂笑，他料定这是阿芳的杰作，便像个预言家似的说了一句很有见地的话："小妹长大怕是嫁不出去的哩！"

大家听了，七嘴八舌地议论阿芳长大后嫁不嫁得出去的前景，还是乐个不停。

少年光景留不住，人长大总会有烦恼，人到老了烦恼更会越来越多。彭永芳想想父亲眼下的处境，觉得自己的一点点烦恼算不了啥，心里也就冷静了下来。

彭谨祥回家后的第一要务，是向父母和妻子报告为阿燕治病和寻找阿芬下落的事。讲到阿芳求职，便一语带过，只说上海失业的人很多，一时找不到合适的工作；至于考察投资上海办实业的事，自己本来就缺乏信心，觉得季炎如和阿骏阿芳都有这个想法，不说不好，可是吞吞吐吐刚提个头，向来主张"敬天法祖"的老太爷果然吹胡子瞪眼睛了，引经据典地训斥说："'仁者乐山，智者乐水'，胸中自有青山在，何必随人看桃花。龙升天，蛇钻地，啥样的命都是前世生定了的。人能嚼得菜根，则百事可做，用不着异想天开。跳蚤跳来跳去吃饱肚子，虱子爬来爬去也吃饱肚子，何苦瞎蹦达呢？"

讨了个没趣，当孝顺儿子的彭谨祥也就不再说什么了。

禀报完毕，彭汪氏对儿子说："阿芬的事牵扯不到别人，我们可以耐心等消息，实在找不到也怪她自作孽。阿燕久留上海总归不好，多留一天多一分是非，既然三两天内回不来，你和银凤是不是赶紧去见一见亲家，把事情讲讲清爽。闲话已经太多了，常言道：舌头底下压得死人呵！"

"此事非同小可，关系着两村和睦能否长久的大义。"彭荣灿也强调说。

当天晚上，彭谨祥和陈银凤夫妇就去了杏源畈，郑重其事地拜访刘家梁和姚素娟夫妇。

刘家梁一副泰然自若的架势，明显有着模仿"君子坦荡荡"的味道，当场表白说："府上是葫芦乡有名的书香门第，有些胡言乱语，我们不会信以为真的。"

姚素娟却把陈银凤拉进内室说悄悄话，她的脑子里果真大有疑虑，无遮无拦地说："当初还以为冲喜能够冲好阿骅的病，哪里会料到冲喜反倒把没病的刘青燕冲成了病人！可怜见的阿燕啊！”

陈银凤确实有着深深的同感，长长地叹了一口气。

“唉！”姚素娟也跟着叹气，“相亲的那一回，阿燕隔着竹帘一眼就相中了阿骏，赶庙会的时候又照过面。要是长久呆在灯红酒绿的上海，他们两个真正相好起来也难说的。如今讲民主自由，年轻人怕不好管束呵！”

“等到阿燕的病情一旦稳住了，我们就让她立马还乡。”陈银凤点头说：“万一阿燕跟阿骏真的对上了眼，就怕公婆的话也没有效验啊！还得有劳亲家多多上心才好，要是真的出了败坏门风的事情，两家祖宗的在天之灵都不会答应的。”

“是这个理，我和阿燕她爹会上心的。”姚素娟满口答应，“恰好近来她二哥阿璋跟着姨父常跑上海，使得上劲的，有啥消息，我们会随时通报，一同商量着办就是。”

回家的路上，陈银凤战战兢兢地向丈夫照实转达了姚素娟的话，彭谨祥的腿骨就有些发软，脚下绊到一块小石头，却打了一个大趔趄，灯笼中的蜡烛歪倒了，呼的一下烧着了油纸灯笼壳……

彭谨祥的脑袋里，还从来没有像现在这样装进过无数的忧患。他觉得自己成了一个末代君王，不管怎么殚思极虑，也无法厘正面临的诸多急务。

内外交困。春蚕饲养的势头不好，丰收已经无望；春花作物要料理，瓜菜豆薯要下种，还要采茶晒竹笋照料禽畜，水田备耕尤其时不待人。长工瓦土忠心耿耿日夜不停的狠做，已经累出了病，彭汪氏私下给了他两块大洋撮药买补品，特许他回家调养去了。大忙时节零工难雇，要价高，除了翻土犁田挑粪沤肥一类的重活累活雇短工以外，采桑育秧看水这些轻便一些的活计，当家人彭谨祥只得带上做得动的女眷女佣一齐上阵，以至年过八十的老太爷彭荣灿都不听劝说荷锄下了地，可见总动员的水平非同一般。

对当家人彭谨祥来说，最苦的还不在于筋骨苦，而在于心里苦。阿芬阿燕的事不说了，阿芳一回家又跟二哥二嫂吵架，闹得鸡犬不宁。除了家里的烦恼，更有村里的烦恼。特别是两村和亲以来，在村仇中跑反的人丁回来了，房屋呀，耕地呀，农具呀，当初无论是租的借的占的，都出现新的纠纷。当事人按照习惯，不愿找乡村的行政头目，非得找堂宗调解。老族长彭荣灿退位了，自然该由彭谨祥这个新族长临朝断事。办这号事就像湿手沾上干面粉，甩都甩不掉。更加为难的是，青黄不接之际，有的人家不得已吃上了青苗，有的人家在靠摘野菜挖蕨根过日子了。这些苦命人个个都是族亲，他们一趟趟登门求助，堂宗虽然有点积粮，那是用来祭祀祖宗的礼谷和奖励子孙读书的贤产，按规矩不可乱动的，即使开仓赈济，也是杯水车薪。自家好歹还有点余粮余钱，那也动不得，香樟大院里那么多人也要活命的。

彭谨祥生平头一回感受到当家的艰难。让他担任天螺湾族长，纯粹是赶鸭子上架。一年多前，大耄之年的老族长彭荣灿生病卧床，急吼吼地要让贤。让贤让给谁好呢？堂宗代表们一哇声说就由谨祥来继任吧。彭荣灿开头硬不同意，说谨祥是个软蛋，忠厚有余，刚气不足，打起人阵来，担不起统领大任，要坏事的。耆宿们都以为荣灿老人有意举贤避亲，受了感动，益发来劲了，都说自从“丙辰凶灾”以来，彭刘两族都大伤元气，脑子也清醒多了，都不想再动干戈了；而谨祥读书识礼，心地和善，在平常岁月里当族长最合适不过，非他莫属！好说歹说，彭荣灿才点了头。事后，老人还是心存疑虑。一次村里有三兄弟为分家争房产大打出手，告到堂宗，彭谨祥这个新任族长优柔寡断，久久拿不出主意来，等到气急败坏的老三要点火烧房的关键时刻，还是靠老族长出面发话才了结纠纷。为这事，彭荣灿十分恼火，当面哼了一下鼻子，训责儿子说：“你真是个窝囊废，怎么老实得跟瓦土一样啊？”

瓦土是荣灿家的世袭长工，父亲彭石柱死后，他依然留下接着干，死心塌地效忠于东家，是个算盘珠式的老实人。一个少东家怎么会跟手下的佣人相像呢？他感到受了父亲的羞辱，又不便作色，只好闷声憋气，一心只盼有个适当的机会，早些辞掉吃力不讨好的族长差使。

第十一章

不速之客与神秘贵宾

没有喜鹊报喜，季炎如家迎来了一位素昧平生的不速之客。他就是刘青燕的姨父赵中义。

赵中义是由刘青燕的二哥刘世璋陪同来访的。前几天刘世璋登门看望阿燕的时候，就提起过这位当副县长的姨父。赵中义身为地方父母官，能够念着一个并无血缘关系的过房外侄女，关心她的病况，百忙中拨冗前来探视，季炎如倒也觉得是一份难能可贵的情意，于是热诚接待，还特意向赵中义引见了自己的东洋太太。赵中义欠身赞美说："季太太这么年轻漂亮啊！幸会，幸会。"

见到阿燕康复得好，赵中义十分高兴，频频感谢季炎如夫妇的悉心照料。

"实不相瞒……"赵中义慢条斯理说，"我对阿燕的健康所以牵肠挂肚，不光因为我是她的姨父，我还是她和彭永骅的证婚人哩，也就忘不了心中的一份祝福。这份祝福不仅仅关系着两人两家，还关系着相邻的两个村庄能不能世代和睦的大事唷！"

"为了结束杏源畈和天螺湾刘彭两族人的世仇，姨父可没有少费精力！"刘世璋热情地插话说。

季炎如深深理解葫芦乡人的恩怨沿革，便由衷地赞颂起赵中义的功德来，他说："中国人好内斗，闭塞的山乡也不例外。这一页血泪斑斑的悲惨历史，本来早就该翻过去了，奈何积重难返，有幸借重赵先生的手，为乡民们实现了这个世代夙愿。常说为官一任，造福一方。赵先生对得起头上的这顶乌纱了。"

"惭愧，惭愧啊！"赵中义说，"故乡地处浙东丘陵带，耕地太少，世有'七山一水二分田'之说，而人口却在不断增加。如何才能让乡亲们快快富裕起来，实在是一个大大的难题啊！"

"赵先生有这一番造福桑梓的真诚心愿，也足以让乡亲们感到宽慰了。"季炎如说，"可惜我辈书生，空有一腔豪情，手无缚鸡之力，谈到如何改善民生的实际问题，真是没有置喙的余地。"

"实不相瞒呵！"赵中义谦恭地笑了起来，"敝人来到府上，除了探望阿燕，还有一项重要使命，便是代表家乡父老，来向季先生求助的！”

“求助？”季炎如有一点受宠若惊的茫然，“我能助你们什么？”

“季先生可求可助之处委实太多了。”赵中义满脸都是高山仰止的神情，他解释说：“我找过同乡会，找过市参事会，都有人向我推崇季先生。季先生是耿介拔俗潇洒出尘的名士，腹笥充盈，学养丰赡，巨笔屠龙手，讲话有份量；您主办的报纸，乐于为民请命；您作为舆论界的前辈，结识的要人又多。您只要愿意帮助，神通广大哩！实不相瞒，我这次来沪，还要考察浙东山区和上海之间物资交流的前景，力争尽快能把家乡的土特产运到上海来销售。有了资本，就能改变家乡的穷困面貌，国父孙中山先生的实业救国理想，至少在我们家乡，就可以一步步地实施起来了。”

名正言顺一席话，说得季炎如相当感动。谁说天下乌鸦一般黑，眼前的这位父母官，不就有着亲民兼清明的磊落胸怀吗？

“好啊！好啊！”季炎如当即拊掌说，“阿燕的公公谨祥老兄，就是我的恩人和金石之交，当年我落魄在杭州，靠摆写字摊为生，萍水相逢，谨祥兄就慷慨赠我一方祖传的玉石印料，为我带来转机，变卖以后到了上海另觅职业，才改变了我的命运。这小小的一方玉石，是一颗仁义之心啊，我终生都不会忘记。谨祥兄的善良也代表着你们故里的淳朴民风，令人感佩。我还到过葫芦乡，那里的风光真是美不胜收，水木清明，叫人流连忘返！如今平息了战乱村仇，正是乡亲们休养生息的好时光，只要我确有帮得上忙的地方，自然愿尽绵薄之力……”

说着说着，他突然一拍脑袋想起一件事，立刻叫来了太太说：“惠子，你赶快帮我把那份市政府的公文找来，就在写字桌上。”

等夏惠子一进书房，赵中义就问主人那是一份什么公文？季炎如说：“一周前，市政府派专差给我送来那份公文，是让我当大上海建设计划筹备委员会的高级顾问，尽管是个虚衔，不过，对上海建设发展的项目审批之类，多少还能说得上话的。”

赵中义一听到大上海建设计划，眼睛就炯炯放光，他说：“我今天算是找到真神了！实不相瞒，前些日子我到过杭州，大上海建设计划还刚刚开始酝酿，消息就已经传得沸沸扬扬了。谁都知道上海是中外观瞻所系的东方第一大都市，中国人有心要让华界跟租界别一别苗头，建设一片国人当家的新天地。浙江工商界都跃跃欲试，想捷足先登抢项目。可叹我们一个小小的县份，既无资金又缺人才，只好先来看看，能不能找点零头生意做做，如果借助开发大上海这个千载难逢的机会，能迈得出第一步就好。”

夏惠子从书房出来，一脸沮丧地对丈夫说：“那份公文是我给你拆封的，当时就叫你快快收好，你溜了一眼就随手丢到报纸堆上，根本不当一回事。前天你把大堆旧报纸扔在墙边催我卖掉，肯定是你把公文夹在里面，让我当废纸卖掉了。”

“也罢！”季炎如苦笑着说，“我这个人啊，命里注定终生布衣。其实我本来就不想接这个差使，既然把公文当废纸卖了，得其所哉！这回我想起这件公文，只是里面有着一份头面人物的名单，看看能不能替赵先生打个招呼。所幸，虽然丢了公文，几个头面人物的通讯处还是可以查到的。”

随后，季炎如告诉赵中义：“只要有适合你们做的事情，我帮你搭桥。不过资金问题你得自行解决，我毫无办法。”

“爽气！爽气！”赵中义大喜过望，“听说季先生府上在山东，梁山英雄的故乡呵，古来齐鲁仰豪风，果然！只要季先生为我们搭桥，搭了桥也就是搭了台，那就一定有戏可唱了！资金嘛，一旦有了项目，多少总可以凑起一些来的，请您放心！”

送走不速之客的第三天，一位盼望中的神秘贵宾又出现了，让季炎如和夏惠子夫妇感到非常惊讶。

松谷雄次郎自从上次意外来访以后，便销声匿迹，将近个把月没有音讯。今天又是一个意外，他亲自驾驶着一辆乌亮的福特牌小轿车，蓦然来到了季宅门口。

松谷雄次郎大步跨进客厅，鞠躬施礼后，就宣布了他的圣旨般的决定，说：“我跟报馆打过电话，一听说炎如大哥在家里，就匆匆赶来了。今天是周末，晚上我做东，请你们伉俪吃和餐。现在给惠子一个钟头的打扮时间，二位就得跟我走。”

“松谷君怎么搞突然袭击呢？”季炎如说。

夏惠子说了一通想念表叔欢迎表叔的客气话，也不无怨言：“表叔也真是的！预先不透一点风，为啥弄得像绑架一样啊？”

“是绑架，没有商量的余地。”松谷雄次郎笑着说，“我实在太忙，可是心里又憋着太多的话要说，恰好今天有空，再不找你们说说，胸膛都要爆炸了。”

其实夏惠子心中高兴得很，她也觉得有许多话想同久别了的表叔聊聊。

轿车来到南京路上的一家日式餐馆。一切都早有准备，身着和服的一名领班小姐看到松谷雄次郎，就含笑行礼，引着三人走进了一间预订的和室。

刚刚在铺席上坐下，就有妈妈桑领着两名艺妓来献歌。

“松谷君不是要好好儿聊聊的吗？”季炎如说，“请了这等年轻美貌的艺妓，你怎么还聊得动啊？”

松谷一笑，爽气地用日语吩咐艺妓们退下。夏惠子要求艺妓把三弦琴暂时留着，说：“呆会儿我给你们二位男子汉弹唱助兴。”

不管喜怒哀乐，美酒上桌总关情。松谷一举杯就吟起了李白名篇《将进酒》中的名句：“人生得意须尽欢，莫使金樽空对月。天生我材必有用，千金散尽还复来。”

季炎如还是老脾气，不爱扯顺风旗，他随口套用日本文学名著《我是猫》中的猫话打趣说：“咱家虽说是猫，却也经常思考问题。咱家喝醉了酒掉进水缸，淹死前才悟到一条真理：咱家死了，死后才得到太平，太平是非死得不到的。南无阿弥陀佛！”

松谷说：“炎如大哥离开日本这么多年了，想不到依旧喜爱夏目漱石的小说，足见大哥对日本国的感情至深至诚啊！”

“爱当所爱，恨当所恨，决非全爱和全恨。”季炎如坦言。

“那我们就多聊聊共同所爱的话题吧！”松谷说着，打开随身的文件包，取出一卷裱装好的书法条幅，展开在矮桌旁的榻榻米上，“还记得这幅墨宝吗？我不管到哪里，都是随身带着的。”

每当见到精彩的书法作品，夏惠子就会产生亲切感，甜蜜地联想起她的那袭沾着墨迹的连衫裙。连衫裙上那一块大雁展翅状的墨迹，是她初次向炎如君学习书法时意外产生的，在夏惠子的心目中，永远是神来之笔，永远是爱情腾飞的标志。

夏惠子小声惊呼：“啊呀！这不是炎如君告别日本时候写的吗？”

寿司和生鱼片的香味顿时失去了诱人的魅力，夏惠子离开餐桌，膝行着挪身到书法条幅边，沉浸到了远去已久的回忆中。

条幅书录的是梁启超《壮别》组诗中的一首。诗云：“丈夫有壮别，不作儿女颜。风尘孤剑在，湖海一身单。天下正多事，年华殊未阑。高楼一挥手，来去我何难。”

十多年了，这一幅书法的诞生经过依然历历在目。那年秋天，季炎如和夏惠子决定西渡回上海，松谷雄次郎依依不舍，邀请二人同游名胜地箱根，设宴于著名的环翠楼酒馆。季炎如谈起他所景仰的名士梁启超，说梁先生离开日本的时候，与日本好友柏原东亩也饯别于此，还即兴吟成《壮别》诗传扬四海。松谷说既然我们也来到了梁先生的壮别处，那就请炎如大哥书录梁先生的《壮别》诗，给小弟留作纪念吧！

夏惠子是《壮别》条幅诞生的见证人，也是季炎如和松谷雄次郎二人深厚友情的见证人。录写《壮别》诗的时候，夏惠子曾在一旁展纸磨墨，眼眶里噙着感动的泪水。记得当时松谷表叔还提议在分别前，按照中国古老的歃血拜盟方式，同季炎如结为刎颈之交。季炎如却说："免了吧，诚在谊自在，诚去谊自亡。一切形式都不具备永恒的价值，拜过天地祖宗的夫妻还要离异哩，何况朋友交情？但愿我们疏表而重实，守诚到底，让友谊长青！"

松谷点头认可。二人举杯明誓，表示要永远情同手足，至死不渝，就像早年阿倍仲麻吕与李白的友情那样纯真。松谷还动情地说："有一句日本谚语说得好：'花在凋谢之前最美丽，人在离别一刻最多情。'无论是情侣和好友的离别，都一样。"

酒逢知己千杯少。松谷比季炎如年轻四岁，谈起他和季炎如的友情历程，也像品呷醇醪一样回味无穷。他提起自己早年的一起婚姻纠葛，至今还感念着季炎如的友情和智慧。

松谷的婚姻并不顺利，直到快三十岁时才遇上一位使他动心的美女。不料美女另有一位男士日夜倾慕。两雄争雌明枪暗箭难分胜负，情敌便在报上写文章造谣中伤，毁坏松谷的名誉，还以"决斗"相威胁。松谷怒不可遏，有意对簿公堂，如果败诉就打算应战决斗。季炎如说："生命和生命并不等价，对手是个纨绔子弟，属于行尸走肉一类混世俗物，死不足惜；你是有为壮士，前程似锦，何必一般见识！"季炎如蔑视任何耗时耗钱耗精力的无谓争讼，更反对决斗，又劝松谷说："时代进入了二十世纪，再学大诗人普希金的样轻率决斗太迂腐了，大丈夫哪怕无妻，乐得洒脱一点嘛！我知道你非常喜欢《三国演义》这部小说，读过三遍都不厌，你何不学一学诸葛亮？魏国都督曹真大将军和诸葛亮作对，诸葛亮就写了一封气度非凡又措辞尖刻的信，把病中的曹真活活气死了。"

松谷接受季炎如的点拨，又请他捉刀代笔，拟了一封公开信，实际是一份爱情宣言书，明义达礼，气宇轩昂，既驳斥了诬蔑之词，又昭示了真爱之情，在报纸上一发表出来，果然扭转乾坤，赢得了芳心，很快喜结良缘，大获全胜。为这件事，让松谷对炎如大哥钦佩得五体投地。遗憾的只是他得意夺来的美女秀外而不慧中，嫌丈夫只顾男儿事业不顾美艳娇妻，婚后不到两年，便飘然逸去。这当然不关季炎如的事，松谷对好友的钦佩与感激仍旧如青山长存。

"表叔真是沉得住气呵！"夏惠子感叹，"既然说跟炎如君情同手足，可是这么多年来，自己的行踪为啥要对我们保密呢？"

"'沉默是金。'松谷君有意在履行日本谋略家的格言是吧？"季炎如问。

"不是存心要保密，也不是故意沉默。"松谷说，"实在是因为命运作祟，浪迹天涯，身不由己。"

"你也许不能想像惠子和我对你的思念之苦。"季炎如说，"那一年关东大地震，惠子的家和你的家都在灾区，听到消息以后，惠子都急得哭了。使她特别放心不下的，不是她的父亲和继母，而是你这位表叔。当时，我争着抢着作为中国红十字救护队的随行记者去东京，其中有个原因就是想去找你啊！"

说起悲痛往事，三人都沉默了。

一九二三年九月一日，这是一个黑色的日子，它将永远镌刻在日本的历史上！

当天中午，东京的居民们正是吃午饭的时候，突然从深深的地下传来一阵隆隆巨响，紧接着大地剧烈晃动，成批的房屋瞬间倒塌，烈火也随即升腾起来。这一天，气候干燥，炎日当空，在以木结构住房为主体的东京，顿时成了一片火海。可怕的传言不胫而走："富士山喷火了！""富士山崩塌了！"人们声声呼叫，争相逃命，又没处可逃，全市陷入了无法排解的混乱之中。事后才知道，东京并不是唯一受灾的地方，整个灾区覆盖了东京湾和相模湾的广大关东地区，同时遭灾的，除了东京和横滨两个大城市，还有镰仓、泽山、小田原、热海等许多中小城市。这是一次震级高达八点二级的罕见大地震，大地震又引发大海啸，山崩地裂，狂浪席卷相模湾沿岸，摧毁了所有港口设施和近岸房屋，沉没和打碎了八千多艘船舰。东京、横槟、横须贺等大小港口均告瘫痪，日本的京畿精华几乎化为乌有，全国二十分之一的财富成了灰烬和废墟。死亡人数达到十四万二千八百余人，负伤十万三千七百余人，共有三百四十多万人受灾。

季炎如抵达东京的时候，尽管最可怕的灾祸高峰已经过去，可是一望无边的废墟依然存在，死难者的遗体尚未清理完毕，空气中到处弥漫着呛鼻的尸臭，数不清的受伤者一时转运不出去，正拥挤在简陋的帐篷里，无法接受及时有效的治疗，眼看着一批又一批地在绝望中死去。无数灾民难以疏散，只得用临时搭建的寮棚蜷缩存身，等待着政府和慈善机构的救援。

在东京下町的一块空地上，季炎如久久地俯首默哀。这里原来有一个军用被服厂，厂前有一个开阔的广场。当大火蔓延的时候，附近的居民争先恐后地逃到这里来避难，谁知火势迅速逼近，四周烈焰冲天，整个军用被服厂全面爆燃，形成热气流，火舌猛扑氧气充足的开阔地，整片广场变成了一个硕大无比的烧烤平底锅，共计有三万三千多人同时被活活烧死，无一人幸免。

连日来，季炎如辗转打听自己在东京的日本朋友，有好几位已经蒙难，幸存者不顾自家在灾后的困顿，还为季炎如举办了一个朴素的茶话会，表示欢迎，使他感动不已。季炎如有心要找到当年与惠子定情时的旧址。街道是找到了，居屋却已荡然无存，那位曾经像亲人一般照料过他的房东欧巴桑，也不知下落。这位欧巴桑是个寡妇，把他当儿子看待，叫他“唐郎”；因为意识到“唐郎”决定移居别处是与惠子相爱的缘故，需要另筑爱巢，心中舍不得，分别的时候搂着他哭个不停，却又真诚为他俩祝福。这位善良的欧巴桑从人间蒸发了，连一点点痕迹都没有留下。

巡视灾区的时候，季炎如禁不住一路流泪。东京是他心中的第二故乡，这里，留下过他的屈辱和苦涩，也留下过他的幸运和甜蜜。为第二故乡的惊世浩劫，为日本民众遭遇的残酷惨祸，他痛彻心肺。

季炎如走过一根歪斜的电线杆，一位老人告诉他说：“前些日子，这根电线杆上曾经吊死过一个败类，这个不要脸的家伙趁火打劫，从死人身上搜罗钱财，人们捉住他，将非法得来的钱包怀表之类的东西，用绳子串起挂在脖子上，把他吊上电线杆的顶端示众，直到尸体腐烂，蛆虫一坨一坨往下掉，才把尸体解下来，连同不义之财一起埋掉。”季炎如理解大和民族的特有传统，他们相信宿命，既然认定天意不可违，就甘愿静受熬煎，能够处变不惊，团结求存，因此容不得对民族精神的可耻背叛，不惜采用极端的方法进行惩罚。

在惨不忍睹的大片废墟上，季炎如同时看到一种不屈不挠的豪气在激荡。灾民们镇定下来以后，立刻投入了修复家园的拼搏，不再流泪，不再哀叹，许多人带伤劳作，日以继夜。刚清理出的马路上，行人和车辆照样遵守交通规则，一切都显得有条不紊。

季炎如以“下笔千言，倚马可待”的激情，写出了一篇题为《东京废墟巡访》的灾区通讯，情不自禁地表达了对第二故乡的爱和痛，热情讴歌了大和民族面对灭顶天灾同舟共济的顽强精神。通讯中还发出了由衷的赞叹之声：大和民族的脊梁是钢铸的，大和魂魄令人钦佩！

文稿用电报发到上海后，迅速见诸于多家报纸。不料，他还没有来得及回味自己的成就感，心中便又蒙上了厚重的阴霾。

透过废墟，同时也飚升着大和民族的另一种精神，给季炎如带来的心理震颤，不亚于八级地震！

寻寻觅觅，踏过无数的瓦砾与焦土，季炎如终于找到了小林哲的家。东京有八成半的房屋已被地震所摧毁，而小林家只是局部损坏，依旧可以居住。这次登门造访岳父母，还是季炎如与惠子相识和结婚以来的头一次。小林哲和继室清子夫妇俩感到无比惊诧，却又真诚地接待了这位从未见过面的异国女婿。对于季炎如在患难中远涉重洋所带来的关切，两口子表示了衷心感激。他俩当初坚决反对女儿跟季炎如要好，眼下的表现无疑是对既成事实的一种承认。承认得这样爽快，不需要任何过渡和遁词，倒使季炎如觉得十分意外，并且深深地感动了。

季炎如对小林哲似乎并不陌生，因为在惠子的相册中经常见到；而清子给予他的印象却是真正的零起点。初一端详，就有点儿吃惊了。也许出于惠子对清子抱有解不开的怨恨，折射到季炎如脑子里的模样，便是想当然的一只黑天鹅，妖媚而轻佻。没有料到，面前的清子却是一脸的清秀，身材丰满匀称，在这样举国哀伤的时候，说话还带笑容，笑得又甜又自然，半点儿都没有坏女人的感觉。心想这样的女人在年轻的时候，难怪是会迷倒男人的。

望着清子，季炎如立刻想起了家中曾经有过的一只小白猫，差一点儿要笑出声来。

还是在回到上海定居的头一年，惠子养了一只雌性小白猫，说它像继母一样胖敦敦的，白得招人，特意借用继母的名字，叫它“阿清”，常常捉弄它叱骂它，借它泄愤。季炎如说：“改个名字吧，叫阿清不好。”惠子说：“有啥不好？我偏要叫它阿清，阿清，阿清，替我妈妈出气。”阿清倒很乖，一点儿也不记仇，惠子越是欺侮它，它还越跟惠子亲热，咪咪的叫着，绕着她的脚跟转得欢。渐渐地，惠子也就同它建立起了感情，给它洗澡，喂它好吃的，抱它摸它，当孩子养。不幸的是，阿清长大发情了，有一天出门找伴侣，被领居家的黄狗咬伤，治了好久不见效果，还是痛苦地死去了。惠子很悲伤，把它埋葬在小花园里的紫藤树下，还在上面铺了一块地砖，在地砖上凿了一个很可爱的猫脸图案作纪念。这件事对季炎如带来了启发，曾经认真地劝过惠子："阿狐，听我的话，给家里写封信吧，跟爸爸和清子继母讲和了好不好？"惠子却斩钉截铁地说："不，绝不，否则我就对不起亲妈妈！"季炎如毫无办法，只得笑笑说："大和女子怎么连小和的胸襟也没有啊，真小气！"

季炎如因为新闻采访极其繁忙，时间有限，同小林哲和清子贸然相见，不免有些尴尬，也就没有多谈。寒暄过后，冒用惠子的名义，向她父亲和继母表达了一番礼节性的慰问之意，便离座告辞，说是要去探望松谷雄次郎的家。

"惠子真的问候过我吗？"清子是个毫不拘谨的女人，坦率地问，"不会是您炎如先生故意哄我吧？"

"真的，真的，在大灾大难面前，惠子还能无动于衷吗？"季炎如只好假话说到底。说罢就逃避似的转身出门，推说非得抓紧时间拜访松谷家。

清子一边送客一边又说："松谷家也是前世修得好啊，周围几条街都差不多烧光了，他们的住宅区倒安然无恙；不幸的只是姑父……哦，就是雄次郎他爹，死了，不是给地震震死的，是地震以后自杀的……"

小林哲见季炎如一脸吃惊的样子，忙使眼色要清子住嘴，就对季炎如说："让我陪你去吧，没有车，得走着去，要花点时间，详情在路上告诉你，顺便我还想听你再讲讲惠子。我经常给德山君写信探听惠子的情况，德山君是个大忙人，每次回信总是语焉不详。我们想念惠子啊！"

在路上，小林哲卖关子，先不讲姑父老松谷的事，逼季炎如讲惠子，问惠子的身体可好？还在记爸爸的恨吗？想念不想念故乡？当上妈妈了没有？等等。季炎如为了不使他伤心，只得净拣好听的讲。谈起松谷雄次郎，小林哲摇头说："雄次郎和家里人关系不好，有很多年不来往了，他不是长子，也不巴望继承家产，连父母都闹不清楚他的行踪。我向他的一位朋友打听过，这位朋友告诉我说雄次郎大半时间在国外，在做大事，保密的，不要再打听了。在国外倒也有幸，至少逃过了这次地震，连惊吓都没有摊上。"

谈过惠子和松谷雄次郎，话题才转向姑父老松谷。老松谷为什么逃过大劫还要自杀，这对季炎如来说才是关注的焦点，可是小林哲对这个非常事件，却表现得异常的冷漠。他用讲故事般的平静口气，讲述了老松谷的死。

老松谷原是东京火警局下属一个消防分队的分队长，本来早该退休了，说是为了效忠天皇还要接着干，干到干不动为止。在大地震的当天下午，火势还没有普遍蔓延，他率领一队消防夫到一所小学救火。靠近学校，只见四层楼上的教室里，还有好几名学生被大火围困，在哭叫。这是一幢明显的危楼，墙体正在开裂崩落，当消防夫们束手无策之际，老松谷却下令冲进危楼。他见部下迟疑，便高喊一声“跟我上”，率先冲了进去。待全体消防人员一齐冲进楼门，危房就开始倾斜倒塌，老松谷当场被砖块砸断了右腿的胫骨，等两名消防夫好不容易把他救出险境，整座教学楼便在轰隆声中夷为一堆瓦砾，有九名消防夫与十多名待援的学生同归于尽。老松谷是武士出身，他为自己没有尽到责任而悔恨不已，觉得愧对天皇与祖辈，决意选择乃木希典上将的归宿，履行“忠君忘身，殉国忘家”的名训，没等他的伤势痊愈，就在家中切腹自杀了，自杀前还留下了血写的遗书。

小林哲还告诉季炎如说：姑父是用日本武士的标准方式切腹自杀的。姑母要与姑父一同自尽，姑父说你必须活着，你有责任监督子女继续效忠天皇，所以只让姑母作他切腹尽忠时的临场见证人。姑父用双手握一把极锋利的短刀，先从左到右横向剖开腹部，再从上到下垂直剖一刀，形成一个十字切口。因为内脏不在腹部，切腹自杀的人要在极度痛苦中熬过好几分钟甚至更长的时间才断气。本来嘛，想自杀的人都是为了爽快地结束痛苦，而日本武士偏偏要让世人知道，他们不但蔑视死亡，还蔑视痛苦，就要用这种最痛苦的死法来赎罪尽忠；所以姑父事前嘱咐姑母，如果他剖腹后长时间拖着不死，就把他的头颅割下，脸朝天皇所在方位摆在尸体旁。幸亏姑父切腹的刀口又深又长，血涌如泉，痉挛一阵后就停止了呼吸。当天，小林哲接到姑母的口信，赶去帮她收殓姑父的遗体。姑母向小林哲叙述了当时的惨烈情景，居然连眼泪都没有掉一滴。

小林哲劝过姑母：姑父的自杀固然坚毅决绝，但毕竟不同于乃木希典上将的死。乃木希典是在日清战争和日俄战争中立过赫赫大功的日本民族英雄，号称“军神”，只因为明治天皇病逝，才与他夫人一道切腹自杀，为天皇殉节，可歌可泣；而地震造成的灾害谁也抗拒不了，活着的人还有更艰苦的事情要做，姑父的死不但有点小题大做，还有点逃避责任的味道，不能算是一种明智的行为，这事就不要张扬了，悄悄送别就行了，遗书也不要拿出来，就保存在自己家中作个纪念吧！而姑母对他的劝告没有说一句话，看得出来她有自己的不同想法。

季炎如问那遗书上写了些什么？小林哲支吾说：“那些话我都觉得不该随便讲出口，很对不起！你就别问了。想不到这件事很快传扬了开来，上级官员和政府机关就把我姑父当作英雄来颂扬，还给他追授了旭日勋章，封为靖国英烈。因为天热遗体不能久留，在埋葬了遗体后还要在他家中设下灵堂，让亲友和社会各界代表前来凭吊致敬。”

小林哲又感叹说：“其实我也是日本人，我也爱我的祖国。但我总觉得爱祖国不能按照我姑父的那种方法来爱。”

两人来到了松谷家。季炎如感受到的，确是一片庄严肃穆的哀悼气氛。灵堂内，布置着遗像和挽联花圈，前来致哀祭奠的亲朋邻里和各界代表络绎不绝。季炎如在过去曾经见过松谷雄次郎的母亲，此时正端坐在祭坛一侧，被好几位官员和记者模样的人士包围拥簇，频频向她说着敬仰节哀一类的恭维话。灵堂门口，有一些青年学生在穿梭忙碌着，有的征集参加悼念者的签名，有的分发宣传资料。灵堂的东墙上，贴着一张白纸，抄录了一篇短文，季炎如一眼就看清了“血写的遗志”几个醒目标题字，胸中一颤，心想小林哲不敢启齿的话，不是已经抄写成大字文书公诸于众了吗？还有什么故弄玄虚的必要呢？季炎如瞥了一眼身旁的小林哲，见他一脸的无奈和愧色，他相信了，小林哲并不赞成这份遗书的观点。

遗书言简意明，字字铿锵，句句带着霸气和血腥味，道出了一个民族积蓄了多少代而非欲及早实现的耿耿宿愿。遗书中有这样的话：

> 日本，古来是一个地震之国。有着伟大武士道传统的神勇皇民所向无敌，只有地震不可敌。也许，日本列岛总有一天会沉入海底。大和民族的天神后裔们，快快奋发图强，雄飞大陆，到支那去，不惜淌血海登尸山，为子孙万代计，去开拓大和新家园吧！

这样的呼声其实并不新鲜，日本有许多政治家、军事家和其他各界名人都曾经反复叫喊过，而老松谷的“上陆”遗志与众不同的地方，是在于大地震过后用切腹呼吁的方式表达出来的，这对日本国民来说，就不能不具有特殊的感召力！

季炎如读毕老松谷的遗书抄本，脑子里嗡嗡轰鸣着，浑身的血液都要沸腾了。他已经无法自持，转身就迈出了松谷家的门槛，对谁都没有打声招呼。心中唯一的安慰是：好在松谷雄次郎同这个家庭早已失和，好在思想未必会跟随着血统一起代代相传。

随着采访的深入，还有更加不可思议和不堪忍受的事实，渐次展现到了季炎如的眼前。

正当关东大地震的惨讯传到华夏大地的时候，善良的炎黄子孙对大和民众的不幸遭遇深感同情，踊跃开展募捐赈灾活动。孙中山、冯玉祥等政界名人带头伸出援助之手，捐款赈灾；著名京剧艺术家梅兰芳组织义演，给日本灾民寄去饱含真情的赈灾捐款。佛教界迅速成立赈灾同济会，铸造梵钟，赈济善款，派出僧人代表团赴东京，在下町被服厂原址设灵堂举行追善仪式，慰藉遇难者的亡灵。可惜，中华民族的恻隐之心，并未得到大和邻邦的共同回应。受惠的民众固然心存感激，而执政者却急于利用灾祸来排除异类。当时在日本的华人，主要集中在东京和横滨，他们在地震中遭受了同样的不幸，仅横滨的中国街就完全被毁，死亡三千多人。岂料幸存的华人还没有来得及安定下来喘口气，一场比地震更可怕的杀戮，又降临到了他们头上。

地震过后，日本政府立即下令戒严，命军警、青年团和浪人组织维持秩序。这股势力中的骨干，都是由武士道精神熏陶出来的冷血之徒，都有着强烈的军国主义思想和排外情绪。他们先是以莫须有的“组织暴乱”等罪名，残害大批本国的革命分子，其中将社会主义者大杉荣与他的妻子以及七岁的外甥抓住后，当众活活勒死。随即又诬蔑外国人放火、投毒，把屠刀指向了朝鲜人和中国人。东京都江东区大岛八丁目是华工的一个聚居地，大灾后的第四天，有三百多名日本狂徒手持枪械拥到这里，逼迫全部华工交出财物，集中到空地上，格杀勿论，一次就屠杀华工二百多人，其中只有一个名叫董子莲的浙江人，因为头部受伤，又被割去右耳，满脸是血，暴徒以为他已经死去，才躲过大劫，天黑后从尸体堆中爬出，辗转避难，侥幸回到了祖国。其他灾区的华工同样遭到血腥摧残，有的被棍棒打死，有的被乱刀砍死，尸体抛入河中，或者倒上煤油焚烧，惨不忍睹。据后来的统计，被屠杀的朝鲜人达六千多，华人也达六百多。华工领袖王希天，为了救助受难同胞，正在调查华工被害案情的途中，被日本军人骗到东京亀户町中川河的逆井桥下，用利刀从后背斩劈致死，为了防止别人认尸，还把他的脸部剁烂。当时，这些狂徒争相效忠天皇，展开了“十人斩”、“百人斩”的杀人竞赛，争获由政府颁发的金鸡勋章。他们对于天灾的无奈，竟迁怒于外国侨民，毫无理智地寻求歇斯底里的宣泄。

当季炎如得知这些骇人事实后，惶恐之中又有所庆幸，觉得自己不虚此行了，在血与火中增长了见识。这个以菊花为徽标的大和民族，平时彬彬有礼堪称礼仪之邦，内里却以屠刀为魂，崇尚掠夺和杀戮。通过灾祸，季炎如既看到了日本鲜亮的正面，也真切地看到了日本血腥的背面……

季炎如的思绪越过往日的地震废墟，回到了现实的酒店中。

酒酣耳热，肺腑洞开，想说的话都可以直说了。季炎如追忆关东大地震，尽管事隔多年，依旧有一种梦魇初觉般的况味。他的感慨太多了，谈到灾民们对待惨祸的坚强，谈到老松谷的自戮，谈到暴徒们对本国持不同政见者和外国侨民的残酷屠杀，他百感交集，对自己的第二故乡既有钦佩，更有疑惑和憎恶。

松谷雄次郎也直抒己见，他说："大地震太惨烈了，震荡了所有灾民以至整个大和民族的心灵，暴露出一些绝望和狂躁行动在所难免；而更重要的是，大地震检验了大日本国民的非凡精神。到现在为止不足五年，重建中的东京已经恢复了元气，这是多么令世人为之赞叹的伟大业绩啊！"

季炎如说："日本的国民性与中国的国民性恰恰构成鲜明对照，大和魂魄在其正面意义上的价值，的确值得中国人深省和借鉴。看来日本人倒是继承了夸父追日的精神……"

提起夸父，松谷接茬说："是啊，很多日本人都是非常敬崇夸父的。"

"夸父追日的故事出自《山海经》，松谷君可知道还有另外一个版本？"

松谷凝神望着季炎如，"哦？什么样的版本？请大哥说来听听。"

季炎如沉思了一下，说："中国古代的夸父立志追赶太阳，越靠近太阳越口渴，喝干了黄河与渭河的水，继续朝东追，一直追到了日本，海水不能喝，就渴死了，丢下的手杖就变成了一棵巨大的扶桑神树。日本原来分为一百多个小国，有不同的国名，比如邪马台国、黑齿国、毛人国、虾夷国、小人国、倭国，等等，就因为夸父一生向往太阳，他把锲而不舍的精神也带到了日本，从此，这些东瀛小国渐渐统一，称作太阳之国——日本，民间也就有人将夸父拜为自己的祖灵了。"

夏惠子停止吃喝，抬起眼睛问："炎如君，真有这样的版本吗？"

"凭炎如大哥的嘴巴，什么样的版本编不出来？"松谷抿嘴一笑，又说："其实，日本人对天皇的忠诚和对自己民族的信念，的确有点像夸父追日一般坚定不移。关东大地震的考验就证明了这一点。"

"不过，夸父如果泉下有知，他是不会喜欢像你老爹那种人的。"季炎如呷了一口酒，摇头说。

说到老爹的死，当儿子的深沉地叹了一口气，随即露出由衷的敬仰神情，评论道："我父亲一向对我极其粗暴，为人处事又刻板固执，所以我对他历来没有好感。可是，他的死，终究为自己画了一个辉煌的句号，不愧为武士的典范。大家知道，武士精神的核心，就是'仇讨'和'切腹'两项，'仇讨'是杀人，'切腹'是自杀。杀人和自杀，都是为了效忠天皇。在日本，这样的精神，历来认为是道德之极致，人生之真谛，宇宙之大法，是最高人格的体现，可以与神同体，与佛同化，与天地长存。这样的品格，实在可以同巍巍富士山相媲美啊！"

果然是酒后吐真言。季炎如微微打了一个寒噤，不做声了。他回想起松谷雄次郎刚到上海的时候馈赠的两件礼品：一对精致的仿古龙凤倭刀，一本装帧华美的《大战争写真帖》，原本就起了疑心，此时，眼前突然似有闪电亮起，顿悟到了什么。士别三日，尚且要刮目相看，何况乎暌违十余载，昔日的"莫逆之交"，今日到底变成一个什么样的人了呢？能进能退，能弱能强，不动如山岳，难测如阴阳。这原是诸葛亮所称道的大将风度，不也是日本"忍者"所效法的精神境界吗？季炎如一下子感到，面前的松谷雄次郎变得完全陌生了。

松谷对季炎如却保持着固有的信任。他谈起季炎如当年从日本灾区最早发回上海的通讯稿《东京废墟巡访》，依然赞不绝口，说这样的精彩文章，若不是对大和民族有着真知灼见和深情厚谊的人，是断断写不出来的，所以文章发表后，被日本的通讯社迅速转播，在很长一段时间内，日本各地有许多报刊书籍相继选载，成了鼓舞日本民众抗灾自救的一股有力信风。

仿佛一拳头打在胸口上，使季炎如感到五内俱痛。

《东京废墟巡访》曾经是季炎如的一件得意力作，因为它是作者处在极度伤感中的一次深情喷涌，是作者对第二故乡和东瀛挚友的真诚礼赞。可是，正当这篇通讯发表以后，日本狂徒残杀朝鲜和中国侨民的消息也相继传到国内。待他一返回上海，也就听到了读者的声声责难。有一位他所尊敬的同行，原是早期留学日本的前辈，也是曾经鼎力提携过他的恩师，特地请他品茶，借机坦陈了自己的见解。

这位老报人也许胸中积压了太多的感慨，说得口若悬河滔滔不绝。他说："一九〇五年初，我正在东京。当时，日本军队攻下了中国的旅顺和奉天，大败俄国海陆军。这明明是两个强盗抢夺中国地盘的一场肮脏战争，双方军队和无辜的中国百姓死伤了几十万人。可是，胜利的捷报一传到东瀛，整个日本都变成了狂欢的海洋。早十年的甲午战争中，就连一向倡导'文明开化'的日本启蒙思想家福泽谕吉，也公开支持那一场侵华战争，主张'海、陆大举进入支那，直陷北京城’。甲午战争日本打败了清朝，不但割去台湾岛和辽东半岛，还敲榨战争赔款高达二万万两白银，等于当时日本几十年的财政收入。‘为国掠夺光荣’，竟然是大和民族的共同信条。我们都知道梁启超跟日本的交情可谓深矣，日本人两度救过他的命，他把日本也当作第二故乡，可是后来看透了日本人的阴险毒辣，说是把日本人比作猛虎贪狼也不过分，断定他日欲灭我中华者，必日本人无疑也，岂可不防！”

老报人说完自己的经历和梁启超的认识变化，话锋一转，便疾言厉色地斥责起季炎如来了，话语中挟风驭雷，一点情面都不留。他说：“你的文章从表面上看似乎没有什么大错，可是它超越了一般新闻作品的属性，成了一个中国文化人献给日本帝国的颂歌。我读着读着，就觉得你好像是在赞美一条受伤的狼，赞美这条狼如何在灾难中舐去伤口的鲜血，又不屈地站起来，好继续去咬人。当年倭寇十五次攻掠福建莆田，有七成人口惨遭屠杀，到处都是百人冢、千人冢、万人冢啊！不论这个民族多么勤劳和坚强，力主对外扩张几乎是上下一致的共同思想。任何社会的主流意识都是统治者的意识。大和大和，实际是只要内和不要外和，对待妨碍内和的本国异见分子，也必殊灭殆尽。炎如啊，你是不是忘记了八国联军和甲午战争的奇耻大辱？你是不是忘记了日本至今还强占着我们的台湾和辽东半岛？你是不是入鲍鱼之肆久而不闻其臭？”

一番不无偏颇的话，简直像一篇声讨檄文，让季炎如听得背若芒刺，浑身冒冷汗。同时，也引发了他的沉重反思。他后悔《东京废墟巡访》抒发了太多的非理性情绪。毕竟，个人的体验涵盖不了民族认知，局部的见闻替代不了总体事实。大和民族欠下了中华民族太多的血债和银债，严重伤害了中华民族的尊严和感情，这种刻骨铭心的伤痕，确实不是凭良好意愿能够弥合的。

季炎如懊恼万分。如果晚三天，当他接触到废墟背后还有着如此残忍无道的一面，《东京废墟巡访》这篇通讯就绝不会是这么个写法。这样的败笔，既不能撤消又不能更正，无奈之下，为了自赎，他随后使用西方通讯社编发的现成资料，撰写了一篇日本狂人残杀朝鲜和中国侨民的短评，刊出于报章，才算勉强恢复了心理平衡。从此，他萌发了一个要深入研究日本文化的心愿，想弄清日本文化中人性与兽性交杂融合的深层原因，以求能用逻辑的缜密性来驾驭情感的随意性，防止重犯不该犯下的盛年幼稚病。

回顾起报道关东大地震时的失误，季炎如有一种好似吞下一只死老鼠久久不能消化的感觉。而使他更为难受的是，他在哪里跌倒，松谷雄次郎却在哪里赞美他。他一时无法解脱心中的壅塞，只好沉默。

松谷雄次郎认定自己射出的箭矢已经命中鹄心，便进一步敞开胸怀直抒己见说："日本的明治维新，短短二十七年就使一个弱国变成强国，从而吸引了大批中国的有志之士到日本寻求救国之道。日本先后接受了几十万中国留学生，这里面有许多人成了你们民族的精英。连你们自己都承认，你们的新文坛，一半是由留学日本回来的文人创造的；你们眼下正在热心学习和研究的许多西方新学说新思想，也大多是通过日本介绍过来的。你们的国父孙中山一生十六次到日本，日本成了你们国民革命的根据地。这些事实，炎如大哥不能不承认吧？"

季炎如说："还有一个事实，想必松谷君也不能不承认：大多数到日本留学的中国知识分子，包括孙中山和梁启超在内，最后都认清了日本民族并不是以平等待我之民族，而是包藏祸心的民族。比较而言，我觉悟得太迟了，惭愧！"

"请炎如大哥不要这么说嘛！日本政府在明治三十一年起，就推行一项政策，给十万个日本家庭发放经济补贴，让他们好好照顾十万个在日本的中国留学生，使中国留学生学有所成。有播种，就会有收获。且不说别人，炎如大哥的事业毕竟是从日本开始的，又成了日本的姑爷，我想应当对日本有所回报了。"

"松谷君的意思，是想让我背叛自己的祖宗吧？"

"不，不能作这样简单化的理解。日本立志脱亚入欧，根本目的正是为了学习西方战胜西方，最终解救受白种民族奴役的亚洲黄种民族，走大东亚共荣之路。大和民族与中华民族同文同种，又同样有遭受西方列强侵略的屈辱历史，我们的最终目标是一致的。"

"原来松谷君潜心修炼这么多年，从一个刊物编辑修炼成一个政治家了，不简单啊！"

"我就坦白告诉大哥吧，小弟早已明白自己不是长子，按日本法律无权继承遗产，尤其需要厉行'命运自拓'的处世信条，走自强自立之路。自从与大哥分别的那一年起，我便加入了一个肩负光荣使命的政治组织，立志要效忠天皇，发扬大日本皇国的神武精神，排万里波涛，布国威于四方，开创八竑一宇之伟业，最终实现世界之大和。我这次来到上海，受本组织领袖托付，就要争取大哥的加盟合作，务请大哥在上海主持创办一份月刊。如果您觉得公开身份有所不便，可以保留现职，用秘密方式参加。"

季炎如打了一个酒嗝，感到喉头辣刺刺的，就像炽热的岩浆涌到了火山口，浑身发烫起来，脑子终于控制不住嘴巴了，脱口冒出了一句平时从不上嘴的家乡粗话："我原以为你跟你老子不是一路货色，想不到爷儿俩比鸡巴，一个鸟样！"

夏惠子像触电似的浑身一震，敏感到她成年以来最可信任的两个男人有了巨大的间隙，暴露了敌对的迹象，她的心感到撕裂般的剧痛，傻愣着，一时不知道该怎么办才好。

松谷放下筷子，不说话了，气沉丹田，静如一颗上膛的炮弹。而季炎如却胀红了脸，憋足了劲，像一个随时会爆炸的地雷。

火药味替代了酒菜香。窒息般的冷寂，逼着一直充当旁听生的夏惠子有所表现了。她历来不问政治，也不懂政治，却看重人情，便默默地操起三弦琴，唱起了日本民歌《樱花谣》。正是美丽的樱花，不仅使她与炎如君缔结姻缘，也见证了松谷表叔与炎如君的友情。她存心要用樱花的故事来唤回温馨的昨天，继续和谐的明天。

也许是动人的旋律发生了催化效应，炮弹没有出膛，地雷也没有爆炸。其实，夏惠子的担心是多余的，松谷具有忍者的涵养，更没有喝醉。他历来有着很好的酒量和酒风，轻易不会醉，即使喝醉了，思维也能保持清晰。同时，惠子也了解丈夫的脾气，嘴巴放言无忌，胸怀还是宽阔的，虽然谈不上宰相肚子好撑船，不管跟任何人争吵几个回合，不会随便翻脸。

少顷，松谷雄次郎面向季炎如擎起了酒杯，抬起另一只手示意惠子暂停弹唱，用沉稳的语调缓缓说："为了友谊，我愿郑重提请炎如大哥注意，日本既然能够打败大清，打败俄国，占领朝鲜半岛，夺过德国在华的全部地盘，这就雄辩地证明在当今世界上，没有任何力量足以阻挡我们的脚步。战争，对日本来说已经不存在时间和空间的限制，只要我们敢打，就是天下的主人。有一句日本谚语说：'不知者安如佛。'炎如大哥啊，您成天呆在书斋里，正是因为不知才麻木。如果您不相信我说的话，可以耐心观望，用不了很久，您就能看到我们进一步的实际行动……"

没等松谷雄次郎把话说完，季炎如就起身夺下妻子手中的三弦，拉上她的手说："我们走！"

夏惠子感到非常为难，迟疑着。

"既然这样，便尊重大哥的主意，惠子你就走吧。"松谷含笑说，"很对不起呵！这一顿饭没有吃好，全是小弟我的错，改日再登门道歉。不过，毕竟我们相知已久，我坚信经过日月磨炼的金石之交是雷打不动棒打不散的。"

第十二章
上当的布谷鸟

刘青燕的病一天比一天见好，令人鼓舞。平常，差不多每隔三五天，夏惠子总要给德山医生打一次电话，向他汇报刘青燕的病况变化，请求对方指点。一周前，夏惠子带着刘青燕到医院找德山医生，做了第三次直接复诊。德山医生一面检查一面点头，脸上的每一条皱纹里都洋溢着喜悦。病人的康复，是对医生的最佳褒奖。当夏惠子用日语报告刘青燕的月事也恢复了正常，他更是长长地舒出一口气，托起刘青燕的下巴，盯着她的眼睛夸赞："多好啊！你现在差不多是一个完美的女人了，是一个又年轻又美丽又正常的女人了！"

说完鼓励的话，德山医生又郑重地交待夏惠子："精神系统的疾患要根治不容易，就因为受到外界的影响太大了。现在迫切要做的事情，在于想方设法让她快乐起来，通过增长知识加强自信，逐步能够适应不同的环境，正确面对可能出现的各种刺激。"

回家以后，夏惠子就为刘青燕制订了一个相当正规的调理计划。让她按时作息，学习初中一年级的国文和数学，每天写一百个字的大楷，还用留声机听音乐，一道做家务活，一清早和上午下午都要跳绳和做健身操，晚上还要洗一次澡。

刘青燕心中乐意接受这样的调理，嘴巴里却故意说起了俏皮话："惠子阿姨把我拨弄成马戏班里的小猴子了。"

一句很普通的俏皮话，就因为出在刘青燕的口中，就有着不同寻常的效果，让夏惠子咯咯咯咯地笑了好半天。当晚的餐桌上，她还把这事当作新闻说给季炎如和彭永骏听，两个男子汉听了也一齐笑，笑出真情真意，共同祝贺阿燕的病情日渐好转。

季炎如问："阿燕你说实话，在我们家，还过得惯吧？有没有让你不开心的事啊？"

"过得惯啊，没啥不开心的事啊！"

"骗人吧？"夏惠子说，"上一回我和炎如君为壁虎的事吵嘴，我看把你的小脸蛋都吓得发青了。”

“开头倒是有点吓，”刘青燕腼腆地说，“后来你们两个不就和好了吗？不是越吵越亲热了吗？让别人眼热还来不及呢！我想吵都没有人跟我吵啊！”

夏惠子又笑了，说：“看起来，阿燕是想找个会跟你吵嘴的男人了！”

季炎如也笑了，差一点要喷饭。只有彭永骏刚想笑又突然憋住，像是给嘴里的饭菜噎了喉咙。

刘青燕一下子红了脸，嘴里蹦出了一句孩子话：“惠子阿姨坏！”

就像一朵枯萎的花儿遇到甘霖悄悄复苏，彭永骏眼看着刘青燕开始重现青春的光泽。她的每一个笑靥每一个流盼每一句话语，都对彭永骏具有辐射力，直逼心胸，产生震动。彭永骏立刻想到：一旦阿燕的病好全了以后，终究还是要回到傻丈夫身边去的，绽开的鲜花又非得枯萎不可。这一联想，便使他心中的自责越来越强烈。久久拖延着的一个愿望再次抬头了，他下决心要找阿燕谈谈，说明顶替相亲的真实情况，直接向阿燕表达歉意，不管阿燕能听信几分，至少也可以释放一点郁闷和负罪感。

第二天傍晚，彭永骏下班回家，来到厨房门口，趁刘青燕一人在整理碗筷，将一个折叠好的字条，匆匆地塞进了她的围裙口袋里。

刘青燕取出字条，展开浏览，上面只写着一行字：“晚饭后单独谈谈好吗？”她读过以后，把字条紧紧地捏在手心里，不说一句话，也不朝阿骏看一眼。彭永骏伫立在门旁，等待着她的答复。等着等着等到了夏惠子走进厨房，好奇地责怪阿骏：“愣着干啥？有话就说呀，又不是外人。”

彭永骏说：“阿燕就是把我当外人。”

夏惠子走到刘青燕身旁，劝道：“阿燕你不能老是这样啊！”

刘青燕还是不吭声。过了一会儿，她将手中的字条，凑向气压式煤油炉上的蓝色火焰，燃着了火。夏惠子好奇，想去抢字条，她却把字条高高举起，直到化成墨蝶飘到地下。

彭永骏一脸沮丧，呆住了。

“为啥要烧掉啊？机密文件吗？”夏惠子问。

刘青燕紧紧地闭着嘴，眼中却涌出了泪水。

夏惠子转身把彭永骏推出了厨房，一起到客厅里坐下，轻声道：“有什么事情你可以先跟我说嘛，为啥要惹阿燕伤心？”

彭永骏感到委屈，“阿燕总是不愿意同我说话，我才不得已写了个字条，想约她单独谈谈。”

“你想谈什么？”

“顶替大哥相亲的事，我对不起阿燕，当初我也不知情，心里越憋越难过，想找她解释一下，道个歉。”

“就这些？”

“就这些。”

“你是可怜她？”

“是可怜她。没料到她这么无情，几次要找她谈谈都不睬我，这回还把我的字条点了‘天灯’！”

“唉！”夏惠子叹息了一声，缓缓说，“也怪你还不了解阿燕。阿燕是个非常倔强的姑娘，倔强的姑娘是不需要别人可怜的。她的青春已经让人出卖了，她当然知道出卖她的人不是你，也就不会在乎你的解释和道歉。少女的身体是娇弱的，少女的尊严却可以是坚强的。阿燕同样有她的自尊啊！”

彭永骏沉默了，这是一种由震慑带来的沉默。他似乎头一次对刘青燕有了真正的了解。阿燕的命运，虽然抗拒不了世俗的摆布，但她的自尊，却保持着钻石般的纯洁。彭永骏的眸子湿润了，心中顿时生出了对阿燕的由衷钦慕。

打从刘青燕踏进季家门槛以来，彭永骏老是出差，即便不出差也常常住在公司里或朋友家，遇上周末只是来个电话，不说要加班就说要去图书馆查资料。季炎如不在意，总说阿骏很敬业很用功，他早就长大了，用不着多操心了，随他去吧。夏惠子却猜测这里头定有蹊跷。一当阿燕推心置腹地向她讲述自己的婚姻经历之后，也就猜到阿骏的特殊心理，这小子因为欠了阿燕的债，怕阿燕记恨，更怕继续伤害阿燕，心中既有愧疚又有顾虑，几番找阿燕要求沟通遭到拒绝后，也就更加不敢面对面了。

又是一个星期天，彭永骏照例来电话说有要紧事不能回家，夏惠子告诉他："不管你有什么样的要紧事，都得回家一趟，下午费尔曼和柯爱会来，可能带来阿芬的消息，就一起吃一餐晚饭吧，有好菜哩，新鲜的香椿芽炒鸡蛋，有钱难买的。你一定得回来哦！"

彭永骏跨进家门的时候，小花园里正热闹着。他猛一抬头，见到刘青燕爬在一棵高高的香椿树上，身穿城里女学生常穿的运动衫和胶底白跑鞋，脸膛红朴朴的，探出灵活的手臂，正在采摘嫩芽，边采边往地下扔。费尔曼和柯爱跟夏惠子一起，嘻嘻哈哈地说笑着将香椿芽拾到篮子里。彭永骏一下子愣住了，他觉得树上的这个女孩子通体透亮，就像头一次在葫芦镇庙会上见到时那样，感到晃眼，好似面前升起了一轮朝阳。而这一回的感觉，比头一回更奇特，更清新，更强烈。城里的美女千千万，彭永骏却从来没有见到过树上的美女，霎那间，勾起了他对童年对故乡的美好联想，似乎有一只故乡的小鸟飞到了上海，飞到了他的眼前，向他展示着纯洁朴实轻盈的非凡姿容，传递着他历来最向往的无与伦比的天然的美……

夏惠子见到彭永骏，喊道："阿骏你回来啦！愣着干吗？快来帮着拣香椿芽！"

这一喊，惊动了香椿树上的小鸟。刘青燕立刻停止了采摘，敏捷地退回到最下面一档枝桠上，扭过身来就要往地面跳。夏惠子见她相距地面还有一丈多高，连连叫着当心当心不要跳，刘青燕似乎没听见。彭永骏怕她跌伤，一个箭步冲上前，正逢她像燕子出巢似的纵身蹦离树干，彭永骏及时伸出双手接住她的胳肢窝，好比体操教练，稍一使力，刘青燕就轻轻巧巧落到了地面上，稳稳地站住了，赢得一对西洋朋友的热烈喝彩。

刘青燕同彭永骏相识以来，还从来没有过任何肢体接触。这样的动作，对彭永骏来说，无非是偶然的"见义勇为"；而给予刘青燕的感觉就大不一样了，在她的潜意识中，这完全是一次梦寐以求的幸遇。她眩晕了，陶醉地闭上眼，身子好似进入失重状态，变成一片羽毛就要飘起。彭永骏担心她倒下，一时不敢缩回双手。两人好似雕塑一般地凝固了。稍过片刻，刘青燕终于清醒过来，她的脑际忽然闪过新春庙会上与阿骏意外相逢的情形，明白那个梦早已了结，不该再有别的痴想。等她睁开双眼，眸子暗淡了，脸上的异彩消失殆尽，毫不犹豫地甚至非常粗野地用力拨开阿骏的双臂，低头逃走。

彭永骏转身盯着刘青燕的背影，直到背影消失在门框里，依然久久地陷在凝思中。

这是一个真情碰撞的瞬间。瞬间的真情碰撞，有时足以唤醒一种沉睡着的内心秘密，就像一根小小的银针扎进了某处穴位，竟会迅速激活人体的某种重要潜能一般。彭永骏心潮澎湃了，他顿悟到自己有了震撼灵魂的重大发现。打从他进入青春期以来，一种强劲的本能时刻诱导他寻寻觅觅，寻觅着自己心目中的另一半。眼下，他的朦胧追求终于清晰呈现，他所期盼的另一半，就应该是像阿燕这样的女孩，不，应该就是阿燕，就是来自故乡的阿燕，就是清纯得像一朵幽谷春兰般的刘青燕……

彭永骏完全忘记了身边有着三双聪慧的眼睛，正在惊奇地打量着他。三个旁观者静静地望着独自发傻的彭永骏，都心有所动，互相递送一个诡秘的眼神后，便交头接耳地小声议论了起来。

晚饭前，季炎如下班回家，彭永骢也来了，二人迫不及待地向费尔曼和柯爱打听彭永芬的消息。

费尔曼叹息说："昨天同警察局的王警官通过一次电话，这位警官终于证实：刘世琏已经死于去年四月底，说他是组织暴动的要犯之一，是经过特别法庭审判后执行枪决的。能不能查看他的档案，上司还没有批复下来，还要等。至于彭永芬的下落，王警官说一时找不到线索，当时有不少人逃往外地，这些人隐姓埋名散布在四面八方，查找起来相当困难。"

痛苦的沉吟过后，季炎如说："证实了刘世琏的结局，就有了继续寻找的依据。听这个王警官的口气，好像并没有封门的意思，还存在着进一步通融的余地。"

费尔曼又说："王警官还问我为什么这样在意刘世琏和彭永芬这两个人，是不是受了朋友之托？他说：'要是你们两位西洋朋友确实没有政治目的，纯粹出于个人情面，那么我们在内部疏通一下，帮忙再查一查也是可以的。不过，你们得有耐心。'"

"耐心，耐心，中国人不管办什么事情都特别有耐心！"柯爱没好气地嘟哝，"难怪中国人的耐心全世界出名。记得小时候在美国，我做事慢吞吞的，妈妈就笑话我：'你怎么跟中国人一样有耐心啊！'"

"王警官的耐心后面，恐怕有名堂。"彭永骏说。

"无非是趁火打劫！"季炎如说，"想发灾难财，害了人，还要向受害人家刮皮。"

"妈的，这是什么世道呵！"彭永骢怨道。

"在人矮檐下，不能不低头！"季炎如说。这时候，忽听得夏惠子尖着嗓门在召唤众人准备吃饭，季炎如又说："阿芬的事等吃完饭再商量。有关刘世琏的死，暂时不要在阿燕面前吐露口风，她作为妹妹，康复状况还没有经过考验，伤心不起的。"

四个年轻人都点头称是。

自从彭谨祥和彭永芳回乡以后，季炎如家还是头一次有这么多人共进晚餐，倒有一点团聚式的融洽气氛。可是因为证实了刘世琏的死讯，除了刘青燕还蒙在鼓里，大家的胸中都压上了一块石头，心情显得异常沉重。彭永骏尤其觉得食不甘味，连连喷着粗气。

“古老中国实在太僵化了！”费尔曼打破沉默，“若不是鸦片战争中的西方大炮，恐怕还不会催生辛亥革命和五四运动，空气还会更加沉闷。”

“这是什么话？”阿骢撇了撇嘴，“按照费尔曼先生的意思，中国有今天，还得感谢西方强盗的大炮对不对？”

“什么叫大炮？”季炎如苦笑，“《魔鬼辞典》解释，‘大炮是一种用来校正国家边界的仪器。’中国人最早发明火药，标志一个冷兵器时代的结束，自己却依旧使用着弓箭长矛；而英国人就用火药制造了新式大炮，轰开了中国的国门；日本人也用大炮抢得了中国和朝鲜的大片土地。大炮果然了得！”

刘青燕不明白男子汉们在谈论些啥，只是感到他们的神情有点不大对劲，心思都不在饭菜上，为自己帮惠子阿姨忙碌半天准备的菜肴不得好评，觉得十分扫兴。

夏惠子瞥了一眼身边的男人们，责怪道：“啊呀真是的，你们这几位男士都不识好歹，有好吃好喝的，还净说些惹气话。不说大炮了好不好？怪没有味道的！”

“这个中国菜才有味道哩！”柯爱故意转移话题，兴奋地赞赏起面前的香椿芽炒鸡蛋来，“我有生以来可是头一回品尝香椿芽。真没法想像树叶也可以当菜，而且这么好吃！”

彭永骏说：“你别以为只有长颈鹿才吃树叶，在吃的方面，中国人比任何动物都有探索精神。”

笑声未落，好几双筷子同时伸往装着香椿芽炒鸡蛋的碟子。

从赞美一碟香椿芽炒鸡蛋开始，餐桌上的沉闷气氛总算有了变化。

夏惠子进一步引导着谈话主题的转换，夸奖刘青燕说：“小花园里的香椿树越长越高，要不是阿燕会爬树，今天还尝不到这个时新小菜哩！”

一对西洋朋友也跟着夸奖刘青燕，说凭阿燕的形体和容貌，应当留在城里学舞蹈，将来一定会成功。

夏惠子说：“阿燕刚到上海的时候，浑身就像蒙了一层灰，可我当时就看出来，等到洗掉这层灰，她就是一个玉人。果不然吧，她都会爬树了，等她的病全好了，说不定成了天使，还会飞呵！”

刘青燕有点不好意思了，小声说：“你们城里人真是少见多怪，我们乡下山沟里长大的女孩子，都是会爬树的。”

“是的，是的。”彭永骏连忙为她作证，“我家的阿芬和阿芳从小也会爬树，采桑叶桑椹摘枇杷桃子李子各种水果，比男孩子还灵巧。阿燕当然更灵巧了，听说小时候调皮，妈妈要打她，就会嗖嗖的爬到树上去躲起来，像猴子一样。”

笑声中，阿骏和阿燕互相望了一眼，目光的聚焦处分明撞出了火花。

大家都看到了这种灿烂的火花，默默交换着会意的眼色，心照不宣。

刘青燕跟着夏惠子上街买东西回来，严格按照夏惠子为她设计的日常程序，洗过手，开始坐下来复习功课。这时候电话铃响了，夏惠子讲了几句以后，就喊：“阿燕快来，有你的电话！”

“我的电话！怎么会有我的电话？”

刘青燕嘀咕着站起身，将信将疑地来到夏惠子跟前。她进上海治病一个多月了，还从来没有用过电话，当夏惠子递上话筒的时候，好比接过一个火烫的烤番薯，手都有点儿颤抖了。

“别紧张。”夏惠子鼓励说，“是柯爱小姐打来的，她有话非要直接跟你说。”

“阿燕吗？”话筒里传来柯爱的声音，“阿骏在我们这里，他碰到一件倒楣的事情，在我们弄堂口给汽车撞了，还好没有生命危险。他想你，不知道你愿不愿意来看看他？要是愿意，就跟你惠子阿姨讲一声，你惠子阿姨知道我们的地址，路也不远，马上会带你过来的……”

没等柯爱把话讲完，刘青燕的脸色就发白了，连声说：“愿意，愿意，我这就跟惠子阿姨讲。”

刘青燕带着哭腔一说这事，夏惠子拉起她就出门，雇了二辆黄包车，赶往费尔曼和柯爱的住所。

这是一片石库门住宅区，跳下黄包车踏进弄堂，里面的每幢房子都一模一样。夏惠子尽管来过这里，也记不清确切位置，只好按照门牌号码一家一家地找，找得一头汗。刘青燕心里着急，又不便说出口，胸膛里火烧火燎的，嗓子眼都要冒烟了。幸好这时候柯爱出门来迎接，引领她俩直奔彭永骏所在的房间。

夏惠子和刘青燕站在房门口，一下子愣住了。双人床上，躺着彭永骏，他的额头缠着绷带，绷带上还渗出了鲜红的血迹。床边的椅子上，坐着费尔曼。

“请进！请进！”费尔曼见到来人僵立不动，起身迎迓。

彭永骏的目光在刘青燕和夏惠子身上来回游移，最终停留在刘青燕的脸上。这是一张纯洁无邪的少女面容，焦灼的眼睛中，泛起了晶莹的泪水。

彭永骏开始有了一种浑身被火炭炙烤的煎熬感，似梦非梦地缓缓坐了起来。

刘青燕一步一步地朝他走去，既关切又迟疑，既吸引又排斥，每移动一步，都像拖着沉重的脚镣。

“请坐！请坐！”费尔曼的神色有点紧张了，将一把椅子移到刘青燕的身旁。

刘青燕并没有坐下，双眼盯住彭永骏的额头，打量着染血的纱布，泪珠潸潸滚落，像断线的珍珠。

彭永骏瞪大眼睛继续发呆。他的心理承受能力很快到了临界点。就在刘青燕靠近床沿的一霎那，便突然抬起右手，猛的一把扯去额上的绷带，显露了毫无伤痕的光洁额头，又掀开身上的毛毯，像一只突围的豹子，无可阻挡地窜出了房间，把门旁的柯爱撞了一个趔趄。

“对不起！对不起！”费尔曼不知所措了，尴尬地说，“听我解释，请听我解释……”

“好哇！你们串通一气，玩了一出多么残忍的恶作剧啊！”夏惠子顿时明白了真相，双眉直竖，嚷嚷了起来，“我回家非得告诉炎如君，饶不了阿骏。”

刘青燕恍悟到自己受了骗，扭过身子，把额头抵在墙壁上，伤心地哭了。

“哈哈！”柯爱却开心地笑了，“请允许我提请惠子太太和阿燕小姐注意，今天是什么日子啊？”

今天是什么日子呢？夏惠子略一思索，明白了：哦！四月一日，国际流行的愚人节。

一经点穿真相，费尔曼倒也坦然了，大笑道：“呵！多么纯洁的两只布谷鸟！”

柯爱说：“愚人节里上当的人，英国人称布谷鸟，法国人和美国人称四月鱼。布谷鸟也叫呆鸟，四月里的鱼儿因为最贪吃，所以难免上钩。愚人节里最容易受骗的人，通常都是善良的好人啊！”

夏惠子搂过刘青燕，抚慰说：“阿燕别哭，这两个西洋鬼子并没有坏心眼，只是用西洋人的风俗开个玩笑罢了。”

“这个玩笑开得可有点意思呵！”柯爱说，“我和费尔曼很了解阿骏，有好多漂亮姑娘喜欢他，包括几位西方姑娘，他却一个都看不中，原来他的心已经成了燕子窝，让阿燕给占领了。可惜我们俩不知道阿燕心中到底有没有阿骏？好了，现在清楚了，布谷鸟终于把心中的秘密暴露了！”

“说的也是啊！”夏惠子反嗔为喜，证实道，“看得出来，那天阿燕从香椿树上跳下来，就扎扎实实地跳进阿骏的心坎里去了。其实，要说和亲，阿骏跟阿燕才是天生的一对。”

刘青燕羞得无地自容，她用双手捂住脸，直跺脚，恨不能跺穿地板一头扎进去。

柯爱说罢，端出了预先准备好的热咖啡。她和费尔曼，早就料定刘青燕和夏惠子会当布谷鸟的。

笑也笑过了，哭也哭过了，费尔曼燃起他的紫檀木烟斗，神情就变得严肃起来了，他说：“哲学家早就说过，没有爱情的婚姻是不道德之婚姻。阿燕的人生还刚刚开始，怎么能让她一辈子都陷在痛苦的牢笼里呢？只要她本人有争取爱情的愿望，又为什么不能付诸行动呢？”

“是啊是啊，惠子太太和阿芬不就是好榜样吗？”柯爱接茬说，“我也够资格当阿燕的榜样哩！刚成年的时候，长辈也曾经想把我嫁给有钱有地位的人，我偏偏看中了一只英格兰布谷鸟。”

夏惠子拍了拍床铺，对刘青燕说：“你别看这两个西洋人住到了一屋睡到了一床，可还没有完婚哩！他们两个就不管什么父母之命媒妁之言那一套规矩，活得就是自由自在。”

刘青燕一听这话，抬起头，满脸都是惊奇。

柯爱伸手捧住刘青燕的脸，用一对蓝眼睛逼视着一对黑眼睛，坦率地问：“脚长在你的身上，愿意走你自己想走的路吗？大胆说！”

“阿燕快说！”夏惠子也赞成柯爱的话，逼刘青燕表明态度，“《圣经》里讲，上帝也不能帮助自己不愿意帮助自己的人，你愿意帮助自己吗？说呀！”

刘青燕没有说愿意，也没有说不愿意，眼眶里再次盈满了泪水。

当天晚上，夏惠子绘声绘色地向丈夫描述了她和阿燕上当受骗的趣事，无端地成了布谷鸟和四月鱼。季炎如听了以后乐不可支，笑得岔了气，夸赞说：“只有聪明人才能导演出这样的愚人节活剧来，等于完成了一次秘密情感的火力侦察，很有价值。看来，西风东渐的势头不可阻挡啊！连西洋化的恶作剧也征服了东方人。”

随即，夫妻二人便认真地讨论了阿骏与阿燕间爱情发展的可能性，一致决定采取谨慎促成的态度。

季炎如说：“从现在开始，就应当让阿骏住回家里来，不必再逃避。要鼓励他勇敢地追求阿燕。这样的追求，也就是拯救。拯救自己也拯救别人。阿骏如果找到了真爱，就必须知难而上；阿燕在婚姻大事上遭到意外的劫难，眼下只有真正的爱情才能使她的心回暖过来，才能拉她出火坑，改变她的命运。”

夏惠子说：“天下的痴情女人一旦爱上一个男人，就像上了一条船，风浪越大，越是离不开这条船，就会死心塌地爱个够，一辈子都不后悔。相信阿燕有了真正的爱情，就会快乐起来，坚强起来，健康状况也会稳定下来。”

第二天，彭永骏就接受季炎如和夏惠子的劝告，住回了季宅。

一周以后，柯爱打电话给夏惠子，首先打听刘青燕的情况，探问可爱的小布谷鸟有没有给愚人节的骗局吓坏？

“小布谷鸟吓倒是没有吓坏，可也没有吓醒。”夏惠子说，“阿骏住回家来，也不见阿燕有特别高兴的模样，对阿骏还是不理不睬的，阿骏想跟她说话她就逃走。这个阿燕啊，简直像一颗桃核，任凭锋利的牙齿也休想咬开。”

“桃核的心不是挑明了吗？就是铁铸的桃核，用钢牙也能咬开啊！”

“可惜阿骏缺少的正是一副钢牙，他担心咬得太使劲会伤害阿燕。”夏惠子耐心地说，“愚人节虽然挑明了阿燕的心思，可是并不能解决全部问题啊！为这事我请教过德山医生，他说你们这个玩笑开得太冒险了，如果病人承受不住会出大事的。德山医生还说，阿燕没有异常表现就好，只能说明她原来的压力并没有解除，也说明这个压力非常强大，好像闭合的马德堡半球，处在真空状态，外面受到大气压力的包围，十六匹骏马也拉不开。德山医生要求我们千万不能性急，得慢慢往闭合的马德堡半球里输入空气，逐渐跟外界的气压平衡就好了。”

聊过阿燕的话题，柯爱就谈阿芬的事：“费尔曼又跟王警官通过电话，这个王警官看起来摸准了我们的心思，知道费尔曼在追求新闻自由的敬业精神背后，也藏着私人情谊。费尔曼没法否认这一点，因为他确实不能解释，去年赤潮中受难的人那么多，为什么指名道姓光找刘世琏和彭永芬而不找别人？费尔曼只得说真话：‘提供新闻线索的人，是我们朋友，我们为朋友探听亲人的下落，也是光明正大的事情。’王警官一听这话就伸手了，他说：‘光明正大的事未必都符合手续，既然你愿意为朋友帮忙，我也可以为你帮忙，不过你该知道，有些事通过正规方式是办不成的，常言道：公章比碗大，不如熟人一句话。我有一个老同学是管档案的，看在我的面子上，他可以拿出档案来。当然，办这样的事，不符合规章制度，一旦走风就有撤职查办的危险，总得要打点一下。’”

为了这一个“打点”，季炎如夫妇和彭永骢彭永骏兄弟一同凑集了五十块大洋。

费尔曼和柯爱就实话实说：我们两个就出力不出钱了。

第十三章
泣血往事

有钱买得鬼推磨。这就是千真万确的国情。五十块大洋，相当于一个普通纺织女工的五个月工资，终于顺利地调出了刘世琏的案卷。不过，只允许费尔曼和柯爱在警察局的接待室里翻阅，可以摘录，但不许拍照，更不准带出接待室。

费尔曼问到彭永芬的案卷，王警官说："对不起，没有。据查，我局未曾对彭永芬正式立过案。红色嫌疑犯实在太多了，警方不可能都知道他们的下落。你们就在刘犯的原始档案里仔细找找吧，既然两人是夫妻，很可能会找出一点相关线索来。"

刘世琏的案卷有两个部分，一部分是法律文书，包括证人证言、庭审记录和立即执行死刑的判决书。法律文书显示出被告是红色工会的区级领导人，件件文书都充满着诸如"策划暴动"、"抗拒缴枪"、"危害民国"一类骇人听闻的罪名；至于具体可信的证据，只能说是"莫须有"，因为特别法庭在突击审理成批"罪犯"时，既来不及寻找也不需要寻找确凿证据，只要执行最高领袖"杀无赦"的命令就可以了，审判无非是过一过形式而已。另一部分案卷是抄家得来的背景材料，有读书笔记，平民夜校的讲义，工人现状的调查记录，几封普通的私人信件，都看不出有什么明显的政治倾向。此外还有一册学生练习簿，写的是日常开支账目，字迹隽秀，想必出自彭永芬的手迹。在练习簿的末尾，有一页工友通讯录，第一名叫做刘珍珍，括号内注有"杏源畈芽囡"五个字。

费尔曼判断，案卷中所以保留一册普通账本，警方原是想从油盐酱醋青菜萝卜的细目中，解读出密电码或其他机要信息。亏得警方多了一个心眼，通过这个账本，为费柯二人提供了查找彭永芬的线索。

第二天，费尔曼和柯爱在彭永骏陪同下，来到了刘珍珍所在的缫丝厂。这是由日本人开办的一家小厂，员工不足三百人，厂房很破烂，原是一处中国老板破产关闭的棉纺厂旧址，设备是从意大利进口的过时淘汰货。日本经理见到一对西洋男女和一个穿西装革履会讲英语的中国书生，肃然起敬，用九十度鞠躬表示欢迎。当他得知三人的来意是要访见一名普通女工，却又大惑不解了。

费尔曼故弄玄虚，明明会讲汉语，却只讲英语，让彭永骏译成汉语，再由襄理为日本经理转译成日语。费尔曼的话其实很简单："相信经理先生一定明白，国际间的新闻采访，常常同外交活动是有联系的，请多多关照！"

日本经理弯腰说哈依哈依，立刻交待他的襄理去把刘珍珍叫来。

柯爱曾经好多次陪同西方学者和慈善家，调查过上海工厂中的女工和童工的劳动状况，懂得一般女工和童工的心理，如果冷不丁把某个人传唤到厂部，总会弄得非常紧张，凭你问什么话都不肯爽快回答。因此连忙说："不，不，会吓着她的，还是让我们先到车间去见见她吧！"

三人在襄理陪同下来到了车间。一进门，眼前是一片茫茫水雾，墙边堆放着一筐筐蚕蛹和报废的死茧，发出腐尸般的恶臭。为煮茧清水加温的蒸气管道发出嘘嘘的喷气声，缫丝机的运转产生共振，让人头皮发麻牙根发痒。拥挤的工房里，站立着一排排缫丝女工和煮茧女工。煮茧女工中有许多未成年的小姑娘，每人管着一口固定的锅，锅里装着沸水，各用一把草刷搅动锅里的生茧，让生茧软化成了熟茧后，捞出丝头交给缫丝工整理。她们的幼嫩小手不时被沸水烫着，发出声声尖叫，有的禁不住嘤嘤哭泣。可是，当她们瞥见巡行在旁的工头，又不得不止住悲声，咬紧牙关继续干活。所有女工，都穿着补丁摞补丁的杂色衣服，蓬头垢面，双手浮肿，不少人的脖子上、胳臂上和腿脚上都生着疮疖，流着脓，任凭苍蝇叮扰，也顾不上驱赶。机器旁和车床边，挂着一只只篮子，里面装着哺乳期婴儿。一些当了母亲的女工，生下婴儿后隔了几天就上班，孩子没人带，只得带进工厂，一边操作一边照看，让机器的喧啸伴着婴儿的哭声，撕扯着母亲的心。

彭永骏感到鼻腔发酸了。他暗自叹问："这是人过的日子吗？这是女人过的日子吗？我的阿芬妹妹是不是也在这里工作过啊？这里边哪一个是刘珍珍呢？"

在一片噪音中，柯爱大声问费尔曼和彭永骏，要不要现在就让工头把刘珍珍叫出来？还没等费尔曼开口说话，彭永骏就将双手拢在嘴边作喇叭状，狂喊起来："芽囡！哪个是杏源畈的芽囡？"

一个精瘦的女孩从煮茧锅旁抬起头，用吃惊的眼神望着彭永骏。

不用猜，她就是刘珍珍。

刘珍珍约摸十四五岁年纪，脸色苍白，头发枯黄，因为严重缺乏睡眠，眼圈发黑，双眸暗淡无光。一件不合身的灰布斜襟衫，罩在瘦削的躯体外面，显得空空荡荡。卷起的双袖下露出细细的手臂，悬停在空中，忘记了干活。

襄理立刻让工头为刘珍珍安排了替手，把她领到彭永骏的面前。

彭永骏用家乡话说："我是天螺湾的阿骏，阿芬的四哥啊！"

刘珍珍愣了一下，禁不住嘴巴一扁，热泪喷涌，呜呜地痛哭起来了。

彭永骏为刘珍珍交付了三块银元的押金，为她请了三天假。她每天工作十二个钟头，一天不息地做满一个月，所得的工资是八块银元，还买不到一石大米。而不管什么原由，即便是得了病，遭了工伤，厂里非但不支一分钱，上班迟到半小时，就得扣发半日工资，请假一天就要扣发三天工资。这种规定是老板自行制订的，不需要任何法律依据。

刘珍珍带着彭永骏一行三人出了缫丝厂大门，还在哽咽，一边不时用惊异的目光偷觑两个西洋人。彭永骏告诉她说："这两个洋人是好人，靠了他俩的帮助才找到你的，你不用害怕。"

他们穿过两条马路，再走一小段路，来到一处工棚前。刘珍珍打开一间屋子的门锁，吱呀一声推开了门。屋里只有四张板床，几个藤箱，一只马桶，一个煤球炉和少量食具，除了这些，几乎没有其他家用器物了。这里便是刘珍珍的栖身之所。

待他们在床沿上坐下，彭永骏就问刘珍珍："你小小年纪，爸爸妈妈怎么忍心让你出来做工？"

刘珍珍年纪虽小，说话却像个小大人，伶牙俐齿的，还透出让人心酸的一股沧桑感。

"也是没有法子啊！"刘珍珍说，"爸爸在过去打人阵的时候打瘸一条腿，干不了重活，我呆在家里反正也得饿死。十一岁那年，爹妈就跟包工头订了合同，让我到上海来做包身工。都讲前世不修今世苦，再苦也得熬呀！在冬天，要是做着做着打瞌充，日本监工就拿自来水皮管用冷水冲你，把你浇得一身精湿，冻得发抖，还不许哭。最可恨的要数下班搜身，浑身上下乱摸。有新来的日本男人，没有见过中国女人缠的小脚，逼着中国女工当场把裹脚带解下，给他们看，气死也没人帮着讲话。厂子里常有女工上吊的。有的女工得了大病，日本老板怕会传染，就赶紧通知家属把病人立马接走，死活都不管……"

就因为彭永骏的一口乡音，就因为彭永骏是彭永芬的哥哥，刘珍珍憋了满肚子的苦水，终于有了倾吐的对象。她滔滔不绝地诉说着，又伤心了起来，"要不是三年前碰上阿芬姐姐，我早就没命了。那一年大伏天，我中暑晕倒在煮茧锅前，差一点断了气，紧接着又发高烧，阿芬姐姐宁可自己误工罚钱，给我请医生，拼死拼活救转了我。”

“阿芬呢？”话语接触到正题，彭永骏赶紧问，“阿芬在哪里？我们全家都急死了，到处找她！”

刘珍珍起身到屋角拿起一把煤炉铲子，就钻进床底下刨起泥土来。整个屋子的地面，原本就是稍加平整的自然土层，潮湿又松软，床底下还生长着稀疏的野草，只因为缺乏阳光雨露，长得异常孱弱，就像这屋子的主人。一会儿工夫，刘珍珍就刨开一个小坑，取出了一个小小的包裹。包裹是用旧雨伞的油布层层保护起来的，既防潮又防虫。她拍掉包裹上的泥土，庄重地交到了彭永骏的手中。

“阿芬姐姐的事我全晓得。”刘珍珍抽泣着说，“我答应过她，迟早要把实情告诉她家里人的。”

自从彭永骏找到刘珍珍之后，出走多年的“小妈妈”阿芬，终于浮现出了她昨日的形迹。

刘珍珍进缫丝厂的时候，彭永芬已经由煮茧工调成了缫丝工。因为操作熟练，工头对她多少有点另眼相看。缫丝车间里，除了少数机械工配电工和工头是男人，其他全是女工，从六岁到十六岁的童工占三成。厂里有一种凌弱欺小的恶习：成年女工受了工头的打骂处罚，就找童工出气。每天一大早上工，还勒令童工提前半小时到厂，要给成年女工打理好原料工具，擦好机器。童工活像受气包。

乡音，对于沦落他乡的人们，有着特别的亲和力。刘珍珍同彭永芬相识，靠的也就是浙东葫芦乡的口音。有一回刚进车间，锅炉房已开始输送蒸汽加热煮茧水，缫丝机的马达还没有启动，这时候，彭永芬见到工头不知为啥对一个小女孩发脾气，粗野地捉起她的一只小手，往快要煮沸的水里浸，烫得她吱哇乱叫。在她的哭求声中，彭永芬听到了久违的乡音。下工的时候，彭永芬有意跟这个小女孩一道出厂门，问清了她的来历，得知她原来是葫芦乡杏源畈人。彭永芬见她瘦条条的，肤色黄里带青，像一根绿豆芽，从此就叫她芽囡。第二天，彭永芬向工头求情，把刘珍珍的操作位置换到了自己的面前，成了搭档，动作慢点也就用不着受逼挨骂，早晨也不用提前到厂为别人打杂了。当时，彭永芬和刘珍珍住在同一个贫民窟，她就跟一位和刘珍珍合住的女工商量，对换了住所，搬进了刘珍珍的鸽子窝。从此，彭永芬和刘珍珍便可以昼夜相处在一起了。尽管工作时间长，彭永芬还是抓紧点滴空闲，帮助刘珍珍识字学文化，鼓励她说即便一天记住一个字，三年下来也能识得上千字，就能看报写信，不必再当睁眼瞎了。

刘珍珍曾经问过彭永芬，你读过书，为啥不找个好一点的行当，偏要做缫丝工？彭永芬说她乐意当缫丝工，只为了想圆一个好梦。这个好梦，就是蚕丝梦。彭永芬初到上海头两年，是给有钱人家当保姆，蛮舒服的，可她偏偏跳槽进了缫丝厂。她从小就爱吃蜜甜蜜甜的桑椹，从小就爱看胖嘟嘟的蚕宝宝，一心想知道芝麻粒儿似的蚕子怎么会变蚕蚁，又怎么会变吐丝的成蚕，又怎么会变白花花的蚕茧，又怎么会变亮闪闪的生丝？打从进了缫丝厂以后，先当煮茧工，后当缫丝工，本来有个念头，想再到丝织厂去当丝织工，去看看生丝又怎么会变成那么漂亮的彩色绸缎。后来就因为认识了刘珍珍，好像多了个可怜的小妹妹，不忍心抛下不管。她说天螺湾跟杏源畈祖祖辈辈结怨家打人阵，我们姐妹俩无冤无仇的，离开了本乡本土，两条命还不该拴在一起啊！

刘珍珍有了彭永芬做伴，日子过得再苦再累，心中也踏实了许多，不再感到孤单无依了。那一年放春假，刘珍珍的三年包身工合同期刚满，口袋里一个铜板的积蓄都没有，彭永芬让刘珍珍回乡去看看爹妈，说盘缠由她出。刘珍珍说我就是回到家里，爹妈见我一副皮包骨的样子，反倒更伤心，还不如不回家的好；又说我有个念头藏在心里，只想抽空去一趟虹桥。

彭永芬刚进上海之初，就听外来的穷姐妹说起：要想在上海立住脚根，就得去上海老城过一过虹桥，再到虹桥旁的施相公庙里烧香许个愿。相传施相公就是上海的土地菩萨，只有得到施相公保佑，来上海的乡下人才会有活路。彭永芬自从小学里读过孙中山打菩萨的课文后，就不再看重菩萨，不过她理解刘珍珍的心愿，大年初一，就陪着刘珍珍踏过虹桥走进施相公庙。

虹桥只是一座古旧木桥，因为结构别致，像虹，人们就把它看成一座通向天堂的彩虹之桥；施相公庙很小，香火倒挺盛。在神像前叩拜的时候，彭永芬见刘珍珍五体投地的虔诚模样，心中一紧，忍不住流出了眼泪。

回家的路上，刘珍珍问："我刚才看见阿芬姐姐流眼泪，是不是为我难过啊？"

"也不全是，"彭永芬说，"刚才见了你的可怜样儿，就想起了我的一个同乡女小囡，叫松果，要是活着，顶多比你大一两岁年纪。”

“松果姐姐是怎么死的呀？”

“松果是个童养媳，很乖的，就因为……”

刘珍珍见彭永芬迟疑停顿，就催问：“快讲呀！怎么不讲了？”

“还是不讲了吧！”彭永芬摇摇头，“省得让人伤心。”

“讲吧讲吧，我不怕伤心。”刘珍珍摇着彭永芬的胳膊请求。

“你不怕伤心我怕伤心。等以后有机会，我会细细讲给你听的。”

刘珍珍见彭永芬这回真的哭了，就不再逼问了，像个成年女人似的长叹了一声。

“女人的命为啥这样苦呵！”彭永芬又说，“我们当缫丝女工的，自己也像一个茧，在开水里又煮又刷，最后抽光了丝，就剩下一个死蚕蛹。老家的蚕蛹，清清爽爽，还能当小菜，这里的死蚕蛹烂糟糟的堆在箩筐里，只能卖给农家当肥料。”

当年初夏，彭永芬搬出缫丝厂附近的贫民窟，住进了一个小小亭子间。没有拜堂吃喜酒，算是出嫁成新娘子了。那时正闹“五卅运动”，全上海全中国到处掀起反帝浪潮，工人的日子好过了一阵子，暂时废除体罚，还停止了搜身。趁这个机会，彭永芬带着刘珍珍到她的新房去做客，也见了她的新郎。新郎原来就是杏源畈人刘世琏，刘珍珍以前在村里见过，只因为他是族长的大公子，又长年不在家，从来不曾相互说过一句话。刘世琏见了小同乡，请她吃喜糖，让她以后称阿琏哥，不要称大少爷，又用纯粹的家乡土话同她聊天。聊到彭永芬的丝绸梦，刘世琏的兴致非常高，笑了起来。

“你阿芬姐姐的梦，可真是个好梦啊！”刘世琏说，“她梦想着将来有一天，能够为蚕乡开一爿大工厂，打从收茧起，缫丝、染色到织成绸缎，全都包了，要帮助蚕家用科学方法养蚕，要给辛辛苦苦生产蚕茧的乡亲挣个好价钱，要多多从蚕乡招募缫丝女工，让蚕家都过上好日子。”

“穷人也只剩下做梦的份了！”彭永芬叹道。

刘世琏又说：“满身穿着绫罗绸缎的人，偏偏不是辛辛苦苦的养蚕人。世道不公啊！蚕丝生意一本万利，这利不能光让中国的和外国的老板全占了去。我们的祖先造出了一条通向世界各地的丝绸之路，我们这一代人总得让丝绸之路越来越通畅才好。芽囡你说是不是？”

“是啊！是啊！”刘珍珍点头说，“阿芬姐姐陪我一道去过虹桥拜过施相公菩萨，她的好梦一定会实现的。”

“要实现梦想，不能靠菩萨保佑。”刘世琏说，“听讲老城厢要改路，虹桥和施相公庙都要拆掉，菩萨也保佑不了自己呵！好在代表希望的七彩虹桥建在人们心头，那是一座大虹桥，永远拆不掉。”

正聊到开心处，刘世琏就有急事让人喊走了。

刘珍珍好奇地问彭永芬：“新郎倌在上海做的啥事情？”

“讲起来好听，在平民夜校里当校长。”彭永芬说，“学生全是工人，真正的穷学校。阿琏也给学生上课，工钱很少的，还要没日没夜忙别的事情。因为家乡打人阵，阿琏不想白白送死，也不愿意沾爹娘的光当少爷吃现成饭，有心闯天下长见识，就来到上海，靠自己打拼，反正也是苦命人。”

当年隆冬，彭永芬怀孕九个月的孩子早产，是个男孩，虽然孱弱，总算活了下来。那一天，彭永芬把刘珍珍约到了她的亭子间。丈夫不在，她正给小毛头喂奶，小毛头吸不出奶，饿得直哭。刘珍珍问她有啥事情？彭永芬不说话，一边流泪一边又用稀粥喂毛头。等毛头吃饱睡着了，彭永芬就用小棉被把婴儿裹成一个“蜡烛包”，又用毛笔蘸了墨汁，在一片白布条上写下“刘宝宝”三个大字，下面写了一行小字，写的是毛头的祖籍和生辰八字。随后把布条系到了毛头的内衣上。

刘珍珍看着看着，眼泪就哗哗地流了出来。一切都明白了！原来，阿芬姐姐要把小毛头送进育婴堂去。谁都知道，送进那种地方的孩子，多半是有去无回的呀！

彭永芬递给刘珍珍一把零钱和一张纸笺，纸笺上画着简单的马路草图，写了育婴堂所在的路名和门牌号码，一边说：“让我亲手把毛头送到那里，实在是不忍心！我去看过了，那家育婴堂是西洋人办的，看上去蛮体面。门前有一排编了号码的大抽屉，你只要把毛头放进一只空抽屉里就成。抽屉是透气的，管事的会按照接收的日期，是男是女，出生时间，还有身上的胎记和黑痣啥的，一并登记造册，可以方便日后亲人来认领。”

彭永芬抱起婴儿，在他的脸蛋上吻了又吻，眼泪鼻涕涂了婴儿一脸，又用毛巾细心地擦拭干净。

刘珍珍接过襁褓，哭着说：“阿芬姐姐和阿琏哥哥既然打定主意了，就不要太难过了。太难过救不了小囡，还会伤了大人的身子。”

彭永芬陪刘珍珍下楼，叫了一辆黄包车，送走刘珍珍和毛头，忍住哭，久久立在门口，像一截木桩。

过了半年光景，彭永芬和刘世琏约了刘珍珍，一同去育婴堂，想看看自己的亲骨肉。育婴堂的管事接待了三人，经过一番认真的盘问登记，找出一册记录本，逐页翻阅后，抬起右手在胸前划了个十字，难过地说："很不幸啊，你们的孩子在三个月前就死了，先天不足啊，我们作过努力，没有用，太抱歉了！"

彭永芬当场就晕了过去。经过手忙脚乱的一阵抢救，才苏醒过来。

"孩子埋葬在哪里？"刘世琏问管事，"能不能让我们看看他的坟？"

"抱歉，太抱歉了！"管事又说，"这里死去的婴儿很多，都不是单独埋葬的，也不立碑记，找不到的，愿他们在天国安息吧！"

一个鲜活的生命，就这样匆匆来到了人世间，又匆匆离开了人世间，连痕迹也没有留下，只给亲人心头留下了永远的痛。

这一年开春以来，刘珍珍也同许多上海人一样，隐隐感觉到上海的天地有点不同往常了。空气憋闷，乍暖还寒，天上好像多了火烧云，地下好像有着蛟龙在拱动，觉得有一场风暴就要来临。各种传说到处飞扬，有说北伐军势如破竹，已经逼近上海了；有说北洋军渤海舰队司令兼第八军军长毕庶澄，亲自率领装备精良的俄国归化团，乘着装甲列车来到了上海北站，要死守上海；有说洋鬼子增派的兵舰，一艘接一艘开进了吴淞口。

此时，上海的军阀政府早已弄得民不聊生，横征暴敛，苛捐杂税多如牛毛，甚至防守上海的直鲁联军总司令——"狗肉将军"张宗昌要想永垂不朽，在上海滩立铜像，也强制摊派铜像捐。街上流传顺口溜："自古未闻屎有捐，而今只有屁无税。"军阀的骑警和大刀队像一群群发了疯的豺狼，到处乱窜，抢掠奸淫抓丁打人成了家常便饭。"严惩乱党杀无赦"的斩决告示贴满了大街小巷，闹市区的电线杆上，不时能见到高高挂起的头颅，滴着鲜血……

长夜到头总能见曙光。这一年的春天，不论是华界还是租界，工厂罢工，学生罢课，商人罢市，谋生存求解放的吼声震天响，汇成了浩浩荡荡势不可挡的怒潮。许多工人纠察队不动声色地武装了起来。外来殖民者和军阀统治者一齐惶恐了，暴怒了，一场决战进入了一触即发的临界状态。

日本缫丝厂的东洋老板忽然间发了慈悲，不但给工人们涨了工钱，有事也可以请假了。行业工会一声令下要上街游行，机器说停就停，平常像恶煞凶神一般的工头们，都乖乖儿地敞开大门让开了通道。

好几天以来，彭永芬没有上工。刘珍珍以为她病了，就到她家去看望。没料到阿芬姐姐和好几个成年女工挤在亭子间里，在一个陌生护士的指导下，忙着学习救伤包扎知识，各人又把一叠叠的传单压在自己的篮子底下，准备带到外边去散发。有一个师姐的篮子里，还藏了一把手枪。刘珍珍惊奇地发现，姐妹们忽然间都长了精神，有说有笑的，全不像往日在厂子里受熬煎的那副呆相了。

接连着两次武装起义的失败，上海工人用鲜血换来了宝贵的经验。公元一九二七年三月二十一日，积蓄已久的火山终于开始了大喷发。上海一百二十五万产业大军，头一次拥有自己的武装，无所畏惧地登上了历史舞台。这一天，上街参加示威游行的工人，就达八十万！一当示威游行进入高潮，武装起义的枪声就在上海华界各区同时震响了起来。

激战第二天，由军阀部队盘踞的所有重要目标，绝大多数都为武装的工人纠察队所攻占。当夜，只剩下了北站的敌人还躲在装甲列车里拼死顽抗。为了消灭在上海的最后一股军阀势力，闸北、沪东、虹口、沪西的工人纠察队，还有上海大学、复旦大学、暨南大学的学生纠察队，都打着旗帜，跑步来到了宝山路虬江路一带集中，准备总攻。毕庶澄为了阻止纠察队接近北站，用燃烧炮弹轰击北站正面的大片民房，筑起了一堵火墙。

缫丝厂的女工救护队，也上了战场。刘珍珍拽住彭永芬的衣襟不放，跟着来到了北站外围。

刘珍珍头一回见到战场，竟是这样热闹。到处是奔跑的人，到处是响亮的嘶喊，到处都是猎猎翻舞的红旗，枪炮声就像大喜日子的炮竹声，响成一片。在熊熊火光中，刘珍珍看到一辆消防车上，站着一个挎短枪的年轻人，正在调动纠察队员救火抢险。这个年轻人头顶星空背衬浓烟，冒着从装甲列车上嗖嗖射来的机枪子弹，昂首挺胸不弯腰，好神气！这人不就是阿琏哥哥吗？是他，正是他，刘珍珍忙将嘴巴贴近彭永芬的耳朵喊："快看呀，阿琏哥哥在消防车上，多威风啊！"

不料彭永芬发火了，冲着刘珍珍嚷嚷："你吵着要来，是来看热闹的吗？爱看热闹躲一边去！"

刘珍珍没有解释。她当然不是为了想看热闹才上火线的，也就目不旁视地跟着她的阿芬姐姐，叫她干啥就干啥。当救护队快要接近垒着沙袋的前沿阵地时，彭永芬抓住刘珍珍的细胳膊，命令说：“你留在这里，不许再跟着我了，会碍事的。”

彭永芬说罢，就从别人手中接过救护队的红旗，带领救护队员，冒着炮火，向着前沿阵地冲去。

刘珍珍注视着彭永芬的矫健身影，心里想：“一个喜爱蚕宝宝的乡下女子，为啥能这样勇敢呢？”

不到两昼夜的激战，五千顽敌灰飞烟灭，检验了上海工人队伍的强大战斗力。起义全胜后的当天晚上，北站广场上人山人海。各路纠察队会师一起，忙着收缴武器，押解俘虏；附近的居民们敲锣打鼓，携带点心茶水，纷纷赶来慰劳胜利者。借着胜负已成定局之际和平入城的北伐军，除了决策者以外，官兵们也为上海工人的起义胜利而欢欣鼓舞，特地来到北站，同参战的工人纠察队和学生纠察队一道联欢。在狂喜的人潮中，刘珍珍眼前一亮，突然发现彭永芬和刘世琏在一起，大大方方的手拉着手，蹦着跳着，喊着唱着，那么高兴，那么亲热。刘珍珍头一回感到阿芬姐姐和阿琏哥哥是那样般配的一对，是那样年轻漂亮，是那样自由自在！多好啊！她在心底里默默地祝愿两人长福长寿白头到老！

俗话说春天孩儿脸，说变就变。政治情势的多变更胜孩儿脸。祝捷的欢声尚未静息，一条险恶的消息不胫而走：北伐军要拿工人纠察队开刀了！四月十一日夜，新任上海总工会委员长汪寿华遭到了诱捕并活埋；次日，由青洪帮临时组织的“共进会”打先锋，四出向工人纠察队挑衅，随即北伐军以“平息工人内讧”为借口，实施大规模的武装干涉，强行收缴工人纠察队的所有武器。离开起义胜利仅仅二十天时间，一场萁豆相煎同室操戈的流血惨剧，就在殖民者的眼面前疯狂展现。

年轻的起义者无法理解这样的急剧事变，当他们清醒过来的时候，怒不可遏了。第二天，发起了有二十余万工人参加的总同盟大罢工，大批工人和市民集合到了闸北青云路广场，抬着北伐军总司令亲笔书写的“共同奋斗”匾额，召开抗议大会，会后举行游行请愿。当队伍行进到宝山路时，埋伏在天主教堂内的北伐军官兵，奉命向手无寸铁的群众开枪了。

这时候，天正下着雨。刘世琏彭永芬和刘珍珍手臂挽着手臂，正走在游行队列中。一当枪声骤响，刘珍珍还不知道怎么一回事，正转头张望，只觉得身前有人倒下了。没有等她反应过来，刘世琏就把她和彭永芬同时摁倒在地。游行的人们四散奔跑，许多奔跑着的人陆续被子弹击中，纷纷栽倒。

“躺着不许动！”刘世琏粗声命令。

刘珍珍一动不动地躺着。雨水模糊了她的视线，她眨了眨眼皮，定睛一看地面，差一点要叫出声——啊！血！鲜血！流过身旁的雨水竟是红色的！她转动眼珠扫了一个扇面，眼前倒着一大片尸体，还有的人负了重伤，在挣扎，在呻吟。鲜血，几乎把面前的整个路面都染红了。鲜血掺和着雨水，正向路边低洼处哗哗淌去，泛着红波。一股浓浓的血腥味直冲鼻腔，刘珍珍猛然觉得胸部一阵痉挛，便忍不住哇的一下呕吐了起来。

“挺住！挺住！”彭永芬激励刘珍珍。

刘珍珍止住了呕吐，但止不住悲伤，为死去的好人，也为自己受到从未遇到过的惊吓。她哭了，但只是悲泣，没敢放声恸哭。

约摸过了二十来分钟，枪声完全停息。开枪的官兵见到游行队伍已经打散，目的已经达到，就在一阵哨音中集队撤走了。这时，游行群众和马路边的居民，纷纷来到杀人现场抢救伤员，有的寻找亲人和同伴，哭声四起，哀动城廓。

有一个白发老人立在尸体堆中仰天大喊：“中山先生在天之灵啊！您睁眼看看吧！这是您缔造的北伐军犯的大罪呵！他们不杀军阀杀百姓，怎么下得了这等毒手啊?！”

刘世琏扶起了彭永芬和刘珍珍，往两人身上打量，问道：“没事吧？”

刘珍珍全身都在发抖。彭永芬脸色铁青，嘴唇乌黑，四肢乏力，站都站不稳了，却回答说“没事”。

刘世琏搀扶着彭永芬和刘珍珍，移动艰难的步履，绕过一具具遗体，离开屠杀现场，一路走一路咬牙切齿地骂个不停：“叛徒！流氓！强盗！刽子手……”

噩梦还没有醒转，又是一个霹雷击中了刘珍珍的心坎。三天后的一个夜晚，彭永芬来到刘珍珍的住所，把她叫到屋外。

“不好了，阿琏给抓走了！”彭永芬递过一个蓝花布小包裹，气喘吁吁地说，“阿琏关在区里的拘留所。我已经拿定主意，要跟阿琏一道去死。兴许我这辈子再也看不到家乡了，日后你回杏源畈，代我去一趟天螺湾，把这个小包裹交给村校的秦文光先生。里面有一封信，写着我的心里话，拜托秦先生给我家里人和乡亲们讲讲，我到死都不会忘记大家。”

彭永芬说完这一番话，干脆利落地扭身就走。刘珍珍呜咽着追上去，哭求：

“姐姐你不能去找死啊！再想想别的法子吧！”

“听话！”彭永芬小声而严厉地喝道。

“你千万不能死啊！”刘珍珍紧紧拉住彭永芬的袖子，泣不成声了，“好姐姐求你了！你还没有给我讲松果姐姐的事哩！”

彭永芬狠狠地搡了刘珍珍一把。刘珍珍倒退了好几步，等站定脚跟，彭永芬已经消失在黑暗中了。

缫丝厂的告示牌上贴出了大布告，宣称自即日起恢复原来的厂规，凡随意旷工和上街肇事者严惩不贷。刘珍珍在神思恍惚中上了两天班，越想越不得安宁，就给工头敬上一块大洋，请得了一天假，一路小跑着寻到了警察分局拘留所。一个穷苦女孩子，她没有别的本事，只有哭。从见到门口的警卫开始，就哭死哭活的哭个不停，说要见一见自己的救命恩人，就在这个拘留所里。

声声哭求，惊动了一个刚要出门的中年警官，猛吼一声：“这里是你野姑娘撒刁的地方吗？”说着就抓起刘珍珍的后领，像老鹰捉小鸡一般，提溜着拖到大门外，直到一处僻静的拐角处才放手。

刘珍珍抬头望一眼警官，见他的颧骨上方有一块铜板大小的疤，将一只眼珠都挤得弹了出来，像恶煞般吓人。刘珍珍毫无反抗的余地，她的唯一武器还是悲情和眼泪，便继续哭求：“行行好吧警官大人，我的救命恩人是个弱女子，就让我见一见吧，求求大老爷啦！”

“听口音你是浙东葫芦乡人吧？”警官小声问。

刘珍珍点头。

“你想见的人叫彭永芬对不对？”

刘珍珍一听这话，就扑嗵一下跪倒在警官面前，哭得更加伤心了，“天地良心，阿芬姐姐是好人哪！她救过我的命啊！她要死了我也活不成啦！”

警官将她拽起，脸色平和了，说：“照实告诉你吧，彭永芬硬说自己是刘世琏的同谋，可是没有证据能判她重罪。你放心回去，过五天再来一趟，就找我疤面警官，我会给你们安排见面的。”

刘珍珍抹一把眼泪，感动得又要下跪，想磕头致谢。警官又捉住她的胳膊，将她转了个身说：“你这就走，莫要缠我，我还有公务。”

第五天，刘珍珍又一次来到拘留所，找到了疤面警官。警官的脸膛阴沉沉的，凹凸不平的疤瘢闪着冷光，越发吓人。他把刘珍珍领进一间提审室，带上了门。小小的提审室只有一个天窗，光线昏暗，静得出奇，能让刘珍珍听到自己的心跳声。

警官先扯别的事。他说："我是亭桥镇人，跟你是同一个区，从小就知道你们葫芦乡打人阵打得凶，男女老少心肠都石硬的。如今这个世道，心肠倒也软不得。"

刘珍珍懂得听话听音的常理，胸口突然收紧了，觉得喘不过气来。她用颤抖的嗓音请求："警官大人……你就……直说了吧！"

"你一个女小囡，直说了能挺得住吗？"

"那天……宝山路……"刘珍珍点点头，眼泪却已经涌上眼眶，颤声说，"宝山路上……死了好多好多人，我是在场的……也挺过来了。"

警官就照实说了。彭永芬不够死罪，她自动投案，还可以减轻处罚。可是她争着吵着非要把自己算成丈夫刘世琏的同谋。刘世琏是重罪犯，眼下重罪犯多，做个样子草草判决立马就枪毙。前天恰好轮到刘世琏过堂，法官允许彭永芬以证人和亲属身份出庭，当法庭宣判刘世琏死刑立即执行的时候，她突然发疯似的跳起来，大声喊叫说她丈夫刘世琏是战胜军阀的英雄，如果要杀英雄，她决心陪着去死。刘世琏刚刚给法警押上刑车，彭永芬就拼命追出法院大门，高声喊："阿琏哥，我先走一步，等你来相会！"刘世琏一时没弄清楚这话的意思，正回过头来发愣，就见她一头撞向了石柱，脑浆迸溅，当场身亡。刘世琏大叫了一声"阿芬 ——！"回音未落，刑车就开走了……

疤面警官讲完这个简略的过程，走到刘珍珍身边，从口袋中掏出一个小纸包，塞到她手中，说："你小小年纪，来日还长，想开些吧！不管怎么讲，彭永芬和她老公是很有骨气的人，到死都没有低过头！"

刘珍珍的全身好似僵固了，一动不动地坐着。此时，恰巧有个警官推门进来，有事找疤面警官。疤面警官的嘴脸霎时变得狰狞起来，伸手拖起刘珍珍，就往门外推，推了刘珍珍一个趔趄，身子撞在门框上，手中的纸包落地了，滚出了五枚亮闪闪的银元。

"你一个小丫头还懂得来这一套，没有门！"疤面警官又粗起嗓门呵责："刘彭两犯罪有应得，尸体统统集中处理了，找不着的。快快收起你的大洋，滚蛋吧！"

刘珍珍就这样稀里糊涂地给疤面警官轰出了拘留所。回到自己的鸽子窝，哭了一整夜以后，她才觉得自己清醒了过来。从这个时候起，她也觉得自己长大了，不再老是说女人命苦的话了。

第十四章
人各有志

一个让许多人神思不宁的谜团，终于因为找到刘珍珍而彻底解开。解开谜团，结束了牵挂和悬念，却失去了幻想和宽慰的空间，带来的便是无尽的悲痛。

亲人中，最先得知彭永芬死亡详情的是彭永骏，其次是彭永骢。阿芬的遗物，只有一个油布小包。弟兄二人松开外层的油布，再松开内层的蓝花巾，露出了一个长形的牛皮纸包，写着“烦交天螺湾小学秦文光先生亲收”字样。纸包是密封的，很沉，用手摸摸，不难猜到是银元，大约二十多块。除了银元，当然会有附信。

彭永骢迫不及待地想拆看阿芬的遗书，彭永骏压住他的手背说：“既然阿芬有意让秦文光先生亲收，总有她的道理，我们就尊重‘小妈妈’的最后一个心愿吧！”

彭永骢点了点头，沉默了。

兄弟俩虽然同处一个城市，可是相见的时间并不多。这一天碰头后，阿骢趁便要阿骏带他去找刘珍珍。其实，该知道的差不多全知道了，阿骢找刘珍珍，只是想要认识一下这位可怜的同乡好女孩。

临别的时候，阿骢给刘珍珍留下了通信地址，让她记在心里，不要写在纸上，又诚恳地说：“以后有事就找我和阿骏，从此，我和阿骏就是你的亲哥哥了，用不着客气的。”

刘珍珍突然一屈膝想下跪，兄弟俩各拉住她的一只手，没让她跪下。

“往后对谁都不要下跪。”阿骢紧紧捏住她的手说。

刘珍珍光流泪不说话，却认真地点了一下头。就这样，三人手拉手，泪眼相望，肝胆相照，就等于完成了一个异姓兄妹他乡结义的礼式，既简单又庄重，让三人都永生难忘。

见了刘珍珍的当晚，阿骢又把阿骏约到自己的宿舍，两人敞开胸怀作了一次深谈。

阿骢说：“我们诸暨是越国古都，历来崇尚卧薪尝胆精神。黄埔军校的毕业生中间，最多的便是诸暨人；辛亥革命以来，诸暨就出了一千多名英烈；给活埋的上海总工会委员长汪寿华，也是我们同乡。诸暨人就是有戆劲。这回知道了阿芬和阿琏的归宿，让我进一步抱定宗旨，决心一条路走到黑了。”

阿骏说：“我理解你的抱负，也相信你的意志。坦白说吧，自从去年那个动荡的春天起，我也开始考虑国家的命运和自己的未来。通过寻找阿芬的过程，更使我真真切切地看到了一个严酷的中国，对我的心灵震动太大太大了！”

阿骢说：“靠杀人维持的政权没有理由存在！我相信你明白我走的是一条什么路。你比我聪明，要是愿意，很希望你跟我一起干，坚定不移为共同的事业奋斗献身。你好好想想，不一定马上答应我。”

阿骏说：“看来，要想改变国家的现状，光靠意志是远远不够的。在我没有找到理想的目标之前，不会轻易作出皈依的决定，更谈不上轻易献身。对我来说，当务之急是学习，是探索。”

阿骢问：“学习什么？怎么探索？”

阿骏说：“首先我想弄清楚，世界上最大的一个民族，历史上创造过灿烂文化的一个光荣民族，怎么就会变得这样没有出息，自相残杀，又任人宰割。所以想趁自己还年轻，到西方去看看，去探索一下原来比中国落后的西方，为啥能够出现文艺复兴，掀起声势浩大的启蒙运动和工业革命，大踏步地跨到世界的前列？这到底是什么原因？什么原因?!”

“远水救不了近火啊！现在是一个只有用剑与火才能解决一切难题的时代。”阿骢感叹，迟疑了一下又问：“你有这种想法，是不是受了季叔叔和两个红毛番的影响？”

“受他们的影响当然有一些，不过我的脑袋终究是长在我自己的肩膀上，会思考，会比较。”阿骏坦然说，“我懂英语是一个有利条件，半年前我又开始自学法语。我想去法国。”

“听说法国是浪漫之乡。为啥选法国？”

“我当然不是为了追求浪漫才选法国。法国的文化背景跟中国有不少相像的地方，可是法国却成了大革命的故乡，自由的摇篮。”

“也好，人各有志嘛！”阿骢显得有些无奈，缓缓说，“不过，对文人最向往的自由，我有我的看法。中国百姓连饭都吃不饱，命都保不住，还谈什么自由？”

“身贵自由，国贵自主。没有人的自由发展，也就谈不上社会进步，悲剧就会代代相传，吃不饱饭保不住命的人，只会越来越多……”

阿骢没有耐心听阿骏多说，抢过话茬，“不管怎么样，我还得要劝你几句：季叔叔虽然值得我们敬重，可他的政治主张终究是灰色的。至于两个红毛番，尽管对我们确实不错，可价值观跟我们也不相同。一个是靠宗教势力到中国来玩玩乐乐，顶多是可怜中国人，做点慈善事业；另一个简直是殖民主义的传声筒，竟敢说要不是鸦片战争的西方大炮，就不会催生辛亥革命和五四运动，岂不让我们感谢列强的侵略吗？总而言之，不管中国人外国人，书读得越多，头脑就越复杂，立场就越模糊，意志就越软弱。”

阿骏本来就不想跟阿骢争，觉得双方都不具备足够的学识和论据，要争也争不出个结论来，便及时撇开敏感话题，同他商量起怎样处理阿芬的后事。最后，两人达成了完全一致的三点主张：

一、关于阿芬的死，对阿燕和自己家里的任何人暂时保密；

二、尽早抽个空，相伴回天螺湾一趟，把阿芬的遗物直接交到秦文光先生手里。同时用适当方式，向长辈和亲人们交个底，说明阿芬这几年在外面过得堂堂正正，不愧为天螺湾的好女儿；

三、约同刘世璋，在家乡为阿琏和阿芬修个衣冠冢，寄托永久的思念。

几天后的一个半夜时分，有人敲门，声声呼唤阿骏的名字。彭永骏和夏惠子同时下床，急忙出来开灯开门，原来是彭永骢。

彭永骢脸色惨白，额头上挂满虚汗。他蹒跚着进屋后，背靠门扉喘息了一会儿，就吃力地抬起一手搭在彭永骏的肩上说：“快扶我到你房里去，快！”

夏惠子眼尖，当即就看出了他身上的异样处。他的右手紧紧捂着右腿后部，鲜血已经染红了手指和半条裤管。

三人进了彭永骏的小卧室。夏惠子明白事情的紧急，转身就拿来了常备的医药用品，吩咐彭永骏为她当助手，撤掉床上的被褥，搀着彭永骢俯卧到床板上，剪破裤子，为他检查伤口，作消毒和止血包扎。

季炎如听到响动，也起床了，来到小卧室，一见血迹斑斑的场面，惊骇得张开了嘴却说不出话。

刘青燕不知什么时候也悄悄来到门口，好奇地往小卧室里张望，本来惺忪迷蒙的睡眼，突然睁大了。

季炎如已经镇定下来，轻轻地呵斥刘青燕：“睡觉去，睡觉去，这里没你的事！”随即将刘青燕推到门外，带上了门。

彭永骢喃喃解释：“难得看一次戏，散场的时候碰上警察捉强盗，挨了倒楣的流弹。”

夏惠子顾不上查问负伤的详细原因，她是学医的，一看就明白是枪伤，只有一个窟窿，证明子弹没有洞穿，还留在大腿的肌肉中。

“要紧不要紧？”季炎如急切地问妻子。

“还好没有伤着筋骨。”夏惠子说，“弹洞不大，是手枪打的。不过弹头总得想办法取出来才好，要不可能发炎，即使伤口愈合了，走路也不便。”

“那现在就帮我把子弹头挖出来吧，趁手一次解决。”彭永骢请求。

“哪有这么容易啊！”夏惠子说，“一没有麻药，二没有工具，何况我也从来没有做过外科手术。”

季炎如说：“最保险的办法是，给你包扎完毕马上就进医院，我这就打电话叫救护车。”

“不不不，”彭永骢连忙说，“医院哪里是穷人进得了的？我宁愿落下残疾也绝不进医院。”

彭永骏立刻悟到了阿骢的真实心思，拉住季炎如的衣袖帮腔说：“我三哥的脾气很倔的，他不愿意进医院就不勉强了吧。再说他流了不少血，接着折腾也吃不消，会晕过去的。”

“既然这样，就休息一夜再看。”夏惠子点头，“实在需要手术，随时可以做的。”

等包扎完毕，夏惠子要给彭永骢换下带血的裤子，彭永骢故作疼痛和害羞状，死也不肯。彭永骏说这事我会办的，劝夏惠子和季炎如赶紧歇着去。待二人一出门，彭永骢便伸手到腹部，从腰带上抽出一把白朗宁手枪，递给彭永骏说：“快帮我收收好。”

后半夜，刘青燕因为脑子里装进了一个带血的疑窦，再也没有睡着。天一亮，夏惠子就跟她解释说：阿骢在昨晚看戏散场的时候，碰到官兵斗强盗，挨上了倒楣的流弹，是轻伤，不用担心，只是要在我家休养几天，你多多照顾着点。刘青燕点头说会的会的。

早饭过后，彭永骏匆匆上班了。邮差送来了当天的报纸。《申报》上登出一条即时新闻，报道昨夜四川路上发生血案，据目击者称，有一政界要员在看戏结束欲登包车离去时，被一个来历不明的凶手开枪击倒在地，保镖拔枪还击，死伤五人均为无辜市民，凶手也可能负伤，但已逸去无踪。

读了这条短新闻，季炎如就紧紧地锁起了眉头。随即把夏惠子叫进了书房，关上门，密谈了好半天。等夏惠子一迈出书房，二话不说就上街去了。

一个多小时后，一辆出租汽车来到季宅门口，夏惠子领着德山方浩进了家门。德山同季炎如寒暄了几句，没有放下医用提包，就急着要见彭永骢。

夏惠子向彭永骢介绍说："给你请来了一位大医生，是我的世伯，医道非常高明的！"

"哦，德山先生，"彭永骢露出信任的目光说，"上一回吃饭的时候我们见过。辛苦大医生了！"

"大医生也不全能啊！"德山说，"我是内科内行，外科外行。不过嘛，一般皮外伤小手术还是难不倒我的。快看看吧，弹丸嵌得深不深？"

彭永骏不在家，夏惠子便独自担当起全部辅助工作。德山医生在注射麻药前，要用触诊方法检查弹丸的位置，预先警告说："这可是很痛的，受得了吗？"

"不怕的，"彭永骢说，"古时候关云长刮骨疗创，一边还下棋哩！"

"我不要你充英雄，痛的时候你必须叫出来，告诉我哪里最痛。"德山医生说。

意外地顺利。很快就确定了弹丸的位置，不足两公分深度。经过简单的术前准备，注射麻药后，三下五除二，干净利落地就把弹丸取了出来。

在一旁静静观望的季炎如，禁不住拊掌叫好说："华陀再世！"随即又不忘叮嘱一番："务请德山先生记住，今天到寒舍来，只是做客而不是出诊呵！"

"炎如君多虑了。"德山摘下口罩，笑笑说，"作为一个医生，我身在异国他乡，只管治疗人体病伤，不管社会病伤，一切政治与我无关。不过，我也要奉劝这位小伙子，政治可不是闹着玩的，往后当心点！好好休养吧，十天之内保证痊愈。"

让人忧心的难题终于解决，洗涮完毕，已快到午饭时分，季炎如真心挽留德山方浩说："德山先生是忙人，平常请都不容易请到您，既然来了，就一起吃顿便饭吧！"

夏惠子更是抓住德山方浩的医用提包不放，挽留道："要说报答德山伯伯的恩情，那是报答不完的呵！请您留下来吃便饭，不过是我们的一点心意。也来不及买菜，真正的便饭而已。"

“便饭就不吃了，等以后有机会再吃你的鸡素烧吧！”德山笑笑说。他执意要回医院，因为下午有个重要的预约门诊，必须早一点赶回去。出门之前，他又小声对季炎如和夏惠子说：“我从一位病人口中得知，惠子的表叔松谷雄次郎来到了上海，他来找过你们没有啊？”

夏惠子说：“找过了，还送了礼品，又请我们俩吃了和餐。”

德山又问：“有没有拉你们合伙做什么事啊？”

“我们俩不需要另谋职业啊！”季炎如回答，“各自忙各自的事，不受制于人，最好不过了。”

德山从夏惠子手中夺回自己的医用皮包，叮咛：“你的表叔可不是等闲之辈，他好像肩负着特别使命，你们跟他来往，千万要多加小心！”

“谢谢德山伯伯真情关照！”夏惠子竭诚鞠躬。

说到曹操，曹操就到。送走德山方浩不一会儿，松谷雄次郎就来了。季炎如不免捏了一把汗，如果让他撞见德山方浩，问起来由，那岂不尴尬！

德山方浩本来就认识松谷雄次郎。小林哲在离开上海之前，有几次松谷从东京来到上海，小林哲以东道主的身份设宴为他洗尘，同时请德山陪客。德山和松谷，也就是这一层应酬上的交情。后来，松谷有一位落脚上海的好友生了病，常找德山诊治，老是谈起松谷，不知怎的使德山对松谷产生了戒备心理。到底戒备什么，德山还从来没有向季炎如和夏惠子夫妇说起过。

松谷到了上海，头一次盛情邀请季炎如夫妇吃和餐，却没有吃出和气，酒过三巡，两个阔别重逢的男人没遮没拦滔滔不绝地说着说着，就说到了不该说又非要说的话题上，差一点闹翻脸。夏惠子想起松谷表叔历来把炎如君看作是天下第一知己，炎如君也把松谷表叔看成挚友和恩人，为什么突然之间两人就话不投机了呢？当晚回家以后，她问丈夫同表叔之间到底有什么疙瘩不能解开？季炎如只是沉闷地说了一句话：“这个问题跟善良女人是说不清楚的。”这一说，反倒让夏惠子更加不安了，深怕自己心目中最最亲近的两个男子汉会越走越远，甚至反目成仇。

松谷表叔又站在面前了。夏惠子先是一阵心跳，悄悄审视他的表情。他的表情却是温和的。

“趁我难得有点空，赶紧来还债。”松谷雄次郎含笑说，依然彬彬有礼。

夏惠子故作惊诧，“表叔欠我们什么债了啊？您不要吓我呵！”

“上一回怪小弟冒犯了大哥，也让惠子不高兴了，那一顿和餐没有吃好，今天补请，赔礼道歉！”

季炎如的脸色当场就显得不对劲了，既慌乱，又不得不顾及礼貌，窘迫得一时不知道该怎么应对才好。

夏惠子眼珠一转，明白丈夫心中正为难。可不是吗？小卧室里躺着伤因不明的伤号哩！让松谷察觉了，难免引起疑惑。可她一听松谷说又要请客吃饭，就高兴了，忙说：“好呀，正饿了呢！不过这一回得让我们做东，吃中国菜。我换一下衣服就走！”

“哦！对呀，对呀，我们做东，吃中国菜。”季炎如随口附和着妻子的话，好似遇到了救星，表情一下子就舒展了，立刻穿上外套，将拖鞋换成了皮鞋。

夏惠子匆匆地整理了一下装束，补了一下妆，又跟刘青燕交待了几句话，就催着出门了，嚷嚷说：“快走，快走，去晚了找不到好座位。”

季炎如尽量装出不计前嫌的大度，异常热情地推搡着，把松谷拥出了家门，一副东道主的豪爽模样。

他们来到就近的一家中餐馆，在一个安静的雅间坐定了下来。季炎如又变得从容了，趁夏惠子阅读菜单的时候，提议说要达成一个“饭前约定”。约定什么呢？一句话：“只准叙旧不准话新。”

“赞成，赞成，叙旧当然是重温友情。”夏惠子懂得丈夫的心思，急忙呼应。

“难道话新就不能加深友情吗？”松谷表示异议。

夏惠子的伶牙俐齿总是比季炎如快半拍，她抢着说：“表叔不是诚心要还债赔礼吗？还的什么债赔的什么礼啊？还不就是上回话新话出了毛病，要让炎如君做他不爱做的事情，闹得不开心。”

“好吧，友情为重！光叙旧不话新。”松谷勉强承诺。

“君子一言驷马难追。”季炎如说，“为了确保按照约定办事，我推选惠子当监官，谁说话出界，她就用筷子击碗三下，制止往下说。”

“我愿意！”夏惠子举起手，“表叔就是不同意也是两票对一票，通过了，少数服从多数。”

松谷说：“你们伉俪联合起来压迫我，不公平！”

“还不是为了帮表叔还好债赔好礼啊！”夏惠子说，“光这样还不够，今天我做主，只准喝甜酒，不准喝刺激雄性荷尔蒙分泌的烈酒，省得上了火又话不投机。”

季炎如以掌击桌，琅声说：“同意，同意。”

松谷无奈地叹息道："唉！中国谚语说，强龙不压地头蛇，听你们摆布就是。"

酒菜上桌了。夏惠子动情地说："表叔您应当理解，惠子我能够有今天的幸福，避免走妈妈的老路，全靠您表叔的功劳。惠子我多么希望您不要跟炎如君伤了和气啊！"

松谷沉吟道："我自然理解你的心情。不过准确地说，惠子和炎如大哥结合，主要媒介并不是我，而在于日中两国割不断的文化渊源。当初，我一眼看到你那件沾了墨迹的连衫裙，就懂得了你对炎如君的感情有多么深！多么真！可那个时候，炎如君还没有勇气接受你的感情哩，为了给他加温，我还使了一个特别的怪招……"

"什么怪招啊？"夏惠子急切地问，"我怎么不知道！"

还没有喝酒，季炎如的脸庞就有点泛红了。他说："当时，我真没有想到松谷君有意给我下套……"

那一回，也是请客吃饭，不过别开生面，说起来仍旧是通常的日本料理，而用的却是一种特殊的形式——"女体盛"，世界上唯独日本才有的一种传统宴席。季炎如虽然在书报上读到过"女体盛"是怎么一回事，实际见识却还是生平头一回。

一间典型的和室，布置简洁明快，正墙挂着一幅古代锦画，屋角摆着一盆碧绿的龟背竹，一旁陈列着几件精美瓷器，一派高雅古朴的气氛。松谷雄次郎和季炎如面对面地坐在座布团上，中间横陈一条彩绘的小小舴艋舟，舱面上铺着锦缎，缀着鲜花，首尾还点了蜡烛，这就是所谓的餐桌。而实际的桌面竟然是一名美少女的玉体，除了阴部有一朵鲜花复盖外，全身赤裸无遗。少女仰面躺着，两眼凝视天花板，脸无表情，整个儿像一尊大理石雕。

开始上菜了，餐馆侍应生把一块裱花奶油蛋糕摆放在少女的胸部，又把各种寿司一件件地摆上女体。摆放位置还挺有讲究，据说鲑鱼能活血强心，得放在心脏部位；旗鱼能帮助消化，要放在上腹部；鲍鱼和扇贝能增强性能力，该放在下腹部。其他用各种鲜鱼和蚌类切成的薄片和调料，也都各有各的放置部位，又不能放得太密，以免遮盖了美丽的玉盘。

按照"非理勿视"的中国古训，季炎如的眼睛早已不知道该往哪里看才好了。可是，不看女体又怎么进食呢？看着女体又怎么有心思进食呢？尽管季炎如强作镇定，努力保持着端庄凝重的君子风度，松谷还是看出了他内心的慌乱。

“炎如大哥不必紧张嘛！”松谷说，“您无非是在体验一种日本的传统文化。美景、美女、美食三位一体，这可是至高无上的艺术享受啊！”

既然把“女体盛”挂上大和民族传统文化和艺术享受的高度，松谷的脸上便洋溢起了陶醉的笑容，娓娓道来：“‘女体盛’的饮食方式，在日本已经有一千多年历史了。担任‘女体盛’角色的艺伎，要求是非常严格的，必须是处女，必须容貌姣好，身材匀称，皮肤洁白光润。执业前非得经过艰苦训练，要能一动不动地静静躺够九个小时才算合格。每次上菜前五个小时就开始禁食，不能喝一滴水吃一点东西，要空着肚子进行一个半小时的周密净身，除了头发以外的所有体毛都得脱净，用特制的高级肥皂擦洗全身，再用一个麦麸小麻袋搓过每一寸皮肤，彻底去除老化的角质，用热水冲泡后又用冰水淋浴，以免身上出汗。有的豪绅举办‘女体盛’宴会，为了显示阔绰，场面可大了，几十个‘女体盛’连成排，十分壮观呵！”

松谷如数家珍，一口气说完“女体盛”的来历和特色，问：“炎如大哥头一回体验‘女体盛’，感觉如何啊？”

季炎如不禁“迷箸”了。“迷箸”，是日语词汇，意思是手拿筷子，不知道该怎么下手才好。松谷见到他的傻样就笑了，说：“干吗发呆啊，快吃快吃，入乡随俗嘛！”

季炎如的手有点发抖，用筷子夹起食物蘸一下调料，汤汁就乱滴，沾到了少女洁白的肌肤上，又不好意思用餐巾去擦拭，只得转过上身，对着少女木讷的脸说声“对不起！”

“何必说对不起！”松谷又笑了，“筷子夹起美食把汤汁滴到玉盘上，毫不奇怪，日语称做‘泪箸’。真正该说对不起的人多着哩，有不顾礼貌动手动脚的，有喝醉了酒吐了少女一身的，最近还有一位老人因为兴奋过度，心脏病发作，竟昏死在少女身上。少女既然扮演的是‘女体盛’角色，顾名思义便是一个餐碟，就非得心甘情愿承受这一切才对啊！”

松谷为了印证自己的话，故意用筷子揭开一下遮掩着少女羞处的花朵，又用筷子去夹少女的乳头。少女果然不动声色，一点反应也没有。

季炎如强迫自己镇静下来，但已食欲全无，倒有一股恶心的感觉从腹中泛起，只是想到“女体盛”既然是邻邦的一种特有风俗和传统艺术，视作美妙国粹，那就非得表示尊重不可。于是，他努力装出一副儒雅深沉的名士派头，用流利的日语谈古论今，讲述起了《世说新语》中记载的一段故事：

“不知松谷君听说过没有，中国晋朝有个大富豪叫石崇，宴请贵宾的时候，为了摆阔显威风，总让自家年轻美貌的侍女执壶敬酒。贵宾要是不肯痛快干杯，他就命令手下人当场把敬酒的侍女杀掉。有一次宴请丞相王导和大将军王敦，王导不想在欢宴中见血，结果就给灌得酩酊大醉；可王敦却偏偏不领情，石崇竟一连下令杀了三个劝酒无效的美少女，还将血淋淋的脑袋用托盘端上当场验证。宾客们连连劝将军好歹喝一杯吧，王敦却回答说：‘他杀家人，与我何干！’可见宾主都不把女人当人看待。”

松谷听得目瞪口呆，面前的“玉盘”也禁不住微微打了一个寒战。季炎如又说：“相对而言，日本当代的‘女体盛’，比起中国古代的行酒杀婢来，终究还是文明一点啊！”

说到这里，季炎如再次瞟了一眼艺妓的脸，只见她的双目依然凝视着天花板，可是，两行清泪却顺着眼角缓缓地流了下来，在灯光中闪亮。

这一场盛宴，季炎如却以厌食而告终。不过，事后他还是向东道主坦白了自己的内心活动。他说：“我当时的第一个感觉是挺尸，第二个感觉是挺玉尸，第三个感觉嘛，不得不暗中承认：这也是一种对天然绝美的彻底展示。这种展示虽然侵犯了女性的尊严，无疑于精神上的活宰美女，但是毕竟有着震魂慑魄的魅力，使我想起自己确实到了非结婚不可的时候了！”松谷听罢就大笑，“哈哈！我的目标达到了！请您见识‘女体盛’，正是为了唤起您的凡人欲念啊！我的外侄女惠子小姐正在盼着您的回应哩。当然，她和‘女体盛’不可相提并论，她将为您展示的魅力，兼具着内在的纯情与外在的完美。她甘愿作出的奉献，您是没有任何理由拒绝的呵！”

一锤定音。季炎如终于收敛起在婚姻上的自卑心理，通过松谷雄次郎这位真诚而诡谲的媒人，向小林惠子捎去了爱的宣告。他与惠子真正结合了，也因此有了凄美的“樱花计划”。在这以后的漫长岁月中，季炎如所以没有把这件事情原原本本地告诉惠子，只是因为惠子的母亲也当过“女体盛”的玉盘，怕勾起惠子的伤感。

夏惠子得知松谷表叔为了她的婚事，曾经用过这么一番奇特心思，越发感动了。她说：“表叔聪明能干，这么重友情，不如到上海来做生意吧！当初我爸爸能成功，您更能成功。那样我们就可以经常在一起了，多开心啊！上海人尊重外国人，您不必担心受歧视的。”

“犯规了吧？”松谷用筷子敲了三下碗边，笑了起来，“只准叙旧不准话新，是谁不守约定啊？”

季炎如为妻子打掩护说：“惠子的话关联着友情呵！这是叙旧的延伸，不算犯规。”

“那我上次的话题同样关联着友情啊！”松谷申辩，“邀请老友共事，同样是叙旧的延伸。大哥不妨再考虑考虑，尽快给小弟一个明确答复吧，我好及早向上司复命啊！”

夏惠子连连敲着碗边，叮叮之声响了三下，六下，九下，都不管用了。

季炎如说：“既然松谷君如此固执，那么我也可以明确告诉你，我自己的工作干不完，我不可能接受你的任何委托。”

松谷说：“小弟如此真诚地邀请大哥合作，是因为小弟崇拜大哥！”

“不敢当！”季炎如说，“崇拜能说明什么？世界上任何一个傻瓜，都会有比他更傻的傻瓜来崇拜他。子曰：‘道不同不相为谋。’我绝对不会跟你合伙做坏事的，你死心吧！”

皆因为心中有火，虽不喝烈酒，话不投机照样催生火气。一句递一句话赶话，针锋相对，两位老友的交谈，渐渐有了火石交迸的味道。

松谷说：“识事务者为俊杰。相信这句中国古话吧！我的炎如大哥，早一步自动合作，比晚一步强制合作要明智。大日本帝国武运长久，没有力量能够阻挡我们的发展。”

“休提你们的武运长久吧！古往今来，武运都没有文运长久。”季炎如显然早就有话憋在心里，如鲠在喉不吐不快，“古罗马用武力征服希腊之后，在文化上却为被征服者所征服。同样，中国五千年灿烂文化，任凭什么样的武运都战胜不了。早年蛮勇的游牧民族占领中原，后来纷纷改汉姓，说汉话，学汉文，着汉服，放弃祖宗坟地，与汉人通婚，实施了全民族的汉化。大清帝国爱新觉罗氏统治汉族二百七十六年，武运够长久了，最终也融入了华夏文化。你们大和民族本来就崇拜华夏文明，一千多年前，你们的祖先盛情邀请鉴真和尚东渡，给你们的佛教徒登坛受戒，还带去建筑、雕塑、医药和琴棋书画各类文化。你们的衣食住行吃喝玩乐，哪一样没有中华文化的根子和影子？就连你们的‘大和’名称与理念，也是从中国的儒家学说里搬过去的；可是，孔夫子说‘君子和而不同’，‘己所不欲勿施予人’，这样的儒学精髓，你们偏偏不学。在明治维新之初，你们的平民连姓氏都没有，还处在原始状态。你们的开明祖先，称中国为‘上国’、‘天朝’，把中国人奉若恩师，那么谦恭！如今你们这伙不肖子孙翻脸不认人了，还想拿‘武运长久’吓唬中国人，没门！大和军刀不管多么锋利，总也敌不过中华狼毫！你们来吧，退一万步说，即便侥幸能强占中华大地，若干年后你们也得被中华文化所同化，成为中国人。”

季炎如说得声情并茂，夏惠子几次提醒暗示都中止不了他的滔滔宏议。松谷雄次郎听着听着，恍悟到大和尊严遭到羞辱，气得五官都扭曲了。但他毕竟没有忘记传统武士道的忍者风度，斯文地喝一口酒，吃几筷菜，压下了满腔怒火。

“是的，炎如大哥说得不错。”松谷思索片刻，开始反击了，而语调却依然沉稳平和，颇有一点汉字书法讲究潜锋藏锐的风格，“日本人并不否认，大和文化之源在中华。说起来也不怕难为情，连我们今天吃的豆腐、酱油、咸菜，用的文具、算盘、折扇，玩的古筝、三弦、围棋、麻将、风筝、风铃、拨郎鼓等等等等，都是从中国传去的。我们的日文，至今还有一半是汉字。一八五三年，美国佩里准将率领‘黑船’舰队闯进江户湾，第二年强迫日本政府签订了丧权辱国的《日美神奈川条约》，这日本历史上第一个同西方列强签订的不平等条约，日方文本还是全部用中文书写的，可见日本对中华文化的崇拜和依赖程度！然而，曾经让我们日本人景仰万分的汉唐雄风，如今到哪里去了？在西方列强的眼中，偌大一个支那，不过成了他们嘴边的一块肥肉！‘万园之园’的圆明园该是中华文化的精粹吧，照样给他们烧成一堆废墟。这难道不是你们的奇耻大辱吗？面对今日破烂的支那，你们炎黄子孙还有什么脸皮夸耀中华文化?！”

眼前的松谷雄次郎显然已经不同于过去的松谷雄次郎，以往在季炎如面前，他通常不称中国为支那，现在竟变得霸气十足，口口声声的支那支那起来了。季炎如不能不暗暗佩服松谷的辩锋，先声夺人，变被动为主动，弄得自己反倒语塞了。季炎如的脑子里忽然出现一片空白，胸中却越来越鼓荡起了疑惑和愤懑的波澜，心想松谷这家伙，眼下的实际身份尽管讳莫如深，至少自我定位已经是帝国利益的忠实卫士和当然代言人了，所以才会这样神气活现蛮横无礼，可恶！太可恶了！

季炎如觉得一时无法驳倒对方的犀利言辞，怕自己失态，有意眯上了眼睛，装出一副不屑置辩的冷傲状。恍惚间，发现有个拖着焦黄辫子的男人款步走来，喷着酒气，哼着《小孤孀上坟》的绍兴小调，头皮上的几处癞疤在闪着亮光。季炎如对此人颇感面熟，哦！想起来了，他不正是住在未庄土谷祠中的那位家喻户晓的阿Q吗？阿Q见季炎如脸有愠色，得知他受了东洋蛮夷的气，就潇洒地劝慰道："何苦跟这种人赌气！就当是老子受儿子的气好了。你就对他说：我们先前，比你们阔的多啦！你算是什么东西！"

季炎如猛的从幻觉中惊醒，差一点要笑，笑阿Q，也笑自己。

夏惠子在丈夫的沉默中，看到了他内心的凄凉，急忙转圜："二位男子汉不要争了好不好呀？求求你们了！反正一谈政治就吵架，不谈政治不是挺开心的嘛！"

"惠子你一个女子不懂男人胸怀。"松谷冷冷地说，"我正是因为不忘同炎如大哥的情谊，有些话才不能不早说，不能不直说。惠子也劝劝你的炎如君吧，千万不要太清高了，更不要太狂妄了，免得将来付出不必要的沉重代价。"

"听起来松谷君是在威胁人！"季炎如忍不住又开口说话了，已经有点无所顾忌，"你口称大哥，说出话来却像是当爷爷的在训责灰孙子。请别忘记这是在中国的土地上，你是在跟一个具有独立人格的中国文人说话，谁给你的权利可以这样放肆？"

"看来炎如大哥是要执迷到底了。"松谷缓缓说，"那就等着现实教训吧！"

"什么现实教训？无非就是打出'武运长久'的旗帜，发动全面侵华的肮脏战争。"季炎如难以自制地睁圆了双眼，大声说，"请松谷君不要忘记九年前的五月四日，正是日本对中国的侵略激发了中国青年学生和广大民众的愤怒，引发了一场前所未有的新文化运动，在中华民族的漫漫长夜中点燃了觉醒的火种。如果你们要想把整个中国陷入绝境，那末，我们四万万同胞一定会奋起反抗的。置之死地而后生，中国也就有希望了，中国人在历史奴役中丧失的尊严，就有可能在反奴役的现实搏斗中争回来。任何奴役其他民族的民族，都是在为自己锻造镣铐，迟早要遭到报应。信不信由你！"

甜酒还没有喝够，佳肴还没有上足，夏惠子就噙着眼泪说："啊呀！你们都喝醉了！都喝醉了！"说着就喊侍应生结账，随后拉起季炎如，催促："回家吧，这就回家，越吵越伤和气，多不好呀！在上海，表叔好歹是客人，炎如君少说几句还不成吗？"又朝松谷鞠躬，"表叔您知道炎如君的脾气，有时候喜欢钻牛角尖，请表叔您多多包涵。"

松谷起立送客，依然彬彬有礼，颔首说："回家也好，请炎如大哥冷静想一想吧！后会有期。"

第十五章
美色可醉与大患在侧

彭永骏听从夏惠子的劝告，住回家里已经好多天了，可是，他和刘青燕的关系，依旧冷冰冰的，并没有朝着热心人所期待的方向演进。柯爱在电话里听了夏惠子的情况汇报后，非常失望，敦促夏惠子加点油，把他俩的爱情之火点燃起来。

夏惠子也着急。能够为刘青燕找回失落的爱，鼓起她的生活信心，在夏惠子看来，这不仅是一帖消除病根的灵丹妙药，而且也是彭永骏理应得到的一份真情回报。她就忍不住对彭永骏说："阿骏啊，不管怎么样，阿燕是个乡下姑娘，又有病；你可是个城里男子汉，有学问，总得拿出点绅士风度来，主动关照着她一点，星期天不可以带她上街逛逛吗？"

彭永骏无奈地说："她不睬我，叫我怎么办？她把我当成刺毛虫了，见了我就躲。"

当晚，夏惠子就拉着刘青燕和彭永骏一同上街，去观赏正在走红的国产影片《火烧红莲寺》，进了影院还故意把他们两人的座位靠在一起。可是刘青燕死活不依，非要把自己的座位和夏惠子对调，让夏惠子插在中间当绝缘板，充隔离墙。刘青燕生平头一回看电影，当时称影戏，还是无声的默片，却看得喜欢死了，快乐得像个天真无邪的孩子，见到女侠飞檐走壁，好几次惊叫着从座位上蹦起来。可是一当跨出戏院大门，便勾下头不说话了，更不肯同彭永骏并肩走在一起。她走在夏惠子的左边，彭永骏靠过来，她就急忙躲到夏惠子的右边，压根儿没法粘到一块。

夏惠子难以理解刘青燕的真实心情，向季炎如诉说这件事，觉得有一种费力不讨好的遗憾。

"看来，我们都想得太简单了！"季炎如轻轻地叹了一口气，缓缓说，目光中分明流露出了几分内疚，"本来，我是应该比你们冷静的，我年纪大，懂得中国的国情，可是，我也犯了一个错误……"

"什么错误啊？"

“用良好的愿望代替严酷的现实，这是我常犯的错误。中国历代道学家的共同使命，就是要消灭个性。他们无法让鲜花长成一种形状一种颜色一种香味，却拼死要求人人做到一种模式一种思想一种行为。阿狐你一个东洋婆不懂中国女子的心理，是可以原谅的；而我不同，我应该懂得：男女大防，授受不亲，这可是相传千百年的老规矩。你知道中国明代有个叫海瑞的大官吗？”

“知道啊，不就是一个很有名的清官吗？”

“就是这个‘司风化’的大清官，位居吏部右侍郎，他有个年仅五岁的女儿，仅仅因为从男性家僮手里接过一块饼吃，海瑞就认为她犯了不贞之罪，赶走家僮之后，又逼女儿饿死赎罪。当时的礼法规定七岁男女不同席，海瑞的女儿离七岁还差两年哩，你说中国的礼教可怕不可怕？在中国，真爱是允许轻易表露的吗？何况，阿燕跟阿骏的傻哥哥拜过堂，算是有夫之妇了，得守妇道。妇道这块大石头，要从阿燕心中搬掉，谈何容易！”

夏惠子点点头说：“真是可怜了阿燕！”

刘青燕不再感到自己可怜，不论这种感觉是不是有足够的根据，反正眼下的她，自我感觉越来越好了。每当遇上彭永骏的灼热目光，尽管没有勇气去迎视，尽管脸颊会发烫，心头还会激起一阵阵的狂跳，可是怀里总揣着一份骄傲，甚至还藏有一点窃喜。她相信阿骏的目光是秤星，能够数出自己在对方心中的分量，也能够数出阿骏心中的苦恼。她默默地想：“谁让你当初稀里糊涂顶替傻哥哥相亲来的呢？这是报应。你骗了我也骗了你自己，得了相思病都活该！”

阳光下，刘青燕正在小花园里做健身操，她穿着紧身上衣，曲线分明，动作轻盈活泼。坐在书房里的季炎如，桌面放着一堆书报资料，双眼却透过玻璃窗，望着精神焕发的刘青燕，有点神不守舍了。

“少女真好比还魂草，给她几滴雨露就鲜活！”季炎如暗自感叹。

夏惠子进门为丈夫沏茶，笑笑说：“炎如君心不在焉啊！看小美人看傻眼了吧！”

季炎如故意顺竿爬：“是的呀！美人的魅力无穷无尽啊！何止是‘美色可餐’，简直是‘美色可醉’、‘美色可死’啊！”

“炎如君是不是有点想入非非啊？”夏惠子的话里多少含有点酸味了。

“是的呀！”季炎如继续迎着锋芒上，“我是有点想入非非哩！我在想，如果我们有一个这样可爱的女儿，那该多好！”

夏惠子像寒蝉似的突然噤声了，脸上那种进攻性的俏皮神情，也一下子消失殆尽。

季炎如立刻意识到自己犯了大忌，说了最不该说的话，连忙起身，接过夏惠子手中的热水瓶，放到桌上，抓住她的双臂，满脸都是歉疚的神色。

“对不起阿狐！”他真诚地小声说，“都怪我不好，让你伤心了。对待我俩没有子女的问题，你是绝对不需要承担责任的，更不需要有任何的不安心理。我们像现在这样，不是挺好吗？阿骏在身边，几乎跟亲儿子一样亲，阿燕正在逐渐康复，你是第一功臣，在她的心中，也已经把你当成亲妈妈了。”

夏惠子的脸色缓和了下来。她把视线移往室外，凝视着阳光下的刘青燕，眸子中透出了母亲般慈爱的柔光。

刘青燕停止体操，她有点累了，开始舒展四肢。她在不经意间伸起了懒腰，十指紧扣，手掌朝外，将双臂探过头顶，仰起脸，使劲把骨架拉拉直，身子就显得更加苗条了，逆射的阳光，用金边勾勒出了她婀娜生动的体态轮廓，活像一棵春风中的小柳树。

“阿燕真的是越来越美了！”夏惠子喃喃说，“其实，这样的美，不光你们男人欣赏，我们女人也是同样欣赏的。”

“这样的美，具有夺人心魄的力量！”季炎如好像一个资深艺术鉴赏家在评论一幅传世名画，说得十分认真，“这样的美，是一种会让男人入迷发狂的美，很可能会激发男人走极端，不是勇往直前去做顶天立地的大事，就是神魂颠倒去做丧天害理的坏事。”

夏惠子笑了：“女人的美真有这么厉害吗？”

季炎如也笑了，挑逗地瞄了她一眼说：“女人的美要是不厉害，一个堂堂的中国文人，怎么会让一只东洋小狐狸牵着鼻子走呢？”

夏惠子微微眯起眼睛，沉入梦境般的回忆，眼前闪现出与炎如君的相见与相知的情景，一片甜蜜的涟漪，就在眉宇间荡漾了开来。

刘世璋上一次随姨父赵中义到上海，没呆几天就回乡下去了，这一次刚从乡下来，就到季宅看望刘青燕，见她的病情进一步好转，非常高兴，对她说：“我马上写信给家里报个喜，让长辈们放心。病好了就可以早点回家了，爸爸妈妈和公公婆婆还有爷爷奶奶都想死你了！”

刘青燕没有答话。自从出嫁以后，她就觉得自己的一切行动，都不该由自己做主了。

同刘青燕聊过一会儿，刘世璋便跟着彭永骏走进另一个房间。彭永骢也在，他的伤口还没有好全，却装得没负过伤的样儿。彭永骢和刘世璋也是紫气书院的同学，不陌生，有话可谈。而刘世璋第一要谈的话题便是关于刘青燕的事。他皱起眉头说："阿燕的事有点麻烦了，乡下谣言越来越多，我得跟你们两个当小叔子的一同商量商量，看看怎么办才好。"

"什么谣言？"彭永骏敏感地问。

"老同学就不讲情面了。"刘世璋迟疑一下说，"谣言讲阿燕跟你阿骏好上了，不想回家了。"

"瞎扯淡！"彭永骢驳斥道。

"谣言嘛，当然就是瞎扯淡！"刘世璋说："可明明是瞎扯淡也让人受不了，两家的长辈们都有点顶不住啦！日盼夜盼在盼着阿燕快点回去。再不回去，怕是要下十二道金牌了。"

"这不是硬要把阿燕推回火坑里去吗？"彭永骢说。

听了彭永骢的话，彭永骏心中暗喜，急忙呼应说："阿燕到上海是来看病的，到底什么时候回乡合适，是不是听听医生的诊断再说。"

"对，对，就这么定吧。"彭永骢喜欢干脆，有时候还不许别人置喙。他又说："现在有一件更重要的事，需要我们三个人一起来安排。"

刘世璋急忙问："什么事？"

"就是阿琏和阿芬的问题。"彭永骢说。

"你应该知道他们两人是什么关系，最后的日子是怎么过的？"彭永骏说。

"当然，请快讲快讲！"刘世璋频频点头。

刘世琏和彭永芬这一对患难情侣执意相守和英勇赴难的情形，感人肺腑，彭永骏说着说着就哽咽了，而刘世璋却听得脸色发青，半晌没有说出一句话来。

彭永骢说："这样好的人落到这样惨的下场，连遗骨都找不到，真是老天不长眼哪！我相信历史迟早得还他们一个清白。葫芦乡彭刘两村世代结仇打人阵，阿琏哥哥和阿芬妹妹却用他们的高尚行为，给两村乡亲作出了好榜样。我和阿骏有个想法：应当在家乡为他俩修一座衣冠冢，以慰英灵，对祖宗与后辈也好有个交待。"

"这个想法是没有错……"刘世璋迟疑说，"不过，我担心两村的长辈们有顾忌，怕给当局知道了会惹出是非来。”

“办这个事，不必惊动两村的长辈和堂宗。”彭永骢说，“就我们三个做主就够了，约个时间一同回乡，凑点钱雇几个零工，悄悄儿办了就是了。”

刘世璋依然顾虑重重，嗫嚅说：“这样大的事，不跟父母商量着办，怕不妥吧？容我再好好想想。”

季炎如的老毛病又犯了。

这个老毛病已经好多年不犯了，症状是每到立夏时节，总有那么几天，他会寝食不安，浑身不对劲，一杯接一杯地喝浓茶，一支接一支地吸烟，爱独个儿发呆，闭口不说话，谁好心体贴也不领情。即使过了立夏，一切都复归平静了，你耐心问他，也不肯回答到底是怎么回事。好奇怪的“立夏病”！

记得有一年，就在季炎如的“立夏病”第四次发作时，夏惠子也得了病，高烧到摄氏四十度。可是她拒绝一切治疗。震慑之下，季炎如的“立夏病”反倒缓和了许多。他不得不打电话向德山方浩求援。

德山医生在电话里说：“眼下正在流行重感冒，惠子有对付重感冒的知识，没事的。我想，惠子所以拒绝治疗，一定是你有什么事情对不起她。如果真是这样，你必须投降！你应该知道，日本女人特别是痴情的日本女人，常常会做出一些让人吃惊的怪事！我知道惠子的脾气，你快快投降吧！你不投降我不管她的死活，你投降了她的病还不好，我立刻就上门。”

季炎如的脑际划过了一道闪电，那个“樱花计划”记忆犹新啊！想起了“樱花计划”，他就心痛了，连忙用浸过冷水的毛巾敷到惠子额头上，为她退烧。惠子扔掉毛巾，他拾起洗净后再敷到她的额头，又扳住她的手，柔声问：“你干吗要这样？经历过‘樱花计划’的人，还有什么话不可以痛快说的呢？”

夏惠子流泪了，赌气说：“炎如君的‘立夏病’，我本来以为只是个思乡病，现在看来倒像鬼病，一定有说不出口的隐情在。炎如君不肯说，就证明你不爱我，年年折磨我，我活着还有啥意思？”

平常没心没肺快快乐乐不知道忧愁为何物的狐狸精，原来是在为爱与不爱的傻问题发犟劲，季炎如不能不感动，心悦诚服地立马投降，原原本本地向惠子倾吐了自己心中不愿示人的块垒。

那是回上海定居的第二年，一切都已安顿妥贴，季炎如就给家乡写了一封信，报告自己的行止。信是写给一个堂弟的。没有直接写给父母的原因，是考虑到年迈的父母对他这个不肖之子早已绝望，离家十五年了，深怕撩起二老内心的伤痛。何况二老身边，还有一个本来应当成为媳妇的善良女人吴氏在，他欠吴氏的孽债实在是太沉重了，实在不忍心去刺激可怜的吴氏，宁愿让吴氏以为自己早已死掉了才好。

吴氏比季炎如大四岁，长得不好看，她是村里一个小财主的长女。季炎如的父亲是当地的一个穷塾师，曾经给小财主的两个儿子教过书，小财主就把丑女儿当作礼物送给穷塾师做媳妇。季父只有一个独子，老伴身体又不好，总巴望着早一点让儿子成亲。他觉着吴氏虽然不漂亮，可是心眼好，身体健，懂得孝顺长辈，成亲以后准能担当起理家的责任，便瞒着儿子答应了这门亲事，不管儿子高兴不高兴，双方长辈商议停当，择了吉日就举行婚礼。老塾师做梦也没有想到，好歹称得上诗礼传家的门风，说败就败在儿子的手里，洞房花烛之夜竟会逃出家门，一去不回，音讯全无。季炎如事后才知道：老父亲气得大病一场，新娘子死也不愿意退婚回娘家，发誓要一辈子孝敬二老。

堂弟的回信只有几句话："你既然已经回到上海，就赶紧来家一趟，信里说不清楚，一切面谈。"

季炎如独自一人回到了济南城外的乡下老家。原来的旧屋已经换了主人，他连忙赶到堂弟家中。堂弟含泪告诉他说："早在你离乡第三年的立夏时节，你父母同时传染上了恶病，全靠你那位从颜家来的姐姐尽孝照料，可惜到处借债求医也没能挽救二老的命，只得卖掉房屋办丧事，办完丧事，她就独个儿登上泰山，在舍身崖上跳下了百丈深谷。三条命，就在那年立夏前后的几天之内完结了。乡亲们为你姐姐收了尸骨，就在你父母的合墓旁边补了一个坟，好让你姐姐永世同你父母厮守在一起。"

当天，季炎如在堂弟的陪同下，为父母与吴氏姐姐扫墓，在三人的坟前呆呆地跪了个把小时，直到双膝麻木瘫倒在地，才让堂弟扶坐起来。他的心中在滴血，深深感到对不起故乡，对不起亲人，对不起并无血缘关系的吴氏姐姐。从此，每逢立夏时节，他就会像梦魇一般卷入伤感的漩涡，难以自拔。

夏惠子听了丈夫的解释，半晌不说话，光流泪。

季炎如说："我明白，让你知道这件事，肯定会难过的。与其让两个人难过，不如我一个人难过。"

夏惠子说："炎如君的'立夏病'，是从你回乡以后才犯的，原因我也猜到了几分。不过要请炎如君原谅，是我多心了。我猜，您父母去世的事既然已经告诉我了，还有什么痛苦的事需要瞒我的呢？很可能是你的吴氏姐姐还健在，以为你见到她后良心发现，想跟她破镜重圆了。”

“阿狐真会狐疑啊！亏你想得出来。”

“不少中国男人娶了日本老婆，回国以后又重新娶个中国老婆做正房，把日本老婆降为偏房，这样做也是为了对得起祖宗。何况，中国人讲‘不孝有三，无后为大’，炎如君更有责任为季家延续香火啊！”

“你怎么来到中国也得了中国病？”季炎如故作惊讶地说，“我是这样的孝子贤孙吗？我能忘得了美丽而残忍的‘樱花计划’吗……”

不料，相隔好多年之后，当季炎如渐渐淡出“立夏病”的悲情，在民国十七年立夏节到来的时候，曾经令夏惠子揪心的旧病迹象，又在丈夫身上重现，使她预感到有什么灾祸即将发生。

灾祸果然发生了。这场灾祸不仅是一家一户的灾祸，而是一个城市的灾祸，一个民族的灾祸。

四月底，上海华界和租界的各大报纸，纷纷发表新闻，披露日本派重兵登陆青岛，准备奔袭济南，名义上是保护日本侨民，实际意图却是抵抗国民革命军继续北伐，阻止中国统一。五月一日，日军果然侵入济南城，五月三日起，向北伐军公开挑衅。北伐军奉命不准抵抗，全部撤往济南城外。于是，日军的凶焰愈炽，立刻大开杀戒，疯狂杀害中国民众三千二百余人，伤一千四百余人。日军还肆无忌惮违反保护外交官的国际公约，捆绑国民政府山东特派交涉员蔡公时和他身边的十六名外交官，割耳朵剜鼻子，凌迟处死，野蛮程度令人发指！

俗称“十里洋场”的大上海，不光飘散着腻人的脂粉味，更蓄积着浑厚的阳刚气。任何攸关民族危亡的动向，都会率先在这里触发电闪雷鸣。“四一二”的血浪，虽然淹没了一个稚嫩的民主政权，却未能消弥三百万市民的爱国热情。济南惨案的消息传来，大上海震怒了！

从五月五日立夏节这一天起，上海的反日怒火呈现了岩浆奔突般的浩壮之势。各大工会、商会和学生联合会纷纷发出通电，声讨日军暴行，号召全国军民团结一致同赴国难。复旦大学和交通大学全体学生要求接受军事训练，请缨抗敌上战场。十二日，上海六十余万人分别在南市、闸北、江湾举行抗议大示威，各界民众一齐行动了。

奈何！豪迈的民气终究无法同孱弱的朝廷相匹配。“打倒列强除军阀”和“外抗强权内除国贼”的口号，虽然是国民革命的基本口号，可是，执政者抱定“攘外必先安内”的宗旨，对外敌完全采取妥协政策，紧急勒令上海停止一切罢工、罢课与游行示威。淞沪警备司令部遵照中央政府的指示，还命令所属部队会同警察局，在整个五月间施行全面戒严，用强力维护治安，训令军民“恪遵中央命令，静候解决”。

“静候解决”的结果，便是隐忍退让、绕道北伐。济南的四千六百余同胞白白死伤了！

正当季炎如的“立夏病”复发的日子里，从他家乡来了一位世侄。这位世侄是济南惨案的幸存者，一见季炎如就嚎啕大哭。他说：“俺季家庄完了，给日本人的野炮轰平了，你的堂弟负了重伤，断气之前让俺到上海来找你，把日本人的凶残真相告诉你，让你写下来，好叫子孙后代永世不忘血海深仇！”

幸存者原是为国民革命军第二十六军司令部临时雇用的一名向导。当他跟随部队进入济南城的时候，正遇日军拦路对抗，阻挡北伐军前进，一边炮轰电台，向北伐军大部队的头顶扫射机关枪，随意打死路过的平民百姓。当时根据情报，日军进入济南的先头部队只有五千人，后续部队还没有进城；而先期开进济南的北伐军将近三十万，粮弹充足，士气高涨，官兵们嗷嗷叫唤，激烈要求教训倭鬼子。当时他听见二十六军的一位副军长给上司打电话求战：“快下命令吧，我们保证在两小时之内悉数歼灭这批鬼子兵！”可是上司不但不同意开火，反而严厉命令部队立刻撤退到城外去。没等北伐军全部退出城区，日军就动手大规模的烧杀抢掠，连老人孩子也不放过；奸淫妇女更是不顾羞耻，比野兽还不如。第二天，日军还说北伐军退兵速度太慢，追着屁股炮轰。季家庄明明在城外，是北伐军的临时宿营地，就这样给毁了！

季炎如好似遭到雷击一般，全身僵木。半晌，他涕泪交流，仰天长叹：“啊！苍天在上，何时才能惩罚这拨茹毛饮血的兽类呵？”

这一年的“立夏病”，季炎如很快由忧郁转入了激愤，他一连几天杜门不出，不是烦燥踱步，便是伏案疾书，最后写出了一篇题为《大患在侧》的文章，用实名在他主编的报纸上发表了出来。

《大患在侧》一文，剖析了日本侵华的必然性。作者坦陈自己在采访日本关东大地震时所得到的经验教训，通过研究日本文化，越来越看清日本武士道精神的特质就是崇强凌弱，视掠夺为幸福。文中援用日本启蒙思想家福泽谕吉的一句名言："自己去压迫别人，可以说是人生最大的愉快。"阐述道："福泽谕吉被尊为日本的卢梭，是日本的精神教父，他的这一句名言，体现了日本自明治维新以来对外关系的准则。日本军国主义的羽毛早已丰满，继甲午战争与日俄战争的胜利，又完成了对朝鲜半岛的并吞，使它的贪欲极度膨胀，侵占全中国的图谋已由计划阶段进入到实施阶段，持有势在必得之凶焰。"作者的笔锋一转，又对执政当局的消极对策表示公然质疑："在穷兵黩武的日本帝国面前，你越是退让，他越是得寸进尺。在甲午战争前四年，年方三十二岁的康有为就预言中日必有一战并将败于日本，不幸而言中。殷鉴不远！唯有抛弃幻想，动员全国军民奋力抵抗，才能挽狂澜于既倒，求得民族之生存！"

文章发表之后，万众争阅，一日之内，报纸三次加印，各方反应强烈，多数人竭力支持季炎如的观点，自然也有人怀疑和反对。第二天，夏惠子就接到德山方浩的电话，他说日本总领事馆有个外交官到医院看病，当着日本医生的面破口大骂这篇文章，因此劝夏惠子约束丈夫，不要锋芒太露。第三天，上海市政府的一位高官派出两名代表，坐着包车登门约季炎如谈话，说是"邀请"，却不得谢辞，完全是一种强制传询。晚上，季炎如回到家，活像一只斗败的公鸡，蔫儿了。

夏惠子本来就讨厌政治，对丈夫的遭遇心中担忧，嘴巴里却故意装出一点幸灾乐祸，说："市政府为啥没留下炎如君吃饭啊？"

季炎如没头没脑地说："真没意思，不如到天螺湾养老去，归隐山林，了此一生拉倒！"

"别说风凉话了！"夏惠子苦笑道："就在上海，你要是一天看不到报纸，也会像鸦片瘾发作一样难受，还归隐山林呢，你生来就不是图清静的命。"

季炎如总觉得跟惠子不便谈政治，也不忍谈政治。政治太无情，何苦让善良女人担惊受怕呢？当彭永骢和彭永骏追问这次传询的情况时，季炎如便爽快地照实回答了。他说："这位市府大员，我从来没有见过，也不知道尊姓大名和官衔爵位，他倒像是阎王殿上的判官，对我的事了如指掌，一见我，冷冷地寒暄了几句，就板起面孔开始训话，指责我的文章激化了国人对邻邦的仇恨，唯恐天下不乱，若不是存心破坏和平建国方略，也是帮倒忙。我申辩说：'济南惨案白白死伤了好几千同胞，国人连表示一点愤慨的自由都不给，这算哪一家王法？'历来当官的都是人上人，岂容百姓顶撞，他拍桌子警告说：'你写这样的文章，我怀疑有异党在背后指使！你不要忘乎所以，去年春天你笔走龙蛇为赤潮张目，是有案可查的，不要等到旧账新账一起算的时候，就后悔莫及了。'"

说完事情的经过，季炎如又摇头发感叹："二千多年前，孟子就说过民为贵君为轻的话，可是到了今天要表达民意，为啥还这样难?！"

彭永骏没有说什么，只是陪着生气。

彭永骢的伤势已经基本好全了，说话的声音也宏亮了起来。他说："就有这么一拨掌权人，在外敌面前是绵羊，在国人面前是狮子。不扳倒这拨人，中国休想自立自强！"

季炎如又摇头了："事情没有这么简单！"

彭永骏悄悄问彭永骢："那天夜里在四川路上发生血案，知道挨枪子的是什么人吗?"

"我怎么知道?你听说什么了吗?"彭永骢反问。

"听说是去年镇压赤潮的一个刽子手，杀过许多好人。"彭永骏神秘地说。

彭永骢"哦"了一声，说："报应！"

季炎如望着彭永骢的眼睛，发现这一双年轻的眼睛里，流露出一丝无法隐藏的快意和自豪。可是，他并没有迎合彭永骢的心情，说一句赞许或庆贺的话，反而慨叹道："可惜啊！刺客的枪法并不高明，这个该死的刽子手没有死，昨天他在医院里接见记者，发誓要消灭赤党。"

彭永骢的目光顿时暗淡了，不引人注意地吸了一口冷气。

"这是什么年头呵！"季炎如又沉吟说："'防民之口，甚于防川'，连说说真话都不许，何况动刀动枪！在眼下的情势下，但愿天下壮士不要再做欲速不达的蠢事才好！"

"这能叫蠢事吗?"彭永骢不假思索地反驳。

"我的意思，最好不要拿鸡蛋去碰石头。留得青山就有希望。"季炎如谨慎地解释，显出一种推心置腹的神情，"我虽然不是革命家，也不是政治家，对任何事情负不起指导责任，不过好歹是个自由职业者，能算一个观察家吧！议论权总该有吧！谁都清楚，中国历来主张一元史观，所谓'天唯一日，国唯一君，家唯一主'。'四一二'政变就是泼血立威，公开树起'一个主义一个政党一个领袖'的旗帜。北伐胜利，人心思定，中国需要休养生息，更需要发展实业。聪明人应当面对现实。需知道，当一棵大树的根系没有腐朽的时候，摘掉它几片叶子拗断它几根枝桠是无济于事的！"

“那该怎么办？伸出脖子让人砍吗？”彭永骢气急了，为尽量压低嗓音都憋红了脸，又说：“自从去年四月到如今，当局用清党的名义杀了多少好人？既杀共产党人，也杀同情共产党人的国民党人和普通爱国者，他们的口号是‘宁可错杀千人不可放过一人’。有消息透露，全国范围内已经杀了三十来万人啊！炎如叔叔您晓得不晓得？晓得不晓得?！”

季炎如又望了一眼彭永骢，只见他咬着牙根，腮肌起伏着，眼眶里已经噙满了泪水，标志着仇恨的岩浆正在他胸中沸腾，急剧膨胀的压力开始逼近临界点，似乎有一种将要失控而导致喷发的危险。

季炎如心中一震，突然意识到彭永骢的身后正紧靠着一座巨大的火药库，他的信念谁也动摇不了。

“好吧，这个问题我也说不清楚，现在不讨论，也没法讨论。”季炎如适时挂出了免战牌。

早晨，上班的季炎如跨进报馆门槛，刚刚在写字桌前坐下，就听到一阵刺耳的炸响。惊抬头，只见一块块砖头和无数碎玻璃哗啦啦地落到办公室的地板上。同事们怒吼着纷纷向屋外冲去，有人立刻打电话报警。可是，没等警察到来，一群肇事的暴徒已经呼啸而去。领头者的喊叫声，竟是清晰的日语。

同事们气愤地议论：“分明是日本浪人干的！这是给《大患在侧》的第一个回报。”

季炎如说：“这岂不印证了大患在侧吗？”

同事们慨叹着，立刻商议出了一个主张，并且当即付诸实施：委派两人陪同季炎如回家，向夏惠子说，报馆的房子坏了，要大修，季主编的身体不大好，最近也太累了，让他在家好好休息一些日子，千万别让他上班，也别让他上街。

夏惠子瞧一眼丈夫的尴尬脸色就明白了，丈夫的同事在撒谎，准是丈夫写的文章惹出大麻烦了。她当然不便点穿这个好意的骗局，只得连连说：“多谢关照！一定照办。”

刘世璋来到季宅，带来父母发给他的一份电报，电文是：“得悉燕儿病况好转速陪其返乡勿误”。

乡下人极少发电报，发电报就有点十万火急的意思。电文虽短，意思明白。就是说阿燕的义父母已经收到了儿子的信，得知阿燕的病情有好转，特地来催她回乡了。对于阿燕来说，这份电报也就是圣旨。在商量是否照办的时候，既然阿燕本人没有丝毫抗旨的想法，她的病也确实有好转，阿骏和阿骢兄弟也就没话可说了，总不能把阿燕强行扣住不放吧！阿燕的义父母所以发这样的电报，正说明他们对谣言已经失去了招架的能力。如果不让阿燕回家，那倒恰好让造谣的人得着便宜更加有戏可唱了。至于季炎如和夏惠子夫妇，当然更得尊重刘彭两家人的意愿，尽管不放心，也只好让她登程返乡。

刘青燕离开上海的当天，刘世璋来接她同行。彭永骏要陪着去火车站，刘青燕一连声嚷嚷不要不要不要，彭永骏提起她的行李，执意要送，她就拼命似的夺回行李，哭了起来。季炎如使劲拽了拽彭永骏的衣袖，暗示他切切不要再争了。刘青燕非常固执，也不让彭永骢和夏惠子送她。在同季炎如和夏惠子夫妇告别的时候，一句话也不说，光流泪。夏惠子感到依依难舍，将她搂进了怀中，她伸出双臂紧紧地箍住夏惠子的腰，嘤嘤地哭出了声，好像诀别一样。

第十六章
永失宁静的世外桃源

刘青燕回到了葫芦乡，自然先落脚在杏源畈娘家。

义父义母与阿燕分别两个多月，说不尽的牵挂，见到阿燕脸色红润，眼睛明亮，谈吐也灵活自如，乍一看，果真恢复得跟没有生过病时一模一样了，压在心中的大包袱便抖落了一半。

义母姚素娟私下里探问阿燕："传说阿骏喜欢你，你和他好上了，是真是假？可把我们两家长辈都急死了，特别是你祖婆，好多回托人传话，要让爹妈催你回乡。你和阿骏到底有没有这桩事情啊？"

"怎么会呢？"刘青燕从容地回答，"人家阿骏从小进城念书，是大学生，出过洋，见过大世面，哪里会看得上我这样的乡下野丫头？再说，爹妈不是见我跪在祖宗灵牌面前发过誓的吗？"

姚素娟听罢将信将疑，急忙向刘家梁作了禀报。刘家梁沉吟了一会儿，说："庆祝阿燕康复回乡，趁这个机会一道去看看五泄风光吧，阿燕不是从来没有到过五泄吗？"

醉翁之意不在酒。刘家梁偕同妻子陪着阿燕，雇了一架马车，专程赶往三十多里外的五泄胜景。游山玩水不过是因头，这位乡贤兼长辈有话要对阿燕说，找个好地方，只是为了营造一点好心情。他领着两个女人，先到唐代古刹五泄禅寺，向菩萨跪拜感恩一番，没顾得上依次观赏奇特秀丽的五级瀑布，也没有探视幽雅深邃的西源峡谷和楠木林，便租了一艘小游艇，驶进了碧波荡漾的五泄湖。

湖面静悄悄，湖畔的秀色一览无余。阿燕似乎没有兴致观赏美景，一边剥着小核桃和香榧子，呼吸有点紧迫，揣摸着义父的心中在想些什么。

刘家梁燃起烟卷，说话了："阿燕，都说五泄风光胜仙境，上海有这样的仙境没有啊？"

刘青燕摇头。

刘家梁又说："俗话讲得好：亲不亲家乡人，甜不甜家乡水……"

姚素娟见丈夫欲言又止，接茬道："你爹的意思，怕你呆过大上海，从此淡漠了家乡。"

刘家梁点头说："怕只怕年轻人一旦沾上俗念，是不容易洗净的。"

刘青燕突然红了脸，却斩钉截铁地说："爹妈这样不相信我，是要逼我跳进五泄湖吗？"

刘家梁一见阿燕的神色，觉得她已经明白了自己的心思，也就点到为止，迅速转移话题，轻松地讲起五泄胜景的美丽传说来了。

接连两个夜晚，姚素娟都和阿燕同睡一张床，两人有着说不完的贴心话。姚素娟询问了阿燕的病情深浅和治疗状况，还听阿燕叙述了寄住在别人家中的所有细节。东拉西扯，绕来绕去，姚素娟最想知道的还是阿骏对阿燕到底有没有过不规矩的心思和举动。使姚素娟十分意外，阿燕对答如流，一点格愣都不打，一口咬定人家是正人君子，还说阿骏为避嫌，故意住到外面不回家。姚素娟心想：一个情窦初开的女孩子，若不是心地清白守身如玉，谁答话能这般干脆！后来讲到东洋婆的爽快性格，讲到她家两件稀奇的东洋瓷器，阿燕更是忍不住嗤嗤的笑；再后来讲到医生逼她脱裤子检查身体的事，问她为啥结了婚还没有开苞，她没法掩盖既害羞又伤感的情绪，说完就呜咽了起来。

"妈晓得，让阿燕受委屈了……"姚素娟也陪着流泪，叹息说，"唉！可事先谁又能料到会是这样子的呢？都是命里注定的啊！人强不过命！乖囡听妈的话，回到天螺湾以后，还是要想开一点，反正不愁吃不愁穿的，安生过日子吧！公公婆婆爷爷奶奶都会疼你的，阿骅不懂事，倒也不会欺侮你，你就耐心照看他，就算为来世积德。"

刘青燕起身找手帕擦眼泪，待她重新钻进被窝，姚素娟又说："做女人总归是守牢妇道顶顶要紧。好有好报，老天有眼的。彭家四兄弟两个庶出一个领养，只有阿骅是大夫人生的，是独一无二的正出嫡子，不管怎么讲，你也就是堂堂正正的嫡长子媳妇，按照规矩，将来是可以多分家产的。"

刘青燕光听不说话，没有一点动静。姚素娟知道她没有睡着，又提起了出嫁时亲手传授的两件宝物，说："妈给你的那两件压箱宝，既然派不上用场了，你就不要再留着了，噢！"

刘青燕说话了，"妈不是讲过，压箱宝能避邪吗？为啥不要留着？"

"也怨你和阿骅小两口子没有福气受用！万一让人看见了，会有闲话的。"

姚素娟无奈地说，“那个瓷器‘长生苞’，就用石块砸砸碎，绢画《双喜图》就丢进灶窝里烧了。这两件宝贝，是你外婆的外婆，一代又一代传下来的，到你手里传不下去了，毁了它也是没有办法的事啊，莫要舍不得，噢！”

刘青燕默默地听着，一声不吭，假装睡着了。

第二天，刘家梁和姚素娟夫妇护送刘青燕回婆家，步行不足半个时辰的路程，三人却雇了三顶乌篷轿，加上轿夫成九人，一溜逶迤，颇有气派的样子。这是刘家梁的刻意安排，为的是装点行色，渲染一种“完璧归赵”的意味，好让爱嚼舌头的人们趁早闭上臭嘴。

不论什么人，只要一认天命，也就会无欲无求，变得身心太平。刘青燕早就认过天命，进城扑腾了一阵子，回到原地，又从怀疑天命回归到相信天命了。终究是从小熟悉的山水民情，多好啊！外面金窝银窝，不如自家草窝。命里注定该住草窝的乡下草民，就不该留恋城里的洋楼。她想。

端午节到了。天螺湾的山民尽管日子过得不宽裕，年年都是瓜菜半载粮，番薯当主食。可是过端午节并不吝啬，都是当一个大节来过的。端午节要包粽子，做印糕，尝樱桃，孩子们的衣襟上要系雄黄香袋，各家的厅堂或门扉上还要挂钟馗捉鬼图，花样繁多。

黄阿莲弄来一些艾草、大蒜与菖蒲，扎成一束束的“驱邪宝”，挂到一个个的门框边。刘青燕见她忙不过来，就主动帮忙。侄儿彭盛庭和双胞胎侄女彭美庭彭丽庭，就像小狗小猫似的围在身边凑趣，不停问一些天真的问题。

阿美和阿丽问：“过端午为啥要挂大蒜啊？”

黄阿莲说：“大蒜可是好东西呵，能驱邪防病，俗话说：五月不吃蒜，鬼在门前转。”

阿庭说：“吃了大蒜嘴巴好臭好臭的。”

黄阿莲又说：“大蒜是靠孙悟空从天庭里偷到凡界来的。孙悟空怕玉皇大帝看见要没收，只好把大蒜头偷偷藏在屁眼里，所以就变臭了。”

刘青燕还是头一回听说大蒜有这般来历，笑得弯了腰红了脸。三个孩子也一齐笑。

黄阿莲猛然想起阿燕在新婚第三夜要上吊的情景，鼻子一酸，眼圈红了，却又含笑说：“难得见到阿燕这样高兴，真好比给我吃人参进补哩！”

刘青燕的一阵开怀大笑，成了彭家的一件大事。彭家的长辈们都当作喜讯互相传告。要说喜讯也确实是喜讯，这可是阿燕嫁到天螺湾以来的头一次开怀大笑，说明阿燕的毛病已经脱体，心情也变好了，不必再让别人为她担忧了。至于阿燕愿意跟黄阿莲做伴，帮着干杂活，这多少有失淑女身份，黄阿莲专门为这事禀告过陈银凤，陈银凤又上达天听，请示了彭汪氏。彭汪氏手捻佛珠安详地说："闲着也是闲着，闲着容易胡思乱想，让她跟在阿莲身边多动动，做点杂活也没啥不好，想当年我也爱做杂活的。"

彭汪氏的话，迅速由陈银凤回传到了黄阿莲的耳朵里，黄阿莲很高兴，赞说老夫人好开通！一旁的张小珠待陈银凤转身离去，却撇了撇她的薄嘴唇说："哼！想当年，想当年还不是个通房丫头，不做杂活有得饭吃吗？"

彭汪氏的身世本来就不是秘密。她先当丫头后成小妾，直到大夫人死后才扶正。当时为打人阵的情势所迫，没有举办扶正大礼，没有穿上红裙子坐上花轿，成了她的终生大憾。不过自她扶正以后，就有了一品夫人的架势，自家宅院里，便没有人再敢议论她的贫贱出身了，只有孙媳妇张小珠自恃出身名门，不把祖婆放在眼里。这时候，黄阿莲听了张小珠轻薄彭汪氏的话，吓得一哆嗦，装作没听见，赶紧走开。

在刘青燕的心目中，黄阿莲是个万事通，跟她在一起，就不寂寞。她会浸出皂荚水，让阿燕用麦管吹泡泡，五颜六色的煞是好看。阿燕的头发脏了，干涩了，她就用木槿叶榨出的浓汁给她洗，洗完以后的头发就立刻变得又黑又亮又柔软。黄阿莲还说像你这般年纪的女小囡，正是讲漂亮的时候，就采摘一些红色凤仙花瓣，拌上明矾，放在碗内捣烂，晚上敷在她的指甲上，用碎布包好，到第二天，指甲便染成了鲜红色，伸出双手就像两簇花。阿燕叫来阿美和阿丽一对双胞胎姐妹，如法炮制，也让她俩吹皂荚泡泡，也给她俩用木槿汁洗头发，用凤仙花染指甲，让两姐妹开心得手舞足蹈。

刘青燕跟黄阿莲越来越亲近。第二天，黄阿莲要去油车坊，问问送去的油菜籽开榨了没有；阿燕说从来没有见过榨油，非要跟黄阿莲去看看。既然彭汪氏发过话，让阿燕跟在自己身边多动动，黄阿莲就高高兴兴地带她一道去。

还没有跨进油车坊的大门，刘青燕就听见了雄壮的号子声和嘭嘭的撞击声，有点地动山摇般的气势。

油车坊就是一个榨油的土作坊，在小小的山村里，算得上是重工业了。一间长方形的大瓦房里，一角安着两口焙料大锅，正炉火熊熊，炒熟的油菜籽散发出一股热烘烘的油香。榨油工们用稻草垫进模具，将炒熟的油菜籽压成饼状，一个个地放到巨大的榨槽里去，用榫木插紧。榨槽是用一筒合抱粗的楠木凿成的，牢牢地固定在地基上。屋梁下，用四根手腕般粗的棕绳悬吊着一节檀木桩，至少有五百来斤重。八个壮汉分站两边，像打夯一般地用檀木桩打击着榨槽上的榫木。

刘青燕随着黄阿莲，怯生生地踏进了油车坊，立在门旁就不敢再往里进了。原来，所有榨油工，个个赤膊赤脚，只穿薄薄的裤衩，满身的肌腱鼓突着，随着划一的号子声，一退一进地运着蛮力，每拉动一次檀木桩，四股棕绳就会发出叽轧叽轧的欢叫声。榨油工们操作得动作协调，节奏分明，一串串的汗珠滚过油亮的皮肤往下落，透过从窗户射进的阳光，就像一把把珍珠撒落到地上。刘青燕看傻了，站在门口一动不动。一个个强健的身子，成了一团团的火，在她眼前跃动，有一种说不出的豪迈感，觉得男人就是了不起！她目不暇给，忽然又不好意思了。正当她迟疑着要不要回避的时候，忽听得一阵笑声扬起，吓得她一个激灵，红了脸，慌忙退出了门槛。

黄阿莲返过身，一把抓住她的手腕，将她拖回到了屋里，说："你逃个啥？有啥好怕的？"

青壮汉子们因为美人来到身旁，夯得更加起劲了，号子吼得更加响亮，拼命炫耀体态和实力，一边还百无禁忌地说出一些调笑话来。

忽听得领号人鼓起贼胆喊出了即兴号子，其他人句句呼应，回声震震：

新娘子唷！嗨！嗨！
睁开眼唷！嗨！嗨！
挑一个唷！嗨！嗨！
领回家唷！嗨！嗨！
调个新郎倌唷！嗨！嗨！
包你当妈妈唷！嗬唷嗨！嗬唷嗨！

刘青燕听得脸红心跳，想逃走又不舍得，在轰鸣的噪音中故意装着没有听清他们的话。她实在被一种阳刚魅力震慑了，她暗暗思忖："没有这样的男人，天，怎么撑得住呢？"

黄阿莲转脸朝向壮汉们，直着嗓门一声喊："下作胚！"

听到"下作胚"三个字，榨油工们更来劲了，又编唱起新的号子：

下作胚呵好得来！嗨！嗨！
不靠势呵不贪财！嗨！嗨！
下作活计样样会，嗨！嗨！
能叫新娘怀上胎！嗬唷嗨！嗬唷嗨！

刘青燕的心理防线终于被冲垮了，转身奔出了油车坊。

黄阿莲交待完正事，一溜小跑追上了阿燕，伸出粗糙的大手，抹一把她脸颊上的眼泪，安抚说："莫要放在心上。这班后生子嘴巴下作，麻雀倒是老实的，我嫁到天螺湾好多年份了，打骂老婆的事天天见，倒不曾听讲有男人作践别家女子的事。要是打人阵停不下来，这班青壮汉子不晓得哪一天会送命，讲实在话，后生子心里头都在感谢你哩！背后都讲你是给彭刘两族乡亲们带来吉祥的仙女。"

一番朴实的劝说，句句落到了阿燕的心坎里。记得新婚之初，因为有心事，阿莲婶就有意带她到村里走走。经过各家门口，各家都会拉她进屋坐坐，有的给她烧酒酿鸡蛋，有的送各种炒货，让她兜起衣襟，装了一大兜，走路都不好走，像是有意弄怂她。孩子们逗趣地笑，老人们慈祥地笑，年轻人羡慕地笑，一点儿都不见外。这就是天螺湾的民风。她完全相信了阿莲婶的话，天螺湾的男女老少都真心喜欢她。

刘青燕随着黄阿莲回家，缓缓走在大路上。路边的溪水清澈见底，淙淙流淌，远处的青山笼罩在薄雾中；牧童在山麓放牛，吹着竹笛，笛声悠扬；平坦的晒谷场上，有小孩在放风筝，翻筋斗。她愿意及早离开上海返乡，除了长辈之命不可违，也出于对故乡的眷恋。故乡本是传说中的世外桃源。她热爱杏源畈，也热爱天螺湾，甚至觉得天螺湾比杏源畈更可爱，好比在同一座宅院里突然发现了一片幽深的后院，别有洞天。如果嫁的是个如意郎，那末，天螺湾便是她梦中的归宿。

在天螺湾与杏源畈两村和解之初，曾经出现一派祥瑞气象，欢庆宴饮，走亲访友，平毁哨棚箭楼，重建集市贸易，人人笑逐颜开。可惜，不能繁殖的土地养活不了不断繁殖的人口，加上习惯和成见，注定彭刘氏族间即使平息了械斗，也还会出现新的磨擦。

葫芦镇频频传来令族长彭谨祥头痛的消息：杏源畈人依仗离集市近行情灵，疏通城里的官员和商贾，抢占各种土特产的销售先机，让天螺湾人屡屡活吃哑巴亏。许多天螺湾人要求族长出面同杏源畈交涉。彭谨祥登门求见乡镇长，回答说这类情况属于商场老规矩，抢生意并不犯法，不好管也管不了。彭谨祥听了无话可说，回村后只得苦口婆心地劝说族人们多多忍让，从长计议。

彭大奎按捺不住了，脸色紫涨，青筋暴突，一副邪火攻心模样。他胸中憋闷，就想弄件带响的事出来，给族人一点震动。他知道杏源畈水田多，灌溉用水是软肋。挨到夏末，发现一连几天刮南风，嘴里就念叨起农谚："云过北，翻转塘底好晒谷。"相信大旱将临，觉得时机来了。一天大清早，便约了一伙生死弟兄，聚到白果树下，让彭小闩叫上几个年轻人，到祠堂库房里搬出锣鼓家什，在祠堂前坪上敲响起来。村民们预感到大事不好，纷纷聚拢探听消息。彭大奎半袒上衣，用独臂挥舞鼓槌，猛擂了一通大鼓，随即亮开粗嗓门，责骂杏源畈人心怀鬼胎，吃完和睦酒便翻脸不认人，假和亲真倾轧，欺行霸市，掐天螺湾的脖子，号召天螺湾人重新奋起，立马在黑沙溪上筑坝断流，拦死杏源畈的水源，如果杏源畈堂宗不肯出面调停，就拉起队伍重开血战……

还在老族长彭荣灿当权的时候，就对彭大奎不放心，要办大事少不了他，却又管不住他，老是数落他有头无脑，成事不足败事有余。彭大奎是个酒坛子，爱豪饮，蛮勇狂傲，有个诨号叫翘尾巴蛟龙。他多才多艺，通木工、铁工，最擅长狩猎，每当有虎豹野猪进村，都是他带头追捕，常常手到擒来。碰上打人阵的日子，他就越发神气了，不但带领练丁冲锋陷阵，还兼任兵器监造师，指导技工制造弓箭大刀和土枪。"丙辰凶灾"那场恶战本来也是可以避免的。就因为他自作主张闯进紫气书院，把刘家梁族长的大公子刘世琏抓来当人质，才扩大事态闹出了人命案子，自己也赔上了一条左臂。

终究是禀性难移，面临葫芦镇上的贸易纠纷，彭大奎故态复萌，声嘶力竭地喊："硬碰硬，亮见亮。人活一世争口气，拼了！饿死不讨饭，屈死不告官，天螺湾人不当没筋没骨软趴拉叽的蜒蚰虫。世世代代拼下去，总会碰上真龙天子登基的一天。"

回想起往日的血光之灾，彭谨祥的脸色又一次黑了去。他不敢惊动前任族长老父亲，赶紧召开堂宗议事会，一边恳托耆宿找彭大奎们说理婉劝稳住阵脚，一边赶紧派长工彭瓦土向刘家梁送信。这一下刘家梁也急了，连忙报告乡镇长，乡镇长又联名向区里报告，区里又火速向县里报告，于是惊动了副县长赵中义的大驾。赵中义走马上任前专心研究过地方志，调查过民情民风，深深懂得葫芦乡械斗恶习渊源长久，特别是天螺湾人，自称是越王勾践嫡传后裔，以复仇为天职，以勇武为美德，强悍好斗威震四乡。赵中义为大局计，也为自己的仕途前程计，便决定亲自出马，心急火燎地赶到葫芦乡，要消解灾祸于萌芽状态。

赵中义带领着一干随员，匆匆来到了葫芦镇。随员中也包括刘世璋，听说他已经成了副县长的见习秘书，带着他回乡办事，熟悉当地的人情世故，自然会方便一些。刘世璋遵照上司旨意，迅速在葫芦镇的隆兴酒店张罗了十桌酒席，同时选定出席酒宴的代表人物，及时送出了大红请柬。

用酒席抒发人间百样喜悦，又用酒席消解世俗千种烦恼，原来就是泱泱中华的亘古国风。这一次隆兴盛宴，一反女人不得上台面的旧规，邀请的宾客更不同往昔，除了两村的耆老前辈和闾长村官以外，还有当年械斗中的英雄好佬和械斗中的伤残者，以及械斗死亡者的眷属，还有村校的老师，还有男女青年和外来户的代表。在天螺湾的特邀代表中，彭大奎、秦文光、彭永骝、刘青燕、彭永芳与何朗庆，自然名列其中。很明显，这场酒宴开一代新风，闪亮了民主平等的民国特色。赵中义还特别吩咐刘世璋，要把彭大奎和刘青燕的座位安在主桌上，就排在他赵中义的身旁。

赵中义的祝酒辞说得激昂慷慨。他说："根据《县志》记载，当年倭寇侵犯浙东沿海的时候，葫芦乡以彭刘两村为主，联合成立过一支百人义兵队投奔戚继光将军，英勇抗敌，全体阵亡，尸骨返乡后由两村同祭，合葬于葫芦镇外南山坡的义兵坟。乡亲们岂可忘记葫芦乡曾经有过团结报国的辉煌历史！如今北伐战争胜利了，邻里乡亲更应当精诚团结。至圣先师孔夫子说过，礼之用，和为贵。天螺湾杏源畈彭刘两个光荣的氏族，永远不能重开杀戒了！"说到这里，他把一只手搭到彭大奎的肩头，语重心长地继续说："彭大奎先生不愧为民间勇士，历来敢同毒蛇猛兽较量，为民除害无数，功不可没！不幸的是为了村仇械斗，丢了一只臂膀，我们总不忍心让他再丢掉另一只臂膀甚至性命吧！"

接着说到刘青燕，赵中义的眼圈都红了："乡亲们都知道，刘青燕是我的外侄女，为了两村和睦，为了两村不再因械斗制造出新的孤儿寡母，一个天真烂漫的好姑娘，嫁到天螺湾是付出代价的。万一重启村仇，是让阿燕姑娘退婚回娘家呢？还是把她当作人质留在天螺湾受熬煎呢？"

说到动情处，赵中义离开座位，向出席酒宴的满堂宾客鞠躬致意后，将杯中的酒浆酹到地上，扑嗵一下跪在桌旁，大声悲吟："天地明鉴，死于村仇械斗的冤魂作证，我赵中义说的如果不是真心话，就甘受天罚，哪怕雷打火烧，断子绝孙，也决无怨尤！”

满场的觥筹之声骤然静息。稍过一会儿，响起了轻轻的抽泣声，紧接着，爆发了一片嚎啕大哭，最响亮的哭声都是女声，都是械斗中丧夫失子的眷属们发出的哀鸣，原因不言而喻，只有她们，才对往昔的不幸，怀有最最深刻的锥心之痛！

三天后，在赵中义的躬亲督办下，葫芦镇诞生了一个新机构，叫做“葫芦镇集市仲裁委员会”，由县区的财政税务官员牵头，杏源畈天螺湾和其他主要自然村各推举若干代表，担任仲裁委员，订出明细条例，规定照顾各方利益，遇到任何贸易纠纷，都由委员会集体商议，多数通过执行之；如有不服，上报区县审核解决，任何人不得采取任何非法行动。

一个为葫芦乡人从来没有听说过的新机构出现了。张榜公布之日，葫芦镇欢呼声声，许多店铺摊贩和赶集人还当场买了鞭炮，噼哩啪啦地燃放了起来。

趁着新的危机顺利消解于萌芽状态，赵中义怀着无比喜悦的心情，率领他的巡查组，在乡镇头面人物的陪同下，浩浩荡荡地来到了天螺湾。当瞻仰了建筑精美的彭家古祠堂后，又不辞劳苦地说要攀登杜鹃岭，去鸟瞰天螺湾和杏源畈的奇妙地形。

赵中义由彭永骝搀扶着到了半山腰，躲进树荫坐下休息，当着彭谨祥的面，称赞起彭永骝来了：“令郎仪表堂堂，聪明能干，前途无量啊！”

“虎豹驹有食牛之气也！”何朗庆随即呼应。

“真是！真是！好种出好苗呵！”刘家梁和几位乡镇长也纷纷附和。

彭谨祥半信半疑。他心中明白，赵中义过去并不认识阿骝，就因为这一次来到葫芦镇，由阿骝率领民防队，担当起了赵中义和随员们的保卫勤务，凭这就值得如此夸奖吗？

“让阿骝给我当干儿子吧！”赵中义望着彭谨祥，又说，“实不相瞒，我喜欢这样的彪壮后生。谨祥兄舍不舍得？”

一片起哄的话语中，彭谨祥避开了赵中义的目光，低下了头，老脸都红了，嗫嚅着说：“赵县长为啥开这样的玩笑？田舍翁承受不起的……”

按国人习俗，在需要讲究礼仪的场合，称副职官员都得去掉一个“副”字，只有当事人不在场或者没有顾忌的时候，才可以称副职官衔或直呼其名。后来，彭谨祥认真问过阿骝：副县长赵中义要认你当干儿子的事，到底是不是当真的？阿骝说确是当真的啊！他亲口对我说过的。彭谨祥总觉得这件事有点不是滋味，劝儿子谨慎小心，千万不要到处去张扬。阿骝说还用得着我张扬吗？赵大人自己不就张扬出去了。

当天，一行人下了杜鹃岭，踏进香樟大院歇息喝茶。赵中义见到了康复回乡的外侄女刘青燕，非常高兴，特意吩咐随从拿出十块银元交给彭谨祥，说是给阿燕买补品吃。何朗庆把彭荣灿拉到里屋，提醒说机会难得，赶紧请县太爷题碑勒石呀！彭荣灿说我见过赵副县长的字蟹爬似的，不题也罢。何朗庆说请县太爷题字是为了褒奖两村和睦，不在乎字写得好坏，贵在留个名声啊。彭荣灿说这倒也对，回到赵中义面前，当众一说，立刻赢得热烈附议。赵中义笑道："天螺湾老族长荣灿先生德高望重，言出如勒令，晚辈只好献丑了。"说罢欣然命笔，写下了"永泰"两个柳体大字，外加署名落款。过后，由彭刘两村共同出资，镌刻了一块五尺高的青石碑，立于天螺湾和杏源畈交界处的凉亭中。石碑侧旁有一汪自然清泉，常年淙淙不息，其味甘甜，恰好提醒人们不忘和睦带来的幸福。

正当赵中义题完"永泰"碑文皆大欢喜之时，趁兴便给彭家两代族长出了一个难题。他绕着弯子说："天螺湾名不虚传，果然是人杰地灵物华天宝啊！我能来此一游也算不虚此生了。我有一个想法，不论当说不当说，趁此难得好机会，是不是就直说了……"

"直说好，直说好，父母官对黎民百姓还讲啥客气哩！"何朗庆带头一应和，众人也就跟着催他快说。

赵中义说："我在上任伊始，就查阅过有关的志书档案，发现彭家在雍正初年出过好几个大官，想必传下来的古董宝贝是不会少的，不知新老二位族长可不可以拿出几件来，让我们见识见识啊？"

彭荣灿虽然年迈而并不昏聩，趁别人还没有发势起哄的时候，连忙推挡说："啊呀赵县长有所不知，彭家发迹原是好几代之前的事了，何况发迹的承钧太公并非我家的直系祖先，后来他的子孙们又都迁出了天螺湾这小山沟，落脚到杭嘉湖一带的平畈地去了，与我家先辈浑身不相干了，我家祖宗虽讲诗礼传家，历来靠种地吃饭，何来古董宝贝啊？"

赵中义当然不会相信彭荣灿的搪塞之言，又说："荣灿先生不必多虑。据我所知，谨祥兄的金兰兄弟季炎如先生，就是靠你家的一块珍贵玉石，才结束落魄生涯改变命运的。实不相瞒，本人无非是因为祖上痴迷古董和珍奇物品，承传了一点古玩癖好而已。”

彭谨祥慌忙解释说：“我送给季炎如的一方印料，换成现钱不过相当于从杭州到上海的盘缠而已，季炎如改变命运全是靠他本人的才气和努力。这是千真万确的实话。”

彭荣灿的山羊胡子开始有点抖动了，冒出了几句相当耐人寻味的话来：“要是我家有一块和氏璧就好了，藏着也没啥用场，我一定拿出来送给识宝人。”

“有趣，有趣，说得有趣！”何朗庆拊掌笑道，众人也跟着打哈哈。

一个令人难堪的话题，在哈哈声中刚结束，刘世璋就把彭谨祥叫到一旁，悄悄地耳语了一通。彭谨祥先是一脸的尴尬，随即又换成一副笑颜说：“应该的！应该的！”

彭谨祥说完就大步出门，找到彭大奎，开门见山地说：“县太爷的耳报神还真厉害，他晓得你家里养着一只猴子！”

“莫非赵副县长也有兴头要猴子？”彭大奎问。

“不是的！”彭谨祥为难地一笑，摇头说：“他是想吃猴脑。刚才阿燕的二哥告诉我，赵副县长实不相瞒，样样山珍海味都吃遍了，就是没有尝过猴脑是啥滋味，不晓得大奎叔肯不肯割爱？要不然，从堂宗的谷仓里拨一担谷子给你，算一点小小补偿吧……”

没等彭谨祥把话说完，彭大奎就一挥他的独臂说：“一家人何必讲两家话！我的那只猴子，是半年前中了我安下的踩夹子，我把它捉回家来的。外伤虽治好了，一条腿却废了，即使放回山去也没法寻食过活了，我就养着它玩玩，没啥用场的。赵大人给天螺湾主持了公道，还看得起我这泥腿子，称我先生，夸我勇士，让我坐上席，又给我敬酒，我没啥可报答，这猴子就算我的一点心意吧，要啥补偿呵！”

猴脑就这么吃定了。捉猴子开猴脑，原本就是彭大奎的一手绝活。早年的天螺湾，人称花果山，是猴子的安乐窝，一群一群的，吱吱呷呷的叫着，蹦来跳去，见人也不怕，村民倒也喜爱它们，可因为糟塌农作物太厉害，才不得不狠狠收拾。前清末年有一段时候械斗静息，大路畅通，县里府里常有达官贵人坐着乌篷绿呢轿子来到天螺湾，说是观赏著名的彭家祠堂，反正一来就得吃猴脑。彭大奎看准这一门好生意，还运用他的木匠手艺，精工制作了一张猴脑桌，设了巧妙的机关，无论大小猴子都能牢牢固定在桌面底下。桌面正中锯了一个圆口，露出猴子的脑袋，脱毛，开颅，置放火锅调料，操作起来方便自如。

承蒙彭大奎慷慨献出猴子，又主动担任现场指导，猴脑宴准备工作进行得有条不紊。猴头的除毛清洁程序早已完成，猴脑桌上的美味调料正散发着刺激食欲的芳香。猴子的凄厉叫声，证明了它的鲜活。一手执锤一手握凿的磕巴精彭小闩，静立在桌旁。他小时候拜彭大奎为师学过木匠活，见过彭大奎开猴脑，只因为彭大奎少了一条胳膊，就命他这个徒弟来替代自己的角色。小闩心里怕怕的，手心直冒汗，牙齿格格地打战，一句话也不敢说，此时一说话，肯定口吃得一塌糊涂让人笑话。他只得紧闭嘴唇等候着师父的开颅命令豁上了干。

胸中怀着新奇嘴里含着馋液脸上挂着微笑的赵中义，在东道主们陪同下入席就座。彭谨祥朝彭大奎点了点头，表示可以开颅了。彭大奎就用他的独臂抓起一块洗净的抹布，塞进猴子的嘴巴里。

就在这个关键时刻，彭大奎突然发现，猴子的双目正可怜兮兮地盯着他，使他突然想起一件往事：有一年他进山遇到一群猴子，见人就呼啸奔逃，落在后面的一只母猴不得已丢下了搂在怀中的小猴。他上前细看，原来是一只死了多日的猴崽，早已腐烂发臭，鼻孔和嘴巴里爬满了蛆虫。彭大奎的全身汗毛都竖了起来，头一回懂得野兽也会有这样奇特的亲情。而眼前的猴子也是一只母猴，兴许它也有难分难舍的幼崽哩！想到这里，他的手骨便软了去。此时，囚桌中的母猴开始作最后的挣扎，喉咙里发出呜呜的哀鸣，鼻孔中喷出了鲜血，彭大奎的脑子嗡的一声响，好似自己也让人开了颅壳，双腿一软，便跌坐在椅子上，又滑到了地下，哇哇地呕吐，让人们七手八脚地架出了客厅。

彭大奎不知道这席猴脑宴后来是怎么收场的，但是他相信这件好事全坏在自己手里了，宾主们即使品尝了猴脑的美味，心中也永远留下了懊恼。他深深地感到对不起祖宗，感到对不起远道而来的尊贵客人，特别感到对不起夸赞过他的副县长赵中义。

猴脑宴虽然不尽人意，但是并没有冲掉赵中义脑子里的古董情结。宴毕，他在闲聊的时候环视四周，忽然瞥见客厅的条案上有个香炉，原是一只双耳青铜圆鼎，起身摩挲片刻，笑道："主人还说没有古董，这不是古董吗？"

彭荣灿看来是真的不识古董，讷讷道："这也算古董吗？这样的家什，说不定倒还有几件。"

赵中义一听高兴了，连忙招呼刘世璋从皮包中拿出一本书，是清末刻本《骨董浅识画谱》，递给彭荣灿说："老族长翻翻看，这里面的东西，你家中有没有？"

显然，赵中义是有备而来的。

皇天不负有心人。按图索骥地一番寻找，便从墙壁角落里找出了两个装着霉干菜的陶罐，又从长工彭瓦土的床底下找出一个当尿壶用的三足釜。

赵中义说："这些，都算得上是古董。至于是真是假，值不值钱，让我带回城里去请专家鉴定一下。一旦鉴定出来是真正的古董，那倒也是物尽其用，宝显其珍呵，对文化事业也称得上是一点贡献。"

彭荣灿爽气地说，"成啊，这些家什闲置也是闲置着，过去还打破过几个，你喜欢就拿去吧。"

随即，彭荣灿就命彭瓦土和黄阿莲将这几件家什粗粗收拾了一下，倒出陶罐中的霉干菜和双耳圆鼎中的炉灰，把三足釜里残留的尿液冲洗干净，统统用破棉絮和稻草包裹起来，装进箩筐，准备雇脚夫挑到葫芦镇上，交给赵中义运回县城去。

第二天，彭谨祥与刘家梁礼送赵中义一行人踏上返城的路，在葫芦镇上结清了账目，独个儿回到天螺湾。当经过祠堂边的时候，见彭大奎正坐在石阶上抽烟发呆，就蹲到他身旁，唉声叹气地说："大奎叔啊，你可晓得，赵副县长他们这一趟来到葫芦乡巡查，十二个人前后八天，食宿车马杂费外加礼品，葫芦乡和葫芦镇总共花了多少铜钿？"

"我又不是乡里镇里的账房先生，怎么晓得？"彭大奎瓮声瓮气地说，"我真憨啊！才听得村里村外有多少人在骂山门，可我还把县太爷当菩萨看待。"

"不算赵副县长从我家搬去的古董，光是分到我们天螺湾的费用，折成谷子，就得一百三十担。摊派下去，哪一家不怨呵！"

"我懂了！"彭大奎低下头说，"小鬼吵闹引出了大菩萨，是我领头作的孽！自从'丙辰凶灾'那一回丢掉左膀子，我暗中发誓要少管闲事，可就是管不牢自己的倔性子。人倒楣，走到哪里栽到哪里，打个哈欠都会招是非，还不如死了倒干净！"

"唉！"彭谨祥沉沉地叹了一口气，实在想不出什么话可以安慰他，满腔艾怨地说，"按理讲，这种集市仲裁章程，老早就该订了，外地集镇都有现成的，照搬照抄就成。衙门是干啥吃的？用得着这么兴师动众劳民伤财的吗？苦哇！民国了，太平了，可我们这山里头的日子，怎么还是这样艰难呢？让我当这个族长，也真是倒了八辈子邪霉，有苦都没处诉啊！"

彭大奎听完这番话，半响不吭气。这个历来以硬汉子著称的翘尾巴蛟龙，涕泗满面了，忽然呼噜一声，用大手擤出一把鼻涕，狠狠地甩在石阶上。

半个月后，刘世璋从县城赶回葫芦乡来，告诉父亲说，赵副县长对这番巡视十分满意，有心想授给葫芦乡一个“模范乡”称号。刘家梁一听慌了神，赶紧找彭谨祥密商。

“这还了得？”彭谨祥跌脚说，“肉香招苍蝇啊！金字招牌一旦挂出去，麻烦就多了，外来打秋风的不用讲，当官的就会名正言顺的常来常往，接下来还会增加税赋，非逼得山民造反不可啊！”

“我也是这么想的，所以先找你商量，一道拿主意。”刘家梁说，“真是英雄所见略同啊！”

两人一拍即合，立马请示乡镇长，当下议出了一个好办法：派代表到县里求见赵中义禀报旱情，把实际旱情撑撑大，申请县里财政给予紧急救济，以防灾民进城请愿闹事。同时也让刘世璋回城当面向赵中义说项，要是当上模范乡，张扬开来反倒露出穷相，会给县府长官脸上抹乌灰。

这一招果然有效，救济款虽然申请不到，报评模范乡的事，也就此搁下不议。

香樟大院里出了大事：一件镇宅之宝丢失了！

老秀才彭荣灿如丧考妣，连续几天寝食不安，半白的须发似乎一下子又增白了三成。这件镇宅之宝是一套《昭明文选》，地道的唐代善本，硬是一笔一画一字一句工工正正地抄录出来的，留着好多位藏书名家的深红钤记，岂能不心痛如绞！

彭汪氏见到老伴丧魂落魄的样子，怕他闹出病来，好心劝说：“不管什么古书，没人用来考进士状元，反正也是闲书，何苦急成这副死相呢？”

媳妇陈银凤也说：“再宝贝的东西，总也比不上阿爹的身子骨宝贝，慢慢找吧，实在找不到，想法子再买就是了。”

彭荣灿听了劝告，反而紫涨起脸膛，破口大骂起来：“你们这班女流之辈头发长见识短懂个卵！这样的古书能叫闲书吗？有钱就能买得到吗？熬过七灾八难不曾丢，到了太平岁月反倒丢了去，怎么有脸皮向祖宗交待啊！”

骂着骂着，老头子一时急火攻心，山羊胡子抖动了起来，血脉贲张，呼吸短促，连连咳嗽不止，竟哇的一声吐出一口鲜血，身子像抽掉气的皮囊样塌倒在地，差一点咽了气。

彭荣灿卧床将养了十来天，才能够下地走动，从此元气大伤。

《昭明文选》算得上我国最早的诗文总集了，是由南朝梁代昭明太子萧统率领一批得力文士编集而成的，选录了自先秦到梁朝的各类名作，有屈原、司马迁、班固、张衡、曹植、陶潜等一百二十七位名家的文章，分为赋、诗、表、书、序、颂、碑文等三十八类，共三十卷。彭荣灿从父亲手中接过这套藏书的时候，特意请雕花细木工做了一个精美的檀木书盒，内套防虫的樟木衬匣，每次捧读前总要先洗手，若在夜晚，还得把灯盏放到合适位置，确保灯花火星爆不到书页上，简直像伺候新娘子一般仔细。他虽然早就绝了仕途之心，却无法割舍对祖先文化遗产的钟爱之情。这套《昭明文选》，便是他心目中永恒的新娘子。如今，这位越老越年轻的新娘子，突然间从身边消失了，似乎也带走了他的灵魂。

彭荣灿爱书，在天螺湾是出了名的。三年前，传说奉系军阀张作霖同直系军阀孙传芳要在浙江摆战场打大仗，风声鹤唳中，彭荣灿命家人在深更半夜将一大批珍贵古书装入寿棺，抬到坟山的露丧屋中，盖上稻草，想装死人蒙混过关。不料危机过去，并无一兵一卒进山村，虚惊之后，打开棺盖检看，全部藏书都被雨水渗透，发臭发霉，无可挽救了。彭荣灿大哭一场，哀伤之余，干脆将所有损坏的书籍重新装进寿棺，当作亡故的亲人，披麻带孝做了一番丧事，将书棺埋入土下，与祖宗同葬一地。为这事，老人得了一个雅号叫“书癫”。所幸的是，这套《昭明文选》事先藏进柴房的一处暗壁内，总算保存了下来。彭荣灿因此为这套古书摆上香案，跪拜叩首，恭奉为镇宅之宝。

镇宅之宝的丢失，家人们深怕书癫又发起什么癫劲来。彭谨祥叫上大夫人陈银凤和女儿彭永芳一道，悄悄地碰头分析案情，判断古书失落的种种可能性。

彭永芳略一思忖，明打明讲：“常说家贼难防。依我看，这个家贼不会是别人，定是二哥无疑！”

彭谨祥与陈银凤互相对望了一下，惊讶中似有恍悟，都没话可说，不约而同地连连叹气。

当天，彭谨祥命瓦土赶到葫芦镇，叫回了彭永骝，单刀直入地逼问：“你将《昭明文选》弄到哪里去了？若是弄不回来，等于是要你爷爷的老命了！”

嘴里还留着酒气的彭永骝倒也爽快，大方地承认说：“就在赵副县长来到葫芦镇的第二天晚上，就让刘世璋叫我去见他。也不晓得他是怎么晓得我家有一部《昭明文选》的，一开口就讲要这部古书，他讲实不相瞒，全是为了造福家乡，能把土特产及时运出去销售，县里在上海注册了一家贸易公司，紧缺资金，火烧眉睫了，得借用这部古书去作抵押贷款，还让我千万不要跟家里人讲起这桩事情，等日后还书的时候，他自会跟爷爷和阿爹当面解释清爽的。”

彭谨祥觉得不可思议，又问：“你真的就把书交给赵副县长了？他留下凭据了吗？”

“不交怎么办？啥凭据也没有留下，只给我留下了五十块大洋。”

“大洋呢？”

“还债了。”

“还的啥债？”

彭永骝一副死猪不怕开水烫的架势，回答说：“反正是不能不还的债。”

彭谨祥又问：“赵副县长有没有讲清爽啥时候还书？”

“我也让他讲个清爽的，他讲没有个准，反正尽快吧。”

彭永骝说着，瞟了父亲一眼，又说：“我一个草民，总不好太信不过县官大人吧！”

镇宅之宝总算有了下落。可是，有了下落又怎样呢？还能有物归原主的时日吗？这件事对书癫断不能瞒，越瞒越会惹得老人猜疑发癫劲。彭谨祥痛心疾首，不得不据实向老父亲作了禀报。可怜的书癫，从此就像患了无望的相思病一般，精神一天比一天委靡不振。本来嘛，在两村和解停止打人阵以后，彭荣灿既感到宽慰，却又好像断了一根筋，似乎一辈子该操心的事情全操心完了，没啥事情好做了，在全村全族中顿时失去原有的中心地位，英雄无用武之地了，就有点显得精神恍惚；等到丢失《昭明文选》之后，他的脊梁骨才真正坍塌了，变得心灰意懒。先前，老人家天天一早起床，都要练“华陀五禽戏”的养生气功，这以后，便常常睡晏觉，啥功也不练了。

等到彭荣灿的精神有些好转的时候，一天趁儿子从县城办事回来，他又念叨起了《昭明文选》，说：“等你下回再去县城，不妨带点礼品去见一见赵中义副县长，问问他能不能把《昭明文选》还给我家？”

“人家是不见兔子不撒鹰啊！”彭谨祥叹道，“兔子进了老鹰的嘴，哪里还能吐得出来呢？”

“这个赵中义头一次来葫芦乡，他怎么就知道我家有这套文选的呢？”老人又沉吟。

“我心中也一直在捉摸这个事。今天从县城回来，有个疑窦就想跟父亲说说……”

老人的灰白眼珠从长长的寿眉下闪亮起来，“什么样的疑窦？快说说。”

彭谨祥说：“昨天下午，我在城里茶馆喝茶，一旁的桌子上有人正好在谈论朗庆叔的事，听口气像是他的同乡，说朗庆有毛病不敢要老婆却要后代，在老家乡下认了个干儿子，有叶落归根之意，还花钱供干儿子盖房子买田地娶媳妇，日子过得蛮滋润的。不晓得父亲有没有听说过这档事？”

“你朗庆叔也一大把年纪了，想有后辈续香火也是人之常情。你的意思……”

“我的意思是，朗庆叔既然偷偷地在故乡自立家门，担心有一天会留不住他的。再说《昭明文选》，家中除了父亲和我，也只有朗庆叔识得这件宝物。他常在外面跑，脑子活络，结交的人多，会不会是他给赵副县长通了消息呢？”

彭荣灿思忖了片刻，郑重地告诫儿子说：“古人说，疑人不用，用人不疑。道听途说的话不足信，凭空猜测也不算证据。朗庆对我有过救命之恩，我家对他也不薄，他又发过誓要同我以兄弟情谊相守到底的；何况，等我走了，你这个新族长更少不了他这样的‘智多星’谋士。几十年看下来了，不必担心他会吃里扒外。俗话说家贼难防。阿骝虽说是个粗坯，他一心想巴结县太爷，拿《昭明文选》去当见面礼，这才是最大的可能。与其相信阿骝，我宁可相信朗庆。”

彭谨祥明白父亲向来固执，心里嘀咕：“不要听的人比聋子还聋。”但是稍一细想，又开始怀疑起自己的判断来了：父亲同朗庆叔的情谊终究是生死之交，既然经过了几十年的风雨验证，父亲的坚信应当是有道理的。但愿如此！

第十七章
黄铜风铃

刘青燕埋头在方桌上，正在做国文作业。她用上海带回的课本和文具，按照夏惠子布置的学习计划，每天都坚持做功课。彭永骅安静地坐在方桌一侧，专心地阅读着小人书，有不懂的地方就问阿燕。阿燕像大姐姐面对不懂事的小弟弟，耐心地为他解释，哄他开心。彭永骅嘻嘻笑着，脸上流露出一种天真儿童式的感激之情。

彭永芳从村校回家，直接走进了刘青燕的房间。彭永芳常常到刘青燕的屋子里来串门，有时看看她的作业，做一点辅导，已经习以为常，刘青燕只抬头给一个微笑，表示欢迎。

这一回，彭永芳的表情有点神秘，不说一句话，径自从提包中取出一个小巧玲珑的黄铜风铃，挂到了窗棂上。微风吹来，金灿灿的风铃当即就发出了清脆悦耳的叮叮声。

刘青燕睁大双眼，满脸都是喜悦和诧异。彭永骅放下手中那本看了无数遍的小人书，凝望着会随风歌唱的风铃，发出了咯咯的笑声。

彭永芳从上海回到天螺湾以后，只在家中赋闲半个月，村校的校长秦文光就聘她当了教师。她觉得能够学以致用，跟孩子们在一起又开心，便不计报酬多少，高高兴兴地接受了这份工作。这一天，邮差为她送来一个小包裹，是四哥阿骏从上海寄来的。打开包裹，除了风铃，还有一纸附信。信中说："阿燕在上海的时候，我们两人互相不讲话。等她离开上海以后，我才发现她把我的心带走了，我想跟她讲话也没法讲了。请你把这个风铃挂到她的屋子里，不必说是我送的，就让这个风铃代表我的声音吧！"

在风铃的细语低吟中，彭永芳向刘青燕投去了狡黠的一笑。

就凭这一笑，刘青燕啥都明白了，她当即红了脸，眼眶中泛起了晶亮的泪波。

叮叮的风铃声，使刘青燕联想起了电车的铛铛声。她的脑海里，立刻闪现了初到上海时的情景。那一回，她在惠子阿姨和炎如叔叔陪同下，跟公公、阿骢、阿骏、阿芳一道去逛南京路，去逛城隍庙和大世界，生平头一趟乘电车。电车开动的时候，一路上的踩铃声非常好听，当当响，很清亮。兴许是因为阿骏就站在她身旁的缘故吧，老是偷偷地看她，使她的心也怦怦地跳，便觉得这电车铃声成了一种令人激动的伴奏，从此永远回荡在心底。

彭永芳暗暗地为阿燕心疼。明明应该相爱的人，不能相爱，明明不应该厮守在一起的人，又非得天天厮守在一起。阿芳每次见到阿燕，心头总有一种异样的感觉，觉得她可爱，又觉得她可怜；觉得自己有责任保护她，又觉得自己毕竟不是一个孔武有力的男子汉，使不上劲。当阿芳收到阿骏的风铃和附信时，既羡慕阿骏所认定的爱，又嫉妒阿骏侵犯了自己朦胧中向往的爱。出于手足情义，阿芳甘愿为阿骏充当信使，胸中却又充满着一种难言的酸涩。阿芳暗中嘀咕：无论是自己喜爱阿燕还是阿骏喜爱阿燕，都将成为一场艰难的攀登。比较起来，自己的攀登注定不会有出路，而阿骏的攀登或许还有柳暗花明的一天。为了促成这一天的来临，阿芳悄悄发誓，一定要为阿骏和阿燕探路排险。

刘青燕望着叮叮作响的风铃出神，彭永芳望着痴痴凝思的刘青燕出神。滢滢的泪水一直在阿燕的眼中荡漾，阿燕的眸子中，还有着风铃的飘带在摇曳。

彭永芳走到刘青燕的面前，小声说：“你愿意写信，就交给我代寄，没人会知道的，我赌咒不偷看。”

刘青燕的泪珠，终于夺眶而出，在风铃声的伴奏下，顺着褪去红晕而恢复白皙的脸颊，扑潸潸地滚落下来。默默地过了好一会儿，刘青燕擦干眼泪，恢复了镇静。这时，彭永骝带着他的一对双胞胎女儿过来串门，还提来了一个鸟笼，鸟笼里关着的是一只羽毛斑斓的画眉，蹦跳鸣啭着，独展歌喉。

彭永骝盯着刘青燕愣愣地看。刘青燕觉得他的目光好灼人，就像能够穿透她的五脏六腑，使她浑身不自在，便赶紧转过脸去欣赏画眉鸟。

“这只画眉鸟好玩哩！”彭永骝对刘青燕说：“是葫芦镇上一个财主送我的，就留在你屋里吧。大哥不爱讲话，你听听画眉唱歌，就不会冷清了。”

刘青燕知道阿骝的目光在她身上打转，头也不敢抬起，只是小声说：“谢谢二哥了！”她在同辈人中年纪最小，把丈夫的弟弟都称哥。

彭永骝走到彭永骅的身旁，十分关切地问：“大哥，你当了老公，为啥不跟老婆热络一点啊？老婆不好吗？”

彭永骅爽快地回答说：“热络的，热络的，老婆好！最好没有了！”

彭永骝又问：“讨了老婆派啥用场啊？”

彭永骅又一本正经地回答说："挠痒痒啊，我背上痒痒，自己挠不到，老婆帮我挠。"

彭永骝又问："老婆对你好，你对老婆好不好啊？"

彭永骅又回答："也好的，也帮老婆挠痒痒，老婆背上痒痒，自己挠不到，我帮她挠。"

"二哥你疯啦？"彭永芳见刘青燕的脸色一阵青一阵白，想哭都不敢哭，就大声呵责彭永骝，"狗嘴里吐不出象牙，就少胡诌多积德吧！"

"我体惜哥哥嫂嫂还有罪吗？"彭永骝得意地笑道。

彭永骅是世界上最老实的男人，只要给他一本小人书和一把葵瓜子，就能在一旁呆着不烦人。他好像是永远长不大了，说起话来声音尖尖的，头发黑黑亮亮，皮肤白白净净，他的青春从此留在人生的门槛之外了，所以村里头就有人叫他"千年松"。其实彭永骅并不全傻，虽然不懂爱情，但也不懂仇恨，不会嫉妒，不会使坏。每当刘青燕看他的时候，他还会害羞，常常红着脸躲到一旁去。他很听话，只要能做的事，叫他做他都做。他会扫地，擦桌椅，收拾房间，还会给老婆挠痒痒。

给老婆挠痒痒，是公开的秘密。婚后不久，春寒料峭，黄阿莲拉起彭永骅和刘青燕到门外晒谷场孵日头，暖融融的春阳下，邻家的阿婶阿叔问彭永骅新媳妇好不好？怎么好？便引出了两公婆好就好在会互相挠痒痒的笑话。弄得刘青燕又羞又气，在一片哄笑声中逃回了家。此时，彭永骝拾人牙慧，是存心刺激阿燕找乐趣。

双胞胎姐妹活像两只调皮捣蛋的猴子，爬上爬下，东翻西翻，忽然从抽屉里找出了一个带橡皮球的精美玻璃瓶。姐姐阿美刚刚拧松了盖子，妹妹阿丽就凑上鼻子去闻，一闻就接连打了五个喷嚏，大叫起来："啊唷！好香呵！"

阿美也小心地捧起玻璃瓶闻了闻，也惊呼说："真香啊，快把我的鼻头都香掉了！"

彭永芳伸手接过玻璃瓶，看了一下商标，上面写的是法文，她一字不识，就问刘青燕："这是哪里来的洋货啊？"

"是惠子阿姨送我的。"刘青燕说，"她讲这是世界上最名贵的巴黎香水，也是别人送的，她香水多，用不完，就给我，我不要，她硬塞进我的提包里。"

"给你就用嘛！"彭永芳说着就捏动气压皮球，对着阿美和阿丽的领口各喷了一下。

两姐妹笑着跳着喊："香死了！香死了！"

阿骅也闻到了香味，抬起头来说："好香！好香！"

"香啊！香啊！大家用大家香！"阿美和阿丽嚷嚷着，抢回香水瓶，交替着捏动气压皮球，对着每个人都乱喷一气，喷得满屋飘香，香得连画眉鸟也振翅腾跃，啁啁啾啾地唱个不停。

笑过闹过，香味却久久不散，从阿燕和阿骅的屋子一直弥漫到了整座香樟大院，引发了特殊反应。

张小珠从丈夫和女儿身上闻到了扑鼻奇香，先问丈夫这香味是怎么一回事？

彭永骝讪讪地笑着说："香味有啥不好？能提精神哩！"

张小珠气不打一处来，便像老鹰捉小鸡似的把一双女儿提溜到自己跟前，虎着脸逼问："这香味是从哪里来的？"

"阿燕婶婶的香水，是从上海带回来的外国货。"阿美说。

"那只画眉鸟哪里去了？"张小珠又问。

"让阿爹送给阿燕婶婶了。"阿丽说。

张小珠立马拽起阿美和阿丽，来到彭汪氏的房中，恰好陈银凤也在。张小珠一进门就把两个孩子往前推，一边说："请长辈闻闻小囡身上是啥味道！"

彭汪氏用手掌往鼻孔前扇了扇，说："好香啊！香得能把人醉倒。"

"香，真香！"陈银凤也说，"阿美阿丽沾上啥仙气了啊？"

"还仙气哩！分明是妖气。"张小珠激动起来，脸都紫涨了，"可晓得香水是从哪里来的？是阿燕从上海带回来的洋货。这香气不光两个小囡身上有，阿骝身上也有！阿骝还得意哩，骨头都酥了去，还把刚刚从葫芦镇上带回的画眉鸟送给了阿燕。这算闹的啥名堂啊？依我看阿燕这样下去迟早会出事情……"

"会出啥事情？"陈银凤打断她的话，平静地说，"不要这么瞎想嘛！"

"会出啥事情还用我明讲？"张小珠相信自己的预感，继续嚷嚷："啊唷！上海这种大地方说不一样就是不一样啊，一个病恹恹的乡下女子，去了没多久，回来就脱胎换骨了，还沾了一身妖气，哪个男人闻了不流口水啊！"

彭汪氏命小珠带着两个小孩退下，让陈银凤叫来了阿燕，一开口就问："你是不是从上海带回了外国香水啊？"

刘青燕诚实地点了点头。

"还往别人身上乱喷是不是啊？"

刘青燕又诚实地摇头："不是我喷的。"

"不是你喷的也是你惹的事！"老太太沉下了脸，"我老早就听人讲起过，这种香水是用狐狸的口水提炼的，是风骚女人专门用来勾引男人的，你一个过了门的良家女子，千万莫用这种妖货了，会招惹是非的。要听话！"

刘青燕听话了，回到自己的房间里，就取出香水瓶，狠狠地往窗外摔去，落到石坎上，玻璃瓶破了，香水四溅，引来了成群的蜜蜂和蝴蝶盘桓不去，整个天螺湾都香了三天三夜。

中秋节前一天，彭永骝离开葫芦镇，回家来了。他的身后还跟着一个差夫，用毛竹扁担挑着两个箩筐，颤悠悠的，很有点分量的样子。

在葫芦乡山民们的眼中，彭永骝腰间的驳壳枪，就像关公手中的青龙偃月刀一般威风。天螺湾的孩子们大老远见到驳壳枪握柄上的红绸子，就会尖着嗓门喊"盒子炮！盒子炮！"这会儿，当彭永骝一出现在祠堂边的路口，就听得有几个孩子用清亮的嗓音喊起了"盒子炮"。正在白果树下一道游玩的彭盛庭和双胞胎妹妹彭美庭彭丽庭，便欢呼着朝大路奔去。

彭永骝伸手撸撸儿子的头发，又拍拍他的小脸蛋，疼爱得长远没见了似的，随手又从口袋中掏出一摞香烟牌，有美女的，有三国人物的，有梁山泊一百零八将的，红红绿绿真好看。自从彭永骝甩掉土烟管抽上纸烟以来，一直留心给儿子积累香烟牌，让七岁的儿子开心得不得了。阿庭翻了翻崭新的香烟牌，说声"阿爹真好"，便一溜烟跑在前面，快乐地充当探马，赶回家向妈妈报信去了。

两姐妹嚷嚷着要骑马浪浪，彭永骝便呵呵地笑着蹲下身子，让阿美和阿丽姐妹俩坐到左右肩膀上，用双手箍住四条小腿，稳稳地立起他那坚挺的身躯，学着马儿颠颠地跑了起来。

张小珠出门迎接丈夫，见到丈夫脸上没有醉色，心中便有了三分宽慰；又见到丈夫亲热孩子，心中又多了三分喜悦。她怕一对女儿不小心从丈夫肩上滑下，连忙把她俩抱落地，顺手又整了整丈夫的上衣，平展了一下皱褶，随后就把目光投向差夫挑来的两个大箩筐。箩筐没有遮盖，一眼就看出里面净是大包小包的节日礼品。张小珠想到自己的丈夫这样看重团圆节，心中更是充满了甜蜜。

听得阿庭报告说阿爹回来了，家里人都聚拢到了客厅里。躺在竹榻上养神的彭荣灿也睁开了眼睛。

打发走差夫，彭永骝还没有来得及坐下歇一会儿，就忙不迭的给家人分发礼品。除了给全家人共同享用的月饼挂面火腿鲞鱼之类，还按照不同辈份各有所赠。他给祖父祖母的是用锦盒包装的一对高丽参；给父亲母亲的是称为南货佳果的桂圆荔枝干；给二妈傅灵芝和大哥彭永骅的是北方小蜜枣；给嫂嫂刘青燕、妹妹彭永芳和妻子张小珠的是花色衣料；给三个孩子的是糖果和玩具；给何朗庆老人的是半斤白木耳和一包上等烟丝。

另外，还有两件特别礼物，一件是彩石雕成的神兽，称貔貅，也叫辟邪；另一件是个雕花小葫芦，里面装着一只蝈蝈。辟邪是吉祥物，传说能够驱妖保平安，是送给父亲的。彭谨祥一见青面獠牙的模样，懂得彩石不同于玉石，不值铜钿，摇着头表示不喜欢，说："我家也没有什么邪要辟，这东西你就带回去吧，需要应酬的时候，随便送给谁都可以。"彭汪氏说："虽讲是一块小石头，桃仁不大也是一颗心嘛，你就放在案头，当作镇纸用用总可以吧！"彭谨祥只好收下。蝈蝈是送给祖母的，彭汪氏双手摩挲着小葫芦，笑得合不拢嘴，说："真是好东西！蝈蝈叫起来好听，连我这样耳背的老人也听得清亮。"说罢就将小葫芦揣进了怀里。

南方人历来把高丽参看成是能够延年益寿起死回生的仙药。彭汪氏打开锦盒，凝视着两支人形的原参，啧啧称奇，叹说："啊唷，这样的宝货该花费好多钱吧！"

彭永骝说："难得给爷爷奶奶尽一点孝心，应该的！应该的！"

陈银凤说："爷爷奶奶前世修得好，享到孙辈的福了！"

傅灵芝小声叹息说："看来阿骝这回是真的发了！"

礼品虽然轻重不同，毕竟人人有份，皆大欢喜，独有彭谨祥心中暗暗犯嘀咕。想起《昭明文选》的失落，还有种种劣行的传闻，使他这个当爹的如坐针毯，对阿骝总是放心不下。常在溪边转，哪有不湿鞋？当初，他就反对阿骝出任乡里的民防队长，只因母亲执意认为那不过是一个没有品的差事，不算当官，总比阿骝浪荡在家坐吃山空好，父亲也点了头，才勉强认可。此时，彭谨祥也不知道阿骝是不是已经走上正路，也只好敲敲警钟，提醒说："古话讲，君子爱财，取之有道。没有名目的钱，可沾手不得！"

"那当然！"彭永骝毫不含糊地回答。

何朗庆咕噜噜地吸着水烟壶，插话说："我昨天到葫芦镇赶集，那个热闹劲还是头一回见！太平盛世，不打人阵了，乡民们安居乐业了，生意自然兴隆。眼下正是金秋时节，许多山货刚下来，购销两旺呵！阿骝的民防队保护贸易维持秩序有功，水涨船高，多一点收入也是天经地义的事嘛！"

彭汪氏双手合十，念道："阿弥陀佛！菩萨保佑！"

星期日，天螺湾村校不上课，秦文光批改完学生的作业本，正全神贯注地翻阅着新来的报纸杂志。此时，葫芦镇集市仲裁委员会来了一位代表，带着一顶乌篷小轿，送来一张大红请柬，特来邀他去葫芦镇隆兴酒店"小酌"。

秦文光原来是天螺湾彭族义塾的塾堂先生，民国后废私塾改办了村校，转任村校督导兼教师，后来又当上了校长。他幼时得过小儿麻痹症，一手微僵，一腿小瘸，其貌不扬，年近半百了还不曾娶妻。他改名换姓从绍兴城来到天螺湾当塾师，来了就不想走了，说天螺湾山明水秀，民风淳厚，一生要终老此乡。他博古通今，三教九流的事都知道，村里不少人家写信立契约写春联写墓碑，多半得靠他。全村人都敬重他，称他秦先生，只有挨过他戒尺惩罚的学生和他们的家长，背后称他"瘸先生"。

生平头一回遇上有人雇了轿子请他去葫芦镇隆兴酒店"小酌"，秦文光激动得都有点儿喘不过气来了，嗫嚅道："敝人一个小小的村校教师，何德何能，配让镇上的仲裁委员会用乌篷轿来抬我？有事吩咐就是了，小酌又何必呢？"

"葫芦乡几十里方圆，像秦先生这样有德有能的有几个？"来人十分恭敬地回答，"求助秦先生，原是由镇上好多位绅士竭诚推荐，又经过仲裁委员会全体委员议决了的，可谓众望所归！秦先生如果推辞，会让父老乡亲们心寒的唷！"

"到底为了啥事？"

"秦先生去了就明白了。"

"既然信得过我，就先透点风吧，莫让我蒙在鼓里。"

"归根结蒂一句话，决不会让秦先生做坏事丑事，是做光明正大的事，责任全由集市仲裁委员会承当。这个委员会，是由副县长亲口提议，又经民主推选成立的，是个堂堂正正的合法机构，敢负责任的，务必请秦先生放心！"

这么一说，联想到近日来葫芦镇上的种种风波传闻，秦文光心中就有点儿数脉了。识字人嘛，既然是光明正大的事，也就不外乎是捉刀代笔为民请命之类。秦文光的心中灼热起来，生平头一次有了一点辉煌的体验。曾几何时，自己的名声超越了天螺湾这个小山沟，伸展到了葫芦乡的大范围！面对这样的重任，岂可临阵退缩，何况乎还有"小酌"！

秦文光的双腿不一般长，平常不在乎，可是在仲裁委员会的使者面前，他必须尽量保持仪态的端庄。他将短腿踮起，长腿稍曲，虽然累点儿，走起路来终究显得平稳许多，而且还有了弹性和节奏感。他就这样迈着富有弹性和节奏感的步履，随着使者跨出校门，怀揣一份豪情跨进乌篷轿，直奔葫芦镇。

隆兴酒店的雅座内，一张八仙桌旁已经坐了六人，虚席以待的正是秦文光和使者二人。

一番寒暄过后，仲裁委员会主任开宗明义地说："秦先生虽不是本地人，可是定居葫芦乡已经二十多年了，成了我们地道的同乡。秦先生的人品和文才大家都是清楚的，有口皆碑啊！一家人不讲两家话，今天请秦先生出马，就是要让秦先生为葫芦乡的父老百姓讨个公道。"

葫芦乡人历来以豪爽闻名。一待东道主点明主题，趁酒菜还没有上桌，众人也就一边喝茶，一边七嘴八舌地诉说起了宴请秦文光的理由。

理由是秃子头上的虱子明摆着的。葫芦镇恢复集市贸易半年多，大小纷争时起时伏，从来就没有间断过。自副县长赵中义亲临视察并决定成立集市仲裁委员会之后，商情刚刚有了起色，苛捐杂税便接踵而来，就像孙悟空身上的毫毛，拔一撮吹口气，就变出了满地的小孙悟空。你要问王法何在？镇推区，区推县，压根儿找不到个评理处。山民们从十几里路开外辛辛苦苦挑来一点山货，换得几十个铜板，无端的都要给刮去三四成。如今，区里更动用镇上的民防队派捐收税，在桥头路口置关设卡，差不多跟山寨的强盗要买路钱一样了。谁不服就给你扣上抗税赖捐的罪名，加倍罚款和没收货物算客气的，动不动还捆绑吊打来全武行。前天就有好几个人给打伤了，有一个还打断了腿骨。更可恶的是杀人不见血，有大佬倌在背后串通外地奸商，操纵物价，囤积居奇，狠心盘剥百姓，这还叫人怎么活命？

几名仲裁委员有老有少，乡民们选上他们，就因为做人正直，胸有点墨。委员们说到气头上，个个都像灌足了玛瑙烧，脸红脖子粗，眼睛都充血了，说出话来也就越来越呛。他们嚷嚷：

"民国民国，跟前清又有啥两样？"

"还不是像民谣唱的：'贼来如梳，兵来如篦，官来如剃。'谁心里不清楚，本乡本土的屌毛民防队也这样凶狠无情，还不是狗仗人势！"

"所有瘟病的根子就出在贪官污吏身上，'官字两张口，敛财不用手'！"

"葫芦镇上已经布满干柴烈火，险得紧哪！再这样下去，葫芦乡山民为共同生计抱起团来，村仇械斗时候的血气会再次勃发，蛮越尚勇和王族争霸的流风会重新昂扬起来，那就不是自相残杀了，而是抗上作乱了！"

气话说到这个份上，就触到警戒线了，主任就开始收题了。

“秦先生不要误会……”他斟字酌句地对秦文光说，“我们不是请先生来谋划造反，恰恰是要请先生来帮着预防造反。大家知道葫芦乡山民们的脾气，逼到忍无可忍的地步，是会豁上性命的。当然，胳膊拧不过大腿，千万不可出这样的事！我们的意思很实在，就是想拜托秦先生动动脑筋，摇摇生花妙笔，晓之以理，动之以情，用好言好语给省政府写一份请愿文书，用我们集市仲裁委员会的名义写，求求省府大员体恤民瘼，管一管葫芦镇的不平事。想必秦先生不会有啥顾忌吧！”

在座的人都未曾想到，秦文光的回答竟是这般干脆，这般气冲霄汉：“我顾忌啥？赤条条来去无牵挂，一人吃饱全家不饿，满门抄斩也不过掉一颗脑袋！”

“好！”邀请秦文光出山的使者感到不辱君命，不禁拍案赞道，“真像天螺湾人讲话的口气。”

主任笑逐颜开，抬头朝店堂里一扬手，朗声呼喊：“上酒菜！”

第十八章
仁者乐山智者乐水

彭永骏突然回到了老家，事先没有向任何一位长辈作过禀报，说回来就回来了，弄得全家老少都惊诧不已。只有一个人不感到意外，便是他的胞妹彭永芳。

彭永芳一直同彭永骏保持着通信联络。彭永骏从彭永芳的信中得知两条消息：一是爷爷身体不好，一是阿燕心情不好。凭着这两个不好，就有了充分理由回家一趟。他特别向长辈说明，趁着探望爷爷的机会，领受季炎如叔叔和夏惠子阿姨的嘱咐，也来看看阿燕的病情，还给阿燕捎来了东洋医生开的好药。

刘青燕隐约地听到从客厅里飘来一个熟悉的声音，这是一个时刻向往的声音，便踮着脚尖下了楼梯，一溜小跑来到客厅门口。探头一张望，顿时觉得血冲天庭，一阵耳鸣，眼前就闪起了金星。她怕当场晕倒，急忙又返身逃回自己的房间里，关上门，面向窗棂上的风铃出起神来了。

悬在房椽上的画眉鸟在唱，唱得依旧婉转动听。刘青燕却越听越心烦，干脆踏上板凳，打开鸟笼，抓起画眉抛向窗外。

彭永骅从他那永远看不厌的小人书上抬起头来，拍手说："小鸟飞走了！小鸟飞走了！"

刘青燕扑倒在床上，哭泣了起来。

彭永骅走到她身边，轻轻地拍着她的背安慰说："不要哭！阿燕乖，要听话。"

就在刘青燕的脸膛闪现在客厅门旁的刹那间，有一双敏锐的眼睛捕捉到了她的异常表情。这便是张小珠的眼睛，这双眼睛迅速洞察了刘青燕的内心秘密。

明眼人都知道，阿骏大老远从上海赶回家乡，看望爷爷并非主要动机。幸亏老人总是好骗的，老人之间还会互相帮着骗，因为老人最执着于"家和万事兴"的愿望，遇事也爱往好处想。当阿骏温顺地靠到爷爷床头献上补品的时候，彭荣灿的眼圈还是潮红了。

阿骏说："这些补品里也有阿骢的一份，阿骢原本也要一道回来看望爷爷的，可惜上头不准他的假，只好等日后再说了。我们兄弟两个无时无刻不在想念着爷爷啊！”

彭汪氏说：“回去跟阿骢讲，出门在外的人，各有各的难处，心意到了就好了。”

别的长辈也都跟着附议：“说的也是，车船劳顿，盘缠开销又大，阿骏一人带上两人的心意，能回来看望爷爷已经不容易了！”

“阿芬有消息吗？”彭荣灿忽然问了一句。

这一问，说明爷爷的脑子还是非常清楚的。可是，这个问题对阿骏来说就有点着难了，如果说出真相，老人肯定会伤心，一字不说也会让人纳闷。他思忖片刻，就按照在季炎如家中议定的口径，支吾道：“已经找到和阿芬共事的小姐妹，一时也说不准阿芬的去向，不过她们都夸阿芬好，有教养，又聪明能干，心地尤其善良……”

“阿骏，你也讲讲自己的事情，往后有啥打算？”彭谨祥连忙岔开话题。

彭荣灿插问：“你是不是铁下心不顾家业了啊？”

爷爷的心思，彭永骏是明白的。但是，他不能作出任何违心的承诺。

彭荣灿曾经是天螺湾人共同敬重的一任好族长，文武双全，民国初有一次打人阵，他以古稀之年身先士卒，身带箭伤不下火线，直杀得杏源畈人低头求和为止。彭荣灿总希望未来的族长青出于蓝，比自己更能干。当儿子彭谨祥给堂宗议事会推上族长位子后，他并不满意，觉得儿子懂文不懂武，优柔寡断，且年事渐高，撑不了多久的。他做梦都巴望自己的后辈中能赶快出一个像样的年轻族长；何况，彭家也需要一个得力的掌门人，阿骝和阿骏自然成了他的选拔对象。

彭荣灿开头对二孙子阿骝寄予很高期望，就因为他身坯好，既聪明又勇敢，只是后来成了游手好闲的浪荡子，就担心癞狗扶不上墙。四个孙子中，既然老大阿骅有病，老三阿骢是外戚血脉的螟蛉子，又神不守舍，实在别无依靠，老人又不得不回过头来，想撺掇老四阿骏返乡，即便不能接任族长，也得由他来操持家业，好给两代长辈养老送终。

“我看你还是收收心，趁早回乡务本吧。”老人的话里已经有点恳求的味道了，“孔子曰：‘父母在，不远游，游必有方。’你远游在外，有什么‘方’？一人逍遥，也顾不了长辈顾不了家，‘方’在哪里？祖辈积攒下的这一份房屋田产，容易吗？总得要有人守护啊！”

彭永骏耐心劝慰说："爷爷的心愿，我跟三哥常常谈起，都觉得天螺湾地少人多的局面是摆死了的，田螺壳里做不成道场，不会有前途。我们俩既然在上海有了稳定的职业，再回到家乡务农总归不实际。不如趁早让爹凑集一点积蓄，把死钱变活钱，到城里去谋发展。要是发展得好，全家也可以进城过日子。眼下宁波绍兴一带有好多乡下人打进上海杭州办实业，早已站稳了脚跟……"

话还没有说完，陈银凤就在使劲拽他的衣角了。

"省省吧！在我断气之前，休要再提这桩事。"彭荣灿哼了一声，又念起了他的"敬天法祖"金刚经："仁者乐山，智者乐水。胸中自有青山在，何必随人看桃花！"

第二天，彭永芳拉起彭永骏，让刘青燕和彭永骅作陪，一同来到了后山的盘龙岙。

盘龙岙是个林中小岙，出香樟大院后门，再往西走半里路就到了。这个小岙原是童年阿骏与小伙伴们拥有的秘密领地，早年没有路，到这里来，要穿过一片荆棘丛生的灌木林，还要沿着山溪攀过一段乱石累累的岸崖，连猎户和药农都很少踏进这个隐蔽角落。村里人生怕小孩进盘龙岙迷路闯祸，老辈们早就传说岙里躲着一条凶猛的旱地蛟龙，专爱吃童男童女。阿骏在"丙辰凶灾"中表现怯弱，遭爷爷痛骂，独自一人来到后山，想找个僻静的地方偷偷哭一场，东寻西觅，就踏进了盘龙岙。时值刚出梅雨季节的燠热天气，一踏进盘龙岙，就觉着浑身清凉，满目都是翠绿的树荫和斑斓的野花，满耳都是山泉和鸟儿的欢唱，空气中不但弥漫着花香，还有一股甜味，那是落叶给太阳焙烘发酵出来的酒酿味。他还看到一个碧水潭，上方挂着一帘瀑布，迎着日照挑起一弯小小的彩虹，好看极了。阿骏一见身边的美景，就像在梦中走进童话世界，忘记了烦恼，急忙脱光衣服跳进水潭，游到瀑布下，让碎银似的水注盖头盖脑地淋个痛快。他痛快得没法控制自已，双手抠住石棱，双脚踩水，闭起眼睛嗬嗬地乱叫起来，叫得山谷发出回声，也嗬嗬地叫个不停，像有意跟他逗乐。

自从彭永骏第一个发现这个好地方以后，老是带着他的小伙伴们进进出出，戏水，摸虾，捉迷藏，摘野果，捕蝈蝈。小伙伴中只有一个女孩，便是甩不掉的跟屁虫彭永芳。小伙伴们进出盘龙岙的次数多了，渐渐地也就踩出了一条羊肠小道。后来彭永骏去了上海，盘龙岙便成了他梦中的第一胜景，好几回尿床都是在梦里的盘龙岙，玩疯了，尿急了，慌乱间找个石缝就尿，一尿就尿在被窝里了。每次回乡，他必定要光顾盘龙岙，坐坐，躺躺，听听鸟叫，冬天就在草地上晒晒太阳，暑天就在小瀑布下冲个凉水澡。这样的时候，他往往会觉得自己回到了襁褓时代，无忧无虑地睡在温暖的摇篮里。

彭永骏再次踏进盘龙岙，怀着一种难以言表的幽情。他就是想找一个合适的地方，同刘青燕敞开胸怀好好儿谈谈，庄重地向她表露深藏的心意。

彭永芳参透四哥的内心秘密，也懂得他与阿燕单独接触是冒险，才想起了童年时期的秘密领地盘龙岙，精心安排了这一次结伴出游。为了掩人耳目和增加安全感，除了四人同行，她还叫上了看家狗来福。

彭永芳先到盘龙潭边，就大声吆呼："快来看哪，好多小鱼哩！"

待彭永骏刘青燕和彭永骅一同来到彭永芳身边，彭永芳就拽住彭永骅的胳膊，转移到另一处平地上，从小篮中掐了一点馒头碎片丢在石缝边，很快引来了一大队红蚂蚁，又从小篮中抓出一把炒蚕豆，与彭永骅一起分享。彭永骅一边欣赏蚂蚁搬食，一边咯嘣有声地嚼着炒蚕豆，便乐在其中了。

彭永骏和刘青燕并排坐在溪潭边，久久不说话。谁也有话说，谁也不知道该从哪里说起。两人都想靠拢一点，两人又觉得自己像一团火，怕靠拢了会烫着对方。周围是那么宁静，这里也许是整个天螺湾最最宁静的地方了。

彭永骏俯身向着清澈的潭水出神。奇怪，潭水的表面是平展的，而下层却在流动，水草在暗流中缓缓摇摆，很轻盈；水中的柳叶鱼几十条聚成一队，结伴游弋，翩翩翻舞，阳光透过水面，投射在鱼腹上，一闪一闪地泛着银光。沉默了好一会，彭永骏转过脸，恰好遇到刘青燕的目光，她那清澈得如同盘龙潭水一般的眼睛，却透出让人无法解读的含意，像盘龙潭中的暗流，像暗流中摇曳的水草和出没在水草中的柳叶鱼儿，难以捉摸。

两人的目光刚一碰撞，倏忽间又同时避开了。还是沉默。

"为啥不讲话呀？"这是不远处的彭永芳在大声嚷嚷。

彭永骅回答说："蚂蚁不会讲话。"

"蚂蚁不会讲话，活人还不会讲话吗？"彭永芳恼怒了，显然不是对着彭永骅和蚂蚁恼怒。

彭永骏终于鼓足勇气，单刀直入般地说话了，他说："阿燕你听好了，我要娶你，非你不娶！"

刘青燕吓得浑身一抖，差点儿跌进溪潭。好在彭永骏眼明手快，及时拉住了她。

“你不要讲疯话！”刘青燕跳了起来，声泪俱下：“我们两人命里注定聚不了头的。你快快离开天螺湾回上海去吧，省得惹出是非来！”

彭永芳飞快地冲到水潭边，按住刘青燕，让她重新坐回原地，劝说：“不要气急，有话慢慢讲。四哥的心意跟我谈过，他的心意也是季炎如叔叔和夏惠子阿姨的心意，还有那两位西洋朋友也都赞成。只要你不反对，有困难可以慢慢想办法的。”

“想啥办法？”刘青燕呜咽说，“我的婚姻不是我一个人的事，牵扯着两村和亲，彭刘两族的堂宗都要管的呀！”

“这是啥朝代了，还和亲！”彭永骏推推眼镜，摆出了一副论战似的姿态，“这岂不是拿一个小女子的命运当赌注吗？你一双柔弱的肩胛，能担当得起两村和亲的重任吗……”

来福的一声低吼，打断了彭永骏的话。它忽然跳起身，竖起双耳，朝着来路汪汪地吠叫起来。

彭永芳和彭永骏最先警觉，转过头向来路望去。他俩看到，在灌木丛中，有一个男孩敏捷地逃走了。

瞄一眼背影就知道，他是彭盛庭。

彭盛庭是他母亲张小珠派出的密探。

等他一奔回家，张小珠就将他揽到膝旁，为他擦去满脸的汗水，摘除粘在裤脚上的牛蒡籽，一边问：“阿庭乖乖，快讲快讲，你看到了啥？”

“看到小姑姑跟大伯伯蹲在地上，一道用馒头渣戏蚂蚁。”

“我问你小叔叔和阿燕婶婶在做啥？”

“他们两个坐在溪潭边讲话，没有做啥。后来阿燕婶婶差点儿滑进溪潭里去，小叔叔一把拉牢她，她就跳起来哭了，小姑姑就过去劝她不要哭不要哭。”

“你还听见他们两个讲点啥？”

“听不清爽，我想凑近一点，来福就瞎叫起来，我就逃回来了。”

侦察报告虽然简单粗糙，张小珠还是觉得很有价值。她打开一个瓷罐，取出一块冰糖，塞进儿子的嘴里，表示奖励。

彭永芳进门的时候，遇到彭盛庭在天井里玩陀螺，用鞭子抽得木陀螺滴溜溜的飞转。她弯腰拾起陀螺说：“阿庭你跟我来，有件好东西要送给你。”

阿庭踏进彭永芳的房间，彭永芳就用老师的派头考他：“好孩子要诚实，快讲讲妈妈问你啥？”

“问我看到了啥？”

“那你怎么回答呢？”

阿庭就把母亲和他的对话原原本本地复述了一遍。

反侦察调查虽然简单粗糙，彭永芳还是觉得很有价值。她打开桌子抽屉，取出一支全新的红绿铅笔，塞进阿庭的小手里，表示奖励。阿庭刚上学，得了红绿铅笔，欢呼雀跃，并不知道自己成了双重间谍。

彭永骏每一次回乡，都要拜访启蒙老师秦文光，把启蒙老师看成心灵母亲。掌灯时分，他在妹妹彭永芳的陪同下，来到了秦文光的住所。

童年是一壶喝不尽的甜酒，童年变青年，才开始明白烦恼的不可逃避。聊了好半天的童年，彭永芳终于憋不住把话语切入了正题。她开门见山地说：“我四哥碰上了一个痛苦的难题，要向先生请教！”

刚提了个头，秦文光就猜到了来意。他同情地望着彭永骏说：“新春庙会的当天晚上，小闩就给我讲了你和阿燕的事，阿燕生病让人心疼，她去上海治病，葫芦镇上传出闲话，我也听讲了。说闲话用不着本钱，防不胜防的。天底下多少事，常常跟真情好心拧着来。向我请教，好比问道于盲啊！我自己，也是婚姻大事上的落败人，落败得很惨很惨的……”

秦文光说不下去了。他的身世像个谜，多少年来，不管村里人和他的学生们怎么探问，他总是顾左右而言他，不肯触碰这个禁地。

“讲讲吧，先生的经历，肯定能给我一些宝贵的启示。”彭永骏恳切地催促道。

“秦先生要是信得过我们，就直讲。”彭永芳也说，“痛苦讲出口，是可以减轻痛苦的。要不是这样，阿骏也不会来找秦先生诉说心事了。”

秦文光还是不愿多谈自己的往事，经两个学生一再恳求，才简略地叙述起过去的不幸。

“早年在故籍绍兴读书的时候，我同一个堂房表妹要好，从青梅竹马到私订终身……”他慢吞吞地说，一顿一顿的，小心得像在剥离伤痂，“可是堂房表妹的所有长辈都反对她嫁给我。她是个孝女，挣扎又挣扎，终究不敢违命……后来她的父亲过世了，母亲改嫁，把她接往杭州。临别之际，表妹和我有过山盟海誓，她说哪怕等到母亲归天也愿意等我，可是等了两年，母亲没有归天她却病死了，她是为我死的……我是个半废人，再也无缘遇到这样真心喜欢我的好姑娘了，我就决心易地独居，来到天螺湾，抱着往日的回忆过一辈子拉倒。”

刻骨铭心的痛苦，岂是三言两语能够概括的。秦文光不愿多说这件事，也正说明伤口远没有愈合。他深深地叹口气，又说：“我年近半百，不堪回首了。我生来是一棵桑树的种，永远成不了栋梁之材，能在随便哪里的田边地角活下来，长出些嫩叶喂喂蚕宝宝，此愿足矣！可阿骏和阿燕都还年轻，前途无量，这事倒要好生想想办法才是，千万不要留下终生悔恨呵！”

“按医生的诊断，阿燕的病根就出在这桩不合理的婚姻上。”彭永骏说，“季炎如叔叔和夏惠子阿姨也都觉得只有我才能救得了阿燕。可我怎么救她？几乎一步都跨不出去啊！”

“我的意思是，干干脆脆，带上阿燕离开家乡，远走高飞。”彭永芳豪迈地说。

“不成的！”秦文光摇头，“当初我和表妹也有过这样的念头，最终还是下不了决心。尤其是心地善良的女小囡，翅膀特别娇嫩，挣不脱漫天罗网的，因为这漫天罗网又牵扯着自个心窝中的罗网！”

切磋了好半天，还是找不出好办法。最后秦文光提出了一个“权宜之计”说：“眼下能够做的事，就是想法子让阿燕过得快活一点，变得坚强一点。阿芳要多多关照她，平时多陪她出门走走，她识字，多找一些好书给她看看，先把心情调剂好，更把身体保养好。只要不再发病，可以慢慢等待机会，不管怎么讲，如今终究是民国时代了嘛！”

看来也只能这样了。彭永骏和彭永芳一齐点头。

这一天晚上，彭永骏似乎有许多的话要跟秦文光讲，迟疑着不想起身告辞。秦文光见油灯的光渐渐弱了下去，便拿起油瓶往灯盏中添了些油。这个动作提醒了彭永芳，想到秦先生第二天还要上课，不能耽误他的正常作息，就对彭永骏说：“四哥回家吧，秦先生该歇息了。”

“阿骏回上海之前，再来谈谈。”秦文光没有留客的意思，“今晚上我不大舒服，想早点睡觉了。”

彭永骏这才发现秦文光的脸色有些异常，暗淡得就像刚才缺了油的灯。出门的时候，阿芳悄声对阿骏说：“今天我俩逼着秦先生讲出他的伤心事，真有点儿残忍！”

“这明明是秦先生打算封存一辈子的伤心史，硬让我们撕开了疮疤！”阿骏的鼻腔都酸了，小声说，“你还说痛苦讲出口就可以减轻痛苦，多么天真啊！”

秦文光送走彭家兄妹之后，倚门仰望天上的一弯冷月，僵立好久才回到屋里。他并没有就寝，今夜是注定无法入眠了。他打开相伴三十来年的樟木箱，取出一个白绸小包，里面装着的是永恒情人的遗物：一绺用红线扎起的黑发，几张泛了黄的照片，还有一摞倾吐真情的书信。他轻轻地轻轻地摊开白绸，仿佛外科医生打开病人的胸膛，观察一颗活着的心脏。

门外传来得得马蹄声。随即有人敲门，一边喊：“秦先生在吗？请开门！”

秦文光收起情人的遗物，就去开门。来人有点面熟，好像是在彭永骅和刘青燕的婚礼上见过，只是叫不出名字。

“我叫刘世璋，是杏源畈人，阿燕的二哥。”来人自我介绍说，“先生的好多位学生都是我后来的同学，先生的大名仰慕已久了！”

“你深更半夜的赶来，有啥急事吗？”秦文光把刘世璋迎进屋子，非常诧异地问。

刘世璋从公文包中取出一个拆开了的牛皮纸信封，收信人写的是赵中义的名字，落款处印着省政府的大红字样。秦文光一脸愕然。

“先生看一看里面的文书，就明白是怎么一桩事情了。”

秦文光剔亮油灯，抽出信封里的文书，不由得大吃一惊。原来，这文书就是他的手迹，就是由他为葫芦镇集市仲裁委员会代拟的请愿书。当时草稿审定以后，又是用他带残的手一字字地抄正出来的。他深深地感到疑惑了：奇怪呀！这份请愿书，本是由镇集仲裁委员会派专人直送省政府转呈省长的啊！怎么会落到赵副县长手中的呢？落到了赵副县长手中，为啥又要交给我这个代笔人过目呢？

“赵副县长让我来见秦先生，也是一片好意。”刘世璋用对待尊长的口气，谦恭地说，“秦先生有文才，口碑好，深得乡亲们的信任，日后难免还会碰到同样一类事情。赵副县长讲，秦先生知书达理，是否以不接这种托咐为宜？相反，应该劝劝乡党士绅按常规办事，本县的事情还是在本县范围内解决。父母官嘛，岂能不关心本县百姓的疾苦，何必越级捅到省里去呢？大家脸上都不好看嘛！退一步讲，就是捅到中央政府去，最后还不是要层层转下来，由县里来办理的吗？”

秦文光一句话也说不出口，光听。

刘世璋收回了文书，又从公文包中取出一对精致的小锦盒，用双手捧到了秦文光的面前。秦文光打开礼盒，红色丝绒座垫上，分别嵌着两件不同礼品：一只纹花的金元宝和一颗手枪子弹。

分别标志着财富和死亡的两件不同礼品，同样纤尘不染，毫光闪烁。秦文光呆若木鸡，脊梁上凉嗖嗖的，是冷汗在流淌。

“赵副县长的一点心意，敬请先生挑选一样收下。”刘世璋说，“秦先生万万不可推辞，否则学生交不了差，要受训斥的。”

秦文光镇静了下来，脸上慢慢露出了一丝凄凉的笑容，嘴里喃喃地重复着几个字：“民国，国民；国民，民国……”

“秦先生常年呆在世外桃源，读的净是圣贤书，有些事兴许想不通。”刘世璋又说，“学生初出茅庐，只是稍稍见过一点世面，刚刚开窍。我们家乡有句俗话：田鸡要命蛇要饱。这是没有办法的事。哎！世道就是这样，谁有本事拗得过千年世道呢？”

秦文光想了一想，从小礼盒中抠出金元宝和子弹，塞回到刘世璋的手中，双手捧着一对空礼盒，抬起头，直视着刘世璋的眼睛。

“这样吧！”他郑重地说，“恕我借用‘买椟还珠’的典故，收下这一对空礼盒，归还礼盒中的礼品，拿这样漂亮的空礼盒做个纪念也是不错的。从今以后，就让我也做个空盒子吧！”

“这怕不妥！”刘世璋感到为难，“先生不收子弹可以，金元宝总归得留下的。赵副县长当面向我反复交待过：子弹和元宝，两者必选其一。”

推让间，秦文光突然哭了起来，嘶声嚷：“还要我跪下来求你不成吗？你快走吧！我愿意做个空心人，你还交不了差吗？赵大人还放不下心吗？”

使秦文光大为意外的是，刘世璋扑嗵一下跪倒在地，向他一连磕了三个头，啥话也没有说，起身就冲出门外，跨上马，踏着遍地凝霜似的月光，离开了天螺湾。

第十九章
自家狗咬自家猫

秋收大忙刚过，绍兴城里的戏班就来到了葫芦乡，带来了越剧名戏《白蛇传》，头一轮演出就安排在天螺湾的彭家祠堂里。

四盏白炽煤气灯响着轻微的咝咝声，把台上台下照得一片通亮。开场锣鼓刚刚响起，祠堂里已是人满为患。彭荣灿一家差不多全来了，早早地占据了别人为他们预先安排好的头等座位。

彭汪氏环顾左右，没有见到刘青燕，就问身旁的陈银凤："阿燕呢？"

陈银凤就问陪着彭永骅的黄阿莲："阿燕呢？"

"阿燕在屋里，不来看戏文。"彭永骅抢先回答说。

"阿燕的身子骨不大舒服，想早点睡觉。"黄阿莲解释，"她讲等明天看第二场也一样的。"

"啊唷！"张小珠撇撇嘴唇说，"人家在上海连京戏影戏都看过了，哪里还在乎乡下的土戏啊？"

剧情的发展渐入佳境，满场观众被深深吸引，女人们开始窃窃私语，为白娘子的多情和许仙的木讷，有的还发出唏嘘之声。这时候，一个魁梧的身影一闪，是彭永骝出现在祠堂的侧门旁，他是从葫芦镇上赶来的，因为酒宴应酬，来迟了。他本来想挤进自己的亲属堆里去，悄悄审察了一遍家人的侧影后，忽然改变了主意，转回身又挤出人丛，向旁门走去。

没有人留意彭永骝的动静，只有黄阿莲无意识地向旁边瞥了一眼，看到了一张印堂发亮的红脸和一团火焰似的红绸，那是阿骝喝醉酒的面孔和他腰间驳壳枪上的装饰。待黄阿莲转颈把目光投向戏台之后，就开始有点走神了……

刘青燕并没有睡觉，说身子骨不舒服拒绝看戏，只不过是托词，她最需要的是清静。

彭永骏离去已有好几天，刘青燕天天神不守舍，耳朵里无时无刻不在轰响着彭永骏冲她吼出过的两句话："我要娶你，非你不娶！"

两句话就像两个春雷，既造成震荡，带来春的复苏和爱的憧憬，又扰得她神昏意乱，骤添无穷的痛苦。这几天来，她吃不香睡不安，什么事也不想做，夏惠子布置下来的作业也搁下了，老是仰起头来望着窗棂上的风铃发呆，在发呆中寻求神往，寻求安慰。彭永芳每天下课以后都来找她聊天，说来说去就是要她快活一些坚强一些。这样的话听起来有道理，可是做起来又很难。彭永芳还给她送来一本讲青春保健的书，倒吸引她看得很入迷，没有想到只看了一半，就让张小珠发现后强借了去，看完也不还，竟偷偷地交给了祖婆彭汪氏。

彭汪氏不识字只识图。她仔仔细细地看遍了每一幅插图，就把儿子叫到跟前，拍着书本，连连咂嘴惊叹不迭。

“下作！下作！”彭汪氏鄙夷地说，“怎么能啥都画出来呢？你得赶紧把这本书烧烧掉，还要好好教训阿燕和阿芳，往后，断不许再弄这种邪书来看了。”

为了闹清楚这本书到底是不是下作，下作到何等程度？彭谨祥花一天一夜时间阅读了全书，读完后，毫不留情地把它扔进了灶膛，付之一炬。随后，来到阿燕的房间里，阿芳恰好也在。彭谨祥让黄阿莲把彭永骅领到隔壁房间里去看小人书，当着阿芳和阿燕的面就责怪了起来。

“你们两个年轻女子，真不该看这种书，如今的新派书也太邪门了，存心是要误人后代嘛！”

“这样的书怎么邪门了？”彭永芳辩解，显得理直气壮，“都讲‘人是万物之灵’，倘若人连自身都不敢认识，还怎么去认识天下万物？这明打明是推广科学知识的书，为啥不该看？”

向来以慈父形象出现在子女面前的彭谨祥，忽然板起严峻的面孔，嗓音也变得异常沉闷，“子曰：‘非礼勿视，非礼勿听。’天生肌体，顺其自然也就可以了。这种知识，知与不知，识与不识，有啥关系？世世代代还不都是这样子过下来的吗？何必撩人淫思邪念！弄得不好，反而会诱发不轨之举。你们两个年轻女子，千万要自重，往后，断不许再碰这等龌龊的书了。”

彭谨祥离去后，彭永芳与刘青燕禁不住抱头痛哭。哭着哭着，彭永芳突然萌发了一种男子汉式的英雄主义情怀，觉得遇事不能跟着弱女子一道凄凄戚戚，即使不能扮演临危救美的大侠角色，也应当做出镇定沉着的榜样。她心想：“眼下，阿燕又一次受了委屈，责任并不在于阿燕而在于我，更应当帮助阿燕变得坚强起来才对。”于是，立刻止住悲声，取出手帕为阿燕擦去眼泪，宽慰说：“不要难过了。我们并没有错。要错也只怪我太大意，事先不曾提醒你谨防小人。”接着还说了两句相当有分量的话：“好歹我们都还年轻，守住青春就能守住希望！”

这两句话刘青燕爱听。她当然愿意守住青春，守住希望。

刘青燕想起了同彭永骏相见相识的情景。第一次见到彭永骏，是透过竹帘，小后生的潇洒模样时而闪烁，时而真切，却在心头刻下了永生难忘的印迹。第二次见到彭永骏，是在葫芦镇的庙会上，面对面，定定相望，红脸朝红脸，热血沸腾；就因为彭大奎一句话点穿了眼前的阿骏并不是真正与她订亲的阿骅，使她在飘飘欲仙的云雾山顶顿时坠落进百丈深渊。再以后，在上海，有了朝夕相处的机会，互相间却躲着避着，心中又念着盼着。也有避不开的时候，一道逛南京路逛城隍庙游大世界看哈哈镜，从香椿树上跳下的瞬间让彭永骏顺势接住；还有愚人节遭红毛番弄怂，在彭永骏面前扮演了一只傻乎乎的布谷鸟，稍不留神暴露了自己心中死死捂着的秘密，又羞又甜！

这一切情景，历历在目，即使想忘又怎么忘得了？忘不了，也很好，为她的一颗苦涩烦闷的心编织起了一对轻盈的翅膀，可以让自己的心借着这对翅膀飞出胸膛，飘浮在自由的幻想中，好帮她守住青春，守住希望……

正当祠堂里的越剧《白蛇传》渐入高潮时，刘青燕独自坐在床沿，仰脸望着窗棂上的风铃出神，让美好的幻想自由翱翔。在天螺湾，她难得有这样清静的时候，多亏从绍兴城来了越剧班，把老少一家人都吸引到祠堂里，才给她带来了清静。只有在这样的清静之中，她才觉得可以让自己的心和彭永骏在一起。

有人轻轻地叩门。

“谁呀？”刘青燕问。

“是我呀！”传进一个年轻男子的浑厚嗓音，“快开门，有要紧的话跟你讲。”

“奇怪了！怎么会是阿骏的声音？难道阿骏真的来到了我身边？！”刘青燕的心一阵狂跳，鬼使神差般地冲上前去，毫不迟疑地就把门闩拔开了。

进门的不是彭永骏，而是彭永骏的二哥彭永骝。

刘青燕震悚了。等她清醒过来的时候，彭永骝已经反手插上了门闩。一股酒气熏到她脸上，使她打了个寒噤，全身战栗起来。

“怎么是二哥？”她退行着说。

“不是二哥是谁？四哥回上海去了！”彭永骝说着，伸手拨亮油灯，以便更好地欣赏美色。

“二哥，你不该来这里……”

“二哥可怜你呵，大哥没有用场，赛过让你白白守空房！”

彭永骝步步进逼。嘴里喷着酒气，眼中冒着邪火。

“你快出去吧，我要喊人了。”微颤的嗓音，显示出警告的苍白无力。

“喊吧！全家都在祠堂里看戏文哩，没人会听见的。”

彭永骝猛的抱起阿燕，像雄狮扑住羊羔般敏捷与轻松。随即把她扔到床上，动手扒她的衣服。

“二哥你放开我吧！”刘青燕挣扎着求饶，“你不作兴这样的，我是你嫂子啊！”

“什么嫂子？你是妖精！”彭永骝喘着粗气，发狠地说，“自从你踏进香樟大院，就勾住了我的魂。今晚上我就是要当一回孙悟空，来收拾你这个蜘蛛精。”

三下五除二，彭永骝就剥光了刘青燕的衣服。她蜷缩到床角，勾下头，双手抱膝，瑟瑟发抖起来。一个时值青春妙龄的女子裸体，光洁白嫩得像一个褪了壳的清煮鸡蛋。这几乎是一种宿命。刘青燕突然想起二哥送来画眉鸟那天的情景，想起二哥火烫贪婪的目光，足以穿透她的衣裳烤煳她的全身。回忆起二哥当时的目光，刘青燕就觉得迟早会发生这样的事情，逃也逃不了。

彭永骝本是天螺湾彭族宗氏的骄子。他相貌英俊，活泼热情；他看重江湖情义，好打抱不平，朋友们有难能热心帮助。他从小练武，体魄强健，平时喜欢在大院外的晒谷场上抛石锁，拿大顶，光着脊梁，一块块腱肌汗晶晶的，在阳光下鼓突闪亮，引得年轻女子们偷眼看不够。自从当上葫芦乡民防队头领以后，佩上缠红绸的驳壳枪，跳出家门常住葫芦镇，也就摆脱了长辈们审察的目光和烦人的絮叨，身心都放松了；尤其是相传赵副县长认他当了干儿子以后，更是威风八面，人人笑脸相迎，天天有酒喝，时时有美女的流盼在眼前飞舞，自我感觉就是活脱脱的一方霸主，一尊野仙，对女色也就贪得无厌了。他在觥筹交错的酒席上曾经向狎友们夸耀，说在四十岁前定要得到一百个姑娘的贞操，否则就算不上一个纠纠雄夫！说这话的时候，就像盖世英雄上阵前发誓要取下一百个强寇的首级一般，气宇轩昂，博得了众多仰慕者的艳羡与敬佩。乡下的一拨痞子们别的历史知识概不清楚，却懂得享受初夜权乃是开天辟地以来男人最高权势的一种标志，听了彭永骝的豪言壮语后，还一哇声地狂叫“好佬！”“有种！”

有了这样的一种宏图大志，彭永骝在向刘青燕施暴的时候，也就不会有一点点的羞耻与不安，唯有雄性动物夺取了雌伴后的狂野和骄傲。

开头一刹那，刘青燕陷入了眩晕。有生以来，头一次遇到一个男人的强壮身坯跟自己贴得这样紧，本是做梦都在向往的事。随着突如其来的刺痛，她才感觉到这个身坯是一块烧红的铁板，她将在这块铁板的炙烤和挤压下死去。遭受这种违背意愿的蹂躏，是一个女人最大的屈辱和痛苦！她开始没命地挣扎。她无法想像这头公牛在发情的时候会力大无穷，不顾一切，任何反抗都无济于事，反而徒增对方的威猛和快活。她完全绝望了，全身都陷入了麻木状态。她的心在流血，默默地呼唤着爸爸妈妈阿骏阿芳快来救我快来救我快来救我……

或许是冥冥中真有神灵在。有人在撞门了，是黄阿莲。她大声嚷嚷："阿燕开门，快开门呀！"

刘青燕没法起身开门，她唯一的回应便是放声大哭。

彭永骝依然不慌不忙，完事后穿上衣服，还不忘从刘青燕身下抽出预先铺垫的一块白绫，欣赏了一下桃花似的被人称作为"元红"的珍贵血迹，折叠好塞进自己的衣袋，以纪念他的又一次难忘的壮举，然后掀起被子甩到刘青燕的身上，还悠悠然地点着一根香烟，喷起了烟圈。

这时候，黄阿莲已从不加锁的侧门冲进了阿燕的房间。她一瞥之下就明白了一切，气得下巴直打颤，叱骂："畜牲！我嫁到天螺湾三十多年了，还是头一回见到你这样不要脸的畜牲。"

"阿莲婶多多包涵！"彭永骝扣好衣钮，挎上驳壳枪，大步流星地走到门口，又返身留下一句话："这件事，不要跟任何人讲，对谁都没有好处。"

彭永骝一走，黄阿莲就帮着刘青燕穿衣，一边陪着哭，边哭边说："刚才阿骝到过祠堂里，一眨眼工夫就不见了，开头我还不在意，等到戏台上好心的白娘子受难，我猛一个激灵才起了疑心，就把阿骅托给阿芳照看，连忙跑来，没料到还是晚了一步。哎！女人真是命苦啊！"

"我不干净了……"刘青燕从虚脱状态中缓过神来，呜咽说，"我不想活了！"

"千万不能这样想啊！听阿莲婶的话，噢！"黄阿莲紧紧地搂住刘青燕，像哄孩子般地摇着拍着劝着，"有许多好人疼你哩！你要死，阿莲婶也得陪你死，阿莲婶舍不得你啊！不哭不哭了，好人会有菩萨保佑的。男人真是没有几个好东西，忍忍算了，就当一场噩梦吧，忘掉拉倒，我们对谁也不讲。噢！"

一个多月后，刘青燕有了妊娠反应，起头她还闹不清怎么一回事，以为吃坏了啥东西老想吐。黄阿莲却着慌了，问清她的月事状况，暗自哀叹："老天不张眼，要倒楣了！"她先找陈银凤，把真相偷偷说了。陈银凤觉得反正纸包不住火，就拉了黄阿莲一道去见老太太，当面禀告实情。

彭汪氏静静地听着，一脸青灰，半响不讲话，最后吩咐说："千万不要告诉老头子，他脾性太犟年事已高身子骨不好，会活活气死的，还是先把阿骝他爹和二妈找来，一同商量商量再作安排。"

黄阿莲迅速找来了彭谨祥和傅灵芝。彭汪氏就命黄阿莲把实情再说一遍。彭谨祥听罢黄阿莲的叙述，啪的一声打了自己一个耳光，咬牙切齿不说话。

"料不到阿骝这孽障会下作到这步田地！"陈银凤的眼圈红了，"兄弟几个，怎么就阿骝的品行特别？"

"连双胞胎的脾气都不会一样的。"彭汪氏怨恨地说，"老话讲：一娘生九子，连娘十样心。阿骝真是个讨债鬼！白疼他了廿多个春秋！"

彭谨祥好似龙骨水车突然加力吐水，喉咙里咕噜噜一阵响动，终于吐出了憋在胸中的话。

"兔子还不吃窝边草哩！"他涨红着脸，闷闷地说，"这倒好，自家狗咬起自家猫来了。养不教，父之过。阿骝会变成这副样子，我有愧啊！不过，在他还没成年的时候，阿爹就不晓得责备过多少回了，责备你们当奶奶当嫡妈当二妈的三个女人，从来对阿骝百依百顺，像太子一般侍候，活活把他宠坏了。阿爹总讲天下慈母多盲瞽，女人好心害子孙……"

彭谨祥虽然意识到不该翻出陈年老账，但心里总是认定阿骝变坏跟三个女人对他的溺爱有关，特别是当祖母的，更是难辞其咎。还好彭汪氏耳背，或许没有听清儿子的怨言，并没有反应。

黄阿莲眼看着有发生口角的模样，急忙说有事要做，抽身退出了房间。

生母傅灵芝始终低着头闭着嘴。以往阿骝醉酒犯事遭长辈责骂，傅灵芝总是独个儿坐到镬灶口去偷偷哭泣，仿佛全是她的错。

"你们父子两个就不曾宠过这个宝贝蛋吗？"彭汪氏瞪了儿子一眼，缓缓说，"你爹还把他看作天赐良驹，从小就巴望他重振门庭哩！"

几句话，完全证明彭汪氏听清了儿子刚才的怨言，不过她的回答倒让人感到意外的冷静。

陈银凤向来遇事不慌，她劝大家都少说两句，过去的事都过去了，要紧的是对付好眼下的事。她最先提出一个方案，又对这个方案的利弊作了分析。她的方案是打胎。好处是打了胎又不张扬开去，阿燕可以保住名节，全家也可以照样过日子；坏处是有风险，在乡下打胎，出事的比成功的多，万一落下病根甚至丢了性命可不得了！

“舌头底下压得死人啊！”彭汪氏又搬出了这句老话，看来她老人家最怕闲话。她说：“闲话也是风险！既然横竖都有风险，不如干脆生下来。”

一听说干脆生下来，满座都吃惊了。

“这当然是下策，也是没有办法的办法。”彭汪氏说，“虽说阿骅是半痴，好歹能吃能睡能讲话的，谁担保他就不能够当上阿爹！”

“就怕阿燕不会撒谎。”陈银凤说。

忽然响起了蝈蝈的鸣声。彭汪氏从怀里掏出小葫芦，轻轻摩挲着，放到耳边听听，听得蝈蝈叫得越来越响亮，眼中便多了几分精神。

“不会撒谎也得撒一回。”彭汪氏说，“到时候不管生下来是男是女，总归是彭家的骨肉，总归像彭家的人。反正肉烂在锅里，都是自家人的种。”

“讲的也是。”陈银凤想了想接茬说：“彭家人丁不旺，阿爹老是为了只有阿庭这根独苗苗担心事，要是生个男小孩出来，阿爹岂不要开心死了！”

因为受到媳妇的支持，彭汪氏的脸色霎时开朗了起来，有了信心，说话也由商议的口气转为嘱咐的口气，“银凤和灵芝两个要多尽点心，劝劝阿燕不要多想，好生休养保胎；也要交待阿莲，对阿燕的起居要照顾周全，还要多做些滋补的菜肴给她吃吃。为小毛头出世的事也要早点安排起来。”

陈银凤和傅灵芝一味点头，都说就照这样办。

“阿爹迟早要晓得这桩事，该怎么讲？”彭谨祥问，语调平和些了。

“唉！老头子终究是风烛残年了。”彭汪氏叹说，“暂时不要惊动他吧！该讲的时候我会跟他好好讲的。最难弄的倒是小珠和阿芳。既然瞒不了，就要仔细想想怎么讲通她们两个，总得顾全大体吧，万万不可闹起来，让街坊邻居看戏文。”

既然将错就错是唯一的出路，下策也就是上策，彭谨祥有点佩服母亲了。自从父亲彭荣灿退下族长位置以后，日见衰老，家中许多事往往都由着彭汪氏说了算数，村里就有族人说荣灿家是“牝鸡司晨”了。“牝鸡司晨”，历来解释为妇人掌权乱政的意思，被视作大不吉祥的倒楣事，彭谨祥只怨自己缺少真本领，只好忍气吞声。这会儿寻思，没有雄鸡司晨的时候，有牝鸡司晨总比无鸡司晨来得好些，他为年迈的母亲还能为家中大事拿主意而感到庆幸，暗暗叹说姜到底还是老的辣！

女人的事，最难瞒骗的就是女人。还在家庭的高层决策形成之前，彭永芳就早已看出了刘青燕的神情突变，早已向刘青燕展开了仔细侦察。凭着刘青燕对彭永芳的信赖，凭着刘青燕迫切需要倾诉委屈的自然心理，不用多么高明的旁敲侧击和真情诱供，彭永芳也就轻而易举地得知了事情的全部真相。

彭永芳愤怒极了，气得脸色发青。好在她能强迫自己保持理性的镇定，她懂得任何鲁莽都会带来可怕的后果，都会使阿燕遭到进一步伤害，甚至闹出性命交关的恶果。可惜，她究思力索也找不出帮助阿燕的有效方法，唯一可以商量的人是阿骏，而阿骏又远在上海。

彭永芳决定给阿骏写信，但又不能把真相点穿，只能绕着弯子先给阿骏吹吹风，好让阿骏有点思想准备。她在信中聊了一大堆鸡零狗碎家长里短的废话后，才谈到阿燕，仅写了几句不着边际又费人猜揣的话。阿芳明白，只要稍稍有点暗示，也就足够让阿骏烦心的了。

第二十章
食草动物与食肉动物的差别

彭永骏回到上海后的头一个星期天，季炎如和夏惠子又一次邀请几位好友聚餐。这回举办家宴一反常例，不是因为夏惠子技痒难耐又想展现她的料理手艺，恰恰是季炎如的主意。

自从报馆挨砸以来，在同仁们的劝导下，季炎如一直在家当寓公，暂时不写政论文章了，除了跑跑书店和图书馆，偶尔串串酒肆茶馆粮店菜场，听听民间的牢骚与叹息，平时很少上街，只是埋头做学问，着力整理一部早年搁下的太平天国史稿，同时搜集资料系统地研究日本文化。他有一种打了败仗被人轰出战场的感觉，心中非常憋闷。还有一件让他忧心的事：自从刘青燕离开上海返乡后，彭永骏的脾气变了，越来越孤僻，人也消瘦了，这次返乡探亲回到上海，情绪一点也没有好转。夏惠子猜想一定是为了思念阿燕而受煎熬，有个晚上拉着丈夫一同进他的房间，想开导开导他，发现他正在埋头读书写笔记，桌上摆着好多书，涉及的门类很广，全是同他的职业并不相关的文史哲类专著，还有法语课本和法华字典。季炎如翻了翻书目，估摸这小子并非光为爱情的挫折而痛苦，可是问他在想些什么，为什么不开心，他还是支支吾吾的不愿直说。

家中失落了欢声笑语，也使夏惠子感到冷清。正是为了打破这种沉闷空气，季炎如才想出了用请客会友的办法，驱散一点胸中的烦恼，帮助打开阿骏的心扉，也给惠子增添一些快乐。

夏惠子满口答应，还说恰好德山伯伯从东京带来了日本的梅子酒，阿骏又从家乡带来了霉干菜腊肉，都是好东西，大家会喜欢的。季炎如对惠子说，这回别来你那套复杂的日本料理，随便弄几个家常菜，主食就吃饺子吧。

邀请的依然是几位常客：德山方浩医生，彭永聪和两位西洋朋友。费尔曼刚刚从台湾采访回来，季炎如特别想听他谈谈台湾见闻，所以在电话中三令五申要他一定来，不得缺席。

这一天上午，屋里早早地作过打扫，窗明几净，桌子上摆起了夏惠子擅长的插花艺术品。夏惠子准备好几个简单的菜肴，就剁起了猪肉韭菜饺子馅，季炎如掐好时间开始和面。十点正，德山方浩、费尔曼和柯爱就准时到来了，过了一会儿，彭永骢也跨进了门槛。

季炎如宣布说："今天吃中餐，请大家尝尝我老家山东风味的饺子。包饺子就是图个热闹，不管会不会包，大伙儿都得一齐动手。"

包饺子原是季炎如的拿手好戏，山东民间的双手挤压式饺子，肚饱边薄不容易开裂，从小就学会了的。名师出高徒，夏惠子也早就把这项手艺学到了家。两人从摘丸、擀皮到包捏，边操作边示范，有条不紊。两个西洋朋友初学包饺子，兴致很高，动作却十分笨拙，彭永骢不断挑他俩的岔子，爆出阵阵笑声。只有彭永骏难去愁容。

柯爱耐不住了，伸出沾了面粉的手，为彭永骏抹了个白鼻子，挑衅说："看你还装正经！到底有啥心事啊？"

夏惠子说："还不是为了'少年维特之烦恼'啊！阿燕回到了乡下，又成天跟她那个傻丈夫呆在一起，要是病情复发该怎么办？阿骏见了阿燕的处境能不发愁吗？"

德山说："对于阿燕小姐这样的病人来说，环境的作用太强大了。无论是谁，改变不了环境就得改变自己，否则是一定要吃亏的。"

"愚人节的游戏难道没有给她一点启发吗？"费尔曼诘问，"难道白白当了一回布谷鸟?!"

"那么活泼可爱的一只燕子，就不能自由飞翔吗？快让她飞呀！"柯爱说。

彭永骏不说话，显然有着难言的苦衷，手里的一个饺子捏了又捏，已经被他捏破了肚皮。

夏惠子盯着彭永骏的眼睛，逼问："阿骏你坦白告诉我们，你这一回见阿燕，到底作了怎样的努力？有没有向她表白自己的真情？有没有拥抱过她？有没有亲吻过她？"

"哎！听起来阿狐怎么像个教唆犯？"季炎如摇头说，"东洋婆总是不理解我们的国情。"

"炎如君总是一派老夫子腔调。"夏惠子反驳，"不管东洋婆西洋婆都需要男人的爱，你不抱她亲她，她怎么知道你是真心爱她呀？她怎么敢下决心跟你走呀？"

"人言可畏啊！"彭永骏叹口气说，"处处有眼睛在盯着，连单独说话的机会都没有，哪里还谈得上亲热？"

“阿燕真是太不幸了，她明明是爱着阿骏的呀？”柯爱说。

“何止是一个女人的不幸！”彭永骢感叹，“推翻满清皇帝快二十年了，一切还不是老样子！”

德山说：“日本古来处处学中国，就是在牵涉两性方面的不学，刑罚里从不设腐刑，宫廷里也不让男人阉掉雄根当太监，和尚也可以娶妻生子，女人也不用束胸缠小脚，更不讲男女授受不亲这一套规矩。日本女人成年以后要是找不到‘彼氏’，长久不破处女身，反倒让人看成是没有魅力的傻女人，和中国正好相反。”

费尔曼说：“我有一位常驻东京的西方同行，从日本带回一组新闻照片，看了真让人吓一跳。照片记录了日本民间举办初夏‘丰年祭’盛典的场面，几十个男人抬着一个像鱼雷似的木雕大阳具，敲着鼓，张灯结彩大联欢，一队少女还赤裸全身围着大阳具模型载歌载舞，成年女人也像抱娃娃似的各自抱着大小不等的阳具模型嬉笑欢呼。听这位同行说，日本好些地方在祭祀丰年的时候，还让几十对上百对的青年男女公开性交，意思是为新的丰收加紧播种，称作‘天下奇祭’。”

季炎如见彭永骢和彭永骏兄弟两人听得瞠目结舌，解释道：“日本从氏族社会过渡到文明社会，比中国要晚几千年，难免会保留许多原始风俗。”

夏惠子说：“尽管日本在两性方面崇拜自然状态，不过，日本的大男子主义也是够厉害的了，我妈妈就是日本男权传统的受害人。”

下饺子和吃饺子的过程始终热气腾腾。餐桌上，柯爱见费尔曼握筷子的方法很别扭，手背朝上，动作迟钝，囫囵的饺子好不容易夹起来，又一次次从嘴边滑落到碗里，便禁不住嗤嗤发笑。

“在中国呆了七年，连拿筷子的基本动作都没有学会，好蠢！”柯爱说。

夏惠子可怜费尔曼一副狼狈相，赶紧到厨房里拿了一把吃西餐的叉子，换下了他手中的筷子。费尔曼用上了他所熟悉的叉子就来了精神，一叉一个饺子塞进嘴里大嚼起来，腮帮鼓鼓的，十分得意。

“只有蠢人才会说我蠢。”费尔曼一边吃一边又发表高论，“用不好筷子仅仅说明我是典型的西方人，因为典型的西方人具有食肉动物的特征，习惯用爪子。叉子不就是爪子的演化吗？”彭永骏扬起手中的筷子问费尔曼：“那么筷子呢？筷子代表什么？为什么东方人要用筷子吃饭？”

“筷子代表食草动物的嘴呀！”费尔曼说，“细细长长的，张张合合，像鸡像鸭像鹤，看准了谷物嫩草一点一点地啄，用不着像狮子吃牛老鹰吃兔子那样，得用爪子去扑去抓去撕。所以用筷子的民族容易受欺侮，容易变成食肉动物的美餐。”

“那么日本人呢？”彭永骢一撇嘴巴反问，“他们也是用筷子吃饭的东方人啊，还不是跟食肉动物一样凶猛？怎么解释？”

费尔曼回答得很从容：“你没见日本人的筷子跟中国人的筷子不一样吗？中国人的筷子都是圆头圆脑没棱没角的，日本人的筷子却是削尖了的，遇上好吃的东西能一下扎进去，已经兼有了爪子和獠牙的功能，已经和食肉动物融为同类了……”

他说着，望了望德山方浩和夏惠子，歉疚地补充说：“对不起！使用同样食具的民族，未必人人都具有同样的性格。比如德山先生不但温文尔雅，而且治病救人，早已放弃了食肉动物的生存方式；至于惠子太太嘛，背弃了相信恶人一死也能变神的神道教，皈依了承认原罪讲博爱的基督教，又嫁了个儒雅的中国丈夫，更是不能算食肉动物了。”

又是笑声。柯爱笑得最放肆，嘴里的食物呛进了气管，背过身去边咳边笑，笑出了眼泪。只有德山方浩和夏惠子文静若素，依然正襟危坐。他俩也在笑，不过是抿嘴而笑，笑不露齿；尤其是德山方浩，他的笑神经像是分散在全身似的，尽管全身颤动，嘴巴也没有发出爽朗的笑声。

柯爱有点好奇了，用餐巾擦擦嘴，问：“为啥日本人不会大笑啊？”

“日本人有一种传统的内敛。”季炎如说，“在日常生活中，历来讲究风度和礼貌。”

费尔曼已经有了几分醉意，一边称赞日本的梅酒好喝，一边却揶揄起日本的国民习性来了。他说：“内敛是环境造成的。国土太小，心胸总受压郁，也就少了豪放，不敢哈哈大笑，深怕九州一声大笑，连北海道都受到震动。这种性格，跟我们英伦小岛上的绅士风度差不多……”

“你这约翰牛醉了，不能再喝了。”柯爱夺下费尔曼手中的酒杯，意在让他赶紧住嘴，免得失礼。

“请不必介意。”德山显得十分大度，微微颔首说，“我身在异国他乡，各种咒骂日本的话都听过。离开了本民族文化磁场的强力半径，受的牵制少些，我也可以有自己的见解。”

也许是憋闷得太苦，季炎如要的正是这种无拘无束的气氛，鼓励说：“接着喝，一醉方休！梅酒不过瘾还有白酒和威士忌；接着说，畅所欲言！趁饺子宴聊天，天南地北聊个够，是精神大餐哩！都是好朋友，不必见外。哪个民族没有长短，有什么不能议论？”

德山皱起眉头说：“我好些年没回自己的故国故乡了，这次回去，觉得空气越来越紧张，满街都是服兵役光荣的大幅宣传画，报纸上常常有少年军的训练照片，靖国神社里不断有军人和亲属前往参拜；不少军人的母亲和妻子还在街上揽请过路的女人，在一块块棉布上各缝一针，缝成‘千人针’，给她们派遣到国外去的儿子和丈夫绑在腰上当作护身符。前年‘三一五’事件刚刚有过一次肃清异党的大恐怖，杀了很多人，关了很多人，今年又在实行大检举了，闹得人心惶惶，看来是要统一意志打大仗啊！我们在上海的日本居留民 —— 哦，你们称侨民，大家私下里猜测：既然朝鲜半岛已经给日本吞并了，再要打大仗还得在中国境内打。”

季炎如说：“反正这是迟早的事。可悲啊！我们当局，至今奉行的还是李鸿章的绥靖政策。”

费尔曼说：“这回我到台北采访，不少往事真令人毛骨悚然。马关条约签订后，日军登上台湾，因为台北县宝石庄居民用剪刀刺死了一名作恶的日本兵，由川村景明少将指挥的近卫第一旅团，就在农历五月十五日的满月夜，把宝石庄的全体居民赶到海滩上，放火烧掉村庄，先枪杀了所有青壮年，骑兵们又在老弱妇幼的人堆中来回驰骋，挥舞军刀，狂砍滥杀，使宝石庄的全体村民数百人惨遭灭绝，只有一个名叫黄竹一的十五岁少年，因为被一家人的尸体所掩盖，才侥幸活下来，揭露了这个惨案的真相。”

一番声情并茂的叙说，使得在场的人个个凝神屏息，听呆了。

“我的上帝……这太……太残忍了！”半晌，柯爱才哆嗦着叹道。

“这是真的吗？”夏惠子也打了一个寒噤。

“一点不奇怪。”彭永骢说，“甲午战争日军占领旅顺，全城两万多人杀得只剩下三十六人。”

“其实，宝石庄惨案，只是无数惨案中的一个。”费尔曼又说，“我的台湾同行向我透露，自从日本人侵入台湾以后，重大的屠杀事件就有‘大平顶惨案’、‘后壁林惨案’、‘噍吧年惨案’、‘苗栗惨案’、‘西来庵惨案’，等等，一杀就是几千几万，总数不下几十万人了。日本占领军给台湾民众留下的血债，用一句中国成语来说，真是‘罄竹难书’啊！”

德山方浩摇了摇头，“我真为大和民族感到羞耻！”

彭永骢说：“中国人实在是太好欺侮了！”

彭永骏说：“要到何年何月，我们才不用万里长城来证明自己是优秀民族？”

费尔曼说：“十年前，美国的汽车生产量就接近一百万辆了，可是，在一千多年前就登上世界文化顶峰的泱泱大中国，至今还在把铁钉叫洋钉，把煤油叫洋油，把火柴叫洋火，连自行车都不会造，这确实有点不可思议。中国非得回过头来向西方学习不可了！”

“日本的强盛也是从明治维新开始的。”德山说，“明治天皇宣布维新的五条誓文中，就有一条是‘求知于世界’。”

“当今的中国文人，似乎都在为寻找救国救民的出路而彷徨。”季炎如说，“可是，正像俗话说的：夜里想尽千条路，早上起来照样磨豆腐。都说国家兴亡匹夫有责，我这老匹夫还不知道怎么样才能为国家尽责？百无一用是书生啊……”

柯爱觉得政治话题太枯燥，忍不住抱怨了：“啊呀你们这些尊贵男士，怎么总是三句不离政治啊？”

夏惠子认定左右着谈话方向的人是自己的丈夫，便跟着责怪道：“炎如君，不谈政治，难道就没有别的可谈了吗？烦不烦死人啊？”

对于任何一个搅在政治漩涡中的人来说，不谈政治还真是无话可谈。季炎如沉默了，带着一股无处宣泄的怨愤。继愉快的饺子宴后，季炎如所期待的精神大餐，却出于两位女士的干扰而未能尽兴，就在这样的郁闷空气中草草收场了。

第二十一章
娃娃换牙了

彭永骏生平头一次跨进教堂，他是来参加婚礼的。西洋朋友费尔曼和柯爱结束多年的同居生活，宣告正式结合了。

教堂是普通的小教堂，婚礼是朴素的婚礼，没有体面的排场，没有唱诗班，没有拉曳新娘长裙的花童，也没有众多的亲属和贵宾。费尔曼是伦敦的望族后裔，父亲享有爵士封号，在家中拥有至高威严，这位旧式天主教徒来到上海经商之后，依旧恪守传统，还抱有一个奇怪的偏见：不愿意接受美国女人尤其是信奉新基督教的美国女人做自己的媳妇。眼下，身在上海的费尔曼和柯爱干脆自作主张结为伉俪，也不顾绅士家风，因地制宜，举办了简约的婚礼。

婚礼尽管简约，因为有爱，却照样充满温馨。白发苍苍的老牧师慈眉善目，满脸都是一副上帝代理人的庄重，主持的仪式规范严谨。季炎如和夏惠子无形中代替了一对新人的长辈，眸子里闪烁着快乐和祝福的真情。新人宣誓完毕，交换了戒指，当新郎为新娘揭开面纱，开始亲吻的时候，夏惠子感动得热泪潸潸，喃喃地赞叹说真幸福太幸福了！

只有彭永骏的心情与婚礼的气氛格格不入。一开始，他的脑子里就乱糟糟的，因为有另外一场婚礼干扰着他的视听。那是新春时节彭永骅和刘青燕的中式婚礼，是一场他虽然逃避却又可想而见的婚礼，披红挂绿吹吹打打炮竹齐响觥筹交错喧闹阵阵不亦乐乎，而新郎却呆若木鸡，脸上没有一点欢悦的表情；罩着红头盖的新娘对业已成为自己丈夫的男人，在此以前竟没有见过一面。这样的新郎新娘也叫天作之合吗？这样的捆绑夫妻也能白头偕老吗？他默默地问，不知道问谁……

参加过两位西洋朋友的婚礼后，彭永骏越发思念刘青燕，更加急迫地期待着来自家乡的消息。

探亲回到上海将近一个月了，好不容易才盼来小妹阿芳的信，看看邮戳上的日期，路上走了整整十一天，他拉住邮差责问原因，那副德行好像是邮差误了他的信。邮差说前几天浙江发大水，耽搁了邮期，没啥好大惊小怪的。

彭永芳在信末有这样几句话："四哥，自从你离开天螺湾以后，阿燕的心情很不好，处境也不好。阿燕实在是太单纯太善良太孤独了！我想来想去，总觉得只有四哥你才能救她出苦海！快快想办法吧，快快下决心吧！"

读罢阿芳的信，彭永骏的心揪紧了，觉得阿芳这几句话中的每一个字都像会螫人的马蜂，在他眼前张狂地飞蹿。这不是小妹在为阿燕发出求救信号吗？彭永骏相信这里面藏着不便直言的隐情。会是什么隐情呢？他猜不透，便决定先找三哥商量。

彭永骢一遍又一遍地读着阿芳的信，又详详细细地探问了家中的相关近况。阿骏谈到冲喜后的大哥还是照样木讷，谈起二哥当上民防队长后劣性膨胀口碑极坏，又谈起二哥给阿燕送画眉鸟和二嫂吃醋撒泼还派儿子盯梢的事。两人粗略一分析，顿时有一种火烧火燎似的危急感。

感到危急又拿不出办法，近水救不了远火，兄弟二人紧皱眉头频频叹息。阿骢催促阿骏快快请教一下季炎如夫妇再作道理，他说这方面事情，过来人的见识总归多一些。

灯下静悄悄。彭永骏向季炎如和夏惠子念了阿芳给他的信，重点段落念了两遍。

季炎如问："按照你们弟兄两人的估计，眼下的阿燕会碰到什么样的问题？严重到何等程度？"

彭永骏概略地介绍了一下他二哥的不良品德，猜测说："我和三哥最担心的事情，是二哥不顾廉耻，欺侮阿燕。如果真是这样的话，家丑不可外扬，全家人都会拼命把真相捂起来，大事化小，小事化了，顶顶倒棚的就会是阿燕一个人。"

夏惠子点点头，同意这个猜测，沉吟道："阿芳在信里怎么会用上'苦海'两个字呢？'苦海'两个字可不是随便能说出口的，想必是有实在根据吧！"

"怎么办？"季炎如又问彭永骏："你和阿骢想过办法没有？"

"想是想过了，就是想不出好办法。"彭永骏照实说，"所以得请教炎如叔叔和惠子阿姨。"

夏惠子说："可怜的阿燕是个病人啊！经不起折磨，说不定会引起精神分裂的啊！"

季炎如说："就是一个正常女孩子，也受不了这类刺激的，弄不好会寻死寻活走上绝路。”

彭永骏的脸色发青了，喃喃说："那该怎么办？怎么办?！”

“现在具体情况还不清楚，要拿出有效办法也难。”季炎如思忖片刻后说，“即使你们兄弟两个立马赶回家乡，我看也无补于事，反而会激化矛盾，极有可能引发一场家族混战。现在唯一能做的，便是让阿芳好好劝慰阿燕，不管遇到什么天大的倒楣事，都要让阿燕想开一些，要沉得住气。”

“对啊！只有这样了。”夏惠子望着彭永骏说，“你赶快写信，再挑挑有什么好看的书给阿燕寄去，让她分散一下注意力，心情会宽畅一点。该吃的药，你上回已经带去了，要让阿芳监督她按时服用。等一会儿我也给她写封信，劝她一定要坚强坚强再坚强，乐观乐观更乐观。”

当晚，彭永骏写好了给阿芳的信，夏惠子也写好了给阿燕的信。第二天一早，彭永骏就上邮局用挂号寄出，同时还付邮了一本绣像《西游记》，十张留声机唱片和一盒唱针。

离开邮局，彭永骏还是心神不宁，晚饭也没有胃口，吃得很少。季炎如见他愁眉不展，把他叫到了书房里，面对面坐下。

季炎如说："阿燕的不幸，关联着历史原因和现实环境。你既然喜欢阿燕，看来需要有个长远打算才好。你有什么长远打算吗？”

“坦白说……”彭永骏嗫嚅，“从阿燕离开上海回乡的那一天起，我一直在想这件事。不过能不能做到还难说，只是想想而已。”

“说来听听！”

“趁着现在还年轻，我想出国留学。”

“哦！有这个想法不错啊！”

“季叔叔留学东洋，我就留学西洋。假如在海外能够立住脚跟，就把阿燕接出去，海阔凭鱼跃，天高任鸟飞，一切都不顾了。”

“要留学有成可不是一朝一夕的事，阿燕未必能顶得住啊！”

“只要留学的事有了眉目，我可以当面告诉阿燕，相信阿燕会树起信心的，小妹也会帮我做好阿燕的工作，让她安心等我。”

季炎如虽然头一回听彭永骏说起留学意向，但并不感到诧异，“我注意到了你近来在学法语，研究法国的人文资料，想必是选择了法国。”

“是的，除了因为法国是大革命的故乡，法国还有拿破仑和雨果，我喜欢法国。”

“你想出国留学，除了阿燕的原因以外，还有别的原因没有啊？”

“当然有，并且是主要原因。”彭永骏坦率地说：“五卅运动的时候我还懵懵懂懂，看看热闹而已，从去年春天的赤潮开始，特别是当我知道阿芬和阿琏的死因之后，我的脑子里才像着魔一样地翻腾起来，也就产生一个想出去看看的念头，看看日本到底为什么要决心学西方？看看西方到底是怎么样超越中华后来居上的？”

“呵！娃娃换牙了！东汉文学家班固说：‘爱国如饥渴’，说得有理啊！”季炎如感叹着，又作自我反省：“你换牙换得迟了点，也怪我和你惠子阿姨。当初把你接到上海来读书，除了我俩喜爱你，也因为天螺湾和杏源畈闹械斗，体谅你家长辈想多保护一个后嗣的心愿，只求你安心读书，不让你介入社会，造成了你虽然好学却又未能学以致用。想不到你的成长，就像你家乡的竹笋要拱出地面，连石块也压不住！”

“我的开窍并不容易，是用亲人的鲜血换来的。”

“开窍得好！开窍得好啊！”季炎如连声称赞道，“有志气！就像蛹要化蝶蛇要蜕皮，这是成长的嬗变，是好事。”

“我愿意把自己当成一个问号，从头学起，不光在国内学，还需要到国外去学。”

“出国光学别人也不够，还得承担起传播中华文化的责任。到现在为止，外国人对中国人的印象只是辫子加小脚，这太不公平了。他们不知道世界上曾经辉煌过的古希腊文明、两河流域文明和古印度文明都已经衰败凋敝了，只有中华文明至今巍巍屹立，这不是偶然的，不正视不尊重是不行的。”说到这里，又问：“你出国留学的想法同你三哥商量过吗？”

“试探过一下，他好像不大同意。”

“为什么？”

“三哥说，现在是一个只有用剑与火才能解决一切难题的时代。当然，他也说人各有志，并没有坚决反对我的选择。”

“明白了。”季炎如缓缓说：“的确，你也到该为自己设计前途的时候了。目前的职业，不管你干得多么卖力多么出色，就是当上了买办，充其量也是洋人的走卒。怎么设计才好，让我们一道来想想，包括阿燕的事，最好最坏的各种可能性都要想到。”

彭永骏点头，脸色如铁。

几天后的一个下午，赵中义在刘世璋的陪同下，来到了季炎如家。刘世璋双手提着大包小包的礼物，脸上堆满着和悦的笑意。

赵中义一进门，就朝季炎如抱拳作揖说："实不相瞒，今天我是来谢恩的。"

这一回季炎如迎接赵中义的感觉，似乎不是贵宾而是骗子。但是出于起码的礼貌，他还是温文尔雅地把来客引到客厅落座。彭永骏恰好也在家，季炎如就把他从屋里叫出来一同陪客。自阿骏从家乡带回种种最新消息以来，季炎如对赵中义的感觉彻底变了，开明父母官的形象荡然无存，对方脸上的每一根笑纹，嘴里吐出的每一句客套，此时都成了标志虚伪的符号。

当然，季炎如也不便多有怠慢，毕竟自己的金石之交彭谨祥和他的一大家子，还在这位县太爷的治下，何况赵中义还是刘青燕的姨父。彭永骏猜得出季炎如的心思，也相信赵中义不知道他刚刚回过家乡，得悉了某些底细，所以也就乐意当一件活道具，见识见识官场人物的表演；再说，彭永骏与刘世璋还是亲戚兼老同学，也需要以礼相待，他有理由当好这个陪客。

等夏惠子沏上热茶后，季炎如开始跟来宾虚与委蛇。

"谢恩，从何谈起！我一介无用书生，何恩于县太爷啊？"

"当然有恩！"赵中义谦恭地一笑，"实不相瞒，季先生不仅有恩于兄弟本人，更有恩于我县一方乡亲啊！"

"季先生或许还不知道吧！"刘世璋接茬说，"上次姨父拜访季先生的时候，承蒙季先生热情支持，介绍了好几位政界和商界的前辈，这几位前辈正是看在季先生的面子上，给了我们各种方便，我们县的头一家公司就在上海注册成功了，现在已经开始运营，一切顺利。"

说罢，刘世璋及时给季炎如和彭永骏各递上了一张公司的名片。

赵中义说："公司的全名叫做沪越贸易有限公司。浙江丘陵地带生产木材，各类名贵土特产也很多，过去多半运不出来烂在山沟里。我们的公司不但经办购销业务，也负责水陆联运，大宗货物可以装上轮船出钱塘江走海路，回程的时候就运载上海的工业品，估计一年就可以收回成本。等养好头一只母鸡，就能生蛋孵小鸡，就能扩大规模开拓新项目造福桑梓了，也等于为抢滩'大上海计划'播下了头一颗种子。这可是托了季先生的福啊！"

"岂敢！"季炎如说，"还不是归功于赵县长有眼力，捷足先登呵！"

操了多少年的新闻行当，见过各种人，季炎如不乏应酬的本领。他按照习俗，有意把"副县长"的衔头略去一个"副"字，故作尊敬，三言两语，把面前的县太爷说得眉开眼笑了。

“哪里？哪里？若没有贵人相助，我们很可能还在暗中摸索呢！”赵中义虽然谦逊地摆着手，一边却欣喜地打开了话匣子，“俗话说得好：一旦时运来，双手推不开。我们赶上中华民国的黄金时期了。只要‘大上海计划’全面铺开，不光上海，整个沿海地区，整个中国，岂愁兴旺不起来！去年春夏我恰好在上海，见识过四月赤潮，一时以为天都要塌了。就有一些人唯恐天下不乱，爱穷折腾，真是蚍蜉撼大树可笑不自量。没想到一眨眼工夫，潮过浪平水无痕，上海滩风光依旧！”

赵中义的这一番话，使季炎如和彭永骏浑身一震，好像一个巨大的拍岸浪盖过头顶，脑瓜儿嗡嗡直响。他的话尽管不中听，但毕竟从另一个侧面说出了部分严酷的真相。四月赤潮急起剧落，大上海有史以来的头一个民选市政府，悄无声息地被魔手扼杀在襁褓之中，成千上万人为此付出了鲜血和生命的代价，而上海还是原来的上海，“潮过浪平水无痕，上海滩风光依旧！”

风光依旧！风光依旧！彭永骏突然想起了年初从家乡回到上海时的所见所闻和心灵震荡。

为引“红毛番”入乡闹出是非，为替长兄相亲而诱骗别人跌落陷阱，彭永骏带着满肚子晦气离开老家，一路上闷闷不乐。到达上海北站的时候，天刚蒙蒙亮。他跨出检票口，凛冽的寒风挟着雪花扑面而来，还没有走出车站广场，就遇上收尸工在收拾难民的尸体。收尸工在棉袄外边罩着普善山庄的青布号衣，将几口薄板棺材抬下平板车，又将尸体装进仄小的薄板棺材里去，小孩尸体就两三具合装一口棺材。收尸工戴着口罩，目光呆滞，动作却十分熟练，跟普通搬运工装运木柴没有两样。蜷曲的尸体都是冻硬了的，收尸工们为了合上紧棺材盖，就站到棺材盖上去蹈去跺，尸体连连发出咔叭咔叭的骨节断裂声。旅客们见怪不怪，不屑多看一眼，只有几个小女孩吓得声声惨叫。彭永骏在上海已经呆了十来年，还是头一回见到这样的凄惨场面，心中不免发怵，汗毛倒竖，一阵阵的恶心。

面对眼下的北站景色，彭永骏忽然想起了十个月前的北站。那会儿的北站热气腾腾，简直是欢乐的海洋，广场内外到处是红旗，到处是着装整齐的北伐军官兵和身背杂色武器的工人纠察队员，到处是手捧食品慰问胜利者的老人和女人，到处是窜来窜去凑热闹的孩子，到处是嘹亮的鼓号声和歌唱声，到处是灿烂的笑脸和飘舞的传单。那会儿上海的民众扬眉吐气，真的相信从此翻身作了主人。谁也没有料到一转眼工夫，高举国民革命大旗的北阀军突然之间会调转枪口指向起义者，开始一场血腥大屠杀！

仅仅过了十个月，北站的祝捷场面便成了昙花一现的过眼烟云。大规模的武装起义和豪迈的胜利狂欢，好像压根儿没有出现过似的，比退潮的沙滩还干净，要说痕迹，只有街面屋墙上还有一片片斑驳的白色，那是给石灰涂去的革命标语。这场起义，来的也猛去的也快，最后化作“四一二”三个血色大字，永远镌刻在中华民族的灵魂深处……

彭永骏慨叹历史的命运竟会如此奇谲，如此变幻莫测！联想到自己的未来，不论是事业还是爱情，也就难免引发深深的迷惘感。不过，经历这一场赤潮后，他开始有了探索的愿望，他新近读过法国作家雨果的作品，觉得有一句话可以作为自己的座右铭：“前进，沉思着前进。”

对待四月赤潮的结局，有人悲痛有人狂喜，这本是正常现象。至于赵中义对四月赤潮的恣意贬损，季炎如尽管心中不快，但表面上却不动声色，也许有意要窥测一番某些代表人物的特殊心理，依旧同他东拉西扯谈天说地，显示出一种类似超脱者的旷达和名士般的儒雅。聊到投合处，赵中义的兴致越来越高了，觉得遇上了知己一般，注意点也就有了新的拓展。

“季先生，我有一个小小的请求……”赵中义含笑说，“不知道该不该说？”

“你不说怎么知道该与不该？”

“实不相瞒，兄弟向来有一个癖好，就是痴迷文物古董。听说府上珍藏着几件东洋宝器，国内不容易看到的，是否可以让兄弟见识见识？”

“没有问题！不过多半是我太太的东西，得跟她打个招呼。”

季炎如说罢，立即叫来夏惠子，说客人想看东洋玩意儿。夫妇便一起领着两位客人来到了和室外，彭永骏也跟随其后。夏惠子拉开格子门，先脱下鞋子进门，垂手膝前深度鞠躬作迎迓。赵中义和刘世璋在季炎如和彭永骏的陪同下相继脱鞋进门。

最先进入赵中义眼帘的，是一对龙凤倭刀。

“呵！这就是大和古刀吧？”赵中义赞叹，“漂亮！”

“是仿古赝品，不是真货。”季炎如说。

赵中义从刀架上先后取下中刀和短刀，抽出铮亮的刀身眯眼观赏，啧啧称赞。迟疑一会儿后说：“既然是赝品，不知可否转让，哪怕只是两者取其一，可以为兄弟的藏品填补一个缺门，如何？”

“这是一位日本朋友送给我们的。”季炎如解释，“转让别人的赠品不合礼仪啊！何况，日本是一个爱刀的民族，我把日本宝刀陈列在家里，就是要不断提醒自己和客人，这宝刀的故乡，正在大量生产杀人刀，随时准备杀人。”

“有理，有理。”赵中义点头，随即把目光移到了相扑瓷像上，他没有动手，注目品赏了一会儿，自言自语：“有趣倒有趣，可惜瓷质粗糙了一点……”嘴巴还没有对相扑瓷像评议完毕，双眼已经瞄向一旁的乳皿。他谨慎地用双手捧起，轻轻摩挲，竟舍不得放下了。

“果然好东西啊！”半晌，他喃喃说，“看来是脱胎于中国康熙年间的‘胭脂红’瓷器工艺，亮艳、娇嫩，晶莹如玉；加上只有东洋人才敢做的大胆造型，堪称绝品啊！”

“赵先生不愧是行家，说得一点不错哩！”夏惠子说。

季炎如见赵中义捧着乳皿，像一只馋猫逮住一条鲜鱼似的恋恋不舍，就说：“你还是把它放回原处吧，万一失手砸碎就完蛋了。”

赵中义依然捧着乳皿，转过身来，望着夏惠子说：“夫人，请允许我大胆问一句：这乳皿，您舍得割爱吗？价钱可以商量的，绝对不会让您吃亏。”

“听起来，赵县长财大气粗嘛！”季炎如说。

“哎！哪里的话？”赵中义立马哭穷，“一个小小的‘七品芝麻官’，谈得上什么财大气粗呵！”

季炎如说：“谁不知道，在江南鱼米之乡当个县太爷，油水很足的！常言道：‘三年清知府，十万雪花银。’赵县长不必害怕露富嘛，即便有打家劫舍之徒，谅也不敢打劫到县太爷的头上吧！”

“季先生真会开玩笑！”赵中义摇着头，用坦荡的神情说，“何来十万雪花银哦？实不相瞒，本人无非是有一点祖上的积蓄，痴迷古董和珍奇物品，也是祖传的一点癖好，如此而已。”说着，又把目光移向夏惠子，“还是请尊夫人点个头吧，货卖与识家，成人之美，也称得上物有所归功德圆满啊！”

夏惠子感到一口回绝有失礼貌，嗫嚅着，一时说不出话来了。

“啊呀！赵县长就不要难为我的东洋太太了。”季炎如急忙替妻子解围，“同样的情况已经遇到过好多次，她都没有答应。这是她妈妈的遗物，她是一个孝女，无论出价多少，都不会卖给任何人的。”

赵中义继续捧着乳皿在出神。季炎如看出他那强烈而固执的占有欲念，顿时心生厌恶，不由得借题发挥起来：“赵先生痴迷于艺术，我能理解的。而有的人，恰恰只偏爱这件瓷器的特殊造型，一见这样的造型就动邪念，不动正念。看来乳房这东西，要对中国男人作一点启蒙教育才好，应当一见乳房就肃然起敬，首先要想到母亲，不管什么人一生下来，全是靠母亲的乳房把自己喂大的。你放大瞳孔仔细看看……”

夏惠子在一旁忍不住偷偷直笑，赵中义开始觉得脸膛一阵阵发烧。

季炎如径自往下说：“你看看这乳皿做得多么精致，薄得跟鸡蛋壳差不多，给人一种弹弹指头就会破碎的感觉。面对这个乳皿，就该想到女人的乳房也是很柔弱的，见到这乳皿就要有一种保护母亲爱惜女人的责任心才对。赵县长您说是不是啊？”

“季先生不愧为大雅宏达之士，说得有理，说得有理啊！”赵中义尽管窘迫，还是满面堆笑，一边无奈地把乳皿放回原处，又几次用双手调整位置，摆放得端端正正，表示认同乳皿与母亲的相关含义，一边又辩白说：“实不相瞒，本来嘛，我也是个孝子，也是想用这样的宝器来纪念过世的母亲；既然尊夫人也要用它来纪念母亲，那就请二位原谅我刚才的唐突了。”

“不，让赵先生失望了！”夏惠子弯腰鞠躬说，“是我应该向赵先生说对不起啊！这个乳皿，是我妈妈过世前亲手交给我的，她的遗骨安葬在隔海相望的东京郊外，我见到乳皿就像见到妈妈，要是随便卖了就不好向黄泉下的妈妈交待了。所以实在不能成全赵先生的心愿，真是对不起啊！”

既然搬出了亡灵作挡箭牌，赵中义自然只得放弃非分之想，也同样道声“对不起”。

“买卖不成仁义在。”刘世璋说：“孝子对孝女，互相表明了心迹，我看谁也没有对不起谁。”

真真假假的唱和声中，宾主双方重又回到客厅，续上茶水，开始了又一番虚情应对。

“实在是抱歉得很哪！”赵中义说，“实不相瞒，兄弟还有一癖：痴迷书法。季先生的书法精美绝伦，兄弟既然登门叨扰，还想借此机会求得一幅墨宝哩，想必季先生不会让兄弟再一次难堪吧？”

“好说好说，这事我做得了主。不知赵县长有什么具体要求？写什么？用什么字体？”

“当然悉听尊便！季先生满腹经纶，真草隶篆样样拿得出手，兄弟还敢有什么具体要求呢？”

“既然赵县长信得过我，就用我比较熟悉的狂草，录写一首蒲松龄的诗如何？蒲松龄是谁？赵县长谅必是知道的。”

“不就是写《西游记》的那个文人吗？他把孙猴子写活了。”

彭永骏想笑，好不容易忍住了。

刘世璋小声提示说：“是写《聊斋》的作家。”

“哦哦！对了，是《聊斋》。”赵中义迅速纠正说，“《聊斋》是专写鬼故事的，小时候听老师讲过。看我这脑子，经不起案牍劳神，未老先衰了！”

“《聊斋》也是中国古典文学的传世名著。”季炎如宽容地颔首说，“蒲松龄还是我的同乡，他看透了人间百态，写过一首俗称‘三字同头’的诗，很有名的，家乡父老至今还在传诵。如果赵县长认可，我今晚上就写，明后天可以让阿璋来取。”

“太好了！太好了！能不认可吗？感谢还来不及呢！”赵中义大喜过望，只是提到今晚上就写，他又说，“不忙吧，今晚上我们想请季先生出门哩！”随即吩咐刘世璋：“阿璋你说说。”

“是这样的……”刘世璋清了清嗓子，郑重地说，“我姨父为了感谢季先生对本县发展实业的鼎力支持，也为了感谢夏太太尽心尽力照顾阿燕，今晚上特地在‘老半斋’酒楼订好了一桌宴席，真诚邀请季先生和夏太太光临，同时邀请阿骢和阿骏作陪。”

“为啥订在‘老半斋’啊？有啥讲究吗？”季炎如问，一副饶有兴味的样子，似乎一说到宴请，立刻就吊出了他胃里的馋虫。

“也没啥特别讲究。”赵中义笑笑说，“实不相瞒，就看中百年名店的金字招牌，而且扬州风味的菜肴五味冲和，适合各种胃口。‘老半斋’的水晶肴肉、槐鱼干丝、蝴蝶海参、翡翠烧卖、蟹粉汤包南北闻名，传说都能迷住神仙的，相信季先生也会喜欢。倘若季先生赏脸，那就讲定了，立马请阿骏通知阿骢，晚上七点之前，在‘老半斋’酒楼聚头。”

东道主一上劲，季炎如忽然倒稀松了，他一拍膝盖，十分遗憾地叹了一口气。

“怎么了？季先生有啥难处？”赵中义急切地问。

“啊呀！怪我没有口福。”季炎如说，“我都忘了，近来我的内脏不好，医生嘱咐宜食清淡，沾不得油腥。”

“酒楼里也可以点素菜的呀！”刘世璋说。

赵中义说：“对，对，专为季先生点素菜。”

“不行，不行。”季炎如郑重拒绝，“我嘴里吃着素菜，眼里看着你们吃水晶肴肉、槐鱼干丝、蝴蝶海参、翡翠烧卖、蟹粉汤包，连神仙都要迷倒，这不是存心要折磨死我这个美食家馋痨胚吗？”

赵中义连忙修正刚才的设想：“那我们大家陪季先生一道吃素菜。”

“更不行，更不行。”季炎如又否定了修正方案，“我一人吃素，岂可不让众人吃荤，强迫大家充当和尚尼姑陪我受累，道德良心安在哉？依我之见，这个宴席就取消了吧，好不好？”

赵中义又提出了一个折中意见：“季先生实在不能去，那就请尊夫人和阿骏阿骢一道去吧！”

彭永骏说：“赵县长或许不知道，惠子阿姨有个‘夫唱妇随’的规矩，出门赴宴如果炎如叔叔不去的话，她是绝不会去的。主宾不去，我和阿骢作为陪客的身份也就不存在了。何况阿骢工作忙，又没有电话好联络，临时找他很不方便的。”

“既然这样，吃饭的议题就此画上句号了。”季炎如挥了挥手，有一种当机立断不容置辩的气势。

赵中义慨叹：“唉！遗憾哪！一点点谢意都无从表达。”

“心领了，心领了。”季炎如作揖，顿了一顿又说：“为了报答赵县长的一片盛情，抓紧时间，我这就给赵县长录写蒲松龄的诗，省得叫阿璋另外再跑一次上门来取，如何？”

赵中义和刘世璋同时说好啊好啊，自然好啊，只是有劳季先生了！

说罢，季炎如当即进了书房，彭永骏也起身跟进，展纸磨墨，为他当助手。

季炎如执笔立定，静思运气，以长袖善舞式的张旭狂草，“挥毫落纸如云烟”，一气呵成，迅速写毕蒲松龄的俗称《三字同头》短诗。这是蒲松龄在一次酒席上即兴吟成的无题应酬诗，不拘格律，七言四句合计二十八个字：

三字同头哭骂咒，
三字同旁狼狐狗。
百姓声声哭骂咒，
只因当道狼狐狗。

落款处又用行书写了如下字样：戊辰深秋遵赵中义先生嘱书蒲松龄诗　季

炎如。

宣纸着墨，立写立干。彭永骏当即招呼赵中义和刘世璋进书房，顺便也叫出了卧室中的夏惠子，一同欣赏。三人望着乱云飞渡连成一片的二十八字狂草，呆了半天，都不说话。

季炎如说："写得不好，请指教。"

赵中义说："好字，好字，龙飞凤舞啊！"

刘世璋讷讷地说："惭愧！除了两个'三'字，其他全不认识。"

"能识狂草的人确实是越来越少了。"彭永骏说，"不过，喜爱书法的人还是能识狂草的。"

夏惠子喜爱书法又初通书法，季炎如又曾经为她讲解过蒲松龄的这首诗，脸色就有点不自在了，偷偷地瞄一下赵中义的表情，又向丈夫投去了责怪的目光。

赵中义的面孔早就拉长了，没有再说什么。待彭永骏包装起字幅，交到了刘世璋手中后，赵中义便决定告辞。

临别前，季炎如逼着赵中义带回大包小包的礼品，"带走，带走，统统带走。"

赵中义说："常言道，行得春风有夏雨，君子理当知恩图报的，只是眼下我们的事业还刚刚起步，不过一点小意思罢了，不成敬意，务请笑纳。"

"也有一句古话不知赵县长听说过没有？叫做'礼多必诈'。"季炎如说，"为了避讳这个'诈'字，你也得把礼品带回去。"

刘世璋说："且不讲季先生对姨父工作上的帮助，您和惠子阿姨尽心竭力照料我妹妹治病，作为人之常情，难道就不该有所表示吗？"

"那就留下一包笋干吧。"季炎如只得有所妥协，"笋干不含油腥，又有浙江的乡土风味，礼轻人意重嘛！"

赵中义敛起了笑容，冷冷地说："季先生太见外了，是不是存心不让我再来见您啊？"

"有点这个意思。"季炎如直言不讳，"道不同不相为谋嘛！"

赵中义的脸简直就像霜打了的茄子，要多难看有多难看。刘世璋知道再推让也无用，便解围说季先生忙，我们就告辞吧！说着，两人就拎起大包小包的礼物，悻悻地离去。

等客人一出门，夏惠子就开始数落丈夫了："炎如君怎么一点人情世故都不懂？还故意要人家放大瞳孔看乳皿，只有死人才放大瞳孔的呀！你又把蒲松龄骂人的诗写给客人，还不是一到家就撕碎丢进了废纸篓吗？你把朋友都得罪完了有什么好处？不管什么年代什么人当政，都不会喜欢你这种书呆子的啊！”

季炎如说：“不喜欢也没有办法。我宁可得罪人，也不愿做乖巧玲珑的八面美人。”

“得罪了赵中义，确实没有好处。”彭永骏也敲起了边鼓，“炎如叔叔这样不留情面，赵县长心里会怎么想呢？”

“我又不是他肚子里的蛔虫，谁知道他怎么想？爱怎么想怎么想去。”季炎如说。

“我不是他肚子里的蛔虫，倒能猜得出他怎么想。”彭永骏说。

季炎如一笑：“哦！说来听听。”

彭永骏说：“他一定在想：哼！自我当上县太爷以来，还从来没有谁胆敢对我这样无理，我存心要的东西，还从来没有要不到手的。若是在我为官的辖区内，你‘无冕之王’算老几，照样给你颜色看。即使我抓不住你季夫子的小辫子，你的结拜兄弟彭谨祥一家子，还捏在我的手心里呐！”

这一说，夏惠子便更加紧张了，说：“炎如君怎么总像一只好斗的蟋蟀呢？说不定哪一天惹祸就来不及了。赵县长好歹也是个有身份的人，你何必非要弄得他下不了台才过瘾啊？”

“唔，是欠冷静！”季炎如拍了拍脑门，自责起来了，“江山易改，禀性难移啊！开头我是想着要对他客气一点的，后来见他捧着乳皿不肯放手的馋痨相，脑子里就冒出了《昭明文选》的事，气就不打一处来。天底下真有这样一号人，什么都要，就是脸皮不要。也罢，我得罪了别人，也就惩罚了自己，谁让我有眼无珠分不清好歹，居然还搭桥铺路让他去发财，岂不是为虎作伥吗?！真是罪孽唷！”

第二十二章
生死盘龙岙

刘青燕带着忠实乖巧的来福，独自踏进了盘龙岙。

她的妊娠反应期还没有结束。来到了盘龙岙，她说吐就吐，边吐边哭，明亮的太阳透过睫毛上的泪珠，散射着光芒，像有一把把利剑在面前晃动，扎得眼花，更刺得头痛。

刘青燕从来没有过这样的痛。这是一种无比屈辱又无法愈合的痛。原来曾经向往一生中头一次同男人的肌肤接触，本该是美好的，料不到身为少女的头一次，没有献给自己心仪的男人，却让野蛮的色狼夺了去，偏偏还留下了可耻的恶果。她诅咒别人又诅咒自己。她恨自己为什么不趁色狼忘情的时候咬他一口？狠狠咬掉他一块肉。她真希望女人男人也像雌雄螳螂一样，交尾完了雌螳螂就把雄螳螂的脑袋啃下来，再把全身吃下肚子里去，吃得一点不剩……

她知道一切懊丧和痴想都没有用处，她必须选择下一步路该怎么走。倘若不是有个“和亲”的重担压在肩膀上，倘若不是彭刘两家两族有那么多的好人巴望着她活下去，倘若不是季炎如夏惠子夫妇和德山方浩医生牵挂着她的病情，她早就选择了死，一死了之，一了百了。

不能死，又活不好，还留着孽种做啥？她想。

命里已经注定，腹中的胚芽是屈辱的标志，是不幸的种子。刘青燕日思夜想，咬紧牙关决定要牺牲这个未来的孩子。可是，没有人帮助她实现这个心愿，身边唯一可以商量的人是彭永芳。彭永芳深深同情她，却也没有办法，只劝说保全身子最要紧，先忍住委屈和悲伤，再问问阿骏的主意。刘青燕说你要去问阿骏，我就死定了，立马死给你看，吓得彭永芳没敢再做声。刘青燕也恳求过黄阿莲，恳求阿莲婶找人帮她打胎。刚一提头，阿莲婶就落泪，就怨她不懂事，就要对她下跪，劝她万万不可有这样的傻念头，丢了小孩又落下病根，闹不好还会丧命。

既然没有别的门路好走，只有靠自己，靠傻办法，靠野办法，靠运气，靠菩萨保佑……

刘青燕坐到了盘龙潭边，坐到她和彭永骏曾经一同坐过的地方。她低头看潭水，幻想着能看到自己和阿骏并肩相依的倒影。她不见阿骏的倒影，只见到有几只调皮的水黾，灵活地在潭边表演着高超的水上轻功。这种小小的昆虫，长着三对长长的细腿，脚尖落在水面上，好像沾着六颗油滴，在阳光下闪闪发光，站立的时候可以纹丝不动，不会沉入水中，而旋转和滑行起来又灵活自如，像舞剑一般，荡出一圈圈涟漪或一缕缕呈箭簇状的波痕，惹人喜爱，所以当地人有称它"卖油郎"的，也有称它"撑排佬"的。几只水黾在为刘青燕尽情地表演着精彩的水面功夫，似乎有心要逗她开心，缓解她的痛苦。可惜恰恰相反，正因为水黾的自由自在，触发了她心中更多的酸楚。

刘青燕放声大哭，哭得全身颤抖，一缕缕头发也挂落到脸上，被泪水粘住。来福知道主人悲伤，焦躁地在她身旁转着圈，又趴下身子呜呜低鸣，像是在安慰她。

哭啊哭，哭得嗓音都嘶哑了，还哭。盘龙潭旁的小瀑布发出哗哗声，风中的竹树发出沙沙声，偶有飞禽掠过头顶，发出凄厉的啼鸣，都像在为刘青燕陪哭，可是她依然孤立无助，她边哭边喊妈妈爸爸和阿骏，说我对不起你们啊！我只好拼一拼运道了！

刘青燕停止了哭泣，开始一场自我摧残的激烈操演。她先在崎岖不平的谷地上狂奔打滚，累得一身大汗了，又喘着气登上一处高高的石崖往下跳，跳了一次又一次，觉得还是不够劲，坐下歇一会儿，灌了满肚子清冽泉水，便爬上一棵高大的青冈栎，攀向一根横枝，把小腹压在横枝上，借用横枝的弹性，上下悠荡起来。

来福高兴了，开始在树枝下面撒欢，它频频扬起前爪，直立上身，向悠荡着的女主人发出愉悦的轻吠。它以为女主人摆脱了痛苦，正在快乐地表演精彩杂耍，便向女主人献上热烈的喝彩。

突然咔的一声，树枝断裂了。幸亏毛糙的断口挂住了刘青燕的衣服，跌落地面时产生了缓冲。她暗暗为自己庆幸，庆幸命不该绝，说不定这一跤摔得恰到好处，自己的堕胎目标可以实现了。

刘青燕正想爬起来回家，不料腰部发出钻心的剧痛，只得重新躺下。

来福知道出了不幸，着急地在主人身上乱嗅乱拱，见主人脸上现出痛苦的表情，额头沁出冷汗，它就开始仰天狂吠，吠声四扬，山鸣谷应。它是在为主人求救。半晌，它侧耳静听，周围没有任何动静，依旧只有水声风声鸟叫声，它就像脱弓的箭簇一般地冲向了来路，转瞬间就消失在灌木中了。

不到半个时辰，来福就领着黄阿莲和彭瓦土来到了盘龙岙边沿，忽见刘青燕一手护着腰，一手拄着一根树枝，正慢慢地走来。可以看得出来，她伤得并不重，只是挫伤了肌肉，并没有伤着腰椎。

黄阿莲上下打量着刘青燕，似乎明白了一切。彭瓦土要背着她走，她不愿意。黄阿莲和彭瓦土便搀扶着她回家。

这样的事瞒不住。彭汪氏嘱咐刘青燕卧床静养，命黄阿莲好好看住她，再不许她独自出门，要想尽法子为她保胎。随后，又约了陈银凤一同到床前来探视，还送来了一尊观音瓷像和一串檀香佛珠。

陈银凤说："瓦土到葫芦镇上去请郎中了，一会儿就到。"

刘青燕说："不小心扭了筋，没有伤着骨头，不要紧的。"

"独自一个人钻山岙，为了啥事情，谁还不清楚！"彭汪氏边说边叹气，"这一回你野过了，疯过了，会出啥样结果，就听菩萨作断吧！你再也不要东想西想了。闲得难受就拜观音大士，手捋佛珠念经，光念一句'阿弥陀佛'就灵验。观音大士专门保佑受难的女人，所以叫灵姑。心诚就灵。"

一旁的彭永骅将桌上的观音瓷像和佛珠捧到床头，重复着祖母的话说："心诚就灵，心诚就灵。"

陈银凤眼睛一亮，以为菩萨显灵了，傻儿子开窍了，拉住儿子的手问："乖乖，你心疼阿燕吗？"

"心疼的。"彭永骅回答，又说："阿燕是好人。阿燕跌伤了，不让她帮我挠痒痒了。"

刘青燕不再说话，默默地把脸转向了里床。

刘青燕怀孕的事，张小珠早就看出了端倪。彭瓦土请来郎中，由彭汪氏和陈银凤陪着走进刘青燕的房间，张小珠以关怀病人的姿态，跟着跨进门槛，却被彭汪氏支了出去，心中的疑窦便越来越大。刘青燕怀孕已是确实无误的了，怀了孕又私自打胎，更可以断定不是傻丈夫的种。那么谁是孩子的爹呢？张小珠掐着指头排来排去，头一个嫌疑人自然就是阿骏。一个多月前，阿骏不是正好回到过天螺湾吗？只是没有证据，一时不便乱说。

有名的书香门第出了这等伤风败俗的事，张小珠觉得决不能无动于衷。还没来得及等到长辈找她交底，就主动找到婆婆陈银凤论理了。

“小珠啊！你得耐下性子。”陈银凤小声说，“这桩事情，好几天前奶奶就让我对你讲了，怪我嘴巴笨，一时想不出该怎么开口，才一天天地拖着。奶奶和阿爹顶顶担心的是你和阿芳，你们两个年纪轻脾气直，嘴巴不牢靠，所以就特别交待，让你和阿芳不要过问这桩事情，对外人一句都不能提起。阿芳已经应承了，你也得应承。奶奶讲过：非应承不可，万一闹出乱子，是要动家法的。”

和颜悦色一席话，句句都是棉里藏针。平时锋芒毕露的张小珠一下子给镇住了。半晌后，她才吞吞吐吐地央求说：“阿燕肚子里的孩子，到底谁是他的爹，总可以讲个明白吧！”

陈银凤冷冷说：“奶奶讲过的：啥都不要问。”

“世上没有不透风的墙，总归是要知道的呀！”张小珠说。

“到了该知道的时候再讲吧！反正不管怎么样，为祖宗，为全家，你得顾大体。”

难得见到陈银凤会这样斩钉截铁，一点通融的余地也不给，张小珠只好闭嘴。

星期天，彭盛庭领着一对双胞胎妹妹，兴冲冲地奔回家来，一路喊叫：“阿爹回来啦！阿爹坐浪浪轿回家来啦！”

阿爹回家来了，值得孩子们如此快乐，是因为彭永骝又有好些日子没有回过家。

彭永骝下了竹椅便轿，打发走轿夫，跨进了门槛。当他通过天井走向自家房门的时候，突然从二楼廊沿上飞来一个栽着兰花的瓦盆。这个瓦盆连泥土少说也有三五斤重，如果砸在脑袋上是要丧命的，还好砸偏了一点，落在肩膀上。瓦盆滚到地下，砰的一声碎了。

张小珠闻声冲出门来，见丈夫揉着砸痛了的肩膀，正仰头往二楼走廊探看。张小珠锁眉寻思：栽花的瓦盆原来是用小木栏圈住的，自己断断不会往下掉，要掉也不会斜刺里往人的身上掉。此时，楼上只有两人在，除了阿骅便是阿燕。阿骅与世无争，不会干这种凶狠的事，那末，毫无疑问就是阿燕干的了。阿燕为啥要这样干？莫不是同阿骝结了仇？结了什么仇，会恨到要取人性命的地步……

何朗庆也闻声来到现场，他看看砸碎在地的花盆，看看彭永骝和张小珠的神情，再循着张小珠的视线望望二楼，料定这纯粹是彭家的内政，便立刻转身走开了。

用不着再往下细想，张小珠心中的疑窦便豁然洞开。她三步并作两步地登上楼梯，直奔刘青燕的房间，推一推，门闩着。她知道还有旁门，绕过黄阿莲的房间，冲到了刘青燕的面前，瞪圆了双眼，两个鼻孔翕动着，气得一时说不出话来。

“花盆是我扔的。”刘青燕平静地说。

一记响亮的耳光着到了刘青燕的左脸上，眼看着白嫩的腮帮上渐渐显出了红红的手掌印。

谁也料不到彭永骅也会有发怒的时候。他推开面前的小人书，蓦然跃起，绊翻了身后的板凳，冲到两个女人的中间，张开双臂护住刘青燕，用尖厉的嗓音嚷嚷起来：“不许打好人！阿燕是好人！”

“啊唷！好人哪！”张小珠一撇她的薄嘴唇，“好人也会勾引汉子哪！”

“二哥不得好死！”刘青燕噙着眼泪说。

“狐狸精！”张小珠也哭了，横移一步，绕开阿骅的遮挡，伸手指着刘青燕的鼻子骂，“不要脸！自你打上海回来，我就料定家里不得安宁要出事，果真出了事。苍蝇不抱无缝的蛋，你要不是这样风骚，会招苍蝇吗……”

争吵声最先引来了黄阿莲，随即又引来了彭谨祥、陈银凤和彭汪氏，还有彭永芳。

彭汪氏当即吩咐陈银凤说：“老爷一定听到响动了，你快去稳住他，让他好生歇着，小辈的事不用他管。再去通知阿骝，让他立马回镇上去，一时半会儿不要进家门。”

彭永芳看看刘青燕脸上的手掌印，问：“她打你耳光了？”

“不许打好人！阿燕是好人！”彭永骅又嚷嚷。

彭永芳责问张小珠：“你晓得阿燕心中的苦吗？你怎么下得了狠手啊？”

刘青燕说：“我不恨小珠姐姐，我只恨阿骝！”

张小珠一屁股坐倒在地板上，两只脚后跟嘭嘭地槌着地板，像擂鼓，哭叫起来：“我恨哪！谁都恨哪！也恨自己瞎了眼哪！我不要活了呀……”

“不要再吵了罢！就算我求你们了。”彭谨祥带着哭腔说，“爷爷病着，阿芬下落不明，阿燕的病也还没有好全，阿骢阿骏顾不了家，今年的春蚕歉收，秋季作物长势也不好，不当家不知柴米贵，你们还要吵死吵活，这不是存心要长辈的老命吗?! ”

彭汪氏也抹起了眼泪，“我和你们爷爷已经是风前烛瓦上霜，没有多少日子了。你们就是真要吵，也就熬一熬，熬到我们两个入土之后再吵成不成？”

黄阿莲扶起坐地哭泣的张小珠，送她下楼。彭谨祥望望张小珠依然透着怨恨的身影，望望神色灰黯的阿燕和气鼓鼓的阿芳，知道争吵的火种远未熄灭，一筹莫展，只得心里叫苦嘴里叹气。

陈银凤挑了个黄道吉日，嘱咐黄阿莲陪阿燕到观音庙去烧香许愿，求灵姑多多保佑，消祸除灾。

黄道吉日偏偏是个下雨天。可是，观音殿里照样烛火辉煌，青烟缭绕，善男信女摩肩接踵，一片鼎盛景象。悬在大殿正中藻井下的一盏长明灯，本来象征着昏暗中的希望，在耀眼的烛光下，反倒抹去了亮色。

“庙堂香火旺，人间苦难多。”

黄阿莲陪着刘青燕刚跨进观音殿，就脱口说出了这样一句富有哲理色彩的家乡谚语，让刘青燕当即就打了一个寒战。

点燃香烛，供上果品后，刘青燕就把黄阿莲拉到一角，悄悄问：“求观音菩萨该怎么讲才好啊？”

“心里有啥便讲啥嘛，这还用问？”

“不成的呀！”刘青燕显得十分为难，“观音菩萨是送子娘娘，到这里来烧香的，多半是要小孩，我心里是不要小孩，讲出来怕观音菩萨会不高兴的呀！”

这一说，倒使黄阿莲也着了难，她眨着眼睛思谋了半晌，拉起刘青燕就往殿外走，在厢房里找到一个老尼姑，借得一根缝衣针，又折返大殿。

“你听我的！”黄阿莲边走边说，“你要向观音菩萨发血愿，禀告观音菩萨你是没有别的法子，不是存心想打胎杀生。”

刘青燕让黄阿莲牵着手，懵懵懂懂地重又跨进大殿，来到自己点燃的红烛旁。黄阿莲就捉起她的一根手指，狠狠地扎了一针，接着就往蜡烛的熔油中挤入了三滴鲜血。

“好了，啥都可以讲了。”黄阿莲在她耳边小声说，“有啥心愿就照实讲，观音大士定会体谅你的。”

刘青燕找到一个空蒲团，虔诚地跪拜叩首毕，双手合十，喃喃地吐出了自己的心愿：“求求观音菩萨大慈大悲救苦救难，保佑我打胎成功，不要生下肚子里的孽种。可怜可怜我吧！”

手指流血，眼睛流泪，蜡烛流油，而菩萨却沉默不语。

迈出庙门，黄阿莲问刘青燕：“要不要顺路去看看你义父义母？要去就趁便在镇上买点礼品。”

“我哪里还有脸见爸爸妈妈，快快回家吧！”刘青燕摇头。

这一天，恰好是葫芦镇逢双日集市。雨还在下着，赶集人或打着伞，或穿着棕衣戴着斗笠，磕磕碰碰。杂乱中，黄阿莲发觉身后有个人使劲往前挤，转眼一瞥，看到斗笠下的半张脸，分明是天螺湾西头的光棍彭二旺。她正要开口问他为啥挤来挤去，不料，彭二旺突然伸手到棕衣里面，从衣袋里掏出一把生石灰，往刘青燕的面孔上撒去。刘青燕用雨伞一挡，伞沿碰到彭二旺的手，挡落了绝大部分石灰，只是有少量粉末飘到脸上。她啊呀一声叫，就地蹲了下来。眨眼间，彭二旺就钻进人丛不见了踪影。

黄阿莲一见地上的石灰，就明白阿燕遭人暗算，急忙收起自己的雨伞，背起阿燕直奔普济堂药房。

新春庙会上，刘青燕因为突然昏厥进过一回普济堂，白胡子坐堂郎中救过她，还记得。白胡子郎中嘴里念叨着作孽啊作孽，一边吩咐手下人，端来一盆盆清水，连连给她冲洗眼睛，又敷上眼药。忙了一会儿，忽然庆幸地嚷嚷起来："真是命大福大好运气！下雨天生石灰受了潮，力道不足，眼睛有一点点红肿，两三天就会好的，放心放心，一点事情也没有！”

刘青燕是葫芦乡的名人，是谁胆敢暗算刘青燕？乡民们认定有人存心破坏天螺湾与杏源畈两村的和亲局面，事情也就非闹大不可了。围观的乡民们一哇声地嚷："哪个棺材瓤子这样歹毒，不让葫芦乡百姓过太平日子！捉出来，办他的罪，扒他的皮！”

声讨的波浪迅速冲击了小小的葫芦镇。镇长出面了，身挎盒子炮的民防队长彭永骝也来到了普济堂。镇长察看了刘青燕的伤情，安慰了一番后，当场决定雇一顶乌篷轿抬刘青燕回家。彭永骝觉得这是他赎罪立功的机会，说有责任保障阿燕的安全，当即派出两名彪悍的民防队员，护送阿燕回天螺湾，同时捉拿肇事人彭二旺，发誓非把案情查个水落石出不可。

两个民防队员把刘青燕送回香樟大院以后，赶紧寻到彭二旺的家，主人不在，铁将军把门，就向邻居打听行踪。邻居们七嘴八舌地说：二旺是只有名的“白脚猫”，成天野在外面不着家门，快四十的人了，老婆也讨不到，双亲早亡，亲哥哥看不起他，宁可把好地好房让给他，早早分了家，从此断绝来往。二旺把上好的一亩水田租给别人种，照样游手好闲，吃酒赌钱，实在过不下去，便闯到邻乡找姑姑家混几顿饱饭吃。前几天刚露过脸，今早又不见了。

两名公差随即寻到彭二旺的哥哥，他哥哥说二旺的事不用找我讲，没啥好讲的，不管死在哪里我都不会给他收尸。公差查不出别的线索，就记下彭二旺他姑姑的名字和住址，匆匆回葫芦镇复命。

兴师动众的一番折腾，惊动了谁也不忍心惊动的前任族长彭荣灿。

“这还了得！”病中的老人义愤填膺了，他抖着山羊胡子，拍击躺椅扶把说，“万一奸计得逞，内外两村又得打人阵，生灵涂炭哪！”他以太上皇般的威严，向儿子下令说：“这桩事情关系着葫芦乡的长治久安，堂宗得出面出力，非彻查到底不可。眼下就看你这个现任族长有没有雷霆手腕了！”

彭谨祥脸色铁青，唯唯称是，心中却一点儿底数也没有。

躺椅旁，肃立着几位堂宗议事会的代表，何朗庆也在场。彭荣灿特意向何朗庆招一下手说：“朗庆啊，你脑子灵，得帮一帮谨祥，定规要把主谋查清爽，按族规严惩不贷。”

“大哥好好歇着，我一定尽力。”何朗庆必恭必敬地回答。

一连两天，彭谨祥与何朗庆在堂宗代表的配合下，反反复复地查访分析，想弄清二旺背后的指使人到底是谁，竟没有一点儿头绪。

第三天，葫芦镇上传来捷报，肇事人落网了。

彭二旺是在他姑姑家里捉到的，是由民防队长彭永骝亲自率领精壮骨干一举拿下的。不过，尽管彭二旺这小子一副赖劣相，偏偏也有着天螺湾人的一股倔劲，面对彭永骝为他安排下的老虎凳，脸不改色，咬紧牙关，死也不肯招出主谋。他说我本来就活得不耐烦了，要招可以，我只愿意当面向一个人招。

彭永骝挺好奇：“愿意向谁招？讲吧。”

“向你爷爷。当面向荣灿太公招了以后，由他老人家随便发落，打死也心甘。”

彭永骝无法想像二旺在卖什么关子，就向镇长禀报请示。

镇长说：“你爷爷年高德劭，虎老不落威。一个小小赖劣，既然觉得挨老族长的惩治很体面，那就不妨成全他吧！”

“镇长讲得极是，就这么办。”彭永骝双脚啪的一并，用正规的军人姿态应答。

想起飞来花盆砸肩膀的那天，祖母曾经把最疼爱的孙子逐出家门，为此彭永骝一直耿耿于怀，虽为自己种下祸根而有点内疚，又为自己受到公开羞辱而深感不服。自己的家，凭什么不能回？既然避过了风头，能不能回家只是一个由头的问题。押解肇事人回家，这就是班师凯旋，最风光没有了。于是，彭永骝下令把彭二旺重新五花大绑地捆了个结实，派四个民防队员出勤，自己挎上盒子炮，坐上浪浪轿，一路行色凛凛，名正言顺地踏上了回家的路。

彭永骝刚将彭二旺押进香樟大院，彭谨祥说公事公办，就把家人全部赶进里屋，一个也不许露面，包括母亲彭汪氏也不例外。可是，当他单独听完彭永骝讲述的概况，就着难了，连忙请来何朗庆一同密商。

“父亲病着，让他老人家过问这桩事情的细节未必妥当吧？”彭谨祥讷讷道。

“我看也是。”何朗庆说，“老爷已经动了肝火，不能再给他火上加油了。”

“这赖劣派头不小，只服老族长！”彭谨祥思虑片刻又说：“哦！我想起来了，二旺在过去打人阵的时候，很勇猛的，我父亲代表堂宗表彰过他，犒赏过三担谷子，想必他还在居功自傲哩！”

何朗庆说：“你看这样子好不好？先派几个本村的壮丁，把二旺关到祠堂的库房里去，轮班看守。这可不是家事，在家里审问，落个私设公堂的名声终究不好听。”

“对，对，好主意。”

“还有，我们得想一想，二旺非要向老族长一人招供，会不会有什么特别隐情？”

“会有什么特别隐情呢？”

“总归是关系到家族名声。看来二旺赖劣管赖劣，心中还顾念着同宗情义，深怕拔出萝卜带出泥。”

彭谨祥有点惶恐了，“那是不是由你我两个先审二旺，能够让他多少透出一点底也是好的，然后再酌情向父亲禀报不迟。父亲关心的无非是结果，事情若能在我们手里了结，最好没有了。你说呢？”

“我也是这个意思。”何朗庆点头，“二旺要耍刁，先关他几天再说，不理不睬，让他心慌起来，摸不透闷葫芦里卖的什么药。不过，一日三餐要照顾一点，要管饱，让他明白，我们也在体恤他对彭族前辈的忠义。”

“有数了。”彭谨祥增添了信心，“看押的事，今天我就安排好。”

密商完毕，彭谨祥立刻召见几个堂宗代表，当面交待清楚拘押二旺的具体要求，三令五申这是关系着内外两村能否维持和睦的大事，切不可大意。何朗庆还从旁提醒：倘若二旺想探听什么情况，特别是阿燕的伤势，半点也不许透露。

等彭永骝交割完公事，就向父亲提出几个属于私人性质的要求。

“我想见奶奶和妈妈，说几句家常话。”

“奶奶和妈妈的气还没有消哩，你就省省吧！”彭谨祥断然拒绝。

“见见小珠总可以吧？”

“小珠赌气回娘家去了，三个孩子扔给你二妈管，昨天刚动身。你不悔过，她怕是不会转来的。”

彭永骝的脸渐渐拉长了，班师凯旋般的胜利者姿态消失殆尽，说起话来变得像刚打过摆子的病人。

“那就请阿爹陪我上楼去看一眼阿燕吧，看看她的眼睛好全了没有？”

“你要她死就上楼，她会拿剪刀跟你拼命的。你干过的坏事，还瞒着爷爷哩！老人家要是晓得了，岂不是往他心窝里捅刀子啊！二旺的事还刚开个头，不晓得会闹出什么结果来……”

一向不跟子女发脾气的彭谨祥，突然嗓音打颤，说不下去了，眼睑下的肌肉开始抽搐起来，目光如炬，似乎一场雷暴雨就要发作。彭永骝一看苗头不对，赶紧转身招呼他的部下，逃离天螺湾。

彭二旺关押在祠堂南侧的库房楼上，楼门加锁，楼下有壮丁值班看守。他睡的虽是简陋的稻草铺，但搬来了自家的被褥，冻不着；吃的可是比他平日里要阔绰多了，堂宗出谷出钱，专门雇人伺候，顿顿白米饭，两菜一汤，每天都有荤腥，晚餐还备有三两玛瑙烧，让他喝得身上热烘烘的，相当惬意。只是一连三天两夜没有人来提审，他心中就发毛了。第三天傍晚，喝过玛瑙烧以后，就用拳头砰砰地敲击楼梯木门，喊叫着要见老族长荣灿太公，从日头衔山一直喊到暮色四合，越喊越凄厉，像狼嚎一般，可是始终没有人理会。

第四天一大早，何朗庆来到了彭二旺的睡铺旁，两人面对面，盘腿坐在松软的稻草上。

彭二旺怨气逼人地问：“我要见老族长，为啥不许见？”

“老族长病了，新族长又太忙，托我先来同你见见。”何朗庆口气平和地说，“你晓得我姓何，不是彭族人，在天螺湾跟谁都不沾亲带故，谁也不会偏袒。你有话不妨先跟我讲讲，我回去转告新老族长。”

彭二旺迟疑着，眼中露出懊丧。

何朗庆惋惜地长叹了一声说：“一个男子汉，无怨无仇的，怎么会去欺侮一个小女子？村里人都在讲，当年打人阵，你二旺也算个好佬，不是贪生怕死的鼠辈。”

“我对不起荣灿太公啊！当年打人阵，我跟着他冲锋陷阵没有死，如今为几块银洋做出丧天害理的事情，悔啊！”

“几块银洋是怎么一桩事情？”

“不讲也罢，本来不过是小鸡肚肠女人见识的事，我一个大男人也掺和了进去，真是坍台呵！”

“谨祥叔还在夸你呢！”

“夸点啥？”

“夸你一口咬定非见老族长才招实情，老虎凳面前都不低头，心中还是念着彭家祖宗，骨子里还是天螺湾人的种性。”

彭二旺的眼圈红了，鼻涕挂到了胡子上，“我是当怕了穷光棍，人穷志短，鬼迷心窍了呵！”

“鬼迷心窍也不能找阿燕作对。她可是彭刘两村和亲的大功臣啊！亏你下得了这样的毒手？”

“阿燕的眼睛怎么样了？”

“还能怎么样？生石灰烧眼睛，是最狠的毒招，没得治。这样水灵的姑娘，才十六岁，瞎了双眼，老公又是个半痴，往后要她怎么过日子呵?！”

彭二旺似乎变成了一尊泥菩萨，浑身都僵住了。

何朗庆继续说，说得痛心疾首：“你下这个毒手害了多少好人！老族长本来就有病，一气之下，再要复原怕是难了！里外两村的乡亲都在嗷嗷叫！刘姓人怨彭姓人害阿燕是存心破坏和亲；彭姓人猜疑你是刘姓人买通的内奸，也是存心破坏和亲，双方摩拳擦掌，都在加紧准备着重拉队伍打人阵，怎么得了啊？村里有人提议要把你点了天灯，否则难解心头之恨！看来你是劫数难逃了，所以堂宗念着你往日的好处，特地用好菜好酒让你最后享几天清福，好送你上路。”

彭二旺的双眼发直了，痴痴地望着墙边一些祭祀礼器，最后把目光落在一捆积满灰尘的棕绳上。

何朗庆又说：“你再想想吧，明天，谨祥公会来看你，他是现任族长，完全能够代表你所敬重的老族长，你愿意招点啥，当着他的面从实招个清爽吧！”说到这里，何朗庆停顿了一会儿，又神色庄严地小声说：“其实，既然充好佬，就该有好佬的气派，好佬做事好佬当嘛。人活一世，早死迟死，反正难逃一死。死得爽气点，省得丢人显眼，可以少给祖宗脸上抹黑。”

“你讲这话，是不是老族长的意思？”彭二旺谨慎地问。

“哪里的话！”何朗庆断然否认，“我一个外乡孤儿，全靠你们老族长收留了我，大半辈子受到他的照料，天螺湾乡邻也把我当自家人，理应知恩报恩。我是旁观者清，为彭家堂宗好，也为你二旺好，权衡下来，你自己了断，才是上上策，能留下一份体面，也少给活着的人添乱，让乡亲们觉得你二旺终究还是一条硬汉子，遗骨也能埋进祖宗的坟山。你说是不是这个理，琢磨琢磨吧！”

在何朗庆离开库房之后，整整一个白天，二旺都很平静。第二天一大早，何朗庆陪着彭谨祥来到库房的时候，发现彭二旺已经悬梁自尽，全身早已僵冷。据楼下的看守说，昨天吃晚饭的时候，他还是老样子，看不出有什么异样来，只是胃口差了一些，饭菜都没有吃完，三两玛瑙烧倒还是喝光了。前半夜，只听得他沙哑着嗓子大喊过几声：“老族长，荣灿太公，我二旺对不住你老人家呀！”

众人分析下来，觉得一切都可以理解：彭二旺所以作孽，是因为日子难过，和亲以后不打人阵了，又不乐意安守本份弯腰种田，好吃懒做，遭兄嫂嫌恶，让邻里看不起，越活越没趣，一时糊涂，才想出这么一个坏主意，要害瞎阿燕的眼睛宣泄郁闷图痛快，甚至想重新挑起村仇械斗，可以再充英雄好佬；当他受到堂宗的善待之后，终于良心发现，才走上悔恨自杀的绝路。

出于这样的判断，寻找后台主谋之说，自然也就成了庸人自扰，多此一举。当彭荣灿得知二旺在上吊的当天晚上，还在念着老族长的功德，喊着对不起老族长的话，颇有点动容，想了想嘱咐儿子：“这个懒劣终究还是良心未泯，既然他的胞兄不肯料理后事，就不要把他的遗骨埋到乱坟岗去，还是由堂宗派工，打一口白板棺材，给他葬进祖宗坟地吧！”

彭谨祥和几个堂宗代表都说这样好，就遵照老族长吩咐办。

彭二旺死得爽快，果然是一了百了，一场本来可能会闹得天翻地覆的大风波，不但悄然而及时地扫了尾，还给天螺湾堂宗赢得了好名声。

从刘青燕的眼睛出事的那天起，彭永芳就向秦文光请了假，照料阿燕。恰好第二天，彭永骏从上海寄来的信和包裹也收到了。阿芳打开包裹，拿出唱片、唱针和绣像《西游记》，又找来了春节时阿骏带回的留声机，试了一下，没有坏，立刻就放起了唱片。在乐曲声中，阿燕读了夏惠子的信，阿芳又读了阿骏的信，名义上是写给小妹的，实际讲的也都是阿燕的事，阿燕听了感动得泪涌如泉。阿芳问阿燕：惠子阿姨和阿骏都希望你坚强起来，你能做到吗？阿燕抹去眼泪点了头。彭永芳感觉到，阿燕再一次受伤的心，重又平复了下来。

姚素娟来到了天螺湾，专程探望劫后的义女刘青燕。

彭谨祥与大夫人陈银凤心中好一阵紧张。亲家母说来就来，事先未曾打一声招呼，阿燕怀孕的事到底要不要对她讲？怎么讲？倘若各讲各的，调门不一样，难免会让对方生疑。

彭谨祥略施小计，对姚素娟说："请你在客堂里稍坐片刻，让银凤去喊母亲；父亲身体不舒服，我去向他老人家禀报，看看能不能起床。"一转身，他就先到了母亲的房里，恰好陈银凤已经在同母亲商量这件事。彭汪氏胸有成竹，说："不用慌，反正瞒不住，讲了也就讲了，我来讲。"

等彭谨祥夫妇陪着彭汪氏来到客厅，三人脸上都已堆满了热情的笑容。陈银凤当即叫来黄阿莲，要她赶紧烧冰糖酒酿鸡蛋招待客人。

彭谨祥说："我父亲睡着了，我没有叫醒他。亲家公为啥不来呢？也该一道出来串串门的。"

姚素娟说："家梁和我到杭州去了几天，刚回家，才晓得阿燕的事。家梁是想来的呀！奈何烦杂事情多，脱不开身，只得让我先来看看阿燕，顺便向你们各位请安。"

"你来得也是正正好。"彭汪氏一落坐就说，"你不来，我和老伴就要差遣谨祥和银凤去府上拜访，有好消息哩！"

"啥好消息？"

"阿燕有喜啦！"

姚素娟大为诧异，怀疑自己是不是听错了，一时愣着说不出话来。就在阿燕从上海回来的时候，还在为这桩有名无实的婚姻伤心落泪，阿骅是从啥时候起就开窍了呢？

"真是天官赐福呀！"既然彭汪氏开了头，陈银凤也就顺着便道往前走，"我婆婆天天为阿骅和阿燕念经，婆婆总说，'抬头三尺有神灵'，诚心求菩萨，不愁菩萨不显灵啊！"

"阿骅冲过喜，当爹爹也是迟早的事情。"彭汪氏笑着说，"守着天仙般的老婆，什么样的老公不开窍呢？”

姚素娟笑得合不拢嘴，急着要见阿燕。

陈银凤陪着姚素娟来到了刘青燕的房间。此时，房间里的气氛是恬静的。彭永芳侍弄着留声机，在缓缓地上弦。唱片里播出的是西洋乐曲，刘青燕坐在靠背椅上，手中捧着《西游记》，却眯着眼睛在欣赏音乐。她虽然说不出乐曲的名目和含义，却觉得十分动听，就像走在春天的森林里，有百鸟啁啾，有泉水叮咚，感受到阳光的温暖和鲜花的芬芳。彭永骅对音乐似乎也有着特别的亲和力，他双臂撑着桌面，把脑袋探向留声机，双眼紧盯着旋转的唱片，不时嘻嘻笑着，浑身发出一阵阵快乐的颤抖。

彭永芳一抬头，忽然发现陈银凤和姚素娟站立在门外，忙将她俩请进了屋里。

陈银凤走到彭永骅的身旁，提醒说：“快叫妈妈呀！”

“妈妈！”彭永骅十分听话，朝着姚素娟轻轻地叫了一声，叫完后依然嘻嘻的笑。他的笑永远能给人天真无邪的纯洁感。

姚素娟夸了阿骅几句，说他气色好，比以前懂事了。随即转身向着阿燕，用手指小心地撑开她的眼眶，仔细察看眼睛，发现除了眼角还留有少许血丝外，果然没有什么大碍了，眸子还是那么明亮，只是瞳仁的深处依旧藏着难言的哀怨。姚素娟心中明白，这种苦楚不是郎中能够医治的。

黄阿莲用托盘端来了冰糖酒酿鸡蛋，谈起那天阿燕遇险的事，还是心有余悸，把彭二旺的阴招没有得逞归功于菩萨保佑。彭永芳说心里有鬼的人，总是手忙脚乱的，灵姑真要有灵，阿燕刚刚许过愿烧过香，就不该出这样的事了。

陈银凤有意引开争议：“二旺为这件事丢掉了命，也是报应。”

“这个报应也太狠了！”刘青燕说，“二旺既然一时糊涂，我的眼睛也没瞎，实在不必自寻短见。”

“反正是富贵在天，生死由命。”陈银凤说，“俗话讲：阎王叫人三更死，谁敢留他到天明？阿燕的心肠好，也救不了二旺的命。”

彭永骅冷不丁地冒出了两句话：“阿燕心肠好！阿燕是好人！”

“谁能说我儿傻？”陈银凤笑了起来，“阿骅的心中是非清爽，明镜一般啊！”

“‘千年松’的良心最好没有了。”阿芳说。

“‘千年松’是谁？”姚素娟问。

彭永芳为自己说走了嘴，伸了伸舌头，“就是我大哥呀！村里有人叫他‘千年松’，就因为他总是这么年轻不见老，心地又好。有一次弟媳妇对阿燕有误会，寻上门来吵，阿骅就张开双臂保护阿燕。”

“这样会疼老婆的男人倒也难得！”姚素娟非常高兴，“阿燕有喜了，这是祖上积德，好有好报啊！”

听得姚素娟已经知道阿燕怀孕的事，阿燕和阿芳先是暗暗吃惊。阿燕的脸色更是一阵红又一阵白，垂下眼睛不知所措了。

陈银凤觉得反正瞒不住的事，由老夫人拿主意，及时点穿了倒也很好，从此省得再在亲家和外人面前遮遮掩掩，左右为难。她接着又作了一点铺垫说：“可惜阿燕终究年轻不懂事，前些日子还贪玩去爬山，跌了跟斗，怕是动了胎气，所以要去葫芦镇求观音菩萨。”

姚素娟双手合十，喃喃说：“但愿送子娘娘多多保佑！”

第二十三章
肉烂在锅里

婴儿临盆的时候，伴随着轻轻的啼哭声，有气无力，像懒猫叫一般。是个早产儿，整个孕期才过八个月。更遗憾的是，有违长辈们的心愿，不是男孩，而是女孩。

刘青燕在十七岁的时候当上了母亲，她在分娩过程中并没有太多的肉体痛苦。她的痛苦是在心里。

看一眼新生儿，刘青燕的泪水便哗哗地流了下来。可怜的小东西，胎发稀稀拉拉的，好久也睁不开眼睛，身子精瘦通红，像一只剥了皮的小猴子。这是一颗屈辱的种子，又是一株没有成熟的嫩苗，一个她原本不该要也不想要的新生命。这个新生命恰恰又是用她自己的身子孕育出来的，血脉相连，既然出世了，她不能不要，不能不爱。

分娩当天，彭汪氏和陈银凤就来到刘青燕的房中，两位长辈得知阿燕生下的是个女孩，嘴里虽然说着庆贺母女平安的话，脸色却是阴沉的，没有一丝由衷的笑容。陈银凤请示婆婆，给孩子取个啥乳名？彭汪氏一点也不隐瞒内心的不屑，说要啥乳名，就叫“丫头”吧！正式名字就让太公取，晚些日子不要紧的。

一切都在矛盾状态中。刘青燕自幼向往着美满婚姻，却盼来一桩畸形婚姻；婚后想守身如玉，偏遭恶人蹂躏；她从证实怀孕的那一刻起就决心堕胎，也尝试过堕胎，结果却不得不服从家族的意志接受保胎；努力保胎又没有能够保全，只保下了个早产儿，还是个女孩。

婴儿早产，也许正是当初刘青燕野蛮堕胎留下的后果。当了母亲，身心不健康，自然缺奶水。长辈们为产妇发愁，又为婴儿着急，嘱咐黄阿莲好生给刘青燕进补催奶。黄阿莲还按照她娘家的祖传秘方，用肉骨头引来大群大群的蚂蚁，再将蚂蚁收拢后用滚水淘净，文火焙干，再研成粉末，炖鲫鱼汤给阿燕喝。一连几天，阿燕的奶水果真多了，鲫鱼汤却喝腻了，又在汤里发现了许多没有研碎的蚂蚁小脑袋，直恶心，赌咒发誓说这一辈子再也不生孩子了。

自从有了胎动的迹象开始，刘青燕心中的痛苦便与日俱增，常常整夜整夜地睡不着觉。想到自己快要当妈妈了，当一个没有名目又必须捂住屈辱真相的妈妈，好不悲哀！她想起了自己的妈妈。比较起女儿来，妈妈是勇敢的，也是幸福的，为着自己看中的男人，不顾一切地双双私奔，日子再苦心里也甜。她早就明白，天底下没有不疼亲生骨肉的妈妈。每当自己生病，妈妈总是一边忙家务，一边照料她，常常深更半夜提着灯笼站在门口喊魂："野囡回家喽！野囡快快回家来唷！爸爸妈妈念着乖乖呵！"喊得声声悲戚。就为自己五岁那年傻傻的一剪刀，毁了弟弟毁了妈妈毁了家，爸爸也不知去向了。想起妈妈和弟弟，刘青燕曾经有过一个可怕的念头：痛痛快快地大哭一场，随后就痛痛快快地了结自己的性命，去阴间寻找自己的妈妈和弟弟，向他俩认错赔罪，从此永远呆在一起。

刘青燕同时思念自己的亲生父亲。她明白亲爹心里是极顶疼爱她的，甩了她并且离家出走，只是因为伤心过了头的缘故。又想想自己嫁的男人，要是能够像亲爹一样该多好，身板健壮，聪明能干，又厚道，会疼老婆儿女。有亲爹这样的男人在身边，就不怕强盗小偷老虎豺狼。想起亲爹，刘青燕便多了一份对人生的留恋，觉得只要没有得到亲爹死去的确实消息，自己就不该去死。

她又想起义父义母对自己的好处，想起彭家除了阿骝和小珠，所有人对自己都好，又想起女佣人阿莲婶和邻里对自己的怜惜，特别想起在上海的惠子阿姨和炎如叔叔还在为她的健康操心。惠子阿姨的来信中，还转达了德山医生的话，要她懂得做人的意义，乐观起来，坚强起来。听阿芳读了阿骏的信以后，更使她明白有一颗滚烫的心在等着她盼着她。

这一切，都使刘青燕感受到人间终究还有真情在，责怪自己不该动不动想到轻生。

彭荣灿是在姚素娟来访后才知道阿燕怀孕的，沉默半晌只淡淡地说过一句话："但愿生个小子。"阿燕分娩数天后，老人在彭谨祥和陈银凤的搀扶下，来到阿燕的房里，面对瘦弱的早产女婴，三分心痛七分失望，轻轻地叹了一口气，问起取名字的事，他说一时想不好，缓缓再讲。阿燕心里清楚，如果是个男孩，太公的神情断断不会这样冰冷。为了等太公"缓缓"给女婴取名字，"丫头"这个奶名就一直延用了下来，满月了，过半岁了，还叫"丫头"。

一家之尊的彭荣灿再也顾不上为曾孙女取名字了。有一天，他突然感到胸闷气短，无缘无故倒地昏厥了过去，被家人抢救苏醒后，意识到自己的气数将尽，便吩咐谨祥赶紧把在外地的孙辈统统叫回家来，反复说非要最后见他们一面不可，还特别问到阿芬有消息没有？很想一同见到她。彭谨祥非常为难。阿芬失踪已久，见不到也就罢了。他最担心的是祸起萧墙，阿燕怀孕生育的事，阿骢和阿骏定要追根究底，阿骝已是到了无耻无畏的地步，媳妇小珠也还在气头上，阿芳又心直口快得理不让人，会火上加油。这几个同辈要是凑到一堆，很可能会闹出一场大乱，父亲定会给活活作死。父亲身为老族长，德高望重，给他老人家脸上抹黑的事，都会让宗亲们寒心，非得及早想办法防患于未然才好。

彭谨祥紧急同彭汪氏和陈银凤商量对策。陈银凤说公公劳碌一生，经历过大灾大难，闭眼之前想见见晚辈是天经地义的事，能不能想想办法把阿骢阿骏和阿骝回家的时间错开来，干脆不让他们相互照面。彭汪氏说老头子一旦咽了气，活着的后辈都得要为他送终，能不凑到一堆吗？我看这样吧，他们三兄弟另加小珠，不论谁先踏进家门，都得先把丑话讲在前头，要他们看在爷爷的份上，都不许吵架，有气也等以后慢慢出，谁不听话，就由我这老婆子出面去求谁。彭谨祥说也只好如此了，且走着看吧！

彭荣灿大限将临，眼珠已经聚不起光，脑子却显得出奇的清醒。这天早晨，黄阿莲刚侍候彭荣灿服过汤药用过早餐，傅灵芝又端来一壶人参汤，彭汪氏偕同儿子媳妇一道到老人床前探视请安，老人就挥手赶走所有女眷，只留住谨祥一人，说有些要紧话非得跟儿子单独讲讲。

老人从宗谱讲起，着重讲的是彭家祖先的历史教训。出于为亲者讳为尊者讳的古习，彭氏宗谱早已不能全面反映客观史实，但是凭着口口相传，当过半生族长的彭荣灿，对一些重要掌故还是大致清楚的。

早年的天螺湾曾经出过一位文曲星，殿试一甲第三名，成了光宗耀祖的探花郎，当上京官后更是飞黄腾达。一人得道鸡犬升天，叔伯兄弟个个有财有势，天螺湾小旮旯盛不下他们的荣耀伸不开他们的胳膊腿，就朝外发展，在杭嘉湖平畈地置了田庄，富甲一方。后来不晓得到了哪一辈又出了个晦气星承钧太公，考中举人后当了翰林院编修，也称得上朝廷要员了。到了雍正五年，同是浙江人的礼部侍郎查嗣庭在江西做典试官时，给考生出了个试题叫“维民所止”，本是个倡导凡事要尊重民意的好题目，不料让人告发说“维”和“止”二字正好是砍了脑袋的“雍正”二字，这下子龙颜大怒，立刻将查嗣庭逮捕审办。堂堂的朝廷典试官活活给吓死在牢狱中，雍正帝还不肯罢休，又把死人的脑袋割下来示众。在审办查嗣庭一案时，从抄没的文书堆里发现彭承钧的几首唱和诗，其中有“古来伴君如伴虎”等影射言辞，这就不得了！彭承钧是查嗣庭的同乡、同学和同僚，岂能逃脱同谋嫌疑，也陪上了一条命。虽然皇恩浩荡没有下旨灭九族，几个当官的兄弟却被流放边陲，死犯和所有株连者的妻妾子女都被充作官奴官婢，全部田产被藉没。彭氏家族的一段鲜花着锦、烈火烹油般的鼎盛时光，就这样结束了。还好，留居天螺湾的彭族人都是承钧太公的旁系亲属，他们没有趁彭承钧权重一时之机趋炎附势混进官场，也就保下了身家性命。

彭荣灿感叹说：“光算明清以来，浙江文人惨遭杀身灭族的就多得很啊！康熙年间，庄廷钺私下招集书生编《明史》，咒骂清朝皇族，死了还要开棺戮尸。雍正三年，浙江举人汪景祺，在他的书中引用前人的一句诗‘皇帝挥毫不值钱’，就给斩首于市。还有个浙江名医吕留良，著书立说反对清朝，尽管书稿刊印流传的时候早已死了，雍正皇帝也刨了他的坟，碎了他的尸骨，又把他的后代和学生满门抄斩。前朝的浙江大儒方孝孺，给明成祖朱棣诛杀，灭九族外再加一族——学生，共灭十族，合计杀了八百七十余人。据野史里说，雍正皇帝非常赞赏明成祖对文人的铁腕手段，说过这样的话：文人恃才傲物舛骜不驯，折其骨而难易其志，蛊惑之威可传万里，文人以文谋反者甚于武夫以力谋反，故必宜严察倍惩之。还说浙江为古越之乡，遍布勾践后裔，文人多具文种范蠡之遗风，视复仇为天职，不可不防也。”

彭荣灿深感庆幸之处，正是自己的先祖有别于同宗同辈的承钧太公，注重道德文章，虽读书而不致仕，远避尘世，洁身自好，连续几代保持了春联中常常写到的理想境界：“道德济世千般好，诗书传家万年长。”可是，当彭荣灿成年之后，天螺湾同杏源畈两村的械斗愈演愈烈，他有两个胞弟和一个儿子死于械斗；随即又进入了清朝末年的动荡岁月，一个嫁到绍兴的女儿加入革命党被杀；接下来又开始了民国时代，讲民主讲自由了，孙辈们都变得不安稳起来了，除了半痴阿骅，一个个读了书以后就自命不凡，越来越不听长辈的嘱咐，越来越疏远家乡，疏远土地，越来越靠向儒冠误身的险途。因此，老人怀抱着一个殷切夙愿，想在临终前把第三代唤回到祖辈的家园中来。

彭谨祥觉得父亲的念头太不切实际，想劝劝他不要寄望太高，就说：“父亲也不必太过忧虑了。孙辈们都已成年，往后的路怎么走，还得看他们自己。孟子有句话说：‘君子之泽，五世而斩。’长辈们着急也是没有用的。”

使彭谨祥万万没有料到的是，卧病在床的老人竟会挣扎着拗起身来，伸出右手啪的扇了他一记耳光。

“养不教，父之过。”彭荣灿喝了几口人参汤，仰靠在床头，一双风泪眼本来就泛着泪光，此时却有成行的泪水淌了下来。他喘着粗气说，“我都快要死了，你还讲这种风凉话。几个孙子中间，没有一个能够继承家业，你这个当阿爹的，难道就没有责任吗？”

“父亲所言极是。”彭谨祥唯唯道：“我又何尝不希望有子孙能够顾家守业，为长辈养老送终。可是，谁又能拗得过世道变化呢？”

“彭家先祖来到天螺湾，筚路蓝缕，以启山林，容易吗？”彭荣灿说：“老辈们都讲，天螺湾是人杰地灵物华天宝之地，赛过世外桃源。你去翻翻府志县志，历朝历代，三百里方圆内，有过多少天灾人祸？远的不说，就说太平军过浙江，就像洪水猛兽，杀了多少人？烧了多少庙宇祠堂和书斋？光是攻打包村那一回，连带扫荡四邻八乡，就杀了十多万人，可天螺湾就没有留下过太平军的一只马蹄印子。天螺湾风水独好，靠山吃山，从来没见饿死过人。只要不打人阵，多数年份总归是风调雨顺的，可以自给自足。彭家子孙历来以农为本，义德沛然，尊祖怀土，独独到了我荣灿的孙辈偏要背弃生于斯养于斯的家乡，让我如何面对祖宗的在天之灵啊！”

“父亲放心，至少我会遵照父亲的心意坚守乡土的。”彭谨祥说，“这次等阿骝阿骢阿骏三兄弟回家来，耐心劝劝，能有一个留下来务农也好，终究还会有下下一代嘛！”

彭荣灿接着说第二桩心事。他关怀着何朗庆的命运，嘱咐自己过世以后，全家一定要继续善待这位有恩于自己的外乡客。

何朗庆比彭荣灿足足年轻二十岁，两人相识于早年的一场洪灾中。那一回，彭荣灿应邀到县城参加知县大人的五十寿庆。醉翁之意不在酒，这种应酬是没法推辞的。当天，已有台风先兆，但是吉日择定后请柬早已发出，不能更改，彭荣灿便怀着一种不祥的预感，带上贺金赶往县城。就在寿宴进入高潮时刻，忽然电闪雷鸣，狂风挟带着暴雨骤然而至，把整个城区笼罩在天昏地暗一片混沌之中。第二天，浣纱江上游山洪暴发，一路毁屋拔树，把江岸边的一大排房子卷入了洪流。彭荣灿落进狂涛，凭着三分水性拼命挣扎，就在将要没顶的时候，有个趴在门板上的后生划水向他靠近。可惜，一块门板承载不了两人的体重，后生便主动跳入水中，拽住门板边框跟着漂流。就在将要漂出县境时，才侥幸被一棵倒在江中的大树挂住，获得生还。这个救人的后生，便是何朗庆。他是城区江岸边一家绸布店的账房。等两人回到出事地点，江岸正泡在一片汪洋中，何朗庆的家以及父母妻子三人，都已无影无踪。何朗庆痛不欲生，彭荣灿为报答他的救命之恩，竭诚劝说他跟随自己到了天螺湾，把他当亲人看待，从此在彭家一呆就是三十多年。

何朗庆半生呆在彭家，并没有当清客吃白饭，一直为彭家和堂宗管账理财。彭荣灿非常满意，还向堂宗的耆宿提议过，等重修宗谱之日，将何朗庆列为彭氏承祧后裔。彭荣灿还真诚地关心过他的婚事，托媒撮合一个年轻美貌的寡妇给他做妻子，只是不到一年，这个寡妇因为和别的有妇之夫私通，让人发现，吓得逃回娘家去了。从此村里人便传说何朗庆患有男子不该患的病，到老也没有人再为他提亲。

谈起何朗庆的身世，彭荣灿叹息说："人生就怕老来孤啊！朗庆身为鳏夫寄居客乡，心中的凄凉自不待言。他是我的救命恩人，我历来把他当亲弟弟看待。他对彭家忠心耿耿，积下的恩德，怎么报答都不为过，往后无论谁当家，都不能亏待了他。"

"那自然，那自然。"彭谨祥顿首道。

"自然的事情，怕也未必尽然。"彭荣灿又说，"如今世风日下，人心不古。年轻人连自家的长辈都不放在眼里了，哪里还懂得尊敬一个外乡老人呢？所以我不能不担心啊！"

"这事我也记住了，一定要让孙辈把朗庆叔当作亲叔一般看待。"彭谨祥向病危的父亲作出了庄严的保证。

谈过了人，就谈到了物。彭荣灿先说彭氏堂宗在外乡置有百来亩田产，都是上好的水田，是祖上传下来的学田和礼田，就靠年租和典息维持村里办学和祭祀开销，叮咛身为现任族长的儿子要看牢，千万不可让人侵吞，否则，堂宗就给人抽掉了脊梁骨，名存实亡了。彭谨祥说晓得晓得，这批田产是彭氏堂宗的命根子，没人敢碰的。

彭荣灿又谈起家中的财物，心情同样沉重。他说外面早就有人在讲，荣灿家里藏着好多古董财宝。古董倒确实有一些，说来话长，过去几辈子的事了。就在承钧太公案发之初，他的儿子料到要抄家，领着几个人，分批把一些值钱的古董挑来天螺湾，藏匿在堂兄家，也就是我们的先辈太公家。当时没人晓得，隔了许多年，承钧太公绝了后，按照当初的约定，这批古董也就归我家太公所有。不清楚从哪一代起，为了拿古董变活钱，一显露，慢慢就有人知道了，各种传言都有。还好天螺湾民风淳厚，重义不重财，又连连打人阵，尚武好斗，强盗土匪才没有光临过我家。

“这些古董到底还有多少？藏在哪里？”彭谨祥问。

“我也弄不清楚啊！”彭荣灿说，“听你爷爷在临终前对我讲，有几件称得上无价之宝的东西，一直埋在地下，可是到底埋在哪瘩地下，谁也不知情。只有一批零碎的东西摆在明处传了下来。我从你爷爷手里接过的，就是一部《昭明文选》，十来卷古画，少许玉器，还有几件乌糟糟的陶瓷家什，没有藏起来，前年给赵副县长诓了去。”

“除了父亲，还有谁个知道这些暗藏古董？”

“没有别人了。你朗庆叔几次探问过，我也没有告诉他，终究是外人嘛！连你母亲面前，都未曾说起过，我怕女人嘴巴不紧，一旦漏风会招祸。”

“父亲有什么想法，不妨明示。”

“人生如白驹过隙，生不带来，死不带去。几代人守着一堆宝贝，没靠它发迹，反倒成了心病，等我闭上眼，就轮到你为这些古董担惊受怕了。明里的古董已经捣腾光光，暗藏的古董在地下埋了几代，再埋下去恐怕会永无出头之日，不如这回等孙辈们一齐聚拢，把事情摊开讲清爽，一齐出力把古董找出来，变成现钱。变成现钱是有风险的，无论外面人和里面人，都会眼红。小珠早就想分家，分家是断断不可的，分了家，当长辈的就再也没有说话的份了。阿骏提过要拿家产进城投资办实业，我求教朗庆，朗庆不便直言，意思我听得出来，他担心阿骏在外面混久了，起了异心，又有摇羽毛扇的能人在边上出主意，无非想多占祖产，不能不提防。所以我的意思，一旦找到古董换成现钱以后，一半献给堂宗修缮祠堂和救济亲邻，余下的一半，两成平分，三成由你掌管，看看哪个孙子愿意回归乡土重振家业，就多资助哪个。”

彭谨祥一听这话，心中打了一个激灵，觉得此事不好办，弄不好真的会招祸；至于说阿骏在摇羽毛扇的能人授意下想多占祖产，倒是一种误会。最怕的倒是家贼难防，一旦走漏消息，立马会传到赵副县长耳朵里去，又得重演《昭明文选》失落的教训。想到这里，他一时发懵，陷入了沉默。

彭荣灿见儿子不说话，叹口气说：“我料定你是想起了《昭明文选》的倒楣事！我晓得你有难处。只是光阴不等人，看来我是熬不过这几天了，我实在巴望着亲眼看到孙辈们，能够收收心，在祖宗坟前拜三拜，磕个头，共同表示出一份敬祖爱乡的心愿！屈原都说飞鸟也知道回故乡，曹操毕生征战，也说‘狐死归首丘，故乡安可忘？'”

“无论孙辈们走的什么道，我相信他们绝不会忘记家乡的。”彭谨祥说罢，就在床前跪了下去，哽咽了，“不管怎么讲，我一定遵照父亲的嘱咐办事。我向父亲起誓，万望父亲放心！”

熬不过三天，彭荣灿就寿终正寝了，享年八十六岁。按照老规矩，古稀之后过世就算高龄喜丧，八旬归天便属大耄之寿，也称天寿，自然归入了红白喜事这一档，丧事更要当作喜事办。又因为荣灿老人在械斗岁月当过半辈子族长，又为和亲局面打了底，功勋卓著，所以堂宗会议决定拨出谷子补贴丧礼开销，有心要把老人的丧礼办得隆重体面，备极哀荣。

彭永骝、彭永骢、彭永骏、张小珠四人，先后回到了家。荣灿老人至死都不知道，彭永芬是永远不可能回家了。

三兄弟和二孙媳张小珠进了家门之后，连同本来在家的小妹彭永芳，在分别拜见老祖母彭汪氏的时候，彭汪氏就开宗明义地逐个打了招呼：看在爷爷的份上，手足同胞难得聚头，不论碰到多少不舒心的事，都不许斗嘴吵架。等五人凑齐之后，彭谨祥和陈银凤又领着他们一同到爷爷的灵堂前，向爷爷的神主牌位焚香立誓：遵照爷爷的遗愿，和睦为重，凡有纷争，一概等到丧礼之后再好好商量解决。

彭永骏和彭永骢都急着想见见刘青燕，而阿燕却闭门谢客。问所有长辈，都是一个口径应付说：阿燕有病，不忙见。问阿芳，阿芳也是一味搪塞。等阿骏阿骢两人在房间外面听到了婴儿的哭声，再问大哥阿骅，阿骅心无忌讳口无遮拦，才说出了一半真相，他说：“阿燕看着小丫头哩！不开心。”

说到小丫头，阿骏和阿骢面面相觑，惊诧了半晌，便找到阿芳，逼她立马说出全部真相。阿芳含泪说：“我得遵守承诺，现在不该说的事就不能说。不过，我可以告诉你们一句话：阿燕是没有任何责任的，她永远值得同情！”

彭永骏的脑子里塞进了一个大疑团，心情极为烦燥，急于寻找答案。他发现，二哥阿骝的模样很不正常，表情僵硬，目光游移，回避与人说话；他与妻子小珠相处更像陌路人，不住在一屋，相见时连头都不点一下；阿骏在和双胞胎侄女亲近时，阿美和阿丽却争着告诉他一个有趣的发现：阿燕婶婶不久前生下的小丫头，和她们姐妹一样，耳朵背后也长着一颗同样的黑痣……

天哪！够了！一切都同先前的猜揣相吻合。彭永骏狂怒了，顿时血冲脑际，长辈的忠告和在爷爷灵牌前的誓言立马忘个精光。罪人就在眼前，怎能容他逍遥无边！阿骏转身到厨房操起一把菜刀，奔向阿骝就要拼命，嚷嚷今天有你无我，有我无你！正当阿骝牢牢擒住他的手腕时，张小珠领着三个孩子一齐大叫杀人啦杀人啦！全家人顿时涌了上来，彭汪氏当场急昏倒地，被傅灵芝与黄阿莲救下。彭谨祥气得直哆嗦，一时说不出话。陈银凤下跪哭诉：看看眼下这局面吧！爷爷刚咽气，阿芬下落不明，阿燕有病，阿爹为村里家里的事累得直不起腰，你们两兄弟又要手足相残，对得起祖宗吗?!

阿骢和阿芳一同上前，好不容易夺下阿骏手中的菜刀，把他拉进了房中。阿芳说："你这样发疯，对谁都没有一点点好处，还会让全村父老乡亲心寒，更会在阿燕的伤口上撒盐。"阿骢说："你哪里像个大学生，成草莽英雄了，我真替你脸红！"

阿骏抹去涕泪，不做声了。

争吵过后，彭谨祥就安排兄妹四人一道守灵，心想依傍着祖宗的遗体，可以让晚辈一起追思长辈的慈爱，消除隔阂，增进手足之情。一夜下来，果然相安无事。

第二夜，由彭谨祥、陈银凤和傅灵芝守灵。彭汪氏预先吩咐说："你们三人都过了中年，连日又忙得喘不上气，不必撑通宵了，心意到了就好，一挨三更时分，就各自回房睡觉。"

三人进了灵堂，跪拜毕，都安坐到了墙边的椅子上。这时候，何朗庆也来守灵了，一进门就跪倒在彭荣灿的遗体前，恸哭不止，声声哀告："荣灿大哥啊，当年在洪水中，我不过顺手拉了你一把，你却在我孤苦中收养了我一生，你赛过我的生身慈父啊……"

彭谨祥将他扶起，深情地劝说："请朗庆叔节哀！我父亲高寿归天，走得平平静静，也算有福气了。人死不能复生，万望朗庆叔保重身体！"

何朗庆继续哭道："荣灿大哥的恩情，叫我怎么报答？还不如陪着他老人家一道去了倒安心啊！"

陈银凤和傅灵芝一同唏嘘起来。彭谨祥益发感动，就把父亲的临终遗言当即说给何朗庆听："朗庆叔不要这么想，我父亲咽气前两天还在念着您哩！父亲讲：您是他的救命恩人，历来对彭家忠心耿耿，积下的恩德，怎么报答都不为过，往后无论谁当家，都不能亏待，理当为您养老送终的。"

何朗庆听完这话，便号哭着奔出了灵堂，彭谨祥感到事情不妙，跟着屁股就追。何朗庆冲进隔壁房间里，迅速爬上桌子，从腰间抽出一根粗麻绳，就往屋梁上套，明摆着是要悬梁自尽。彭谨祥不加思索地一个箭步窜上去，拉住他的一条腿，猛的一拽，就把他拽下了桌子，跌倒在地上。

陈银凤和傅灵芝听到响声，也赶了过来，一见这情景便知道了原委，连忙夺下何朗庆手中的麻绳，一同将他架了起来，感动得一齐恸哭。

第二天，几乎整个天螺湾的乡亲和前来奔丧的村外客人，都知道了何朗庆要为荣灿老人殉葬的经过，一致把他敬为义薄云天的壮士。

一场丧事忙下来，全家人都精疲力尽了。而真正要紧的话题，还没有开始摆上桌面。

丧事后的头一次家庭会议上，阿骢和阿骏对健在的长辈们说，两人的假期都太紧，路上又耗时间，两天内非得动身回上海不可，有话得赶快讲。

彭汪氏泪痕未干，边呜咽边说："老爷走得急，都没有来得及立下书面遗嘱。老人家在咽下最后一口气之前，都在为全家操心，为小辈操心。还好该讲的话，都跟谨祥讲透了，就让谨祥再讲一讲吧。"

老人家的口头遗嘱是不能原原本本传达的，特别是关于查找古董的事，彭谨祥只跟母亲和大夫人讲过，商议下来，都觉得宁可一时找不到古董，也断不能跟小辈们公开这件事，否则非闹纠纷不可。于是，彭谨祥只传达了两条遗嘱，一是爷爷希望三个孙子都不要走当官从政的路，最好都回家守土务农；二是全家人都不要忘记何朗庆是老爷的救命恩人，对彭家忠心耿耿，做过不少好事，因此要对他善待终生。

这两条遗嘱都是针对第三代讲的。第二条大家没有异议，都说就照老爷讲的做，没有人会赶走何朗庆。关键是第一条。彭永骢光听不做声。彭永骏还是老调重弹，说天螺湾人多地少的局面一天天严重，再靠守土务农肯定养不活后代，爷爷走了，是不是再商量商量往城里发展的事。这个想法对三位长辈来讲，讲了也是白讲。彭永骝说我一个民防队长的小小差使，不吃皇粮，算不上当官从政；虽然离了天螺湾，还在葫芦镇，随时可以照看家业。这第一条遗嘱对彭永骝也等于白讲。让人没有想到的是，张小珠冷不丁地横插一杠子说：一大家子人，老爷一走，很难再和睦相处，干脆分家吧，反正迟早要分的。

一说分家，就像在滚油锅里泼进了一瓢冷水，彭汪氏就哀哀地哭出了声，会议也就开不下去了。彭谨祥忙说再议再议，便匆匆收场。在阿骢和阿骏返回上海之前，这样的家庭会议再也没有开过第二次。一切还是老样子。

彭永骏急着要见刘青燕。他求奶奶求父亲求嫡母，都说还是不见为好，唯一的理由是阿燕有病。他求庶母傅灵芝，希望这位亲生母亲能帮他，傅灵芝说奶奶和你爹妈都关照过了，我说话不作数的。彭永骏又求黄阿莲，黄阿莲一见他就干脆逃走。阿骏敲过阿燕的门，门不开，只传出阿燕和婴儿的哭声。黄阿莲的房门也加了锁，不经许可没法走旁门，他心如刀扎又无可奈何。真相已经大体清楚，他只是想安慰阿燕，劝劝阿燕坚强地面对厄运。

阿芳把阿骏拽到了自己的房间里，约来阿骢一道和他恳谈。

“现在的问题，不光是别人不让你见阿燕……”阿芳神情焦虑地说，“我刚才去过阿燕的房间。她当然知道你回家了，也当然知道你急着想见她，你猜她怎么对我讲？”

“怎么讲？”

“她讲肉烂在锅里了，自己也不干净了，不配和你相见。还说早就准备好生石灰，你要是一进她的房间，她立马就把生石灰撒进自己的眼里，让你见个瞎眼婆。”

“我的天哪！”阿骏几乎在嚎叫了。

“阿燕的小名叫野囡，她的脾气你晓得，这样的事情真做得出来的。”阿芳又说，“所以求你还是不要去惊动她。这些日子我常跟她在一起，看来还顶得住。她向我和阿莲婶都保证过，不会忘记天底下有这么多好人在念着她，一定不会自寻短见。”

阿骢说：“依我看来，你阿骏也太感情用事了。你不是在想着救国救民吗？儿女情长，英雄气短。一己之不平尚且不能冷静面对的人，何以去面对天下之不平？”

阿骏取下眼镜，哭出了声：“家中的是非都清不了，还有什么脸皮去清天下？”

阿芳睁大眼睛盯着阿骢，设问：“二哥这样为非作歹，难道就没有人管吗？”

“看来是得管一管。”阿骢沉思片刻，发狠地说，“不管一管，确实也对不起天地良心父老乡亲。没有人管，就由我们兄妹三人来管。”

阿骏抬起头来说：“这事非管不可。我倒有个主意……”

傍晚时分，彭永骢正要动身回葫芦镇，彭永芳拉住他，简捷明了地说：“爷爷入土了，三哥和四哥马上就要回上海，有几句要紧话想跟你聊聊。”阿骝没有理由拒绝，就随着阿芳来到了盘龙岙。

阿骝见到阿骢和阿骏席地坐在一棵高大的青冈栎下，很悠闲的样子，便大步向前走去，一边说：“本来嘛，我也想找你们两个聊聊的，只是镇上有公务在等着我，非得立马赶回去……”

“去你的狗屁公务吧！”彭永骢大喝一声，与彭永骏同时跳起，草丛中立刻出现了一根绊马藤，二人各执一端，用力一拽，彭永骝毫无防备，就仰面倒下了。

“你们想干啥？”阿骝本能地伸手去摸腰上的驳壳枪，阿骢一脚踩住他的手，迅速掏出自己的白朗宁手枪，朝天开了一枪，砰的一声，震得阿骝浑身一抖。阿骏趁势卸下了他的驳壳枪。

“你知罪吗？”阿骏问。

“有啥知罪不知罪的，不就是阿燕的事吗？”阿骝居然还笑，“大哥没有用场，我是帮大哥出力！”

“呸！”阿芳狠狠地啐了阿骝一脸的口水，哭着大骂：“衣冠禽兽！一个纯洁的姑娘，好比一件精细瓷器，受得了你这头公牛作践的吗？阿燕嫁给大哥已经够苦了，你不同情也罢，还要毁掉她的一生，你的良心给狗吃了去！”

“要杀要剐随你们便。”阿骝干脆闭上了眼睛，“手足同胞，只要你们下得了狠心，怎么处置都成。好佬做事好佬当。”

“还好佬！见你的鬼去吧！”阿骢使劲踩了一下阿骝的手腕，痛得他一咧嘴巴，却没有出声。阿骢又斥责道：“狗仗人势，欺侮百姓欺侮弱女子，你算什么好佬！”

“谁做坏事都得付出代价。”阿骏说着，就从树后取出三把早已准备好的脱叶竹枝，递给阿骢和阿芳各一把，自己执一把，“今天就由我们兄妹三人来代祖宗执行家法，替社会伸张公理。”

阿骢说：“长辈们怕家丑外扬不便惩罚你，外人怕报复不敢惩罚你，你还真无法无天了。今天就老实挨抽吧，倘若反抗，我就先开枪立马废了你一条腿，回到村里说是打野兔走的火。一人失手，两人作证，没有人会怀疑。”

“就是有人知道真相，也会拍手称快。你是罪有应得！”阿骏说罢，喊一声“动手！”三人便一齐挥舞竹梢，嗖嗖有声地朝着阿骝的下身猛烈抽打起来，就像夏收打麦一般。

阿骝仆过身子，屁股朝天，一声不吭，纹丝不动，挺尸般挨抽。直抽到三人气喘不迭，又见阿骝的长裤上洇出缕缕鲜血，这才歇手。阿骢丢下竹枝，取过阿骝的驳壳枪，退出所有子弹，扬手抛进了盘龙潭，把驳壳枪扔到阿骝的身边，领着阿骏和阿芳扬长而去。

阿骏走了几步，又回头嚷嚷说："这个主意是我出的，我这好事之徒反正名声在外，从小爷爷就把我看扁了的，你不服可以找奶奶和爹妈告我去，不要怨三哥和小妹。"

三名家庭执法者离去以后，彭永骝从草地上爬起来，褪下裤子看看，屁股和双腿上都是伤痕，好像爬满红蚯蚓，辣刺刺的痛，痛得额头冒汗。他穿好裤子动动腰腿，发觉筋骨没有伤着，咬牙蹦跳了几下，不妨碍走路，便整整衣衫，背起头一回未能帮他显威壮胆的盒子炮，趁着暮色，匆匆地直接赶回葫芦镇去了，连香樟大院里也没有再去打个弯。

香樟大院平静如故。第二天，彭永骏放弃了非要见到刘青燕的强烈愿望，留下一封给她的信，托小妹阿芳转交，便跟着三哥彭永骢，离开愈来愈冷落的香樟大院，一同踏上了回上海的路程。

丫头虽然先天不足，可是后天调理有方，正在渐渐长大。刘青燕时刻关注着丫头的成长变化，一举一动都会牵连着自己的心弦。婴儿的头发和眉毛很快变黑了，眼睛也能睁大了，皮肤变得白嫩有光，五官也有模有样了，看上去蛮清秀端正的，跟阿骅和阿骏还都有点相像。阿燕的心头有着一种说不出的酸涩味，心想：这难道是菩萨有心要给我的一点点宽慰吗？

黄阿莲最懂得阿燕心中的苦。她每天收拾房间的时候，都不忘把观音瓷像擦拭一遍，纤尘不染，还常常劝阿燕听从祖婆的嘱咐，给观音大士敬香，勒着佛珠念"阿弥陀佛"，说是心里有了菩萨，胸中就会平静一些。阿燕曾经试过，总不见效，也就失去了耐心，每当给观音瓷像点上线香，眼睛就会不由自主地移向窗口的风铃，似乎风铃才是她心中的神灵。

彭永芳也懂得阿燕心中的苦。每天放学下班，第一件事情便是看望阿燕，有时还带回一两本有趣的书，有时还顺路采回一簇簇野花，插到阿燕的花瓶里。

这一天，阿芳又收到了阿骏的信。阿骏在信中求阿芳转告阿燕：自己正在加紧准备，要尽快去西洋留学，炎如叔叔和惠子阿姨也很支持，愿意把阿燕接到上海去，一边读书，一边等着阿骏学成回来。

阿燕听了阿芳的转述，久久地发愣，随后只说了一句话："阿骏又在做白日梦了。”

“不管白日梦还是黑夜梦，有梦总比没有梦好。”阿芳说，“没梦的人，心就死了。阿骏爱做梦，没事也要弄点事出来玩玩乐乐，所以爷爷就说他是好事之徒。他的脾气看上去蛮文气，骨子里倔得紧，认准一条道非要走到黑。他要是爱上一个好姑娘，准会爱个够，爱到老，爱到死，绝不会撒手。他的白日梦是有道理的。事在人为，只要你想开一点，守得住健康，来日还长着哩，迟早会有圆梦的一天。”

彭永芳离去的时候，起风了，刘青燕舍不得关上窗，就为了倾听风铃叮叮响，让它一直响，响个不停。晚餐过后，伺候完了阿骅和丫头睡觉，她就独自坐到梳妆台前，在微微跳动的油灯光芒下，对着镜子出神。山野静悄悄，夜风捎来植物的淡淡清香。鸟儿歇息了，不啼不鸣，只有发情中的家猫在屋顶追逐呼叫，纵情放浪，惹人心烦。镜子中的阿燕虽然有些憔悴，依旧是美丽的。美丽的阿燕在寂寞中向往，向往着一个可望不可即的人，企盼着这个人的脚步声响起在门外。她对着镜子呵了一口热气，伸出手指，在雾蒙蒙的镜面上勾勒出了一个骏马的头像图案。前些年，义母教她描图绣花，略通绘画技法，一笔画出的骏马图案栩栩如生。镜面上的水雾淡去了，她再呵一口气，再画，接连不断地画，画出心中的秘密，画出日夜的思念，画出难言的委屈与无奈，也引出了潺潺的热泪。

睡在里床的阿骅已经发出了均匀的鼾声，喂饱奶汁换过尿布的丫头，也睡得很安稳。刘青燕的眼前，连连闪烁着骏马的图案，由图案又变成生动的骏马，开始快速奔驰，扬蹄振鬃，昂首长嘶。她突然觉得有点眩晕，便和衣在床边躺下，拉过被子遮住身子，合上双眼假寐。

忽然，她发现阿骏来到了身旁，向她表白当初代替阿骅相亲并不后悔，从此相中了你阿燕，就要娶你为妻，不达目的死不罢休。朦胧间，阿骏变得勇敢了，拼命地吻她，又动手解开她的衣扣，褪下她的裙子。她闭上眼，羞涩地颤栗着，任凭摆布。一种原始的渴望，像放肆的妖魔在她全身窜动起来，钻进心底，奔突在每一根血管里。老天保佑，她早就盼着阿骏带着她腾云驾雾，去到她想去而从未去过的地方。很快，她的热血沸腾了，身上好像有一个奇特的精灵开始苏醒，不依不饶地尽情作祟，撒欢逞能。随着这个精灵的引领，她的思绪像溪水般地奔流起来，自由自在，无拘无束，追波逐浪，奔向远方，奔向仙境……

黄阿莲给刘青燕送来补食，从侧门进了屋子，以为她睡着了，蹑手蹑脚地靠近床边，才发现她并没有睡着，虽然闭着眼睛，长长的睫毛却在一抖一抖地跳动，红着脸，张着嘴，发出微微的喘息和呻吟，额头上布满亮晶晶的细密汗珠。

黄阿莲小声惊呼："啊呀你怎么啦？病了吗？"

刘青燕猛吃一惊，全身一抖，支吾着将脑袋缩进了被窝。

黄阿莲放好食物，从脸盆架上扯下毛巾，拉开被头，为阿燕擦去额上的汗珠，又用手背试试她的体温，没有发烧，又轻轻掀起被子探了一眼，突然悟到了什么，半晌没有说话。

刘青燕重又躲进被窝，不肯露面，偷偷地哭了。

"不哭，不哭，"黄阿莲柔声劝说，"当妈妈的人了，不是小囡了，不好随便哭的。快起来喝补汤，当归炖老母鸡，趁热喝了，听话，噢！"

刘青燕不吱声，被头一动一动，还在哭。

"我阿莲婶也是打年轻时候过来的。"黄阿莲继续道，"你的苦楚菩萨都晓得，你又没有碍着谁个，不算什么错的，用不着这样难过。快起来喝补汤，冷掉了不好喝。"

刘青燕把脑袋钻出被子，拒绝喝补汤，哽咽着问："我不晓得为啥要这样？是不是有妖魔缠身了？"

阿燕开口说话，黄阿莲就放心了，话盒子也打开了，觉得自己有资格也有责任开导初涉人世的阿燕。

"什么妖魔缠身？我才不信这种鬼话。"黄阿莲正经地说，"女人命苦，阴阳不调，有这种事一点都不好责怪的。街坊邻居都讲大奎对我多么多么好，他对我好是不假，可床上的事，我都不好意思讲给别人听，今天我就对你一个人讲讲……"

刘青燕停止了啜泣，耳朵竖起来了，她愿意听听过来人的经历，觉得比喝补汤还补人。

在天螺湾的女流辈中，黄阿莲与众不同。她出身在邻县的一个堕民村，祖祖辈辈都是"贱胚"。相传浙东一带的堕民，原是明朝初年反抗洪武皇帝和永乐皇帝的忠臣义士，朝廷把他们连同眷属一起，发配到了浙东地区，几百年来当作畜牲看待，不许设祠堂，不许移居他乡潜人民籍，不许读书应科举，不许与堕民以外的氏族通婚，不许置田耕种，只许头戴红毡帽，干些抬轿、报喜、迁坟、骟猪阉鸡这样的下等杂役。一直到民国，堕民还是抬不起头来做人。黄阿莲从小跟着母亲给富贵人家的女子梳头剔脚按摩拔火罐，遇到富贵人家喜庆佳节，就上门祝贺送口彩。彭大奎就是在外乡人的一次庆宴上认识黄阿莲的，当天就带她到天螺湾，找族长彭荣灿明白说要娶她为妻。彭荣灿顾念彭大奎在护村械斗中立过大功，就向堂宗的耆老们吹风说，自从前朝雍正皇帝起，就颁过诏书开豁堕民为良人了，这桩婚事该成全就成全了吧！耆老们见族长已有成竹在胸，也就顺水推舟，一哇声赞说好好好理应成人之美。

闹洞房的时候，族人们趁着酒兴追问五大三粗的翘尾巴蛟龙："大奎你老实讲，多少人家托媒你不睬，为啥非相中阿莲不可啊？"大奎说："我一眼就看出阿莲聪明能干，不缠小脚，白白嫩嫩的，腰粗腚圆奶子大，我想要多子多福，不娶她娶谁呀？"

彭大奎的前半生，正是为了这个多子多福的宏大目标而奋斗不止。黄阿莲从十八岁开始到四十三岁的二十五年中，经历了十一次分娩，就像母鸡下蛋似的一个接着一个，可叹生得下却养不活！有三个女婴在第一阵啼哭声中，就被她亲手溺死在浴盆里，又有四个女婴在刚过满月就送给外地人当女儿，从此一去无踪影。余下三男一女四个孩子，大儿子病死，另有一男一女误吃毒菇丧命，最终只剩下孤零零的一个独子。黄阿莲哭得死去活来，到观音庙求签，经菩萨指点迷津，彻悟了人强不过命的道理，决意放弃多子多福的幻梦，从此住到东家彭荣灿的香樟大院里，安心当女佣，有意躲开丈夫，再也不沾男女床笫事。

黄阿莲认定自己夫妻间阴阳不调，原是前世不修的报应。她对刘青燕说："大奎娶了我这个堕民女子当老婆，让我免除'贱胚'名声，是我的恩人，对我也是百般的好，可是一到了床上，他不是想着传宗接代，就只图自己发泄。这头公猪硬是不让我的肚子闲着，不许我过一天轻松日子。要讲快活，终生也只有过一回。那一回儿子生病，我进山采草药跌坏脚，伤得并不重，只擦破点皮，我怕大奎又来烦，那夜上了床，就骗他说扭了腿筋，不能行房。大奎心里是真的疼我，可又憋不住，总算没有强来。这个蛮种发起邪火来，转个身子衣角都能打翻人，我一辈子还没有见他这般温存过，先是给我按摩，又从上到下的亲我，撩得我浑身热辣辣的烧了起来。他的蛮劲又来了，什么也顾不得了，一翻身就扑到了我身上。我算是头一回尝到做女人有这档子快活事，忍不住哼哼唧唧叫起来，自己也不晓得为啥一口咬住他的脖子。你说怪不怪？当夜他并不觉着痛，完了事就像吃过一顿酒宴，咂咂嘴转过身子就睡死了，呼噜打的像滚雷响，第二天才让人看到脖子上的两排血牙印，村里人一下子当作笑话传了开来。这头公猪回到家，二话没说就扇了我一个大耳光，还骂我骚货不要脸。不晓得到底是谁个不要脸！那一回，我刚好给小孩断了奶，便又有了身孕，又得流血流汗流眼泪。那年冬天特别冷，我要做家务还要给小孩洗尿布，两只手生满冻疮，就像烂番薯一样，后来新添的小孩又死了。从此，吓得我都不敢碰男人，男人真是没有几个好东西。大奎算是个好男人了，在这件事情上也不会体惜女人。你说当女人苦不苦？真是苦透苦透了哇！”

刘青燕又沉默了。她不知道说什么好。

黄阿莲说话是有瘾头的，有话不说出口，夜里睡觉就会磨肚皮，一开讲要是没人听，就不舒服，就觉得遭到了冷落。她见阿燕没有反应，便摇摇她的肩胛，问她是不是睡着了？阿燕明明醒着，却不做声，黄阿莲就老大不高兴地嘟哝起来了："日里讲到夜里，菩萨还在庙里。你不爱听，算我白费口水了。"

"听着呢，真的。"阿燕小声说，带着一点歉意。

"莫要责怪自己了！"黄阿莲继续往下说，坦诚直白，荤素不忌，一点都不拐弯抹角遮遮掩掩，"我这一生，跟男人在床上也就有过一次快活，往后我宁可不要这种快活，也不想跟男人上床了。臭男人算什么东西？我才不相信，女人少了他那么点麻雀就活不成啦！女人都是一样的，碰上阴阳不调，自己关照自己，不偷汉子，不当婊子，不害别人，无论怎么讲都不能算罪过，菩萨也会原谅的。多少男人乱轧姘头乱播野种，害了多少女人？有财有势的男人，家有三妻四妾还要捞野食，永不餍足，世道不公啊！"

刘青燕依旧不说话，眼泪却又流了下来。

黄阿莲硬拉她起床，逼她趁热喝补汤，一边又说："都以为我一个堕民女子嫁给大奎多么有福，我是拿吃苦当作进补呵！女人嘛，嫁鸡随鸡嫁狗随狗，活着是他的人，死了才是自家的坟。男人的心像深潭，有心事总爱沉在潭底；女人的心像活泉，有心事总是藏不住的，有苦有甜有冤有恨都要吐出来才舒坦，不找人讲讲，就会活活憋死。快洗洗手趁热喝汤，喝完汤，我阿莲婶乐意听你讲讲心事。"

当丫头会叫妈妈的时候，刘青燕才真正体验到做母亲的一种特殊情感，正像人们常说的那样：孩子是妈妈身上掉下来的肉。不足月就出世的丫头尽管不壮实，但终究一天比一天鲜活，眸子漆黑明亮，在吃奶的时候，总爱盯着母亲的脸，好像在说：妈妈是我最亲的人，等我长大一定好好孝顺妈妈。

刘青燕在心中默默叹息："造出一个小毛头，多么不容易，男人为啥可以随便乱来呢？倘若眼下的丫头长大以后，知道自己的来历，叫她怎么有脸见人？"想到这里，泪珠就嘀嘀嗒嗒地落到了丫头的小脸蛋上，惊得丫头的眼睛一眨一眨。

出自一个小小的发现，勾起了刘青燕的沉沉怨恨。

半个月前，在给丫头洗澡的时候，黄阿莲撩起她后颈的头发，露出了她左耳朵后面的一颗黑痣。当母亲的早就见过这颗痣，原来并不在意。而恰巧在这个时候，一对双胞胎侄女儿在一旁逗婴儿玩。彭美庭见到丫头的黑痣，就大声嚷嚷了起来："啊呀！好稀奇啊！我耳朵背后也有一颗痣，妹妹的耳朵背后也有一颗痣。"

彭丽庭用她的小手扳过自己的左耳朵，也跟着嚷嚷："婶婶看，真的！真的！长在同样地方哩！"

刘青燕分别捧过阿美和阿丽的头，细细察看了两人的黑痣，眼前突然金星乱舞，差一点要昏过去。

彭美庭又十分骄傲地说："我阿爹也有，也在左耳朵背后，一样一样的。妈妈讲过，我们两个都是阿爹的种，赖都赖不掉的！"

双胞胎姐妹越说越来劲，黄阿莲急忙撸撸丫头的后脑勺，用头发遮住了黑痣，小声呵斥两姐妹："瞎喳喳啥！丫头长了鼻子，阿美阿丽不是也长了鼻子吗？一颗痣有啥好大惊小怪的？莫要到处去乱讲。"。

"黑痣跟鼻子不一样的，不是人人都有的。"阿丽歪着头申辩。

"一样的黑痣长在一样的地方，太稀奇了！"阿美仰着头申辩，"这样稀奇的事，为啥不好讲？"

在名份上，彭美庭和彭丽庭是丫头的堂姐姐，她俩意外地发现丫头耳后也长了一颗相同的黑痣，就像拣着了金元宝，兴奋异常，蹦跳着跑开了，一边还倔强地宣告要到处去讲这件稀奇事，这倒让黄阿莲犯起了愁思，自言自语道："小事情怕会惹出大麻烦来呵！"

童言无忌。两个女孩子的话，就像焦雷一般灌进刘青燕的耳孔。遗传的力量太神奇太强大了，一颗黑痣，竟然也成了播种人的印记，这给刘青燕无疑又是重重的一击。她马上清醒地想到，这是一个耻辱的符号，会牵连到许多人，一对双胞胎堂姐姐已经知道了，想瞒都没法再瞒，往后的日子还怎么过？夫家和婆家两家人的面子，该往哪里搁？和亲，和亲，和得一塌糊涂，岂不要让人笑掉大牙？岂不要折磨死人？弄得不好再打人阵，不是更有理由了吗？

一颗黑痣引起的刺激，触发了刘青燕童年的野性，使她忘记了一切神圣的道德说教。她觉得再也不能没完没了的流泪悲伤了，她需要行动，需要报复，需要让作恶的人知道，兔子逼急了也会咬人。可是，她又明白自己终究是个弱女子，没有孙悟空那样的本事，因此，她又需要耐心等待机会，需要认真寻找报复的方法。

初夏的山区，气候多变。刚刚还是风和日丽，一下子起风了，乌云翻滚，暴雨就要来临。黄阿莲进竹园挖笋去了，彭永骅也跟了去，刘青燕只好自己下楼，去收起晾在院子里的尿布。

刘青燕来到院子里，恰好一阵狂风卷过，在围墙里打了个旋，刮起的尘土扑到她的脸上。她感觉到双眼一阵刺痛，知道进了灰沙，一时睁不开，又不敢用手去揉，想等一等，让自动流出的泪水把灰沙冲掉。此时，楼上传来了丫头的嘶声啼哭。她想起来了，就为了爱听风铃响叮叮，窗门还大开着。阿莲婶每次出门的时候总不忘交待：丫头的身子单薄，千万莫要让她着凉了。刘青燕正打算闭着眼睛摸着上楼去关窗，给丫头盖被子。不料，随着丫头的啼哭声越来越尖厉，惹起她心中的一阵狂跳，脑子里突然冒出了一个令自己都感到吃惊的恶念：既然可怜的丫头命里注定要吃一辈子苦，还要连累许多人为她蒙羞背黑锅，那就趁她还不识苦味的时候，早早掐断这棵苦苗苗，岂不干净利落?！想到这里，刘青燕浑身一软，便一屁股坐倒在地，双手捂着耳朵，隔绝婴儿的啼哭，径自哀哀恸哭了起来。哭着哭着，几次站起来想上楼，又咬紧牙关坐下继续恸哭。

不知道哭了多久，有人拍她的肩膀。她抬起头，眼睛可以睁开了，滔滔泪水果真冲掉了进入眼眶中的灰沙。站在她身旁的是婆婆陈银凤，一脸都是疑惑和责备。

“怎么一回事啊？丫头哭得这样厉害还听不见？她蹭掉了被子，在风里吹着，浑身都冻得发紫了。”

“我下楼收尿布，狂风把泥沙刮进眼里，一时头晕……”刘青燕支吾着，立起身来，侧耳听听，丫头的啼哭已经停止。

大颗大颗的雨滴从天而降，噼啪有声地砸落到屋瓦上和地面上。刘青燕蹒蹦着冲到晒衣绳旁，收下本来干透了又淋得半湿的尿布，随陈银凤踏上楼梯。

房间里，窗门已经关上，风铃不再响叮叮。傅灵芝用脚踩动摇篮，给哭累了的丫头掖好被子，擦去眼泪鼻涕。丫头还在抽噎，脸色异常苍白，呼吸也有些短促，证明这个脆弱的小生命，实在经不起一点点风寒的侵袭。

刘青燕放下手中的衣服和尿布，抱起丫头，解开衣襟给她喂奶。丫头转过脸，不想吃，却抬起疲倦的眼睛望着母亲，好像觉得很陌生似的，什么表情也没有。

“我下楼收尿布，狂风把泥沙刮进了眼里，一时头晕……”刘青燕讷讷地重复着刚才的话。

陈银凤瞟了一眼刘青燕，显然识破了她正在掩饰罪疚的心情，也不知道该责怪谁好，只是轻轻地叹了一口气，便拉起傅灵芝，一同走出了房间。

一个星期后，暂名“丫头”的早产儿死于急性肺炎。刘青燕抱着死婴一天一夜不肯撒手。最后，彭谨祥嘱咐黄阿莲趁她半睡时将死婴夺下，让彭瓦土偷偷地埋进了坟地。

刘青燕在失去女儿后的头两天，不吃饭也不说话。从丫头患病后，彭永骅一直睡在黄阿莲的房间里，他不知道丫头夭折，老是问：“丫头呢？丫头哪里去了？啥时候回家来呀？”问得刘青燕更加伤心。彭谨祥和陈银凤怕阿燕一个人太孤单，更怕她自寻短见，就命阿芳住进了她的房间，给她讲故事，放留声机，好劝歹劝，情形才有了些好转，开始吃饭和说话了。可是她说出的头几句话，却叫阿芳听了大吃一惊。她说：“我总算报了仇，把阿骝的孽种灭了，哼哼，好痛快！”

随后，刘青燕又央求彭永芳给她买砒霜，央求黄阿莲给她进山去采毒八角，说要毒死阿骝，毒不死阿骝就毒死阿庭阿美阿丽三兄妹，灭光他的孽种。黄阿莲还发现，阿燕在睡觉的时候，还常常将脑袋往红木床架上狠撞，吓得阿骅吱哇乱叫；她还用绣花针扎自己的手背，扎出一颗颗血珠，一边咬牙切齿骂自己：“黑良心！下作胚！不要脸皮！让你坏！让你贱！”

可怕的迹象表明，刘青燕已经到了精神分裂的边缘。彭谨祥和陈银凤向彭汪氏禀报了实情，一同商议了应对办法。三位长辈都说阿燕太可怜，无论是为了救她，还是为了不让致病的真相败露，更为了防止她报复造成更加严重的后果，定要联合亲家，一同出钱出力，赶早为她治疗。刘家梁和姚素娟夫妇斟酌再三，也赞成了彭家的提议。刘家梁说，阿燕再一次去上海治病，不免又会有闲话，两害相权取其轻，即使谣言再厉害，也只好在所不顾了。姚素娟哭着说当初和亲害苦了阿燕，我卖光首饰都愿意为她治病。两家的主意定下以后，立刻就安排阿燕启程。恰好刘世璋经常跑上海，便由他护送着阿燕，再度投奔季炎如和夏惠子夫妇家，去请德山方浩医生继续诊治。临行前，彭永芳写了一封长信，让刘世璋带给阿骏，信中详细地介绍了阿燕的各种症状，让阿骏转告夏惠子和德山医生，用作治疗和护理的参考依据。

第二十四章
光明！光明！光明！

刘青燕再次走进了一年多前来过的日本医院，依旧是由夏惠子陪着来的。此时，德山方浩医生已经从副院长升为院长，仍兼着内科主任。事先，夏惠子跟德山医生通过电话，报告了刘青燕的病况变化。德山医生嘱咐说，需要给病人重新做一次系统的常规检查。

跟一年前的那次检查比较起来，这一次检查显得顺利多了，需要宽衣解带的时候，刘青燕不再害羞，不再从体检床上逃下来，不再需要别人又劝又哄又吓外加动手动脚才得以就范。等检查完毕，夏惠子还把彭永芳的信作为附件，托护士连同检查报告一并交给德山医生。

当德山方浩研究了全部检查报告和彭永芳的信后，又一次在自己的寓所接见了刘青燕。因为刘青燕是由他的世侄夏惠子陪同来的，所以，他把刘青燕既当作病人又当作客人。

静悄悄的夜晚，柔和的灯光，软软的沙发椅，喷香的龙井茶，整个气氛都是让人感到非常惬意的。德山医生开头根本不谈病，却蛮有兴致地打听天螺湾的风土人情。刘青燕起初不说话，后来问一句答一句，再后来在夏惠子的催促诱导之下，她的话才渐渐多了起来。德山问了葫芦乡百姓是怎么过中秋节的，说自己的日本家乡也过中秋节，只是称作“月圆节”，节日晚上，全家人团聚在院子里，用瓜果、寿司、饭团等等食物供起来拜月，感叹两国的民情风俗是多么相像啊！

说到月圆节，夏惠子就回忆起了自己在东京过盂兰盆会的情景。盂兰盆会是日本全民族在夏天的一个重大节日，男女老少都高高兴兴地载歌载舞，又吃又喝，好开心！

“盂兰盆会也叫盂兰节，在中国也称中元节。”德山说，“日本的盂兰节，也是从中国传过去的，可是到后来，两国百姓过这个节日的情形，就大大的不一样了。阿燕小姐倒说说看，你们家乡是怎么过盂兰节的？”

“阿燕快说，当故事说。”夏惠子催促，“德山医生是很爱听中国故事的。”

刘青燕说："我们家乡过中元节，倒有点悲伤。家家户户都要祭祖迎饿鬼，天黑以后，小孩子手提莲花灯，排起队到处走，一边走一边唱莲花谣，把饿鬼迎回家。相传很早的时候，目莲的母亲天天要吃羊羔，先用炭火把羊羔一回回烤得口渴难忍，一回回让它喝酱油和醋，等把羊羔折磨死了再烤来吃，味道就特别鲜美。后来阎罗王罚她死后进饿鬼道，儿子目莲去送饭菜，饭菜一进嘴巴就化成火炭，让她永远挨饿。所以过中元节是为了不让黄泉下的饿鬼挨饿。"

德山笑了，"同一个盂兰节，本来是为了救赎杀生的祖宗灵魂，告诫后人不要贪婪；可是到了日本，怎么就变成狂欢节了呢？"

"还不是因为神道教的教义作怪啊！"夏惠子说，"神道教相信不管什么人做了鬼，不管好鬼坏鬼，一概都能变成神，所以过盂兰节，也就丢掉了原来的本意。"

从闲聊民情风俗过渡到治病，就有点潜移默化的感觉了。德山随即说："跟阿燕小姐聊聊天，真是蛮愉快的。这回相见，阿燕小姐瘦是瘦了一点，不过精神还是不错啊，记性也很好，看不出有大的问题。你惠子阿姨在电话里跟我讲过，你回乡后这一年多，受到不少折磨，能够挺到现在，真不容易！"

"真不容易！真不容易！"夏惠子由衷地夸赞，眼圈都红了。

德山继续说："阿燕小姐这样年轻，健康的根底相当好，碰到不幸，既然抵抗不了，就必须想开一些。日本人都能够把中国人纪念饿鬼的节日，变成无忧无虑的狂欢节，不也是一种挺有趣的活法吗？"

"说得对啊！"夏惠子简直像个啦啦队员，不忘及时为德山医生鼓劲，为的是让刘青燕对德山医生增加信任。

"一定要乐观！"德山医生郑重地说，"给野兽咬了一口，就得赶快治好伤口，不能让伤口老是流血不止。好了伤疤就该忘了痛。忘掉那些压得你喘不过气来的东西，就像剪掉树上的枯枝。"

刘青燕抬眼望望面前的长者，发现他额上的皱纹好像比一年前更深了，贮存的慈爱也更多了。当她重又垂下眼帘的时候，两行热泪便挂下了脸颊。紧接着又用双手掩住面孔，嘤嘤地哭了起来。看得出，她此时的哭，不只是悲伤，还有感动。

德山把刘青燕领进盥洗室，要她用冷水洗个脸，提一提神。等德山医生回到座位上，夏惠子就急忙用日语问："阿燕的病情到底怎么样？严重不严重？"

"放心，不严重。"德山明确回答，"体检项目一切正常，跟上次不同的，仅仅不再是处女，并且有过生育史，称得上少妇了。如果她小姑在信中所说的情况属实，那末，她的病情能够维持在眼下的水平，也就十分难得，说明她前一段在上海的治疗休养，成绩相当不错。突发的非理性意念和行为，包括恶毒的诅咒和残忍的自虐，属于一种宣泄，即使正常人在受到巨大刺激时，也会发生，不必看得太可怕。”

“下一步该怎么办才好？”

“观察下来，她的病况还只是量的变化，没有质的变化。除了给她增开两种新的药品以外，基本还是按照去年的方案继续治疗。当然，临界状态必须特别小心，在心理调节方面，如果……”

“如果什么？请德山伯伯直说吧！”

“设想一下，如果能够给一个年轻女人理该享有的一切，那么她就可能恢复成一个正常的幸福女人。”

夏惠子点了点头：“我知道德山伯伯说的意思。不瞒您说，我和炎如君也是这么想的呀！”

德山说：“当然，这很难。这个问题关系着社会病源，正是她发病的主要根据。所以需要因势利导，避免轻率从事。不过，我觉得总体上可以采取积极态度，让她鼓起信心，看到希望。”

夏惠子说：“明白了。”

等刘青燕走出盥洗室，德山就给她的茶杯里兑了热水，动手为她开处方，一边笑道：“阿燕小姐要是能够像你惠子阿姨就好了，永远不知道啥叫苦恼，就像她先生说的那样：每一天都当节日过。”

夏惠子咯咯地笑着说：“我是傻呀，没心没肺呀，所以炎如君总说我永远十五岁，长不大呀！”

德山大笑。刘青燕忍不住也笑了起来。

“看你笑起来多么美丽啊！”德山写完处方，连同病历和彭永芳的信，交给夏惠子，盯着刘青燕的眼睛说，“但愿你下一回再来我家的时候，不是来看病，而是来做客，好不好？”

刘青燕迟疑了一下，说：“好的！”

相隔一年半，刘青燕觉得季家有些陌生了。物价在上涨，由季炎如主编的报纸销量下降，全体员工的薪酬减半，而季炎如却比以前忙碌了，应付版面的文章还得写，研究的课题不能停，为了增加收入补贴家用，他还在一所大学里兼了个客座教授的差事，常要出门上课；夏惠子应聘当了一位偏瘫老人的护理士，每周上门两天，有事随叫随到；彭永骏因为心神不宁，业务上出过差错，又多次为私事请假，已经被洋行解聘，眼下干的只是临时性的杂活，为几家公司翻译英文资料，把主要精力放在出洋留学的准备工作上面。三人各忙各的，凑在一起说说笑笑的机会就少了。费尔曼和柯爱这两位西洋朋友也不常来串门了，彭永骢更是电话也难得打一个。还好夏惠子的开朗性格没有变，只要夏惠子在家，刘青燕就不会感到寂寞。

夏惠子按照德山医生的嘱咐，除了监督刘青燕的药物治疗以外，还让她恢复过去的调理计划。

一切布置停当，夏惠子问："又要把你拨弄得像马戏班里的小猴子了，愿意吗？"

刘青燕爽快地说："愿意。"

夏惠子又一次想把丈夫赶到书房里去睡觉，自己和阿燕同住一室。阿燕拒绝了，她说我现在比去年好些了，不怕一个人睡觉。还说惠子阿姨和炎如叔叔这样要好，也不能老是让你们两个分开的。

刘青燕独个儿睡到了和室里。每天一大早，夏惠子起床后，总要走进和室，看看阿燕睡好了没有，及时叫她起来锻炼身体。阿燕通常都起得很早，从不睡懒觉。这一天清晨，当夏惠子来到她身边的时候，发现她还躺在被窝里，正用手绢抹眼泪。夏惠子问她，是不是又想起过去的倒楣事了？

"我一夜都做噩梦……"刘青燕哽咽，"我梦见了女儿，她长牙齿了，咬我的奶头，还尿湿了我的衣裳……过一会儿又梦见她学走路了，摇摇摆摆的，老跌跟斗……"

夏惠子按照日本女人的习惯，在榻榻米上跪坐下来，温柔地说："你为女儿难过，我懂。我也做过一回不成功的母亲。当年，从东京回上海的轮船遇到风暴，我怀孕不足五个月的胎儿流产了，那时我十九岁，也是头一次怀孕，小东西是我和炎如君两人的爱情结晶，名字都取好了，就叫'爱晶'……"

说到这里，夏惠子哽咽了。等情绪略为平静一些后，又说："小东西还没有成型，我哭着恳求随船的医生让我看一眼。看到那个半透明的肉团，我差一点昏过去。我虽然放弃神道教改信了基督教，一时还真恨不得按照日本的风俗，把死婴带回家乡，葬到水子寺庙里去，做个超度法会，痛哭一场，好对得起这个还未孕育成熟就夭折的小生命。”

“水子寺庙是啥样的寺庙啊？”刘青燕问。

“在日本，很多地方有水子寺庙，是专门用来焚化和供奉死婴的。”夏惠子解释，“‘水子’就是指在娘胎羊水里的婴儿，古来就按日本字源叫做‘水子’。我刚上大学的时候，曾经去水子寺庙里看过，真让人揪心啊！那种地方，一眼就能看出母亲和孩子的血肉感情。有的母亲自己还没有成年，带着打胎出来的死婴去火化，当场哭得晕倒。我还亲眼看到有个母亲把死婴的眼睛挖出来，囫囵吞到肚子里去，就为了让婴儿的灵魂，永远看着妈妈在心疼着苦命的小宝贝。”

刘青燕打了一个寒噤，“我也是，孩子活着的时候，怨她是孽种，等孩子死了，又心痛得要命要命！”

“母亲和孩子总是血脉相连的。”夏惠子深深表示同情，闭了一下眼睛，两颗大大的泪珠就滴落到了刘青燕的手背上。又说：“当我看到死婴的时候，难过极了。轮船航行在汪洋大海中，不能把小东西安葬到家乡的水子寺庙里去，才不得不抛进大海。炎如君劝我说：也好！让我们的爱晶永远不离水，成为永远的‘水子’，就做一个大海里的‘水子’吧……”

刘青燕第一次听说惠子阿姨的这个经历，几乎哭得喘不过气来。她是为自己和惠子阿姨的不幸一哭，也为天下的不幸母亲一哭。

“别哭了。”夏惠子安慰说，“你的心情我能理解的。我也常常做梦，也是一次又一次从梦中哭醒。有时候梦见死婴活过来，睁开眼睛叫妈妈，有时候梦见我的爱晶突然长大了，可爱得像天使，生着一双翅膀，能飞，我就让他飞过大海，飞回故乡，去认一认外婆的坟。那次风暴航程中的流产，使我永远当不成母亲了。而你，比我幸运，还有做母亲的机会。我的教友们常说：上帝没有时间照顾到每一个人，所以创造了母亲。爱，是女人的天职，从小妈妈就是这样对我说的。妈妈生了病，爸爸天天喝醉酒，还打她骂她，她还是爱爸爸，爱爸爸也是为了爱我，任劳任怨把家务管得好好的，直到病重了躺倒在床上，爸爸还给了她一个天下女人最难忍受的折磨——看上了别的女人。”

“惠子阿姨的妈妈真可怜！”

“女人天生有一颗做母亲的心，做不成母亲也愿意像母亲一样去照顾她心爱的男人。我相信你也会这样的。眼前的责任，先要把你自己照顾好，早一点恢复健康。”

刘青燕擦干了眼泪，迅速钻出被窝，起身穿衣，准备晨练。她无意中瞄到墙边的几个布娃娃，心中怦然一动，好像恍悟到什么，愣了一下。

“现在你明白了吧，我为啥这么喜欢做布娃娃？”夏惠子说，“我爱孩子又没有孩子，炎如君又反对领养孩子，开头我常常把朋友家的娃娃借回家来玩几天，可是等送走的时候总不免赔眼泪。后来炎如君就劝我做布娃娃玩，爱做几个做几个，爱让他长成啥样是啥样。从此我就做起了布娃娃。做得漂漂亮亮的，不光自己欣赏，还赠送给我的好朋友。我就是想忘掉悲伤创造快乐呀！一个想做母亲又做不成母亲的女人，也可以成为布娃娃的母亲，不也挺好吗！”

当刘青燕卷起被褥的时候，从枕边落下一个小布包。布包散开了，叮叮声中，露出一个精巧的黄铜风铃，还有一封信。信封上写着“请阿芳收转”五个字，分明是彭永骏的手迹。

刘青燕红了脸。夏惠子说：“你不必害羞。阿骏无论做什么事，对我和炎如叔叔都不隐瞒。这个小风铃，是我陪他上街买下的；他这次去天螺湾让阿芳转给你一封信，也告诉我了，信里写的话我还记着哩：‘阿燕：我们两人相爱是光明正大的，只要坚持就能胜利。有志者事竟成。阿骏。’对不对啊？”

刘青燕的脸更红了，一直红到脖子，喃喃说：“阿骏是在说梦话哩！再说，我也是配不上他的。”

“既然这么说，那你为啥还要带着他的信和风铃呢？”

“我只是看重阿骏的心意。能够把他的心意藏在自己身边，也就够了。”

“不够的，不够的。你对阿骏老是不理不睬，怎么对得起他的一片诚意啊？”

“他顶多只是觉得对不起我，可怜我，一个城里的大学生，怎么会喜欢一个乡下女人呢？还是一个嫁过人的乡下女人……”

“你不要老是这么想。开头的时候，阿骏确实只是觉得对不起你，可怜你，很快就觉得你可爱了，不但长得漂亮，而且聪明、善良，爱学习，纯洁得像深山里的兰花一样。他已经真心爱上你了。他总是说你把他当刺毛虫，见他就躲。下回不许这样子了，好不好？”

刘青燕的眼中汪起了泪水，却依旧不肯点头。

吃过早餐，夏惠子蹑手蹑脚地走进彭永骏的小房间，用非常神秘的口气对他说：“阿骏啊，有个‘重要情报’告诉你。阿燕这次到上海，把你送的黄铜风铃也带在身边，偷偷地藏着枕头底下哩！”彭永骏几乎不敢相信，追问：“是真的吗？”夏惠子说：“我干吗要骗你？还有你那封让阿芳转交的短信也放在一起，我可是亲眼看见的。”

彭永骏的眼睛放光了，呼吸也急迫起来。他互握起双手，使劲搓捏着，陷入了沉思，好像在掩饰心中的激动，也好像在酝酿什么重要的决定。随即，他就匆匆出门，到书店买回一本装帧非常精美的小书，是一本白话体的抒情诗选，在扉页上题了一行字："心里话儿自有诗人代我说。"托夏惠子转交给刘青燕。

夏惠子讥笑道："男子汉，就这么点勇气啊？"

彭永骏回答："还不到火候嘛！"

第二天，夏惠子拉着刘青燕上街，乘有轨电车到了外滩站头，一下车就遇上了彭永骏。夏惠子高兴地说："太巧了太巧了，我正好有点事要办哩！"就把阿燕托付给阿骏，说："去年阿燕在上海，没有顾得上好好看一看外滩，这回你就陪她在外滩玩玩吧，随后一道回家，要是让阿燕走丢了就找你算账。"

"没问题。"彭永骏豪气冲天地说，"就是丢了我自己，也丢不了阿燕。"

刘青燕当然明白这是故意耍弄的一个花招。不过这一次她不想违拂惠子阿姨的好意，决定听从摆布。

等夏惠子离去后，彭永骏就领着刘青燕在人行道上溜达起来。两人好一会儿没有说话，都觉得挺别扭。

"那本诗选在看吗？" 彭永骏先开口了，"白话诗很容易看的，跟说话差不多，相信你能看懂。"

"城里的读书人就是多鬼心眼，有话自个不说，让书本代说。"刘青燕低下头回答。

"你不让我当面跟你说嘛！不让书本代说怎么办？"彭永骏胸中有气，语调中带着明显的责怪，"你总是把我当成刺毛虫，我真的就那么可怕吗？"

彭永骏说罢又后悔，望一眼刘青燕，见她满脸的委曲样儿，便靠近身去，想拉起她的手，表示一点抚慰。不料，她竟一扭身蹿前几步，超越一拨行人，把彭永骏丢到了身后。

刘青燕随即又放慢脚步，想等彭永骏追上来。左等右等不见彭永骏，心中不禁咯噔一跳，就地立停，四处张望。在络绎不绝的陌生行人中，居然不见了阿骏的身影。刘青燕知道这是阿骏在有意报复她，想喊又忍住，这一喊，不但要在众多行人面前丢人现眼，刺毛虫还更要翘尾巴了。她一赌气就往回走，电车站就在不远处，不信没有阿骏领路就回不了家。

刘青燕迅速找到了回程的电车站。这是她头一回单独在大上海闹市区走的一段路，胸中不禁怦怦乱跳。电车还没有来，只好站在路旁耐心地等候。这时候，忽然从电线杆后面闪出一个人来，正是彭永骏，一脸的坏笑。

一股怒火从刘青燕的胸中冒起，烧红了她的面庞。她双眉紧蹙，猛的转过身，给了彭永骏一个冷背。

彭永骏拨过她的身子，笑道：“你不是总说我们俩走不到一起吗？我知道你会来找我的。”

刘青燕哼了一下鼻子，“皮厚！谁跟你走到一起了啊？谁找谁啊？我是找电车站，才不找你哩！”

“反正我俩又走到一起了，我想甩都甩不掉你。”

“你坏！你坏！”

“坏倒不坏，谁让你不睬我呢？小狗小猫没人理睬都要难过的。”

“你存心欺侮乡下人！”

“我自己本来也是乡下人，哪会欺侮乡下人？你不怕别人欺侮，敢走自己的路，连刺毛虫都怕你哩！”

刘青燕抬头望着彭永骏的双眼，戏谑的话语掩盖不了眸子中的深情。她顿时有一种冲动，真想扑进彭永骏的怀里去。可是，正当彭永骏张开双臂的时候，她还是稳住了自己的脚跟。

“阿燕，对不起！”彭永骏收敛起调侃的神色，喃喃说，“刚才我不该捉弄你。不过我一直在盯着你的身影，绝对不会让你走丢了的。我们俩到底能不能走到一起，总得要走起来看呀。走吧！”说着，坚决地牵起刘青燕的手，奔向行人比较稀少的江滨码头。

二人在一处石阶上坐了下来。黄浦江正涨潮，涌浪在岸边噼啪作响，溅起白色的浪花。码头旁停泊着各种船只，有新式的小火轮，也有帆船和小舢板。在涌浪中，所有船只起伏晃荡着，缆索发出吱吱嘎嘎的叫唤。对岸是浦东，除了少数楼房，便是一片田野，靠东岸的水域，还有渔民在用原始的兜网打鱼。

面对开阔的江面，望着粼粼波光，彭永骏的情思汹涌了。让书本代言终究不能尽意，他有许多话要直接对阿燕说。

“我在天螺湾的时候，你死都不肯见我。我让阿芳转给你的信，就二十几个字，可字字重千斤，都是我的真情，你看了也不吱一声。你到底是怎么想的？”

彭永骏说着，挪了挪身子，向阿燕靠拢了一点，有心想逼她回答。阿燕却向一旁移了移，使两人继续保持原有的间隔。她长久地沉默着，紧闭嘴唇，不说一个字。

“你再不说话，我就要跳江了！”彭永骏突然伸出双手将她的脸扳转过来，带着一种愤怒的神情逼视着她的眼睛：“你到底要我怎么样才能证明自己的真心？我就这样不值得你相信吗？”

刘青燕狠狠地推开彭永骏的双手，说：“不是我不相信你，是我配不上你，永生永世配不上你了，你趁早死心吧！”

“为什么？为什么？”

“还用问吗？我本来就算有夫之妇了，如今更是让人糟塌过的贱女人了，我不干净了！我不干净了你懂不懂啊……”

刘青燕越说越激动，泪水盈满眼眶，反射着江中闪烁的波光。说到后来，她的话语就被呜咽吞没了。

“这难道是你的错吗？”彭永骏也声泪俱下，“你的所有事情，阿芳统统都告诉我了，你的遭遇只能让我同情，只能给我增加责任，你懂吗？有什么配不配的！你我真心相爱就是配。我再说一遍：我就是要娶你，非你不娶。”

“你真傻！我是为和亲才嫁到天螺湾的呀！我是你嫂子呀！你真要娶我，两村的堂宗都要管，夫家娘家都会不得安生的呀！你再要逼我，该跳江的是我不是你了，你饶了我吧！等下辈子为你自己相亲的时候，再来找我吧……”

简直像是血泪控诉了。彭永骏再一次捉住她的双臂，摇撼着求她冷静。刘青燕却挣脱彭永骏，跳起来，后退几步，失声痛哭了。几个码头工人经过他俩身旁，停下脚步，七嘴八舌地嚷嚷说：小两口要吵架回家吵去！黄浦江边可不是吵架的好地方，免得一上火就往江里跳，救人捞尸体的倒梢事，又得落到我们身上。这么年轻漂亮的一对，来日还长着呢，快快回家吧，长辈们都会急死的！

彭永骏连忙推搡着刘青燕往回走，一边轻声劝说：“你的想法，不但我和阿芳清楚，炎如叔叔和惠子阿姨也清楚，几次商量过，都说只要你有信心，把身体养好了，可以等，一定能等来好结果。”

刘青燕渐渐停止了啜泣，却没有任何欣慰的表示。阿骏再想拉她的手，她还是躲开了。彭永骏十分沮丧，叹道：“究竟要到什么时候，你心中的篱笆才肯拆掉呢？”

快过年了。过的是辛亥革命胜利后的第十九个新年，也就是宣称北伐胜利和南京国民政府成立以来的第三个新年。

元旦就要到来，街上的喜庆气氛日渐浓烈。党政机关和学校团体奉命张灯结彩，加紧准备各项欢庆活动，到处贴出辞旧迎新的红绿大标语，无数商店布置了商品大减价的广告牌；许多报纸刊登文章，话别当年喜迎来年。不幸的是，无论多么响亮的赞歌，都难以掩盖遍地悲吟。这一年，南方军阀重开战，打得你死我活，生灵涂炭；当局又调动三省兵力，“围剿”游击于闽赣两省的红党，顿时烽烟滚滚，戾气冲天；北方遇大旱，黄河流域各省背井离乡四出逃荒的难民，多达三千四百万人。这一年，人祸加天灾，民不聊生。人们哀叹：“王小二过年，一年不如一年。”

元旦前一周，季炎如出席了难得召开的报馆董事会。董事长用恳求的口气，要他赶写一篇迎接新年的社论：“市政府专门打过招呼了，让本市有影响力的各家报纸为国分忧，多多美言几句，着重讲讲北伐胜利和民主建国的伟大成果，预祝来年政通人和，国运昌盛，以便安抚民心，激励士气。”

季炎如苦笑说：“记得历史上隋炀帝杨广即位后的大业六年，也是天灾人祸民不聊生，却偏要粉饰太平，下令把京都洛阳装扮一新，用锦缎缠到树上，命百姓都穿新衣，还请外国商人到京都来观光，歌舞宴饮，真是骷髅涂胭脂死要面子。哪晓得第二年起各地农民就相继造反，隋朝眨眼间就土崩瓦解了，这个短命王朝前后只历二帝，总共才撑了三十八年……”

“打住！打住！”董事长急忙扬手叫停，“季夫子你就算帮帮忙，好歹辛苦一番，照着上面的要求写出社论交差拉倒吧，只求场面上过得去，少惹麻烦。戳人心境的话就不要写上去了，免得过不了稽查关又开天窗，闹不好还会遭牢狱之灾，犯不着的。”

与会者异口同声地附和董事长的话，为报纸的命运和同仁们的生计着想，纷纷央求快笔季夫子开恩做违心文章，应景救急。

真情难却，季炎如只得回家开夜车。憋着一股窝囊气，思路凝塞，熬到半夜，只写出几句连自己都读不顺的蠢话。这时候，就听得隔壁卧室里传来夏惠子的叫唤声：“炎如君，你怎么还不睡啊？我冷！”

“冷就冲个热水袋焐焐吧！”季炎如没好气地答腔。

“不！我要炎如君这个大热水袋嘛！”

“不要发嗲，我正忙着。”

过了一会儿，夏惠子来到书房。她披着棉衣，手里捧着热水袋和饼干盒，见到丈夫一手握笔，一手拿烟，吞云吐雾，紧皱着眉头，就心痛了。

“一个秀才写文章怎么会这样难呀？真的比女人生娃娃还难！”说着，就把饼干盒放到丈夫面前，把热水袋搁到丈夫膝盖上。

“女人生娃娃是肚里有，我写文章是肚里没有啊！”季炎如长长地叹了一口气，“叫我写粉饰太平的狗屁文章，这年头哪里去找国泰民安歌舞升平的好事，今年没有，明年后年也不会有，哄人的鬼话叫我怎么写得像样？真正难煞老夫也！”

正说着，有人敲门，是阿燕送来了一碗热腾腾的汤圆。

季炎如诧异地睁大眼睛，“哎！半夜三更下汤圆多麻烦！”

“不麻烦的。”阿燕腼腆地说，“白天做好的汤圆，在煤气炉上烧个开，很方便的。”

夏惠子说：“这可是阿燕的好手艺，地道的浙东山乡风味，比饼干好吃多了，快趁热吃吧！”

季炎如推开饼干盒，捧起汤圆碗，水蒸气模糊了眼镜玻璃，干脆脱下眼镜，贪婪地吃起了汤圆，连连赞叹好吃好吃！他意识到自己的吃相不雅，便说：“你们俩看着我吃多难受啊，快睡觉去。”

待阿燕一出门，夏惠子说：“炎如君的福气多好，有两个女人侍候你。”

季炎如说：“是啊是啊，两个好女人一冲和，把我写狗屁文章的窝囊气也冲掉了一大半。”

夏惠子一点睡意也没有，又唠叨起书房里的空气如何如何不好，教导丈夫要少抽烟多开窗讲卫生，惹得季炎如突然厌烦起来，弹出了眼珠，“你少唠叨好不好？唠叨得我连男子汉的感觉都没有了。”

夏惠子笑道：“那你就打我两下吧，当老公的只要动手打老婆，男子汉的感觉就有了。”

“我宁可没有男子汉的感觉，也不舍得打阿狐啊！”说着把热水袋推还给老婆，说：“你不是怕冷吗？快抱着热水袋钻回被窝去吧！别再烦我！”

第二天，社论按时交稿并发排，至少对得起董事长和报馆同仁，季炎如大大地松了一口气。一篇千字文，没有一句言之有物的真心话，反正天下文章一大抄，抄来抄去东拼西凑，只要对得上《中央日报》的口径就成。号称社论，不必署名，圈内的朋友们都清楚，这种官样文章只为上骗权贵下哄草民，“神而明之，存乎其人”，甚至没有哪个傻瓜愿意从头到尾去认真读一遍，确实不需要太当真的。这么一想，季炎如也就心安理得了。

看完社论校样的当天，季炎如又领到了年终红利，虽不足百元大洋，对于过年也不无小补，还有一点“三阳开泰”的吉兆味道。他很高兴，特地带上二十元现洋，邀请惠子、阿骏和阿燕一同上街，说要给三人买新年礼物，略表关怀。惠子有点受宠若惊的感觉，因为季炎如平常是不乐意同老婆一道上街购物的。这回他主动要带惠子和阿骏阿燕一同上街，惠子自然喜出望外，便拉起阿骏和阿燕，推搡着丈夫，兴冲冲地出了门。

四人说说笑笑走向电车站，半道上突然遇见一个蓬头垢面的中年女人，跌跌撞撞地从他们面前奔过，一边狂喊救命！季炎如举目一看，发现一个五大三粗的醉汉正从后面奔来，右手挥着一把煤铲子，口中怒吼着：“我打死你这个贱货……”

眼看着醉汉将要追上逃命的女人，季炎如正想伸手阻拦，不料彭永骏出其不意地出腿使了个绊子，四两拨千斤，毫不费力地让疯狂的醉汉跌了个狗啃泥。彭永骏开心得拍手大笑，就像做了一件为民除害的大事，豪情满怀，趾高气扬。

醉汉闷了一会儿，抬起头，动了动嘴巴，竟向左手里吐出了两颗断牙，顿失蛮勇，酒也醒了一半，像个没出息的孩子一般赖在地上，咧嘴痛哭了起来，“我的门牙喔……”

近旁的居民和过往的行人好似争食的鸡群，呼拉拉地围拢过来看稀奇。逃命的女人一见追击的男子出了事，急忙转回身，挤进人丛，把男子扶坐起来。男子用手中的煤铲指着彭永骏哭诉：“这个穿洋装的后生好黑心，给了我一个扫堂腿，跌断了两颗门牙！啊唷，痛死我啦！”嚷嚷着，又用煤铲指指季炎如，“这个长衫先生也是一伙的，存心害人。”

逃命的女人这时倒扮演起了救援者的角色，她扳开男子的嘴巴看了一眼，顺手将他嘴里流出的鲜血抹了一把，抹成半个大血脸，赢得了围观者的无限同情。

“不要气急，好好说。”季炎如手足无措了，深怕醉汉动武，用身子挡住彭永骏，“好好说，让大家来评评理。”

“评啥个理啊？”女人哭嚎起来，“他是我老公呀！无缘无故砸掉两颗大门牙，不要痛死人啊！”嚎着嚎着，伸出带血的手，啪的打了季炎如一记耳光，把眼镜也打落在地，又狠狠揪住他的衣襟，嘶喊：“你赔，赔我老公伤残费。老公打老婆是家常便饭，要你们父子两个瞎起劲做啥？狗拿耗子多管闲事！”

彭永骏见到醉汉跌断门牙满嘴鲜血，开头倒也吓了一大跳，后悔闯了祸，忽见一对刚才还是你死我活的冤家夫妇又联合起来胡闹，便得理不让人了，挺起胸脯说：“一人做事一人当，不要扯上别人。一个彪形大汉喝醉了酒，手持凶器，口出狂言，光天化日之下追杀女人，还不知罪吗？”

夏惠子拾起丈夫的眼镜，委屈地向哭嚎的女人解释：“两位先生本是一片好心想救你的，不是故意要害你老公，请多多原谅！”

醉汉定了定神，从地上跳起，忍着牙痛，用含糊的语音嚷嚷：“救人也不能用上扫堂腿啊！让我流血，还让我一辈子缺牙破相，反正你非得赔我伤残费。不赔就休想走人！”

又见泪又见血，吵吵闹闹，围观的人越来越多。人们七嘴八舌地议论说：两公婆是在旁边弄堂口摆大饼摊的，家有三个不懂事的小孩，过日子不容易。清官难断家务事，这位长衫先生和洋装后生看来都是有知识的人，既然管闲事管过了头，就赔点钱拉倒吧，就当做好事……

季炎如听了这些话，有苦难言，用迷茫的眼神望着夏惠子。夏惠子为丈夫戴上摔裂了玻璃片的近视眼镜，朝他点了点头，表示赞成赔偿。彭永骏说不能赔不能赔，不怕到警察局评理去。季炎如却二话不说，打开提包，取出二十块银元，悉数交到了醉汉的手中。醉汉和他的老婆一见二十块白花花的银元，双眼都发直了，情不自禁地一同跪下，向季炎如磕头如捣蒜，随即拾起地下的煤铲，挤开人群，一溜小跑地离去了。围观的人们余兴未消，热烈地议论着这个街头案件的是非曲直，有人还说这年头能用两颗大牙换二十块大洋蛮合算。

彭永骏嘀咕：“要赔也该由我来赔，怎么好让炎如叔叔破费呢？”

“这叫破财消灾。”季炎如说，“你不伸这一腿，那女人说不定倒在血泊里了。”

刘青燕掏出手帕，替季炎如擦去沾在脸上的血迹，小声相求：“叔叔，我们回家吧！”

“买礼物的钱都赔光了，不回家怎么办？”季炎如苦笑，“下回出门，可一定不要忘记翻翻黄历，挑个黄道吉日。”

这一说，倒也为季炎如赚得一片轻松的笑声，给他带来了一点苦涩的宽慰。

回到家中，季炎如一屁股坐在沙发上，抽烟解闷。

彭永骏自责道：“都怨我太冒失！”

刘青燕有点儿幸灾乐祸，笑道：“看你下回还敢逞好佬充大侠！”

季炎如叹口气说："窝囊是有点窝囊，明明是好心，给当成驴肝肺了。难怪西方人说，善良愿望也能把人引进地狱。结果，害得我欠了你们三人的情也没有还。"

"谁欠谁的情啊？"刘青燕说，"我欠叔叔阿姨的情，永生永世也还不清哩！"

"这年礼还是要补的，大丈夫说话得算数。"季炎如思忖片刻，忽然一拍大腿说，"有啦！明天去逸园跑狗场看跑狗，一道去见识见识洋鬼子的洋名堂。"

夏惠子说："好啊！这家跑狗场刚开张不久，报上介绍说，是法国人同荷兰人合办的，富丽堂皇得像宫殿哩，里面还有饭店酒吧舞厅足球场，看一眼这家跑狗场，就懂得上海为啥叫做'十里洋场'了。"

第二天下午，季炎如就带着惠子和阿骏阿燕，一起来到同属法租界的辣斐德路，踏进了号称"远东第一大赌场"的逸园跑狗场。来到这里的人，很少有不受诱惑的，总想试一试运气。有的赌棍赌红了眼，直输得倾家荡产跳楼自杀才罢休。季炎如心中明白，十赌九输的机率，加上弄虚作假，正是赌场老板赚大钱的不败诀窍所在。因此他对惠子和阿骏阿燕有话在先：只参观而不参赌，不当冤大头。他仅花四元钱买了四张门票，一张赌狗票也不买。另外花的钱，只花在喝咖啡和吃点心上面。

当刘青燕坐到看台上的时候，面对一个椭圆形的巨大赛场，神情专注，两眼放光，就像头一次看电影时那样激动。季炎如和夏惠子互相交换了一下眼色，同时露出会意的笑容。阿燕只要对外部世界依旧保持着一份好奇和热情，就显示了她的精神面貌处于正常状态，说明德山医生的诊断符合实际。

新一轮角逐就要开始。在赛狗的起跑线上，陈列着一排铁笼子，里面分别关着六条赛狗，每只笼子外面都标着赛狗的名字和编号。这些狗都是从法国进口的名种狗，经过专门训练，就是要来叼中国人口袋里的钱。一阵鼓号声响过之后，发令枪打响了。一只用电力操纵的机械兔子开始沿着滑轨向前奔驰，六个狗笼的铁门同时掀开，六条赛狗就像脱弦之箭一般，开始追赶绝对不可能追上的机械兔，等到机械兔跑完椭圆形的跑道，消失在底线之后，最先冲出底线的狗，就成了胜利者。此时，成千上万的参观者和参赛者一起，发出了惊天动地的欢呼，痴狂得好像个个都中了头彩一般。

"有啥感想？"季炎如向身边的彭永骏探问。

彭永骏说："我们中国人就是了不起！"

“什么意思？”

“看着洋人发财也开心，让人卖了还能帮人数钱哩！”

两人相视一笑，都觉得这一块大洋一张的门票钱没有白花。

在刚入场的时候，夏惠子本来就有意把阿燕的座位安排在阿骏身旁，结果阿燕还是像那回看电影时一样，执拗地跟夏惠子换了座位，继续跟阿骏“授受不亲”。此时，一轮赛狗结束了，大批观众争先恐后地退出赛场，人潮汹涌，夏惠子趁机将阿燕推到阿骏的身旁说：“阿骏你一个男子汉，怎么也不管阿燕啊？快快拉住她的手，千万别让她给挤丢了。”

彭永骏做梦都想着当这个“护花使者”。不料，刘青燕还是毫不留情地挣脱彭永骏的手，抢前一步，挽起了夏惠子的胳臂。

彭永骏心里十分沮丧，表面上却不动声色。就在同刘青燕外滩相会的那一天，他为刘青燕的固执和冷漠而难过，回到家中连晚饭都不吃，联想到在事业上的挫折和出国留学的渺茫，躲进自己的小房间里黯然伤神。当晚，季炎如敲开他的房门，直率地对他说：“看来你是丧失了信心，今天可以不吃饭，明天也可以不起床，你的追求要是这样刹车，那末你的生命之火也就熄灭了。”

想起了季炎如的这几句话，彭永骏立刻恢复了镇定，自我解嘲说：“惠子阿姨，你看阿燕还把我当刺毛虫啊！”

夏惠子一时找不到适当的话来安慰彭永骏，季炎如却笑道：“阿燕是在考你哩，看看你有没有百折不挠的骑士精神！”

刘青燕红了脸，害羞中却交织着伤感。

又是一个春天。小花园里的鲜花绽开了，可是刘青燕还是一副情窦未开的模样，任凭彭永骏怎么由衷地向她表示爱慕，她依旧无动于衷。

夏惠子定时向德山医生报告刘青燕的病情。她说：眼下主要的症状，还是有抑郁情绪，常常一个人发呆，怨自己这样不好那样不好，睡眠不稳，有时候做噩梦会哭醒过来。不过，没有再听她说过要报复要杀人之类的刻毒话，也没有再发现自虐现象，能够按时吃药，干活和锻炼都很认真，学习的成绩特别好，还爱看书；只是对阿骏的态度叫人捉摸不透，明明心里喜欢阿骏，行为上总是拒绝阿骏靠拢。

德山医生的回答是乐观的，他说：“继续，继续，就按现在的方法继续治疗和调理，用得上一句中国的成语：‘久久为功。’阿燕对阿骏只要没有明显的反感，阿骏就应当继续关心她，向她表露爱情。最最要紧的是，在没有事实证明她完全康复之前，要防止让她回到原来的环境中去。”

夏惠子把德山的话向季炎如和彭永骏作了及时传达，大家都很高兴。季炎如立马提笔给彭谨祥写了一封信，报告阿燕的病情有了好转，又用夸张的语言强调了名医的嘱咐：“在没有完全康复之前，万万不可催她回到原来的环境中去，否则难免发生不测之祸。”就在这封信付邮之前，夏惠子又特意给阿燕念了一遍，目的就是要让她安下心来好好休养，不必有后顾之忧。

星期天，夏惠子受几位教友的预约，要去教堂做礼拜。她平常不大去教堂，身为教徒，总觉得欠了耶稣的，这回也就真心诚意地去了，还带着阿燕一道去。阿燕开头不愿意，夏惠子说就当陪陪我吧，顺便也可以去看看新鲜开开眼界散散心，有啥不好。

阿燕答应了，跟着夏惠子进了教堂，傻傻地看牧师主持礼拜仪式，看教徒们祈祷、唱诗，除了新奇，就有一种宁静和圣洁的感觉。做完礼拜，教友们都说说笑笑的非常自在，有人还夸赞阿燕长得好看，打听阿燕是夏惠子的什么人？夏惠子得意地说是上帝赐给她的一个小妹妹。回家的路上，夏惠子问阿燕愿不愿意加入基督教？说早先的基督教也很古板，现在的新教比旧教和别的教派都要开通，讲和睦，允许离婚，主张四海为家，不要求叶落归根。还说如果你愿意加入基督教，你的心就会变得自由一些，不会老是折磨自己了。阿燕回答说：我家乡是不信洋教的，我要是加入洋教，有人会骂我是忘了祖宗的不肖子孙。

夏惠子听阿燕这么一说，也就没有勉强。不过，她还是变着法儿要想唤起一个年轻女子的美好天性，让阿燕快快开朗起来。阿燕爱看书，她翻遍书架，找出几本她认为能够激发青春热情和增长知识的书，交给阿燕看，其中有《红楼梦》、日本的《源氏物语》节译本，还有一册是美国出版的《夏娃日记》，封面上印着夏娃躺在池塘边映出倒影的裸体图像。

阿燕一看《夏娃日记》封面就脸红了，扭过头尖声说：“啊呀这不是邪书吗？怎么能看哪？再说我也不懂洋文，想看也看不懂啊？”

“怎么是邪书？又说傻话了不是！”夏惠子大笑：“这是世界有名的《夏娃日记》，是美国大作家马克·吐温的作品，是根据《圣经》编写的一个优美故事，大画家莱勒孚为它画了美妙插图，你光看插图就能看懂故事了，跟看中国的小人书一样明白的。”

夏惠子说罢，就拿起《夏娃日记》，故意端到阿燕的面前，利用书页的弹性，像风扇似的掀动起来。

“看哪！看哪！看看上帝创造的杰作，美得不能再美啦！”夏惠子欢叫着，一遍又一遍地掀动书页，一幅幅精美的裸体插图接连闪烁，产生了电影画面似的效果。

刘青燕用双手捂着脸庞，双眸却透过指缝盯住掀动着的《夏娃日记》。她头一次领略到少男少女的自然形体是这样纯洁亮丽，没有一丝淫秽气，只有令人震撼的美感。

“看不看？不想看我就拿走了！”夏惠子还在阿燕的面前掀动着《夏娃日记》，拼命吊她的胃口。

刘青燕忍不住一把夺过《夏娃日记》，羞得转过了身，嘴里又嘟哝了一句孩子话：“惠子阿姨坏！”

夏惠子一直在细心地观察刘青燕的病情，她最担忧的是每天清晨。通常健康人的清晨，总是精神最好的时候，而阿燕却相反，常常睡不好觉，勉强起床以后心情既郁闷又烦躁；长期服用助眠的药物，效果在减退，有时半夜做噩梦哭醒过来，就披着被子呆坐到天亮，不肯说话，也不想吃早点。就因为这样，夏惠子不放心，经常在天亮时，要到阿燕的卧室里看看，掖掖被子，安慰一番，劝她多睡一会儿；遇到情况正常的时候，就给她道一声“早上好”，为她开大窗子透透新鲜空气。近些日子来，阿燕的睡眠状况有了明显改善，夏惠子也不再每天一早蹑手蹑脚地走进阿燕的卧室了。这一天清晨，到了该起床时间，卧室里却没有一点动静，夏惠子有点诧异，便又悄悄地拉开格子门，脱鞋走进了和室。

夏惠子见阿燕已经醒来，却忘记了起床。她俯卧在被窝里，枕头上摊着一本拍纸簿，正用铅笔在写着什么，神情非常专注，等夏惠子来到她身边，还没有发觉。

“啊呀你在做啥？”夏惠子惊讶地问。

刘青燕吓了一跳，飞快地把拍纸簿藏进了被窝。

“好哇！天刚亮就偷偷写起情书来了。”夏惠子在她身旁跪坐下来，一副非要探明究竟的架势。

“什么情书啊？瞎猜！”

“不是情书为啥要藏藏掖掖的，这样紧张？”

“我是不好意思啊！”刘青燕翻身坐起，用被子裹住身体，解释说：“我难得做一个好梦，梦里头惠子阿姨和炎如叔叔夸我呢！夸我语文作业写得好，还布置一篇新作业，要我写一首白话诗，我哪里会写诗？梦里头就想呀想呀，一直想到天亮，一睁开眼睛，最先看到了窗子，就琢磨着写了几句……”

“快给我看看。”

“惠子阿姨一定会笑话我的……”

“你遮掩什么？还不快给我。”

夏惠子说着就拽开被子，抢过阿燕手中的拍纸簿，审读起她的诗作来了。

题目只有一个字：《窗》，正文只有四句：

> 清早时分睁开眼睛，
> 墙上出现大书一本。
> 封面上写满闪亮的字：
> 光明！光明！光明！

夏惠子浏览了几遍短诗，又轻声吟了一遍，接着便大声呼喊起来：“炎如君，快来呀！”

刘青燕一听夏惠子呼喊季炎如，跌跌滚滚地忙着穿衣服。季炎如正在刮胡子，慌忙丢下剃刀，带着半脸的肥皂沫，急急地冲进了和室。刚刚晨跑回来的彭永骏听到喊声，也跟着来到了和室门口。

“出什么事？又有壁虎啦？”季炎如惶悚地问。

“不，是好事。阿燕会写诗啦！”夏惠子把拍纸簿递到季炎如的面前。

季炎如没有戴眼镜，看不清，忙说：“你念，快念给我听。”

夏惠子用她那成熟女性的圆润嗓音，琅琅地念了一遍短诗。彭永骏听出了味，连忙脱了跑鞋，跨进和室，从夏惠子手中接过拍纸簿，欣赏起短诗来。季炎如听了一遍不过瘾，又说再念一遍。彭永骏便亮开他那浑厚的男中音，抑扬顿挫地再诵读了一遍。

季炎如默默地品味片刻，眯起近视眼问：“阿燕老实告诉我，这四句诗，你是不是从哪里抄来的？”

“哪里去抄啊？”刘青燕委屈地辩白，“梦里头惠子阿姨和炎如叔叔逼我写诗，我说不会写，炎如叔叔就讲不少古人五六岁就能写诗了，非让我写。我想来想去想不出该写点啥，天亮醒来，第一眼看见的是透进亮光的窗子，就胡乱地写了几句，也不晓得算不算诗？”

“怎么不算诗？有感而发，求仁得仁，盼光明得到光明，很有诗味哩！”季炎如惊喜地称赞，一边凑近脸睁大近视眼，凝视着刘青燕的眼睛，仿佛她的眼睛也成了两个大字：光明！认定她的病情已经有了根本性的好转，便情不自禁地搂过她，在她的脸颊上啪的亲了一口，涂了一片肥皂沫，又说：“想不到阿燕成了个才女！要是生在八百年前，努一把力，兴许能和李清照齐名哩！”

夏惠子掏出手绢，为刘青燕擦去脸上的肥皂沫，带点醋意地嘟哝：“老夫子也不正经！”

“一首短诗，让我们看到了阿燕心中的光明。好啊！好啊！”季炎如继续赞叹。

刘青燕涨了一个桃花般的大红脸，却并不理解季炎如和夏惠子为什么竟会这样兴奋，喃喃说：“好啥好呀？四句话三十几个字，值得这样大惊小怪吗？炎如叔叔和惠子阿姨存心哄我吧?！”

“这可不是哄你的。”彭永骏满脸正色地说，也为阿燕的诗作感奋异常，也想抱住她狠狠地亲上一口，可惜不敢，只是激动地说：“把清早的窗子比成一本大书，是拂晓和知识给你带来了光明，一语双关，称得上真正的好诗，比起许多风花雪月无病呻吟的诗强多了！”

刘青燕抬头望望彭永骏，相信他的赞美发自心底，又高兴又害羞。其实，这种白话诗的格式，还是从阿骏送的那本诗选中套来的。阿燕怕阿骏点破这个秘密，夺回他手中的拍纸簿，掩住了自己的脸。

“阿燕不做噩梦做好梦了，睁开眼就看到一本写满光明的大书，还能写成诗，多好啊！”夏惠子欣喜地说，“等一会儿，我就打电话告诉德山医生，他肯定也要为阿燕高兴哩！”

第二十五章
堆满山花的衣冠冢

读书，改善了刘青燕的病情，开拓了她的胸襟。夏惠子悄悄对彭永骏说，阿燕表面上不让你靠拢，总说配不上你，可私下里却在努力学习，想做一个有文化的城里人，这不是准备着向你靠拢吗？彭永骏听了大受鼓舞。他为了出国留学打底子，本来就在用功读书，这一下就读得更有劲了。他博览群书，侧重哲学和社会学方面的著作，读得如醉如痴。读着读着，忽然对一个奇特的命题引起了浓厚兴趣。这个命题便是“新村运动”。

彭永骏最先是从几册旧杂志上注意到“新村运动”的。有一位从日本留学回来的著名作家，写了许多文章介绍日本的“新村运动”，后来还重赴日本，到日本新村运动发源地宫崎县石河内村作考察，衷心赞扬新村是他：“平日梦想的世界，那里人人劳动，各取所需，新村的空气中，便充满了人类之爱，实在令人陶醉。”还说：“新村的理想，就是真正人的生活的理想。”彭永骏又研究了日本新村发起人武者小路实笃的履历，对这位作家和思想家产生了敬佩之情。由此突发奇想，觉得是不是可以运用武者小路先生的实际经验，也在自己的故乡天螺湾作一番试验呢？

对新村无比神往的彭永骏寝食不安了，就像陷入初恋般的躁动之中。他郑重其事地向季炎如提出一个请求，请求这位长者抽出整块的时间，听他谈谈试办新村的想法，帮他作一个客观评判。

季炎如一听新村的话题就笑了，“我知道日本的新村是怎么一回事，也就是乌托邦呀！乌托邦好比伊甸园，可望而不可即，你还是给我省省心吧！”

一盆冷水当头浇下来，不料彭永骏连个激灵也不打，当即反问：“您是不是对我学日本有看法？”

“这倒不是。”季炎如说，“日本除了军国主义，值得我们学习的东西多着哩！明治维新以来，日本学西方大有成效，多少西方的新思想新学说新技术包括各种新名词，我们还不是通过日本转学过来的。不过，乌托邦体现的是人类的遥远梦想，要改变千百年沿袭下来的生产方式和价值观念，谈何容易！”

"既然乌托邦可望而不可即，那末，为什么古今中外有那么多伟人和名人都要追求乌托邦呢？"彭永骏反诘道，"从孔夫子到孙中山，同样都向往'天下为公'和'世界大同'。英国的莫尔、培根、欧文，法国的圣西门、傅立叶，意大利的康帕内拉等等数不清的仁人志士和大学问家，都曾经为这个梦想而奋斗。当今除了日本，在美国和其他许多国家，也有人在试办新村，他们并不是傻瓜呀！没有梦想也就不会有现实。路是人走出来的嘛！"

"好家伙！你小小年纪，倒是气贯长虹，是不是有点狂？"

"'有为人生本须狂。'这可是您对我说过的话呀！"彭永骏笑了，"您还告诉我说，敢恃文才同武夫韩信争功的郦食其，凭嘴下齐七十二城，就自称老狂生；范蠡、王冕也是狂生，韩愈自称'狂小子'，李白说'我本楚狂人'，杜甫说'自笑狂夫老更狂'，贺知章自号'四明狂客'，陆游声称患'狂疾'；您崇拜的两位大书法家张旭和怀素，一癫一狂，才以狂草名扬天下。西方有两个大学者，在年轻的时候还敢发表宣言，明目张胆说要推翻旧世界，建立没有剥削压迫的新世界，那才叫狂上了天。您还说，自己想狂也狂不起来，那就不能让我稍为狂一下试试吗……"

"打住，打住。"季炎如挺手制止彭永骏的滔滔宏议，"你这是借我之矛攻我之盾，走题了，还是接着谈你的新村吧。"

"其实没有走题。"彭永骏申辩，"武者小路创办新村的时候也很年轻，也有点狂，他的新村已经存在十多年了。我可以运用他的现成经验，在家乡的一个小范围里进行试验，用不着气贯长虹，依样画葫芦总是可以的。"

季炎如为彭永骏的执着而感动了，郑重地问："这么说来，你是真的想试试？"

"想啊！真的想啊！"彭永骏郑重地回答，"我爷爷生前总数落我是好事之徒，成事不足败事有余，我在上海读了十年书，长了不少见识，学以致用嘛，倒愿意回乡去求变。都说'社会即学校'。我出洋留学还不定哪一天走得成，趁眼下正闲着，多多接触社会，不也是一种很好的学习吗？"

"乳犊不怕虎啊……"季炎如沉吟，收敛起揶揄的口吻，语调也变得温和了，像同平辈人叙说心事，"不瞒你说，创办劳动互助的模范新村，我从日本回国的时候也曾经向往过，也作过一番研究。东汉末年的张鲁实行'五斗米道'，不设官吏，平等耕作，住房吃饭都不要钱，禁止酿酒，春夏不杀耕牛，用修桥铺路做好事代替给罪犯的刑罚，百姓安居乐业。这样的新村在汉中地区延续了三十多年，在历史上影响不小。康有为的《大同书》里，对理想社会设计得更具体更宏伟了，还说要‘去国界合大地’哩！几年前有一位身无分文而心忧天下的年轻书生也写过文章，想在湖南湘江边的岳麓山一带建设新村，要用若干新家庭组成新社会，平等劳作，民主自治，这是多么美好的未来蓝图啊！可是，我研究来研究去，发现太平天国也是走的这条路，‘凡天下田，天下人同耕’，结果搞得一塌糊涂，我也就放弃了这个念头。”

彭永骏说得振振有词：“太平天国可不同，实行强制，男女隔离，不给百姓半点儿自由，还规定‘天下人人不受私，物物归上主’的死硬政策，所以迅速造成了一个专制集权的腐败王朝。现在的情况不一样了。孙中山先生不是倡导三民主义吗？教育家陶行知还呼吁政府，支持有识之士改造社会的实验。我老家的父老乡亲们日子一天比一天难过，终年辛苦却不得温饱，我觉得有可能说服父亲，让他用族长身份帮助我试办新村，哪怕能发动十几户人家试试也好啊！一旦成功，就可以扩大试验。”

“不成功呢？”

“不成功也不必成仁。就像俗话说的：跌倒也能抓把泥。可以吸取教训。”

“‘不成功也不必成仁’，倒也是。”季炎如给逗乐了，思忖一下说：“看起来你已有成竹在胸，不像是心血来潮说着玩的。不过，要把你的想法付诸行动，可不是一件简单事情。你有具体方案吗？”

“我正在拟订一个实施方案。等草稿出来以后，我想请费尔曼、柯爱和阿骢一道来讨论，集思广益，尽量使方案切实可行。我还打算说服他们三个能够直接投入这项工作。要是阿燕愿意，也让她一起来，她熟悉家乡民情，人多主意多力量大嘛！”

“那我也凑个热闹参加讨论，好不好？”

“太好啦！”彭永骏兴奋异常，“要是方案有实施价值，我还希望炎如叔叔出马督阵，那就更好了，至少说服我父亲就多几分把握了。”

“不见得吧！劝你父亲进城发展，他就没有听我的。”

“这回用不着进城，就在家乡发展，阻力就会小得多；再说，我爷爷过世了，没有太上皇，只要我父亲点头就能作数。”

季炎如沉吟：“倒也是啊！中国农村普遍破败凋零，即便是江南的‘鱼米之乡’也民不聊生，这正是积贫积弱的基本国情，也是外敌敢于欺侮我们的根本原因所在。看来，只要中国的农民不能吃饱肚子，中国就永远别想翻身……”

正说着，夏惠子来到书房，见两个男子汉聊得十分投合，就问：“你们在谈什么呀？这样入神，可以让我知道吗？”

“你还是不知道的好。”季炎如说。

“什么事情，对我也要保密啊？”

“一点也不需要保密……”彭永骏说。

季炎如抢过话茬：“只是跟政治有关。阿狐不是最最讨厌政治吗？”

说到政治，不论什么政治，夏惠子果然不屑一顾，连忙说：“那倒不如谈谈晚餐想吃点什么小菜，这可是大家都不会讨厌的话题。我买回了一只鸡，是红烧还是清炖？”

正当盛夏到来的时候，彭永骏约同彭永骢、季炎如、费尔曼、柯爱和刘青燕，打点停当，准备一起奔赴天螺湾。

夏惠子本来也想同行的，只是一位需要她定时上门护理的老年病人离不开她，又找不到替手，只得留在上海。季炎如请假南下，夏惠子求之不得，因为德山方浩几次悄悄告诉她，松谷雄次郎已经成为日本一个秘密组织在上海的头领，他手下的人一直在暗中监视着季炎如的行迹，这时候以避暑休养的名义离开上海，是一种最合适的选择。报馆董事会也支持季炎如出门走走，有利于他的安全和健康，想写文章也照样可以写，大学里的兼职授课，很容易就找到了代课人，让他走得放心。彭永骢愿意同行是出于游子责任和对家乡的一份深情，是在意料中事。

费尔曼和柯爱愿意同行，倒让彭永骏喜出望外。此时的费尔曼和柯爱，正在闹感情磨擦。起因是费尔曼在美商办的《中国周报》上发表一篇文章，披露大北电报公司大楼内挂了一块用中英文写的木牌，拒绝华籍职员使用电梯。联系到两年前外滩公园门口所挂的“华人与狗不得入内”的告示，作者认为同属殖民者的种族歧视。文章一刊出，激发了强烈的社会反响，却使费尔曼陷于狼狈境地。《中国周报》所在的英籍房东宣布中止房屋租赁合同，不得不匆匆搬迁；有的同仁迁怒于费尔曼“小题大作”，不在自己供职的《密勒斯评论报》上做文章，却到《中国周报》上去放野火，是 “嫁祸于人”、“背叛基督教义”。使费尔曼特别气恼的是，有几个中国文人在报纸上造谣生事，攻击他在赤色风潮中写过同情暴动工人的文章，还污蔑他接受卢布津贴，导致有的西方报刊抵制他的作品，直接危及生计而且有口难辩。费尔曼痛骂中国文人下贱，甚至恨乌及屋，连脚下生活了八年之久的这片土地也觉得不再可亲可爱了。

恰好在这之前，费尔曼收到过父亲的电报，说在新德里的富孀姑妈留下遗嘱，要他去当地继承高额产业，有工厂，有住宅，有汽车，有企业股份。只是因为柯爱对上海怀有很深的感情，又不适应新德里的炎热气候，不肯离开上海。费尔曼本来准备为爱情而放弃这笔遗产，正是这个“电梯风波”刺伤了他的心，产生了动摇。柯爱十分痛苦，但又不愿妥协，季炎如和夏惠子从中斡旋，劝二人冷静下来，一同踏上热恋时的旅游路程，再度前往天螺湾，重温美好时光，冷静地面对龃龉。

为民众谋福祉，历来是一面富有感召力的旗帜。试办新村的方案，参照古往今来的经验教训，反复讨论，多次修改，最后由老报人季炎如在文字上作了斟字酌句的精细加工，除了挂上孙中山先生“天下为公”的神圣口号外，剔净了其他一切不合时宜的政治性立论和语气，着眼于如何在“七山一水二分田”的穷僻乡村为农民寻求生存之路的命题，把一项本质上属于社会改革的行动，巧施智慧，变成了一项貌似慈善悲悯的宗教式义举。季炎如又发动报馆员工四出募捐，募得了各界好心人的一笔捐款。彭永骏还由刘世璋引见了他的姨父赵中义。这位前任父母官，此时业已辞去了副县长职务，成了雄踞上海的浙江财团中一位新兴实业家。通过说项，赵中义为造福乡梓慷慨解囊，独自捐出了五百元大洋，用作新村的试办经费。柯爱还说，如果新村确实办出了起色，她还可以向上海的基督教会申请后续资助。

刘青燕本来是可以留在夏惠子身边继续巩固疗效的，可是她硬说自己的病已经好全了，非要跟着阿骏和阿骢一道回乡不可，还说新村方案里有识字班和保育班，她也能搭得上手，乐意出一份力。

夏惠子把英文版的《夏娃日记》送给刘青燕作纪念。这本薄薄的小册子，阿燕不知看过多少遍，有点爱不释手。五十五幅精美的白描插图，每幅一页，占了全书的整整一半篇幅，用英文写的故事本来就很短，夏惠子早已逐页给她解读过了，全部内容了然于心。每一幅图画都给她带来丰富的联想。传说中的世上第一对男女，竟是这样自由，人类的第一次初恋，竟是这样纯洁，让她好羡慕！夏娃和亚当两人，可以光着身子生活在树林里，晒太阳看月亮数星星，和野兽飞鸟鲜花相伴在一起，无忧无虑的，真快活！她想起了盘龙岙，那里的树林也很茂密，那里也有野兽飞鸟和鲜花，那里的溪潭边也曾经映下她和阿骏的倒影……想到这里，她就不敢再往下想了，她明白，她的伊甸园只能出现在梦中。

离开上海的前一个晚上，刘青燕是与夏惠子并排睡在和室的榻榻米上度过的。夏惠子有心想摸透阿燕对阿骏的真实态度，到底有没有心愿和意志朝着她所期待的方向发展？使夏惠子感到深深遗憾的是，她发现阿燕的心情依然处在极端的矛盾和痛苦之中。夏惠子怀着最后一搏的勇气，直率地激励说："你只有找到心中的真爱，才会永远治好你的病。像你这样善良美丽的女孩子，不是树上能长出来的，也不是地里能种出来的，世上只有你一个阿燕，你得珍惜自己啊！在我看来，阿骏就是你的亚当，他可是一心一意爱着你的，你知不知道啊？"阿燕最后哽咽着说："我也喜欢阿骏，可是我在祖宗灵牌面前发过誓，我这一辈子非得跟定阿骅了。我也晓得阿骏真心对我好，怪我们两个没有缘份啊，只有再等下一辈子了！"

在送彭永骏上路的时候，夏惠子向他转告了刘青燕的话，同时又鼓励他千万不可灰心，还说："我是过来人，我相信真正的爱情可以征服一切障碍，包括各自发过的誓言。无论爱与不爱，爱情的誓言都是写在流水中的，都是可以改变的，就看谁跟谁相爱到最后。"

彭永骏一行六人，顺利到达了天螺湾。季炎如说是来探望老友彭谨祥一家的，两个"红毛番"说是想躲开城市的喧嚣和燥热，到天螺湾来过一段清暑日子，彭永骢和彭永骏也说这次返乡只为陪陪客人。新村试办小组存心先把来意隐藏起来，为的是怕新村的话题太招摇，突然公开会引起不必要的震荡和麻烦。

当天吃过晚饭洗过澡，等别人安寝了，彭谨祥就找阿骏单独谈话，他疑惑地说："阿骏啊，你跟爹说真话，这回你们六个人一道来到天螺湾，浩浩荡荡的样子，事先也没有打个招呼，到底是为啥？要是你爷爷还在，怕是又要怀疑你这好事之徒出怪招玩新花头哩！"

回乡试办新村，彭永骏本来就迫切想跟父亲交底，觉得父亲既然心生疑窦，反正也瞒不住，好在父亲是个稳重的人，也就有心先漏点儿口风，趁早作个试探。他说："阿爹信不过我和阿骢，总信得过炎如叔叔吧！不瞒您说，这一回我们来到天螺湾，并不是要玩什么新花头，确实是想做点事情的。做什么？怎么做？明天就听炎如叔叔给您讲吧，他有真学问，比我讲得清楚。"

"提个头总可以吧，省得让我今夜睡不好觉。" 彭谨祥见阿骏卖关子，急切地催促。

"天螺湾不产金子，我们不是来淘金的。"阿骏笑道，"要说玩新花头，其实还是一个老题目：炎如叔叔领着我们几个年轻人，想来研究一番，有啥好办法才能改变天螺湾乡亲的穷日子？”

“几分山水几分田，是天定的。要改变天螺湾乡亲的穷日子，怕是神仙也想不出好办法的呵！”

“只要阿爹这位族长大人肯出面鼎力支持，我看就有希望。今晚您就高枕无忧睡您的大觉吧。”

“爹能高枕无忧睡得好大觉吗？该操心的事多着哩！葫芦镇上早就有谣传，说你和阿燕好上了。这次你们两个一同回乡来，阿燕的气色又那样好，就怕谣言又会起来的。”

“嘴巴长在别人身上，爱怎么说只好让人说去，爹操心也是白操心，何苦自寻烦恼！”

话题扯到自己和阿燕的情感纠葛，彭永骏的心里就立刻烦躁了起来，推说旅途劳累，想早点睡觉了，便起身告辞，跨出了父亲的卧室。

开局第一步是必须说服族长彭谨祥。第二天，季炎如以一位身居局外的饱学之士身份，开宗明义地向彭谨祥端出了试办新村的设想，讲述了试办新村的缘由和前途。他说：平息村仇械斗之后，天螺湾人口增加耕地减少，今天不知明天怎么过。办新村只是一种试验，先发动少数人家自愿加入，并不脱离老村和氏族堂宗，也保留土地、农具和牲畜的所有权，共同耕作，合理分工，多劳多得，妥善使用资源，努力节约成本，增加村民收入。季炎如还说：据可靠消息，从杭州到江山的杭江铁路马上就要动工，葫芦乡靠近铁路线，往后开发土特产大有前途，合作经营就可以推广科学方法，提高产量质量，打开外地市场。

说服彭谨祥出奇的顺利，说服堂宗代表也就顺利得出奇。经过研究，最后选定族长所在房族中有劳动力的十二户人家为成员，新村说办就办起来了。劳动组合由集体商议产生，彭大奎当上了新村村长，彭小闩担任耕作班长，另外还有一个副业班，分管畜牧饲养和蚕丝生产。识字班和保育班由彭永芳和刘青燕负责，作为义务差事，不算作新村成员，不参加秋后分成。

虽然有人疑虑重重，但是没有人出头反对办新村，只有年近八旬的彭汪氏啧有烦言，唠叨说：“老族长一走，‘敬天法祖’的话就不作数了，天螺湾就出怪事了，祖宗的在天之灵怕要不得安宁了！”

料不到现任族长彭谨祥这一回倒有了主心骨，郑重地对母亲说：“父亲在世的时候，天天盼着阿骏阿骢怀土恋乡不忘祖宗，眼前他俩不是报效乡土来了吗？季炎如是我的结拜兄弟，两个红毛番又是阿骏阿骢的好朋友，总不会坑害我们吧！他们搭好台就要离开的，有好处也落不到他们头上。年年青黄不接的时候，天螺湾有多少人家在吃糠咽菜食青苗，办新村不就是为了帮天螺湾解燃眉之急吗？再说，我家又没有加入，母亲何苦担心呢？堂宗会议都议定了，母亲就不要多说闲话了。”

“唉！我就是想不灵清啊！”彭汪氏长长地叹了一口气，嘀咕，“新村还没有开张，连病秧子阿燕都来了劲道，跟着阿芳起哄，在长辈面前招呼都不打一声，也要抛头露面，吃自家饭去给别人家带孩子，不晓得灌了啥格迷魂汤？”

刘青燕有了公公的支持，大胆走出深闺，意气风发了。她忘不了自己童年的痛苦经历，又好歹当过一回母亲，有信心帮别人带好孩子。她在阿芳和柯爱的陪同下，走访了新村户中有婴儿的四个母亲，向她们作出庄重保证，一定带好孩子让她们放心干活。阿燕还负责保管一只卫生箱，是柯爱从上海带来的，里面有八卦丹、万金油、十滴水、正气丸、红汞和伤痛膏药，还有酒精、消毒棉花、绷带和胶布之类的医疗用品，可以给村民们及时解决一些小病小伤问题。她还向黄阿莲学会了刮痧拔火罐之类的几手祖传治病方法，一时间，乡亲都夸阿燕是民间故事中专做好事的田螺姑娘。

刘世璋得知彭永骢和彭永骏回乡试办新村，按照原先的约定，来到天螺湾，商量为刘世琏和彭永芬修建衣冠冢的事。刘世璋还是主张悄悄儿操办，知道的人越少越好。彭永骢回到家乡后，遇上乡亲们如此爽快地接受办新村，意外地发现家乡的天并没有原先想像的那么暗，“四一二”政变的血腥味并没有污染家乡的清新空气，于是持反对意见说：阿琏和阿芬是突破世代村仇真心相爱的一对患难夫妻，又是反抗军阀的英雄儿女，光明正大的事就该公开操办。彭永骏持折中态度说：修建衣冠冢说得上是民情风俗，而两人终究是冤死在国民政府手下的，如果发丧的场面闹大了，死因就会传扬开去，引起乡亲们对刽子手的公愤，当局要追究责任，受害的首先是两家的父老长辈，我看任何仪式都不要举行，该说的事就在至亲好友间说说明白就行了。刘世璋和彭永骢最终认同了彭永骏的意见。

刘珍珍也来到了天螺湾。前些日子，她才从彭永骢嘴里得知要和彭永骏一道回乡试办新村的事，同时要借这个机会给阿琏和阿芬修建一个衣冠冢。刘珍珍掐好时间，请假赶回故乡。她有心要实践对阿芬姐的承诺，代阿芬姐到天螺湾看望亲人和秦文光先生，转达思念和感恩之情。她还想趁这个机会，探听阿芬姐来不及给她讲的一件事情，这是两年多来一直萦绕在她心头的一个悬案：她从未见过的童养媳松果姐到底是怎样的一个人？到底是怎样死的？

这一天下午，村校临时放假。秦文光和彭永芳来到彭氏第一房族平常举行祭祀用的厅堂内，出席一个重要会议。这是一个非常会议，同试办新村无关。出席会议的人，除了天螺湾彭氏族长彭谨祥与大夫人陈银凤和堂宗代表，还有关系人与民意代表刘青燕、彭大奎、彭小闩；还有杏源畈刘氏族人，包括族长刘家梁与夫人姚素娟、堂宗代表、关系人刘世璋和刘珍珍；还有从上海来的新村试办组五名成员：彭永骏、彭永骢、季炎如、费尔曼和柯爱；加上秦文光和彭永芳两位村校教师，共计二十余人。会议的主持人既不是彭刘两个氏族的尊长，也不是资深学者季炎如，而是年轻后辈彭永骏。

彭永骏开门见山说："各位父老乡亲，你们之中有的并不清楚这个会议要讲点什么？我现在禀告大家：今天要讲的是关于杏源畈和天螺湾两位好儿女的事。这两位好儿女，就是杏源畈的刘世琏和天螺湾的彭永芬。阿琏和阿芬，不愧为刘彭两族的英雄后代，不愧为我们年轻一辈的榜样……"

说到这里，彭永骏的眼泪就哗哗地淌了下来。坐在一角的刘珍珍更是禁不住呜呜地哭出了声。

"大家都知道，阿琏和阿芬失去音讯三年了……"彭永骏哽咽着继续说，"两村的乡亲们都在关心：他俩到底去哪里了？今天，由我来主持这个会，只是因为我自始至终参加了真相调查。这个调查，受到季炎如先生、费尔曼先生、柯爱女士和许多朋友的真诚帮助。后来，我们找到了杏源畈的珍珍姑娘，发现她不但是阿芬的工友，而且是阿琏的族妹，情同手足，完全清楚阿芬和阿琏的事情……"

彭永骏概略地讲完调查过程后，季炎如就提议，让刘珍珍直接叙述同阿琏阿芬一起相处的情形，以及所见所闻的具体事实。刘珍珍边哭边说，说到阿琏和阿芬为家乡发展蚕丝生产的美好心愿，她情意悠长；说到阿琏和阿芬参加上海北火车站围歼军阀部队的激战，她神采飞扬；说到阿琏和阿芬在打败军阀后又被诬陷为"暴民"，气得脸颊通红；说到阿琏和阿芬最后慷慨赴死的情景，禁不住哭成了个泪人儿，几乎当场晕过去。彭永芳连忙把她扶坐到一旁的椅子上，刘青燕边哭边捧了一杯凉茶，让她喝下提神。陈银凤也恸哭起来。姚素娟差不多在哀嚎了："阿琏我儿啊，你好命苦啊！"

会场陷入了令人难熬的沉默。在场的人个个都在流泪。沉默中，忽听得嘭的一声响，是彭大奎伸出独臂，猛的拍了一下桌子，震得好几碗茶水都晃到了桌面上。

"好人不得好报，啥格世道！"他恶狠狠地嚷，声震屋宇，虎啸龙吟一般。

"阿琏这孩子从小不听话……"刘家梁含泪说，"他的死，我早就有点数脉了。孩子走这条路是自找的，我当爹的也有责任。"

"有什么责任？"彭永骢反诘，"阿琏和阿芬走的路，是光明正大的路，替刘彭两族祖宗争了光！"

"天下初定就殊杀忠臣勇士的现象，历朝历代都有，不奇怪的。"季炎如说，"我相信，是非总归会有个公正评说。"

"人死不能复生。既然过去两年多了，亲人们也只好节哀保重。"彭谨祥抹一把眼泪说，"修个衣冠冢是应该的，只是张扬不得，乡亲们心里能够惦记着这两个好孩子，当家长的也感到无上宽慰了。调查真相要冒很大风险，炎如老弟和两位西洋朋友如此急公好义，应当受罹难人亲属的一拜……"

彭谨祥说着，就离开座位，走到季炎如和费尔曼、柯爱的身旁，正要下跪拜谢，就被季炎如和费尔曼伸手架住，搀着他回到自己的座位上。

一待会场上复归平静，彭永骏拿出一个油布小包，用双手捧到秦文光的面前，庄重地说："这是刘珍珍代阿芬保存下来的遗物，讲明是要交给秦先生亲收的。"

"我们一直没有打开看过。"彭永骢说，"不知道里面是些啥，想必会有遗书。"

"凭着我对阿芬的了解，我相信她的遗物里肯定不会有啥见不得人的东西。"秦文光说，"既然她让我亲收，我就可以做主，现在当着大家的面，把她的遗物打开来。"

秦文光用微微颤抖的双手，打开了油布小包，再解开内层的蓝花巾，端起一个长形的牛皮纸包，掂了掂份量，撕开封口，倒出了一堆银元，数了数，二十五块。还有一张信笺。秦文光一目十行地溜了一遍，说："我这就念念阿芬的遗书。既然她和阿琏的死因都讲清了，这遗书也就没啥秘密了。"

秦文光怀着对死者的尊敬，从座位上站起，顾不上因左脚微瘸而使重心失控，将身子靠牢在桌沿上，用沉痛的口气诵读彭永芬的遗书。

秦先生：

我再也见不到启蒙老师您了，再也见不到美丽的家乡了。我时刻都思念着爷爷奶奶爸爸妈妈二妈和所有亲人，还有天螺湾的好乡亲。那一年我私自离开家乡，表面上看是因为奶奶打了我一记耳光，其实不是的，奶奶恨我身为童养媳却不认命，不肯嫁给阿骅哥，有福不会享，心底里还是为我好。我所以想离开山沟沟，只为了到外面见见世面，看看能不能找到让女人活得像人的路子。在外面的这些年，多亏杏源畈的世琏哥帮我疼我，使我相信仇村的人也可以成为知心人。我请求秦先生方便的时候给我家的长辈们说说，我到死都不会忘记他们，我懂得生亲不如养亲的道理，永世感恩彭家长辈，永世惦念彭家的同辈和小辈。也求秦先生转告家乡父老：刘世琏和我彭永芬虽然离开家乡，可是从来没有做过一丁点辱没家乡辱没祖宗的事。我俩都活得光明正大，所以也宁死不屈。阿琏和我在上海的情形，杏源畈的阿珍姑娘都清楚，由她面陈吧。这里托她捎上二十五块大洋，是我一生的积蓄，也就这么点了，请秦先生安排给村里上学的穷孩子买课本买文具用，也算是我对家乡的一片心意。

另外有一件事拜托秦先生：小闩家的童养媳松果是怎么死的，是我和小闩亲眼见到的，这件事一直折磨着我的心，也成了我抗拒天命自寻人生道路的真正原因。阿珍姑娘想知道，我一时不忍心对她讲，也没有机会对她讲了，求您讲给她听吧，我相信她听了以后，更会懂得一些做人的道理。

来不及多写了。望秦先生保重身体，也祝乡亲们安康！

学生彭永芬 敬上

读完彭永芬的遗书，响起一片抽泣声。刘珍珍呜咽着说："阿芬姐姐跟我提起过松果姐的死，却又不忍心告诉我详细情形，总是哄我以后再讲以后再讲。这回在遗书里又提到松果的死，到底是怎么一回事？我急着想知道，要不，心里永远不得安宁。"

彭小闩哭道："这这桩事情，阿阿阿芬姐和我原本约约好不讲的，只告诉过秦秦先生一一个人……"

秦文光制止彭小闩的话，对刘珍珍点了点头说："这事讲来话长，在会上就不讲了吧，既然阿芬留下了话，我会照实告诉你的。"

会议接下去的议题，便是商量修建衣冠冢的事。

刘家梁嗫嚅着说："阿琏和阿芬虽然志同道合，终究不是明媒正娶，有违族规家法，称不上合法夫妻，这衣冠冢恐不宜修在刘家的祖茔上，否则会引起乡邻们的非议，弄不好还会落下向政府示威的罪名，务请阿芬的长辈和彭家的族人多多体谅才好。"

彭永骏说："阿琏和阿芬的泉下之灵，不会在乎祖宗坟地的。我看就葬在两村相邻的杜鹃岭上吧，象征他俩站得高看得远。"

彭永骢、彭永芳、刘世璋和刘珍珍都表示赞同，费尔曼和柯爱也说好主意。季炎如庄重地说："刘世琏和彭永芬的爱情和婚姻，才是杏源畈和天螺湾两村和睦联姻的真正典范。他俩的崇高精神不仅仅属于两个氏族，将衣冠冢安葬在祖茔上，远不如安葬在高山之巅，好让更多的后人景仰。"

衣冠冢的事就这样议定了。两家挑选了几件亡人生前穿戴过的衣帽和其他用品，放进同一口棺材，抬上杜鹃岭，埋在松林中，竖了一块刻着二人姓名的青石墓碑。安葬的那天，不知道是谁违反了不可张扬的决定，传播了实情，在杏源畈和天螺湾就有许多人参加出殡。季炎如、费尔曼和柯爱也加入了出殡队伍。腿脚不便的秦文光还拄着手杖，率领天螺湾村校的全体学生，冒着炎炎烈日登上杜鹃岭。孩子们采了许许多多的斑斓野花，献到了刘世琏和彭永芬的衣冠冢前，以墓碑为骨架，堆成了一座花丘。

刘青燕同刘世琏的实际接触并不多，自从她作为螟蛉女进入刘家以后，刘世琏的大部分时间在外读书和工作；她跟彭永芬就更陌生了，杏源畈和天螺湾两村结仇，互不来往，连见面都没有见过一回。刘青燕未曾想到自己会有这样一位英雄大哥，还有这样一位善良又刚烈的嫂嫂兼小姑。她为阿琏阿芬的英年早逝悲痛万分，也为阿琏阿芬的豪壮经历和忠贞爱情感到骄傲，心想要是让我挑选男人，也会学阿芬挑选阿琏这样的男人，也愿意跟着阿琏这样的好男人一道去死……

刘青燕伫立在一棵大松树背后，独自饮泣，等到人们渐渐散去，她才走到墓碑前，长跪不起，嘤嘤地哭出了声。山风阵阵，像在为死者和生者叹息。

当天傍晚，刘珍珍终于知道了松果的故事，从此解开一个深埋在她心中的疑团。

彭小闩十一岁那年，祖母顾腊月从葫芦镇上领回一个流浪女孩，当时才九岁，瘦得皮包骨，身上长满疥疮，顾腊月就给她取了个形象性的贱名叫松果。取贱名保长命，这是习俗。顾腊月独自做主，让松果当了孙儿小闩的童养媳。

彭小闩其实也不是彭瓦土的亲生儿。有一年打人阵，彭瓦土的父亲彭石柱打伤了一个杏源畈人，为怕报复决定外出躲难。顾腊月也跟随出门，想避过风头再一道回乡。不料，彭石柱碰上急病死在外乡，顾腊月伤心地回到家，丢了丈夫却拣了一个外省小乞丐，才六岁，他就是小闩。顾腊月认定自己的独子瓦土是个一辈子当长工的料，傻头傻脑像根木头，一大把年纪了，也娶不上媳妇，便把小闩当孙子养。小闩落脚天螺湾之初，人生地不熟，又不通方言，见谁都怯生生的，等渐渐长大并且学会当地土话，就变成了磕巴。他脑子灵，爱读书，秦文光就特许他进村校读过两年书，后来又给村校当过校工，还拜彭大奎为师学过木匠手艺。因为磕巴说话困难，秦文光就教他“唱话”，急着想说什么一时说不出，反倒能像唱山歌一般唱出来，所以得了个绰号叫磕巴精。

顾腊月把松果领进门的时候，小闩不嫌弃她瘦弱又生疥疮，像亲妹妹一般疼爱她。两年后，松果的疥疮愈合不久，脱痂的瘢痕还没有转为正常肤色，不幸又染上了天花。各种草药土方都医治过了，不见效果，葫芦镇的郎中也多次上门，同样没有办法。眼看着症状一天比一天厉害，高烧不退，满身溃疡流着脓水，发出恶臭。顾腊月深怕小闩也遭传染，就把小闩赶到柴房里去睡，不许他接近松果，自己就在松果房内搭了个地铺，日夜照料。几天几夜下来，松果的病情丝毫不见好转，顾腊月却已精疲力尽了。

有一天，彭小闩回家时忽听得里屋有哭声，推不开门，就去叫爹，爹下田畈了，碰到彭永芬，彭永芬用小篮子装了一些枇杷，急忙拉起小闩奔回他的家，还是叫不开门，两人就爬上廊下的石磨架，透过破窗往屋里张望。

此时，屋里的哭声已经静息。只见顾腊月正在给松果喂红糖鸡蛋，松果喝了一口汤说有点苦，顾腊月说是药哪有不苦的，吃口鸡蛋就不觉着苦了。松果吃完喝完，咂咂嘴，喃喃说声奶奶真好！随即全身扭动起来，喊肚子痛。顾腊月扒倒在床沿上，轻轻抚摸着松果长满脓疱的脑袋，哭着说：“乖囡忍一忍，忍一忍就过去了。奶奶也是为你好，让你少受苦，早走早投胎，另外找一门好人家去！”松果听出了祖婆的意思，点点头，一边挣扎一边哭。两人对着哭。顾腊月问：“奶奶也是没有别的法子，你会怨奶奶吗？”松果喘息着艰难地说：“不怨奶奶……都怨我自个的命不好……”

顾腊月见松果全身痉挛，口吐白沫，太痛苦，于心不忍，就抓起破棉絮，紧捂她的嘴巴鼻子，一边喘息说：“你要不断气……你苦，全家也苦……你走了以后，奶奶天天给你念经，逢年过节到坟头去看你，烧纸钱……等奶奶过世那一天，就去找你，还认祖孙……”

松果开头拼命挣扎，随即抽搐了几下，全身就软了下来，咽了气。顾腊月抱住尸体嚎哭起来，满脸都是眼泪鼻涕，又转身朝桌上的观音瓷像扑嗵跪倒，喊着罪过啊罪过啊，连连磕头，磕得额上都流出了血。

彭永芬和彭小闩好像如梦初觉，急忙跳下石磨架，使劲撞开门，正要跨进门槛，顾腊月冲上来，张开双臂拦住二人，嘶声嚎叫：“你俩要进来，我就一头碰死在这里。还不快快躲开，天花要传染的呀！”

两人不得已回身去找彭瓦土。彭小闩这时才想起，就在前一天，祖母去过葫芦镇，买回小小的一包药，东藏西藏的很神秘，小闩问是什么药，她说是毒老鼠的，你不要碰。原来，顾腊月是用砒霜煮进了红糖鸡蛋里，喂给松果吃了，就是为了早一点了断松果无可挽救的生命，早一点结束她难以忍受的痛苦，免得传染给全家和亲邻，招来更大的灾祸。

松果死后，顾腊月不让别人插手，独自料理后事，用生石灰把尸体腌起，用破棉被卷紧，背到后山沟埋了。顾腊月日哭夜哭，不久后眼睛就半瞎了，她认定是报应，就开始安心念佛，为亡灵和自己的来生超渡，同时还得摸索着做家务，抽空又编织草鞋，换点油盐钱。

松果的死因，牵涉到顾腊月的有意谋害，阿芬曾经跟小闩商量停当，无论对谁都不说。可是阿芬在出走之前，又改变了主意，约同小闩一起向秦文光哭诉了真相，为的是向秦先生表达一个心愿，希望通过传播知识，快快改变家乡的穷困面貌。当时，秦文光也嘱咐他俩千万不可对别人说起这件事，怕传扬开去让顾腊月没法做人。眼下，秦文光面对着刘珍珍渴望知道真相的心情，信任这位少女分辨是非的能力，也就坦率相告了。在场一同聆听这件往事的，还有新村试办组的五名成员和阿芳阿燕姑嫂俩。所有知道了松果死因的人，没有一个对顾腊月的行为有所非议，相反，都感叹顾腊月的残忍原是穷困逼出来的，完全是出于一颗无奈的善心！

说起顾腊月的为人，秦文光又讲述了一件曾经在葫芦乡传为奇谈的事。两村和睦之初，有人告状说：彭小闩偷了杏源畈人一只小羊，私自牵往葫芦镇卖了。顾腊月气得脸都涨得发紫了，强令小闩跪倒在灶王爷面前，用竹梢狠抽。小闩不认罪，越气越急越磕巴，一时解释不清楚，也没有心思“唱话”。顾腊月认定孙子做了坏事理亏心虚，一怒之下又操起菜刀，剁下了自己一节小拇指，说是恨自己没有教养好孙子，要留下血戒。小闩夺下菜刀，差一点要抹自己脖子。正当老少二人扭在一起的时候，几个邻居和彭瓦土一道奔来报告说小羊找到了，送还给杏源畈的刘族人去了。小闩并没有为自己蒙受不白之冤而记恨祖母，竟把一节带血的小拇指丢进自己嘴巴，囫囵吞进了肚子里。他气顺了，就唱话说，那一天到南虎岗拾干柴，见到一只小羊，因为那片山坡上有断肠草，怕小羊中毒，就把小羊牵到了另外一个地方，杏源畈人见我牵过小羊，以为我牵到葫芦镇上卖了。我吞下了奶奶的手指头，就是要记住奶奶的心意，穷也要穷得有志气，一辈子不做丢脸的事。

待刘珍珍离去，季炎如就提议在座的人一同去看看顾腊月。踏进门槛，只见有几只鸡到处乱窜，满地都是鸡屎。半瞎的顾腊月正在摸索着编织草鞋，神情专注，动作娴熟。彭小闩说：“奶奶，上海的客人看奶奶来了。”顾腊月说：“真不好意思啊！屋里邋遢，连坐坐的椅子都没有，真怠慢客人了。”众人觉得呆久了宾主都心酸，随口说了几句宽慰的话，就告辞了。

出了门，季炎如轻轻地吟了屈原的两句诗：“长太息以掩涕兮，哀民生之多艰。”又叹道：“历来总说江南好，殊不知江南的穷人一样有苦难言啊！”

柯爱说：“这么穷还照样信守美德，真不容易！”

彭永芳说：“天螺湾读得起书的人很少，可是不识字的乡亲们也都爱背《三字经》。”

秦文光说：“我到天螺湾二十多年了，亲身感受到天螺湾乡亲们的好风尚，除了世代村仇中把复仇看成责任，本村人中间很少见到打斗作恶的。”

季炎如说：“看得出来，天螺湾曾经有过一段非常辉煌的农耕文明高峰期。可惜时代变了，再固守着原始教化，知命认穷，越来越不思进取，也就不知道怎么进取了。”

彭永骏说：“眼下，天螺湾的乡亲每人只摊上一分二厘田地，自给自足的田园牧歌肯定没法再唱下去了，但愿新村试验能够成功，从此走出一条新路来……”

人人的心头都非常沉重，无不期望着能把新村办好，让困顿的天螺湾出现生机。

第二十六章
飞蛾扑火

彭大奎有理由兴奋。想当年无论是打人阵或是斗猛兽，他从来都是前锋人物。没料到人还未老却流年不利。“丙辰凶灾”那一回人阵打得惨烈，天螺湾和杏源畈两败俱伤，他也丢了左胳膊，伤愈之后干啥都不便了，就像大侠给废去了武功，再也无法施展非凡本领了。独子阿虎游手好闲又不长进，做事毛手毛脚，劈柴连柴砧也劈的货色。多少年来，憋在胸中的气就没有顺畅过。眼下，大家选他当了新村的村长，虽然新村只不过是一种劳动组合体，当村长也只是个牵头人，无权无势，但至少证明在乡亲们的心目中，自己还是一个好佬。他想：试办新村，无非是在死巷子里破墙找路走，摸黑寻天光，反正靠儿子也靠不住，承蒙大家看得起我，就得拿出当年斗猛兽打人阵的劲，领着大家豁上命地干才是。

新村不是从零开始，只不过发挥众人的智慧，把入股的田地，连同庄稼，统筹管理，精耕细作。工夫花下去，所有庄稼地立刻就换了容颜，比其他散户的庄稼长势都见好。彭大奎眉开眼笑，用独手摸着黑胡茬，对同伴们嚷嚷：“好好做，做个三年两载，新村能不能站住脚跟就见分晓了。”

作为天螺湾试办新村的发起人彭永骏，更是踌躇满志了，他像个诗人似的对众人大发感慨道：“从孔夫子到孙中山，世世代代有多少人在做着‘天下为公’的好梦！天螺湾人这回也要亲手叩一叩这个美妙梦境的大门了。事在人为。古人能够做到一二分，今人为什么不能做到三四分，再让来人做到五六分七八分，总归会有功德圆满的一天！”

明月当空，微风轻拂，祠堂前坪的白果树下，自发形成了一个热闹的纳凉晚会。

纳凉晚会就是神仙会，不分老少尊卑，百无禁忌聊山海经，聊到哪里是哪里，只求个身心放松。往常，中心人物总是能说会道的村校教师秦文光，这一回秦文光非常谦虚地说：“季先生是从东洋留学回来的大秀才，两位西洋朋友更是见多识广，今晚上就让三位客人多讲讲，好让我们乡下人开开眼界。”

季炎如一开口就讲众人最关心的新村问题。他说："眼下，新村还是一件新鲜事，将来普天之下处处都会有新村，乡下也办工厂，也有电灯电话，种地用上机器，人人平等，丰衣足食，贪官污吏绝迹，富贵贫贱一个样，金子银子都不值钱了，不是用来做马桶，就是用来做锁罪犯的手铐脚镣。"

彭汪氏撇撇嘴说："季先生是在糊弄我们乡下人吧，真要是那个样子，岂不成天堂了。"

"要的就是人间天堂嘛。"彭永骏说，"当然，路还很长，所以我们今天就先做点试验，一旦成功，天螺湾就是一颗好种子。"

何朗庆说："古人说'天不变，道亦不变'，要改变天命能成吗？"

"古人也有不同说法的。"季炎如摇摇头，"宋朝的宰相王安石就说：'天命不足畏，祖宗不足法。'"

说到这里，季炎如觉得新村的话题太正经，像上大课，不适合纳凉气氛，就提议让费尔曼和柯爱讲讲海外的奇闻轶事。

彭盛庭和他的一对双胞胎妹妹，挤在费尔曼与柯爱的跟前，无所顾忌地摸弄他俩的头发。彭美庭说："费叔叔的头发红得跟玉米须须一样哩，好玩！"彭丽庭说："柯阿姨的头发是金颜色的，好看！"彭盛庭就说："费叔叔是红毛番，柯阿姨是金毛番哩！"

笑声中，人们从赞美"金毛番"开始，话题就扯到了女人身上。柯爱说她到过南美洲一个叫秘鲁的国家，游览过印加帝国的遗址月亮宫，传说古时候遇到饥荒和瘟疫，就从全国各地选来许多美女，在"祭人台"上活活烧死，祈求天神消灾降福。她说着望望月光下的刘青燕，感慨起来："女孩子长得美丽也不幸，正应了中国一句'红颜薄命'的成语。"

彭谨祥接茬说："就是嘛，葫芦乡除了出寿星，也出美女，相传西施的外婆家就在葫芦乡，葫芦乡就是美人窝。明朝弘治年间，风闻朝廷要来葫芦乡选美女，从十四岁到十八岁的女子，就像大难临头，不论阿狗阿猫，只要是男人，统统嫁出算数，可见美人进宫是什么滋味，跟活活烧死也没有两样。"

说到女人的不幸命运，费尔曼叹息道："不管哪个国家和民族，古时候都是尊敬女人的。看看西方的神圣教堂，所有大门都是女性生殖器造型，就是为了表示对女人的尊敬。尊敬女人就是尊敬母亲啊！"

坐听约翰牛这一说，众人先是一片肃静，随即响起喧哗，有的女人还用双手掩起脸庞捂起耳朵，嚷嚷说这种事上不得台面的呀，红毛番真是皮厚啊。彭永骏大声说："大家不要吵吵，费尔曼先生是英国绅士，讲的事情是有道理的。啥叫开眼界？知道从来不知道的事，才叫开眼界嘛！"

季炎如点头说："其实，人类的祖先都有过女性崇拜的历史。从尊敬女人到欺压女人，这实在是一个大倒退啊！所以，未来社会的进步，就要用女人解放的程度作为重要标准。也就是说，哪个社会的女人和男人一样受到尊重了，哪个社会就称得上文明社会了。"

费尔曼见到乡亲们对季炎如的话反应不太热烈，一时嚼不烂咽不下，就扬扬手中的烟斗说："换个话题吧，就讲讲天螺湾和杏源畈世代结仇的事，我们爱听。"

"何先生讲，何先生讲得好。"秦文光立马推荐何朗庆，"远来的和尚会念经。"

何朗庆当仁不让，讲起了几代前的一次大厮杀。这是老族长亲口告诉他的，一代代的长辈说起这次大厮杀都会心惊肉跳。那一回彭刘两族只为争夺两村交界处的一块坟地，刘方说祖上的坟地"千金不易"，彭方说这块坟地本来就姓彭，"寸土必争"。双方都说这一块小小的坟地关系着本族风水的千年大计。谈不拢，全葫芦乡各村各舍的彭刘两个氏族，就决定兵戎相见，双方还鼓动邻乡邻村的母系胞族出丁当后援。锣鼓一响，十八岁以上的男子个个都是战士，轮批出战。开打前双方都在各自的祠堂里举行隆重的祭拜大礼，祈求祖宗保佑。上阵的壮汉们都吃了红焖狗肉，喝了玛瑙烧，鼓足了内热。战场摆到葫芦镇上，血战一天半，两族总共死伤了二百多人，杀得黑沙溪的绿水都变红了。一听说县衙门准备派出大队官兵前来弹压，两族头领又火速下令退兵，匆匆藏起尸体，把负伤的人带进深山，还把战场打扫得干干净净，装作没事儿一样。几天后，彭族查出一个奔到县上报案的老人，还把他当作叛逆狠抽一顿竹梢，打得遍体鳞伤。

费尔曼问："衙门派兵制止械斗，是他们的责任啊，有什么不好呢？"

彭谨祥解释道："早年，两族的先祖曾经有过一条约定，不论发生多大规模的械斗，不论造成怎样的后果，双方都不得告官。一告官，不但格杀勿论，平息争斗之后，各方都要罚款罚粮，还要给官兵付勤务费、犒劳费，死了官兵还要出抚恤金，光是杀猪宰羊给官兵们喝上几天酒吃上几天饭，就可以把两族堂宗和村民的全部积蓄耗个精光。正因为这样，彭刘两族宁可死了人自已埋，全族人服丧，不怨天不尤人。回想以往打人阵的事，真是动天地泣鬼神啊，好在到了去年，彭刘两族总算讲了和。"

说到讲和，村民们忽然暴发了一阵开怀大笑。原来，他们想起了讲和高潮戏中的一个小插曲。

高潮戏便是和睦酒宴。讲和事成，民心大悦，非酒宴不足以抒发豪情。待两村的首脑耆宿联合邀请县区代表，在葫芦镇隆兴酒店办过高档次的正规酒宴后，两村大小房族又各自办了庆祝酒宴。就在天螺湾主房族的盛宴上，彭汪氏一反常例，点名让彭瓦土和彭小闩父子俩与东家的小辈们同桌吃喝。老夫人的懿旨这样符合时尚，把下人视为平辈，赢得了年轻人的热烈赞佩。彭瓦土身为长工，开头慌张得双腿发软，但终究经不住酒菜香味的扑鼻刺激。他面临的，是一辈子未曾见过的丰盛大餐，嘴里的馋液早已涌起了波澜。自从记事以来，家里穷得连蚂蚁都不敢进门，红锅炒辣椒便是家常菜，即使吃年夜饭也难得有点荤腥，母亲顾腊月总是用一条木雕鱼放在餐桌中间，只能看着木雕鱼解馋，讨个“吃剩有鱼（余）”的彩头。这一回彭瓦土坦然入席，放开肚皮大吃大喝，没想到宴罢人将散的时候，他实在喝得太多吃得太饱，艰难地起身离座，解开外衣，想散发一点燥热舒展一下筋骨，突然张合着大嘴，一串焦雷般的喷嚏冲口而出，腹肌膨胀，崩断腰带，当众落下了宽大的缅裆裤，里头连衬裤也没有穿，让人一眼见底。狂叫狂笑中，醉眼蒙眬的彭瓦土却傻愣着，还不知道出了什么新鲜事，好在一旁的彭小闩眼明手快，连忙帮父亲提起裤子，架着他逃回了家。

这个吃酒掉裤子的谑事，成了和睦庆典中的一个趣话。彭瓦土是个厚道人，脸皮薄，一连三天不敢出门见人，东家的杂碎活只好让儿子彭小闩顶上。此时的纳凉晚会上，还好彭瓦土不在场，彭小闩倒也不觉得为父亲坍台，憋不住跟着大家一齐乐一齐笑。

乐过笑过，村民们便一哇声地嚷着该秦先生开讲了。

秦文光抖擞起精神，轻咳两声，正要开讲，彭汪氏对他有戒心，叮嘱道：“秦先生要讲就讲上了书的，不上书的不讲，好不好？”

秦文光说：“上了书的也怕有人不信哩！如今百姓把观音菩萨说得如何神圣，其实，观音菩萨本来是个男儿身……”

“啊呀！这种话可不好随便乱讲的。”陈银凤警告说。

“我可没有乱讲。”秦文光申辩道，“早先的观音佛像就长胡子，敦煌壁画里就有原型在。南北朝时期，信佛的人越来越多，女信徒猛增，没有女佛，在闺房中供奉男子佛像，犯了‘男女授受不亲’的大忌，这才让观音由男变女，身列四大菩萨之一。观音菩萨怎么会由男变女，史书上可是写得有根有据的呵！”

言之凿凿，犯疑的人一时无话可说。彭谨祥转眼瞟了一下自己的母亲，见她的脸容像泥塑菩萨一般僵硬，便打了一个假呵欠，起身道：“时候不早了，该睡觉去了。”

彭汪氏在陈银凤的搀扶下抽身离去，明眼人一看就知道老太太不高兴了。随后，何朗庆与另外几位老人，也操着与彭谨祥相同的遁词，站起身来，有的还喝令自己的晚辈一道回家，相继走出了纳凉地。

白果树下的人气跌落了，年轻人觉得意犹未尽。彭小闩招呼几个伙伴说：“时候还还还早，到溪溪潭里戏戏水去吧！”伙伴们都说好啊，便呼啸而去。

柯爱拉起彭永芳和刘青燕的手说我们也去，刘青燕说我不会游水，彭永芳说不会游水也去看看吧。彭盛庭也吵吵说要去戏水，张小珠呵叱说你寻死啊，黑沙溪里淹死过人的，有讨命鬼等着找替身哩！

一拨青少年呼拥着来到了黑沙溪的一个深潭边。跟往常不同的是，戏水的人群中多了三个年轻姑娘。一些半大男孩子就酸叽叽地起哄：“长头发的女人也敢下水吗？不敢吧？”三个姑娘中有两个还真敢。彭永芳第一个和衣跳进了水潭。她会游泳，一个猛子扎进深水，一露头就表演起了漂亮的蛙泳，赢得了一片喝彩声。柯爱的表现就更加让人耳目一新了，她敢当众脱下外衣和长裤，只留下背心和三角裤衩，在月光下，浑身上下闪亮着洁白的肤色，那些青果般的半大男孩们又起哄了，嚷嚷说：“大家快闭眼哪，金毛番是狐狸精啊，看了要掉魂的啊……”

柯爱舒展四肢，做了一会儿预备动作，突然将双臂举过头顶，踮起脚尖，来了个漂亮的翠鸟入水，轻盈地钻进了深水中，旋即又钻出水面，表演起各种游泳姿式，让别人看傻了眼。

彭永芳游了一圈回来，爬上岸，激励刘青燕说：“水里可舒服了，下水吧，不会游我教你。”

柯爱也爬上岸说：“没有危险的，有我保护哩。”

说罢，柯爱出其不意地将刘青燕推进了水潭，随即和彭永芳一同跳入水中，一左一右地抓住刘青燕的手臂，将她的上身架出了水面，告诉她怎样划手蹬脚，让自己的身体漂浮起来。

刘青燕连连咳出呛进喉咙里的水，像经历了一番死里逃生似的兴奋，咯咯地笑了起来。

男孩子们纷纷围拢到了三个青年女子四周，扑腾着，戏闹着，要求柯爱和彭永芳教他们正规的游泳姿式，顿时笑语飘扬，水花飞溅，碧水潭便成了快乐的仙境瑶池。

一些孩子的父母来到了岸边，响起了声声呼喊和怨骂，催孩子们赶紧回家，还说男男女女黑灯瞎火的泡在一个水潭里不成体统，是犯贱。

风波乍起。当天晚上，彭永芳就受到父亲的训斥，说她疯疯癫癫，公然违背礼教。彭汪氏陈银凤也数落阿燕，阿芳就说是柯爱和她硬拉着阿燕去的，责任不在阿燕。第二天，有几位耆宿就策动召开堂宗紧急会议，专门讨论如何抵制邪气，保护天螺湾世代相传的淳厚民风。有人还谴责秦文光不讲明君忠臣孝子节女的故事，却恣意亵渎神灵，怎堪为人师表，说要将他“礼送”出村。彭谨祥还悄悄跟阿骏吹风，堂宗会议上还有代表非议新村试办小组成员们的言行，不便当面讲，让我跟你打个招呼，希望各位自重，不可带坏了村里的后辈。

彭永骏婉转地向季炎如传达了父亲的话，季炎如点头说：“我明白了，不能指望板结的土地接受酣畅的甘霖，还是下点毛毛雨吧，润物细无声，能吸收多少算多少。”

新村实行旬休制，每工作十天休息一天。刘青燕一人在白天照看四个小孩，还真是照看得地道，大热天连痱子都不长，屎尿都不沾衣裤。小孩的爹娘都高兴得合不拢嘴巴，有的爹娘还让刚开始伊呀学语的孩子叫刘青燕“小姨姨”。

头一个旬休日到来前的傍晚，刘青燕把四个可爱的小孩交回父母的怀抱，带着愉悦的心情回家了。在经过晒坪的时候，几个农夫正在收拢晒干的玉米，一张张竹编的大篾席上，全是金灿灿的颗粒，散发出热烘烘的甜香味。许多红蜻蜓被这股甜香味所吸引，在晒坪上空陶醉地飞舞不停。有一群孩子在火烫的玉米堆上翻来滚去，追逐打闹，滑倒又爬起，爬起又滑倒。这是只有在农村丰收时节才能享受的儿童游戏。这群游戏儿童中，凑进了一个年轻人，恰是刘青燕最害怕见到又最渴望见到的彭永骏。

彭永骏也见到了刘青燕。两人对视片刻，正当彭永骏要想开口招呼的时候，刘青燕却低下头撒腿逃跑了，就像有猛兽在后面追赶。

大暑过后将近立秋。在天螺湾山村的夜晚，天空更深邃了，星星更明亮了，微风吹来，分外舒爽。晚饭过后，彭永芳叫上看家狗来福，提着两把小竹椅，与刘青燕一同来到宅旁平地上乘凉聊天。她俩抬头望着幽暗的夜空，久久不说话。半晌，两人不约而同地收回目光，互相凝视着对方的脸庞。

“你在想啥？”彭永芳首先打破沉默。

“不想啥，没啥好想的。”刘青燕凄然说，“我倒晓得你在想啥。”

为了替刘世琏和彭永芬商建衣冠冢和举办送殡仪式，刘世璋伴同父母多次来过天螺湾。趁着这个机会，一条过时信息悄悄传播了开来，说彭永芳在杭州读师范学校的时候，刘世璋就喜欢她，两人毕业后在同一个学校教书，刘世璋还向她写过情书求过婚，眼下便有人议论这段姻缘中断的根底。

久久的沉默，姑嫂两人又抬头看夜空数星星。过一会儿，还是彭永芳先开口。

“我的事不提了，没有意思。你的事还是有希望的，值得你好好儿想想。”

“有啥希望？我不想，想也白想。”

“说假话了吧！这些日子来，阿骏就在身边，天天能见到，心里会没有想头，才怪呢！”

“他是他，我是我。为啥非要想他。”

“煮熟的鸭子嘴也硬。你就不如阿骏老实，他就敢对我说天天都在想你。还说……”

“还说啥？”

彭永芳卖起关子来了，光笑，不开口。

“说呀！”刘青燕催逼。

彭永芳偏不说，把小竹椅往刘青燕身旁靠靠，继续抬头望星空，问：“你能找到牛郎织女两颗星星吗？”

“阿芳坏！”

“牛郎织女真可怜，隔着一条银河，一年只能相见一次。”彭永芳不管刘青燕心中着急，顾自发挥起玄妙的畅想来，“老天不从人愿啊！你看那长长的银河，平平静静地流淌着，不晓得要流向哪里去？要是有一座七彩虹桥该多好，牛郎织女随时能会面。”

“想得美！”

“我还想造一艘神奇的乌篷船，同阿燕一道划进银河里，找一个没有风浪的河湾呆下来，好避开人间的烦恼，去和牛郎织女作伴，为他俩摆渡……”

“你不要说梦话了吧！”

彭永芳拉起刘青燕的一只手，轻轻地抚摩着。刘青燕抽了几下也没能够抽回。在幽幽的夜色下，彭永芳分明看到阿燕的眼中流露出一种神往，因忧伤而美丽。彭永芳常常见到她这种美丽的忧伤，既可怜又可爱。有一天清早有点事，从黄阿莲房间的边门走进阿燕的卧室，见她在熟睡中也带着这样的忧伤，忍不住低下头来，偷偷地吻了她的脸颊，惹得醒了的阿骅傻傻地笑。此时，彭永芳凝望着她的忧伤，开始了一种莫名的冲动，她试图控制自己，可是越控制越冲动，终于紧紧抱住她，迅猛地给了她一个狠狠的热吻。

刘青燕惊愕地把彭永芳推开，起身就要逃走，彭永芳抓住她的手臂不放。两人拉扯间，来福吠叫了起来。天真的爱犬以为两个女主人打架了，便张牙舞爪地发出警告。待彭永芳把刘青燕重新按坐到竹椅上，来福也就停止吠叫，忠驯地坐到了一旁。

“听我讲，听我好好对你讲……”彭永芳蹲倒在刘青燕的膝前，用哀恳的语调喘息道：“对不起！我只是喜欢你，并没有坏心眼……你是那么好，阿骏又看中了你，我心里有一种说不清楚的滋味……其实，我不可能跟阿骏作对，更不可能抢走他心爱的人，我也决不想害你，请你相信我，一定相信我……我现在就要告诉你一件要紧事……”

刘青燕安静下来，凝视着彭永芳，焦急地等待她切入正题。

彭永芳压低嗓音说：“阿骏让我明天下午陪你去盘龙岙，你非去不可，你要不去，他会拖你去见奶奶和爹妈，公开说出要娶你做妻子，还敢到堂宗会议上去辩论，要求解除你和阿骅这桩空头婚姻。”

“这样无赖啊！”刘青燕小声惊叹。

“这不是无赖。”彭永芳说，“阿骏的脾气你晓得，他下定决心要做的事，非做不可，就像试办新村一样，不管成败，他都敢碰，连炎如叔叔和两个西洋朋友还有三哥，都让他说动了。他要你去盘龙岙，你非答应不可！要不，他准会发疯。”

刘青燕感动了，迟疑半晌，主动搂过彭永芳，把头伏在她的肩膀上，颤声道：“你告诉阿骏，我答应。”

彭永芳吆喝着来福，陪着刘青燕来到盘龙岙，在清澈的溪潭边坐下。

“你不要走开，好吗？”刘青燕请求。

彭永芳望着刘青燕，见她脸色苍白，摸摸额头，体温是正常的，便安慰说：“阿骏不是老虎，不会吃了你的，你不用太紧张。有我和来福给你们望风当保镖，不必怕外人。”

刘青燕似乎预感到有什么重要事情将会发生，一时难测祸福，就用双手合十，低下头默默向神灵祈祷。

“不必求菩萨的。”彭永芳笑道，“菩萨最圆滑了，你倒楣他说你前世作孽；你遇上好事他又说你前世积德，样样都是因果报应前世命定。既然今世的一切努力在今世都白费，做人还有啥意思？”

“我晓得阿骏要对我说啥，我害怕！杏源畈人是把我当西施美人嫁到天螺湾来的啊……”

“拉倒吧！你要不是螟蛉女，你义爹义妈也不会舍得把你嫁给我的傻哥哥。”

“天地良心，义爹义妈把我嫁到天螺湾来跟阿骅成婚，全是为了两村和亲享太平。”

“说得好听！什么和亲？乡下的老古板书蠹虫就是会瞎扯，浑身不沾边的事也能扯到一块去！若把你比做王昭君还差不多，反正拿一个宫女去跟匈奴和亲，不关皇帝痛痒。当年越王勾践把西施送进吴宫，玩的是美人计，并不是为了和亲。”

“不管怎么说，把西施送进吴宫，好歹也是为了顾全大体啊！”

“《红楼梦》里头，有一首林黛玉写西施美人的诗……”彭永芳思索着背出了四句诗：“一代倾城逐浪花，吴宫空自忆儿家。效颦莫笑东村女，头白溪边尚浣纱。”又说：“你明白这意思吧？当西施美人还不如当村里的浣纱女子。”

“当西施美人还是当浣纱女子，反正全凭男人说了算。”

“男人真是讨厌！”彭永芳愤愤道，“《红楼梦》里就说：‘女人是水做的骨肉，男人是泥做的骨肉。’一点不错的。《红楼梦》写了许多女人很可爱，却没有一个男人是可爱的，就连贾宝玉也不可爱，一身脂粉气，一嘴娘娘腔，黏黏糊糊的，顶多算个能疼女人的好心男人罢了。”

“那你的心眼里，还有没有可爱的男人呢？”

“有的，只有一个，就是阿骏，贾宝玉比起他来，差远了去。”

正说着，来福突然竖起耳朵，昂头发出呜呜的低吠。彭永芳转脸一看，是彭永骏正走出身后的竹林，朝溪潭边踱来。

“你看，他早已比我们先到了。”彭永芳说罢，起身迎上去对彭永骏说：“我把阿燕带来了，她吓得脸色都发白了，你可不要欺侮她。我到岙口去等你们，等到天黑为止。”

彭永芳拍拍来福的脑袋，带上它折返到来路上。走出十几步，将要拐弯了，又回头望望两人，眼睛里透出复杂的感情，有庆幸，有担忧，有祝福，还有难言的惆怅。

彭永骏在刘青燕的身旁坐了下来。刘青燕像触电似的颤抖了一下。

“冷吗？”

刘青燕摇摇头。两人都有很多话要说，却又不知从哪里说起，都低头看水潭，看水面上自由旋舞的水黾子，看水面下活泼畅游的银色柳叶鱼，看脚旁静水中的自身倒影。

彭永骏捧出一个小纸包，解开，抖出一袭花绸连衫裙，说：“是惠子阿姨送你的，一定让我当面交到你的手里。”

刘青燕接过新衣，抚摸着，欣赏着，惋惜地说：“乡下女人怎么能穿这样的时髦衣衫？穿给谁看啊！”

“穿给我看，也给你自己看呀！”彭永骏笑道，“还给小鸟看，给野兔看，给白云看，给泉水看。哪怕穿一会儿也好，算对得起惠子阿姨了。快去换，就到岩石后面去换。”

刘青燕红起了脸，迟疑着走向一旁的大岩石。稍过片刻，就从岩石背后出来了。脱下斜襟长袖青布衫，换上窄腰短袖连衣裙，露出苗条的身姿和嫩白的臂膀，脸蛋闪光，活像个可爱的瓷美人。

彭永骏傻傻地望着她，呆了好半天，见她老是抬眼向岙口张望，生怕有人看到，便突然上前，大胆地捉起她的一只手，拉着她向一旁的竹林奔去。

进入竹林，好似进入了一顶巨大的绿色罗帏，就有了安全感。竹林是静谧沁凉的，能滤尽尘埃，抚慰心胸。茂密的竹叶郁蔽了光照，地面很少生长灌木和杂草，只铺着一层厚厚的枯叶，干燥又松软。彭永骏找了一处平整的地方，和刘青燕一同坐了下来。山风中，竹梢在摇曳，发出舒缓的竹涛声，像山野在呼吸。附近传来流泉淙淙，鸟儿在竹丛间飞窜鸣唱，还有蝉声起伏。周围是一片绿，浓得化不开的纯绿。太阳在竹梢的间隙中筛下点点光斑，随着竹叶在风中晃动，就像撕碎的金箔在林间翻飞弹跳。一切是那么美好，更有日夜思念的女人来到了身边，彭永骏心旷神怡了。

“多漂亮的盘龙岙啊！”彭永骏忘情地自言自语起来，“这是我小时候的仙境。后来每一次从上海回乡，我都要到盘龙岙来看看，好像投进了妈妈的怀抱里，听妈妈哼唱催眠曲……”

彭永骏转脸看着刘青燕。她的眸子深邃而澄澈，像盘龙潭的水。四目对视中，阿燕的脸膛霎时又红了起来。她想起了上一次在盘龙岙与阿骏相会，头一回听阿骏当面向她喊出了“我要娶你，非你不娶”的宣言，不能不脸红。这脸红，不仅是害羞，而且是感奋，自然也为彭永骏带来了激励。

“阿燕，我的心意你都清楚了。”彭永骏放肆地扳近她的身子，鼻尖碰鼻尖，用逼问的语调说，“今天，你非得给我一句回话：你到底敢不敢接受我的心意？”

刘青燕的泪水在眼眶中打起了漩，依旧金口难开。

“前年葫芦镇庙会上的野囡，是多么大胆，多么爽快，如今到哪里去了？”彭永骏问。

“那时候，我把你当成我的男人了……”刘青燕呢喃。

“可眼下，我把你看成了心中的女人。”

“眼下我已经嫁人了……”

“你不是嫁人，是别人骗你上勾，你有理由重新选择。”

刘青燕挣脱彭永骏的双手，从地上跳起来，又要逃跑。彭永骏跟着跳起，大喝一声：“站住！”

她刚后退两步，还没有来得及转身，不得不站住。

“今天你就是逃到天涯海角，我也要把你抓牢，死都不管了。”彭永骏说，“我再讲一遍：只要你有勇气，我们俩的事一定能成。炎如叔叔出了个好主意，等我留学的事定下就能见分晓，以后学成回国，就由我们俩照顾阿骅。这才是真正的和亲，相信天螺湾和杏源畈两村的乡亲们也会顺水推舟的。”

刘青燕迟疑片刻，抬起眼睛望着彭永骏，感动得流泪不止，又点头又摇头，点头是欣慰，摇头是怕做不到。

“你千万不要再折磨自己也折磨我了，快快下决心吧！”彭永骏继续鼓励，“你没见惠子阿姨和阿芬，不也是冲破障碍才找到幸福的吗？如今不是民国了吗？不是兴自由婚姻了吗？”

突然，刘青燕侧过头，脸庞向下，后脑朝上，好像一头梅花鹿面对雄狮，凭借毫无杀伤力的犄角，向前撞去，就在没有退路的情况下，横下一条心来要交付出自己的一切，带着决绝般的勇气。

刘青燕狠狠地撞向彭永骏，自然撞进了他的怀抱，撞得他一个趔趄。彭永骏趁势一把搂住阿燕，越搂越紧。他感到有一股热气直逼心窝，是阿燕胸中的高温在喷发，衬衣的前襟也被阿燕泪水濡湿了，后背忽又辣刺刺地作痛起来，是阿燕的手指太过用力，深深地抠紧了他的皮肉。

彭永骏热血沸腾。他豁然明白，阿燕的决心已定，好似飞蛾扑火，一切顾忌都抛到了脑后。彭永骏感到眩晕了，不知道是人在旋转还是天在旋转地在旋转山在旋转竹梢在旋转，反正一切都在旋转。旋转中，他和刘青燕同时飘然倒下，倒下在干燥又松软的竹林枯叶上。

刘青燕闭着眼睛，像假寐，有一抹阳光落在脸上，透过眼皮里的一层薄薄血液，整个世界仿佛浸在玫瑰汁中。忽然眼前一暗，有什么东西挡住了阳光，随即，她闻到了急促的鼻息，有两片火热的嘴唇印到了她的嘴唇上。她的封闭已久的胸膛之门终于轰隆一下完全敞开，顿时觉得天更高地更宽山更绿水更清，周围的一切都霎时变了，变得完美无缺了。

刘青燕心跳气喘，浑身都在哆嗦。她最害怕发生又最渴望发生的事情，终于无可抗拒，在匆忙间笨拙地发生了……

刘青燕哭了，说不清为什么要哭。

彭永骏难过起来，一边不停地吻她，一边连连自责："都怪我，都怪我不好！"

"不怪你……"刘青燕呜咽说，"我配不上你，你迟早是要后悔的。你是天上的鹰我是地下的鸡，你是树我是草……"

"快不要这么说。你又美丽又聪明又善良，乡亲们把你比喻成兰花，比喻成仙女，一点都不过分的。惠子阿姨总是说，只有你阿燕最最配得上我，还说我们俩本来就是天生的一对……"

刘青燕伸手捂住彭永骏的嘴，不让他往下说，再一次将自己的脑袋拱进了他的心窝。

第二十七章
牝鸡司晨的无奈

新村开门见喜，彭谨祥和季炎如的心情都很好。晚饭后，彭谨祥就约季炎如踏进自己的卧室，伴着一盏柔光闪动的油灯，一壶飘着清香的凉茶，准备敞怀长谈。

正是家白蚁闹“婚飞”的时节，一批批在空中飞翔后落到地上和桌上，脱去四片薄翅，雌蚁在前，雄蚁尾随，成双成对地到处寻找缝隙筑新巢，成千成万地繁殖子孙。彭谨祥一边燃起艾绳驱赶白蚁，一边叹息说：“香樟大院老了，说不清有多少年份了，如今成了白蚁窝，也不晓得还能撑多久？”

季炎如说：“‘采菊东篱下，悠然见南山’，陶渊明过的那种幽雅日子，往后恐怕不会再有了。这回试办新村，也就是想找一找新的活法，省得等到白蚁蛀垮了老屋子再找存身处，那就晚了。”

“但愿你们能闹出点名堂来。”

“这新村的事，一点儿把握也没有啊！”季炎如叹道，“有时候真想做闲云野鹤，静观万物皆自得，多好！可惜做不到，命贱！”

“谁能做得了闲云野鹤？”彭谨祥说，“一生怎么过，反正都是命里注定的。你命贱，我命苦。”

季炎如见到红木大床上放着一个用青篾编成的长笼，用手摸摸，又揿了揿，光滑而有弹性，转过脸来望着彭谨祥，露出了诧异的目光。

“北方佬，没有见过这东西吧？这叫竹儿，也叫青奴。”

“想起来了……”季炎如用手掌拍拍脑门说，“苏轼有一首写给谢秀才的诗里说：‘留我同行木上坐，赠君无语竹夫人。’这就是不会说话的竹夫人吧？”

“竹夫人是诗人的说法，其实不过是南方人在夏天睡觉用的凉具。”

季炎如诡谲地笑了：“既有妻又有妾的一个大老爷，何至于要用竹夫人伴眠？”

彭谨祥忙说：“竹夫人中间透风，手脚搁在上面清爽不出汗，夏天伴眠比妻妾都好。”

“不必解释了。”季炎如体谅地微微点了点头说，“这不是秘密，你身边虽然有两个女人，在感情生活方面，比不上我身边一个女人。”

“有什么样的量喝什么样的酒。我可没有你那般艳福。我的两个女人要是也像惠子，我浑身都会冒出鸡皮疙瘩来，怎么受得了？惠子会发嗲，还不是你宠的。我可不会宠女人。”

“女人是上天创造的精灵，给她一分自由，就能回报你十分妩媚。女人本来就该宠的。”

“惠子要是嫁到我们乡下来，非得把她当妖怪看待不可，下辈们都会学坏，长辈们都会气得翻白眼。”

“难怪我们中国乡下出不了惠子这样的女人。”

“你洋我土，惠子这样的女人只有你配，反正我不配。你们俩也算老夫老妻了，天天还像调情一般。就算惠子啥都好，猫叫春似的腔调我就受不了。”

季炎如笑道：“猫叫春叫得自然，你不爱听，猫爱听就好。大嫂二嫂不会叫春，是社会修的，把好端端的女人修光了女人味，害得你这号男人都闹不清什么叫女人，只觉得会传宗接代就行，不会传宗接代的女人也就不算女人，连竹夫人都不如！”

“反正老也老了，顾不得儿女情长了。”

“这话说得不对。时代在进步，年岁也在增值，当初苏东坡在三十九岁那年写《江城子·密州出猎》，就自称‘老夫’，竟说‘老夫聊发少年狂’什么的，当今的老夫们听起来真是扯淡，我已是年及半百，还觉得像个少年哩！你不过比我长两岁，也称得上盛年。哀莫过于心死，老莫过于心老，你是身未老而心先老，不该！不该！”

彭谨祥不做声了，抬手去剔灯芯，以遮掩自己的窘态。此时，他的心中泛起了波澜。如果不是遵从父母之命，也就不会近亲联姻。本来，自己和大夫人陈银凤之间，倘若不是在传宗接代的大事上出了毛病，好歹也有过琴瑟和谐般的恩爱。就因为害怕两人亲热又生怪胎，受到长辈的严密监视，有情也装作无情样。有一次彭谨祥得了小病，陈银凤送汤药进房，见他搂着竹夫人睡觉，劝说让二夫人傅灵芝过来陪伴，彭谨祥坦言说自己心中想的是你，只好让竹夫人替代你了。说得陈银凤眼泪直流，不得已又用“前世命定”的俗套来开导丈夫安慰自己，叹说反正也熬过来了，老了，即使躺在你身边，你也打不起精神来了。彭谨祥说只要有情在，精神这东西就常在。说着拗起身，猛的搂过妻子又亲又摸，不小心将一碗汤药碰翻在床头，陈银凤红着脸挣脱身子忙收拾，边收拾边说：一来精神都忘记了病，还是少来精神吧，免得再弄出个葡萄胎憨头儿什么的，我们还怎么有脸见人！说得彭谨祥闭上眼睛抱住竹夫人深深地叹气，碰都不敢再碰自己的原配夫人了。当初，他迎娶傅灵芝为妾，纯粹是为了延续香火，谈不上感情。傅灵芝虽然为他生育了两儿一女，可是始终也改变不了奴婢式的心理和地位，实在也是可怜相。

话题从床上的竹夫人谈起，谈到彭谨祥一妻一妾的尴尬婚姻状况，又转到了下一代的身上，顺理成章。季炎如说："阿骅有病不觉自己苦，苦的是阿燕，还有阿骏……"

"阿骏怎么啦？"

"阿骏早就恋上阿燕了，阿燕心中也是喜欢阿骏的。眼下的阿骏，正在受着相思的熬煎。"

"老天爷！"彭谨祥大吃一惊，"这不是应验了谣传吗？古人说：'发乎情，止乎礼义。'不管有情无情，总不该'非礼越分'的。"

"两情相悦并无罪，也很难止于礼义。古往今来，为了真情献出性命的好男好女还少吗？阿骏和阿燕都那么年轻，两人的苦，比起你和大嫂二嫂的苦还要苦，怎么帮他俩解脱才好呵？"

彭谨祥摇头说："阿骏恋着阿燕的事，过去也只是听别人在瞎叨叨，阿骏从来也不曾向长辈说起过，我今天还是头一回听你说起，可见他相信你甚于相信我。这事虽说是意料之外，倒也在情理之中。自从阿骏代替阿骅相亲的事穿帮以后，就有人议论说他们两人原是十分般配的一对。只是阿燕同阿骅这门亲事跟彭刘两族和睦息争缠在一起，如今要解开这个死结，难哪！"

"世上没有过不了的坎儿。"季炎如说，"这回离开上海之前，我同惠子一同商量过，觉得有一条路子可能走得通，德山医生也赞成，阿骢也没有反对……"

彭谨祥急忙问是一条什么样的路子，季炎如就直捷了当地说："很简单，就是让阿燕改嫁阿骏，以后由阿骏和阿燕照料阿骅，同样还是和亲，内外都和，两全其美。"

彭谨祥又叹气了，"唉！名不正则言不顺。明媒正娶的一桩和亲婚姻，赵副县长当的证婚人，拜过祖宗祭过天地，全葫芦乡家喻户晓的，阿骅还活着，就让媳妇改嫁他的弟弟，岂不是乱伦吗？"

"这才是正伦而不是乱伦，从此可以改正一桩名不副实的错误婚姻，成全一桩名副其实的美满婚姻。做法上可以稳妥一些，等阿骏张罗好了出国留学的事，就把阿燕和阿骅接到上海，说是治病，实为让阿骏和阿燕完婚，使阿骅回归兄长身份，由阿骏和阿燕照顾终生，来个暗渡陈仓，等真相传开，木已成舟了，水到渠成，乡亲们也会通情达理的，岂不皆大欢喜！当然，这个计划说说容易，实施起来并不简单。如果有错，我是主谋，理当承担罪责。”

“这个想法好是好，不过……”

“不过什么？”

“就我一人点头不作数的。”彭谨祥挠起了头皮，“你大嫂二嫂也好说，可是，我的上面还有母亲大人，还有堂宗啊！另外，不晓得亲家那一头会怎么想？那边也有长辈耆宿，也有堂宗，一旦两村两族同时发难，要闯大祸的啊！叫我怎么招架得住？”

“所以要慎重，要慎之又慎。”季炎如推推眼镜，小声说，“先不张扬，亲家那头暂时也不宜提起。关键是你这个当公公兼族长的要有个态度，你若答应，可以考虑让阿芳给阿燕一点暗示，好叫她放宽心，守得住神，千万不要再发病。上海方面，我和惠子会配合的，随时跟你通气，一道见机行事。”

“愿老天保佑。那就试试看吧！”彭谨祥沉重地点了头。

彭谨祥琢磨了一夜，越琢磨越是心惊肉跳。比起父亲来，他当族长还只能算是开个头，却已经焦头烂额不堪重负了。老族长在，即便卧病不起，族人们不看僧面看佛面，办事也容易；父亲一走便带走了威严，有的族人就把他这个新族长当阿斗看待，令不行禁不止，有的主意明明是堂宗议事会商定的，也有族人敢说是新族长听了母亲的旨意，是“牝鸡司晨”。家里的事更加让人愁苦，光是老二阿骝的恶行，就不断有人告状；二媳小珠更像一只毒蝎到处刺人，还闹着要分家；阿芳宁可挨人讥笑为阴阳人，也不肯谈婚论嫁。眼下又冒出阿骏和阿燕的事，已到了火烧眉睫的地步，阿燕一旦旧病复发，就会弄得不可收拾；阿骏真心恋上阿燕，倘若阿燕疯了，他岂不要心碎吗？唉！冲喜冲喜，冲个鬼喜……

想到这里，彭谨祥既没有向母亲禀报，也没有同大夫人切磋，就迫不及待地找女儿阿芳面谈。他知道家中跟阿燕贴心的只有阿芳一人，阿芳平时同阿骏也有书信来往，相信她肯定知道阿骏与阿燕的心思。

彭谨祥开门见山：“阿芳啊，你体谅爹的难处，跟爹说实话，阿骏和阿燕果真在暗中相好吗？”

“怎么啦？爹要动家法吗？”

“女小囡说话不要这样冲，你不晓得爹心里有多么憋闷。阿燕和你大哥的婚事，当初两家都考虑不周啊，害苦了阿燕！”

“要是能够挽救阿燕，也就挽救了阿骏，爹愿意伸手拉一把吗？”

“爹找你谈心，不就是这个意思吗？昨晚上，炎如叔叔把实话都给我明讲了……”

“讲了啥？”

“他们在上海商议好了的那个计划……”

“啥格计划？”

“哎！你这是明知故问了。你不相信爹，爹也没有办法。不过爹相信老朋友季炎如先生，他见多识广学问大，比我想得周全，他讲的那个计划，是个蛮仁义的计划，上天都会感动的，我愿意听他指点。我看你是不是私下里跟阿燕通个气，让她放宽心，把身体养养好，来日方长嘛！”

“爹到底啥意思，说明白一点好不好？”

“还要怎么明白？爹好歹也是一家之长和一族之长，我懂得阿燕心中的苦，也相信要是阿骏看中阿燕，是会真心相待的。只不过此事要慢慢来，不能急，心急吃不成热豆腐的。”

彭永芳的眼眶里涌起了晶亮的泪水，感动地说：“爹真好！阿燕和阿骏晓得爹有这份好心，定要高兴死了呢！”

彭谨祥也感到宽慰。实现了同阿芳的交流，也就等于完成了同阿燕和阿骏的沟通，他觉得终于拯救了自己的灵魂。

一向优柔寡断的彭谨祥，此时并没有意识到，恰恰在这一件需要十分谨慎的事情上，他迈出了非常轻率的一步。

大夫人陈银凤总是劝导彭永芳要改一改急性子脾气，说她不像个大姑娘，比毛头小伙还毛头小伙，活像一条火药捻子，一头点上火，立马就会烧到另一头，不是火铳响了就是炮仗炸了，这样直来直去是要坏事的。禀性难移，火捻子这回果然把两堆干柴燃起了烈焰。

彭永芳听了父亲一番真心告白，就像领受了皇上的秘旨一般。在她看来，父亲身为一家之主和一族之长，既然良心发现，赞成阿燕改嫁阿骏，此事也就定了七八成。当天晚上，她便踏进阿燕的房间，原原本本地转达了父亲找她谈话的内容。转达完毕，扳过阿燕的脑袋，在阿燕激动得红光闪亮的脸颊上狠狠地亲了两口，当作回报。随即，又匆匆赶到阿骏的住所，作了同样的传达。阿骏也兴奋异常，一时不知道该说什么才好了。

彭永芳问：“还要我帮什么忙，快说。”

彭永骏思忖了片刻，说：“我在乡下呆不久的，心里有许多话想跟阿燕说，总不能老是让你陪着钻盘龙岙。你能不能跟阿莲婶打个招呼，往后我进阿燕的房间，请她不要见怪。”

“这没有问题。”彭永芳拍拍胸脯打了包票，“阿莲婶心眼好，不会搬弄是非的，你放心。”

出了彭永骏的卧室，彭永芳又敲响了黄阿莲的房门。黄阿莲刚上床又下床，把彭永芳迎进了屋，重又点起油灯。

彭永芳第三次传达了父亲同她谈话的内容。黄阿莲听完以后既惶恐又纳闷，说这样的事情告诉我做啥？我一个老保姆不好过问的。彭永芳说谁都晓得阿莲婶心疼阿燕又喜欢阿骏，阿骏很快就要回上海去的，有话要同阿燕说说，请你多关照着点。黄阿莲嘴上是答应了，眉间却挂着明显的忧虑。

接连几天晚上，彭永骏都来到刘青燕的房间，在彭永骅的轻轻鼾声中，聊个无休无止，直到隔壁传来黄阿莲的假咳声，彭永骏才不得不难分难舍地告辞离去。到了第四天晚上，彭永芳把彭永骅领到黄阿莲的房里，一见他打起呵欠，就让他在阿莲的床上睡下了，还告诉阿莲说，不管隔壁的阿燕和阿骏聊到啥时候，你都不要管了，随他们去吧。

就在这一夜，阿燕仿佛走进了《夏娃日记》里的境界，成了白描插画中的主人公夏娃，裸露出美丽的青春玉体，在透过窗棂的月光下，在叮叮作响的风铃声中，像一尾银白闪亮的柳叶鱼，扭动着轻巧的身躯，滑进了亚当的怀抱。

她像在寒冬腊月跌落温泉，像在三伏酷暑钻进雪窝，像在秋千上悠荡，像在棉堆上翻滚，像云雀冲天而起，像轻舟被波浪托着一泻千里。是花时到来的怒放，是久渴之后的畅饮，是不可遏制的雷电迸发，即便四书五经摆在床头，达摩克利斯剑悬在屋顶，也阻止不了这样的灵肉交融。这样的交融是对世俗的抵抗，是对名教的反叛，是天性的复苏，又是本能的盲动，这样的交融，注定是蔑视神圣又不计后果的。

频繁的出格行为虽然小心谨慎，终究逃不脱一双敏锐眼睛的关注。那是张小珠的眼睛。

张小珠自从为彭荣灿奔丧从娘家返回天螺湾以后，没有再离开过婆家。丈夫彭永骝的绝情，就像滚油浇心，几乎使她丧失理智，想跟所有彭家人作对。她尤其恨刘青燕，觉得这只燕子的存在本身，对她来说就是一个耻辱的标志，也是一个巨大的威胁。她虽恨丈夫，却盼丈夫回家，又怕丈夫回了家，眼睛只会看阿燕而不看老婆。她没法想像自己原是一个大家闺秀，却会沦落成弃妇角色，心中便萌动一种欲念，一种难以克制的欲念。她想报复，狠狠报复。

在彭永芳带着刘青燕进盘龙岙的那天，张小珠也是派出儿子彭盛庭执行侦察任务的。没有料到彭永芳伴着义犬来福，坚守在岙口，不让阿庭进岙，说岙里有蛇进不得。彭永芳拉住阿庭，给他讲故事，讲安徒生的童话，听得他一愣一愣的，听了一个还要听一个，也就忘了母亲的吩咐。后来，彭永芳说阿庭该回家了，要不你妈妈要着急的，以为你让老虎叼走了。还反复叮咛，如果你妈妈问起小姑姑在做啥，你就说在采草药。说着就随手拔了几株不知名的植物，说是可以医治心病的。

彭盛庭相信当老师的不会说谎话，就乖乖儿回家了。回到家，张小珠问他看到些什么，他说只看到小姑姑在采草药，没看到别的。张小珠这回没有奖赏冰糖，还重重地打了他一记屁股，骂了声“憨大”！

女人的隐私，最难瞒骗的是女人，尤其瞒骗不了成熟女人。自从刘青燕和彭永骏在盘龙岙竹林中幽会后，就像压根儿不认识阿骏似的，迎面碰头也不动声色，在人堆里有阿骏在，连眼角的余光都不往他身上扫一下。尽管姑娘天生会装蒜，张小珠还是发现了阿燕身上的微妙变化。一连几天，阿燕都处在飘飘忽忽的陶醉状态，脸色红润，眸子放光，走路带有弹性，说话娇声柔气的，像黄莺鸣啭一般。这是一种逼人的美艳，不光附着在身体上，还迸散在空气中。张小珠是过来人，她知道这样的神韵难得有，只是当少女在恋爱的时候才会有。张小珠心里有了底，相信阿燕和阿骏肯定是暗中好上了。

张小珠有心要探明真相。连着几夜，她都虚掩着门，透过门缝窥视楼梯和走廊上的动静。这一夜，她终于发觉阿骏悄悄地上了楼，走向阿燕的房间。俗话说“抓贼见赃，捉奸捉双”，她真想立马闯进阿燕的房间。可是一转念，又怕孤身一个女子无人相帮会吃亏，不如查清底细再作道理，便熬着困倦守候在楼梯口。直到半夜，阿骏从阿燕的房间里出来，自然和张小珠撞个正着。

“怎么说？”张小珠冷冷地逼问。

“没啥说的，我准备娶阿燕为妻。”彭永骏平静地回答。

“好啊！办新村办新村，原来是借个因头，回乡跟大嫂子轧姘头来了。”

“不要说得这么难听嘛，这件事不用你管。”

张小珠原想出其不意地给阿骏一个下马威的，断没有料到他会这样镇定自若，一时反倒没话可说了。

“不要再为我的事熬夜了。”彭永骏轻松地笑了笑，“明天一早，我会向长辈们当面禀报的，快睡觉去吧。明天见！”

说罢，彭永骏气宇轩昂地下楼，向自己的卧室走去了，把不甘寂寞的二嫂寂寞地晾在一边。

第二天早饭刚过，彭汪氏的卧室里就传出了张小珠的哭闹声。经过半夜的休息和思虑，她又来了精神和斗志。正哭闹得不可开交的时候，彭永骏陪着父亲与何朗庆一同来到祖母的卧室。彭永芳听到哭闹声，也急忙跟进了屋。

陈银凤把屡屡要下跪的张小珠架住，让她坐在椅子上，耐心劝说：“长辈们都明白你心里不舒坦，有话慢慢讲，气盛伤肝的。”

“我都要死了，还怕伤肝？”张小珠用手帕抹一把涕泪，继续哭道，“当初我就晓得阿燕不是个好东西，活生生就是狐狸精，就是扫帚星。打从她进了彭家门，门风说败就败，当年蚕丝就歉收，阿芳在城里丢了差事回家做老姑娘，阿骝当上民防队长就变坏，还让阿燕勾引生下了断命的孽种，爷爷本来那么硬朗的身体说走就走了，眼下，阿燕又在勾引阿骏了，彭家还算啥格书香门第呵，狗屁不值了啊……”

“你不要再死吵活吵了好不好？”彭汪氏用手杖笃笃地顿着地板，哀求道：“你是不是要我老太婆给你下跪？”

“小珠啊！你总不该一把屎抹臭一家门……”彭谨祥一脸的苦相，说话的底气不足，嗓音都发抖了，“你得凭良心想想，阿燕为和亲来到彭家，天螺湾和杏源畈不打人阵了，这可是彭刘两大氏族几千户人家的福分啊！冲喜没有冲好阿骅的病，阿燕心中的苦你不体谅倒也罢了，还把天灾人祸统统往她身上扯，说得过去吗？老爷高寿归天，跟扫帚星何干？阿骝变坏也怨不得啥格狐狸精吧？阿骏回乡办新村，是好事一桩，他自个的行为有失检点，大不了家法惩治，也用不着你这般大吵大闹，恨不得让全葫芦乡都晓得！有啥好处？”

“明明有疮疤包起来不让揭，揭疮疤的人反倒错了！”张小珠一屁股坐倒在地板上，双手拍着膝盖干嚎起来，“老天爷，这算啥格道理啊？”

彭汪氏怨道：“俗话讲对了：庄稼坏，坏一季，老婆坏，坏一世。阿骝也是瞎了眼，会娶上你这样的老婆。”

“到底是老公坏还是老婆坏？今朝倒要讲讲清爽！我可不甘心背黑锅。”张小珠就敢跟老夫人对吵，气得彭汪氏直呛咳。

“老公老婆都不是好东西。”彭永芳说，“真叫歪锅配扁灶，一套配一套。”

“哪里敲锣哪里有你。”彭谨祥推搡着彭永芳出门，“你行行好，给我出去，不要来火上加油。”

彭永芳的一句话，就是一桶油，张小珠身上的火苗立时窜得更高了，她拍掌捶足地继续喊叫：“一个半雌不雄的阴阳人，也敢这样逞能抖威风，全是你们当长辈的教养得好啊！就说阿骝和我小珠是歪锅配扁灶，也是出在你们彭家门里啊！呆子配狐狸精，算不算歪锅配扁灶？半雌雄这样的扁灶连歪锅也配不上，这都是彭家祖宗修来的福气啊……”

越说越不像话了，赃水都泼到祖宗头上去了，陈银凤劝导无效，借着替张小珠擦眼泪鼻涕的时候，几乎要用手帕捂她的嘴了。不料，何朗庆重重地咳了几声，竟对张小珠产生了立竿见影的遏制效果，使她停止哀嚎，改成了低泣。

“做人总得要顾大局识大体吧！”何朗庆默默地点燃了水烟筒，慢悠悠地叹口气说，“和亲的事，都怪我提的头，不过，荣灿大哥和两村堂宗都赞成。要说揭疮疤，不少人身上都有疮疤，也不是所有疮疤都可以随便揭。二旺上吊一年多了，不是到如今村里还有人嘀咕着要揭疮疤吗？性命交关的事情，我看还是不揭为好。”

说到这里，何朗庆瞟了张小珠一眼。张小珠好像顿时给人抽掉了身上的一根野筋，骨头架子都散了，缓缓地从地上爬起，乖乖地坐到椅子上，呼吸急迫，压住了啜泣。

彭谨祥似乎从小珠的惶恐反应上联想到了什么，皱眉沉思了起来。莫非，二旺的死，跟小珠有什么干系不成？他觉得这个联想有理由成立；又一想，觉得此事既然已经过去，最好一点痕迹都不留，一旦翻出老底，对全家全村都不好。因此，他也就当作不在意，没有接何朗庆的话茬，更没有追问底细。

“还是这句老话：家和万事兴。”陈银凤说。

何朗庆吸了几口水烟，用沉稳的语调接着说：“两村和亲了，家里更要和睦才好。天螺湾这个长不大的山窝窝，怎么养得活越来越多的人丁？谨祥这个族长和家长不好当，做下辈的理应体谅才是啊！”

何朗庆的一席话，说得人人都不再有话可说。隔了一会儿，彭汪氏便以最高长辈的身份作了总结性讲话，她说：“败坏门风辱没祖宗的事万万做不得！从今往后，阿骏切不可再对阿燕存有不正经的念想，她终究是你的嫂子嘛！小珠也不要再记恨阿燕，对阿骝也不该一见面就算旧账，跟斗鸡一般斗个没完没了，身为结发妻子，理应懂妇道讲贤惠，养育好三个孩子才顶顶要紧。”

当天晚上，彭谨祥找黄阿莲问话，要她从实招出阿骏同阿燕的来往真相。黄阿莲诓说她不过是听从阿芳吩咐，说爸爸答应让阿燕和阿骏单独讲讲话，有几夜讲得是晏了点，也没听说出过啥事情。彭谨祥又找阿芳责问，说我是怎么跟你交待的，你做啥要这样点火烧荒，恨不得两人立马就成亲拜堂？你这个假小子果真是成事不足败事有余啊！随后，彭谨祥又找季炎如通报情况，叹说此事的第一步就没有跨出去，还好请出老爹的“智多星”何朗庆先生，才算煞住邪火，没有把事情闹大，看来再往下走会有麻烦了。季炎如沉吟说，上帝也原谅年轻人犯错。你我都不年轻了，也不免犯错嘛，对下辈的热切心情估计不足嘛，还是要让孩子按照原定计划接着往下走，我相信天无绝人之路。你这个当爹的，就睁一只眼闭一只眼算了，发现孩子走急走偏的时候提个醒就够了。要是路子走得顺畅，后半场戏的舞台在上海，我和惠子会接替你安排的，放心好了。

彭谨祥想想有道理，也就不再吱声。

第二十八章
甜蜜的梦

新村遇上了麻烦，首先是内讧。

都说“万事起头难”，而新村偏偏起头不凡，呈现了一片光明。只不过十来天工夫，十二户人家抱成一团，群策群力，搭好了管理运作的架子，订好了规章制度，当年的生产步骤和第二年的发展计划，也都有了满意的安排。邻里乡亲们从新村的人面和田面上，都看到了希望，有的散户已经耐不住性子了，急着找新村的头头彭大奎疏通，要求早早挂上号，成为候补新村户。正因为有了这样的一个好开端，新村试办小组成员彭永骢第一个回上海去了，留下了美好的祝愿，走的放心，走的愉快。就在这个时候，出了一件令人懊丧的事情。

新村决定从开办储备金中拨出一些银元，到葫芦镇农具铺去定制五辆独轮车，再添购一些配套的麻袋箩筐等用具，日后往集市上进行物资购销不必一人一副重担一身臭汗，可以节省劳力提高工效。新村的金库设在彭大奎的家中。彭大奎回到家，打开结婚时备下的厚实樟木箱，数了数银元，突然发现少去了整整二十块，急出了一头冷汗。樟木箱是加锁的，钥匙只有两把，一把拴在自己腰上，一把放在老婆黄阿莲身边。难道是老婆起了黑心不成?

彭大奎匆匆赶到香樟大院，劈头就逼问黄阿莲：“你拿新村的银洋派啥用场了？”黄阿莲说：“你瞎眼了啊，你老婆是个贪财的女人吗?你把新村的银洋藏在啥地方我都不晓得，怎么可以冤赖好人？”彭大奎相信老婆说的是真话，就照实告诉她银洋是藏在樟木箱里的，除了家里人，外边没人会晓得。黄阿莲拍了一下手掌说：“不好，前两天阿虎来找我要过钥匙，说是他要到镇上去办事，得换套新一点的蓝布衫，蓝布衫就收在樟木箱里。不用说，事情就出在这上头了。”

彭大奎二话没说，车转身就赶到房族的礼厅。礼厅的厢房中，几名新村的骨干正等着头头儿支款办事。阿虎也在。彭大奎一进门，就弹出眼珠死死地盯着儿子，只见儿子慌乱地缩下了头颈，当老子的便抢前两步，伸出他那熊掌般的独手，啪的一记耳光扇了过去。阿虎伸手捂住一边脸颊，不言不语，扑嗵一下就跪倒在父亲面前了。彭大奎抬起脚又要踢，被彭小闩奋力挡住。这时候，人们才看到阿虎的指缝中缓缓流出了一行鲜血。他的一只耳朵坏了。

彭大奎欲哭无泪，一连又打了自己两个耳光，就责怪自己没有管好公款管好儿子，对不起祖宗对不起乡亲对不起新村试办小组，不配当新村的头头，要求辞职，另选能人来掌门。在场的新村骨干们顿时炸锅了，尽管也有的取息事宁人态度，主张让阿虎赔上挪用的银元，立下改错认罚的字据就算完事；但更多的人却各有各的算盘，有的要求把备用金全部分配到户，要用钱临时再凑集，有的提出自己入股的田地土质好光照足靠水源近，日后分成吃亏怎么办？有的担心强弱劳力和经验技术差别大，秋后分配不公会吵架，还有的揭发新村户中有人做公活不如做私活来劲，出工不出力，不同意见吵得不可开交，多数人说既然一开头就三心二意，往后更会纠缠不休，还不如趁早散伙拉倒……

不管旧村新村，一个小小的山村，就像是一个浑身镂空八面透风的竹夫人，稍有一点动静立马就会传扬开来，随即议论纷纷，说是新村出了家贼，要散伙了。

当晚，新村试办小组召开了紧急会议。特邀彭谨祥参加，彭永芳被彭永骏拉来作会议记录。

彭永骏已经摸清了阿虎挪用公款的情况，作了如实传达：阿虎前几天单独到葫芦镇为新村买镰刀，往赌场转了一圈就输钱，历来赌场无情义，几个凶狠的赌徒限他三天内还清赌债，否则就要让他像自己的亲爹一样废去一只胳膊。他无路可走，就动了邪念偷新村的银元。

彭谨祥说：“当初，堂宗会议上就有人说，倘若没有募捐得来的那笔开办金打底，认捐的大主顾又是前任副县长、当下的阔佬兼省参议员，恐怕是不会有人报名入股的。现在看来也有道理。自古以来农家都是单门独户自顾自过日子，一人一个心眼，一时间怎么合得拢？不要说大同，小同也是同不起来的。只是未曾想到，摊牌会摊得这么快！”

季炎如说：“前任县太爷的捐款，比起一部唐版《昭明文选》的无价之宝来，不过是九牛拔一毛，我倒并没有把这笔捐款看得太重。以为借了大亨的名义能够促成一个开端，下面的棋就会好走一些。只怪我的想法也是过于天真了。挪用二十块银元的公款，会牵出解散新村的动议，可见偶然中带有必然。”

彭永芳不顾自己并非新村试办小组成员，也大大咧咧地抢着发言说：“我好像一开头也有点失败的预感。我苦苦劝说过新村里的所有成年人，让他们参加新村识字夜班学文化，我当义务教师，不收学费和灯油费，只来过七个人，过不多久，一个人都不来了，谁都心甘情愿当一辈子睁眼瞎。”

柯爱说：“我看见新村户在修建一个猪圈，用的是从祠堂后面旧屋基搬来的雕花古砖，还随意乱摔，大家都不懂得办新村更要保护文化的道理。”

费尔曼也有话要说，望望柯爱的脸色，又显得犹豫。他这次随同柯爱来到天螺湾，第一动机是为了缓解与柯爱的感情危机。而在天螺湾的日子里，柯爱全身心投入新村建设，常常让阿芳和阿燕陪着走家串户，传授防病知识，给年轻女子讲解婚姻自主的道理，参加劳动时还用英语给大家唱家乡民歌，怀着法裔美国女人特有的浪漫和热情，忙得有滋有味，根本就没有兴趣同费尔曼讨论个人问题，实际上也就是向费尔曼表明自己并没有放弃原来的打算，不想随他去新德里。

此时，柯爱觉察了费尔曼的心理状况，敦促道：“有话就说呀！不必在乎我的感受。”

费尔曼燃起他的紫檀木烟斗，说话了，慢条斯理，带着固有的绅士风度：“请原谅我面对无情的事实畅所欲言。在上海，我刚经历过一场‘电梯风波’，我一心为受到殖民歧视的中国人说话，没有料到，用暗剑刺中我要害的，并不是西方同行，恰恰是中国文人！我有幸参加试办新村，本想为中国农村摆脱贫困尽绵薄之力，又没有料到，朴素而愚昧的中国农民竟为一点小钱内讧，不惜断送可能得到的成功。《圣经》里说，上帝不助无意自助的人。我觉得中国没有希望了，命该受到外国人的征服。考虑到中日难免一战，我决定接受父亲的劝说，前往新德里接受姑妈的遗产。我心中虽然很痛苦，但不再动摇。我准备明天就单独回上海，着手办理签证手续。”

费尔德一口气说完了想说的话，并没有任何人进行任何反驳或评议。静悄悄的过了几分钟，彭永骏看到，柯爱的眼眶中早已噙满的泪水，终于涌了出来。再看阿芳，她的泪腺好似同柯爱的泪腺是互相串连着的，一串串泪珠也滚滚而下。

彭永骏有一种想放声大哭的冲动，但他忍住了。既然预先讲明是试办新村，试办的应有之义就包含着失败的可能，因此他说：“我是试办新村的发起人，出了问题我要负全部责任。希望大家把各自的想法统统讲出来，好让我懂得失败的原因，往后做事会谨慎些。爹有话也直说，不用怕我难过。”

“责任倒是没有人会追究的，都是一片好心嘛。”彭谨祥说，“何况丑话都说在前面了，加入新村的户主都是自愿的，个个立过字据盖过手印，如今也没有损失点啥，不会怨谁的；要怨只怨阿虎这败家子，他的一只耳朵已经给当爹的一巴掌打聋了，报应也够重了，阿虎他娘黄阿莲要跟老公拼命，吵得昏天黑地，差一点上吊寻了短见，作孽啊！”

彭永芳说：“晚饭前我到过小闩家，他就偏说新村有奔头，有人借阿虎的事起哄，全是私心太重，不放心那一堆白花花的现洋，想立马分掉落进自己腰包才踏实。小闩的奶奶虽是个半瞎老太婆，也不赞成分掉现洋，说是即便拿到几块现洋救得了急也救不了穷，分到她手里也不要。”

“成事好比针挑花，败家就像浪推沙。”彭谨祥又说，“眼下众口嚣嚣这一闹，我看，这新村再要办下去是很难了。”

柯爱说：“本来，如果新村发展得快，我还准备向上海的基督教会申请后续资助的，现在看来完全没有这个必要了。”

彭永骏像在自问：“难道真的只有散伙这一条路了吗？”

“除了散伙别无选择了。”费尔德说，“新村无非就是乌托邦。乌托邦绚丽如朝霞，终究是空中楼阁，更是愚蠢的代名词！”

“停止试办新村固然可以考虑……”季炎如用悲凉的口气说，随即又直起脖颈，露出了平常那种酷爱争辩的执拗状，“但是我绝不赞成用轻蔑的态度来评价乌托邦。乌托邦理想的创立人、贵国的托马斯·莫尔，为了这个理想走上了断头台，宁死不屈。乌托邦是以呼唤人间公平和普遍幸福为旗帜的，谁都不该嘲笑乌托邦。乌托邦是一门伟大新兴社会科学的母亲，它迈出了人类从大同梦境到现实尝试的第一步。这一步将永垂青史！”

费尔曼取下嘴里的烟斗，又想反驳，柯爱抹去眼泪说：“费尔曼求你别说了好不好？大家已经够难受的了。你决心要去新德里，你就去吧，我不会拦你的，我祝你幸福！”

当晚的紧急会议，并没有作出具体决定。第二天的联席会议，竟成了新村的送终会。

会议一开始，何朗庆就受彭汪氏的委托，前来传话说：“老夫人让我来告诉大家，她昨晚得了一个梦，梦见老族长大发脾气，责骂说我刚走，三年服丧期还没满，后辈就违反“敬天法祖”的千古道统，胡乱闹腾起来了，这还了得！老夫人说，办新村一定是惊了祖宗的泉下亡灵，还是赶紧停办的好。”

何朗庆传达完了彭汪氏的懿旨就走了。会场上沉寂了片刻后，就掀起一片喧哗。意见几乎一边倒，都主张散伙。原先要求继续干下去的彭小闩也闷声不说话，只是暗暗地抹泪；蛮牛似的彭大奎本来是新村的头领，也只顾着说认罪悔罪的话：“我有罪啊！都怪我大意啊！都怪我没有管好新村的钱财，没有管好儿子，败坏了新村的前程，我真该死啊！”

散伙的结论，实际上已经形成，季炎如和彭永骏也无话可说。会议便转入了关于新村收摊的最后议程，原则决定按照合同条款办，谁家的土地财物仍归谁家，一切恢复老样子。为了尊重捐款人的好意，剩余的试办经费，全部留给天螺湾小学作为教学资金。

会议结束，鸦雀无声。彭谨祥叹口气说：“老话讲，‘命里注定九升九，走遍天下不满斗。’往后该怎么过还是怎么过吧！”

随即，彭大奎迅速回到家中，拉着儿子阿虎，一同取来了捐款，所缺二十块挪用的银元，彭大奎发誓说两天内一定借足补上。交割完毕，他用独臂揿着独子的头顶，大喝一声“跪下”，父子二人就当众跪下了。阿虎拱起背，下巴紧扣前胸，不敢抬眼望众人。他的左耳孔里塞着沾血的棉花球，左脸明显红肿，像半个初熟的番茄。一旁的彭大奎用独臂支在地上，这个铁打的汉子，泪如泉涌了，涌泉般的热泪流到浓密的胡子丛中，又渗透出来，一滴滴落到地面上，被干燥的地砖迅速吸收，似乎为了照顾这个好佬的面子，一点泪痕也不留。

彭永骏实在不忍再看下去了，他扭身奔出会场，来到一棵冬青树旁，将额头抵在树干上，一下一下地撞击着，吞泪悲呼：“我的乡亲，我的乡亲们啊……”

就在这一天上午，尽管尚未对外宣布新村夭折的噩耗，新村的人心已经涣散，刘青燕的托儿班里再没有人送孩子来了，费尔德也离开了天螺湾，踏上了回上海的路程。彭永芳的情绪很坏，向秦文光告了假，约同阿燕和柯爱前往盘龙岙游玩，共同抒发心中的郁闷。

三个女人，在几天前曾经一道来过盘龙岙。那天各人的心情都非常好，一同找野果采野花，一同在盘龙潭边洗手洗脸，又撸起裤管，一同跨进浅水区踩卵石，滑滑的，骨碌碌的响，好舒服。阳光透过水面，一群群的柳叶鱼闪着银光，围到三人身边，大胆地啄她们的腿，一点也不痛，痒酥酥的，伸手去捉，它们一扭身溜了，还回过头来，悬翔在水中，像顽皮的孩子，表示着友好和亲昵，真好玩！三人说说笑笑，在水中玩够了，又上岸躺到树荫下歇息聊天。

那一回，柯爱还随手拗了一朵的白色野花，用摘花瓣的方法来卜算自己与费尔曼的爱情趋向，每摘下一片花瓣便交替说“爱”或“不爱”，剩下最后一瓣为定论，结果是落在一个“爱”字上。柯爱甜甜地笑着说，看来费尔曼最终不会抛下我独自去印度，会爱我一辈子的。彭永芳和刘青燕怎么也没有料到，才过了几天工夫，两人就决定分手了。阿燕同情活泼爽朗的柯爱，眼中泛起了泪水；阿芳却破口骂了起来，说男人没有几个好东西，外国男人和中国男人都一样薄情寡义，反正我就是不相信男人，宁可终生不嫁也不跟男人相好。

刘青燕问柯爱：“你和费先生已经结了婚，为啥不能跟他去印度？”

“为啥？说来话长。”柯爱仰起脸望着深邃的天空，像要望穿遥远的过去，“五十多年前，我爷爷在故乡巴黎参加过一场工人大起义，失败了，他侥幸逃到了美国，他为死去的许许多多亲戚朋友难过，也为自己的流亡命运悲哀，只好把善良的心愿寄托在上帝身上。后来我伯父也继承了这份虔诚，当了一名传教士来到中国。我因为爸爸病死，妈妈改嫁，在七岁的时候成了孤儿，伯父就把我接到上海。我在上海已经生活二十来年了，感情之深超过了我的原籍巴黎和出生地美国。你想我会舍得轻易离开吗？”

听了柯爱的话，彭永芳和刘青燕很感动，连连点头。

柯爱望着刘青燕说：“难得有这样清静的地方和清静的时候，该说说你的事了。你对阿骏有信心吗？”

刘青燕垂下了眼帘，长长的睫毛中透出了甜蜜，也显露了忧伤。

“都怪我呀！”彭永芳沉痛地说，“怪我好心帮了倒忙。那天听了阿爹的话，我要是不那样急着扇风点火，阿骏也不会那样冒冒失失地到阿燕房里过夜，也不会让小珠这头雌老虎抓住把柄。”

柯爱说：“我听季先生的意思，这件事不但可以而且应当坚持下去，他称赞你们爸爸还是通情达理的，只希望你们几个下辈千万不能心急，要耐心等待时机。”

“我愿意等。”刘青燕小声说，“幸亏我娘家那头还不晓得小珠告状的事。”

新村计划就像一个肥皂泡泡，在空中闪现了它的一阵缤纷色彩后，倏忽间在风中破灭了。

当晚，彭永骏拒绝用餐，谁劝都不听，只说不饿，光喝浓茶提神。

季炎如来到他面前，问：“想自杀是不是？”

“倒真的有点想。”彭永骏冷冷地回答。

“初生牛犊十八跌。你才跌过几跌？试办新村跌跟斗，我这头老牛是你的搭档，同样跌了跟斗，岂不更应该自杀谢罪？”

“我实在没有想到，我们满腔热情周密制订的新村计划，怎么会这样弱不禁风，说垮就垮了。”

“失败会带来冷静。昨夜我也通宵没有睡着。回想起读过的伟人经典，才发现自己重蹈了不少先行者的错误脚印，悟到了一个道理……”

“什么道理？”

“不管任何人，更多的要受环境支配，而不是受自己的意愿支配。”

“到底是什么样的环境支配了我们呢？”

“这可是一门大学问了，正需要我们去认真地学习研究。”季炎如又说，“好了，不必懊丧了。天下没有苦恼的只有两种人：一是痴人，二是死人。你不是说过‘跌倒也要抓把泥’吗？那就好好总结经验教训吧。你要走的路还长着哩！”

“接下去该怎么办？”

“眼下，还有一些事情要做。我的意思你得在天螺湾多留些日子，把收摊工作负责到底，不要留下后遗症。另外，也该为自己的婚姻问题作一点铺垫。”

“怎么铺垫？”

季炎如胸有成竹地说：“你爸爸的心还是向着你和阿燕的，但他作为家长和族长，确有难处，要多多体谅，再也不要给他捅漏子了。跟阿燕应当保持距离，暂时最好不要接触，有话就通过阿芳传递。另外需要找机会同两位妈妈谈谈心，争取她俩的同情和帮助；跟奶奶与何朗庆先生绝口不要提这件事，尽量让他俩蒙在鼓里；对小珠要多加提防，更要避免和她发生冲突。”

彭永骏说：“我明白了。谢谢炎如叔叔的点拨。”

第二十九章
惩罚与报复

就在季炎如和柯爱将要动身返回上海的前一天，天螺湾发生了一件少见的怪事。

晌午刚过，从葫芦镇南侧四里外的仙岭村来了一支山民队伍，白幡开道，响器班吹奏着出殡的哀乐，在一口由八人合抬的黑漆棺材后面，紧跟着三四十号人，个个披麻带孝，妇幼老弱手握哭丧棒，青壮汉子则一律腰扎勾刀肩荷锄头铁耙，脚穿山袜草鞋，像出征的士兵一般杀气腾腾。这支送殡队伍一到彭家祠堂，便集合在前坪上，把棺材停放到孝节坊边，着手燃放驱魔炮仗，妇幼们便开始嚎丧，哭声震天，引来了大批天螺湾民众聚拢观看。

明眼人一见这阵势，就知道来者不善，急忙请来了族长彭谨祥。

领队一把揪住彭谨祥的衣襟控诉：前天晚上，仙岭村的后生阿梗结婚，民防队长彭永骝带着两个保镖不但上门白吃喜酒，等新郎新娘进了洞房，还以惩罚新郎领头抗税为由，挥着驳壳枪，让保镖用麻绳捆住新郎，强行跟新娘睡头夜。昨天一大早，彭永骝前脚出门，新娘就上吊了，新郎也离开家门不知去向，临走时给父母留下话说要进会稽山落草，此仇不报誓不为人！

领队一说完，他的手下人就振臂吼叫，誓死要向天螺湾讨回公道，不怕拼个鱼死网破。

彭谨祥的脑袋嗡的一下涨大了，半天说不出话来，稍后就命彭小闩和几个年轻人，火速叫来何朗庆与几位堂宗代表，又通知黄阿莲赶快烧好茶水送来给仙岭村人解渴。彭谨祥领着何朗庆与堂宗代表们，与仙岭村的代表们一同进入祠堂厢房商谈，对方开出的条件非常明确：一是将彭永骝以强奸民女罪送官惩办；二是新娘尚未和新郎圆房就寻了短见，灵魂无处归属，既不算夫家人，又回不了娘家，只能算成作孽人的小妾，得安葬在彭家坟地，举行婚典结为冥亲，补偿新娘的清白。

又得归功于何朗庆的思维敏捷和能言善辩。正当彭谨祥涕泪交流向受害亲属代表们跪下认罪的时候，何朗庆边吸水烟边说话了。他说：“一人犯罪一人当。

结冥亲的事，我看还是免了的好，民国成立快二十年了，葫芦乡人还讲这种迷信，会让人笑话的。既然拜过堂，新娘子也就名正言顺地成了夫家的人，她为保住名节自寻短见也称得上烈女，遗体自然应该安葬在夫家坟地上。到底是让她做个堂堂正正的烈女好呢，还是做个屈死又改嫁的小妾好？请大家平心静气地斟酌斟酌吧！”

一席不偏不倚的公道话，说得仙岭村的代表们面面相觑，都不知道该怎么应答才好。彭谨祥接着说：“出了人命案子谁不着急难过！作孽人是我的儿子，我逃脱不了教养不力的责任，理应在经济上做一点力所能及的赔偿……”

没等彭谨祥把话说完，何朗庆又插话：“我得补充几句真心话。来客们兴许并不清楚我是什么人，其实我不是彭氏子孙，我姓何，原是彭谨祥的父亲早年收留下来的一个落难汉，我在大半生中体察到彭谨祥这个家是个仁义之家，有口皆碑啊！常言道，古来忠门出逆子。这个仁义之家也出了一个败家子，便是彭永骝。彭谨祥族长刚才答应经济赔偿，我也赞成，不过，希望受害人家也要多多体谅彭家的困难，彭谨祥有个兄长死于过去打人阵，老父亲刚过世不久，大儿子夫妇都有病，小儿子失业，天螺湾耕地少，年景又不好，他的手头实在不宽裕，这赔偿，恐怕也只能是赔个心意了。”

几位堂宗代表频频点头称是，纷纷插话说是这个理，又表示同情受害人家的悲痛和困难，分别愿意捐出一些钱财，以尽仁义之责。

发难人明显地受感动了，脸上脱去了愤怒神色，只顾叹息。

“有道是‘忍片时风平浪静，退一步海阔天空’。”何朗庆又说，“至于告官的事，我看也值得思量。彭永骝固然罪不容赦，可是他一个小小民防队长，怎敢如此胆大妄为，除了酒后犯糊涂，还不是因为背后有靠山，有大佬在宠他嘛。葫芦乡人常说：饿死不讨饭，屈死不告官。为啥？还不是衙门八字开，有理无财莫进来。穷人谁个不怕讼案缠身，都缠不起的。何况，新郎既然有过领头抗税的前课，就怕弄出节外生枝的事，大佬随意发句话，平头百姓就休想告倒他。总之，多一事不如少一事，这也是平常道理。”

何朗庆说的大佬，葫芦乡人无不清楚指的是谁。这平常道理不平常，最终吓阻了这个非常事件的进一步发展。傍晚时分，按照习俗，送殡人群在天螺湾吃完一顿为丧家专备的“豆腐饭”之后，带着好几家凑拢来的一笔赔偿金，心平气和也无可奈何地抬着棺材打道回府了。走的时候，领头人还庄重答应彭谨祥的恳切请求：设法传话给新郎阿梗，向他赔罪，求他开恩，捐弃前嫌重新过日子，祝愿他好心得好报。

当夜，彭永骝偷偷地回了家，敲开了父亲的房门。

彭谨祥瞪起眼珠逼问："你回来做啥？"

"我完了！爹。"彭永骝说。

"你完了活该！你早就该完了。莫叫我爹，我不是你爹。"

"爹，救救我！"彭永骝说罢，就跪倒在父亲面前。

"你不是有大佬干爹吗？求他啊！"

"他不认我这个干儿子了……"

"你怎么早不想到会有今天？作威作福去啊，作啊，作个够啊！"

彭永骝诉苦道："知人知面不知心。那天夜里我喝醉酒犯浑，事情传开了，赵中义刚好在县里，就差刘世璋来到葫芦镇，对镇上的头面人物传他的话说：'我赵某人从来不曾认过彭永骝当干儿子，这样的赖劣，配吗？'我的天！赵某人在接过《昭明文选》的时候，不是明明说要认我当干儿子的吗？我还跪地拜了三拜，问他这样的好事，要不要请酒过个仪式？他说：'如今民国了，旧仪式就免了，两厢情愿就成了，有谁敢说三道四？'我的天！大佬讲话也不作数，说赖就赖了。"

彭谨祥冷笑了一声说："既然眼下赵某人改了口，明摆着是要从身上揭掉你这块烂膏药，揭下来再要贴也贴不上了，要想申辩都不成，闹不好还会招来杀身之祸。你该醒醒了！"

"醒醒也来不及了。"彭永骝哭丧着脸说，"脱毛的凤凰不如鸡，我这辈子反正完了，没戏唱了，今天我就找乡长镇长辞掉了民防队长的差事，把驳壳枪也交掉了，想到外地去避一避风头，我身边没有积蓄，求求爹给我几件值钱的古玩什么的，好应付日常开销。"

"你这口脱底棺材，啥时候能填得满？《昭明文选》都让你丢了，爷爷的半条命是断送在你手里的，你还来要古玩？家里开着古玩店吗?!"

彭谨祥的恶气不打一处来，抓住案头当镇纸用的辟邪，就朝逆子的下身砸去。这一头用彩石雕成的怪兽，斤把重，有棱有角龇牙咧嘴的，像一只啸天示威的变种麒麟。跪在地板上的彭永骝来不及躲闪，辟邪便砸到了大腿上，似乎狠狠地咬下了一口肉，痛得他扭歪了五官，往牙缝里咝咝地吸冷气。

"'百善孝为先，万恶淫为首。'这个道理你都不懂吗？"彭谨祥气急败坏，胸膛像抽风箱一般，来不及地进气出气，“你爷爷在世的时候，就常常借用圣人的话说，‘吾未见好德如好色者也’，他岂会料到自己家里也会出你这号逆种。人不要脸了鬼都怕！听说你还沾了芙蓉癖，我可供不起你的大烟钱。”

“爹，您总不能见死不救呵！”

“那好吧，你等着，我就回来……”

彭谨祥说罢，思忖片刻就出了门，随手挂上了门锁。彭永骝以为是去筹钱，等了好半天，父亲回来了，领来了彭瓦土和其他四个堂侄，全是五大三粗的壮实汉子，还带来了一卷粗麻绳。五人一进门，二话没说，就把彭永骝捆了个结实。

“爹，你不能落井下石啊！”

“大头管不住小头的货，你给全家和乡里造了多少孽？你连畜牲都不如啊！”彭谨祥这回是真的生大气了，从来不曾见他有过这样的狂怒，紫涨着脸庞，浑身发颤，“今天我就来收拾你，不收拾你不足以平民愤，也对不起父老乡亲，我死了都没脸见黄泉下的祖宗。”

“爹！您开开恩吧爹，我的好爹爹……”

“莫再叫我爹。从今以后一刀两断，我对天发誓，永世不再同你父子相认了。”

在彭瓦土眼里，彭谨祥是头一回尽显家长和族长的威风。他怯怯地问：“老爷，拿二少爷怎么办？”

“先丢到柴房里去。你们几个要好好看牢他。”彭谨祥说，“明天一早，我就让阿莲回娘家去请来阉倌，把这个不肖子孙的祸根阉掉算数，净了身也就会净心了。”

“爹呀，您可不能这样狠心，往后还叫我怎么做人？”彭永骝见到父亲抱定决心一不作二不休的神情，终于失去彪悍男子的往日雄风，哀嚎了起来，“来人啊！救命啊……”

夜深人静时刻，遮掩不了任何喧哗，家里人被惊动了，黄阿莲最先来到门口察看动静，随即傅灵芝来了，陈银凤搀扶着彭汪氏来了，彭永骏、彭永芳、刘青燕、张小珠与何朗庆也来了，还有寄住在大院里的外来客季炎如和柯爱也来了。叱骂声、求饶声、悲哭声、劝慰声、叹息声，声声入耳，还有摔物声和跺脚声，一面大楼板就成了一个大战鼓，嘭嘭作响，曾经享有天螺湾头号书香门第雅誉的两代族长家，便吵成了一锅沸粥。

第二天一清早，又出现新一轮大吵。后半夜，彭永骝不见了。一个原先五花大绑着的阶下囚，居然跳窗跑了，跑得无影无踪了。任何蹊跷的事情总有迹可查。绳索的断口是用剪刀剪的，哪里来的剪刀？据彭瓦土和值更的汉子们供认，后半夜只有一个人接近过彭永骝，为他送来一碗冷饭当夜点充饥，这个人便是他的二妈，也就是他的生母傅灵芝。

彭谨祥审问了这个一向胆小怕事的小妾，责问她为啥胆敢这样自作主张护丑纵恶？傅灵芝的招供直捷了当，她说这不是自己的主意，而是婆婆的嘱咐。彭汪氏让她借用送饭的名义探望阿骝，暗中带去一把剪刀，还转给阿骝一根金条和一支碧玉发簪。傅灵芝哭着说，阿骝落难了，总得给他留一条活路啊！彭谨祥听完二夫人的陈述，除了叹气还是叹气，觉得这样也好，暴怒之下做出决定，当真把亲生儿子阉割了，岂不丑上加丑成为笑柄传扬千里，到那时，要后悔都来不及了。

彭永骝平安地逃出了柴房，当爹的得知详情后并没有追究，这事对张小珠来说是个很大的安慰。她便鼓足勇气，找大夫人陈银凤坦白了一个重要情节：昨夜三更光景，彭永骝偷偷离开柴房后，并没有急着上路，还大胆地摸黑来到自家房间，轻轻地敲门。三个孩子都睡着了，张小珠正哭得伤心。她开门迎进丈夫，问他怎么逃出柴房的？想干什么？为啥还不快走？彭永骝来不及细说，只说舍不得自己的家，想看看孩子再走。说着，挨个儿在三个孩子脸上亲了又亲。张小珠又恨又感动，从箱子里取出自己的一些金银细软，塞到丈夫的口袋里，才推他出门。陈银凤听了张小珠的叙述，也很有感慨，连忙又向彭汪氏作了禀报。彭汪氏抹着眼泪说，阿骝的良心终究还没有丧尽啊！

季炎如和柯爱要回上海去了，村里有很多人来跟他俩辞行，送来一大堆香菇木耳笋干薯片之类的土产，表达山里人的纯朴心意。两人带不动这么多好东西，就挑了一小部分，把余下的大部留给秦文光消化。彭大奎和彭小闩执意要为他俩挑着行李送到葫芦镇为止，没有商量的余地。临别前一刻，柯爱的心情特别沉重，彭永芳和刘青燕陪着她流泪。她说：“来的时候，带着新村的美好蓝图，走的时候，美好蓝图却还原成了一张白纸；来的时候，同费尔曼携手同行，走的时候，费尔曼已经先她而去，踏上了另外一条人生道路。果然世事莫测啊！”季炎如为了冲淡她的伤感情绪，问她说：总还有点收获吧？她的回答是：“那当然，过去我对中国的农村不了解，上一回来到天螺湾，村民们把我和费尔曼当稀有动物看，心里不舒服；这一回，村民们把我当亲人，我收获的真情是永远难忘的。在天螺湾的这些日子里，也让我看到这个东方文明古国的真实面貌，有点像欧洲中世纪，使我感到真心要做一个中国人的朋友不容易。不过，我会继续努力的，请相信我！”

柯爱的这一番肺腑之言，说得彭永骏也泪流满面。

彭盛庭因为给太婆捶背有功，彭汪氏赏给他三个铜板买棒棒糖吃，彭美庭和彭丽庭两姐妹知道以后向妈妈告状，诉说太婆偏心眼，她俩给太婆捶背从来不给赏钱的，为啥偏给哥哥赏钱？张小珠就为这一点点鸡毛蒜皮的小事，放开喉咙乱吼一气，说谁让你们两个一出生就少点东西的，长大嫁出门还不就是泼出去的水，有哪个长辈会疼你们啊？做梦去吧！

连耳背的彭汪氏也听清了张小珠的话，面对儿子彭谨祥和媳妇陈银凤说：“小珠这女人中魔了，脾性越来越坏，孙媳辈的，凭啥这样张狂？”

“她忘不了自己有过锦衣玉食的富贵日子，总觉得嫁到彭家吃亏了。”彭谨祥说。

彭汪氏不屑地眯着眼睛：“省省吧！少提她家的当年事，红烛点光只剩一摊蜡，还有啥好显摆的！”

“唉！也怪阿骝这东西不要脸面，小珠的心里能好受吗？”陈银凤显然对儿媳有着几分同情。

“自个心里不好受，总也不能把全家老少都看成仇敌一般。”彭谨祥说，“银凤你这个当婆婆的，要多多开导她才好啊！”

“祖婆的话都不听，我的话她能听得进耳朵吗？”陈银凤表示无能为力。

张小珠果然肆无忌惮。彭荣灿作古了，彭汪氏就成了全家的最高尊长，她也不放在眼里。

彭汪氏历来勤俭持家，节省得要命，馊了的食物也要煮一煮吃，别人不吃，她带头吃。她每天要检查泔水缸，一看到有丢弃的剩饭剩菜，就骂不肖子孙败家精。有一天见到阿庭把吃不完的半个生番薯丢进泔水缸，就提溜着他的后领来到泔水缸边，逼他捞起来洗洗再吃。张小珠见了这情景，当场夺下儿子手中的半个生番薯，重又扔进泔水缸，说了一句让彭汪氏七窍生烟的刻薄话：“当了太婆也还是逃不脱丫环的贱命！”彭汪氏扬起巴掌，就给了小珠一记响亮的耳光，跟当年打阿芬的耳光同样结实。张小珠不是彭永芬，岂肯罢休，便挖空心思闹报复。

有一天，彭汪氏为了进补，让黄阿莲为她用黄芪炖了一砂锅的乳猪肉，张小珠却在砂锅中偷偷地丢进了一块嫩羊肉。

这事非同小可！彭汪氏幼时家里穷，十四岁那年母亲生病急需用钱，她就自愿卖到彭家当丫环。她在娘家享有孝女的盛名，“羊知跪乳之恩”，便从小拿羊做楷模，把跪着吃奶报母恩的羊尊为神物，所以历来忌吃羊肉。等彭汪氏吃完这一砂锅药膳，连声说好吃好吃，张小珠就偷偷地乐了，不料儿子彭盛庭无意中向老太太告了密，说妈妈在砂锅里放进了一块嫩羊肉，问太婆有没有吃出羊膻味？彭汪氏大惊失色，想呕都呕不出来了。她立刻叫来陈银凤、傅灵芝、黄阿莲和彭永芳，大骂张小珠蛇蝎心肠，不孝逆种，有心亵渎长辈的神圣信仰，相当于欺君罔上之罪，下令要将张小珠沉一沉茅坑，刹一刹她的邪气。

几个女人把彭汪氏搀扶到房里坐下，陈银凤婉言调解说，常言道：若要好，老作小。譬如籴谷喂老鼠，买个平安才是，自个身子骨顶顶要紧。彭汪氏横竖不依，哭着说连老祖宗都敢恶弄的贱女人，谁敢包庇？声言要是不执行她的命令，她就上吊自尽。傅灵芝处处按偏房的规矩做人，尽管张小珠是媳妇辈，却因为是大家闺秀出身，觉得惹不起，便畏畏缩缩地不敢插手。黄阿莲虽说是佣人，却对张小珠平日里作威作福的少奶奶作派心存怨尤，倒乐意奉命做一次恶人出口气。彭永芳见自己的死对头要倒楣，暗自高兴，便激励傅灵芝说二妈你听从吩咐就是了，有老太太给你顶着哩，怕啥！陈银凤把三人约到门外，小声说最好不要硬来，做个样子能让老太太消消气就算了。说罢，如此这般地面授了一番机宜。

过了一会儿，傅灵芝把张小珠叫到一个揭了盖板的粪池边，说是你养的小花猫掉进粪池里了，快想法子把它救起来。张小珠伸头探看，一旁的陈银凤就拉住她的胳膊说你小心点，不要掉下去。黄阿莲手持一柄粪杓挤上来，嘴里叫人让开，偏偏用髋骨对着张小珠的屁股狠狠一撞，张小珠也就扑嗵一声落进了粪池。好在这是有意选定的一个浅粪池，粪水只及小腿。在张小珠的大喊大叫中，三个女人见目的已经达到，也就一齐伸手把她拖了上来。彭永芳站在茅坑外，捂着鼻子看热闹，忍不住嗤嗤的笑。

一个曾经是金枝玉叶的体面女人，怎么能忍受这样的屈辱？一天早晨，彭美庭和彭丽庭姐妹还在睡觉，张小珠烧好了四碗冰糖鸡蛋汤，每碗两个水潽蛋，放好了调羹。留下两碗给小姐妹，另外两碗给自己和儿子彭盛庭。她把一碗鸡蛋汤缓缓移到儿子面前，儿子刚伸手想接，她又慌忙收了回来。连续好几次，儿子馋得忍不住了，说妈妈不要弄怂我呀，我吃完了好上学去呀。儿子忽然见到母亲捧住他的那只鸡蛋碗不肯放，眼泪却汩汩地流了下来，滴进碗里。彭盛庭一下子惊呆了，他已经九岁，懂得一点事情了，就问妈妈为啥要哭？有啥委屈快说，阿庭长大了给你评理。张小珠一听大受感动，忍不住搂过儿子，又挥手将四碗鸡蛋汤全都抹到了地下。一只小狗高兴极了，一口一个鸡蛋，吃得啧啧有声，刚吃完三个鸡蛋，就倒在地上发出呜呜的叫声，挣扎着死去了。一对女儿醒来，见妈妈和哥哥都在哭，又见到地上的破碗和死狗，吓得缩到了床角。阿庭像个大人似的教导妹妹说，妈妈心里有委屈，你俩要听话，不许惹妈妈生气，还说要一道去找阿爹，帮着妈妈把阿爹找回家来。一对双胞胎妹妹似懂非懂地连连点头，一齐哀哭。

陈银凤听到哭声，冲进了张小珠的屋子，见到狼籍的现场，愣了半晌，终于明白了原委，跺脚说：“小珠啊，你怎么会有这样歹毒的念头啊？”

“我巴不得让彭家断子绝孙。”张小珠咬牙说，“可惜我还不够歹毒，下不了这个狠心。”说罢就抢天呼地嚎哭了起来，哭自己前世不修今世苦，选错人家嫁错郎，最后还是把怨恨的焦点落到刘青燕身上，咒骂扫帚星狐狸精来到香樟大院，红颜祸水败了门风，勾了男人的魂，害了她两代五口人……

全家多数人对张小珠的大吵大闹没有当一回事，有点习以为常了。彭谨祥照样带着彭瓦土一同下田畈做农活；傅灵芝和黄阿莲照样在厨房里忙家务；彭永芳照样挟着学生的作业本去村校上课；彭永骏正忙着为试办新村的失败做扫尾工作，起床后抓了个隔夜的熟番薯，一边吃一边就跨出了香樟大院；彭永骅和刘青燕照样不出房门；何朗庆照例不经东家相求绝不参与东家内政，不致一辞；耳背的彭汪氏尽管也听到了张小珠的哭闹声，却懒得打听情由，独自唠叨：“一哭二闹三躺倒，四不吃饭五上吊。大不了这套老花头。”只有陈银凤一人留在小珠房里好言相劝。

傍晚，彭谨祥收工回家，陈银凤就跟丈夫讲述了早晨见到的骇人场面，明说小珠有过和三个孩子同归于尽的打算。彭谨祥大惊，担心小珠真的失去理智做出不可挽回的事，就和陈银凤商议，说一定要耐心劝劝她，有难处也要帮一帮，尽快把她安抚服贴才好。

第二天一大早，趁着三个孩子还没有起床，张小珠就挽着个包裹出门去了。她与早起的黄阿莲照了个面，也没有交待一声去哪里。三个孩子醒来以后不见了妈妈，就嚎啕大哭。这哭声就有点惊心动魄了。彭谨祥和陈银凤同时来到孩子身旁，推断下来，小珠除了去娘家，不会去别的地方，丢下三个孩子，只是为了赌气，存心给长辈们一点难堪。陈银凤见三个孩子哭着要爸爸妈妈，也伤心落泪。彭谨祥说，看在孩子的份上，也只好委屈求全了，我们俩就去一趟城里吧，把三个孩子都送到小珠身边去，顺便带去一笔他们娘儿四人的生活费，说说好话，想必小珠会消气的。

陈银凤点头称是。夫妻出门前，不得不向彭汪氏作禀报。还好老太太没有反对，只是愤愤说："反正会吵的小囡有奶吃，你们惯着小珠吧，越惯她就越使坏。不过嘛，让这尊火神菩萨离得远些也好，干脆就让她在娘家多呆些日子，好让我的耳根清静一点。"

新村的收摊工作没有遇到意外的麻烦。彭大奎愿意代儿子受过，决意赔偿挪用的二十块银元，一时借不齐，却又拒绝彭永骏的资助。彭永骏只好把钱交给黄阿莲，让她骗说是私房钱，交给丈夫作抵充。

张小珠回娘家以后，彭永骏感到身边少去了一双窥视的眼睛，心中多了一份宽松感。更使他欣慰的是，他同妈妈和二妈开门见山地谈过自己想娶阿燕做妻子的事，明说结了婚后还跟大哥一起过，照顾大哥一辈子，又说炎如叔叔和爹也赞成。两个女人听了以后感动得热泪潺潺，都说这样好，再好也没有了，愿菩萨开恩保佑！

有了嫡庶两位母亲的真诚理解，彭永骏的眼前亮起了一片曙光。他欢欣鼓舞地立刻把详情告诉给了彭永芳，彭永芳更为四哥和阿燕高兴，觉得希望在前，立刻又把此事讲给黄阿莲听。在黄阿莲的巧妙掩护下，彭永骏在离开天螺湾回上海前的一个夜晚，又是同刘青燕一起度过的。这一夜，彭永骏信誓旦旦地向刘青燕保证，不久以后，他将光明正大地迎娶阿燕为自己的合法妻子，开始崭新的生活；刘青燕也向彭永骏真情表白，不管遇到什么样的风雨雷电，她都不会变心，永生永世爱着阿骏，爱个够，爱到老，爱到死。说着，顺手从床头柜上抓过一个绣花绷，取下一枚针，刺破自己右手的食指，把鲜红的血挤了一滴到阿骏的胸脯上，涂成一颗小小的心，她说从此以后我的心就和阿骏哥的心永远贴在一起了。

第三十章
功亏一篑

彭永骏比季炎如晚了十多天回到上海。吃夜餐的时候，季炎如陪在一边，打听新村收摊事宜完成得怎样，“屁股”擦得干净不干净。彭永骏边吃边汇报说，都按照您临走前议定的方案办妥了，没有留下什么后遗问题，乡亲们穷管穷，还是通情达理的。

夏惠子坐在彭永骏的对面，双肘支着桌沿，手掌托着下巴，对新村话题并不在意，只是一个劲儿朝着彭永骏笑，笑得他都有点不好意思了。

“惠子阿姨笑什么啊？”

“奇怪！”夏惠子说，“试办新村一定很辛苦，一路上车船颠簸又劳累，你的气色还这么好，脸上红朴朴的，眼睛亮闪闪的，多么精神，为啥呀？”

季炎如说：“试办新村失败了，有所失必有所得，除了得到经验教训，阿骏在天螺湾多留了十几天，一定收获了爱情。”

“爱情的力量真是神奇啊！”夏惠子感慨说，“果真是有志者事竟成。追求爱情就是要勇敢嘛，雄狮追求爱情的时候，那可是要经过厮杀的呵。快说说，阿燕向你正式表白了没有？”

彭永骏点了点头，喃喃说：“幸好我同她讲了炎如叔叔的主意，让她看到了希望。”

夏惠子感到非常欣慰，“听炎如君回来告诉我，你爸爸很同情你和阿燕。”

“我跟妈妈和二妈也说通了。”彭永骏补充道。

“太好啦！”夏惠子拍手欢呼起来，“有了好开头，就会有好结果。反正要再接再厉！快吃快吃，吃完洗个澡就休息，睡个好觉。明天一早醒来，神清气爽，就更加有信心了。”

“看来你得向阿狐学习。”季炎如赞赏地瞟了妻子一眼，笑道，“她迎接新的一天，都像迎接一份新的胜利，永远信心百倍，一往无前。”

两天后，彭永骢和柯爱来到了季家，一同为试办新村的事作个总结。

夏惠子问柯爱：“你的约翰牛怎么没有来？”

“他不会来了。”柯爱凄惶地说，“他正在忙着办理出境手续，去新德里接受姑妈的遗产，很快就可以动身的。不提他了吧！”

新村以失败而告终的结局，彭永骢还刚听说，虽然吃惊，却没有悲伤，只是沉重地叹了一口气。

试办新村的经验教训很多，各人的看法不尽相同。一展开争论，讨厌政治的夏惠子便躲进了厨房。邮差送来当天的报纸，要闻版有杭江铁路建设的报道，季炎如感叹孙中山先生的“大铁道计划”总算有了实际行动，彭永骢却质疑抢修杭江铁路跟孙中山先生的美好遗愿无关，只是为了打内战。他说：“谁不知道，赣南、闽西闹红已经闹得热火朝天了，上百万的农民分得了土地，工农武装的根据地已经连成了一大片，这就是‘四一二’开出的花朵。当局几次‘围剿’失败之后，抢修杭江铁路正是为了尽快运输大军进入闽赣战场，想扑灭野火。”

季炎如心悦诚服地认同了这个分析，因为它符合“攘外必先安内”的既定方针，感慨道：“在日本人虎视眈眈的危局下，还要打内战，中国人真是苦命啊！”

话题重又回到了新村上，争议再起。

彭永骢说：“回过头来想一想，我们是不是太老实？当初，如果借用孙中山创立兴中会的方式，形成权力组织，有严格的纪律约束，加入新村的农民也就不会因为一点屁事闹散伙了。”

彭永骏说：“按你的意思，恐怕还得签字画押对天盟誓，只许进不许出，那岂不成封建帮会了吗？”

“靠强制，即便暂时成功，最后也要失败。”柯爱说，“正因为这样，基督教布道就不靠强制。”

“新村新在哪里？首先就在于讲自愿讲民主。”季炎如点头，“新村的目标，应该是自由人联合体。一搞强制，也就走上了太平天国老路。新村还是个试验中的梦想，靠权力推销，只会造成灾难，权力越大灾难越大。”

彭永骢说：“按照我们的国情，面对一盘散沙，没有权力什么事也休想办得成。”

“哥，我觉得你的看法有问题。”彭永骏抢白，“你这样看重权力，要是某一天掌了权柄，是会随意杀人的，不光杀敌人，也杀自己人，就像太平天国的头领们那样。”

彭永骢反驳：“轻视权力，无非是用自由平等的名义取消斗争，为软骨头打掩护。”

季炎如说：“漠视规律迷信权力，无非是想一步登天。有一位哲学家说过，妄想依赖权力改变社会的人，简直就是十分卖力的阳萎病患者……”

争吵到后来，火石交迸，彭永骢一怒之下，拂袖而去。

短命的新村昙花一现。等彭永骏离开天螺湾回上海，刘青燕的胸膛便空落落的，她的心让阿骏带走了。

刘青燕经受着从来没有体验过的思念之苦。甜蜜、饥渴，担忧，种种复杂的情感纠缠在一起，搅得她寝食不安了。她时刻在期待，期待与阿骏的重逢，重逢在向往中的美好情景中。她想，要是阿骏许诺的那一天真的到来，要是亲生父母也能看到，该有多好啊！

刘青燕耐着性子做起了刺绣活计。她绣的是一块手帕，左上角有一只飞燕，右下角是一匹骏马，互相呼应。刺绣是个精细活，穿针走线中，可以平复自己的思绪，带来一些宁静。

烦恼就像不速之客，总是不期而至。

傍晚，有个衣衫褴褛的独脚中年人拄着拐杖，来到香樟大院门口，哭求着要见见刘青燕。黄阿莲可怜这个跛子，便将阿燕领到大门口。长工彭瓦土怀疑这人是疯子，叫来看家狗来福把他赶走了。第二天，彭小闩告诉刘青燕，说那个跛子躺在村口土地庙里，快死了，连连念叨着想再见一见你。阿燕觉得事有蹊跷，便让彭小闩陪着赶到庙里。跛子对阿燕说：“你伸出左手让我看一眼好吗？”当他看到阿燕手腕上有个疤痕时，眼圈就红了，喃喃说：“你果真是野囡！你嫁到了天螺湾的大户人家，我死也能闭上眼睛了。”说罢，就从挎包中取出一个军用水壶猛喝水。阿燕突然惊悟地问：“你是不是我爹？你是不是叫刘有田？”跛子的脸上渐渐出现了痛苦的神情，嘴角也冒出了白沫，点点头，口齿不清地回答：“我是你爹……那年离家以后，我就当兵去了北方，丢了一条腿，身上还嵌着好多块弹片……我到处流浪，拼死拼活又回到南方，只为找到我的野囡，只求看看你，并不想连累你，连累不起的……我再看你一眼……就走……”

跛子躺倒在地上，边说边扭曲着身子，他用最后的力气，将右手伸到阿燕的面前，随即合上眼睛，停止了呼吸。他手中握着一只小小的银手镯。这个银手镯是野囡在五岁前一直戴在左腕上的。刘青燕还记得，弟弟出事的那天，父亲拎起她的身子，狠狠地将她甩出老远，石块刮破了她的手腕，也砸落了手镯。

刘青燕想起往事，嚎啕大哭。彭小闩跑进香樟大院找到彭谨祥，强忍磕巴，小声唱说了事情的经过。彭谨祥又连忙赶到杏源畈，找刘家梁商量。二人念及刘有田好歹是阿燕的生身之父，既是刘家的族人，也算是彭家的亲戚；但又顾虑刘有田在外流浪十多年才回乡，自杀暴亡，不吉利，两家合议后便着人备了一口薄板棺材，将遗体抬上杏源畈的坟山，悄悄地埋了，连墓碑也没有立一块。

当天夜里，刘青燕通宵没有睡着。她想起了新婚第三夜上吊时的情景。当她把脖子套进打了死结的绸带，随着一声踢翻板凳的炸响，感觉到喉头梗塞脑子膨胀，却没有太大的痛苦，转瞬间就觉得身子慢慢飘浮起来了，飘啊飘啊，飘向远方，飘过一个大黑洞，随即看到一片光明，身子像羽毛似的升上了天空。她看见了妈妈抱着弟弟，站在一团彩云上，正扬起手臂在呼唤她。她无声地哭着，一边喊：爸爸呢？爸爸呢？总也喊不出声音。这时候，忽听得有人在叫她小姐，一边摇她的身子，掐她的人中。她醒来了，发现自己重又躺回到床上，俯身床边的是女佣人黄阿莲……

爸爸的死，给刘青燕带来巨大的痛苦。爸爸离乡以后，阿燕不晓得他的下落，过了十多年，带着破烂的身子回家乡，就是为着最后看一看他的野囡，他以为野囡成了殷实人家的媳妇，一辈子都好过了，才吞了毒药放心地死去。爸爸哪里晓得野囡尽管有了显贵的身份，而一颗心却在流浪。

彭永骅见阿燕不停地哭，就叫来了母亲和祖母。陈银凤一眼瞥见阿燕刺绣的手帕，正想为她藏掖，却被彭汪氏一把抢了过去。老人家愣愣地望着手帕上的飞燕和骏马，脸色霎时就变了，气得说不出话，顺手抓起桌上的火柴，当即烧了手帕，拂袖而去。阿燕越哭越伤心，陈银凤就命黄阿莲叫来了阿芳，让阿芳留下来劝她。

烧掉了精心绣成的手帕，就像烧掉了刘青燕心中最后的依托，当时她真想咬牙一头碰死在墙壁上。经不住阿芳的坦诚劝慰，她才缓过神来，哭道：“奶奶亲眼看到了我绣的手帕，让她知道过去的谣言都成真的了，往后的日子还怎么过啊？”

彭永芳为自己无力帮助阿燕而感到深深的愧疚。她沉默了半晌，认真地思索了一番后，问道：“你该明白了阿骏对你的真心，难道就没有一点自己的主意吗？”

刘青燕停止了啜泣，抬头望着窗棂上的风铃，出起神来了。她想起了愚人节时美好的恶作剧，想起了阿骏在外滩码头上的真诚表白，也想起了《夏娃日记》中的奇妙境界。她两度到过上海，原本大大地开宽了眼界，从排斥阿骏到与阿骏的灵肉结合，她的心就像由蛹化成了蝶，再也回复不了原来状态，她正期盼着振翅飞翔。

彭永芳说："要想改变苦命，还得靠自己。有一句名言说：'不自由，毋宁死。'惠子阿姨和阿芬姐姐就是走的这条路。"

"照阿芳姐姐的意思，我该怎么办？"

"你从小不就是个野囡吗？要紧时候为啥不拿出一点野劲来呢……"

第二天清晨，刘青燕又哭又笑，一跳下床，披头散发半袒内衣，赤着双脚就跑下了楼，围着前院的香樟树转起圈来。彭永骅跟着追下楼，狂喊着："阿燕发疯了！阿燕发疯了！"

全家人如闻惊雷，纷纷来到香樟树下，只见阿燕一边奔跑，一边爹爹妈妈的乱叫。黄阿莲冲在最前面，使劲抱住阿燕，傅灵芝急忙为她掖上敞开的内衣，掩起一对雪白丰盈的乳房，两人连拉带推地要将她送回到自己的卧房，阿燕却挣扎不依。

"阿燕是好人！阿燕是好人啊！"彭永骅可怜兮兮地哭着，尽管说出话来不着边际，他对阿燕的同情却是极为真诚的。

陈银凤上前搀住自己的傻儿子，安慰道："阿骅乖，不哭，不哭，没有谁个说阿燕不是好人。"

循声来到现场的彭永芳一边梳头，一边发议论："阿燕亲生父亲的死，对她的刺激实在太大了！"

"真作孽啊！"彭汪氏无奈地叹息，"是不是把她送回娘家去休养几天看看？"

"在婆家发的疯，送回娘家去休养，不是丢人现眼吗？"彭永芳激昂慷慨地说，"没有别的办法，只有赶紧再往上海送。"

"看来也只有走这一条路了。"彭谨祥苦着脸沉吟道。

"爹走不开，就由我送她去吧。"彭永芳自告奋勇地请缨，"有炎如叔叔和惠子阿姨真心相帮，三哥和四哥也在上海，没啥问题的。"

傅灵芝和黄阿莲好不容易把刘青燕送回房间，侍候她上了床，给她擦脸，哄她安静下来。她依旧乱喊乱叫，说要跟阿爹去。陈银凤还得请来阿芳陪护她，临出门还领走了阿骅，怕傻儿子给病人添烦。

等房间里只剩下姑嫂两人，彭永芳噗嗤一声笑了起来，压低嗓音说：“阿燕真聪明，戏演得不错！”

刘青燕一下子满脸通红，眼眶中又泛起了泪水。

“你用不着难过的。”彭永芳一边假模假式地喂她吃粥，一边又说，“当今世道，谁个不在演戏？有位大作家写文章说，翻开历史，满篇写着‘仁义道德’，摆的却是‘人肉筵席’，到处都在吃人。可不是吗？不会吃人的人，就要让人吃掉。你的戏文还得接着唱下去，抽空赶紧收拾行李，我去向阿爹要盘缠，三两天内就动身去上海。”

“我一走，阿骅会难受的，他的心地和善……”

“等你在上海落下脚，过些日子再让人送大哥去上海，还是按照炎如叔叔的主意办，就在上海成家立业，由阿骏和你照料大哥一辈子，眼下不过是先走一步而已。”

一片美好的憧憬展现在眼前，刘青燕激动得有点喘不过气来了，她推开彭永芳手中的碗勺，目光闪闪地望着彭永芳，喃喃说：“阿芳姐姐真好！”

“你不该叫我姐姐。”彭永芳又笑了起来，“你是我大嫂啊，虽说年纪比我小，可是高我半个辈份，我是在孝敬长辈哩！”

刘青燕听了这话，忍不住也笑了，脸膛上一点儿病态也不见了。

就在刘青燕将要动身去上海的前一天，刘家梁和姚素娟风风火火地来到了天螺湾，一来便求见彭汪氏、彭谨祥与陈银凤三人。他俩是为刘青燕的事上门发难来的。

刘家梁劈面就对刘青燕的三位长辈说：“这回可不是谣言了。我们不但得知，阿燕夭折的孩子并非阿骅的骨肉，而是阿骝的孽种；我们还得知，身为小叔子的阿骏不安好心，正在挖空心思勾引阿燕。一个堂堂的书香门第，怎么可以接连闹出这种伤风败俗的丑事啊？”

姚素娟接茬说：“阿燕和阿骅的婚事，明媒正娶，四面八方都晓得，出这种丑事，叫我们的老脸往哪里搁？”

刘家梁又说：“我们得知阿燕和阿骝阿骏的事，已经有些时候，就为碍着面子，不忍心捅破这个脓包。既然阿燕又要去上海，又要见到阿骏，非得趁早讲讲清楚不可了。”

彭谨祥倒吸了一口冷气，心中霎时全清楚了。阿燕再次要去上海的事瞒不住，可是阿燕和阿骝阿骏之间的事，外人是不知道的，分明是张小珠在背后告恶状，只要一封短信就可以燎起一场野火。小珠自己不幸，又何苦要把全家人都拖进火坑呢？

“二位亲家且息怒。”陈银凤说，“说来话长啊，我们当长辈的也正在为这件事犯愁哩！”

彭汪氏因为听力衰退，便前倾上身，保持着极为专注的神情。她听清了别人的话，长叹一声，掏出手帕开始抹眼泪。

“阿燕同阿骅的婚事，不光是我们两家的事情。”刘家梁干咳两声，清了清嗓门，表示出一种高度的严肃感，“杏源畈和天螺湾的长年积怨并没有完全消除，有干柴就得防烈火，这件事情弄不好，重开械斗再打人阵，不是没有可能的呵！”

“是这个理，是这个理。”彭谨祥频频点头，“正因为如此，我们两家都需要顾全大局，从长计议才好。当然，首先是我们有错，错在我们当长辈的教子无方，在此先要向二位亲家陪个不是。”

彭汪氏饮泣道：“一代不如一代了。要是老爷子在，还当这个家长族长，就断断不会出这种事情。”

“是的，是的，母亲说得对极了。”彭谨祥说，“惭愧啊，我这个家长和族长都没有当好。”

陈银凤说：“谨祥也是想管好孩子的，并非有意放纵。前些天阿骝回家来，谨祥一时发怒，叫人把他捆绑起来，若不是半夜逃走，还真要阉掉他的祸根。”

“唉！常言道：养儿不孝，赛过强盗。”彭汪氏叹说，“阿骝这孩子，小时候聪明伶俐的，不晓得中了啥个魔，会变成这副样子？”

“都怪我无能。我对不起祖宗，也对不起亲家。我真是有罪啊！”彭谨祥说着，嗓音开始打颤，双膝的惯性作用又来了，他离开座椅，趋前两步，毫不犹豫地朝着刘家梁夫妇跪倒了下去。

这一跪，顿使客人对主人的真诚坚信不疑，连忙将彭谨祥搀扶起来。

“不要这样，这样我们也不好受。”姚素娟说。

“联姻联姻，反正把我们两家都联在一起了，只得荣辱与共。”刘家梁沉吟道，“谨祥兄说得没有错，是该顾全大局，是该从长计议。先听听你们的想法吧，接下去该怎么办才好？”

彭谨祥说：“阿骝在本村本乡的名声坏到了顶，已经无立锥之地了，我看再要作孽也作不到哪里去了。比较难办的是阿骏这孩子……”

陈银凤接上说：“阿骏对阿燕倒是真心的。”

“真心的也是错的。”彭汪氏斥责道，“亲家面前掩不了丑，也用不着掩丑，今天我想讲啥就讲啥。我看是彭家的风水坏了，再也谈不上诗礼传家了。当初我就不主张让孙辈都读书，有了诗就没有了礼。读书读书，都读出了啥名堂？如今倒好，书读得最多的小少爷，连乱伦的事都想做了。”

姚素娟感叹说：“阿璋倒也常说阿骏的好，当初要让阿骏配阿燕，那就不会有如今这种麻烦……”

“吃后悔药是没用的。”刘家梁打断夫人的话，“和亲既成事实了，行过大礼，要上宗谱的，当初就是错了也得将错就错，没有通融的余地。”

“是这话，是这话。”彭汪氏点头说。

彭谨祥和陈银凤互相望了一眼，都噎住了。

刘家梁提出要立马见阿燕，他说：“看起来两年前的谣言并非空穴来风。阿燕既然在相亲的第一眼就相中过阿骏这个替身，心里不会没有邪念的。我们这就跟她讲明白，断不可以有这种非分之想。”

“不急不急吧……”陈银凤嘴里说着不急，自己却急得有点语无伦次了，眼中也闪起了泪光，“阿燕刚刚发病，就怕她一时受不了。”

“非得告诉阿燕，进城看病可以，但是，无论去哪里也不能去上海。”刘家梁说得斩钉截铁。

“要么，由我们来对她讲，慢慢对她讲，好不好？”彭谨祥也想找个缓冲办法，嗫嚅着征询道。

“公婆跟媳妇总是隔一层，不如当父母的可以对女儿讲重话。”彭汪氏说，“依我看，亲家既然来了，就面对面的跟阿燕直讲了吧，就趁阿燕刚刚发病的时候讲，她还能听得进去，等弄到没法收拾的时候，要讲都来不及了。”

“这倒也是，倒也是。”姚素娟连连点头。

明摆着是三票对两票的局面，而且主导一方还占着神圣道统的上风，彭谨祥夫妇尽管心中忐忑，也不敢阻止了。

刘家梁姚素娟夫妇由彭谨祥陈银凤夫妇陪着，一同来到阿燕的房间。阿燕和衣躺在床上，正翻阅着《夏娃日记》，突然见到义父母到来，急忙将书藏进被窝，压根儿忘了阿芳要她继续演戏的嘱咐，拗起身，涨红着脸，愣住了。陈银凤吩咐黄阿莲把阿骅领到了隔壁屋里，房间里的气氛就分外紧张了起来。

刘青燕怯怯地喊爹妈，没有得到平常时候那样的亲切回应，脸色就灰了去，预感到有灾难将要来临，便独自坐到床沿的一头，双手紧紧抱住红木大床的雕花柱子，低下了头。

沉默了好久，彭谨祥先开口了，他嗫嚅道："阿燕啊，你爹妈专程来看望你……"

刘青燕求援似的抬头望望婆婆陈银凤，忽然见她为难地别转了脸。这便是一个不幸的征兆，阿燕的心怦怦地狂跳起来了。

刘家梁示意姚素娟先说。姚素娟移身到床沿上，紧紧地挨着阿燕，搂住她的肩，却不说话，内心深处显然在进行着情与理的选择。最终的选择，必定是丈夫的选择。夫妻出门之前，到底该怎么应对，都是商量好了的。

姚素娟柔声道："阿燕啊，你头一次从上海回乡的时候，妈问你：传说阿骏喜欢你，你和他好上了，到底有没有这桩事？你讲哪里会呢？反正到死都跟定阿骅了。不晓得这个话还作数不作数？"

"阿燕有委屈，爹妈也心疼。"刘家梁紧跟着说，"可是人生在世，不能样样事情都称心如意，既然吃穿不愁，你还是收收心安生过日子吧。做女人总得守妇道。历来都讲嫁鸡随鸡嫁狗随狗，好歹都是命里注定的。古时候的贤人不是讲过吗：'饿死事极小，失节事极大。'要'存天理，灭人欲'，要'破山中贼，破心中贼'。何况你嫁到天螺湾来，为杏源畈和天螺湾两村的息争讲和立了大功，爹妈和堂宗的长辈们，都是把你当作西施娘娘一般看待的。好女儿，你可要对得起大家的信任，菩萨和祖宗的眼睛都在看着你哩！你要是不听话，爹妈就要一齐给你下跪了……"

语重心长一席话，理喻伴着哀恳，显示了长辈的真情，背靠千古名教的砥柱，带有泰山压顶之势。突然之间，刘青燕的思绪全乱了，刚刚萌发的一点反叛意识，倾刻间被冲得无影无踪，脑子里只剩下一片空白。没等刘家梁和姚素娟双双下跪，刘青燕忽然听到了悦耳的玎玲声，觉得有人在呼唤她，一个激灵，猛的抬起头，睁大美丽的眼睛，定定地凝视着窗口的风铃。此时没有风，风铃并不动。过了好一会儿，只见她收回神往的目光，落到无所依傍的空荡处，双手缓缓地松开红木大床的雕花柱子，上身微微摇晃几下，整个躯体便软绵绵地滑下床沿，瘫倒在地板上了。

第三十一章
铁龙来了

葫芦镇上听到了隐约的隆隆声。那不是军阀重开战的大炮声，而是劈山炸石的爆破声。人们惊呼："铁龙来了！铁龙就要来到亭桥区了！"

杭江铁路开始了全面施工。由杭州向南，通往江西的江山。人们都说，铁路完工以后，葫芦乡就连上了一条兴旺路，日子定会好过了。山民们满怀着美好希望，企盼着杭江铁路早日开通。

铁龙的身影还没有见到，冲击波却扰乱了葫芦乡千百年来的平静。首先激活的是小小的葫芦镇，招募民工、征购木料竹器、收购土特产的告示到处可见，美女广告画也贴上了祠堂的粉墙。施工官吏、技术人员、采购者、包工头，加上随工程进展而流动的家属、小贩和游民，一批批地涌进了深山。山货一下子升值了，蝉衣、蛇壳都能卖钱了，连毛柴的价码也翻番了，一两白木耳可以值五包老刀牌香烟，半斤香菇可以换五尺英丹士林布，药材兽皮猪鬃山果还有各式各样的野味，统统都可以换成白花花的银洋。封闭带来的突变是爆炸性的，山民们把赚钱机遇当作高于一切的神灵，对祖训乡规三坟五典都不放在眼里了，以至于镇上顶没有出息的女人也有了出路，能够用皮肉换到衣食。山乡沸腾了。

致富最便当的是贩卖木材。亭桥镇是未来的火车站工地，有水道可通杭州，连接沪杭铁路就到上海，由赵中义创办的沪越实业公司在此设下经营处，在葫芦镇安了收购站，带着省政府的特许公文，挂出招牌大量收购木材，号召山民为实业救国作贡献。不但收购铁道枕木，还收购其他各类木材。不管什么树种，不论径围大小，只要按规定长度锯成木段，运到葫芦镇当即就可以变现钱。

葫芦乡的各村比较下来，要数天螺湾的木材积蓄量最大。祸福相倚，靠的是山村交通不便和常年械斗带来的闭塞效应，天螺湾很快就变成了一个热火朝天的伐木场。开头，堂宗会议规定，堂宗山林准许每户只伐一棵符合铁道枕木要求的松树，自行运往葫芦镇销售。随后，好些人家声称找不到合适的枕木松树，就自作主张砍伐名贵树木。禁令一突破，胆子大和劳力足的各家各户便一哄而上，纷纷争伐价格昂贵的经济木材，缺劳力的人家就临时雇工，没日没夜地操作。砍一棵红木或楠木运到镇上，才费几个工，得益可顶一两年田畈劳作的收成，盼着一朝就摆脱贫困的山民，岂能不趋之若鹜！

彭瓦土也上山伐树去了，他说不捞白不捞，要趁这个千载难逢的好机会，给自己备下一副棺材板。倒是他的儿子彭小闩心中念着堂宗，满头大汗地奔进香樟大院，磕巴着向族长告急。彭谨祥说：“唱，你快唱。”彭小闩就顺顺溜溜地唱了出来：“有人要砍树，要砍堂宗坟地的香椿树，别人挡不住，谨祥伯你快去快去快快去！”

彭谨祥随着彭小闩一同来到祖茔，见一拨人正在一棵足有合抱粗三层楼高的大树旁吵吵，问明情由，原来杭州一家木器厂来人选材，看中这棵香椿树，说香椿树在国外称作“中国桃花心木”，做了家具要卖给西洋人，愿意出大价钱盘下这棵树材。伐树人说成交后可以和堂宗六四分成，堂宗留大头。彭谨祥呵斥道：“你们晓得不晓得这棵香椿树是堂宗的风水树？古书里说香椿以八千岁为春，八千岁为秋，是长寿树啊，寄托着祖宗的灵魂啊，砍了它子孙要倒楣的啊……”他说着说着就跌坐在地，背靠树干哀嚎：“你们要砍就把我也一同砍了吧！”

砍树人感动了，走散了，彭小闩把族长扶了起来。彭谨祥心想当年先父为族长，呼风唤雨令行禁止，多么威严，如今自己当族长怎么会落得如此窝囊的地步，眼泪就哗哗地涌出了眼眶。

斧锯声和号子声响彻云霄，在山谷中回荡，一直扩散到天边。毁坏先辈留下的山林，无异于挖祖坟刨屋基啊！古书记载，周代就颁布了《代崇令》法律，规定乱伐树木就“死无赦”；唐朝法律规定，毁伐树木与盗贼同罪，得挨七十棍子，打得半死。如今这等放肆地滥伐山林，谁来管？怎么管？彭谨祥痛心疾首，却又无计可施。

堂宗头一次失去了世袭权势，以往备受尊敬的耆宿们都耷拉下脑袋，蔫了，个个束手无策。有人提出报官，让区里县里派警察弹压。彭谨祥坚决反对，官府的人马一出动，就是不死人伤人不对簿公堂，也付不起勤务费，经不起敲诈勒索。即便搭搭架子随意拖几天，所有山林也该剃成光头了。彭谨祥决定找彭大奎试试，看看这条独臂蛟龙是不是还能重抖昔日威猛，吆喝一拨铁杆子兄弟力挽狂澜，刹住这股妖风。

彭谨祥找到彭大奎的时候，只有他一人在家，好像不在乎天下发生了什么烦心事，正独自喝酒。面前的桌子上，摆着一小碗喷香的玛瑙烧，架着一个紫铜火锅，炭火正旺，清水已冒出泡泡了。火锅旁除了一碟酱油以外，还有个碟子里盛着一堆蠕动着的活物。彭谨祥伸头一看，吓了一跳，原来是刚出生的嫩鼠，点了点，共七只，没长毛的身子呈粉红色，透明得好似能看得出内脏，眼睛还没有睁开，叫声细细的，四肢微微动弹着，不知厄运将临。

彭大奎有点窘，解释说："我历来恨老鼠，家具衣服和兽皮都咬。今天见到一只大老鼠钻进一个墙洞，撬开墙脚的一块砖头，大老鼠逃走了，倒发现了一窝刚出生的小老鼠，正好当下酒菜。"

彭谨祥的心中顿时生出很多感慨。他明白，近些年来，山林日见毁坏，禽兽少了，老猎手无用武之地了，尤其当他失去一条胳臂之后，家中无论新鲜的和腌制的野味都很难见到了，只得常常炒点黄豆和蚕蛹干当下酒菜。有一回，他在黑沙溪边见到彭大奎，腰上别个小竹篓，用独臂艰难地在溪中摸螺蛳，就感到鼻腔里酸酸的，连招呼都没有打一个，装着没看见就赶紧走开了。

彭大奎递上一双筷子，慷慨地说："来一只，尝个鲜，赛过猪蹄胖的味，骨头都是软的。"

彭谨祥打了个寒噤，看过嫩鼠一眼，不敢再看第二眼，叹道："该吃虎肝熊掌的老猎户，如今也吃起小耗子来了，风水说变就变了啊！"

轻声轻气几句话，对彭大奎来说就像是一个闷雷，轰得懵了过去，半晌吐不出话来了。想起二十五岁那年村里闹虎患，他带领三名猎手追进深山，旗开得胜，虎皮虎骨虎肉都卖了好价钱，大宴了父老乡亲。第二年，他还猎获过四只野猪，活捉过七只猴子，还把一只花脸狗獾抓回村里，拴在祠堂廊檐下，让全村的小孩们耍了三天。虽说好汉不提当年勇，可是好汉终究难忘当年的辉煌，想想好景不再，老猎户的心中翻江倒海地鼓荡起来，一搁筷子，不经意吐出一句话来："娘的，越活越没劲！"

谈起如何制止滥伐山林的事，彭大奎问彭谨祥："找过何朗庆没有？智多星怎么讲？"

彭谨祥摇头说："朗庆叔讲天螺湾的气数已尽，没得救啦！"

彭大奎的眼圈红了，也摇头说："这件事情，我晓得是吃祖宗饭造子孙孽，能不心痛吗？可找我有啥办法，本房本族的亲邻，总不能像打人阵时候那样，拿刀枪去对付吧，何况，我过去的铁杆兄弟们也上了山，也扎堆儿在砍树呵！"

望着一族之长愁眉不展的样子，彭大奎提议说："不妨去找找秦先生，他肚里花花肠子多，说不定能出个馊主意救急。"

恰好这天下午，有一家的三个男人，在砍伐一棵高大的麻栎树时，倒树的方向没有掌握好，一下子压伤了两人，其中一人伤势过重，转眼就死了。晚上，在祖茔最高处的太公坟包上，忽然升起了一堆明晃晃的野火，男女老少争相眺望，议论纷纷。村里有一位靠跳大神吃饭的老汉敲着铜锣，扯开嗓门，过家穿巷地大喊大叫："祖宗显灵啦！不要再砍树啦！坏了风水全村要遭殃啦……"嘶哑而凄厉的叫声，在夜空中回荡，阴气惨惨，一连喊了个把时辰，直到篝火熄灭为止。

第二天，斧锯声停息了，山林静寂了。有人上山祭祖，在坟地上找到了昨夜燃烧野火的地方，发现余烬中剩下一些没有烧完的柴块，都是结满松脂的油松老根。这明摆着不是死人显灵而是活人作法。好在，鲜血与火光总算让人们冷静了许多。堂宗议事会和耆宿们急忙抓住这个节骨眼，召开了各房族的代表会议，平息了蝗灾似的毁林旋风。事后，彭大奎向彭谨祥打听这个妙招的来历，彭谨祥就实话相告："秦先生对毁林的事情本来也心焦，听我一讲，他就立马同阿芳一同商量，才商量出了这个鬼主意。执行人是你的好徒弟小闩，他独个儿摸黑上山，烧起了那堆救灾救难的夜火，这磕巴精该精的时候总能精到点子上。秦先生说，人到了发烧发疯的时候，讲什么道理都是没有用的，只得来一点以邪攻邪的办法。"

彭谨祥说完了又不忘叮嘱一句："无论谁个问起，都要当作不晓得。"彭大奎点头说："有数，有数。"

彭谨祥再一次陷入了焦头烂额的困境。身为族长，他简直有一种亡国之君般的愧疚和隐痛。

一场滥伐山林的狂潮虽然已经停息，但是余波未平。村民们正忙着把伐倒的树木去枝截段，撬下山坡。木段溜过的地方，幼树折腰，植被剥离，一片疮痍，活像垂下一条条长长的挽联，从山头挂到山脚。天螺湾到葫芦镇没有大路，不通板车，青壮汉子们都结成换工帮，四人六人八人一组一组，像抬棺材似的把沉重的原木运往镇上的木材收购站。妇女和孩童也争着上山拾取树枝，准备越冬柴禾，花草树苗惨遭践踏，覆巢的鸟儿惊恐飞窜，唱着悲歌。本来就在快速退化的青山，一朝一夕之间，就变成一个个患了急性斑秃病的癞痢头。彭谨祥怎么也不能想像：千百年来巍巍屹立如山的堂宗威严，顷刻间就会崩塌。村民们都说拳头硬也硬不过铜钱银子，沪越公司一个小小的木材收购站，一份现洋交易的告示，竟能掀起这么大的一场风暴！

几天后，村里又出了一桩人命事故。

彭大奎心血来潮，喝令他的儿子陪着上山，不为砍树，不为狩猎，只为亲眼看看眼下的山岭到底变成了啥样子。对这条翘尾巴蛟龙来说，天螺湾的青山碧岭，曾经是他显威逞能的演武场，生息难离的乐土，如今被彭家子孙们抽筋剥皮毁了娇美容颜，怎能不痛彻心肺！他甩着一条空袖管，满脸挂着涕泪，沉痛得就像为先祖吊丧一般。他越看越伤心，猛然瞥见走在前面的儿子靠近了一块岩石。啊！不好，岩石旁有一个捕兽的陷阱，是他在断臂以前挖下的，因为野兽越来越少，慢慢地也就忘记了它的存在，一旁的警示木牌也早已腐朽。此时，他朝儿子大喊一声“站住”，可叹十八岁的独子阿虎，竟是个被他亲手打残的半聋人。阿虎没有听见父亲的喊叫，继续向前，只多跨了两步，就扑嗵一声跌进了这个被杂草遮掩了的死亡之窟。等彭大奎嘶声唤来附近的几个村民，救起阿虎，才发现腹部已被竹尖桩刺穿，背到山脚就断了气。阿虎的母亲黄阿莲抢天呼地哭得山谷回声震震，用指甲抓得丈夫一脸是血，说丈夫早先杀生太多，禽兽也有灵，老天饶不过你，报应啊！

天螺湾果真时运不济了吗？是冥冥中有什么神怪在作祟，还是族长治理无方？彭谨祥在刚接任族长的时候，父亲曾教导他说：“治大国如烹小鲜，勿扰可也。”意思就是鼓励他要有信心，治理大国都像煎小鱼一样，不要乱翻乱搅就成，何况治理一个小村。彭谨祥心想自从接任族长以来，也是谨慎小心的，并没有朝令夕改乱折腾过啊，何故会说衰败就衰败得不可收拾呢？

一个名门的后代，一个曾经握有实权又没有用好实权的村落族长，彭谨祥想哭都不好意思哭。他找村里几位信得过的耆宿诉苦，也探探口风想改选族长，说是另觅高明力挽狂澜拯救天螺湾，实际是心力交瘁想息肩脱身。耆宿们异口同声地宽慰他说，这是天谴并非人罪，不论谁个当族长，都得架在火上烤，既然大家都不责怪你，看在先父的面子上，你也就任劳任怨把这个难人做到底吧。

脱不了身，还得受熬煎。不幸的是现任族长彭谨祥还有着一份家中的特殊艰难，是不便向别人启齿的。

自从刘青燕当着义父义母的面，瘫倒在床前之后，症状倒显得平静了，不胡言乱语，不自伤自虐，也不骂人伤人，比起那天她在香樟树下半袒着内衣赤脚狂奔的情形来，大家都觉得好多了。彭汪氏叹说还是亲家夫妇有见识，一番直面训诫果真有了效验，让阿燕受到千古圣教的感化，开窍了，收敛了；就连彭谨祥也赞成母亲和亲家的主意，暂时放弃了让阿芳送她去上海治病的打算，让她在家中慢慢调养。

慢慢调养，何时能够康复，彭谨祥的心中有着说不出的焦虑。加上没出息的老二阿骝出逃以后一点消息没有，既恨他，又为他担心，担心他闹出更大的祸事来；二媳张小珠领着三个孩子住到了娘家，不但继续惹是生非，每个月还要为她母子四人支付生活费，不胜负担。老三阿骢同家中的联络越来越少，祖父生前有过让他回乡操持家业的打算，想也不要想了。老四阿骏出人意料地会看上阿燕，情真意切，如果让他知道阿燕旧病复发，岂不要急死？唯一的对策只有一个“瞒”字，瞒过一天算一天。女儿阿芳理解父亲的窘境，也理解阿骏对阿燕的思念，也不得不跟着瞒下去。

从天螺湾到香樟大院，都有点千疮百孔的模样了。彭谨祥期盼着转机，却不知道转机从何而来。

几天后的一个晌午，彭谨祥吃过中饭，难得有点空闲，正在抽烟发呆，又是彭小闩满头大汗地奔来通报，说“不不……不……不好了……快快……”

“快快什么？唱，快唱出来。”

彭小闩顺顺溜溜地唱出了一个火急情况：“不好了啊，大奎爷爷在西山岙，要把自个埋了啊，谨祥伯伯快去快去快快去啊！”

彭谨祥叫上彭瓦土，跟随着彭小闩一溜小跑，来到了西山岙，绕过一个个新伐的树桩，穿过一片片糟塌过的灌木丛，来到一处僻静的小山坞。彭谨祥看到了一个长方形的土坑，彭大奎从脖颈到下腹，大半个身子埋在土堆里，脸部是后来从泥中扒出来的，沾满着碎土。彭谨祥伸手试了试他的鼻息，一点气儿也没有，摸摸他的额头，早已冰冷了，但他的面容却是安详的，没有任何痛苦的神情。

磕巴精彭小闩像女人家唱丧调似的边哭边唱，道出了彭大奎的死因。

早上，彭大奎单臂提着一把锄头，叫上彭小闩，一同来到了西山岙。两人在一个早已挖好的土坑边坐下，彭大奎就对他说：“小闩啊，你是我的好徒弟，‘师徒一条心，打断骨头连着筋。’你今天定要帮师父了结一桩心愿。山林毁了，龙脉破了，天螺湾遇上这等大劫大难，只怨祖辈选定的风水宝地中暗藏着凶险命穴。我请教过风水先生，只有用彭家人的肉身填补，才能让后辈重现兴旺。我断子绝孙了，由我来填补这个命穴最合适不过了。我挖好的这个土坑，选下的位置正是天螺湾的命穴所在。我入土以后，你要帮我埋埋好，我也就功德圆满了。”原来，土坑的一边上方架有一块木板，一角撑着一根木棍当支柱，彭大奎预先已经把挖起的泥土堆放到了木板上。他说着说着就躺进了土坑，等彭小闩刚刚闹清楚怎么一回事，出手去拉他的衣襟，他就用粗壮有力的独臂猛的一推支柱，木板上的积土便哗啦啦地倾泻到他的身上。彭小闩弯下腰拼命扒土，指甲缝都扒出了血，等他露出脸膛，却已经停止了呼吸。

在彭小闩的心目中，彭大奎不仅仅是师父，而且像亲爷爷一般亲。彭大奎因为跟自己的独子谈不拢，也就分外喜欢小闩，喜欢他勤快好学又懂礼貌。奇怪的是，小闩跟别人说话磕巴，恰恰跟这位独臂好佬说话相当流畅。小闩从小好奇，爱听彭大奎讲打人阵和斗猛兽的故事。彭大奎每次从山里回来，总会捎点好吃好玩的东西给他，除了新鲜的野味野果，还有山雉的彩翎，岩羊的尖角，野猪的獠牙，穿山甲的鳞片；有时候，还带着他进入丛林，为他勒下一小节梧桐枝的韧皮做成响笛，告诉他苦槠树的果实叫珍珠栗可以磨豆腐，黄杨木可以雕菩萨刻图章做印糕模子，告诉他漆树碰不得，碰了会让你浑身瘙痒发皮疹，为他指点识别有毒蘑菇和无毒蘑菇的方法。在彭小闩的心目中，大奎爷爷就像是掌管森林的山神菩萨。彭小闩做梦也想不到，这尊山神菩萨会用这样惨烈的方式结束自己的生命。

村里人议论纷纷，有说是彭大奎在打人阵时掘过刘族人的祖坟遭报应，有说是彭大奎半生狩猎杀生太多，百兽的冤魂把他召了去。彭谨祥却认定彭大奎心中念着的是堂宗，一生都为天螺湾拼死拼活，他是为彭家祖宗的荣耀和子孙兴旺赴死殉葬的，是大德大义之壮举。为此，彭谨祥特意献出自己的寿棺，为彭大奎入殓，并且申报堂宗，准许按照当年打人阵时送别战死英雄的规格，为彭大奎举行了隆重的葬礼。

一个忠诚的灵魂升了天，入土为安。可是，他身后唯一的亲人怎么办？就在葬礼结束之时，黄阿莲回到自己家中，尚未脱下麻衣丧服，便毫不犹豫地独自上楼，决定悬梁自尽。也是命不该绝，踢倒板凳的一声震响，惊醒了楼下送葬回来还没有离去的亲邻们，迅速救了她的命。陈银凤和傅灵芝扶着她踏进香樟大院，一落座，刘青燕就伏在她膝盖上痛哭，彭永骅也跟着伏到她另一个膝盖上痛哭起来。陈银凤流着眼泪说，从今以后，香樟大院就是你的家了，阿骅和阿燕不就是跟你的骨肉一样亲吗？你怎么忍心丢开他俩不管呢？黄阿莲伸出双手揽住阿骅和阿燕的脖子，把自己的前额抵在两人的脑门上，三人哭成了一堆。

第三十二章
千古胜景钱塘潮

就像久旱盼甘霖一样，彭永骏总算盼到了小妹阿芳的信。信中写到了家乡新近发生的一桩桩大事，从铁路施工、滥伐山林到乡亲惨死，叹说往后天螺湾的日子恐怕更加难过了！信中也写到了阿燕的情况，却语焉不详，只说自你离开以后，阿燕很想念你，她想给你写信却不方便，只让我转告，要你放心，自己多多保重身体。

彭永骏猜测阿燕的处境肯定不妙，却又鞭长莫及难以照顾。他所能做的事情，就是加速留学的准备工作。其中最为难的是钱，除了出国开销，如果把阿燕和阿骅接到上海，更需要有点积蓄才好。可是，他一时找不到薪酬丰厚的职业，要凑起大笔款子，还不晓得要等到哪一天。

季炎如和夏惠子理解阿骏的困境，暗中为他积钱。夏惠子原来担任家庭护理士的工作，属于慈善性质，现在换了一个殷实人家，护理对象是一位患脑萎缩病的郑姓老先生。郑家按月付酬，夏惠子每次领到钱就存起来，打算等到需要时一并交给阿骏。

彭永骏感到深深的寂寞。季家远不如以前热闹了，费尔德去了新德里，柯爱成了长林孤鸟，也不爱串门了；彭永骢自从与季炎如发生正面冲突以后，再也没有来过季家。德山方浩是忙人，无暇探亲访友，只是偶尔同夏惠子通个电话聊几句家常话。夏惠子每周三天去郑家护理病人，不上班的日子，有事也得随叫随到，再也没有兴趣举办和式家宴了。季炎如几乎成了一个苦行僧，成天钻在书房里埋头研究和写作，像一只孵蛋的老母鸡。尤其使阿骏难以忍受的，是对阿燕的思念之苦。两地相隔，阿燕明明会写信，却片纸只字都不给，断绝了任何形式的交流，只能靠阿芳信中云山雾罩式的叙述来猜度，这种思念是一种寝食难安的思念，简直忧心如焚！

面临着从未有过的冷清，彭永骏别无选择，只有把全部精力投入到阅读和翻译中去，有时候带着两个面包一小壶冷开水，可以在图书馆里泡上一整天，凝结思绪，用未来的目标冲淡现实的愁闷。

在季炎如家陷入异常冷清的时候，松谷雄次郎再度登门了。

星期天，季炎如和夏惠子都在家。松谷雄次郎依旧彬彬有礼。这一回带来的礼物，是东京的民间工艺品——一套着和服的绢制玩偶，非常可爱。松谷说自己去了一趟东京，受惠子的父亲小林哲所托，给惠子捎来了一封信。

夏惠子拆开信封，里面还有一个锦纸小包，包的是两颗老残脱落的牙齿。信是用毛笔竖写的，端端正正的中文楷书，写满了三张红格宣纸信笺，关键性的两段话里流露着浓浓真情：

惠子：趁你表叔来东京出差的机会，请他带给你这封信，同时附上我的两颗废牙齿，脱落好几年了，没舍得丢掉，想请你在我六十岁生日的那一天，帮我抛进黄浦江，让我的牙齿代表我的身体和历史，与上海骨肉相连。滔滔奔流的黄浦江，见证了我此生最难忘的一段日子。上海是我曾经享受过最大幸福的地方，是我的爱女惠子出生的地方，是我在事业上辉煌过的地方，又是我遭遇过失败的地方，也是我做过错事铸下悔恨的地方。在黄浦江中留下我的牙齿，正是为了留下自己的怀念，刻骨铭心的怀念啊！形势已经很严峻，日本就要和中国打大仗了，这不是秘密。我老了，身体也大不如前，我是不会再去上海了。我知道惠子的脾气，我不敢期待你的原谅，我很想见你又不能见你，只好写这封信，拜托最喜爱你和你最信任的表叔带给你，表达一点我对上海的思念，对女儿惠子的思念。

问候你的炎如先生。关东大地震的那年他来东京，还来看我，我很感激。可惜没有顾得上好好谈谈，也没有条件请他吃一顿和餐，到现在都感到过意不去，务请他多多原谅！

夏惠子读完信，眼泪已经挂下了脸颊。她注意到父亲的信中一字也没有提到继母清子，说明父亲对自己的脾气了解得果然透彻，甚至不巴望着女儿有所改变。确实，惠子对清子的排斥情绪，一如既往，过去十多年了，还是不想妥协。

松谷雄次郎说：“我离开你家的时候，清子拿出了许多好东西，吃的用的玩的都有，让我带给你，我也愿意带，恰恰让你爸爸挡下了，他说何必让惠子生气呢？还是不带的好。清子当场就哭了。可见清子是真心喜爱你惠子的呵！”

季炎如受了感动，劝夏惠子说："借这个机会给父亲写封回信吧，寄一张近照去，顺便问候一下清子继妈，续上本来就不该割断的亲情，应该的。"

"不！"夏惠子只回答了一个字，直截了当，毫不含糊。

提起继母清子，也就会牵动夏惠子对生母美雪的痛苦记忆。这个话题注定是不愉快的，松谷也就知趣地避开了，迅速转向另一个话题。

"我有个想法，但愿二位赞同。"松谷说，"我来上海工作两年多了，说来遗憾，因为公务在肩，身不由己，一直没有能够和二位一起玩玩。两次小酌，话不投机，双方都不开心，是我的错。最近有一点空闲，很想一道出门去旅游几天。就像当年二位离开东京之前，我们去箱根旅游一样，好不好？"

"好啊！好极了！"夏惠子欢叫起来，"同游名胜地箱根，饯别环翠楼酒馆，题写名士梁启超的《壮别》诗，往事好像就在眼前，终生难忘啊！眼下秋高气爽，正是旅游的好季节哩！"

"恐怕不行……"季炎如犹豫道，"我的一部书稿正写到关键部分，思路一断就会接不上气的。"

"炎如君也真是的！"夏惠子有点儿撒娇了，"成天窝在家里，出去亲近一下大自然有啥不好？何况做人也不能无情无义啊！没有松谷表叔会有炎如君的阿狐吗？会有我阿狐的炎如君吗？一定要答应表叔的好心要求，不去就绑架。"

"是啊！是啊！"松谷应和道，"那一回话别在箱根，我和炎如大哥还举杯盟誓，一齐表示要永远情同手足，至死不渝，就像早年阿倍仲麻吕与李白的友情那样纯真。"

"这么说，倒也该将心比心，以情还情。"季炎如开始动摇了，"那么松谷君觉得去哪里好呢？"

"就去杭州。"松谷说，"先游西湖再看钱塘潮。"

季炎如经不住诱惑了，笑道："西湖去过好多次了，当然去不厌；钱塘潮一次也没有看过，倒是非常值得一看的。"

能够同松谷表叔一同外出秋游，夏惠子兴高采烈。自从季炎如同松谷雄次郎出现龃龉以来，夏惠子做梦都在期待着他俩能够重归于好。游览，是怀旧叙情的最佳机会。动身的日子确定以后，夏惠子好似准备过年一样，喜滋滋地上街采购出游食品，回家后更是情不自禁地哼着《樱花谣》，赶做和式饭团和寿司，有心使这次旅游始终快乐和谐，不但要借这个机会努力修复丈夫和松谷表叔间的裂痕，还要让西湖美景和钱塘大潮冲掉丈夫心中的愁苦。

三人到了杭州，在湖滨路上一家旅馆订好房间，就踏上一艘小画舫，品龙井香茗，听丝竹美声，观旖旎风景，心旷神怡，全身都放松了。

文人荡舟西湖，总会牵出诗情画意。季炎如说："要是日本诗人松尾芭蕉有幸来西湖一游，肯定会留下脍炙人口的俳句作品的。"

"中国人会喜欢日本的俳句吗？"松谷问。

"当然。芭蕉的俳句写得真是好啊！"季炎如肯定地回答，"他的《古池》，三句十七音，我读了第一遍就会背了，一生都记住了。"

"吹牛，我不信。"夏惠子说。

季炎如就背诵起《古池》来了：

闲寂古池旁，
青蛙跳进水中央，
噗嗵一声响。

"不错，一字都不错。"松谷赞道。

季炎如又说："吟咏起芭蕉的俳句来，简直就像口渴的时候吃生黄瓜一样，清脆爽口扑鼻香啊！难怪日本人称芭蕉为'俳圣'。"

夏惠子鼓励松谷："既然身在西湖，触景生情，表叔也来一首诗吧。"

"我哪里会写诗啊？这不是强人所难吗？"松谷推辞道。

"你不是中国通吗？随便赋几句，绝句律句古体都成。"季炎如说。

"说我中国通，也不过是日本人中间矮子拔将军。"松谷作难地说，"中国五千年文化博大精深，谁能通得了？尤其是中国的诗词，一碰平仄韵律我就头痛。"

季炎如说："那就来日本的俳句，古典短诗，不难的。"

"我爱诗但不会做诗，俳句也讲究格律，我对格律是一窍不通。" 松谷还是摇头。

"管它格律不格律，不是有自由律俳句吗？"夏惠子说，"您就自由一下吧，有意境就好。"

松谷觉得真情难却，心中确实也有点诗兴蠢蠢欲动着，便用手指叩击桌面，沉思起来。半晌，就吟出了一首自由律俳句，自称是不伦不类的现代仿俳诗：

人间多蛾眉，
只有西湖堪比西子颜，
富士见了也迷醉。

季炎如让松谷一连吟了三遍，点头称赞说：“有意思，特别是第三句，富士山来到西湖边也会迷醉得失去巍峨雄姿，甘愿折腰把倒影落在西湖里，太妙了！这首现代仿俳诗，一反日本古典俳句的清寂幽玄风格，大有武士式的粗犷韵味。”

夏惠子也拍手叫好：“呵！表叔成诗人了，不简单哪！”

“现在该炎如大哥了，也吟一首吧。”松谷说，“我这是后发制人，不能赖的。”

季炎如思索片刻，步着松谷的韵也吟了一首现代仿俳诗：

西湖胜蛾眉，
英雄美人相对尽汗颜，
浅薄书生枉迷醉。

松谷听罢就笑了。夏惠子趁势就批评说：“不好，不好，这是做的填充题嘛，还是抄袭表叔的，羞羞羞！”

季炎如说：“我晓得你们要见笑的，没有料到这样不留情面。”

松谷用手指头点了点夏惠子的鼻尖说：“你以为我的笑是讽刺的笑啊，我是会心的笑。诗言志。你的御主人胸臆不凡，你这位内里还浑然不觉呵！”

季炎如连忙摆手：“松谷君你就饶了我吧！几句歪诗言的什么志？我可没有你想像的那么深沉。”

跨出画舫，三人来到了栖霞岭南麓的岳王庙。

面对岳飞塑像，松谷感慨说：“历史无情啊！岳飞想力挽狂澜反而饮恨风波亭，何苦！”

季炎如的脸色霎时变得冷峻了。他沉默一会儿，仰望着书有“还我河山”四个大字的巨匾，直率地问：“松谷君，中国有着大片河山，仍在你们日本国手里，什么时候还啊？”

松谷雄次郎张口结舌，不知怎么回答才好。夏惠子意识到一对冤家的对立思绪又狭路相逢了，连忙摇着丈夫的胳膊撒起娇来。

“啊呀，我肚子饿了！”她装出一副饥渴难熬的痛苦状，“带来的点心都吃完了，快到楼外楼去吧，我要吃杭州特色菜，想起东坡肉、西湖醋鱼、龙井虾仁、莼菜汤，我都流口水啦！”

季炎如会意，略一沉思，恢复了他作为东道主的谦和，朝松谷一笑说，“好吧！走，我们这就去西湖的百年老菜馆楼外楼。吃完饭就去观潮。”

公元一九三〇年，也就是民国十九年，岁次庚午。这一年的十月九日，给季炎如带来的视觉震撼与心灵感悟，是前所未有的。

这一天是农历八月十八日，为一年一度的杭州观潮节，民间奉为潮神的生日。这一天的钱塘潮，因为月相与潮汐作用，是全年中的最高潮，形成了“八月十八潮，壮观天下无”的千古胜景。这一天，在杭州东郊外的最佳观潮位置海宁盐官镇，人山人海，争睹大自然创造的气势恢宏的奇异场面。

随着时光流转，观潮的最佳位置在由杭州市区向东推移，而观潮场面热闹依旧。而今，在盐官镇江岸的安全地带，到处都是观潮人。其中有一大批是来自南京和上海的达官贵胄和骚人墨客；尤其让人侧目的是许多西洋人和东洋人，他们从上海的租界赶来，从杭州市区的拱宸桥日租界赶来，他们反客为主，以占领者自居，趾高气扬，把中国的形胜地当作自家的后花园。他们在娇妻美妾情侣娼妓的拥簇下，遮着彩色太阳伞，喝着爽口饮料，高歌长吟故作风雅，娇呼浪啸直冲云宵。相比之下，一些国人观潮者反倒自惭形秽，躲躲闪闪地与这些外侨保持着距离。小贩们难得有这样的赚钱机会，吆呼穿梭，把洋人视作财神，频频献媚。衣衫褴褛的乞丐是国运衰微的伴产品，他们以求生为最高目的，不知尊严为何物，更是作揖跪拜向洋人低眉求乞。

随着一缕清风，隐约的轰隆声从天际传来，背后的呼叫声也訇然响起。极目东方，开头只见一条细细的银线，从水平面上微微跃动着向西推进。渐渐地，银线放大，再放大，发出了雷霆般的震响，似玉城舞动，像高山雪崩，所向披靡地呼啸而来，一种至阳至刚的伟力，眼看着越逼越近，傲睨一切地磅礴于天地之间……

静静地坐在江畔候潮的季炎如夏惠子和松谷雄次郎三人，突然啊的一声大叫，同时站立了起来。

季炎如凝神屏息，却又热血沸腾。他的思绪也好像涌潮一般翻滚了，无遮无拦……

他想起当年宋高宗赵构被金兵一路追逐，逃到杭州依旧惊魂未定，歇脚于钱塘江边的归德院内。一日睡到半夜，忽听得一片喧嚣声，以为千军万马杀到了跟前，翻身又要逃跑，侍卫报告说并未发现金兵，只是钱塘潮声。赵构一夜惶恐到天明后，故作姿态写了“潮鸣”两个大字，赐给归德院。自此，归德院改称潮鸣寺，腐朽变成为神奇，卑怯化作了皇恩……

他想起才华横溢的青年作家郁达夫的成名作《沉沦》，描写一个负笈东瀛的炎黄后生，在异邦受尽屈辱后走向沉沦，透过无边无涯的大海，面向故土发出绝命的呼喊：祖国呀祖国！我的死是你害我的！你快富起来！强起来吧……

他想起孙中山在辛亥革命胜利后的第五年来到盐官镇观潮，从涌潮联想到革命洪流，喊出了昂扬的时代之声：“世界潮流，浩浩荡荡；顺之者昌，逆之者亡。”又书写了“猛进如潮”四个大字激励国人……

面对壮阔山河与奔腾狂潮，季炎如浮想联翩，不能自已。他又想到屈原投江的悲愤，想到秦始皇横扫六合的雄势，想到龚自珍“我劝天公重抖擞”的宏愿，想到背后栖霞山麓的沉默岳坟，想到血腥的济南惨案，想起凶残的外寇至今蹂躏着我国大片国土……

想到了这些，一股揪心的愧痛顿时壅塞了肺腑，深责自己无能报效祖国，难遏感伤情怀，觉得对不起祖宗，无地自容，禁不住嘶声狂喊：“孙中山先生，我们民族的脚步，何时才能实现你所期待的‘猛进如潮’啊？”喊罢，忽然痛哭起来，似乎恨不能奋身一跃，没入狂涛而成终古。

夏惠子慌了神，抓住他的胳臂连连摇撼，“这是怎么啦？有啥不舒服吗？说呀，快说呀！”

季炎如一句话也不说，只是放肆地大哭，让面前的潮声掩盖着他的哭声。身边的一些观潮人用奇怪的目光在看他，无非是怀疑他有神经病。

只有松谷雄次郎不动声色。想必他突然窥透了这位昔日好友的内心秘密，便独自伫立一旁，面对汹涌的钱塘潮，陷入了深深的沉思。

夏惠子瞥了松谷一眼，心中暗暗一惊。她还是头一次见到表叔的眸子里，迸射出一种特殊的神情，既像是失望和痛苦，又像是警觉和愤怒。这种逼人的阴鸷目光，她只有在舞台上才见过，那是戏剧中的大和武士在作出重大决定之前才会有的目光。此时的夏惠子，开始朦胧地意识到，要想撮合松谷表叔和炎如君这两个男人和好如初，或许是没有指望了。

夏惠子流下了眼泪，心乱如麻。

第三十三章
深藏的隐秘

刘青燕不见了！香樟大院里又是一阵令人心悸的骚动。

黄阿莲冲进正在上课的村校教室，跟彭永芳咬了咬耳朵，彭永芳让学生们自习，匆匆向秦文光请了个假，就跟着黄阿莲奔回到了香樟大院。

刘青燕的房间里，彭永骅满脸涕泪地在哀哀哭泣，一边嚷："我要阿燕！阿燕是好人！"

陈银凤柔声安慰着儿子："阿骅乖，不哭，不哭，阿燕一会儿就回来了，不会有事的。"

待彭永芳和黄阿莲一进门，彭永骅就像遇见救星般地扑到彭永芳的身边，诉说道："阿燕不吃饭，阿燕逃走了！"

"阿燕今天一早起来就不对头。"陈银凤说，"叫她吃饭也不肯下楼，中饭送到她面前也不吃，随后就不见了人影，整个大院找遍都没有，谨祥就领着瓦土到黑沙溪边找去了。"

黄阿莲叹息说："两餐饭不吃，要饿坏的呀！"

彭永芳问彭永骅："阿燕出门的时候，她说过什么？做过什么？"

"啥也没有说……"彭永骅想了想道："她搬了个板凳到窗边，把小风铃拿走了。"

彭永芳好像恍悟到了什么，提起装着饭菜的红漆竹编小篮，拉起彭永骅的手说："我知道阿燕在哪里，跟我去找她。"

陈银凤和黄阿莲还在发愣，彭永骅却乐颠颠地笑了，他的感情变化没有过渡，却直截了当不做假。

彭永芳叫上来福，同彭永骅直奔盘龙岙。

清澈的盘龙潭边，刘青燕正坐在石块上发呆，衣着是整齐的，头发也不见零乱，看上去与平常没有异样。来福汪汪地叫了两声，表示亲热。刘青燕回过头来，明明看见了彭永芳和彭永骅，却不打招呼，这就显得不正常了。

彭永芳迅速冲到刘青燕的身旁，忽然发现那个精巧的黄铜风铃正挂在她的胸前，随着身子的活动发出轻轻的叮叮声。彭永芳一阵心酸，眼泪便溢满了眼眶。

刘青燕不说话，正在专注地做着一件她认为极有意义的事情。在她面前大约两尺光景，有一块牛头般大小的石礁，旁边有一蓬枯草，大概是前两天下雨时给洪水冲下来挂住的。枯草上有许多蚂蚁，因为失去了家园，又没有食物，正在四处乱窜。刘青燕手中拿着一根树枝，把枯草拨到石礁上固定好，又把树枝作为桥梁，搭在石礁和潭边的土地上，让落难的蚂蚁上岸重建家园。

彭永芳将手中的红漆竹篮放在地下，坐到刘青燕的身边，注视着蚂蚁源源不断地沿着树枝从绝境向岸上转移，小声说："阿燕真是好心肠啊，蚂蚁得救了。可是你自己也要救你自己啊，你两餐不吃，家里人都急坏了，阿骅哭得好伤心哩！"

彭永骅靠上来说："阿燕不吃饭，要饿坏的呀！"

"你看阿骅对你多么好啊！"彭永芳说，"你还记得吗？上趟阿骏和阿骢回乡办新村，哥儿俩都夸阿骅是天下第一真好人，一点坏事都不做，半点儿邪念都没有，阿骏还开玩笑说将来要为阿骅造庙塑金身，这座庙就叫做'傻菩萨庙'。"

刘青燕抬头望了彭永骅一眼，居然嘻嘻地笑出了声。

彭永芳高兴极了，急忙抓住她的手，在清冽的潭水中洗干净，就打开红漆竹篮，端出了一碗饭。

"饭菜还温热，快吃。"彭永芳把饭碗递到刘青燕手中，"别说为你自己，为了阿骅，更为了阿骏，都不能饿坏了。快吃，你看，漆篮里有好菜哩……"

正说着，刘青燕双手一松，饭碗落到地上，砰的一声，砸碎了。好端端的一碗白米饭，成了来福和蚂蚁的点心。

彭永骅惊叫："啊呀！不吃饭要饿坏的啊！"

"阿燕，你到底是怎么啦？难道真的不饿吗？"彭永芳问。

"我不吃饭，我害怕吃饭，活着也白活……"刘青燕说。

彭永芳扶着刘青燕在石块上并肩坐下，没有饭了，就耐心地喂她吃菜，她也吃。彭永芳有意试试她的记忆，讲起阿骏两次约她来盘龙岙的事，"忘不了吧！头一次阿骏在光天化日下大声喊'我要娶你，非你不娶'，第二次阿骏同你钻进了竹林子，不晓得你们两个说了些啥做了些啥……"说到这里，刘青燕抚摩着胸前的风铃，苍白的脸颊渐渐泛红了。

彭永骅笑了起来，叹说：“阿燕真好看！”

彭永芳长长地抒了一口气。

彭汪氏近来身体不好，老是头昏，失眠，胃口也倒了，腰背上还长了可恨的蜈蚣疔，一长串的疱疹连在一起像蜈蚣，痛起来也像蜈蚣咬。黄阿莲按照土方，让彭瓦土到祠堂边的废墟中掘来三条蜈蚣，置在瓦片上焙干研成粉末，加鸡蛋清调匀，涂在溃烂破皮的地方，一日涂五六次，几天下来不见效，倒把衣裳和被褥都弄脏了。老人疑心是有冤魂作祟，让陈银凤为她烧香许愿，照样痛得要命。好在自从杭江铁路施工以来，西医西药也进了葫芦镇。请西医到天螺湾出诊，得花五块大洋，药费另算，来回还要坐乌篷轿。西医看了一眼就说是带状疱疹，对症下药，花了血本，总算有了好转。彭汪氏对陈银凤唉声叹气说：“原来以为不打人阵了，日子就会越来越好过，看来时运不济了，是你阿公在天上招呼我了。”陈银凤劝导说，“西医讲，带状疱疹是心情不好引起的，您老人家不要东想西想折磨自己了，安心将养吧！”彭汪氏叹说：“我的心情怎么好得起来呢？老爷子说走就走了，阿燕的事传到亲家的耳朵里，不太平了，阿骢阿骏不顾家，阿骝下落不明，小珠回娘家带走三个孩子，一下把香樟大院的活气都带走了，老人就怕寂寞啊！”

本来，老太太每天能见到阿庭三兄妹蹦蹦跳跳吵吵闹闹，就会感到彭家还有指望；眼下，一座古老大院里忽然少去了孩子欢跃的身姿和脆嫩的嗓音，彭汪氏便顿时体验到了自己的衰老和孤独，比院落中那棵百岁老樟树还要衰老和孤独了。

张小珠带着儿子女儿回到娘家之初，有一些日子老是哭诉不停，悔恨自己当时不听母亲的话，草率地嫁了个负心郎，受苦又受气。

娘总是那么几句话：“别哭，别哭，哭死了，你那个男人也不会变好的！”

张小珠又说：“倒不如早死了早干净！”

“千万不要死！死掉了，三人孩子苦定了，还有谁疼他们？”娘又劝道。

“那就办离婚。”张小珠发恨道，“我反正也不要这个脸面了，再说如今是民国，离婚也不稀奇。”

“离婚就便宜了彭家，便宜了那孽种。”娘又摇头，“你生了三个孩子，再也攀不上门当户对的人家了。就是再嫁，把孩子留在彭家你舍不得，带在身边就是三个拖油瓶，让他们抬不起头，当娘的能不心痛？倒不如挨着，挨到分家，把田地财产拿到手，随你那个男人怎么样都不在乎了，你还能赚个好名声。”

张小珠又抹起了眼泪：“我还不到三十岁，还得守大半辈子活寡呀！”

“女人守活寡算得了啥？”娘叹气说，“好歹有个家，有口饭吃，能把孩子拉扯大就谢天谢地了。你娘也是守着活寡过来的，你爹也不是好东西，年轻的时候靠了你外公帮衬发达了，虽然不娶小妾，全为了哄你外公开心；他到了杭州，就不肯接我去，姘头数不清，还不是也冷落了我大半辈子。最后老天报应，生意败了还吃官司，小命都丢在牢狱里。还好我留住了家乡的产业，把你兄妹几个拉扯长大，还让你读书识字，成了个小姐模样。”

张小珠想了想又说：“不过，多少年看下来，阿骝这东西坏管坏，对三个孩子倒还是真有感情的。”

“要是这样，你就更不应该离婚。”娘说，“你的男人有这一条，就比你爹好，说不定有一天良心发现，浪子回头金不换。”

张小珠再没有说什么，就此服膺母亲的教导，守着三个孩子，憋着一肚子怨气过日子。

好像是对苦心期待的回报，不久后，张小珠接到一封来自杭州的挂号信，是她胞兄写的。胞兄告诉她说：一个偶然的机会，探听到了彭永骝的下落，就在杭州的鼓楼大井巷租了一间房子，改名换姓，靠赌钱和做投机买卖瞎混。你不妨来劝劝他，不如让他好好向长辈请罪认错，回乡过安稳日子为宜。

张小珠一时拿不定主意，母亲说，兴许这就是一个转机了，你就该去，带上三个孩子一道去，演一出“孟姜女寻夫”的戏，劝他洗心革面重新做人，这才是正路。回到家，只要不再惹是生非，饭总有得吃。老太爷走了，老夫人也风烛残年了，分家是迟早的事。香樟大院虽不如早年红火，大船烂了还有三千钉，传说还有私藏的古董，就是按照丁口分，你们夫妻也不会吃亏，何况你俩还有阿庭这一条独根后嗣，是当然的“皇太子”，分割家产就得格外照顾。往后只要勤俭治家，后半辈子是用不着犯愁的。

在胞兄的安排下，张小珠带着三个孩子，顺顺当当地到了杭州鼓楼大井巷。彭永骝的租屋铁将军把门，母子四人就坐在天井里干等。

傍晚时分，彭永骝回来了，蓦然见到老婆孩子四人，以为是从天上掉下来的，竟在大门旁傻住不动了。孩子终究是孩子，天真无邪，跟往常别后相见一样，阿庭冲上去伸手向阿爹要香烟牌画片，阿美和阿丽就抱住阿爹的大腿要骑马浪浪。

彭永骝的眼泪当场就流了下来，推着三个孩子，望着妻子说："快进屋，快进屋。"

开了锁，进了门，一家五口人在非常情况下团聚在一起了。张小珠悲从中来，呜呜地哭出了声，三个孩子也像得了传染病似的一齐哭。

张小珠边哭边对孩子们怨道："你们真不懂事，一见阿爹就晓得要香烟牌骑马浪浪，都忘记妈妈怎么告诉你们的了。"

三个孩子互相望望，随着彭盛庭一声嚷："还不跪下？"兄妹三人就同时在父亲面前跪下了，一齐哭喊道："阿爹，回家吧！我们都想死你了啊！"

张小珠也在孩子身旁跪下，哭道："阿骝，看在孩子的面上，你就回家吧，爹的心肠软，只要你真心认罪，气头过去了，他会原谅你的，奶奶和妈妈二妈更不用说了，她们都想你啊！"

"都起来，都起来。"彭永骝一个个地把四人都拉了起来，自己却坐到椅子上，用手托着额头，失声痛哭。

"以前，也有我的不是处。"张小珠呜咽道，"我吵吵闹闹，让你厌烦，全是为了丢不开你，我要是不在乎你，早就死心了。你只要回心转意，往后我再也不吵了，相夫教子好好跟你过日子，你就再也不要去摸倒楣的盒子炮，你还年轻，又有力气，就从头学做田畈活计，一道把三个孩子拉扯长大培养成人，好对得起祖宗。"

"我担心，自己作孽太多了，就是长辈和家人能原谅我，还有外村冤家哩……"彭永骝喃喃说。

"结阴亲的事，堂宗跟朗庆叔公不是帮着摆平了吗？"张小珠安慰道，"再说真心改过了，村里村外也看得见。都说人心是杆秤嘛。菩萨讲慈悲，放下屠刀还能立地成佛哩。我也作过孽，也有愧，往后我就信佛赎罪，一世做好人。"

"唉！看来也只剩下这一条路了。"彭永骝叹道。

当天晚上，张小珠早早地把三个孩子安顿在另一间屋子里睡下，从藤箱里拿出一个小小的纸包，里面是一蓬头发，告诉丈夫说，这蓬头发是你同我吵架的时候揪下来的，我留着是为了记恨，现在我就当着你的面烧了，再不记你的恨了。彭永骝就拿来一个空碗让她烧头发，烧成灰后，就冲进了半碗白酒，一饮而尽，发誓说从今而后，我再也不欺侮老婆了。

彭永骝面对着妻子泪汪汪的眼睛，说不清是因为悔恨还是感动，又咕咚咕咚地将余下的半瓶白酒倒进碗里，往嘴里灌。张小珠夺下酒碗说：“真要改过自新，就从戒酒开头吧。”

彭永骝返身取来一个小布包，说：“这是我的罪孽，我也要当着你的面烧掉，好让你相信我。”

张小珠要解开小布包看看里面是什么东西，彭永骝不让，张小珠说不让我看证明你还是不相信我，我也没法相信你。彭永骝便不得不解开小布包。里面原是他曾经引为骄傲的“桃花巾”，每夺取一个姑娘的贞操，就保存一块留下“元红”的白绸。张小珠粗粗地数了数，有二十余块，每一块都写有姑娘的姓名和获取的日期，其中有一块竟然写着刘青燕的名字，同样也记下了她遭受身心创伤的日子。

一股怒火在张小珠的胸中爆燃了，她涨红脸，一把抓起桌上的酒瓶就要砸向丈夫的脑袋。迟疑片刻，又放下酒瓶，伏在桌子上痛哭起来。

“我说你不该看吧你非要看，看了又受不了。”彭永骝说，“这些都是以前留下的东西，从葫芦镇上带过来的。其实，你只要心平气和想一想，我敢把自己的丑事抖露出来，烧掉这些传说能避邪的宝贝，还不是证明我要烧掉自己的过去吗？这回能在杭州见到你和三个孩子，我第一个念头就想重新做人，做一个好老公，做一个好父亲。我要把鸦片瘾也戒掉，真正的弃旧图新。我说到做到，我对天罚誓！”

张小珠抬起头来，用信疑参半的泪眼望着丈夫，不说话。彭永骝就把“桃花巾”丢进一个搪瓷脸盆，点上了火。那些曾经是鲜红色的桃花血迹，自古以来就象征过威猛男性霸占柔弱女性珍贵初夜的荣耀，如今终于在火光中化成了黑色的灰烬。火光，映出了张小珠脸上的希望和期待，熠熠生辉。随后，彭永骝撕下一截纺绸衣襟，咬破手指，豪迈地用鲜血写下“弃旧图新”四个字，用双手捧给妻子。张小珠一见这彤红的四个字，像接圣旨一般跪地接过，痛哭失声。

第二天，彭永骝和张小珠就联名给夫家和娘家各写了一封信，字字端正，向两家长辈报告了夫妻和好重新生活的决心。

夫家和娘家都及时回信了，两家的长辈都表示欣慰。小珠母亲的回信先收到，说是菩萨保佑，天从人愿。陈银凤写的回信很长，开篇第一句话就是“家和万事兴”，又特地用婆婆彭汪氏的口吻，表达了对阿骝小珠和三个孩子的勉励和思念。这封信中还附了彭谨祥的一张亲笔题笺，虽说只有十一个字，却字字珠玑："祖宗有灵。天理不弃回头人。"

得知阿骝小珠和三个孩子就要回家了，彭汪氏一连几天都是乐颠颠的，摩挲着早已死去蝈蝈的小葫芦，就像摩挲着阿骝的手，出现了老年人少有的亢奋。一会儿要黄阿莲帮她沐浴做斋饭，说要烧香拜佛谢恩许愿；一会儿又黏住陈银凤没完没了地唠叨，说夜里做了什么样的吉祥梦，预测香樟大院气数未尽，还会有兴旺之日……

对于彭汪氏的唠叨，陈银凤只顾耐心倾听。近年来老太太的听力明显衰退，反正也不便交流。不过，这一回陈银凤的心中不免有些犯疑，觉得婆婆的亢奋实在有点反常。

果然，还没有等到阿骝一家子重新跨进香樟大院，她老人家就病倒在床上了。

彭汪氏的病势不同寻常，全身瘫痪，不发烧不呕吐，食欲骤减，双目失明，语言功能几乎丧失殆尽。可是，最使她痛苦又让人着急的是，老人的意识还是清醒的，她焦躁地扭着头颈，眼皮抖动，嘴巴张张合合，偶尔吐出一两个单音节，看得出她有许多话急着想说又说不出口。葫芦镇上的中医和西医都来过了，切脉看舌苔量体温听肺音，分别折腾下来，都说不出个所以然，各自开了一些宽慰药，问了年龄，听说七十有八，都回答说够有福的了，准备后事吧！

生死由命，彭谨祥只得开始考虑母亲的后事。就在这愁肠百结的时候，到杜鹃岭砍柴的彭瓦土气急败坏地空手奔回家来，向彭谨祥报告了一个惊人消息：阿骝死在杜鹃岭上了。

简直是晴天霹雳！

彭谨祥怀着一肚子的悲哀，走进母亲的房间，想把这个噩耗告诉陈银凤。此时，见到母亲正艰难地抬起一只稍微能够活动的左臂，像在招呼什么人，嘴里咿咿呀呀地重复着几个单音节："……阿……阿……骝……骝……"他知道母亲心中最放不下的就是从小最喜爱的二孙子阿骝，又无法给濒死的母亲最期盼的安慰，便把陈银凤叫出门，忍痛说出阿骝暴亡杜鹃岭的事。说完就领着彭瓦土和彭小闩，带了柴刀锄头，叫上来福，直奔杜鹃岭去了。

陈银凤理解丈夫的心情，强忍着眼泪，对身边所有人瞒住阿骝的死讯，把阿骅和阿燕叫到母亲房中，顶替阿骝和小珠；又找来邻居家的三个小孩，一男两女，同阿庭与阿美阿丽年龄相仿，让他们拉着彭汪氏的手，喊叫："太婆我们回来了！”彭汪氏看不见也听不真切，朦胧中只相信阿骝小珠和三个孩子已经来到自己身旁，泪水就从眼角淌了下来。

杜鹃岭上的情景惨不忍睹。在路边的一棵松树上，吊着彭永骝的尸体，双手反绑，下身裸露，肠子暴突，生殖器被剜下，挂在同一根树枝上，任凭老鹰乱啄。死者的胸前系了一条白布，上写四个大字：“恶有恶报。”

来福最先找到尸体，叫了几声后却又回头逃开了，只站在远处呜呜地低吠。它对这个死去的旧主人，已经不再怀有任何亲近感。彭谨祥一见尸体，僵了片刻，便蹲倒在地，哇哇呕吐。等肚子吐空了，再勉强打起精神，同彭瓦土和彭小闩父子两人一同解下尸体，把割下的生殖器复归原位，在灌木丛中挖了一个坑，草草地埋了。

彭瓦土说：“只好让阿骝先委屈一下，等日后再迁葬吧！”

“迁不迁葬无所谓。”彭谨祥喘息着说，“这孽种不配进祖宗坟地的。”

“准准是仙岭村人干的。”彭小闩一口断定。

“仙岭村来闹冥亲的那一回，不是说好了断的吗？”彭瓦土问。

“我就担心没有那么容易了断。”彭谨祥说，“不甘凌辱有仇必报，本来就是我们越人的老脾气，只是没有想到这个仇会这样报法子，报得这等狠心！”

当天傍晚，张小珠带着三个孩子，回到了天螺湾。此时，彭汪氏刚刚咽下最后一口气，她那本来已经失明的双眼却没有闭上，是由陈银凤帮她合起的。张小珠拉着孩子们在老人的遗体前跪拜磕头后，痛哭不止。彭谨祥和陈银凤明白她不仅为老人哭，也为丈夫哭，便扶起她走进隔壁房间，安慰她不要过度悲伤。

张小珠从怀中掏出写有“弃旧图新”四个血字的纺绸衣襟，诉说了事情的经过：前天半夜，来了三个壮汉，其中有个手握盒子炮的汉子一进门就说：“还记得吧，我就是仙岭村的阿梗。”阿骝晓得脱不了身，就讲一人做事一人当，只提一个要求，死也死到天螺湾去。

“阿骝是真心要弃旧图新的呀！”张小珠捶胸顿足地哭喊，“老天爷，为啥弃旧图新都不让啊？”

彭谨祥已经镇定了下来，说道：“欠债总是要还的，立地成佛只是讲讲而已，哪有这么容易！”

陈银凤和傅灵芝只晓得阿骝暴死在杜鹃岭，却不晓得详细情形，向彭谨祥探听，就说死了就死了，不要再问了。二人就把彭瓦土叫到房里，像审案那样的审。彭瓦土回应说老爷交待过不让细讲的。陈银凤说阿骝死了，怎么连嫡母和生母都不该晓得怎么个死法，情理上说得过去吗？彭瓦土拗不过，就如实招了。两个女人听了就放声大哭。彭谨祥来到房里，喝走彭瓦土，就一道哭，又哭着说：“人死不能复生。既然都是命里注定的，就不要再哭了，保重身子最重要。香樟大院就靠我们三个了，多想想往后的日子怎么过？总得咬紧牙关挺下去，挺到哪天是哪天。”

当天，刘青燕就从阿芳嘴里知道了阿骝的下场。阿芳是从小闩嘴里打听到的。刘青燕开头吓得发抖，第二天却又带上家犬来福，独个儿躲进盘龙岙去放鞭炮庆贺，庆贺别人帮她报了仇泄了恨。百子炮刚刚响了十几下，她又舀水把火捻子浇灭了。她对来福说：“人都死了，阿珠要守寡，三个孩子要当孤儿，遭到了这么大的报应，为啥还要恶待死人！来福你说是不是？”

既是出于孝心，也是出于好奇，彭谨祥很希望知道母亲临终前在想些什么。母亲发病太突然，又意外地失去了语言能力，通过她渴望表达的神情，不难猜测到她一定有重要的话想说，可惜既不能说又不能写，她是带着巨大的遗憾离开人世的。彭谨祥向所有陪护过母亲的女眷们打听：老太太念叨得最多的字音是什么？众人回忆下来，先是老念叨一个“骝”字，无疑是思念阿骝；后来念叨得最多的是一个“红”字，她是念叨着“红”字咽气的，这就不明白是什么意思了。

想了又想，彭谨祥终于想起了母亲在弥留之际念念不忘“红”字的原因。

记得母亲在过五十寿辰的时候，曾和父亲吵了一架，就是为了要穿红裙子。穿红裙子，是母亲怀抱了几十年的一块心病。按照历来的规矩，只有正室嫡妻才能穿红裙子，偏房小妾是没有资格穿红裙子的；到了嫡母过世后汪氏扶正那会儿，恰逢天螺湾与杏源畈闹械斗，没有举办扶正礼仪，还是没有穿上红裙子显露一下新身份，使她耿耿于怀。相传小妾扶正穿上红裙子不吉利，自从彭谨祥一个同父异母的兄长死于械斗后，父亲也就听从堂宗耆宿的劝诫，不再让汪氏穿上红裙子。当时母亲就哭着对父亲说，你得告诉后辈，等我死了大殓之日，无论如何要给我穿上红裙子，总不能让我升了天还像个小妾吧！作为汪氏的亲生儿子，彭谨祥想起这件事，觉得母亲一生含辛茹苦，这样一个小小的心愿，理应让她满足才对。

彭谨祥立刻雇了裁缝师傅，突击为母亲新做了一套送终寿衣，宝蓝色上衣配大红裙子，都是绸缎面料，有心让母亲的灵魂安然升天，去和父亲相会。彭谨祥悲戚地想：如果母亲泉下有知，一条红裙子比起阿骝的暴亡来，又能为她带来多少快慰呢？

彭汪氏的丧事办得简单快捷，没法跟彭荣灿的丧事排场相比，一是家中财力有限，也没有理由申请堂宗补贴；二是同彭永骝的死正好凑到了一起，家人也都乱了方寸，顾不上太多讲究了。

丧葬结束，陈银凤吩咐长工彭瓦土把婆婆的拔步雕花大床拆卸开来，清洗一遍，去掉几十年积下的污垢。彭瓦土在拆卸床架的时候，忽然发现床架内侧有一个秘密小柜，里面藏着一个白绸包裹，便原封不动地捧给陈银凤过目。陈银凤拆阅后大吃一惊，连忙把原物捧到丈夫面前。彭谨祥先看了一摞“香花券”，是给寺庙捐款施善的凭证。白布包中还有一个花布包，里面有一张盖了手印的作废文书，是已经死去的长工彭石柱的卖身契，写有“彭石柱自愿卖给彭荣灿终生为奴”等语。另外还有一块男人用过的长汗巾，汗巾上有被烟头烧出的焦洞，一角绣有一朵小小的梅花。

彭谨祥知道彭石柱就是瓦土的父亲，死于壮年，而母亲的实名就叫梅花。坊间一直有人悄悄传说，谨祥是石柱的种，还传说石柱后来赎了身，由家奴变成了长工，还结婚成了家，全靠汪梅花的情与钱。一张卖身契和一条绣了梅花标记的汗巾存放在一起，便成了印证传说的确凿凭据。

平时觉得互不关联的若干往事，突然间涌到了彭谨祥的眼前。

早年的一次酒宴上，几个半醉的老酒鬼公开谈论彭汪氏的私事，说她打年轻的时候起就是个与众不同的角色，懂得尽孝道却不懂得尽妇道。同样喝得半醉了的秦文光忽然大声问了一句：“听说荣灿公在立汪氏为妾的时候，不知道汪氏已经有了身孕，是真是假？”这一问，问得满座鸦雀无声，秦文光自己先吓醒了酒，推说头痛逃离了宴席。彭汪氏说他喝酒过量中酒毒发酒疯，差人请来郎中为他诊治，还托何朗庆去探望，转达彭汪氏的一个心愿，想把当时身边的一个婢女许配给他，秦文光说自己正是为了逃避婚姻才躲到天螺湾来的，谢绝了彭汪氏的美意，从此再也不敢谈论彭汪氏的私事了……

不知有多少回，彭谨祥总觉得母亲对彭瓦土有着一种特别的关照，超出了通常开明主子对仆佣的关照程度，有时候还不免会流露出一份长辈式的亲情……

彭谨祥想起，父亲常常用一种陌生和嫌弃的眼光看自己，使他感到疑惑又畏惧。自己当上族长以后，因为办事不力，曾使父亲非常失望和恼火，有一回还当面奚落他是个窝囊废，说他老实得跟瓦土一样。父亲一人说说气话倒也罢了，村里也常有人说他跟瓦土相像，不光是脾气相像，连眉眼都相像……

彭谨祥突然悟到，父亲能文能武多才多艺，性格豪爽，闲下来还常常弹奏箜篌以寄情消遣；可自己却不一样，生性软弱，厚道有余，刚气不足，爱读书又少点灵气，全靠死记硬背，丝竹乐器更学不会，连哼个小曲都五音不全……

天哪！难道自己果真是彭瓦土同父异母的兄长吗？难道自己这个单丁独传的彭家承嗣人，果真不是老族长彭荣灿的亲生儿子，竟会是个野种！彭谨祥的脑袋嗡的一声响，似乎要爆裂了。他好想立马去问问何朗庆，何朗庆肯定知道内情。稍一思忖，又觉得没有意思，何朗庆死心塌地忠于彭荣灿，这样的事，他就是知道也断断不会说真话的。如果去问村里的老人呢？有些老人在茶余酒后会吐露一点实情，真要问他们，那就对不起，为尊者讳，为敬者讳，这便是德，这便是义，彭荣灿是天螺湾第一圣人，他们也不会公开轻慢圣人。

认了吧！无处不在的命，五十多年前就已经铸定了的命！彭谨祥绝望地想。

陈银凤带着颤抖的嗓音小声感叹："料不到！真料不到！"

"是料不到！"彭谨祥应和道。眼前的原配夫人陈银凤，是他唯一可以吐露真情的忠实对象，他沉默良久，无所顾忌地接着说："料不到母亲的双面人做得这样地道！平常，母亲是遵循祖训严守妇道的楷模，不断教导后辈女子要讲三从四德，要笑不露牙，行不动裙，白天闺房不关门，夜里闺房不开门，梁上不让落双栖燕，窗前不许种并蒂莲，不跟外面的男子说话，男女不到同一口井里去打水，男女的衣服不能挂在一起，身为闺女就得安心呆在闺房里做针线摇纺车。哪里会想到，她自己老早就红杏出墙了……"

说着说着，彭谨祥抱头痛哭起来，边哭边说："老天爷，香樟大院到底作了什么孽啊？"

陈银凤说："婆婆早年惹下这等风流事，需要有多大的胆气呵，她老人家还敢留下这些东西，那可是性命交关的哩，还好逃过了别人的眼睛，又保住了名节，实在是终生大幸！"

彭谨祥说："她老人家要不是相信自己能够长命百岁，早一点把这些东西丢进炉膛里烧烧掉，那末，至少在我这个儿子心目中还有一位贤淑的慈母在。"

陈银凤说："现在烧掉也不迟，万一让小珠和阿芳看到，还会生出是非来的。"

彭谨祥暗暗寻思，千古礼教尽管强大，也还有比千古礼教更为强大的力量。至于这是一种什么力量？这样的力量中是否含有合乎情理处，他却一时想不清楚，也不愿多想了。

打开拔步床中的一个秘柜，好比打开了一个古老家族的后窗，让彭谨祥和陈银凤夫妇窥见了过去所无法想像的隐密。起初，彭谨祥有一种遭到五雷轰顶的震荡感，顿时万念俱灰，觉得世事无常，常事无真，突然间生出了一个想出家当和尚的怪念头。可是，思前想后，父亲仙逝了，母亲也作古了，能够帮着“司晨”的“牝鸡”都没有了，自己成了名实相符的一家之主，倘若意气用事甩手一走，这香樟大院也就到了末日，出家的念头断断不可有。于是就称病卧床，三天三夜不出门，静静地调养心中的伤痛。他总算悟到一点常理：人间本来就隐藏着无数深不可测的大小秘密，谁能闹得清爽！包括彭家祖宗致富和衰微的真正原因，母亲从一个通房丫头变成小妾又扶正成夫人，都是谜。他又和陈银凤一起琢磨自己的来历，如果父亲真的不知道，则说明母亲既敢贪图天生欲念，又能勒马于悬崖，保住隐情不外露，终生守着丈夫守着家，至少称得上是个才智非凡又顾全大局的女人。如果父亲早已识破母亲的隐情又半辈子不动声色，既原谅妻子又疼爱子孙，则更说明父亲的宽容与豁达堪比古圣贤。

彭谨祥想通了，面对妻子自我安慰说：“《史记》载叔梁与颜氏女野合而生孔子，既然孔子也是私生子，私生子照样能成为大圣人。圣人非礼而生，也照样可以为礼而死。”

最后二人互相勉励说，眼下连怨恨和伤心都顾不上了，为天螺湾和香樟大院的命运着想，赶紧收拾残局克己复礼才是头等要务。

第三十四章
和谐琴瑟的绝响

难得见到夏惠子同季炎如吵架，这回是真吵了，吵到拍桌子摔家什的激烈程度。

矛盾的孕育绝不是一天两天的事。自从季炎如协同彭永骏试办新村失败以后，心情就没有舒畅过；又同他所器重的年轻人彭永骢发生争论，双方都说了重话气话，闹得不欢而散；随后陪伴松谷雄次郎游杭州观钱塘潮，原以为可以调节一下心情，结果在汹涌的潮头前嚎哭了一场，哭得让人莫名其妙，回到上海一直憋着气，好像谁都欠了他的债。近些日子来，他就躲在书房里，没完没了地写，闭门谢客，电话装在客厅里，响个不停也不接，开起夜车来通宵达旦，拼命抽烟，该吃饭的时候不吃，别人吃完了他甘愿吃冷饭，便后不冲水，钮扣扣错眼，胡子懒得刮，头发长了不上理发店，日子过得七颠八倒，夏惠子早就看不下去了，好说歹说都不管用，日式敬语渐渐地就被恶腔恶调所替代了。

正面冲突终于不可避免，导火索便是夏惠子的生日。

夏惠子向来看重生日。对她来说，三十五岁生日，不光是逢五的大生日，而且是一个标志着她进入中年的重要生日，一周前就跟丈夫商量，打算好好热闹一下。原想请松谷表叔也参加，不料一同游杭州游出了满肚子气，两个男子成了冤家，不便照面了。季炎如说时运不济，战争阴云正在逼近，常来常往的几个好朋友也不大走动了，阿骏的心情也不好，你自己又有一份护理工作，责任挺重的，没有精力操办宴请事宜，要过生日就过得简单一些吧。夏惠子尊重丈夫的意见，决定过一个朴素的生日，不请朋友，夫妻俩加上阿骏三人，一道去看一场新电影，看完电影就去有名的功德林素餐馆吃素餐，听说那里的厨师能够把素菜菇笋豆腐制品做出鸡鸭鱼虾的形状和味道，不但能满足既要敬佛吃斋又眼馋荤腥的佛门弟子的胃口，也能让那些肠肥脑满的达官贵人们在大快朵颐的同时少长些膘，这样奇妙的荤式素餐，理应去品尝品尝，吃饱素餐再逛街买东西，以利消化。

生日那天，夏惠子预购了电影票回家，季炎如却出门了，彭永骏在自己的房里翻译英文资料，也没有听得季炎如交待一声去哪里。两人等啊等，等到过了电影开映的时间，还不见他的踪影，也不打个电话来说一声，夏惠子盛怒之下，就把三张电影票撕了个粉碎。傍晚的时候，老夫子回来了，胳肢窝里夹着几本书，跨进家门，二话不说又进了书房。

夏惠子跟进书房，掩上门，坐倒在丈夫对面的沙发上，眼中就泛起了泪水。

“遇上什么委屈了？”季炎如抬起头，错愕地问。

“你去哪里了？”夏惠子反问。

“去图书馆啊，查一点资料，借几本书。”

“我和阿骏干等了大半天。说好的事，怎么就忘了？”

“说好的事？什么事？”

“过生日啊！谁过生日，恐怕也忘了吧？”

季炎如一拍脑门，仰靠到椅背上，闷了。

夏惠子的神情和口吻都现出了严厉谴责的意味，“这样的事，你也能忘！”

“无非是过生日嘛！”季炎如对任何谴责都会有一种本能的抵触，淡淡地回答，“对不起！我连先总理孙中山的生日都忘了。”

这么一说，夏惠子真正地感到委屈了，泪水夺眶而出，开始埋怨宣泄，简直像控诉，旧账新账一齐算，要紧的话，还说了再说，夹叙夹议，滔滔不绝。

“好了好了，我反省总可以了吧！”

“我的生日，当然不能跟先总理孙中山的生日相比，你何必反省呢？”

“那要我怎么样？跪搓板？”

“你知道我要你怎么样。”夏惠子用手帕使劲擦眼泪，“也许我想要的，你再也不在乎了，我终究三十五岁了嘛，年老珠黄了嘛！”

“我的天哪！又来了……”

又来了什么？是狼来了？不是。在季炎如心目中，又来了的东西就像幽灵，比狼还难以抵御。这个幽灵也是新近才出现的，它深藏在夏惠子的心中。

不久前，报馆安排一名女编辑给季炎如当联络员，经常为他送资料送稿件送校样，传达董事会的指示和编辑部的情况。这位女编辑谈不上多么俏丽，却富有年轻职业女性的典雅魅力，说起话来笑靥迷人，一口一个季先生季主编的甜叫，两人聊起来那个投缘啊，就像两股山泉淙淙汇流到一起共同奔向大江大河。从此以后，夏惠子的眼神就有点异样，说出话来也总是酸叽叽的，能够把许多本来风马牛不相及的话题归拢到一个方向上去。比如季炎如早上忘了刮胡子中午刮，夏惠子就会问：“女编辑要来吗？”比如季炎如临时要出门，夏惠子就会问：“跟女编辑约好的吗？”季炎如为图夜晚写作方便，又在书房里安了帆布床，夏惠子就会说：“干脆把双人床支到你书房里吧，让我独自睡帆布床好了。”如此等等，不一而足。遇到这类事，季炎如总觉得不值得解释，越解释反而越显得心里有鬼，他顶多笑笑。也有受不了的时候，随便一声呵叱就会引起争吵，他只好咒一句“秀才放个屁，刁妇吵断气”，躲进书房关上门。

向来恩爱的夫妻关系一旦出现隔阂，使夏惠子难以忍受。她想得很多，首先怀疑丈夫见异思迁了，天下哪有猫儿不贪鲜呢？她又想起当初那个美丽的“樱花计划”，要是如期实现该有多好，也不枉轰轰烈烈地爱一场！她又想到，如果丈夫真的抛弃自己，岂不重蹈妈妈的覆辙吗？在上海除了一位没有血缘关系的德山世伯，举目无亲，还怎么过日子？如果回到东京去，更会受到父亲和继母的嘲笑……她越想越哀伤，但没有哭泣，只是躲进卧室，独自开留声机听唱片，反复地放巴赫的《圣母颂》，听得热泪潺潺，一边写日记，抒发心中的苦闷。她的日记历来是用日文写的，从不对丈夫保密，说是永远要向丈夫敞开心扉。她在最新一篇日记中写道：“妈妈，我老是做噩梦，梦见自己好孤单，上街老是迷路。上海的马路曲曲弯弯，我小时候，总是由妈妈带着我一同上街的，从不迷路，要是妈妈您在我身边，那该多么幸福啊……” 季炎如读完日记，鼻腔酸酸的，有一种说不出的滋味。

那一天，彭永骏问季炎如：“惠子阿姨的情绪这样反常，是不是您在什么地方得罪她了？”季炎如想来想去，估计是因为自己忽略了“醋”对女人的敏感，便立刻打电话到报馆，要求把担任联络员的女编辑换成男编辑，缘由不必明说，报社同仁们自然能理解。

联络员由女变男，伉俪关系并没有改观。老夫子不耻下问，求教于彭永骏：“阿骏你倒说说是怎么一回事情？女人闹起别扭来，简直像一堆乱麻，实在没有办法理出头绪来，越理还越乱了。”

阿骏坦诚说：“我觉得不光是惠子阿姨的问题。炎如叔叔最近的脾气很不对劲，整个生活方式都变了样，是不是太专注您的书稿了，是不是有点走火入魔了？”

季炎如点头说：“可能的，不过，我也是没有办法。早年留学日本的一位国民党元老曾经说过：‘中国强，日本就是妾，中国弱，日本就是贼。’这位元老还说：中国和日本，面积和人口相差都在十倍以上，而文化的差异，却是差了几千年。当中国文化的黄金时代，日本人还是穴居野外的生番。然而当中国文化输入日本以后，便造成了日本民族的统一，越来越强大，而中国却一天比一天堕落。中国民族如不衰败，日本何敢起侵略中国的野心……”

彭永骏打断他的话，笑道：“现在是说夫妻关系的事，您怎么扯到国家关系上去了？”

“我的心情变化确实关连着中日关系的变化。”季炎如说，“从眼下的各种迹象看，日本绝不会满足于对台湾和辽东半岛的占领，新的侵略战争已经是箭在弦上了。正是考虑到这一点，我才感到紧迫啊！我的书稿对国人了解日本想必会有帮助，不抓紧不行。在日本，所有书店里都充满着各种研究中国的书，他们是为着吃掉中国研究中国，还是这位国民党元老说：‘日本人研究中国精细深刻，不遗余力，‘中国’这个题目，日本人不知放在解剖台上，解剖了几千百次，装在试验管里化验了几千百次。’而眼下在中国的书店里，几乎看不到一本研究日本的书，对日本的情况两眼一抹黑，似乎身边并不存在日本这条吃人的恶狼。我把写了一半的太平天国专著停下了，就是想早一点完成这部介绍日本的书稿。我在日本呆了十来年，有点发言权，时不我待啊！我得分秒必争才是，可惜惠子不理解我的苦衷。”

“要不要我跟惠子阿姨说说，让她体谅您？”

“不必，也不会有效果，惠子对政治极度反感，你去解释反而会使她加深错觉，以为我把政治看得比她重要，故意冷落她，是政治搞得我疯疯癫癫，不可救药了。还是冷一冷，再想想办法吧！”

正当季炎如有心想与妻子调节关系的时候，又爆发了生日大争吵……

“我看重生日，也包含着纪念和感谢母亲的意思，难道这一点心情，炎如君也不能明白吗?!”夏惠子步步进逼。

“我当然能明白。”季炎如节节退让，“中国也有句古话说：‘我生之日，母难之时。’过生日的确离不开对母亲的感恩。这样吧，我愿意立功补过，把原定计划改到明天，好不好？”

“生日就是生日，错过了生日怎么能补过生日，难道我可以推迟一天出生吗？更重要的是，在你的心里，早就没有我的位置了。你不想一想近来的窝囊样，还不是存心要推开我啊？”

“人都有个性嘛，你总不能处处按照你的标准来改造我吧！”

“是你把自己的好标准改造成了坏标准。瞧你像什么样子？书法也丢了，音乐也不听了，我的花道茶道也不睬了，一个人在家的时候，常常把开水烧干，烤个面包成木炭，饿了就把前一天的剩饭剩菜统统倒在一个锅里烩，烩成猪食模样，一顿接一顿地连着吃，还称什么‘神仙烩’，一点美食家的风度也没有了。更让人恶心的是十天半月不洗澡，连脚也不肯洗，简直成猪了，难怪日本人要骂‘支那猪’！”

一声炸响，季炎如用手掌狠击桌面，震得悬挂式笔架上的一排毛笔都摇晃起来。他吼：“‘支那猪’三个字，是可以从你惠子的嘴巴里吐出来的吗？最近中国政府还向日本政府发出抗议，抗议在公文中使用‘支那’这个歧视性的词语，日本政府也不得不改正错误。你不过问政治是你的自由，可是你不能糊涂到这个地步，连自己嫁给什么人都忘记了！听着，你看不起‘支那猪’，可以滚回老家去，我不拦你。”

夏惠子终于失去了自制，她把茶几上的花瓶抹到了地下，砰的一声砸碎了，发狂地哭嚷起来：“是我看不起你还是你看不起我？为了你，我背井离乡，又跟父亲断绝了往来；为了你，我可以不要自己的性命。自从和你结婚以来，我哪里对你不住？你过生日，都是我主动为你安排；你两次坐牢，为了救你，我担惊受怕到处奔波。我对你这么好，你倒可以忘了我的生日？还觉得有理了，你有良心没有啊?!”

“你不要这样，把我折腾死了有什么好处？谁来给你打蟑螂赶壁虎？死不是死者的不幸，而是生者的不幸。你一个东洋婆，要早点想一想，我死了你怎么办？”

“你死我也死，有什么了不起！怕死，当初就不会安排‘樱花计划’了……”

彭永骏突然冲进了书房，瞪圆眼睛，大喝一声：“不要吵啦！”

季炎如和夏惠子同时呆住了，直楞楞地望着彭永骏，他俩还从来没有见过阿骏这样一副黑脸判官模样。夏惠子在吃惊之余，还止住了哭泣。

长时间的冷场。彭永骏挺身屹立好似一尊石像。石像的心肠是热的，季夏二人眼看着他的泪水慢慢地淌下了脸颊。

季炎如有心想扭转紧张气氛，调侃道：“没想到，阿骏一个文弱书生，怎么变成猛张飞了！”

彭永骏匀了匀呼吸，说话了，声音降低了八度，“对不起！我一时气急，忘记了自己的小辈身份。我同炎如叔叔和惠子阿姨相处了十多年，这还是头一次见到二位吵架，而且是真的吵，不是假的吵，吵得这样凶，我受不了！”

季炎如苦笑道："俗话说，公公婆婆，不吵不和嘛。"

"这样吵法会吵死人的，完全是打'三岔口'，根本用不着吵。"彭永骏又说。

季炎如仰身靠到藤椅背上，饶有兴味地说："不妨谈谈你的看法。"

面对季炎如的从容，彭永骏的情绪也放松了。他望望夏惠子，见惠子阿姨泪眼婆娑，似乎怀着满肚子委曲，便有意不急着说话，先拿来扫帚畚箕，收拾了破碎的花瓶，然后像应对论文答辩一般，条分缕析地陈述起了自己的观点。他说："根据我的观察，可以得出两点结论：第一、炎如叔叔最近的生活邋遢，脾气烦躁，神魂颠倒，忘性大，并不是有意对惠子阿姨不好，纯粹是因为时局糟糕诸事不顺写作辛苦的缘故；第二、炎如叔叔跟报馆派来的女联络员谈得来，只是业务联系，又是眼下传递消息的一条现成渠道，无关男女私情；即使有点暧昧什么的，炎如叔叔当机立断提出要求，把女编辑换成了男编辑，也不愧为大丈夫气概……"

说到这里，彭永骏拿眼角扫描了一下，发现季炎如和夏惠子都偷偷地笑了，两人旋即又都板起面孔，装出不共戴天的模样。

彭永骏继续陈述："至于炎如叔叔和惠子阿姨之间的伉俪感情，是经过考验的，历来称得上楷模。前些年炎如叔叔写文章骂军阀，当局雇用流氓砸坏家中的门窗，炎如叔叔让惠子阿姨出门去骂，用日语夹着上海话骂，骂得越响亮越粗鲁越好，说是这批走狗的主子就是日本人的走狗，走狗的走狗比主子更怕日本人，一通狠骂硬是把流氓吓跑了，那一出夫唱妇随的双簧演得多么精彩啊……"

季炎如和夏惠子又偷偷地笑了。

彭永骏越说越动情，自己首先被深深地感染了，语辞愈来愈流畅。他接着说："炎如叔叔头一回给军阀当局逮捕，惠子阿姨用日本侨民的身份，敢到监狱去大吵大闹，闹出了一番别开生面的光景，典狱长把惠子阿姨请进办公室，又让座又沏茶，当贵客接待。惠子阿姨在茶杯旁留下了银票，后来我也可以一道去探监了。那一次惠子阿姨不光带食品，还带鲜花，勇敢地冲到牢房过道上，隔着牢门，把手伸进铁栅栏的空档，揽过炎如叔叔的脑袋亲吻，弄得狱卒非常紧张，囚犯们却大声起哄，有的说这辈子碰上这样的好老婆，立马去死也心甘情愿；有的说有了这样的好老婆谁还舍得立马去死啊！"

说到这里，彭永骏用手指推一推眼镜架，开始大胆地正视季炎如和夏惠子，观察他俩的反馈表情。反馈表情是令彭永骏十分鼓舞的，季炎如的眼圈红了，轻轻假咳着，掩饰自己的动容。夏惠子就把手帕折成长条，堵住双眼，阻挡着热泪的决堤式喷涌。

该是作总结发言的时候了。彭永骏说：“我在一本书上读到过一番话，说女人一辈子都在捉摸男人的心思，从来也捉摸不对；男人一辈子爱一个女人，从来也捉摸不清女人到底需要怎样的爱。这么看起来，世界上最最缺少的不是爱，而是表达爱的方法，也就是沟通的方法。”

于是，三人进入了关于沟通方法的实质性探讨。季炎如表现出了敢于自以为非的智者风度，他说等一会儿就去理发，理完发洗澡换衣服，晚上搬回到卧室去睡，往后的饮食起居尽量按照夫人定下的科学制度办，忘记生日的错误甘愿接受当事人的任何处罚，并且保证不再重犯同类错误，明天三人一同去功德林吃素餐，要让我做东付款，算作赔礼道歉。

“怎么一下子变得这样听话了啊？”夏惠子忍着得意，说，“不担心别人说你怕老婆吗？”

“几千年来都是老婆怕老公，如今讲自由平等了，为什么就不能让老公怕老婆呢？”季炎如装出十分严肃的神情说，“我家历来讲民主，在家里我是民，太太是主，一切由太太做主。太太说好，不好也好，太太说不好，好也不好。太太同我就是君臣关系。君要臣死，臣不得不死。”

“又装傻充愣说疯话了吧，反正你知道我不会让你去死。”

“当然，在我穷途末路的时候，是你让我再生，给我幸福，给我信心，所以我服你，心甘情愿拥戴你为女皇。只怪我身在福中不知福，现在觉悟了，只好放慢一点写作进度，认输。”

“听炎如君的口气，倒像我在拖后腿。真对不起！也许又是我错了。”夏惠子的日式敬语重又回到了她的口中。

“我没说你错啊！拖我的后腿，正是为了不让我急急忙忙过早奔衰老嘛！”

对话对出了这样的韵味，彭永骏知道自己该退场了。就在这个时候，恰好门铃响了，刚才还脸带怨女神情的夏惠子，以不亚于职业演员的高超技艺，迅速转换了角色。她擦干眼泪，整一整头发和衣服，用一副贤淑女主人的姿态起身去开门，笑眯眯地迎进了一位客人。她又有了好心情，绝对不是装的。

来客说有要事拜访季炎如先生和彭永骏先生。他是刘世璋。

一见刘世璋，季炎如自然就想到赵中义，当场就不给来人好脸色看，也不欠身让座，冷冷地问：“是赵大人差你来的吗？有何贵干呀？”

刘世璋僵立着，一副有口难言的狼狈相。终究是同学兼亲戚，彭永骏上前寒暄，拉他坐到沙发上。

冷场了好一会儿，刘世璋出人不意站起来，朝季炎如扑嗵一声跪下了。此时，夏惠子恰好端来三杯热茶，大吃一惊，茶水都晃出了杯子，还好有托盘，没有烫着手。

“季先生教我……”刘世璋带着哭腔说。

“教你什么？起来，起来说。”季炎如疑惑地回应。

彭永骏搀起刘世璋，回到座位上。夏惠子给宾主捧上热茶后，退出书房，掩上了门。

刘世璋苦着脸，说话了，有点语无伦次。他一开头就责怪自己胸无大志，容易随波逐流，没有主心骨。听了开场白，彭永骏便相信他说的是真话。他曾经向阿芳透露过心中的秘密，说从小就很喜欢阿燕，阿芳问他为啥不跟阿燕好，反正领养的异姓妹妹又没有血缘关系，他说阿燕既然改姓刘，怕人家会骂他乱伦，就想也不敢想了。后来他真心喜爱阿芳，在西湖边上让阿芳推了一个跟斗就泄气，也说明他的懦弱；胞兄刘世琏投身上海赤潮慷慨捐躯，他听了姨父赵中义的警告，连调查真相的勇气也没有，战战兢兢地怕受连累。他真是这么一个人。

“现在，我觉得自己面临十字路口了。”刘世璋开始触及正题，“我不知道何去何从？”

“听说赵中义在官场商场都左右逢源，混得很好不是吗？”季炎如问。

“这倒不假。”刘世璋印证道，“我姨父新近还在杭州开了一家新式缫丝厂，有意招收家乡工人，使用家乡蚕茧，口碑相当不错的。”

彭永骏说：“想不到阿芬的愿望，倒由赵中义来实现了！”

季炎如说：“这是一种历史的必然。每一次造反失败之后，刽子手和得利者，总归要为失败者扮演遗嘱执行人的角色，不管愿意不愿意，或多或少都得这么做，否则一定会迎来新的造反。”说到这里，他朝刘世璋颔首道：“哦，对不起，扯远了，你接着讲。赵中义不是很重用你的吗？”

“重用我不假，他是我的姨父，也不会亏待我……我讲的事，务请二位不要外传，性命交关的……”

“既然有顾虑，你可以不讲，到此为止。”季炎如说。

“不讲也是性命交关的……”

“那就快讲吧！”彭永骏不耐烦了，“你应该知道季先生的为人。”

刘世璋狠吸一口气，运足了内力，开始叙述关键情节。他说：“姨父对我的确很好，常常称赞我勤快诚实，做事细心有条理，不说假话不贪钱财，嫌只嫌我胆子太小，成不了大事，有心要调教历练我，只是越调教历练越使我害怕。上回姨父说的那一家沪越贸易公司，实际上是为他儿子注册的，自己负责开路集资出谋划策，借政府推行“大上海计划”搭顺风船，生意十分红火，目前在杭州已经设了分公司。去年他在杭州医院开盲肠，不过是个小手术，留下一点粘连后遗症，就说有大病必须到上海检查治疗，实际是坐镇上海扩大经营。他用各处弄来的古董，拍卖得巨额资金，又留出一部分贿赂市府要人，换得大块低价土地，转手高价出让，投资证券业，又疏通青红帮暗中保护，成了浙江财团的新贵人。我姨父见自己的实业打下了基础，就辞去副县长职务，堂而皇之地登上了沪越贸易总公司董事长宝座，还混了个省参议员头衔，更方便他甩开手脚赚大钱。他还借着杭江铁路施工的机会，一路非法收购木材，刮起滥伐山林的邪风，造成多起人身伤亡和民事冲突，不少人告状都石沉大海，一滴水花都不溅。为这一票生意，他要给我的奖赏，数额之大，都吓得我不敢要……”

“为啥不敢要？”彭永骏插问。

“我觉得这是昧心钱。最近我回家乡，看到许多青山都成了癞痢头，心痛啊，水土流失和山洪暴发的灾祸，肯定还在后头！”

季炎如叹道：“你能这样看问题，良心未泯。在百姓无权的时代，养官如养虎，无官不贪啊！”

“良心未泯，就要受折磨。”刘世璋接着说，言辞变得流畅了，有了一点破釜沉舟般的底气，“就因为良心未泯，我渐渐发现，自己终究不是姨父一路子人，迟早要分手。我姨父嘴里敬崇孙中山先生，会背《总理遗嘱》，书房里也挂着临摹孙中山手书的‘天下为公’四个大字。他原名赵宗懿，后来改名赵中义，说是要‘昭示中华仁义’，光明正大做人；他还能唱岳飞的《满江红》，能诵于谦的《咏石灰》诗。可是，他心底里却完全是另外一套。今年上海纪念济南惨案三周年，许多人上街游行示威，高喊打倒日本帝国主义的口号，就因为游行队伍拦住了他的小包车，他就当着司机和我的面，忍不住破口大骂说：‘唱什么高调捣什么蛋！日本帝国主义你打得倒吗？热昏了头！’我忍不住插嘴说：‘游行的人也是为了爱国嘛！’他哼了一声又说：‘切实一点吧！讲爱国是大人物的事，跟平头百姓有啥干系？’”

“简直是放狗屁！”彭永骏忍不住破口骂了起来。

刘世璋又说："我担心姨父迟早会当汉奸。我的大表哥，也就是姨父的大儿子，在东京留学，给他父亲来过信，劝父亲要为自己留后路，尽快离政从商，不要反日，反日必败。这话，是姨父有一次到妓院吃花酒的时候，醉后吐的真言……"

"你跟姨父一道去过妓院了？"彭永骏好奇地问。

"阿骏你这就叫孤陋寡闻了。"季炎如说，"唐宋元明清以来，多少官僚商贾文人雅士，都跟名妓交往，能够证明社会地位和个人魅力。赵中义既然跻身于富豪的行列，偶尔跟妓女玩玩又算得了什么？"

"哪里是偶尔玩玩！"刘世璋说，"他还在上海买了洋房，金屋藏娇，出大价钱，包下一家大妓院的一个美貌'清倌人'，才十九岁，作为暗妾养在身边。这还不过瘾，说起来真替他脸红，他又让我陪他去宁波路逛外国青楼，那里有许多洋妓，英国的、俄国的、意大利的、西班牙的、日本的，都有，他鼓励我说，你不是也主张打倒列强吗？我们这就去打倒一回，有钱就所向无敌，有钱照样能把洋人压在身子下面，为中华民族出口气。那一回，在一家有名的日本妓院里，还认识了一个叫松谷的日本人……"

"叫松谷的日本人？全名叫什么？"季炎如问。

"全名叫松谷雄次郎。"

季炎如和彭永骏同时一声轻呼："啊！"

刘世璋接着说："这个日本人的中国话说得非常好，还夸耀日本妓女好玩，懂技法又讲卫生，不会传染脏病。我看到日本妓女在娇艳的外表下照样藏着悲哀，看到平常道貌岸然的姨父，在东洋妓女面前一副恶行恶状的样子，心里就有种说不出的滋味，就假托肚子痛，逃出了日本青楼。"

"这是什么时候的事情？"季炎如问。

"就在两天前。"刘世璋答，"逃出日本青楼以后，我躲在一个老同学家里，心里就产生了一个念头，想立刻脱离姨父。所以到现在还没有跟姨父见面，只打过一个电话，骗他说遇上一点私人的急事，过后再向他禀报。"

季炎如叹道："太巧了，你们居然在妓院里认识了松谷君！"

"季先生也认识松谷？"刘世璋问。

"不光认识，过去留学东京时候的老朋友了，最近还一同到杭州去玩过哩！"季炎如说，"哦，你往下说，打算怎么办，是不是想就此跟你姨父分道扬镳？"

彭永骏问："如果分道扬镳，你姨父会不会认定你要背叛他，对你下毒手？"

"就是说呀，所以我才担心。"

季炎如燃起一支烟，沉默了。

"我到底该怎么办才好呢？"刘世璋哭丧着脸，自怨自艾，"我已经落到了进退不能的地步。姨父的事，我知道得太多了，他不能不防。真要灭口，容易得很，就像掐死一只小猫。"

"如果立刻回到他的身边，继续给他当狗腿子呢？"季炎如试探着问。

"他知道我的弱点，当然还会接纳我。不过，我自己再也不能原谅自己了，我甚至会发疯的。至少我会流露出对他的厌恶，引起他的反感和警惕，最终也不会有好结果。"

"三十六计走为上计。"彭永骏说，"走得远远的，从此井水不犯河水。"

"那也不成。"刘世璋摇头，"我爹妈会伤心死的。我哥哥暴亡，对二老的打击已经够大的了，我一走，他俩身边就没有亲人了，还不等于剜了二老的心啊！"

"有一个办法你斟酌一下。"季炎如用征询的口吻说，"你这就回去，回到姨父的身边去，撒个谎……"

"撒个什么谎？我不擅长撒谎的！"

"你先听着，我来给你编一个谎试试。"季炎如苦笑道，"你不妨这么说：我新近交了个女朋友，阿骏介绍的，是季夫子所在报馆的女编辑，因为自己踏进日本妓院，良心上过不去，一不谨慎就说漏嘴，女编辑很气，任凭我怎么解释，死都不相信我并没有同日本妓女沾过边，又哭又吵非要分手，我只好求季先生帮忙说情，没想到季先生就把您姨父扯了出来，因为他料定是您姨父大人拉我进的日本妓院……"

彭永骏像开会发言一般举手嚷嚷："有戏！有戏！我补充。你就说这位女编辑是个少见的好姑娘，阿骏和季先生都为你痛心，报馆同仁们也知道了这件事，全都愤愤不平，责怪拖你下水的阔佬姨父，说要写花边新闻捅到社会上去，你又赶紧求季先生千万不要让他的手下这样做，只怪自己不好，不怪姨父……"

"是这个思路。"季炎如又抢回话茬说，"你可以进一步告诉姨父，季炎如有好多新闻界的同行，还有外国同行，无冕之王不好惹的，松谷雄次郎也是他的好朋友，还是成全他婚事的媒人，不信可以让他去找松谷当面对证。说这些，无非是要给你姨父一点暗示；你阿璋也有点背景，而且已经成了社会舆论的关注对象了，谁都不可以对你轻举妄动，稍不小心就会把事情闹大的。在中国，新闻界当然斗不过大亨，不过，无冕之王的笔多少有点像马蜂屁股上的刺，可以在大亨脸上螫起一个红包来，丧不了性命，却让他丢人现眼痛入骨髓，这一点小意思还是做得到的。”

彭永骏又补充：“对呀，先镇住你姨父，同时你要强调你的女朋友是个有身份的女编辑，名牌大学出来的，留过洋，又能干又正派……反正越往高处说越好，又说你怎么怎么的爱她，失去了她没法活，苦苦哀求你姨父开恩。”

“假如我姨父借机做人情，说要见见我的女朋友怎么办？我到哪里去找一位又能干又正派的女编辑啊！这不是弄巧成拙吗？”

“戏眼儿不就出在这上头了吗？”季炎如坦然道，“你可以继续发挥说，女编辑是个孝女，她遵照父母的吩咐，向你提出了苛刻的条件，约法三章：一、立下字据，保证痛改前非；二、同你姨父断绝一切往来；三、自立门户，从此做自己的事业，过清白日子。”

“对呀！”彭永骏兴奋地说，“约法三章不兑现，你可以推说女编辑拒绝同你见面呀，这不是挺符合逻辑吗？跨进日本妓院，这是多么丢丑的事，当然不可以轻易罢休的。”

刘世璋点头说：“倒也是。等危机过去之后，有没有这个又能干又正派的女编辑，都无所谓了。”

季炎如说：“万一需要证明这个谎言不是谎言，这个女编辑也是现成的，我只要打个电话，让她出面客串一下，也不会有问题。即便这个谎言需要编到底，以后再说跟女编辑吵崩了也属正常，结了婚的还要离婚哩，一点不奇怪的。你姨父尽管财大气粗，心底里肯定很虚弱。天下哪个贪官污吏黑心财主没有一本见不得人的烂账？都担心小不忍乱大谋。我猜想，他一定会识事务，很可能顺水推舟，还会主动出资帮你另立门户过日子，好让你领他的情，堵上你的嘴。你信不信？”

“这倒是信的。”刘世璋又点头，“我早就想独立做生意了，从小生意做起，用不着太多本钱，没有他资助也成。父亲也好多次提醒过我：跟着姨父做事要当心，有了本钱赶紧自立门户。我父亲有一本宋代欧阳修的《洛阳牡丹记》古书，配插图的，是用来怀念故乡的传家宝，姨父说借去看看，就再也不还了，父亲早就看透了他。不过，这约法三章的头一章，要立下痛改前非的字据，真要立吗？我的确没有跟日本妓女沾边啊，谈不上前非啊，是不是嘴巴说说就可以了？”

“不可以。”季炎如说得斩钉截铁，“你这就起草字据，措辞分寸由你自己把握，我这个当主编的给你审定，抄正后作为未定稿面呈姨父过目，表示尊重，让他一开头就信以为真。”

好像是一个伟大的作战方案诞生了，彭永骏首先如释重负地舒了一口气，露出了光辉的笑容。

夏惠子进门给宾主续茶，见老公和阿骏都笑得很自在，就朝他俩回报一个放心的微笑，出门去了。

季炎如对彭永骏说：“你惠子阿姨总以为谈政治非吵架不可，她并不知道我们刚才也是在谈政治。其实，好笑的政治话题多得是。”

“有句成语叫沐猴而冠。”彭永骏说，“沐猴而冠的人中间，最多的还不是跟政治有关的要人名人吗？”

“当猴子多好，不论在哪一棵树上都能自得其乐。”季炎如说，“猴子戴上官帽商帽儒帽，那就更加神气活现了。哦，又扯远了……”说着，他用下巴一指刘世璋，催促道：“赶快行动吧，说不定你的姨父正在打电话哩……”

“打电话！给谁打电话？”刘世璋问。

“给警察局打电话呀！报案捉拿逃犯呀！”彭永骏抢答。

“猜得不错。”季炎如说，“就当一件大事来办，抓紧起草‘痛改前非’的字据吧。”

刘世璋再一次点头，庄重地说：“谢谢季先生和阿骏指教，我这就照办。”

第三十五章
美女大赛与血腥杀戮

平时好健忘的季炎如，却始终牢记着岳丈小林哲对女儿的一个嘱咐，几次提醒夏惠子要不失时机地办好父亲所托的事情。

夏惠子佯嗔道："炎如君也真是的，把自己太太的生日可以忘得一干二净，把一个薄情男人的生日倒记得一清二楚。"

"薄情男人可是你的亲爹。"

"我亲妈的生日您未必记得吧？我妈妈是一位多么善良的好妈妈呀！"

"不记得你妈妈的生日，不等于不记得你的好妈妈。"季炎如申辩，"何况，你爸爸托咐你办的事，关系着他对上海也对女儿的一片真情，也包含着对你妈妈的真诚忏悔呵！"

"炎如君多虑了。"夏惠子笑了起来，"其实，我怎么会忘记这件事呢？我恨爸爸对我妈妈薄情，并不恨爸爸对上海和对女儿的一份真情啊！"

说罢，她从抽屉里取出一个信封，信封里装的便是小林哲请松谷雄次郎从东京带回的那个锦纸小包，里面是小林哲的两颗脱落的残牙。夏惠子早已在信封上用中文写好了一句话："黄浦江，请接受我爸爸小林哲从远方捎来的一份情意。"落款处签了夏惠子的名字。

小林哲的六十岁生日到来了。夏惠子在装了父亲残牙的信封内塞进三枚铜板，粘好封口，郑重地放进自己的手提包。这一天，季炎如认真修饰了一番，换上一套新西装，系上一条色彩鲜艳的领带，约了彭永骏，随夏惠子一同前往外滩。

一出门，夏惠子就望着丈夫笑。

"笑什么笑，相亲啊？"季炎如也笑。

"说相亲有点夸张，说是去参加泰山大人的生日大典，倒是合适的。"彭永骏说。

"炎如君平常不修边幅，稍稍打扮一下，蛮神气的嘛，风采依旧啊！"夏惠子笑得更甜了。

"俗话说：人要衣衫马要鞍。我这匹老马本来就是一匹骏马。"季炎如昂起了头，“想当年，跟眼下的阿骏比起来，不相伯仲的。”

“我哪里能跟炎如叔叔比呢？”彭永骏说，“要不，怎么能把这样高贵的东洋美女骗到手。”

“可不是他把我骗到手的，倒是我把他抢到手的。”夏惠子说着，大大方方地伸出双手，箍住了丈夫的一条胳膊。

“抓牢一点，小心我又给别的美女抢走了。”季炎如得意地说。

“夸了你一句，还真要飘上天了。”夏惠子边走边咯咯地笑。

一行三人，就这样说说笑笑来到了外滩。他们搭上一艘渡轮，进入黄浦江的中心航道，夏惠子就取出装有父亲残牙的信封，捧到胸前，低下头合上眼，柔声地用日语说了几句祝福的话，便将信封抛进江中。塞进三枚铜板的信封，有了重力，随着波浪在江水中探了一下头，好像有意同她告别，然后迅速沉入江底，只留下了一个小小的涟漪。季炎如望望妻子，仿佛江中的涟漪涌进了妻子的双眼，她的眼眶中顿时也泛起泪水的涟漪。彭永骏瞥了季炎如一眼，发现他的脸上正荡漾着欣慰。

三人觉得办完了一件庄严的大事，下了渡轮，在码头边一家小饭店里吃了中饭，溜达到浦东的宽阔田野上，舒展胸襟，饱吸了在闹市区少有的新鲜空气，不知不觉间过了两个多小时，怀着愉快的心情，踏上了归程。

当渡轮靠近外滩码头的时候，他们发现了异常情况。人行道上行人拥簇，学生在散发传单，报贩在兜售报纸和号外，各种车辆已经停驶，马路中间，有大批青年手执白色小旗，挥拳高呼着口号，愤怒地朝着虹口方向涌去。一幅幅巨大的横标上，写着触目惊心的大字：“世世代代不忘‘九一八’！”“抗议日军强占沈阳！”“打倒日本帝国主义！”“打倒不抵抗主义！”游行队伍的两旁，有一队队的警察在奔跑调动，气氛极度紧张……

季炎如和彭永骏迫不及待地挤下渡轮，在码头上各自向报童买得一份提前出版的晚报，向正在宣传鼓动的学生要了几份传单，立在一旁浏览起来。一条迟到的新闻，使他俩惊呆了：就在几天前的九月十八日深夜，日本驻中国东北境内的关东军，蓄意炸毁柳条湖旁南满铁路的一段路轨，反诬中国军队破坏，以此为借口，突然出动精锐部队，向沈阳中国东北军驻地北大营发动猛烈进攻，于次日清晨占领沈阳全城；同一天，又占领长春、营口、本溪、鞍山、抚顺等二十座城市；二十一日，又占领吉林市。东北三省的中国守军不予抵抗撤回关内，日本关东军正在向东北全境迅速推进。

“多么野蛮无耻的强盗罪行！令人发指啊！”季炎如抖动着手中的报纸，独自发出慨叹。

彭永骏想起五卅运动的时候，曾经出现过愤怒的中国人殴打日本侨民的现象，担心有人会认出夏惠子是日本人，成为盲目泄愤的无辜对象，提醒季炎如注意夏惠子的安全。季炎如点点头，就和彭永骏一左一右地护着夏惠子，穿过密集的游行人群，雇乘黄包车，匆匆回到了家中。

季炎如一进家门，没顾得上休息，就给报馆打电话，探听最新消息。报馆的同仁告诉他说：“中央通讯社的消息拖了好几天，到今天才报道沈阳等二十多座城市被日军攻占的重大事件，还是含含糊糊，语焉不详，对东北守军为什么不抵抗一事更是只字不提，眼下有些战况，还是西方通讯社从日本的通讯社和电台新闻中转发过来的。随着事态的迅速扩大，看来要想封锁消息是不可能了，估计接下去会出现一场全国民众要求抗战的大浪潮。”季炎如刚与自家报馆通完电话，又有朋友相继打来电话，想听听他这位资深报人对形势趋向的分析。他顿时心烦意乱，推说我好久没去报馆上班，也是局外人，形势到底会怎样发展，实在不清楚。说罢就干脆拔掉电话的线路插头，靠倒在沙发上闭目思索起来。

夏惠子依然保持着平时的沉静，她脱下外衣，洗过手，给丈夫和彭永骏沏了热茶，才开始认真研读起报纸和号外上的重大新闻来。其实新闻都很简短，一目了然。她看完以后，喃喃嘀咕：“对不起！真是对不起啊！”

“你对不起谁了？”季炎如问。

“我的祖国又给邻邦添麻烦了。”

“什么添麻烦？你还是免开尊口吧。”季炎如没好气地说，“你平时讨厌政治，政治找上门来了，你闹不清是怎么一回事，说不到点子上的。《圣经》里说，上帝要拯救一个人，首先要使他发疯。上帝要拯救一个民族大概也是这样。日本正在发疯，不发疯不能得救。”

夏惠子望望丈夫，见他一脸冷峻，暗暗地感到遗憾。丈夫的心情刚刚好转，突然间一个殛雷，又罩上了满天阴云。她能理解丈夫的心情突变，又找不到适当的话语可以安慰他，只好当寒蝉。

彭永骏说：“日本侵略中国，这同惠子阿姨没有关系，您用不着说对不起，您是多么善良啊，从来没有对不起谁。要遭难，您会和我们一同遭难的。”

“大和民族的希望，也许很大程度要寄托在日本女人身上。”季炎如爱怜地望着夏惠子，苦笑道，“等到哪一天，日本的女人独立了，不再唯唯诺诺听男人使唤了，不再成为单纯生产小武士的工具了，日本民族就有了内制力，武士们可能就不会那么嗜血好战了。”

“日本的民间谚语说：‘打架以不打为胜。’”夏惠子小声说，“人类流的血都是红的，为啥非要打仗呢？愿上帝保佑大家都不要遭难。”说罢，她在胸前画了一个十字，就起身下厨房准备晚餐去了。

“九一八”事变发生的前夕，日本人正在上海举办日侨美女大赛。在一片歌舞升平的繁华气氛中，正当称作“上海小姐”的日本美人在大上海的舞台上盛装亮相之际，日本军队就在我国东北地区，制造了攻城略地烧杀抢掠的大规模战争暴行。

一九三一年的秋天，是中华民族的多事之秋。这一年的八月间，长江暴发特大洪水，淹死十四万多人，哀鸿遍野。与此同时，三十万政府大军沿着刚刚修通的杭江铁路大举南下，进入江西福建，对“四一二”政变中没有斩尽杀绝而重新崛起于闽赣地区的共产党人，进行第三次大“围剿”。从血腥的“四一二”以后，全国民气低沉，相隔不足四年半，迎来了无情的“九一八”，万众震怒，民气又如狂潮一般汹涌澎湃起来了。

烈火首先从大城市开始燃烧。各界市民同时发起游行示威、罢课罢工，强烈要求政府抗日救亡，甚至有大学校长和教师公开宣布绝食，谴责当局的不抵抗主义。上海、杭州、北平、济南、武汉、太原等地，一时出现十余万学生卧轨拦车赴南京请愿的浩荡场面。激愤的请愿学生还冲击国民党中央党部和政府机关，打伤了外交部长王正廷和其他高级领导人，捣毁了《中央日报》。

中华民族到了生死存亡的关头。民意不可侮！季炎如感到振奋。从鸦片战争以来的多次外寇入侵，朝廷割地赔款，丧权辱国，百姓逆来顺受，麻木不仁。这一回终于大不一样了，“九一八”的罪恶枪声响起，国人不再沉默，一盘散沙开始凝聚。作为一个民族历史的节气，犹如熬过严冬到了惊蛰，沉睡的雷神苏醒了，惊天动地，令虫豸惶恐，促冰雪消融。惊蛰，具有非凡的震撼力。惊蛰，是一个播种希望的节气！

季炎如同时感到深深的忧虑。他明白，要让当局放弃“攘外必先安内”的方针谈何容易！中华民族面临着严峻的考验。这天晚上，他把妻子请进书房，真诚地告诉她说，必须赶写几篇重要文章，否则对不起自己的良心，如果全神贯注，生活上难免会随便一点，希望妻子谅解。夏惠子预感到丈夫有一种以命相搏的冲动在胸中激荡，要挡也是挡不住的，含泪点了点头，只恳求丈夫不要过于劳累。随后便帮着丈夫，又一次把单人帆布床搬进了书房，为他整理好了独用的被褥。

几天后，季炎如写出了檄文《以战去战》。文章开篇就引用春秋军事家孙子的话："以战去战，可以战。"直言内战不得人心，祸起萧墙，遗患无穷，故不可战；而对待异国的野蛮入侵，必须用正义之战加以制止，人心所向，定将愈战愈勇，最后战而胜之。文章说到当今日本，比较起以汉族为主体的中华民族，短少了几千年的文明进化史。这个民族勤劳坚韧凝聚却又缺乏理性，信奉弱肉强食的丛林法则。用武士道精神培育出来的日本军队，在文化上完全不具备征服中华的优势，除了杀人立威以外别无选择，大举入侵后，旅顺和台湾的大屠杀就会遍地再现。文章的最后结论是："覆巢之下，岂有完卵？家有恶邻当自强。退让必亡，唯有万众一心，全民抗战，置之死地而后生！"

《以战去战》的第一个读者是彭永骏。他读过以后，坦率地说："这篇文章一箭双雕，会打痛两个对象，一个是坚持内战反对抗战的执政当局，另一个是坚持侵略必欲灭亡中国的日本。这样的文章不止是匕首，而是砍刀了，两个对象都会恨您的呀！"

季炎如说："一篇小文章，不过为民代言而已，何况眼下坚决要求抗战的呼声兴起于全国各地，就是执政党内部，力主抗战的爱国者也不在少数，何虑之有？至于日本侵略者，不光要打痛它，还需消灭它，它恨我也没有办法，在所不顾了。"

谈完文稿就谈人。夜已深，季炎如好像还有很多话要谈。他先谈自己："我在事业上犯了错误，没有选定一个目标专攻到底，逐二兔而不得一兔。同时抓着两部书稿，一部暂名《太平天国覆亡考》，一部暂名《日本文化简史》，都是大难题，首鼠两端的结果，两部书稿都是半成品，不知道什么时候才能和读者见面，很可能成为两堆废纸。要是开头就先咬住日本这个选题，到现在肯定已经写完并且付梓，可以赶上火候派上用场了。一耽误，失去了时间，要改正都很难。面对眼下的形势，又不得已把两个半成品都搁下来，另起炉灶写点小文章。"

彭永骏说："小文章也能起大作用啊！"

季炎如叹息道："也只好这样宽慰自己了。当年《东京废墟巡访》没有写好，心里一直有内疚。今天写了这一篇《以战止战》，也算是一个书生的灵魂救赎吧，我死了也不至于愧对泉下祖宗了。”

季炎如谈完自己又谈妻子。他说：“或许，惠子到现在还没有意识到，她跟上我，很可能会以悲剧收场的。作为一个自然人，惠子和我们同是东方的黄种人；可是作为一个社会人，惠子身上的和族属性已经很淡薄了，某一天如果想回到老家去，可能会出现排异效应，她会十分孤单的。”

彭永骏说：“炎如叔叔对这个问题似乎没有必要考虑。惠子阿姨从小接受了中华文化的熏陶，只要我们这块土地不排斥她，又何必要回日本，她在这里永远不会感到孤单的。”

谈过夏惠子，话题就转到了彭永骢身上。季炎如说：“阿骢实在是个很有个性的小伙子，爱憎分明，嫉恶如仇，只是有些想法太简单，犯了幼稚病。”

彭永骏说：“一个婴儿满地乱爬，看似幼稚，那是他将要直立奔跑的前奏。”

季炎如愣了好一会儿，说：“阿骏能说出这样的话来，让我意外，更让我高兴啊！你说得对，上帝也允许年轻人犯错误，何况像我这样不年轻的人也在经常犯错误。阿骢最可贵的是有一股子献身精神。如果‘四一二’前后他在上海，很可能也会走上献身者的道路。上一次同阿骢争论，我有些话说得太偏颇了，心里一直不安，有适当的机会，真想当面给他道个歉才好。”

“到底是什么话？有这么严重！”

季炎如懊悔地说：“就是那次争论该不该过度迷信权力的时候，我说有些妄想依赖权力改变社会的人，简直就是十分卖力的阳萎病患者。我这话虽然也是拾人牙慧，不过用在阿骢身上太过火了。仔细想想，阿骢有些观点也是对的，譬如有一回我说到‘君子不党’，他就当面顶撞说：小人都结党了，君子不结党怎么对付得了？其实我心里越来越清楚：‘四一二’是一党制造的，‘九一八’也是一党政策的产物；有了‘四一二’的杀伐异己，就必然会有‘九一八’的外寇入侵。”

“接下来该谈到我了吧？”彭永骏笑笑道，心中却是苦涩的。他觉得炎如叔叔的这一番夜谈，倒有点像是在做临终嘱托的味道。

“当然要谈你。我对你寄望太高了。”

“寄望太高是一定要失望的。”

“不管是谁，把人生目标定得高一点，就可以走得远一点。你去法国留学的事，要尽快付诸实施才好。”

“我原来想等着多积点钱，同时预先把学校联络好，一到巴黎就能跨进校门。”

“钱是可多可少的，我和惠子可以给你凑一份，大不了到巴黎后再去勤工俭学。你立马就跟柯爱好好商量一下，她乐于助人，在巴黎还有亲戚朋友，相信她会助你一臂之力的。现在有点火烧眉睫了，没法考虑得太周全了。”

“您说的火烧眉睫是什么意思？”

“连日来，日军在东北势如破竹，谁也挡不住他们对整个东三省的全面占领了。有消息说，日军发动‘九一八’事变之初，只不过一万多兵力，而在当地的东北军共有二十多万，竟也不敢抵抗，慌忙撤到了关内。日俄战争爆发的时候，正是滴水成冰的季节，俄国人曾经依赖奇寒战胜过拿破仑的四十二万大军，原以为日本人不敢在严冬跟俄国人打仗，料不到日军竟在最冷的天气发动大规模进攻，并且取得了大胜。不能不承认，日军的确厉害，中国不到全民总动员的一天，阻止不了他们的脚步。他们无疑会向全中国进军，上海一定会是重点攻击目标。所以你得越快出国越好。我们想把阿燕和阿骅接到上海的事，也只好缓缓再说。”

“现在出国，会不会有人说我想逃避抗战？”

“你以为抗战是一两天的事啊！”季炎如眯上眼睛，沉吟道，“人生太短暂了，正因为短暂才显得珍贵。愿你抓紧时光充实自己，用好这一生吧！中国要解决内忧外患至少得一百年，即使打跑了入侵者，也极需要一代新人。眼下这块古老的土地，实在板结得太厉害了，在这样板结的土地上，除了政客、军阀与豪绅，千人一面，万人同腔，鸦雀不鸣，天地同悲，黄钟毁弃而瓦釜雷鸣，很难容忍新人的诞生。赶紧换个地方去看看吧！你早一天出去，争取早一天学有所成，这对于从根本上解除阿燕的困境，也可能是最好的办法。”

季炎如说罢，从抽屉中取出一幅字，是用草书写成的一首短诗：

做人不怕鬼神欺，
未敢苟安悲别离。
此身既已许华夏，
红烧清炖皆相宜。

“这首打油诗，是我给军阀政府关进班房那回写的。”季炎如用沉重的语调说：“当时刚刚受过酷刑，身上都是血，准备着就此了结一生，没想能够活到今天，算是白赚了几年。我特地把这首打油诗书录下来送给你，作个纪念吧！我不知道拿什么留给未来，只有将脚印交付历史了。”

彭永骏捧起笔墨酣畅的字幅，眼圈就红了。他终于明白炎如叔叔此时的心情。

门外响起清脆的笃笃声，是过街串巷的馄饨挑子在敲竹管。季炎如说，听得这笃笃一敲就觉得肚子饿了。稍过一会儿，夏惠子就送来了夜宵，正是门外馄饨挑子现包现下的热馄饨。

“好香啊，谢谢惠子阿姨！”彭永骏接过一碗热馄饨，用夸张的喜悦表情吮着口水，掩盖心中的悲戚。

“唔，鲜！阿狐真好！”季炎如尝了一个热馄饨，既赞馄饨，又夸夫人。

夏惠子轮流看看两个男人的表情，似乎有点什么异样，猜不透，也不便多问，也许又在讨论什么政治问题。她觉得自己对政治既不感兴趣，也一窍不通，还是不插嘴的好。

《以战止战》一文经报馆编辑委员会讨论定稿后，以季炎如的真实署名发表了出来。文章一见报，最先受到震惊的是夏惠子。就在当天上午，季炎如和彭永骏都不在，她接到第一个电话是彭永聰打来的，说是要向炎如叔叔致敬。夏惠子说你不是在生炎如君的气吗？阿聰说生气归生气，致敬归致敬。又说炎如叔叔的文章肯定会刺痛很多人，以防万一，要惠子阿姨和阿骏劝炎如叔叔到天螺湾去避一避，最好尽快动身。随后，不同的电话就一个接一个地打了进来，有向季炎如喝彩鼓劲的，也有劝说他明哲保身的，还有谩骂恫吓的。夏惠子意识到又不得安生了，政治又惹事了。她第一个念头是怨，怨丈夫宁死也不肯同政治离得远一点儿，使她这个当妻子的伴着丈夫也等于伴着烦恼和担忧。而同时，她也进一步体验到文字的力量，她几乎难以想像，丈夫用毛笔写出了几张稿纸的汉字，竟会掀起这么大的波澜，牵动这么多人的心！她告诫自己：炎如君既然冒着凶险在做文章，作为一个忠贞的妻子，就没有理由去责怪他。

彭永骏和季炎如先后回到了家中，夏惠子转告了彭永聰的电话，阿骏同意阿聰的建议，也劝季炎如外出避险。季炎如说：“我原以为阿聰不睬我了呢！谢谢他的真诚关心。不过，眼下要求抗战的呼声正如浪潮涌起，真正害怕的应该是侵略者和不敢抗战的人。”

《以战止战》有多家报刊转载，有的群众团体还翻印成单张传单，四处散发和张贴。读者们除了议论文章本身以外，也纷纷关注起作者的身份来。有人立刻就想起了八年前的《东京废墟巡访》一文，如今读了同一位作者的《以战止战》，大家觉得作者既然对日本的正反两面的本质都有研究，他的新观点便更加具有说服力，有好几所大学还恳请季炎如前去演讲，进一步阐述《以战止战》中的观点和依据，以求激励抗战斗志。

第四天傍晚，夏惠子接到了德山方浩的电话。电话很简短，只说炎如君可能有危险，最好立刻离开上海。夏惠子警觉到事情的严重性，接完电话就直奔德山的寓所探听详情。德山说，松谷雄次郎的同事矢岛修吉先生常来找我看病，因为我救过他的命，把我当成恩人和知已，什么话都对我说。今天他谈起，松谷读了《以战止战》以后极为恼火，说本来还想继续争取炎如君，现在看来不可救药了。松谷还说："像季炎如这样了解日本的才子不多，要是不能为大日本帝国所用，也决不能为支那的抗日派所用，季炎如倘若死心塌地同日本作对到底，我非亲手劈了他不可！"德山还透露，松谷雄次郎的真实身份是日本黑龙会上海分部的负责人，还有军方的重要兼职，握有很大的权力。最近，日本驻上海总领事馆举办过一次欢迎国内要员的隆重仪式，松谷一身戎装肩佩大佐军衔腰挎军刀出台亮相，神气得很。因此，德山郑重地告诫夏惠子，随着"九一八"事变的爆发，松谷的身份已经公开，会更加无所顾忌，炎如君非得提防不可了。

夏惠子忧心忡忡地回到家中，当即向丈夫转达了德山方浩的话。

"你觉得松谷会同我彻底决裂吗？"季炎如试探着问。

夏惠子想起松谷在观看钱塘大潮时突然露出的阴鸷眼神，费解地说："我从小把表叔看成世界上最好的男人，真没法想像他也会变坏。"

季炎如说："从日本国民的角度看，今天的松谷承担起了为大和开拓新疆土的重大使命，不是变坏了，而是变得更好了。不过，他不明白我作为中国人，也有自己的神圣使命，那就是爱国救亡。"

夏惠子眼中噙满热泪，觉得心都要碎了，"我知道政治是残酷无情的，朋友间说翻脸就会翻脸。表叔既然是搞政治的人，翻脸不认人也就不奇怪了。记得小时候听爸爸说起过表叔家的事，姑爷爷就是用武士精神教育他的，冬天让他赤膊在雪地里打滚，夏天在烈日下带他登山，到农村看杀牛杀羊杀猪就让他捅第一刀，同别的孩子打架，从不制止和劝阻，打败流血还不许哭。我总算明白了，表叔和炎如君的最终信念是不一样的，我想扯也扯不到一块儿去。我真傻呀！"

季炎如爱怜地说："认识到这一点，说明阿狐长大了，不再是个'永远十五岁'的天真姑娘，成为一个非常懂事的中国媳妇了。"

"德山世伯是医生，有善心，他不会骗我们。炎如君赶快躲一躲吧，求您啦……"

夏惠子说着，嘤嘤地哭出了声。季炎如的胸膛揪紧了，他想起了同松谷雄次郎的最近一次长谈。

在观看了钱塘大潮后的当晚，季夏夫妇与松谷一道，从海宁盐官镇回到杭州旅馆内，趁着夏惠子尽情享受着热水浴的时机，松谷把季炎如约到隔壁房间里，开始了一次面对面的直率对话。

松谷说："看到大哥在钱塘潮前的一哭，使我有一种预感：从此我要失去大哥了，大哥可能要同我彻底分手了，我心里很难过。"

季炎如说："我和惠子历来把松谷君看成是我们俩的恩人，我也不想和你分手啊！可是从你到上海后的两次对话中，我已经预感到分手怕是在所难免了。还记得我俩结识之初的一件往事吧？那一年的十二月十四日，你请我到东京港区的泉岳寺游览。泉岳寺原是日本'忠臣藏'的纪念胜地，这一天正是'赤穗四十七浪士'的殉难日，你告诉我说：公元一七〇一年，江户城的藩主吉良污辱了赤穗城的城主浅野，浅野切腹自杀，他的四十七名家臣又合谋杀死吉良，然后又集体切腹自杀。这个赤穗事件便成为日本近代广为传颂的忠诚典范。日本人谈起'赤穗四十七浪士'来，就像中国人谈起黄花岗七十二烈士一样崇敬。我一直感到纳闷，不管主子是什么乌龟王八蛋，做的事对与不对，值与不值，只要忠诚于主子，乐于为主子尽忠切腹就是英雄好汉，这样的武士道精神难道就值得颂扬千古吗？今天的松谷君，是不是也在踏着'赤穗四十七浪士'的脚印往前走呢？"

"是的。"松谷坦然回答，"世界太不公平，一些劣等民族占据着大片肥沃的土地，竟不会利用宝贵的资源，而优秀的大和民族，却只能守着贫瘠和地震多发的狭小土地望洋兴叹，匮乏的资源将会导致大和民族前进动力的断绝，最终的命运可能会覆灭于海底，大和的出路只有依靠军刀去拓展。所以，武士道就成了大和民族的核心精神，是日本道德传统的不死鸟。讲忠信、尚勇武、重名誉，正是武士道的信条。大日本帝国之所以战无不胜，靠的正是伟大的武士道精神。支那要想与日本为敌，绝对不会有好结果。我作为炎如大哥的好友和惠子的表叔，不能不为你俩的前途考虑。炎如大哥事业有成，和惠子恩爱相守，正当盛年之际，本来该是含英咀华品尝人生幸福的时候，为什么偏要面临厄运而浑然不顾呢？”

“中国文人也有自己的信条，就是：威武不能屈，贫贱不能移。胸中怀有这样的信条，不怕天崩地裂。”

“天崩地裂算得了什么？大日本的军刀足以撬起整个地球。”

“地球是圆的，无论撬到哪里都不会倒下。李白说：‘乃知兵者是凶器，圣人不得已而用之。’你们妄想靠军刀征服天下，是注定不会有好下场的。”

“那就走着瞧吧！”

“走着瞧吧……”

正当舌战进入短兵相接的时候，夏惠子来到了隔壁房间，她穿着睡衣，两腮红朴朴的，身上散发着幽香，脸上挂着浴后的惬意。松谷和季炎如一见夏惠子，都知趣地停止了争论。

夏惠子望望丈夫和松谷两人冰霜相对的脸容，立刻皱起了眉头。

“呵，贵妃出浴了！”季炎如努力掩饰紧张气氛，故意插科打诨。

“唔，惠子真漂亮，真像出水芙蓉。”松谷含笑跟进，他也不希望让惠子扫兴。

夏惠子嗔怪道：“好啊，趁我泡浴的时候躲到隔壁房间来，又吵政治了是不是？还装蒜。”

季炎如辩解：“怎么是吵政治呢？我们是在谈文化问题哩！我正要向你表叔奉献一份良好心愿，希望日本就像发起伟大的明治维新一样，再来一次伟大的文化维新，唤醒大和民族的良知，用理性替代野性，讲人道，讲文明，改革不分善恶的原始宗教，不要再把天皇尊为万世一系的现世神，不要动不动杀人和自杀，不要拿侵略别国当作本国的生存前提。更希望能把福泽谕吉创立的‘一身独立，一国独立’的强国原则，适用到日本境外去，也尊重别人和别国的独立。如果这样，就真的变小和为大和了，大和民族也就名至实归了，日本人不论到哪个国家，都不会再让别人骂成鬼子，而当成贵宾了。”

松谷勉强地笑道：“炎如大哥又在夫子自道了……”

这一次对话，因为夏惠子的出现而中断。而从两个男人的尴尬笑容中，夏惠子已经觉察到剑拔弩张的气势。至于具体的交锋内容，季炎如一直瞒着妻子。眼下，老夫子觉得有必要让妻子知道实情了，便扼要地讲述了松谷一心想策反他的意向，并且不得不承认面临着危险。

“那得赶快想办法呀！”夏惠子着急地说。

“办法是有，只要丢掉良心，就能解除危险。”季炎如苦笑道：“可是我除了有个好妻子，只剩下良心了，丢了良心也就不是我季炎如了。既然你表叔是搞政治的，又是个有实力的头目，豢养的汉奸爪牙遍布各地，无论我躲到哪里，他都能找到。国家兴亡，匹夫有责。在这抗日烽火熊熊燃起的时候，谁反对抗战，谁就是民族罪人。我要是苟且偷安躲起来，也就失去了生存的价值，活着也没有意思啊！”

夏惠子无法说服丈夫，自言自语道：“我想，从小时候起，表叔就非常疼爱我，表叔即使看在我的面子上，也还不至于难为炎如君吧！我们两个的婚事，全靠表叔一手促成的啊！”她思忖了片刻又说，“我是不是去找表叔谈谈，求他开恩。”

“你千万别去找他。”季炎如连忙阻止，“你也未必能找得到他。我捉摸，二十几年的友谊了，你表叔总不至于太绝情，况且我一介书生也没有那么重要，就是杀了我，对日本帝国到底会有什么好处呢？只会激起更多的仇恨。我想他和他的上司，还未必会愚蠢到这等地步。再说，眼下的上海，毕竟不是沈阳，还是个国际化的大都会，我谅你表叔一时间也不敢轻举妄动。”

“那就看看情况再说。”夏惠子显得十分无奈，擦去眼泪道，“我已经明白，表叔和炎如君的肩膀上，各自承担着不同的使命，两种使命没法调和。可我不能不担心啊！炎如君面临大难了，这几天千万不要出门，我明天就去辞掉护理工作，好好照顾炎如君。一旦有什么不祥的消息，德山伯伯会来电话，我就马上陪炎如君去天螺湾，去天螺湾总比在上海要安全些。炎如君不是说过，大丈夫要能屈能伸吗？”

此时此刻，个人的命运，家庭的命运，以至民族的命运，一切都是未知数……

任何良好意愿，在严酷的事实面前总是显得那么脆弱，恶人作恶的迫切心情，更是为常人所难以想像。夏惠子万万没有料到，仅仅相隔一夜，第二天下午，她正在郑家伺候病人服药，为辞别郑家尽最后的责任，就接到彭永骏打来的电话，说他到一家商行送去翻译好的英文资料刚回来，就不见了炎如叔叔，也没见留下字条，地板上还散落着炎如叔叔正在写着的文稿，情况好像有些异常，请惠子阿姨赶快回家来！夏惠子的耳际嗡的一阵响，眼前就金星乱舞，一个巨大的惊叹号窜进了她的脑海：出大事了！

夏惠子火烧火燎般地赶回了家。此时，彭永骏已同报馆通过电话，报馆的一位副主编明明白白地回答说，昨天季主编在电话里跟他说好的，这一周有几篇文稿要赶写，不会去报馆，有重要的清样派人及时送到家中审看，可见报馆的同仁也不知道他的去向。夏惠子和彭永骏又向邻居探问，邻居的女佣说，她在中午时分见到季府门外停着一辆黑色小包车，有两个穿西装的中年男子板着面孔，一前一后陪着季先生从屋里出来，一同上了包车，不知道去了哪里？

夏惠子在给德山方浩打电话的时候，脸色苍白，说话的声音都颤抖了。德山家中的电话没有人接，打通了医院的电话，值班员说德山院长正在参加一项重要会诊，不能接电话。正当夏惠子和彭永骏一筹莫展的时候，报馆的副主编带着两名同仁来到了季宅，了解季炎如失踪的详情，一同商量寻人措施。

当晚，报馆几位领导人召开紧急会议，分析主编失踪的各种可能性，一致认为此事同《以战止战》一文的发表有关，纯属有预谋的政治性案件。但是，又觉得会对这篇文章产生仇恨者，既可能是日本人，也可能是反对抗战的当局。比较而言，前者的可能性更大，如果是政府当局的主事人公开扼杀抗战声音，那么外交部长王正廷的可悲下场，便是前车之鉴，怎能没有顾忌？

报馆决定首先向市政府报告。市政府的答复是请他们直接向警察局报案，申请动用刑侦力量找人。值班警官向报案人询问了具体情况后，进进出出好几回请示上司，最后告知说：按照常规，寻人案件需要经过四十八小时以后才能立案，只有正式立案后才能动用警力开始查找。还说你们不要急嘛，失踪人很可能并不是真正失踪，说不定朋友请他喝酒喝醉了，过一会儿酒醒了就自动回家了。报馆的代表说，季炎如先生是一位著名报人，他的突然失踪，很可能跟他发表的《以战止战》一文有关，属于政治问题，应当作为一个特例马上采取行动。他又指指身旁的夏惠子说：这位季夫人是日本人，这个案件处理不好，会牵涉到国际关系，绝不可马马虎虎。警官一听这话，想了想说，既然牵涉到日侨亲属，你们应该赶快去找日本总领事馆，如果季先生的失踪跟日方插手有关，我们也就无能为力了。

真是病笃乱投医。报馆在向警察局报案的同时，又布置采访记者和提供新闻素材的通讯员队伍，漫无边际地探听消息寻找线索。彭永骏也找了三哥彭永骢，阿骢分析作案人最大可能是日本间谍，倘若真是这样，要实施营救也就非常困难，因为日本间谍机构的组织纪律极其严密，便建议着重通过德山医生走日本人的路子。夏惠子又找到德山方浩，德山连连叹气，断定作案人是松谷雄次郎无疑，答应尽最大努力想办法。不料松谷行踪诡秘，一时联络不上，德山就陪着夏惠子一同去了日本总领事馆。一位秘书十分谦恭地接待了二人，把所报情况作了详细记录后，表示说："季先生是名人呵，当年写过《东京废墟巡访》，日本国民都感激他呵，季先生又是日本国的女婿，我们当然是要关心这个案件的；只不过眼下支那的局势很乱，要调查清楚得花时间，务请耐心等待。"

用不着耐心等待，下落很快就有了，竟是一个令人义愤填膺悲痛欲绝的下落！

季炎如失踪的第三天，他所任职的报纸就在头版显著位置，刊登了主编季炎如发表《以战止战》抗日檄文之后即告失踪的消息，同时登载了他的肖像，实际就是一则详尽的寻人启事。只隔两天，报馆就接到读者电话称，在黄浦江与虬江交汇处的滩涂上，发现一个麻袋包，里面装着用利刀劈成六块的尸体，脸容还算清晰，根据报纸上的照片对比，可以断定是季炎如先生。

报馆立刻派人派车接回了季炎如的遗体，当即转往殡仪馆冷藏，又打电话告诉了夏惠子和彭永骏。殡仪馆还没有来得及为遗体拼接整容，夏惠子就涕泗滂沱吵死吵活非要立刻相见，一见就当场昏倒在地，经过抢救才苏醒过来。一苏醒，她反而镇静了，也不哭了，仿佛融入了大悲无痛的境界，只是嘴里不停地嘀咕："炎如君真对不起啊！前几天我不该为生日这样的小事烦您，让您不高兴！我真不该啊！"

当晚，报馆召开了全体同仁会议，作出一致决议，成立季炎如先生治丧委员会，发布季炎如先生失踪与蒙难经过的报道，为死者定下献身抗战的崇高评价，用沉痛送别爱国英雄的悲情基调贯穿整个追悼活动。遗憾的是，直到大殓之日，一直没有找到任何足以指控凶手的证据，也只好笼统地对罪恶目标作空泛的愤怒声讨。市府和市党部为了摆脱干系，特地委派数位高官出席追悼仪式，并且敬献了花篮花圈，发布了盛赞季炎如先生精忠报国的悼词。

追悼大会的隆重程度远远超出预料，灵堂内外人头攒动，哭声哀哀，各界民众自发地前来与英雄告别。因为季炎如的遗体被严重肢解，又经过江水浸泡而变形，没有陈列出来供追悼者瞻仰。

悼念会场还没有布置完毕，彭永骢就急急赶来了，跌扑着冲倒在季炎如的遗像前，失声痛哭。柯爱也早早来了，一直陪在夏惠子的身旁，用教友的语言安慰着不幸的未亡人，反复说像季先生这样的好人，死后一定会进天堂，在天堂里一定会过得很快乐，上帝也一定会降福给他的至亲好友。

使夏惠子大为惊讶的是，在追悼亡灵的来宾中，发现了表叔松谷雄次郎的身影。他身穿笔挺的黑色西服，胸别白花，向季炎如的遗像庄严鞠躬后，来到了夏惠子的面前。

“惠子你可要节哀保重呵！”松谷用日语说，“炎如大哥能够得到这么多支那人的敬重，也算不虚此生了。”

庄严肃穆的悼念大厅内，突然响起啪的一声，是夏惠子扬手扇了松谷一记耳光，引起全场震惊。

“我理解惠子的心情。”松谷纹丝不动，脸不改色，又沉着地说，“你打的是浪士松谷。而眼下站在你面前的，是你的表叔松谷，是炎如大哥的学弟松谷。从今以后，只要你不拒绝，我随时都会关照你，一如既往。你考虑一下，如果想回到东京去生活，表叔可以为你安排，过几天我会派人来跟你接洽的。”

松谷雄次郎说完，就在好几名壮实保镖的护卫下，走出悼念大厅，消失在人群中了。

当天傍晚，德山方浩向季炎如的遗体告别后回到家，遇见矢岛修吉正静立在门口等候，说是有非常重要的事情，必须当面告诉他。矢岛刚喝过酒，脸色赭红，双眼充血，情绪显得有些激动，不过说起话来口齿还是清楚的，神志依然正常。

进入客厅，矢岛落座后低下了头，半晌不说话。德山鼓励道：“一个男子汉，有什么话不能说出口的呢？既然非找我不可，该说什么就说什么吧！”

矢岛抬起头，眼中已泛起了泪光。他说：“因为职务需要，当初我一到上海，就调查过德山先生的社会关系，早就知道德山先生同夏惠子和季炎如夫妇的深厚情谊。后来，德山先生凭自己的精湛医术治好了我的重病，就成了我的再生恩公。说来真让人痛心！季炎如死了，死得好惨哪！我是现场目击者，要是不把真相说出来，对不起德山先生，也对不起自己的良心啊！”

“谢谢你！我作为惠子的世伯和季炎如的好友，理应知道事情的真相，请矢岛君照实说吧！”

矢岛修吉强忍着哽咽，叙述了季炎如的罹难经过。

矢岛参加了对季炎如的绑架行动。松谷命令说，季炎如先生是一位有学问的名人，我邀请他来喝酒吃饭，你们要有礼貌，不过，前提是一定要请到。季炎如知道“邀请”的实际含义，没有抗拒，只是把写字桌上的文稿猛的撸到了地板上，起身说道：“我早就料到会有这一天，走吧！”

来到松谷雄次郎的一处秘密寓所，酒席已经摆好，是中餐。门旁和窗边站着带手枪的值勤人员。季炎如从容入席，笑笑说："正好肚子饿了，即便是鸿门宴，我也不管了，吃饱喝足了再说。"

松谷单独陪着季炎如吃喝，两人话不多。季炎如的胃口挺好，并不在乎死神已经守候在他身边。

松谷终于言归正传，推心置腹道："炎如大哥啊，不瞒您说，就在大作《以战止战》见报的当天，我的上司就下令立刻处决您。我再一次为您求情，不做到仁至义尽总不甘轻言放弃。我的内心实在太矛盾了。反反复复地想呀想呀，想起您我之间的珍贵友谊，想起惠子对您的痴情，想起我跟表哥小林哲作过的保证，让他相信惠子嫁给炎如大哥以后，一辈子都会幸福，遇到任何困难，我也会关照惠子。如果真的结束您的性命，等于毁了惠子的一生，毁了我对表哥的承诺，我会痛苦一辈子的呀！"

"痛苦？有什么痛苦?！"季炎如反问，"你们的大圣人福泽谕吉不是说过吗：压迫别人是人生最大的愉快。你把我杀了，不是可以享受人生最大的愉快吗？说不定还能加官进爵荣获旭日勋章哩！"

松谷沉默了片刻，逼问道："炎如大哥果真死不回头了？"

季炎如啪的一声搁下筷子，说："若要你松谷回头背叛自己的祖国，你回头不回头？我若回头出卖中华，就成了遗臭万年的卖国贼，我岂能回头！"

松谷离开座位，用日语断喝一声："把他捆起来！"

季炎如当然不会回头。一切程序都是预先设定好了的。酒席还没有结束，季炎如就被几名武士推进了一间开着电灯的无窗汽车房，将他四肢摊开绑在一块床板上。随即，松谷雄次郎换上了一身戎装，腰挎军刀，来到了季炎如身旁。

"还有什么话要说？"

"要说的话多着哩！"季炎如居然还笑，"今天看见松谷君以武士身份带刀与我相见，让我想起一个故事。"

"什么故事？"

"一个很有名的故事呵！是日本官修史书中的一个经典故事，也就是兄妹原始神互相赌气的故事。"

说到兄妹原始神互相赌气，谁都清楚是指《古事记》中刊载的一个神话：原始神伊耶那美在生下最后一个孩子火神的时候，阴部被烧伤而死，另一个原始神，也就是他的兄长兼丈夫伊耶那岐好心到黄泉国去探望，偷看了她满身蛆虫的丑态，伊耶那美就发怒与伊耶那岐决绝，起誓要在伊耶那岐的国度里每天杀死一千人，作为报复。伊耶那岐回答说，你如果那样做，我就建立一千五百个产房，每天生下一千五百人，让你杀个够，杀不完。

“这个故事好啊！”松谷雄次郎认真回答，“日本的教课书就评论它‘极其生动地表现了古代日本人相信生命战胜死亡的乐观精神’，难道炎如君有异议吗？”

“何止是异议，是抗议！”季炎如愤怒地说，“夫妻兼兄妹之间为了一点小小的误会，赌气每天杀死一千人，又赌气每天生下一千五百人，生了再杀，杀了再生，拿生命当赌注，这就是大和民族的生命观！视军刀为魂魄，以杀戮代耕作，这就是日本武士的传统。我身为华夏文人，能够死在日本军刀下，值得引以为荣，说明我终究没有被淫威所屈服。”

紧接着，两人就开始对骂，用日语夹杂汉语对骂。松谷雄次郎骂支那人生来只配当奴隶，改变不了亡国灭种的命运。季炎如骂东洋武士忘恩负义丧尽天良，想用屠刀征服文化母国泱泱中华，最终也逃脱不了失败的下场。骂着骂着，松谷雄次郎嗖的一下抽出了闪亮的军刀，使出全力猛砍一刀，先剁下了他的右腿，血涌如泉，季炎如只是浑身弹跳了一下，哼也不哼一声。松谷又一刀剁下了他的左腿，季炎如的身躯似乎已经麻木，不再有剧烈的反应，只是圆睁双目，直视着刽子手。松谷嘴里嘟哝：“看看支那文人的骨头硬，还是大和武士的军刀硬？”继续挥舞滴血的军刀，接连剁下了季炎如的双臂；当季炎如还没有完全停止呼吸的时候，又一刀砍下了他的头颅……

德山方浩静静地听着，不说一句话，而眼泪却默默地淌下了脸颊。

矢岛修吉突然跪倒在德山面前，鞠躬到地，一边说：“德山先生在中国行医救人，我在中国却成了杀人帮凶，我愧对恩公，也愧对良心。我希望恩公为我指点迷津，怎样才能结束这种血腥的日子？”

德山知道矢岛并不是一个天生的杀手，他生长在一个公务员家庭，性格比较脆弱，在重病治疗期间，德山就觉察到他有纵欲过度和胡乱服药故意毁损健康的行为，差一点丧命。当德山悄然点穿矢岛的自虐倾向后，矢岛在无奈中坦露出自己的内心秘密，原来是想借病脱离松谷雄次郎的组织，回到故乡大阪去另谋职业，也可以照顾年迈体弱的双亲。德山同情矢岛，劝说他千万不可孤注一掷，慢慢等待机会才是上策。这一回，矢岛说准备破釜沉舟了，他从季炎如的视死如归中，看到中国的民心不可侮，断定日本灭亡不了中国，因此打算立刻以健康原因正式提出辞呈，即使让松谷怀疑自己斗志衰弱对天皇不忠，受到严厉处分也在所不顾了，只求尽快回到老家去。德山当场表示支持矢岛的辞职申请，答应为他开具相应的病情证明，还强调说，本医院开出的病情证明，是不会有破绽的，请他放心。

矢岛修吉离去的时候，夜已深了，德山方浩还是借着急诊的托辞，命司机驾车送他到了夏惠子家，坦率地对她说：我已经知道炎如君的被害真相了，要不及时告诉你，我就对不起炎如君，对不起你爸爸和你惠子，只是希望你一定要严守秘密，否则，提供真相的人会有生命危险。

季炎如的死因，虽然没有脱离人们的猜测范围，但是，会死得这样惨烈，还是超越了人们的想像。夏惠子知道真相后，愤怒得几乎咬碎自己的牙齿，悲痛得就像撕裂了肝胆。她一度想过要为丈夫复仇，但又觉得自己最信任的表叔，会对他最信任的好友下这样的毒手，并不是表叔个人的品质出了问题，而是一种民族意志的表现。炎如君只要不屈服，即便表叔不下毒手，迟早也会遭遇同样的结局。非要杀害炎如君的并不是表叔，而是控制着表叔灵魂的一种罪恶力量，就是杀了表叔也解不了心头之恨……

连复仇也找不准对象，更使夏惠子感到无比的懊丧。连续几天，简直感到天塌地陷一般，总是昏昏沉沉，浑身虚弱无力，仿佛成了飘荡在空中的游魂。

季炎如死了，夏惠子实在不能适应残酷的现实，每次邮差送来报纸信函，她照样会轻轻地叩响书房的门，总以为炎如君仍旧在伏案工作；每次到了吃饭时间，她都会想到该叫老夫子洗手用餐了。可是，每次站到书房门口，见到写字桌旁的空藤椅，才会意识到炎如君真的走了，一去不复回了。尤其使她难过的是，只要踏进卧室，总会见到炎如君的笑影，可是眨一眨眼，那狡黠的笑影就消失了，再也捕捉不到了，曾经充满温馨的卧室从此只剩下她一个人了。她受不住这种蓦然而至的孤零，就决定搬到书房里去睡觉，睡到炎如君平常睡过的单人帆布床上。她常常梦见往事，依旧和炎如君在一起，从梦中惊醒过来，总是真假难分，只好独自伤神，静静地听着座钟嘀嗒响，敲过一点敲两点，再也没法入睡。有几回她干脆起身打开电灯，坐到丈夫的书桌旁，添水磨墨，闻着上等徽墨的醇香，浸笔展纸，不停地书写 “季炎如”三个汉字，品味着初恋时向季炎如求教中国书法的迷醉情景，用甜蜜的记忆充塞悲痛的时光。

夏惠子不能不考虑自己的未来。考虑来考虑去，似乎只有两条路，第一条路是回东京。可是，那里除了早已闹僵关系的父亲以外，已经没有其他活着的亲人了，就连患有老年痴呆症的奶奶，也在她随炎如君离开东京后的第三年去世了。夏惠子更不愿意看到继母，不管继母是否能够真心接纳自己，终究是继母夺走了亲妈的爱，这个可恨的事实永远不能原谅。至于第二条路呢？便是死。

夏惠子无法忍受碧落黄泉永相隔的断肠之苦，经过再三考虑，决定选择死，用新的形式去实现早年的“樱花计划”，去追逐炎如君的亡灵。这一天，趁彭永骏出门，她穿上初恋时沾上大雁墨渍的连衫裙，一件件反复欣赏了季炎如留下的书法作品，又走进和室，端详一番松谷雄次郎赠送的一对龙凤仿古倭刀，从刀架上取下短刀，来到书房，靠近季炎如生前常坐的藤椅旁，捧起短刀，观赏着描龙绘凤鎏金嵌银的刀鞘，摩挲着赤铜护镡上镌刻着的松柏花鸟，慢慢地拔刀出鞘，迎着闪闪烁烁的耀眼紫光，喃喃说：“也算对得起表叔的一片盛情，表叔为我带来了渴望得到的幸福，又亲手葬送了我已经得到的幸福。或许这是一种宿命，我只有认命了，就让表叔赠送的倭刀了断我的一生，从此永远相伴在炎如君的身边吧！”

她右手握刀，切向左腕。毕竟是一刀下去攸关生死，她的双手不免微微颤抖，刚一见血，腿骨一软，脑子便眩晕起来，身不由己地向一边倾斜，在撞歪花盆架的同时，自己的身子首先倒在了地板上。

也许是命不该绝，就在花盆落地的炸响声中，彭永骏恰好跨进了家门。他冲进书房，只见夏惠子躺在墙边，雪亮的短刀落在身旁，左腕有一条伤口正在流血，还好沉重的红木花盆架压在她的手臂上，减少出血量，延缓了死亡时间。彭永骏迅速用手帕包扎好夏惠子的伤口，给德山方浩医生打了紧急求助电话，及时来了救护车，终于获得有效急救而脱离了生命危险。彭永骏哭着求夏惠子一定要坚定地活下去，活着看到残害炎如叔叔的罪恶势力受到报应。

就在夏惠子康复出院的第二天，一个日本男子带着松谷雄次郎的亲笔短信，来见夏惠子，交出一张巨额支票，说是遵照她父亲小林哲的托付，要接她回东京。夏惠子当即退还支票，回答说：“我已经嫁给中国人季炎如先生了，按照基督徒的方式在教堂举行过婚礼，面对圣像宣过誓，要爱他一辈子。如今他死了，我也要守在他的祖国，守住他的灵魂。我相信这不是我爸爸的钱，要我回东京也不会是我爸爸的主意。请你回去告诉松谷表叔，我不要他的钱，我也决不去东京。除非杀了我，把我的尸体搬回东京去。”

来人悻悻地走了。夏惠子随即找到柯爱，说要出家当修女，请柯爱帮忙介绍修道院。柯爱听了非常震惊，拉了德山方浩和彭永骏一道劝说她改变主意。德山诚挚地说你还年轻，不应该走这条路，可以重新嫁人，嫁个跟炎如君一样的好男人，炎如君真心爱你，他的亡灵也会祝福你的。阿骏更是恳求她千万不要看破红尘，还说可以把阿燕接到上海来做伴，又能帮阿燕养病，即使我出国了，有阿燕跟您在一起也就不会寂寞了。

夏惠子听了劝告，开头很受感动，尤其觉得帮助可爱可怜的阿燕，原是自己的一份责任，答应再好好考虑考虑。不料就在第二天，突然又接到德山方浩的电话，这位历来悉心关照她的世伯，用悲哀的声调说，我身为一名保留日本国籍的居留民，终究摆脱不了日本政府的控制，已经接到日本驻沪总领馆的通知，作为日本医学专家，奉天皇的征召命令必须立刻回国，接受训练，即将担任组建野战医院的重任，就要去效忠天皇为杀人强盗救死扶伤了。德山又对惠子说："实在是身不由己啊，也来不及同你告别了，请原谅！关于你想出家当修女的想法，我现在正式表示收回原来的劝导，全由你自己拿主意吧。看来，为求得洁身自好，达到心灵安宁，当个修女嬷嬷，也不失为一种高尚的选择。往后，还望惠子多多保重了！"

在同德山方浩通完电话后，夏惠子横下一条心遁入空门，不再犹豫。可是，身为教友的柯爱仍然觉得不妥，再次劝她说，时代进步了，当修女不时兴了，寡妇改嫁也不违反基督教规，你这么年轻漂亮，重新组织家庭并不困难，为什么非要过清教徒的生活呢？柯爱还告诉她，放弃一名基督教新教徒的身份，进天主教修道院当一个隐修士，意味着复归传统的旧教旨，是一种后退行为，还非得许下严厉的"三愿"：一"绝财"，不置私产；二"绝色"，不再嫁人；三"绝意"，不持私念。还要宣誓恪守隐修要务，一辈子潜心敬主，修行读经，劳动自养，完全隐退于世俗之外。这一些，你都想过没有？

夏惠子回答说，这些我都想过了，我的决心完全定下了。我愿意人人都是好人，我愿意天天都是春天，既然世道这样凶险，好人不得好报，恶人不得惩罚，我救不了炎如君，也救不了阿燕，我反正改变不了世道，只好改变我自己，从此守住本身，清心寡欲，干干净净地当好一个修女，便是我的最佳归宿。夏惠子又说，由新教改信旧教，是后退啊，可是，为了避开罪恶的世道，后退又怎样？我都恨不能后退到妈妈的子宫里去。进了修道院以后，我一定遵照隐修戒律，专心修道终生，决不反悔。

话都说绝了，不再有挽回余地。夏惠子的固执，在她的亲友中间是出了名的，也曾经为季炎如又赞赏又无奈。既然她最终下定决心要出家当修女，谁也左右不了她的抉择。最后，干净利索地变卖了自己的房产，所得钱款一部分捐献给慈善事业，一部分用来资助彭永骏出国留学。同时，又由柯爱为她联络了一家处在上海远郊的修道院，帮她办好献身隐修的契约手续，也不跟表叔松谷雄次郎和父亲小林哲通个音讯打个招呼，就此无牵无挂，悄然消失在亲友们的视线之中了。离去的时候，丢下了满柜子的漂亮衣裳，只带走了一只古瓷乳皿，用来纪念心中不朽的妈妈。

彭永骏是最后一个离开虹口狄思威路季宅的。因为得到柯爱的真诚帮助，出国的事已有眉目。他在附近租了一间房子，作为远行前的临时住所。关于遗物的处理，夏惠子嘱托彭永骏全权负责。季炎如生前的几千册藏书，还有近期准备撰写的几篇时评的提纲，都献给他生前供职的报馆。对于《太平天国覆亡考》和《日本文化简史》两部半成品书稿，以及相关的资料，彭永骏却不敢交给报馆，因为这家报馆成了日本人和不抗战当局的眼中钉，随时会遇劫难。彭永骏有一份真诚的心愿，想着自己留学归来后，或许可以捧起炎如叔叔的未了遗作，沿着他的思路把这两本书稿写完，即便是狗尾续貂，总比永远埋没要好，对炎如叔叔的泉下之灵也是一个交待。因此，他不敢轻易托人保管，就跟三哥阿骢商量，阿骢说我也很快要离开上海去南方，何时回来和能否回来都难说，没法代为保管；不过，我能转托一个可靠的人选，便是芽囡刘珍珍，她这几年一边做工一边自学文化，刚被一所技工学校聘为图书保管员，有了比较稳定的职业，有条件保管好这些珍贵文稿。

彭永骏最近在阿骢的宿舍里遇见过刘珍珍，她已经出落成一个亭亭玉立的大姑娘，此时便探问三哥为什么不带她一道去南方？阿骢说不是她不想去南方，只是在上海也有自己的事业，走不开。阿骢还说：当初芽囡在当缫丝工的恶劣环境下，尚且能够保护好阿芬的遗物，现在让她保护季先生的书稿资料是不成问题的。彭永骏心中猜测，芽囡聪明又坚强，肯定是作为阿骢常说的火种留在上海的，只是不便多问，便一迭声说好好好，托芽囡我就放心了。

季宅人去楼空。彭永骏在这里由少年长成为青年，对这里的一切都产生了感情。被夏惠子当作盆景莳弄的小花园，依旧竹木葱翠秋花娇艳，更觉得依依不舍。而一生中最为亲近的两个好人却先他离开了这里，季炎如已成永诀，夏惠子也不知道是否还能再相见，内心的伤痛难以言喻。当彭永骏跨出大门的时候，禁不住热泪滔滔，不顾行人向他投来惊异的目光，独自伫立在即将告别的故宅前，久久不忍离去……

第三十六章
告别天螺湾

前后不到两年，香樟大院里接连走了三个人，整个气氛顿时显得萧条冷落了。老人要走留不住，本来不该走的年轻人也走了，这才让人伤感不已。兄弟四人中，彭永骝原是唯一可望承传祖父遗愿守土务本的后代，说走就走了，并且走得极不体面，这是全家人做梦都没有想到的大不幸。

彭永骝的死，对孤儿寡母来说，是决定命运的一击。最让张小珠痛惜的，是丈夫死在真心悔悟的时候。念及三个幼小的孩子，她连改嫁和寻死的勇气都没有。上个月，母亲从县城赶来看望，语重心长地劝导女儿要服天命，从此改掉少奶奶的脾性，孝敬公婆，善待妯娌，安安生生过日子，用心把三个小孩拉扯长大，不要再存别的想头了。张小珠一边哭一边点头，她意识到自己确实没有别的路可走了。

星期天，彭盛庭和双胞胎妹妹不上学，张小珠跟着黄阿莲下地去拔菜，出门前嘱咐孩子不许野到外面去钻山沟，免得挨蛇咬挨虫叮挨刺扎，三个孩子见妈妈系上围裙提着竹篮，也做起田畈活计来了，很懂事地答应听妈妈的话，一定不野到外面去钻山沟，让妈妈放心。

三兄妹像三只小狗闲不住，就捉迷藏。彭盛庭躲进了光线幽暗的柴房。还没有备足冬柴的柴房里空空荡荡，他摸索着来到墙角，忽然间，脚下的地面哗啦一声塌陷了，就落进了一个地窖。一片漆黑中，他狂呼乱叫，喊救命。彭美庭和彭丽庭一起寻到柴房里，扒在塌陷的地窖口，也齐声喊救命。

香樟大院里的男人都下地干活去了，何朗庆也到葫芦镇赶集去了，彭永骅只能算半个男人，平常呆在家里不问窗外事。救命的呼声一传开，奔到现场的也就只有女人。奔在最前面的是彭永芳，她冲进柴房，眼睛一时不能适应黑暗，慢慢摸索着向前，一边大声问阿庭你在哪里？一个闷闷的声音在地下回答说，我掉进一个窟窿里了。此时陈银凤和傅灵芝也进了柴房，一同带着哭腔乱喳呼。随后，刘青燕也来了，她只是神情木木地站在门外，不说话。彭永芳倒像个救灾抢险的指挥官，喝令阿美和阿丽到门外去呆着免得再出事，让嫡母陈银凤快去点一盏灯笼来，又让庶母傅灵芝立马去田畈叫回父亲和长工瓦土。

等到彭谨祥和彭瓦土赶回家，彭永芳已经打着灯笼爬下地窖，将一身灰土的彭盛庭托上了地面。而她本人却迟迟不上来。

彭谨祥探身向地窖口喊："阿芳，怎么还不上来？我拉你一把。"

彭永芳没有回答，却听见她发出了哇哇的呕吐声。少顷，洞口出现了灯笼和两只手。原来地窖并不太深。彭谨祥和彭瓦土一人抓住阿芳的一只手，将她拉出了地窖。阿芳上了地面，就躺倒在一旁的柴禾上，不时拗起上身继续呕吐，搜肠刮肚般地呕吐。

"阿芳，你怎么啦？"陈银凤焦急地问，"看到什么了？啊？"

彭谨祥一个激灵，凝神想了想，架起阿芳就离开柴房，又嘱陈银凤带走所有在场的人，关好门。

陈银凤和傅灵芝侍候阿芳洗头擦身换衣服，又让她喝了一大碗热姜汤，这才恢复精神。彭谨祥单独来到她的卧室，悄声问她在地窖中看到了什么？为啥呕吐？阿芳说我先看到几件发亮的东西，想靠近看个仔细，没料到脚下一绊，竟跌倒在两具尸骸上了，咔啪声中，肋骨都让我压断了好几根……说到这里，她打了个寒噤，刚刚转红的脸色又发青了。尽管她有男儿气概，终究是个年轻姑娘。

晚饭后，彭谨祥喝了两小盏玛瑙烧酒，口袋里揣了几颗大蒜，约了彭瓦土，又来到了柴房。彭谨祥嘱瓦土在地面接应，以防遇到再次塌陷可以及时救援，自己搬了一把小竹梯，提着灯笼和一截竹竿，进入地窖。他见到了两具尸骸，衣着虽已腐烂，但大体能看出是通常的脚夫装束。地窖不大，十分简陋，明显是匆忙挖掘出来的。顶棚架着一排碗口粗的木梁，从朽蚀的程度判断，总有百年以上的历史了。在尸骨的一旁，有几包东西，彭谨祥用竹竿拨了一下，是绸缎织品，因为受潮霉变，像千层糕似的一碰就碎。地窖里端，果然有几件发亮的物品，本来有棉絮麻袋包裹着的，也因霉变而局部脱落。彭谨祥用竹竿挑了挑，才露出了真面目，原来是晶莹剔透的古瓷器。瓷器旁，还有一个包了铜角的红木箱子，看上去完好无损，只是上面压着厚厚的积土，轻易没法搬动。彭谨祥心中有数了，沉着地爬出地窖，抽回竹梯，吩咐瓦土用柴禾遮盖了洞口。出门时，彭谨祥又在柴房门上加了锁，还把钥匙抓到了自己手中。

趁夜深人静，彭谨祥只向大夫人陈银凤一人说了真话。他说："祖宗显灵了，父亲临终之时还挂念在心头的财宝找到了。"

陈银凤问清大致情况，舒了口气，“菩萨保佑！这几年开销大，阿燕两次去上海治病，二老过世办丧事，阿骝作孽闹冥婚赔冤枉钱，连年收成又不好，快要坐吃山空了，这财宝来得真是时候啊！”

“急不得！”彭谨祥连忙提醒，“要清理地窖不容易，不能走漏风声，没法雇工，能帮得上忙的只有瓦土；古董变现钞又得走门路，最好叫回阿骢和阿骏一起商量着办，我寻思等秋后农闲时候再说。”

陈银凤唯唯称是，半晌后又问：“藏宝的地窖里怎么会有尸骨呢？差一点把阿芳的魂灵吓出窍。”

“要弄清这个底细就难了。”彭谨祥燃吸起旱烟，根据父亲临终前说过的大致情况，推测道：“雍正初年承钧太公一落难，他的儿子料到要抄家，带着几个脚夫，分几趟把一批值钱的古董挑来天螺湾，匆忙藏匿在堂兄家——也就是我们的先辈太公家。想必是藏宝人怕走漏风声，就地把脚夫害死灭口了。哪一幢老屋里没有屈死的鬼？为了财宝杀人的事，历来都是家常便饭啊！”

“听听这样的事，都有点汗毛凛凛！”

“还好我家太公明哲保身，守牢天螺湾一方宝地自食其力，子孙后代不为官求荣，以布衣自守，做到了诗礼传家。”

“既然诗礼传家，后辈人花这种钱，心里也真不是滋味。”

“这些财宝不是我家祖宗偷来抢来的，据祖辈口口相传有过约定，隔代不取就成了我家祖宗的正当家产，遵照父亲的遗嘱用得合理就是了。”彭谨祥说着，又郑重吩咐陈银凤：“人不可露富。要跟家里人讲清楚，这地洞不过是个老早的野坟坑，不要到外面去乱说，连朗庆叔面前也不必提起。千万记住了。”

陈银凤点头称是。

自从杭江铁路施工到通车，葫芦乡的山门打开了，一切都成了商品，山民们才知道漫山遍野都有宝，恨不能一夜之间就发财。抢伐树木的风波过去后，又出现了购销毛竹和各种山货土产的热潮。天螺湾破了老例，将祠堂变成了一个临时作坊兼仓库。村里人凑伙结帮，堂而皇之地跟外来商贩在这里做起了各种交易，堂宗议事会按时收取场租费。比起神圣的乡约族规来，金钱更有现实价值，耆宿们不论愿意不愿意，也无力抵制了。打造竹器工艺品的侧厅更是热闹非凡，天天响着噼噼啪啪的破竹声，像过年放炮仗。居然还有个东洋阔佬从上海派人到葫芦镇安了个收购站，高价收购白茅根。听说白茅根能够提炼活血健脾滋阴壮阳的上等补药，还听说天螺湾的白茅根质地特别好，不少外村人也都涌进天螺湾来挖白茅根了。一时各村农民汇集天螺湾，漫山遍野滥挖滥刨，连祖坟上的地皮也不放过，大片植被遭到破坏。

一道旭亮的电光掠过祠堂，随即响起一个震耳欲聋的炸雷，震得屋檐上刷刷地掉下尘土和鸟粪。正在编制蔑器的彭小闩猛一惊，抬起头来，只见有一个箩筐般大小的桔黄色火团，像个放大的半熟鸡蛋黄，颤悠悠从后厅天井上方缓缓飘下，擦过冬青树的时候，树叶就一批批地卷曲冒烟。突然，火团打了个旋，缩成个扁身子，从一旁的门缝中挤进大厅，又恢复了圆球状，忽上忽下时快时慢在空中移动，还绕着一根石柱转了个圈。人们叽叽哇哇地惊叫着，退避着，有几个小姑娘还吓得叫爹叫妈地大哭起来。火团好似也怕犯众怒，带着咝咝的鸣声飘出正门，不见了，只在整个祠堂中留下了一股浓浓的硫磺气味，呛得在场的人们着魔似的连连打起喷嚏，在空阔的大厅四壁撞出嗡嗡回音。

正当人们惊魂未定的刹那间，祠堂大门外又响起了一阵爆裂声。彭小闩头一个奔到大门外，他看到地坪中央的那株老白果树挨了雷劈，半截树冠耷拉下来，断裂处正冒着白烟，树叶和青果撒满一地。随着又一阵焦雷从头顶掠过，山谷回声震震，霎时风起云涌，滂沱大雨铺天盖地般倾泻了下来。

祠堂隔壁的村校也乱了秩序，师生们拥到祠堂廊檐下，和村民一同观看遭到雷劈的白果树。彭小闩挤到秦文光和彭永芳面前，磕巴着叙说了他所见到的怪异火球。彭永芳说这叫球状闪电，俗称滚地雷，没啥稀奇的。有老人却说，出现滚地雷是天示异象，主凶兆，只有举办祀天祭祖典礼才能消灾保平安。秦文光叹说，本来世外桃源一般的天螺湾，如今满身疮痍，不管有没有滚地雷，恐怕迟早会有大洪灾。

仅仅过了几天时间，就证明了秦文光所言不妄。

泼瓢大雨一连下了五天五夜。狂风呼号，山洪暴发，淹田毁屋，所向披靡。最为致命的一击，是村口出现大滑坡。天螺湾和杏源畈长期械斗，处在两村接壤处的南虎岗，林木早就砍光烧尽，连土层下的根系也已腐烂，发生泥石流是迟早的事。这一次的泥石流来势凶猛，顿时堵塞黑沙溪，使天螺湾变成一个大田螺，泡进了洪水里。

让彭谨祥感慨万千的是，山洪冲毁了香樟大院的一角，这一角恰好是柴房所在，刚刚发现的藏宝地窖，就被洪水连根刨去，所有古董连同两具无名骸骨，统统冲得无影无踪。如果想要认识这些稀世古董的价值，或许只有等待未来考古学家通过碎片来作鉴定了。

灾祸中也出了一桩奇事。洪水漫进香樟大院，柴房最先倒塌，彭永骅和刘青燕的卧室因为连着柴房，受到剧烈震动。此时，阿燕正患感冒发烧躺在床上，双眼盯着窗棂上的风铃在出神，突然，来福冲到了床边，焦躁地用前爪挠着床沿，狂吠不止。阿骅居然非常果断地背起阿燕，跌跌冲冲就往楼下跑，刚到香樟树下，与柴房相连的山墙就倒塌了，阿骅和阿燕的卧室也坍下一半。阿骅在轰响中跌倒，嘶声喊叫："阿燕是好人！快来救阿燕啊！"在来福的狂吠声中，黄阿莲和彭瓦土照顾着彭谨祥和全家老少以及何朗庆，奔出房间，聚到了一堆，众人手忙脚乱地拽起阿骅和阿燕，同时冲出香樟大院，一同上了后山坡。

逃往后山坡的灾民越来越多。彭小闩身背祖母顾腊月，也来到了后山坡。十几名健壮后生，保护着瘸腿的秦文光和几十名小学生，也来到了后山坡。彭盛庭冲到张小珠跟前，告诉母亲说全靠小姑姑救得快，要不他和好几个小同学就没命了。秦文光点了点人头说，不好，少了一个学生。忽然又惊呼起来：阿芳呢？阿芳在哪里？有个学生说，他看见阿芳老师奔进厕所，厕所里有个学生在屙屎，她去救，落在后面了。两个壮汉说一声我们去找，就朝学校奔去了，彭小闩也紧紧跟上。

彭谨祥望着家人，颤抖着下巴颏，自言自语道："天地间，人为贵。人在就好，独缺阿芳了……"

刘青燕得救了，可是，她的神情却出现了异常。她披散着头发，跳着双脚呼喊："风铃，风铃，我的风铃啊！"竟当着家人和乡亲们的面，快捷地脱下了身上的湿衣，赤裸着狂奔起来，像一个洁白美丽的精灵，奔向山坡下的滔滔洪水，一边狂奔一边嚷："我是鱼，我不怕洪水，我要回去拿风铃……"

黄阿莲吆呼着几个年轻女子，围追堵截，终于捉住了阿燕，重新为她穿上了湿衣。

可怜的阿燕，这一回她完全疯了。

在祠堂的戏台上，三个年轻人找到了失群的小学生，他正哭得伤心。问他阿芳老师在哪里，他说阿芳老师救了他以后，又回学校去了，要去看看还有没有拉下的同学。三个青年又淌着洪水到学校里外找了一遍，彭小闩还爬上祠堂屋顶，四处搜寻，不见阿芳的踪影。

彭永芳舍身救学生的事迹，在天螺湾的灾民中不胫而走。彭盛庭和他的双胞胎妹妹哭着要他们的好姑姑，张小珠情不自禁地在公婆面前跪了下来，忏悔自己以前不该用刻毒话咒骂阿芳，往后一定牢牢记着她的好。洪水还没有退去，村里有几位耆宿就来找彭谨祥建议说，一个女孩子这样有义有勇，实在是天螺湾的荣耀，理应由堂宗出面为她修建一座烈女碑，扬名后世。彭谨祥说，就是洪水退尽，活人的事都操心不过来，哪里还能顾得上建什么烈女碑，谢谢好意，免提了吧！

一场突如其来的大洪灾，使天螺湾的人丁伤亡近一成，牲畜大批死去。水灾后又发生瘟疫，患腹痛腹泻的、生癞疮和染红眼病的人，到处可见，活下来的人纷纷外出逃荒。

重建家园的要务还没有提上日程，乡绅们的头等大事，就是勘察祠堂的受损状况，筹划修缮事宜。令人万分欣慰的是，直到洪水退落，天螺湾的彭氏宗祠依旧屹立不动，只是被台风掀掉了一些瓦片，马头墙上多了几道裂缝，足见原先的基础坚如磐石。后堂灵台上按序恭放着的祖宗牌位，也一概完好无损，这更让耆宿们确信祖佑在旁，天不灭我。祠堂的底层经过洪水浸泡，有大量老鼠从地洞中钻出逃命不成被活活淹死，肚子胀成一个个圆球，横陈地面开始腐烂发臭，这倒也称得上是洪水做的一件好事。不幸的是祠堂门前那棵白果树，郁郁葱葱活了五百多年，这回先遭雷劈，又被台风刮倒，无法再生。还好在它近旁，作为子孙的新苗却已茁壮成长，生机盎然。

彭永芳没有死，她会游泳，当时被洪水冲出南虎岗，进入了杏源畈，就获救了。她身上有几处外伤，刘家梁和姚素娟将她接到自己家中休养，等天螺湾的洪水一退，交通恢复了，夫妇俩便雇了乌篷小轿，陪护着她回家。刘家梁夫妇所以要在这个非常时刻到天螺湾，有着多重考虑。一是慰问亲家。这次洪灾，天螺湾受灾特别严重，而杏源畈因为地势开阔，没有出现泥石流导致洪水淤积，损失比较小；二是探望女儿刘青燕；三是要向亲家当面表达一项重要决定，这项决定，是彭永芳养伤的短短几天中才形成的。彭永芳向二老细细地讲述了阿燕婚后的痛苦，讲述了阿骏和她真心相爱的情形，又讲述了季炎如先生的一个万全之计，就是把阿骅和阿燕送到上海去，让阿燕和阿骏成亲，既有希望根治阿燕的病，也可以和阿骏一同照看阿骅一辈子，成为一个和睦的家，符合天螺湾和杏源畈两村本来的好心，实现真正的和亲。老夫妇认真商量了一整夜，竭诚认同了这个计划，还对彭永芳说，即使杏源畈有人说闲话，也有把握以理服人。

刘家梁和姚素娟就是怀着这样的美好意愿，陪着彭永芳一同来到天螺湾的。

可叹机遇不待人，老夫妻的觉悟来得太迟了。当她俩见到阿燕的时候，阿燕已经不再认识自己的亲人，只会傻笑，还当着长辈的面脱衣服，奇怪地说出了一句让乡下人摸不着头脑的话：“我是夏娃，不爱穿衣服。”只有彭永芳明白这话的意思，因为阿芳见过夏惠子送给阿燕的《夏娃日记》，插图中的夏娃全是赤裸的本真样儿。

直到这个时候，刘家梁才明白，当初他满怀信心要对阿燕实施的调教，已经结束。一个鲜活的生命，从此不会再有自己的欲望，更不会再有自己的选择，她什么都不在乎了，她什么也不畏惧了。

洪水退落的当天，刘青燕在废墟中拼命翻找，双手都抠出了血，她找到了两件传说能够避邪的压箱宝，可惜瓷质的“长生苞”已经破碎，绢绘的《双喜图》也已经被洪水泡化了图像。她虽然没有找到《夏娃日记》，却找到了最最钟爱的风铃，因为是铜铸的，所以完好无损。她每时每刻都把风铃牢牢地抓在手中，仿佛牢牢地抓住自己的生命。这一个执拗的动作，成了她失去自觉意识后的本能行为。

亲家对亲家，四人都用泪眼相凝望。

“难道这是天数吗？”刘家梁困惑又痛心地叹息说。

“都怪我们清醒得晚了啊！”姚素娟呜咽着，把阿燕的头揽到自己的胸口，“妈妈对不起阿燕，妈妈有罪啊！”

“且不要这么说，谁也谈不上罪不罪的。”陈银凤抹泪婉劝道，“冲喜的事，古来就有，谁又能想到会是这样的结果呢？也是阿燕命苦啊！”

一当归结到命，命由天定，任何幸与不幸，都能得到无可置辩的解释与解脱，所有罪错皆可判为无辜，一切痛苦顿时化为无奈，四人也就沉默了。

彭永芳打破沉默说：“就在洪水之前，我收到过四哥的一封信，没有几句话，只讲该说的事太多，信上说不清，他和三哥打算最近回乡一趟，详情面谈。”

彭谨祥说：“兄弟两个要是见到天螺湾的灾后情景，见到阿燕的病况，心中会有多么难过呵！”

陈银凤说：“阿燕要是见到阿骏回来，她的病说不定又会好起来的。但愿菩萨保佑！”

“这该是最后的一线指望了。”姚素娟哭道，“阿骏快快回来！快快回来吧！”

灾害过去，天螺湾人掩埋了死亡的亲人，痛定思痛，对这一场巨大灾害的起因，开始严肃地探寻。除了归究于虚幻的宿命，也有不少人认定直接原由便是滥伐山林和破坏植被。可是又该让谁来承担罪责呢？是谁把一个聚宝盆似的天螺湾逐渐侵蚀以至毁于一旦的呢？说不清，道不明，人人只觉得对不起祖宗。

在最近一次堂宗议事会上，再次申请辞职的族长彭谨祥，含泪发表了一通感慨说："古越土地向来多灾多难，原以为只有天螺湾称得上世外桃源。从春秋战国吴越争霸，到秦始皇平江南，到黄巢造反，方腊起义，张士诚兄弟三十万大军闹江浙，还有倭寇入侵，清兵南下和反清起事，太平军北上，军阀割据，直到不久前革命军北伐，千百人的教派起事村族械斗这类小打小闹还不算，没有安宁过多少年；天灾就更加了不得，遇上旱涝风暴和蝗虫，所向披靡。几年前一次春寒，春花作物全都冻死完，蚕丝绝收，葫芦镇上挤满了难民和叫化子；还有苛政猛于虎，捐税多如牛毛。凡此种种，确实闹得民不聊生。就因为天螺湾风水独好，靠山吃山，穷是穷，总还过得下去，就是在打人阵的日子里，也没见饿死过人。这回修杭江铁路，本以为天螺湾遇上时运了，要发了，哪晓得引出了一场毁林风潮，没有发财，倒发了大洪水。往后这个烂摊子该怎么收拾？怎么收拾？我不能愚钝误事，只好及早让贤了。"

没有人能够回答彭谨祥的忧思，堂宗代表们依旧信任现任族长，纷纷安慰他说人算不如天算，能人也难敌天命，禁不住毁林，挡不住洪水，非族长之责也，一致挽留他继任族长职务，同乡亲们一道抗灾渡难关。彭谨祥又建议从此堂宗只管祭祀事务，还权于行政。堂宗代表们又异口同声地嚷嚷说：民国以来沿用至今的村闾制度，还是末代王朝满清政府的政体遗产，令不行禁不止，卵用没有，乡亲们不买账的，堂宗的权力万万放不得！

哀鸿声中，前任副县长、现任省参议员、新兴实业家赵中义先生，在秘书、保镖、地方官员和新闻记者的簇拥下，坐了八抬大轿来到天螺湾视察灾情。据报载消息，赵中义的事业如日中天，发达后不忘桑梓，这次家乡遭灾，又及时捐献了巨额救济金，光荣地被推举为省政府赈灾委员会执行委员。消息传开，天螺湾有许多山民感激涕零，在村口设了香案，望风遮道叩迎恩主来到。

当赵中义和他的随员们途经杏源畈与天螺湾交界处的歇马凉亭时，他特意要下轿看看由他题写的"永泰碑"。不看倒好，一看就大煞风景了。原来，在碑面题字人赵中义的大名上，不知被什么人涂上了一摊褐色的特殊物质，上面钉满了红头苍蝇，正散发着恶臭。赵中义黑着脸一言不发，随行的乡镇长却极为震怒，命令彭谨祥必须彻查严办肇事人。彭谨祥低头无言，赵中义却说不要查不要查了，不识好歹的刁民哪个朝代没有啊！

随着赵中义的匆匆离去，安居香樟大院半辈子的清客何朗庆也悄然失踪了。这位曾被彭家两代人寄予高度信任的“智多星”，没有跟任何人道别，只给彭谨祥留下了一封“辞行书”，还有一本账簿，记载了彭永骝生前私下支走的钱财数额。“辞行书”说起他所以要告别香樟大院，是因为这个家族“父子异心兄弟阋墙妯娌不和穷途末路不可肝胆相照生死与共”云云。彭谨祥经过清查账目，愕然发现彭家的大量产业，包括好几件零星古董，在长年累月中不知去向，无疑是流进了何朗庆的口袋。由族长保管的祠堂文书中，又短少了二十亩田契，不用问，这肯定是何朗庆与阿骝串通一气变卖成钱款私分了。何朗庆得了便宜还卖乖，冠冕堂皇地走了。树倒猢狲散，彭谨祥只得徒呼奈何。

一封“辞行书”，好比一帖清凉剂，才让彭谨祥惊悟到这位被他尊为亲叔一般的老人，胸中该有着多深的城府！他想起往常的朗庆叔忠恕之态可掬，毫无奸佞之状，历来脾气好，对谁都和颜悦色，从没有见他跟谁动过气。明明是象棋高手，常常输给少年阿骏还夸阿骏是天才。他的房间里挂有诸葛亮的联句：“宁静以致远，淡泊以明志。”还摆着一件根雕工艺品，是个倒骑驴子的张果老，驴子的一脚不着地，轻轻一碰就会倒下，他告诉彭谨祥说这叫“倚器”，用来时时提醒自己做人要谦虚谨慎，否则神仙也会跌跟斗。有一回碰上急事闯进他的卧室，见他正用水烟管中的烟头烙自己的腿，烙出了一个个的水泡，彭谨祥极为惊奇，问他为啥要作践自己？他说是治病，治心气病。彭谨祥跟母亲讲起此事，彭汪氏叹说是男人又做不成男人，真苦啊！

果然是知人知面不知心！何朗庆窃走彭家和堂宗的财产不告而别，还要留下一封言辞刻薄的“辞行书”，倒打一耙，彭谨祥的心中真不是滋味。他和夫人陈银凤议论此事，感叹不已。俗话说“人不为己，天诛地灭”，原来往日的何朗庆对彭家的忠诚并非出于真心。他提出两村和亲，他为阿骝谋得民防队长的差事，是祸是福已经一目了然；《昭明文选》落进赵中义之手，不是他暗中通气还有谁？小珠雇痞子二旺朝阿燕眼中撒生石灰，虽然未必出于朗庆的主意，可是他施巧计用一条人命为代价捂住了真相，肯定也从阿骝与小珠身上捞到了好处，等之类乎的行径，让人倒楣还说不出口。父亲过世才一年多，他就翻脸不认人了，老墙靠不住，还要推一把，真叫世态炎凉啊！或许，他留下“辞行书”，把彭家说得一无是处，只是为了表明他对彭家知根知底知隐情，有意阻挡彭家找他追究私吞财产的账吧！隐情确实有呵，母亲和长工石柱的私通，二旺的自杀身亡，阿骝奸污嫂嫂，都是见不得人露不得丑的隐情啊！联想起为父亲守灵时何朗庆要上吊殉节，除了阿骢阿骏阿芳几个年轻人私下里有议论，长辈中间谁也没有识破是演戏。彭谨祥陈银凤夫妇终于明白，留下何朗庆是养痈遗患，走了也就走了，庆幸是好事不是坏事，心情这才平和了一点。

彭永骢和彭永骏兄弟一同回到了天螺湾，他俩是来向亲人告别的。

以往，彭永骏每次回到家乡，就觉得回到了童年，走进狭长的巷子中，只要踩到跷脚石板，就会发出嘭咚嘭咚的声音，像擂鼓，在巷壁间荡出回响，他总觉得很亲切，忍不住要停下脚步，连连跳几下，让声音响得更脆更亮。有一回爷爷正好走在身后，连连念叨：长不大！长不大！

以往回到家乡，彭永骏并不希望自己长大，他就是要来品味童年。可是这一次回到家乡，他觉得自己真正长大了，因为他感受到心中有了剧痛，肩上有了重压。

彭永骢决定在告别家乡后直接南下，投身反“围剿”战火正炽的闽赣红区。彭永骏赴法留学的手续已经办妥，返沪后就要成行。面对满目疮痍悲声盈耳的故园，兄弟二人互相勉励，要以山崩于前不改色、心焚于内不动容的坚毅，面对现实，迎接未来。

当彭谨祥得知挚友季炎如为抗战呐喊而被人碎尸弃江的噩耗后，在香樟树下焚香跪拜，泣不成声。

彭永骏见到了日夜思念的心上人刘青燕，差一点昏厥。刘青燕双手紧握着从废墟中扒出来的黄铜风铃，却不认得风铃的原主人了。彭永骏轻轻地背诵了刘青燕写的赞颂光明的短诗《窗》，她却一点反应也没有，时不时地用她的纤纤手指挠挠鼻尖尖，因为鼻尖尖上有个被蠓子咬出的小红点，在发痒。彭永芳抱住刘青燕放声大哭，一旁的亲人无不泪下如雨。

当天傍晚，趁家人们稍不留意，刘青燕就独个儿溜出了香樟大院。彭永芳吆呼黄阿莲和彭瓦土，由家犬来福寻踪探路，直奔盘龙岙。彭永骏、彭永骢和彭谨祥、陈银凤、傅灵芝闻讯后也紧紧跟上。

盘龙潭旁，来福用爪子扒着几件女人衣服，昂首长啸。追寻而来的人们一个个都惊呆了。洪水过后刚刚恢复清澈的盘龙潭中，有一尊裸体的美女玉雕，静静地躺在彩色卵石上，像在甜梦中，手中依然握着闪亮的黄铜风铃，长长的睫毛安然闭合，乌亮的头发和柔软的水草一起顺着泉流飘荡，轻捷的水黾在潭面舞蹈，银色的柳叶鱼在她身边游弋，透过涟漪的微微波动，尽情展现着她的冷艳，默默诉说着她的不幸。

一片恸哭骤然响起，山鸣谷应。

彭永骏和彭永骢由彭永芳作陪，带了一点茴香豆番薯干之类的零食，前来与启蒙老师秦文光话别。三个年轻人嫌老师的房间太挤，一同走进教室，拼起课桌围坐四周。兄弟二人感叹说过去觉得课堂很大，如今怎么变得这样仄小？秦文光说是你们长大了，顶天立地了，所以家乡的课堂和山沟容不下你们了。彭永芳就介绍说三哥和四哥都已经拿定主意，一个要去南方，一个要去西洋。

秦文光称赞："心存高远，好啊！潜龙出山，海阔天空，会有作为的。"随即又问："兄弟俩为啥不凑在一起呢？不论出国或者去南方，相互也好有个照应。"

"我是劝过阿骏的，他不愿意跟我一道走。"彭永骢说。

"阿骢是找到了目标，我还没有。"彭永骏说，"我对一切都还在比较和探索之中。上一回试办新村，想得太简单，不知道大厦将倾，不是换个一砖一瓦的事情；如今看来，中华民族非得有一番大变革大震荡不可了。所以我必须突围，到圈外去看看，学唐三藏的样，尽管前程茫茫，倘若到不了西天取不回真经，无非是火焰山下的一堆白骨而已。即使这样，我也心甘，成不了大器，至少做个明白人。"

秦文光凝望着理了平头的彭永骏，说："果然出言不凡！剪短了头发，更有点不认识了。"

"从头开始嘛！"彭永骏苦笑道。

彭永骢说："我相信，只要越人的精神不灭，卧薪尝胆，发愤图强，定有一天会找到新路，重新安排旧山河。"

"虽然我自己无能，我也相信会有这一天。"秦文光说，"人们谈江南，总是小桥流水，风光旖旎，男人文雅，女人妩媚，要不就是骚人墨客、商贾讼棍，殊不知江南有高山有丛林有大海，古越人是从血与火中走出来的，是从残杀与复仇中走出来的，同样有豪迈有悲壮。总有一天，越人会和北方的壮士们一道，把以前打人阵的勇武使到正道上，去向民族敌人复仇，去向愚昧和贫穷复仇。既然'九一八'烧起了一把野火，中华民族就会有浴火重生的希望。"

彭永骢说："南方有一支新兴的爱国力量，正在几十万大军的血腥'围剿'

下奋勇崛起。不知道我这一去还能不能回来，今天就让我告别启蒙恩师秦先生您吧……”

彭永骢说着就离开座位，毕恭毕敬地向老师深深鞠躬。

“免礼，免礼。”秦文光起身颔首，扶着彭永骢坐下，“要想改变我们民族的穷命，就得靠你们这辈年轻人了。”

彭永芳说，“不光是三哥四哥要远走高飞，我也下定决心要离开天螺湾了。”

秦文光一惊：“你去哪里？”

“走虹桥，去上海。”彭永芳说得斩钉截铁，“天螺湾这块伤心地，我是再也呆不下去了。阿芬阿琏和刘珍珍都能够在上海滩活出个人样来，难道我就不行？”

秦文光沉吟：“这话倒没错。阿骢阿骏要是不走虹桥，也不会有今天这个模样。我们浙人相信走虹桥，大虹桥海纳百川，华洋杂处，神鬼斗法，的确是长胆识练本领的好地方。”

彭永骢点头说：“不是为了逃避，而是为了进取。阿芳的决定，我和阿骏都是赞成的。”

秦文光又问：“你们兄妹三个都要远走高飞，父母亲晓得不晓得？”

“能瞒得住吗？”彭永芳含泪道，“大妈二妈都哭了，阿爹只顾叹气。当初爷爷总想着要让三哥四哥回乡守土务本，没料到这下反而越离越远；阿爹也知道我的脾气，认定一条道走到黑，拖不住，念叨香樟大院从此没指望了。昨天，阿爹带着一家老少到爷爷坟头去上香祭拜，眼睛都哭肿了。”

“离开故乡正是为了拯救故乡。”彭永骏说，“可惜这个道理有点玄，长辈们一时没法理解。我爹一生兢兢业业规规矩矩，无论作为族长还是家长，命里注定挽救不了天螺湾和香樟大院的败落。农耕文明的时代结束了，我爹充其量也只能成为一个彭氏祖坟的守护人……”

彭永骏说得沉重而悲切，听的人都低下头，默默无语，像在哀悼亡灵。正在这个时候，彭小闩匆匆闯进了教室，他的眼睛红红的，刚哭过的样子。

“出什么事了？小闩。”秦文光惊异地问。

“没没出什么事。”彭小闩尽量克制着口吃，“我要跟跟阿芳姐姐一道走走……走虹桥……”

秦文光奇怪了，“你奶奶和阿爹怎么能舍得你走啊？”

彭小闩调整好自己的情绪，说话利落多了：“反正在家也没没有出路，不如到外面去闯闯一闯。我提起松松果妹妹的死，奶奶哭得好伤心，我和爹也哭了，奶奶便横横下心对我爹说，走虹桥要吃苦，总比讨饭强，就就让小闩走吧！反正奶奶和爹不不答应，我我也非非走不可。”

彭永芳同彭小闩显然早就有过交流，欣喜地拍了一下他的肩膀说：“有志气！像个天螺湾的好佬。”

彭永骏说：“小闩既聪明又踏实，还识得一些字，跟着阿芳闯码头，一定会有出息的！”

秦文光深深地叹了一口气，“世外桃源不会再有了。树挪死人挪活，趁年轻，都走吧！”

彭永骏在离家返回上海之前，约了彭永骢和彭永芳，再一次踏进盘龙岙。

在彭永骏的心目中，盘龙岙一直是他的童年乐园。春来野花烂漫，蜂蝶翻舞；夏天凉风习习，连苍蝇蚊子都少见；深秋，成片的红叶映红脸膛，照得心头热呼呼的，像醉酒；冬天下雪一片银白安谧，流泉依旧淙淙地弹着琴。盘龙潭里的鱼虾见人不惊，戏水的时候胳肢窝都能夹住，无数的鸣禽叫声千腔百调，还可以见到松鼠在树上蹦跳，野兔在草丛追逐，翠鸟掠过水潭。而眼下的盘龙岙已经面貌全非，山洪涌过的地方，剥去绿色植被，露出红土沟壑，像一条条被利刀剖开的大血口；崖壁上，挂着枯死的藤蔓和一棵棵连根掀起的幼树，满目疮痍。面对这样的破败景象，就像面对一位遭到毁容的美人。潺潺的流水声，正是美人在呜咽啊！

彭永骏伤心地走进竹林中，找到了曾经与刘青燕幽会过的地方。在一片东倒西歪的枯竹间，他看到有好几棵粗壮的楠竹依旧傲然屹立，竹身上，发现用碗片刻下的骏马图案，因为有些日子了，图像由嫩绿变成枯白，色差对比强烈，图案愈显清晰生动。三人的心中都明白，这是阿燕留下的手迹。

彭永骏不由得陷入了凄苦的沉思。相见时难别更难。相见是偶然，从零开始，是愉悦的；相别是无奈，是感情积累的不幸放弃，需要忍受戳心剜肉般的剧痛。彭永骏伸手抚摸着粗壮的楠竹，抚摸着粗壮楠竹上的骏马图案，心情极为悲怆。他把额头抵在楠竹上，强忍住哭泣，小声说：“天螺湾，盘龙岙，我的母亲，我的摇篮，我的爱，再见了，我救不了你，可也忘不了你，永生永世！”

雨过天晴。彭永骏和彭永骢、彭永芳三兄妹登上杜鹃岭，看望刘世琏和彭永芬的衣冠冢，向英灵辞行。秦文光拄着手杖，颠踬着一条瘸腿，由彭小闩陪护着，也一道登山。在天螺湾的大洪灾中，唯一不受侵害的人工建筑，便是这座位于杜鹃岭上的衣冠冢。五人用松枝打扫了墓地，采了许多斑斓野花，献在墓碑前，一齐肃立默哀。高天流云疾行，满山松涛呼啸，一股浩然之气荡涤着扫墓人的胸怀。良久，五人一同回过身来，静静地俯瞰天螺湾的全景。

雨后的山野特别清静，半是废墟的天螺湾上空，悄然出现一弧绚丽的彩虹，带着一种凄凉的美，仿佛是受灾的故乡为即将远行的赤子，献上了一份祝福和期盼。乱云间，传来鸣禽的阵阵啼叫，抬头眺望，是一行鸿雁在振翼奋飞，悲鸣声声而不坠高远之志。

1995年－2007年草成，2010年改定

附 录

交响曲式的史诗《天螺湾》

刘元举

对于当下的阅读者而言，如何去阅读一部长篇小说，又如何去评价它，这不仅是对阅读耐性的考验，也是对于良知和价值观的考验。目前，国内外评论界越来越缺失了对于评价中国当代文学的客观标准，就像没准星的土枪土炮，只求轰响而不在于中的。浮躁写作和功利鼓吹成了时尚，经典一词已不再令人信服，权威的话语也不再具有威望。难怪德国汉学家顾彬对于中国当代文学的“垃圾说”能够甚嚣尘上。顾彬是一支洋枪，发射出来的却是中国作家给他装填的土火药，扫荡的又是当代的中国文坛。

我也从事写作，深感 “垃圾”这个词太刺耳，很伤自尊，当然不希望让读者把我看成是文学垃圾的职业制造者。但是，我又不得不被好多次的失望阅读而蹙眉。一些被炒作得漫天价响的名人名著，每当买来净手焚香虔诚拜读，竟然味同嚼蜡，空洞无物，大有上当受骗之感。不可思议这样的劣作如何会被捧上天！想必也会有真正的优秀作品，无缘受到识者的青睐或因缺乏市场效益而被埋没。

于是，为了捍卫自己的阅读贞操，近些年来我几乎不再阅读当代中国作家的长篇小说。阅读的胃口在被一再败坏之后获取的滋润，有如劫后余生。就是在这样的高危心态下，我接触到了一部四十多万字的长篇小说《天螺湾》，还是网上传过来的。

构成交响的因素：结构谈

我几乎在没有思想准备的情况下，打开了电子邮件，洋洋长卷，蔚为大观。开始出于好奇，看看老朋友边震遐是如何又写出了一个大部头作品的。二十多年前吧，我读过他的《峡谷回声》，那是他的第一部公开出版的长篇小说，叙述“大跃进”年代一个大型水电站工程失败下马的惨痛教训，写实手法，是他当记者时的亲历，也是他正义心灵的酿造。及至晚年，他又抛出这样的鸿篇巨制，理应认真对待。当时因手头忙碌，我只想先看一下开头，却不曾想这一看，就看进去了。

能够让人读进去的长篇，是很不容易的。先写什么，后写什么，怎么写？都大有讲究。这需要匠心独运，需要巧设悬念，需要有光彩的叙述语言，总之需要色香味俱全才能吸引住人。对于网上阅读而言，一目十行，一目百行，这是惯常的运行速度。然而，我的目光却像被粘住了，飞掠不了，也滑行不快。

通常认为，长篇创作的最难处在于结构谋篇。我是一个痴迷的音乐爱好者，要是用交响曲作比喻，就要谈交响的元素了。不久前，深圳交响乐团组织创作《客家山歌》交响乐，这个大胆想法招致了许多人的非议，他们认为山歌不能交响。山歌是对唱，在音乐方面如何交响？结果，一位京城作曲家深入客家多次体验，终于找到了交响的元素，在结构方面巧妙利用合唱对唱独唱原生态唱法，再以乐队的多种乐器写成乐章，杂一些，厚一些，都要交织起来，最终完成了他的“交响”含义。在我的理解中，一部长篇小说的结构，就是要寻找到交响的元素，再将这些元素整理好安排好。

《天螺湾》正是以彭永骏这位时代青年知识分子的婚姻为基本主调，清纯善良的年轻人，出于人性与爱情的单纯与真诚，与复杂的社会背景发生了尖锐冲突；刘青燕的唯爱至上的纯真可爱，嫁错了人，却没有爱错人，纷繁的矛盾缠绕始终，最后导致悲剧。季炎如与夏惠子的这条线索更是平中出奇，两个不同环境下成长的年轻人，不同的爱情观交相辉映；彭谨祥与陈银凤的旧式婚姻，加之为了生子而娶妾傅灵芝，再溯至上一辈文武双全的老族长彭荣灿与彭汪氏的婚姻，这种纯正的封建姻缘，与他的氏族“第一圣人”的形象外化，有着发人深醒的警世意义。正是这四条主要的婚姻与爱情线索在不同星空下的交错发展，无论是城乡的和宗族的联姻，都在从容有序地进行，主次有别，虚实相间，详略得当，让作家得心应手地发掘出了生活中的“交响”元素，并将此制作成史诗般的交响曲。之所以称其为史诗般的交响，皆因交响曲依托着宏大的历史文化作为叙述背景，乡村与城市，战争与内讧，外侮与内患，家仇与国恨，民族大义与家族小义，封闭与开放，共性与个性，几乎都被这四条联姻线索结构起来，张驰有致地娓娓道来。这就从根本上避开了单调浮浅，而是上演着宏大的交响诗篇。

开篇如序曲：

> 人生就像大海中的一条小船，谁也不知道什么时候遇上什么样的风，会把小船吹向哪里。
>
> 民国十七年的早春时节，新娘子刘青燕完婚不足一个月就得了病，

求遍乡间郎中不见起色，便由公公和小姑陪护着，离开浙江会稽山脉西麓的天螺湾，迷茫地跨进了繁华的上海滩。上海滩的老城原称虹桥，虹桥便是七彩之桥，乡民们有难，就会想着奔赴虹桥，寻找吉祥。

带着悬念的故事，带着乡下新娘子的“特殊”感受进到了大上海。乡村与繁华大都市的对比，异地移情之错位，将气氛色彩一下子扣住了读者的心弦。

“叙事背景广阔而条理清晰；故事线索复杂而从容不迫；人物造型生动典型；对城乡关系及中日关系的描写准确有力。”业内人士对此书的这种评价，说明了作者缜密的结构能力。

情节的设置决定了乐章的精彩

《天螺湾》叙述上世纪抗战前夕几个特殊家庭的复杂经历，反映城乡关系和中日关系的风云变幻，意欲揭示中华民族摆脱愚昧反抗奴役的艰难历程。时代背景是从一九二七年的“四一二”事变到一九三一年的“九一八”事变。这四年多时间，是中华民族存亡绝续的濒危阶段。在这样的大历史背景下，上演的故事犹如在凝重的底色上的彩绘。

械斗、战争、婚姻，构成了离奇神秘的人间故事，这些故事情节让人印象深刻。开篇就是围绕着悬念故事进展。彭家人带着刚过门的十六岁儿媳去上海看病，而乡下人与上海人日本人之间的交流，被叙述得饶有兴味。作者擅长抓住文化艺术方面的因素，从房间到建筑格局到装饰布置到瓷器摆设等，这些都紧紧围绕着刘青燕的病情与家人的焦虑徐徐展开。刘青燕经医生检查确诊为早期抑郁症，而令人惊奇的是新婚女子，居然还是个处女！

追溯故事的来由更是扣人心弦：彭永骏回乡替胞兄去相亲，等于违心地充当了诱饵，使刘青燕误入陷阱。家族间的矛盾试图以联姻方式去化解，违背了人性，令年轻女子痛不欲生，终酿悲剧。彭永骏毕竟是走出乡村受过高等教育并在大都市见过世面有着新思想的人，他出于良心也出于关注年轻受害女子命运剧变的复杂心情，使得故事情节一波三折。这样的情节设置，深谙长篇小说做法之道。

故事的编织是否引人入胜，缘自故事中人物的设置是否神秘叵测。独子彭谨祥在母亲彭汪氏故去后，从她的卧床中发现了一个秘柜，好比打开了一个古老家族的后窗，窥见了过去所无法想像的隐私。他发觉了自己的真实身份，竟然不是老族长彭荣灿的血脉，而是老长工彭石柱与彭汪氏的私生子，是现长工彭瓦土的同父异母的兄长。这种复杂的人物设置，将情节编织得错综复杂起来，得以将更深刻的主题植入其中，因而使彭谨祥有了巨大的痛苦和困惑：千古礼教尽管强大，也还有比千古礼教更为强大的力量！

随着情节的发展，更让人瞠目的是那位鳏夫，彭家的清客何朗庆。他在年轻时曾经有恩于彭荣灿，遂被彭荣灿收为清客。此人足智多谋，能言善辩，几十年忠心耿耿地为彭家效力，为彭家化解了多起棘手的重大纠纷。而彭家也在无形之中对他形成依赖。结果，到了彭家命运攸关的时刻：天灾人祸，面临破产之际，最需要他效力的节骨眼，他却忽然留下一纸冠冕堂皇的“辞行书”，悄然离去。而主人无法想到的是更糟的结果：清查账目，惊愕地发现彭家的大量产业，在长年累月中流进了他的口袋。

一封“辞行书”，好比一帖清凉剂，才让彭谨祥惊悟到这位被他尊为亲叔一般的老人，胸中该有着多深的城府！他想起往常的朗庆叔忠恕之态可掬，毫无奸佞之状，历来脾气好，对谁都和颜悦色，从没有见他跟谁动过气。明明是象棋高手，常常输给少年阿骏还夸阿骏是天才。他的房间里挂有诸葛亮的联句：“宁静以致远，淡泊以明志。”还摆着一件根雕工艺品，是个倒骑驴子的张果老，驴子的一脚不着地，轻轻一碰就会倒下，他告诉彭谨祥说这叫“倚器”，用来时时提醒自己做人要谦虚谨慎，否则神仙也会跌跟斗。有一回碰上急事闯进他的卧室，见他正用水烟管中的烟头烙自己的腿，烙出了一个个的水泡，彭谨祥极为惊奇，问他为啥要作践自己？他说是治病，治心气病。彭谨祥跟母亲讲起此事，彭汪氏叹说是男人又做不成男人，真苦啊！

树倒猢狲散，主人只得徒呼奈何！

这是意料之外，又在情理之中。

在情节设置上，重要的是令人信服，得经得起推敲。比如，由于彭家和刘家两族间的械斗，才会有联姻的情节发生，而联姻的“特色”在于世袭族长刘家梁何以忍心将掌上明珠般的女儿刘青燕，许配给彭家族长的弱智嫡长子为妻呢？这样的联姻，他岂不是吃了大亏？究其缘由，那就是刘青燕不是他的亲生女儿，只是早年收养的一个孤女。既为收养的孩子，关键时刻“丢卒保车”，防止彭氏家族复仇危及自己的亲生儿子。故事开篇的“荒诞病”等一系列情节，不枝不蔓，也都顺理成章了。

这部长篇小说原名叫《联姻》，所谓联姻，皆由于乡间亟待平息械斗结束村仇的需要，而这种联姻，也集中体现了封建的中国家族特色，时代感很强。当然，对于这种联姻的叛逆，则构成了人物冲突，促使新的更具悬念的故事发生。诸如刘世琏，这位刘姓族长的大公子，不想成为械斗中的无谓牺牲品，也不愿受长辈庇荫，当少爷吃现成饭，决意离家闯荡天下，便和女友彭永芬一同来到了大上海。因为身处下层民众之间，很快融入了社会变革的大潮流，在反军阀求生存的艰苦斗争中，他与彭永芬结为志同道合的患难夫妻，又双双为共同的理想而献身。无需人为的安排，这一对原属两个仇村的青年男女，自然而然地成了和睦联姻生死与共的典范。

所有的故事线索，都有根有据，扎实可信，经得住推敲，因而，《天螺湾》的每一个章节，均因故事好人物真而出彩，有声有色，令人荡气回肠。

悲情人生中透出的诗意憧憬

一部成功的作品，是需要下大功夫花大气力的，正所谓“十年磨一剑”。这部《天螺湾》，作者用了整整十二年时间才完成初稿，其间一度成了“烂尾楼”和“搁浅的孤帆”。边震遐是个勤奋的人，换一般作者，二零零八年《收获》长篇小说专号春夏卷已经刊发了十九万字的节选本，昆仑出版社又出版了这个节选版的单行本，就该完事大吉了。而他却仍然执著于全书的修改。我看到他最后改定的日期竟然是二零一零年的一月份，并比初稿凝缩了十万余字，这就意味着自始至终，《天螺湾》经历了十五个年头。功夫不负苦心人呵！

大凡震撼人心的有深度的长篇小说，通常都是以悲剧告终。而震撼人心的交响曲又何尝不是如此？马勒第八、贝多芬第五、柴可夫斯基的《悲怆交响曲》无不如此。德国著名作家托马斯·曼的儿子克莱斯·曼的长篇小说《悲怆交响曲》，就是写的柴可夫斯基悲剧性的人生故事，读来感人至深，而现场倾听柴可夫斯基的《悲怆交响曲》，更是让人灵魂震颤。

我不能将《天螺湾》与《悲怆交响曲》相比，那会有人“拍砖”的。但，作为史诗性特点的作品则大都是悲剧故事，或者说，都是充满着悲情色彩的。《天螺湾》也正是这样。尤其结尾处彭家的败落，刘青燕的早亡，整个优美山村的凋零，就像红楼梦大观园的衰败。“无可奈何花落去”。而“燕归来”的希冀呢？则是彭家后代渴望走出山村走进大上海走向大千世界的彩虹般的向往，那正是悲情与诗意的交融，也是本书的可贵之处。

我曾经在刚刚读罢此书后，激动地给边震遐写了一篇长信，信中有过这样的句子：

> 这是一部大手笔的长卷。所谓大手笔，皆在于宏大的背景，宏大的叙述，我最欣赏您那不疾不缓，平和淡雅的叙述口气。这里面有一种叙述者的典雅之气在文中蕴藏流动，这么多的人物，这么宏大的场面，您居然不怎么费力地讲述，这是真正的本事呀。
>
> 带着悬念，一并融入了您的大叙述风格之中。粗犷与细腻的相辅相成，也很到位。尤其在个人的命运、爱情上，能够与民族和时代联系起来，这是大作家与小作家的质的区别，这也是当代那些自命不凡的弄潮儿作家轻狂的躁动中致命的弱项，因为他们没有能够将个人的爱情与时代民族的大命运有机相融。这不仅是一种写作的气魄，更是一种结构与思想的能力。这个能力令我震撼。从中，可见您老兄真正的人性魅力，在温和的外表之下，有一个英雄的性格；在细软的语调中，有着黄钟大吕式的倾喷！这真是修炼成仙的人，方可达到的境界。非常人可及。
>
> 这是一部民族的史诗，也是大上海的一个相对完整的生活景观。是个极精美的旧上海缩影，是一座东方的虹桥！

记得陈忠实在《白鹿原》成为名著时，说过这样的话：一个作家一辈子写作，要给自己写出一部死时能当枕头的书。所谓枕头式作品就是自己最满意的作品，也就是自己以为可以传世的作品，至少是没有遗憾的作品吧。从这个意义上说，边震遐的《天螺湾》也称得上是一部枕头式的作品了，不枉当一回作家。然而，陈作家是陕西人，对枕头可能更有体验，而边震遐是上海人，上海有一流的音乐厅和大剧院，有一流的交响乐团，何况上海还有虹桥，边震遐还有虹桥情怀。所以，以枕头相喻不妥，而应该换作交响曲。这个交响曲是他苦磨苦吟了十多年，具有史诗性的。因为那是他的梦境与现实的交融，是他的童年摇篮天螺湾和他的成长成功之地的虹桥两地的时空对接，从而形成的璀璨旋律。

2010年3月10日于深圳交响乐团驻地

后记

我出生在上海，不足周岁，父母就把我送回故里浙江会稽山麓的一个小山村，交给祖母抚养，直到十二岁，又回上海读书。三年后，先我参军的姐姐将我带进部队，从此萍踪浪迹，毕生远离故乡。

永难忘，故乡美。青山绿水粉墙黛瓦，弯弯的石拱桥，幽深的山岙。野花烂漫，浓绿铺地。水潭里的鱼虾见人不惊，无数鸣禽千腔百啭，还可以见到翠鸟掠过水潭，松鼠在树上蹦跳，野兔在草丛追逐。越地崇尚传统文化。氏族祠堂雕梁画栋，大户人家“诗礼传家”、“耕读自乐”、“钟灵毓秀”之类砖雕门额比比皆是。连不识字的老人，也会背诵几段《三字经》。故乡，是我灵魂的摇篮。

更难忘，故乡穷。永不增长的土地和不断增长的人口，成了一个难解的死结。“七山一水二分田”，青壮劳力的第一副业是劈山烧石灰。岁岁都是瓜菜蕨根半年粮，番薯当主食。我的祖母一共生育十一胎，成活的只有二男一女。一生勤劳纯朴的祖母，却为生活所迫，在三个女婴呱呱坠地时，因无力抚养，忍痛将她们亲手溺死在浴盆中；一个才九岁的童养媳，不幸患了天花，求医无效，也为了不再传染邻人，只得含泪狠心地用棉絮将她活活闷死。我的祖父自缢于灾年。饥荒瘟疫造成的绝户遍于村中。有病无医，各种残疾人触目皆是。

从乡村跨进城市寻求生机，成了许多乡亲的无奈选择。上海的老城原称虹桥，乡亲们无不怀着美好心愿，期望踏上七彩虹桥就能奔向幸福彼岸。流徙者心目中的虹桥，其实不是天堂，而是战场。当代民族与社会的许多重大矛盾冲突，总是最先酝酿和爆发于大城市。无论是文化的、城乡的和宗族的联姻，都不再能遮蔽危难。历史终于熬过严冬到了惊蛰，沉雷响起，虫豸惶恐，冰雪消融。惊蛰，带来了万物苏醒和播种希望的契机！无论连接城乡的虹桥上留下了多少沾血的脚印，更有多少人葬身于虹桥下的激流中，而城市化的进程不可阻挡，农耕文明的衰亡不可避免。

离开故乡半个多世纪，我曾经三次回故乡，一次比一次不认识故乡了。早年的村仇械斗，后来竭泽而渔的折腾，都是为图生存的无谓挣扎。石拱桥平毁了，一株株合抱古树早已砍倒烧成木炭，喂小土炉炼铁放了“卫星”，公社化招来的三年大灾家家挨饿，饿死人只许说病死不许说饿死。郁郁葱葱的山坡变成了贫瘠的梯田，逶迤青山就像患了斑秃症，终年流水潺潺的清溪，成了一条垃圾沟。山上鸟兽基本绝迹，过去天亮醒来，就能听见百鸟啁啾，如今死寂一片。村中的青年男女，几近走光，都奔大大小小的虹桥去了。处身面目全非的故园，我眼中流泪，心中滴血，默默企盼着亲爱的故乡能碰到划时代的崭新机遇，在原来的根基上以崭新的形象获得新生！相传黄泉路上有座奈何桥，桥头有个望乡台，望乡台上守候着一位姓孟的老太太，会给每个过桥人递上一碗浓汤，称孟婆汤。喝过孟婆汤的人就会忘却今生今世的一切悲欢离合，了无牵挂地进入轮回道。我同先后走上虹桥的乡亲们一样，也好似经历了一番轮回，只是我在跨过奈何桥的时候，拒绝喝下那碗忘情汤，所以再生再世也忘不了故乡。屈原说飞鸟也恋故乡，曹操毕生征战，也说："狐死归首丘，故乡安可忘？"

晚年赋闲，写《天螺湾》一书以寄托情思，挽歌一曲为故乡，愿景茫茫祈神州。要完成这番心意，实在有点力不能胜，所涉题材又牵扯着若干绕不开的敏感内容，难以把握，往往欲言又止，"下笔如有绳"，磨磨蹭蹭，一度成了搁浅的航船。

出版这部书，我要感谢许多朋友。

有幸结识了《收获》编辑部的年轻编辑廖增湖，贸然把写了一半的草稿用电子信箱发给他求教。廖的回应令我鼓舞，这位文学博士居然语出惊人，说什么"佩服如滔滔江水"云云，又表示乐意继续"拜读"全稿。我相信编辑有"操千曲而后晓声，观千剑而后识器"的本事，于是激励我快马加鞭赶写后半部。由此，廖增湖就一路陪扶着我，一次一次地为我读稿谈意见。随后又把自己的读后感告诉了上海作协创联室的作家费爱能，上海作协也开始介入对《天螺湾》的关注与扶植。在上海作协和《收获》编辑部的热诚支持下，先期摘录成一部十九万字的节编稿，以《樱花煞》为题刊出于《收获》长篇小说专号，终于使这艘搁浅的航船重又扬起了风帆。随即，昆仑出版社编辑、诗人、作家丁晓平看中了《樱花煞》，为求节编稿具有独立性，作了进一步的精心编辑，申报昆仑出版社领导获准出版了同名单行本；相继又为新闻出版总署选入"读书益民工程"，再版发行。遵循作家协会服务作家、繁荣创作的宗旨，费爱能为扶持这部作品从初稿走向成熟不遗余力，满腔热情地做了大量工作，一直到上海作协联合香港作家书局出版《天螺湾》的初版本，实际上承担了责任编辑的繁重任务。应邀来沪讲学的著名评论家、作家、前人民文学出版社副总编何启治，在阅读《天螺湾》初稿后，写出了洋洋洒洒的修改意见。经他推荐，人民文学出版社编辑侯群雄阅读书稿后，也复信给予热情鼓励，认为此书“所写的题材和人物，在中国当代文学序列上是独一无二的”。中国青年出版社的编审、作家、冰心散文奖得主庄志霞，从《收获》杂志发表《天螺湾》的节编稿起，到昆仑出版社出版节编稿单行本，到上海作协与香港作家书局联合印行初版本，前后数年，她都给予跟踪关注，还为初版本校勘出了多处错别字和刊误。她说自己了解越地和上海的地理历史背景，也当过驻东京记者，熟悉书中涉及的日本人文状况，真心喜爱这部作品，在有论者哀叹“小说已死”的今天，她仍坚信《天螺湾》具有生命力，直到退休离岗，还郑重地向领导提议由中青社出版《天螺湾》，获得领导的积极支持，并组织精干的专业人才投入运作。在此，我还要感谢上海作协党组副书纪、秘书长臧建民为此书作序，也感谢辽宁省作协副主席刘元举竭诚置评。

对比起天才作家曹雪芹写作《红楼梦》的孤苦寂寞，我这个非天才作家写作《天螺湾》，却是分外幸运了。《天螺湾》起笔至今已逾十五年，仰赖各方关怀，吸纳众多专家、文友和读者的智慧，坦诚地说，它已超越了作者的个人水平。敬畏美德，崇尚感恩，理应是人所共有的基本品格。尽管世态炎凉，但人间毕竟还有真情在。所憾我一介老迈病夫，毕生布衣，无以为报，只好通过这篇后记，敬献一瓣心香。

作者

2011年7月